U0636271

新 世 纪 儿 童 文 学 新 论

主编：朱自强

程诺，1987 年出生，复旦大学比较文学与世界文学硕士，北京师范大学儿童文学博士，现任教于海南师范大学，主要从事儿童文学与儿童图画书研究。曾在《社会科学战线》《文艺争鸣》《文艺报》等报刊上发表学术论文二十余篇，参与翻译《比较诗学读本（西方卷）》。

后现代儿童图画书研究

程诺/著

新世纪儿童文学新论

少年儿童出版社

总序

朱 自 强

2018 年 9 月 12 日，少年儿童出版社副总编辑唐兵和原创儿童文学出版中心主任朱艳琴专程来到青岛，代表出版社，邀请我主编一套中国原创的儿童文学理论丛书，我几乎未经思忖，就一口答应下来。这样做，其实事出有因。

上海一直是中国儿童文学的重镇。改革开放以来，中国的儿童文学研究取得了前所未有的发展、进步，上海的少年儿童出版社贡献不菲。

在 1980 年代、1990 年代，少年儿童出版社以《儿童文学研究》这份重要杂志，搭建了十分珍贵且无以替代的学术研究平台，为中国儿童文学的观念转型和学术积累做出了十分重要的贡献。1990 年代，是我学术成长的发力期，《儿童文学研究》上发表了我的十几篇论文，其中就有《儿童文学：儿童本位的文学》、《新时期少年小说的误区》（全文）、《新时期儿童文学理论的误区》等建构我的“儿童本位”的儿童文学观的重要论文。1999 年，《儿童文学研究》停刊，其部分学术功能转至《中国儿童文学》杂志，我依然在上面发表了十几篇文章，其中就有《解放儿童的文学——新世纪的儿童文学观》《中国儿童文学的困境和出路》《再论新世纪儿童文学的走势——对中国儿童文学后现代性问题的思考》等为中国儿童文学研究提供新的理论话题的文章。

1997 年，少年儿童出版社经过精心策划、深入研讨，出版了"跨世纪儿童文学论丛"，收入《儿童文学的三大母题》（刘绪源）、《人之初文学解析》（黄云生）、《西方现代幻想文学论》（彭懿）、《转型期少儿文学思潮史》（吴其南）、《智慧的觉醒》（竺洪波）、《儿童文学的本质》（朱自强）六部学术著作。《儿童文学的本质》是我的儿童文学理论的奠基之作。我以此书较为系统地建构起了当代的"儿童本位"这一理论形态，此后，我的儿童文学研究，基本是以此书所建构的儿童文学观为理论根底来展开的。"跨世纪儿童文学论丛"对我学术发展所具有的意义不言而喻。

正是因为有上述因缘和情结，我才欣然答应承担这套理论丛书的主编工作。儿童文学学科需要加强理论建设。"跨世纪儿童文学论丛"出版以后，在儿童文学学术界产生了很好的反响，《儿童文学的三大母题》《西方现代幻想文学论》《儿童文学的本质》等著作，至今仍然保持着较大的影响力。我直觉地意识到，时隔 22 年，由少年儿童出版社再次出版一套儿童文学理论丛书，也许是一件具有特殊意义的事情。

为了与"跨世纪儿童文学论丛"形成对照，我将这套理论丛书命名为“新世纪儿童文学新论”。这两个“新”字，意有所指。

在《“分化期”儿童文学研究》（2013年）一书中，我指出并研究了进入21世纪的中国儿童文学出现的四个“分化”现象：幻想小说从童话中分化出来；图画书（绘本）从幼儿文学中分化出来；通俗（大众）儿童文学与艺术儿童文学分流；分化出语文教育的儿童文学。可以说，新世纪的儿童文学有了新的气象。

学术研究如何应对儿童文学出现的这种新气象？我在《论“分化期”的中国儿童文学及其学科发展》（《南方文坛》2009年第4期）一文中说：“分化期既是中国儿童文学发展的最好时期，同时也是儿童文学学科建设的关键时期。在分化期，儿童文学创作和研究中出现了很多纷繁复杂、混沌多元的现象，提出了许多未曾遭逢的新的课题，如何清醒、理性地把握这些现象，研究和解决这些课题，是儿童文学理论研究和学科建设的题中之义……”

收入“新世纪儿童文学新论”丛书的八本著作是作者多年潜心研究的学术成果。它们不是事先规划的命题作文，而是在较短的时间内的自然组稿。本丛书作为一个规模较大的理论丛书，这种自然形成的状态，正反映了儿童文学学术研究在当下的一部分面貌。

本丛书在体例上尽量选用专门的学术著作，如果是文章合集，则必须具有明晰的专题研究性质。作这样的考虑，是为了提高理论性。儿童文学研究迫切地需要理论，儿童文学研究比其他学科更需要理论。

只有理论才能帮助我们看清儿童文学所具有的真理性价值。

理论是什么？乔纳森·卡勒在《文学理论入门》一书中指出："一般说来，要称得上是一种理论，它必须不是一个显而易见的解释。这还不够，它还应该包含一定的错综性……一个理论必须不仅仅是一种推测；它不能一望即知；在诸多因素中，它涉及一种系统的错综关系；而且要证实或推翻它都不是一件容易事。"卡勒针对福柯关于"性"的论述著作《性史》一书说："正因为它给从事其他领域的人以启迪，并且已经被大家借鉴，它才能成为理论。"

按照乔纳森·卡勒所阐释的理论的特征，本丛书的八种著作，都具有一定的理论性，即所研究的问题，以及研究问题的方式，"不是一个显而易见的解释"，"涉及一种系统的错综关系"。

在注重理论性的同时，本丛书收入的著作或在一定程度上，或在某个角度上体现了"新论"的色彩和质地。

我指出的新世纪出现了幻想小说从童话中分化出来，图画书（绘本）从幼儿文学中分化出来这两个重要现象，已经得到学术界的普遍关注，幻想小说、图画书这两种文体的研究受到了应有的重视，取得了一些成果。在幻想小说研究方面，已有《西方现代幻想文学论》（彭懿）和《中国幻想小说论》（朱自强、何卫青）这样的综论性著作，不过，儿童幻想小说如何讲述故事，使用何种叙事手法，采用何种叙事结构，这些叙述学上的问题尚未有学术著作专门来讨论。本丛书中，聂爱萍的《儿童幻想小说叙事研究》聚焦于幻想小说的叙事研究，对论题做了有一定规模和深度的研究。程诺的《后现代儿童图画书研究》、中西文纪子的《图画书中文翻译问题研究》（这部著作为中西文纪子在中国攻读学位所撰写的博士论文）是近年来图画书研究中的较为用力之作。这两部著作，前者侧重于理论建构和深度阐释，后者侧重于英、日文图画书中译案例的详实分析，从不同的层面，为图画书研究做出了明显的贡献。

徐德荣的《儿童文学翻译的文体学研究》是一部应对现实需求，十分及时的著作。在近二十年的时间里，中国可称得上儿童文学的翻译大国。翻译作品的阅读能否保有与原作阅读相近的艺术质量，在很大程度上取决于翻译质量。徐德荣的这部著作，较为娴熟地运用翻译学理论，努力建构儿童文学翻译的文体学价值系统，既具有理论意义，也具有翻译实践的参考价值。

李红叶的《安徒生童话诗学问题》和黄贵珍的《张天翼与中国现代儿童文学》是标准的作家论。这两部专著一个研究世界经典童话作家，一个研究中国儿童文学的代表性作家，其选题本身颇有价值，而对于一直处于低迷状态的作家论这一重要研究领域，也有一定的提振士气的作用。

本丛书的最后两部著作是方卫平的《1978—2018 儿童文学发展史论》和我本人的《中外儿童文学比较论稿》。显而易见，这是两部文章合集的书稿。所以选入，一是因为具有专题研究性质，论题可以拓展丛书的学术研究的广度，二是因为想让读者在丛书里看到从 1980 年代开始成长起来的学者的身影。

在改革开放的四十年里，中国儿童文学取得了前所未有的成就，对这一发展历程进行理性的分析和总结，是中国儿童文学史研究的重要课题。我在《朱自强学术文集》（10 卷）的第二卷《1908—2012 中国儿童文学与现代化进程》一书中，对改革开放三十几年的儿童文学历史，划分为向“文学性”回归（1980 年代）、向“儿童性”回归（1990 年代）、进入史无前例的“分化期”（大约 2000 年以来）这样三个时期，而方卫平的《1978—2018 儿童文学发展史论》对近四十年中国儿童文学创作和艺术发展历程的描述、分析和思考，则为我们提供了另一种学术眼光，呈现出文学史研究的另一种视野的独特价值。如果将我和方卫平的改革开放四十年儿童文学史的研究，两相对照着来阅读，一定是发人思考、耐人寻味且饶有趣味的事情。作为同代学人，阅读方卫平的这部带有亲历者的那种鲜活和温度的史论著作，令我感到愉悦。

我本人的《中外儿童文学比较论稿》是基于我多次出国留学之经验的著述。日本留学，给我提供了朝向西方（包括日本）儿童文学的意识和视野。作为比较文学研究，这本小书值得一提的学术贡献，是从“语言”史料出发，实证出“童话”（儿童文学的代名词）、“儿童本位”、“儿童文学”这些中国儿童文学的顶层概念，均来自日语语汇，从而证明作为观念的“儿童文学”，不是如很多学者所主张的中国“古已有之”，而是在西方的现代性传播过程中，中国的先驱们在清末民初，对其自觉选择和接受的结果。

从“跨世纪儿童文学论丛”，到“新世纪儿童文学新论”，可以看到时代给儿童文学这个学科带来的变化。22 年前，虽然“跨世纪儿童文学论丛”的作者年龄参差不齐，但还是属于同一代学者，然而，“新世纪儿童文学新论”的作者几乎可以说是“三代同堂”，尤其值得一记的是，丛书中的著作，有五部是在博士学位论文基础上形成的，这似乎既标志着学术生产力的代际转移，也显示出儿童文学这个依然积弱的学科在一点一点地长大起来。

儿童文学是社会现代化进程的产物。一个社会的现代化的水准，在极大程度上取决于儿童教育的水准。作为具有多维度儿童教育功能的儿童文学，理应在社会现代化进程中发挥重要作用，也就是说，作为学科的儿童文学的队伍规模，在中国向现代化国家发展的进程中，理应会进一步壮大。

我们期待着……

2019 年 10 月 9 日

于中国海洋大学儿童文学研究所

目录

绪论

一种现象：悄悄渗入儿童图画书的后现代主义

色彩斑斓、形式多样的儿童图画书向来是儿童文学的重要组成部分。在西方，图画书的历史最早可以追溯到公元前2700年左右的古埃及，像《亡灵书》（*Book of the Dead*）这样的纸莎草卷轴已经开始将视觉图像与文字故事结合在一起。[①] 首版于1658年的《世界图解》

① Barbara Kiefer. What is a Picturebook，Anyway? —The Evolution of Form and Substance Through the Postmodern Era and Beyond. In Lawrence R. Sipe，Sylvia Pantaleo eds. *Postmodern Picturebooks：Play，Parody，and Self-Referentiality*. New York：Routledge，2008：12. 本书中直接引自英文文献的材料，除特殊标明之外，均为笔者本人翻译，以下皆同.

（*Orbis Sensualium Pictus*）被学界公认为是“第一本真正的图画书”[①]，该书的问世，标志着儿童图画书开始作为一个独立的儿童文学门类，在儿童阅读中发挥不可替代的作用。随着工业革命带来的社会变革和技术进步，以及一大批才华横溢的艺术家、出版家的推进，图画书终于在20世纪初迎来了它的第一个繁荣期，涌现出了如《100万只猫》（*Millions of Cats*）、《让路给小鸭子》（*Making Way for Ducklings*）、《小房子》（*The Little House*）、《逃家小兔》（*The Runaway Bunny*）、《在森林里》（*In the Forest*）等一批直至今日还在不断再版、广受世界各地读者喜爱的经典之作。有学者认为，直到20世纪中叶，现代意义上的儿童图画书才以这些经典作品为标志，确立了我们今天所熟悉的形式[②]——一种同时包含视觉形象和语言文字的图书，大多由十几个对页构成，其内容和思想往往针对儿童读者的趣味和接受能力。

随着儿童图画书形式的初步确立，它在儿童文学领域内的地位也不断彰显，人们渐渐习惯了被早期经典作品所确立起来的图画书的“甜美”特质。通常来说，它会以文图结合的方式为孩子讲述一个完整的故事。这个故事往往是相对浅近的，其主题积极而鲜明，其结构清晰而单一，无论文字还是图画，都不太会包含大量复杂、模糊、富有争议性的元素。人们可以放心地从书店挑选任意一本儿童图画书带回家，而不必担心它是否“适合”儿童阅读。

然而，从20世纪后半叶开始，伴随着图画书出版业的蓬勃发展，人们逐渐发现自己对于这类书的既定印象不断被现实打破，以往看似

---

① ［美］丹尼丝·I. 马图卡：《图画书宝典》，王志庚译，北京：北京联合出版公司，2017年版，第15页。

② David Lewis. *Reading Contemporary Picturebooks：Picturing Text*. New York：Routledge，2001：xiii.

“天真甜美”的儿童图画书悄悄卷入了一场深刻持久的变革之中。1963年，当代图画书大师莫里斯·桑达克（Maurice Sendak）出版了著名的《野兽国》（*Where the Wild Things Are*）[①]，该书以狂放的想象力、背离常规的表现手法，以及相对来说晦涩难明的主题思想挑战了当时人们对于儿童图画书的传统认知。它在出版之初受到了来自各方面的大量批评，很多人担心它不适合儿童阅读。[②] 随后，在整个20世纪七八十年代，以约翰·伯宁罕（John Burningham）、雷蒙·布力格（Raymond Briggs）、安东尼·布朗（Anthony Browne）、阿尔伯格夫妇（Allan Ahlberg & Janet Ahlberg）等人为代表的一批创作者不断探索图画书这种艺术形式的表现边界，带来了许多在形式和内容上超越传统印象、让人耳目一新的作品。

到20世纪90年代之后，以各种方式“突破常规”的儿童图画书作品更是进一步大量涌现，使人应接不暇。例如大卫·麦考利（David Macaulay）的《黑与白》（*Black and White*）[③]、约翰·席斯卡和兰·史密斯（Jon Scieszka & Lane Smith）的《臭起司小子爆笑故事大集合》（*The Stinky Cheese Man and Other Fairly Stupid Tales*）[④]、大卫·威斯纳（David Wiesner）的《三只小猪》（*The Three Pigs*）[⑤]、罗伦·乔尔德（Lauren Child）的《谁怕大坏书》（*Who's Afraid of the Big Bad Book*）[⑥]、埃米莉·格雷维特（Emily Gravett）的《大野

---

① ［美］莫里斯·桑达克：《野兽国》，宋珮译，贵阳：贵州人民出版社，2014年版.

② Cherie Allan. *Playing with Picturebooks: Postmodernism and the Postmodernesque*. Basingstoke: Palgrave Macmillan, 2012: 171.

③ ［美］大卫·麦考利：《黑与白》，漆仰平译，杭州：浙江少年儿童出版社，2012年版.

④ ［美］约翰·席斯卡、兰·史密斯：《臭起司小子爆笑故事大集合》，管家琪译，杭州：浙江少年儿童出版社，2009年版.

⑤ ［美］大卫·威斯纳：《三只小猪》，彭懿译，石家庄：河北少年儿童出版社，2013年版.

⑥ ［美］罗伦·乔尔德：《谁怕大坏书》，萧萍译，上海：上海人民美术出版社，2008年版.

狼》(*Wolves*)[①] 等。翻开这些书，我们会看到：锐利杂乱的剪切拼贴取代了柔和清新的淡彩手绘，含混暧昧的文字游戏取代了浅白易懂的平铺直叙，分裂无序的碎片视角取代了清晰单纯的故事框架，模棱两可的文图龃龉取代了线性单一的叙事进程，戏谑反讽的游戏姿态取代了亲切端庄的行文风格，荒诞隐晦的意义解构取代了积极鲜明的主题思想……我们甚至还会看到这样的现象：同一本书里到底包含几个故事需要读者自己来判断；故事的叙述者不请自来与故事中的人物不停地争吵；主人公拒绝待在自己的故事里而偷偷跑到画框之外；耳熟能详的经典童话被闯入书中的小读者拆解得七零八落；种种设计暗示，书中人物所读的那本书很可能就是此时此刻捧在现实读者手中的那一本；如果读者觉得故事的结局过于残酷，还可以选择作者额外提供的另一种方案……

所有这些，都大大颠覆了人们对于传统儿童图画书的理解。图画书的定义和形式并不是一成不变的，我们需要从某种新的视角，对悄悄渗入儿童图画书领域内的变革力量加以把握。早在 20 世纪 90 年代初，就有一些儿童文学研究者把这些“突破常规”的儿童图画书与当时流行于艺术界的后现代主义联系在一起。大卫·刘易斯（David Lewis）[②]、安·格里夫（Ann Grieve）[③] 和克莱尔·布拉福德（Clare Bradford）[④] 等人都指出，这些书在令人充满新奇感的表面之下，运用了诸如元小说叙事、自我指涉、拼贴、互文、戏仿、反讽、颠覆等一

① [美] 埃米莉·格雷维特：《大野狼》，柯倩华译，石家庄：河北教育出版社，2010 年版.

② David Lewis. The Constructedness of Texts: Picture Books and the Metafictive. *Signal*, 1990. 5 (62): 131—146.

③ Ann Grieve. Postmodernism in Picture Books. *Explorations into Children's Literature*, 1993. 4 (3): 15—25.

④ Clare Bradford. The Picture Book: Some Postmodern Tensions. *Explorations into Children's Literature*, 1993. 4 (3): 10—14.

系列常见于成人后现代主义文学中的创作手法。

当然，针对当代发生在儿童图画书领域内的这种变革，学者们的看法并不完全相同，很多人以自己的方式对这些“突破常规”的图画书做出了定义。不过总体来说，众说纷纭的理论最终还是构建于“后现代主义”的基础之上，大家普遍认为悄悄渗入儿童图画书领域内的这股新兴力量正是后现代主义。在西方，成人后现代主义文学的繁盛期主要在20世纪60至80年代，其深刻持久的影响力在八九十年代之后大规模进入儿童文学领域，促成了大量如今看来仍使人觉得新颖前卫的儿童图画书作品的产生，并且这一过程直至今天仍在延续。正如图画书研究者丹尼丝·I. 马图卡（Denise I. Matulka）所指出的，《黑与白》等书“开启了后现代图画书的新时代”[①]。像马图卡一样，绝大部分儿童文学研究者直接使用“后现代图画书”（postmodern picturebooks）一词，来指代那些受到后现代主义影响、包含着某些后现代主义元素的图画书。尽管这样指称尚欠严谨，但为方便论述，我们在下文中也暂时采用这个词汇，对相关概念的厘清还将在后文进一步展开。本书中的“后现代图画书”取“后现代”一词的形容词性质，表示“具有后现代主义特征的”一义。

相关问题的提出

围绕着后现代儿童图画书，有三方面的问题值得探究。第一，众所周知，图画书是儿童早期阅读的主要材料，乃至通常被认为是专供幼儿阅读的“人生第一书”。作为这样一种文学形式，无论其在艺术手

① ［美］丹尼丝·I. 马图卡：《图画书宝典》，王志庚译，北京：北京联合出版公司，2017年版，第24页。

法上如何变化多端，人们对它的基本期待还是简明、浅显与完整，就像早期的经典儿童图画书一样，不太可能与艰涩、复杂、分裂的后现代主义产生联系。因为不管怎么说，人们心目中的儿童——尤其是幼儿——文学仍然需要与我们所推定的儿童趣味和理解力相适应。

而与此同时，学界对后现代主义理论一个最为直观的印象就是佶屈聱牙、深奥晦涩，后现代理论家常常杜撰新术语来表达自己的观点，青睐充满隐喻和暗示性的文字表述，拒绝清晰直白的逻辑阐释，这使得后现代主义理论迷失在一派晦涩之中。那么，这就带来了一系列有趣的问题："佶屈晦涩"的后现代主义理论，为什么会渗入儿童图画书领域，影响本来应该比其他文学形式更加"简明浅显"的儿童图画书？这二者之间的奇异结合是出于哪些历史、文化、社会、技术方面的缘故？在二者结合的过程中，图画书作者的个人因素，以及儿童文学，尤其是儿童图画书本身的特质是否也起到了推波助澜的作用？

第二，尽管人们能够凭直觉轻而易举地列举出大量具有"后现代主义风格"的图画书，但却没有任何一本书天生就贴着"后现代"的标签，既然我们要在后现代视域下透析当代儿童图画书的新面貌，就必须要考察后现代图画书具有哪些典型的特征。一些学者已经为此提供了自己的观点，例如，大卫·刘易斯总结了后现代图画书所明显具有的五种叙事策略："打破既定界限，夸张罗列，不确定表述，戏仿，表演性"[①]。米歇尔·安斯蒂（Michèle Anstey）认为，后现代图画书的特征包括："反传统的故事结构，不寻常的阅读视角，读者参与文本意义的建构，互文性，多种多样的设计"[②]。切丽·艾伦（Cherie

---

① David Lewis. *Reading Contemporary Picturebooks: Picturing Text*. New York: Routledge, 2001: 94—98.

② Michèle Anstey. "It's not all Black and White": Postmodern Picture Books and New Literacies. *Journal of Adolescent & Adult Literacy*, 2002. 45 (6): 444—457.

Allan）则描述道：“后现代图画书试图混淆高雅与流行文化之间的界限，提高被边缘化的事物的地位，制造不确定性，为异见者提供空间。它通过运用元小说叙事、戏仿、互文、视角转换、复调等后现代文学手法来达成以上目标的一部分或全部。”①

从这些观点中可以看出，不同学者对于后现代图画书的特征莫衷一是，这个领域内的研究尚没有一套公认的话语体系。不过，通过上述观点的相互重叠之处，我们也可以隐约地察觉到，似乎有某几种特征对于后现代图画书来说是特别重要的。因此，第二个相关问题就此产生：既然没有一套可以直接使用的现成学术话语，我们应该怎样来界定研究对象的范畴？到底该从哪几方面来判断一本儿童图画书是否受到了后现代主义的影响，及其受影响的程度？后现代主义使得图画书呈现出哪些特殊的面貌，其状态和效果分别是什么？鉴于已有的研究尚未针对这些问题给出令人满意的答案，本书也将进行相关的探究。

第三，在前两方面研究的基础之上，更进一步的问题就是如何评价后现代图画书，或者说如何看待它们的价值。一个有趣的事实是，儿童图画书最忠实的读者——孩子和家长们——对这种相对而言较为“新颖奇特”的图画书倾注了极大的关注和热情。这在某种程度上是由于，虽然含有后现代主义元素的图画书在数量上只占所有图画书的一小部分，却在质量上具有举足轻重的地位，莫里斯·桑达克、安东尼·布朗、大卫·威斯纳、大卫·麦考利、约克·米勒（Jörg Müller）、罗伯特·英诺森提（Roberto Innocenti）等许多极具分量的当代图画书名家都涉足了这个领域。然而，面对大量匠心独运的大师之作，读者不得不调动全部的想象力与判断力，以应对阅读这些作品

---

① Cherie Allan. *Playing with Picturebooks: Postmodernism and the Postmodernesque*. Basingstoke: Palgrave Macmillan, 2012: 171.

所带来的挑战。在近年来如雨后春笋般不断涌现的后现代图画书面前，绝大部分读者发现自己之前的阅读经验开始“失灵”，甚至感到有些无所适从。

但不管怎样，鉴于儿童文学的特殊性，任何儿童文学范畴内的研究恐怕最终都无法回避有关意义的探讨。就像儿童文化专家卡琳·莱斯妮克-奥伯斯汀（Karín Lesnik-Oberstein）所指出的：“不论我们怎么定义‘最佳’，什么是‘给儿童的最佳童书’始终是（而且永远都是）最核心的问题。”① 这也就促使我们去探究：既然儿童图画书与后现代主义的联姻已经成为一股不可遏抑的潮流，我们应该如何调适自己的认知，全面地认识后现代图画书的价值？如果把这些书看成纯粹的艺术品，它们的诞生对于整个后现代艺术实践来说有着怎样的启示？而如果把它们看成一个特殊的儿童文学门类，它们对儿童文学，对儿童，乃至对成人又有着怎样的特殊意义？

国内外研究成果述评

20世纪后半叶以来，西方儿童图画书的创作与出版格外欣欣向荣，相关研究也随之蓬勃兴盛。在西方学界浩如烟海的图画书研究文献中，渐渐有一些学者开始关注后现代主义对儿童图画书的突出影响。从上世纪90年代起，大卫·刘易斯、安·格里夫、克莱尔·布拉福德，以及尼古拉斯·佩利（Nicholas Paley）②、黛博拉·史蒂文森

---

① Karín Lesnik-Oberstein. Childhood and Textuality: Culture, History, Literature. In Karín Lesnik-Oberstein ed. *Children in Culture*: *Approaches to Childhood*. Basingstoke: Macmillan, 1998: 15.

② Nicholas Paley. Postmodernist Impulses and the Contemporary Picture Book: Are There Any Stories to These Meanings? *Journal of Youth Services in Libraries*, 1992. 5 (2): 151—162.

(Deborah Stevenson)[①]、W. 尼古拉-里萨（W. Nikola-Lisa)[②] 等人成为了第一批研究者。

纵观各种论文集和学术期刊，相关文章大致可以分为三类。第一类是探讨"后现代图画书"这一概念本身的历史、内涵、外延和变体等问题的；第二类是从各种不同角度来分析后现代图画书特质的，相关论述往往会借助具体案例来展开；第三类则着眼于后现代图画书在儿童教育中的应用，往往会描述阅读实验以及儿童对特定图画书的反馈。

尽管长期以来，有众多学者关注后现代图画书，但真正专门针对这个话题进行研究的学术专著却很少。这个领域内的开山之作是由劳伦斯·西普（Lawrence R. Sipe）和西尔维娅·潘塔雷欧（Sylvia Pantaleo）在 2008 年编选的论文集《后现代图画书：游戏，戏仿和自我指涉性》(*Postmodern Picturebooks: Play, Parody and Self-Referentiality*)[③]。这部论文集堪称对此前几十年相关研究的首次总结，正式开启了一片新的研究视野。文集中所选文章的质量普遍较高，且能做到广纳博采，表现出富有包容性的研究态度。不过，该书毕竟只是一部论文汇编，其中的观点和案例不可避免地存在驳杂多样，甚至相互矛盾之处，虽然编者在编纂中努力地架构一个整体思路，但最终的成书却未能担负起完整而系统地研究后现代图画书的任务。

另外一部值得一提的专著是澳大利亚学者切丽·艾伦的《与图画

---

① Deborah Stevenson. "If You Read This Last Sentence, It Won't Tell You Anything": Postmodernism, Self-Referentiality, and *The Stinky Cheese Man*. *Children's Literature Association Quarterly*, 1994. 19 (1): 32—34.

② W. Nikola-Lisa. Play, Panache, Pastiche: Postmodern Impulses in Contemporary Picture Books. *Children's Literature Association Quarterly*, 1994. 19 (1): 35—40.

③ Lawrence R. Sipe, Sylvia Pantaleo eds. *Postmodern Picturebooks: Play, Parody, and Self-Referentiality*. New York: Routledge, 2008.

书嬉戏：后现代主义和后现代化》（*Playing with Picturebooks*：*Postmodernism and the Postmodernesque*）[①]。这部书出版于2012年，是本领域内目前最新，也是唯一的一部学术专著（至少在英语学界内）。该书广泛论及欧美各国从20世纪80年代至今出版的大量儿童图画书，并从中总结出后现代图画书作为一个独立门类的特征，对后现代图画书的相关问题进行了系统的研究，其开创之功不容置疑。全书行文的理论性很强，引证充分而精当，提出的一些概念也富有开创性，颇为值得进一步研究和思考。不过，该书也有一些值得商榷的方面：与绝大多数立足于教育应用的儿童文学研究相反，艾伦的研究体系只建立在作为社会历史产物的图画书本身之上，几乎完全没有考虑作为图画书主要受众的儿童，这似乎有矫枉过正的嫌疑；同时，她将研究对象作为单纯的文学作品来看待，更着重于考察这些图画书承载后现代主义议题的功能，正如有的研究者所评论的："她使人感到图画书更像是在被动地反映社会现象，而不是在建构新的意义。"[②]

除这两部书之外，还有一些图画书研究专著的部分章节涉及后现代图画书的相关问题，主要是为配合全书的论述所做的一些阐发，不具有系统性。例如大卫·刘易斯的《阅读当代图画书：描画文本》（*Reading Contemporary Picturebooks*：*Picturing Text*），玛利亚·尼古拉耶娃（Maria Nikolajeva）、卡罗尔·斯考特（Carole Scott）的《图画书的奥秘》（*How Picturebooks Work*），等等。总之，在西方，虽然有关图画书与后现代主义之间复杂关系的研究文献在数量上已经颇为可观，研究视角也非常多姿多彩，但这个领域内的系统性学术专

① Cherie Allan. *Playing with Picturebooks*：*Postmodernism and the Postmodernesque*. Basingstoke：Palgrave Macmillan，2012.

② Nathalie op de Beeck. Playing with Picturebooks：Postmodernism and the Postmodernesque by Cherie Allan (review). *The Lion and the Unicorn*，2014. 38（2）：221.

著仍属凤毛麟角。并且，对于这样一个仍属新兴领域的研究范畴，学者们在各个层面上的认识尚不够充分，不同观点之间也存在着相互重叠，甚至相互抵牾的情况，这些都有待于进一步的研究来加以解决。

比之于欧美，我国当代儿童图画书的创作和出版起步时间都比较晚，相关研究在最近十几年间才开始大量出现。目前国内的图画书研究专著中，尚没有一部专门针对后现代图画书的相关问题，只是在某些著作中提及了被欧美学界公认为具有“后现代主义特质”的一些图画书作品。其中所提供的资讯往往只是一种描述或概览，也未能在更广的研究视域内对其进行有效的评价。

就笔者目力所及，迄今为止国内唯一一篇较为系统地研究后现代图画书的文献，是袁亚欢的硕士学位论文《图画书中后现代现象研究》[①]，文章敏锐地感知到当代儿童图画书与后现代主义之间的关系，较为全面地描述了图画书领域中所出现的种种后现代现象，其“拓荒者”的价值值得肯定。但该文主要以图画书个案赏析为主，并未对这一现象的背景、意义、启示等各方面的问题做出思考。

其他一些有关后现代图画书的论述则散见于国内各种期刊中，明确提及儿童图画书与后现代主义的论文只有寥寥数篇。不过从中可以看出，国内图画书研究界已经开始意识到后现代儿童图画书的魅力与重要性，表露出对这一研究方向的兴趣。例如谈凤霞在《突围与束缚：中国本土图画书的民族化道路——国际视野中熊亮等的绘本创作论》一文中提道：“（后现代的创作素材和手法）正是当今西方图画书发展的新动向、新途径、新收获，并且已有颇为惊人的建树。”[②] 又如赵霞与方卫平的《后现代的文本狂欢及其困境——从〈扁镇的秘密〉系列

① 袁亚欢：《图画书中后现代现象研究》，南京艺术学院硕士学位论文，2015 年.

② 谈凤霞：《突围与束缚：中国本土图画书的民族化道路——国际视野中熊亮等的绘本创作论》，《南京师大学报（社会科学版）》，2012（2），第 152 页.

谈当代童话的艺术创新》① 一文分析了许多后现代图画书，指出这些书在带来新的叙事技巧的同时，拓展了儿童文学的表现对象范围，增强了儿童文学的当代言说能力。同时该文也指出，后现代主义手法对于中国儿童文学界来说还显得“过于新鲜”，对这种手法的应用尚需要一段漫长的摸索与思考过程。总而言之，关注这一问题的学者在很多方面颇有创见，敏锐地察觉到了后现代主义影响当代儿童图画书的潮流，但鉴于篇幅所限，尚谈不上是对这个问题非常系统的研究。

综上所述，目前国内外学界的相关研究大多立足于儿童教育应用、视觉艺术赏析，或是图文之间的互动关系。而无论从上述哪一个角度出发，都不足以全面系统地认识后现代主义对儿童图画书的深刻影响，因为这一现象并不单纯是一个儿童教育或是图画书发展史方面的问题，而是更深地植根于历史、哲学、文化、社会思潮的变革之中。所谓的“后现代图画书”，主要作为一种独立的艺术作品，出现在特定的社会文化环境之中，可以说，它本身所达到的艺术成就已经超越了当前儿童文学界对它的研究深度。而另一方面，如果把这种特殊的图书从儿童文学领域内剥离出来，又不能真正地把握它作为儿童文学作品的本质。本书将从后现代主义理论出发，通过直接面对原因、特征、意义、启示四个方面的问题，将儿童文学理论、视觉艺术理论和社会历史研究结合起来，试图从一个全新的角度来重新审视此类图画书。

研究思路

具体来说，本书的研究将立足于儿童文学视角，探讨近几十年来

---

① 赵霞、方卫平：《后现代的文本狂欢及其困境——从〈扁镇的秘密〉系列谈当代童话的艺术创新》，《东岳论丛》，2011. 6，32（6），第95—100页.

儿童图画书受到后现代主义思潮影响的情况，即：后现代主义作为一种文化语境和一套艺术理念是怎样对当代儿童图画书产生影响的，受后现代主义影响的儿童图画书有着怎样的特质、怎样的意义，对未来的图画书创作又有着怎样的启发。

在展开论述前，有必要对研究范畴做出界定。首先要说明的是，笔者绝对无意于给所谓“后现代儿童图画书”的概念下一个严格的定义，因为正如我们在后文中将要看到的，后现代主义理论开放、灵活而庞杂，拒绝被分类和定义正是其最基本的立足点之一，任何企图在一个封闭框架内探讨后现代主义的尝试都是荒谬的。同时，后现代主义与儿童图画书之间的互动关系并非静止不变的，而是一个随着社会文化变迁而不断演进的动态过程。另外，一些儿童图画书所表现出的特质的确与成人后现代主义文学具有强烈的相似性，在这些书身上可以明显地辨识出许多后现代主义的特征，正如伊哈布·哈桑（Ihab Hassan）所说的，后现代主义已经成为“一种看待世界的方式”，即使其本身行踪难觅，它的“幽灵”也将持续萦绕在我们的认知方式中。[①] 尽管如此，儿童文学作品毕竟具有自己的特殊性，往往不会像成人文学那样以激进决绝的姿态投入后现代主义的艺术实验，因此，“后现代儿童图画书”无法成为一个具有明确定义和清晰边界的概念。

其次要说明的是，由于后现代主义和儿童图画书严格上来说都源于欧美国家，所以本书中所用来支持论述的图画书也主要来源于欧美，尤其是西欧、北美及澳大利亚，对于中国原创图画书，将在最后一章中予以关注。同时，由于后现代主义这一概念具有特定的历史阶段性，所以绝大多数用于例证的图画书创作于20世纪八九十年代之后，这一

① Ihab Hassan. From Postmodernism to Postmodernity: The Local/Global Context. *Philosophy and Literature*, 2001. 25 (1): 9.

时期后现代主义对儿童文学的影响力最为强盛，当然根据论述的需要也会涉及其他时期的作品。

这样界定之后，我们可以发现，本书研究范畴之内的图画书作品在数量上并不算太多。在这些儿童图画书中，有的在创作手法方面突破现代主义的传统叙事框架，也有的在思想意识方面背离现代的自由人文主义传统，不过更多的是在形式和内容两方面都对传统话语体系形成挑战。这些书将在艺术风格和思想内涵两方面使我们清楚地认识到，后现代主义对当代儿童图画书有着怎样的影响力。

本书的主体部分共分为六章。第一章主要探讨后现代图画书的诞生背景，也就是后现代主义影响当代图画书的原因，寻找哪些因素可能在二者联姻的过程中起到了推动作用。第二至四章从后现代主义理论的视角出发，来剖析受后现代主义思潮影响的儿童图画书可能呈现出哪些典型面貌，这个过程不是为了树立一个僵化的“鉴定标准”，将不符合标准的图画书排除在外，而是为了探寻一道灵活而又富有包容性的边界，为讨论一个特殊的图画书门类带来方便。

第五章力图挖掘后现代儿童图画书所具有的意义。虽然后现代儿童图画书在数量上并不占优势，却对儿童和儿童文学本身都具有深远的影响。同时，儿童图画书与后现代主义之间的关系并不是一个被动的单向过程，而是一种复杂的双向互通，儿童图画书作为一种精致的艺术品，也为后现代主义理论和艺术实践带来了颇具价值的启示。

最后，第六章致力于探讨中国原创图画书与后现代主义之间的关系。由于儿童图画书和后现代主义理论都源自西方，所以前几章为求准确起见，不得不更多地借助于欧美学界的理论和材料。但一切研究的落脚点归根结底都是本国现实，所以笔者将尽可能地搜集材料，在后现代主义视域下研究中国原创图画书的发展状况，旨在将本土创作的特点与欧美的情况相互参照，为未来中国原创图画书的创作和评价提供参考。

研究的理论方法

鉴于本书研究后现代儿童图画书，而后现代主义是一个极其宏大庞杂的理论体系，这里先对后现代主义的基本概念和内涵进行简要的梳理。

“后现代主义”通常是指一种理论思潮，旨在解析20世纪后半叶以来，社会与文化在诸多方面所发生的转变和演进。一般认为，它的思想渊源是尼采（Friedrich Wilhelm Nietzsche）、海德格尔（Martin Heidegger）与后期维特根斯坦（Ludwig Wittgenstein）的哲学。虽然三者的哲学观与关注角度各不相同，但他们都“反对西方传统的形而上学，反对理性主义哲学，反对先验的思考方式”[①]，关注人的意志与生存状态，变“发现”为“诠释”，强调认知视角与意义的多样性。

从字面上来看，“后现代”指的是出现在“现代”之后的一个概念，但这并不是“后”之内涵的全部。所谓“后”，不仅仅是指时间更晚，而且更是指否定、摒弃与超越“现代”；而它所要否定的，也不是“现代”的存在与合理性，而是其霸权性与局限性。事实上，当前学界并未普遍得出我们已经进入“后现代时期”的论断，也没人能够确定“后现代社会”的庐山真面目。不过从各种文化与社会现象中，我们又能确实地感受到“后现代”的存在，以至于很多流行话语已经迫不及待地将“后现代”世界看作是一个接替“旧世界”而来的精彩产物。正如亚瑟·伯格（Arthur Berger）所表述的：“后现代世界也许不像

---

① 陈嘉明：《现代性与后现代性十五讲》，北京：北京大学出版社，2006年版，第129页.

现代主义世界那样稳定，但至少要更令人振奋。”[①] 宝拉·盖（Paula Geyh）则指出：“试图完全拒绝后现代主义就是在试图逃离你自身所处的时代，试图把自己从每天的日常生活和文化潮流中抽离出来。”[②]

鉴于理论的驳杂，要为“后现代主义”的核心概念——“后现代性”做出一个较为清晰的界定殊非易事。不过，各不相同的理论派别之间还是有着根本上的共同性，那就是后现代性这一概念在哲学上的来源。正如现代性的概念来源于对社会规范和“人”本身的理解、确证与反思一样，后现代性从根本上也来源于这种思索：社会规范的基础来源于何方？主客体之间应该是一种怎样的关系？“人”到底是什么？既然现代性对于这些问题的回答（社会规范来源于至高无上的理性和逻辑，“主体性”是客体的价值之源，“人”是以理性为本质的宇宙的精华）已经被认为是不完全恰当的，那么后现代性就在此基础上重新进行探索和构想，对这些问题的重新解答就构成了后现代性的思想与态度。

纵观已有研究，“后现代性”的核心特征可以归纳为以下几点。首先，后现代性最为人所熟知的特征就是对“元叙事”（metanarratives）的质疑，即所谓的“去经典化”。“元叙事”的说法由法国哲学家利奥塔（Jean-Francois Lyotard）提出，主要指现代主义所信奉的一些支配性话语体系。这些信条在很长一段时期内都被认为是不言自明的既定真理，而后现代性话语的首要态度就是质疑并批判这些“宏大叙事”，指出这些“权威”观念与其他叙事体系一样，对世界的表述并不具有什么绝对独特或可靠的意义，与现实之间也没有稳固的对应关系。换

---

① Arthur Berger. *The Portable Postmodernist*. New York: Altamira Press, 2003: 100.

② Paula Geyh. Assembling Postmodernism: Experience, Meaning, and the Space in Between. *College Literature*, 2003. 30 (2): 6.

句话说，它们“不过是另外一种形式的虚构而已”[1]。并且，后现代性话语不仅质疑元叙事本身，而且质疑它们内化为人们基本信条的过程，认为所有看起来确定无疑的“事实”，实际上都是通过某种巧妙的方式被建构起来的概念，即“一切都是被建构的”，一切都只是“故事”。这种普遍的怀疑几乎扩展到了文学、历史、哲学、艺术、科学、政治等社会文化生活的一切领域中。

其次，后现代性的一个明显表征是“不确定”，这是由对元叙事的质疑所直接带来的。既然所谓“确定无疑”的信条已经崩塌，我们就无法确信任何客观事实，或是思想与概念。知识与经验并不会随着不断累积而变得愈加稳固，相反，似乎人们了解得越多，不确定的东西也就越多。科学和哲学领域内的研究也从侧面加深了这一印象，例如量子力学创始人之一维尔纳·海森堡（Werner Heisenberg）提出的“测不准原理”，托马斯·库恩（Thomas Kuhn）提出的“范式转换法则（formulation of the paradigm shift）”等。除此之外，不确定的氛围所笼罩的不仅是外部事物，还包括人的世界和人的自我。随着对多元社会和文化的了解，人们逐渐意识到，自己的判断和价值观并不具有确定无疑的中心地位，而所谓的“人性本质”则在多重话语体系之间不断地摇摆。后现代性的思维认为，人的身份“建构在一系列多种多样的主体之中，并在其间或轻松或吃力地移动、变换，我们都是阶级、人种、族裔、地区、年代、性别等因素的结合体”[2]。

第三，后现代性抵制同质化、一致性和连贯性，这为其带来了强烈的“碎片化”“多元化”和“无序性”特征。伊哈布·哈桑对此阐述

---

① ［英］巴特勒：《解读后现代主义》，朱刚、秦海花译，北京：外语教学与研究出版社，2013 年版，第 160 页。

② ［英］巴特勒：《解读后现代主义》，朱刚、秦海花译，北京：外语教学与研究出版社，2013 年版，第 205 页。

道："后现代更倾向于向破碎性，以及未经合法化的边缘敞开自己。"① 通过这种努力，那些受压制、被边缘化的群体重新进入人们的视野，例如女性、少数族裔、实验艺术等，这使得后现代性往往呈现出一种先锋、挑战的姿态。无序、"狂欢化"的后现代性文本拒绝被纳入到任何一种分类体系中，在主观上极力抗拒任何可能成为"元叙事"的话语体系。此外，上述三点主要特征还会衍生出一些其他要素，诸如反讽、混杂、自我指涉、互文性、表演性、游戏性等，不过这些特点实际上已经更倾向于"后现代主义"的范畴了。

虽然"后现代主义"和"后现代性"经常被混用，但实际上二者有着较为明显的差异。大体来说，"后现代性"指的是西方社会动摇以理性、进步、科学等为代表的现代性信念这一状况，而"后现代主义"则指20世纪60年代以来出现在文化艺术界的一系列新的美学风格、理念、现象。加拿大社会学家大卫·里昂（David Lyon）用最简单的方式总结了两个术语之间的区别："当着重于文化方面时，用'后现代主义'一词；当着重于社会方面时，用'后现代性'一词。"②

就像"后现代性"一样，"后现代主义"也是一套非常复杂的话语体系。如同克劳斯·斯蒂尔斯托弗（Klaus Stierstorfer）所言："关于后现代主义究竟是什么，有太多的分歧、太多的矛盾和太多的定义，让人没法得到一个平顺连贯的印象。"③ 由于本书研究的是文学作品，我们可以试着列举一些学者对"后现代主义文学"特征的描述。例如，特里·伊格尔顿（Terry Eagleton）认为，后现代主义作品是"随意

---

① Ihab Hassan. Pluralism in Postmodern Perspective. *Critical Inquiry*, 1986. 12（3）：505.

② David Lyon. *Postmodernity*. Buckingham：Open University Press, 1994：6.

③ Klaus Stierstorfer. Introduction：Beyond Postmodernism-Contingent Referentiality? In Klaus Stierstorfer ed. *Beyond Postmodernism：Reassessments in Literature, Theory, and Culture*. Berlin：Walter de Gruyter, 2003：2.

的、兼收并蓄的、混杂的、去中心化的、流动的、不连贯的、拼贴式的”，后现代主义文本往往“沉迷于反讽和游戏，指明自己作为一个建构物的地位、互文性来源以及对其他作品的戏仿”。[①] 又如，马丁·柯尔斯（Martin Coles）和克里斯汀·豪（Christine Hall）认为，后现代主义文学经常呈现出“自我反思，自我指涉的姿态”，并表现出“明显的游戏性、戏仿、拼贴、反讽，也含有双关语、互文等其他元小说叙事手法”。[②] 再如，肯·沃森（Ken Waston）认为，后现代主义文学拓展了现代主义的创作技法，这不仅包括多重视角、互文性、不确定性、折衷性、拼贴性、超现实主义等，更重要的是它们还普遍运用暴露文本建构性的元小说叙事法，并具有游戏的愉悦性。[③]

从以上种种各不相同的描述中，我们可以提炼出后现代主义文学可能具有的共同特征——几乎每位学者都提到的“元小说叙事手法”（metafictive techniques）。顾名思义，这个词来自“元小说”（metafiction），即所谓“关于小说的小说”。这一概念力图揭示小说的虚构性，暴露其创作过程，具有强烈的自我反思和自我指涉性。元小说采用的创作手法即元小说叙事手法，也被译为“元叙述”或“元虚构”。后现代主义文学所经常被提及的诸多特征——不确定性、互文性、拼贴、反讽、戏仿、碎片化、游戏性、表演性等，从广义上来说都是元小说叙事手法的体现。

具体来看，这种叙事手法的目的在于打破读者的阅读预期，彰显文学作品的虚构本质。从而，我们在阅读一部带有“元小说”特征的

---

① Terry Eagleton. *Criticism and Ideology*: *A Study in Marxist Literary Theory*. London: Humanities Press, 1996: 201.

② Martin Coles, Christine Hall. Breaking the Line: New Literacies, Postmodernism and the Teaching of Printed Texts. *Reading*: *Literacy and Language*, 2001. 35 (3): 112.

③ Ken Watson. The Postmodern Picture Book in the Secondary Classroom. *English in Australia*, 2004 (140): 55.

作品时，很难遇到像现实主义小说中那样清晰的文类、可信的人物及完整的故事结构。有的作品中，作者会直接跳出来，向读者发表关于作品的各种评论，或是提供多个可供自由选择的结局，例如约翰·福尔斯（John Fowles）的《法国中尉的女人》（*The French Lieutenant's Woman*）；有的作品则被设计成莫比乌斯带一般的环形结构，书里和书外的世界合二为一，难分彼此，难辨虚实，例如胡利奥·科塔萨尔（Julio Cortazar）的《花园余影》（*Continuity of Parks*）；还有的作品如同一份简略而杂乱的提纲，故意用大量散漫而不着边际的夸张片段来打断读者的阅读，以揶揄和调侃的笔调阻止读者沉浸在故事中，例如唐纳德·巴塞尔姆（Donald Barthelme）的《爵士乐之王》（*The King of Jazz*）等。在我国，如马原、刘索拉这样的20世纪80年代的先锋小说作家也进行了很多元小说方面的尝试。

不过值得说明的是，虽然绝大多数后现代主义文学的突出特征是元小说叙事，但元小说叙事与后现代主义却不能完全混为一谈。后现代主义更多的是一种历史的产物，是主要盛行于20世纪60至80年代之间的一种美学风格与理念；而作为一种叙事手法的元小说叙事却不属于任何特定历史时期，它古已有之，只不过在后现代主义兴起之后，又获得了前所未有的巨大关注。正如有的研究者所说，这种手法具有“巨大的能量”：它通过揭示文本的建构性，破除了对“真实”的迷信，拆解了现代主义“宏大叙事”的绝对权威地位，使得文本不再是现实的附庸，其意义只来自纯粹的叙事行为本身，文本因此拥有了前所未有的自治权，从“真实”的桎梏下获得了彻底解放。[①] 在这个意义上，元小说叙事手法与后现代主义不谋而合，成为了后现代主义文学最重要的特征之一。

---

① 林秀琴：《元小说》，《文艺评论》，2003（2），第80页.

除后现代主义理论之外，本书在具体论述中所涉及的理论还包括图画书研究理论、儿童文学研究理论、童年史与儿童文化理论等，在这里也予以简要说明。

根据瑞典学者尼古拉耶娃的总结，目前有关儿童图画书的研究大体可分为五个方向。第一是将其作为教育工具来研究，评估图画书在儿童社会化过程和语言习得方面所起到的作用；第二是从艺术史的角度，研究图画书的设计与创作技法；第三是从美术学的角度，着重研究图画的表现功能和符号学意义；第四是围绕文学研究的角度，探讨图画书的主题、背景、叙事方式，以及书中的性别结构和意识形态等问题；第五则是由佩里·诺德曼（Perry Nodelman）①、彼得·亨特（Peter Hunt）② 以及尼古拉耶娃③等开创的“图文综合研究”，即着眼于图画和文字交织而成的“图像文本”（iconotext）整体，尝试开发一套“图画书元语言”，对图画书独特的图文动态交互模式进行解码。而本书对后现代图画书的研究，在具体阐述中可能会游离于上述任何一个视角之外，也可能同时包含以上的所有视角。

在审视后现代主义理论和图画书研究方法之后，我们的探讨还是要回到儿童文学领域。儿童文学研究是一个广阔范围内的学术活动的总称，研究方法非常多样。个人认为，简而言之，它所要处理的核心议题有二，即“儿童文学到底是什么”，以及“到底如何定义‘好’的儿童文学”。对于第一个议题，笔者比较认同“中间地带”的说法：“那些通常被阅读成只有一种声音的（儿童文学）文本事实上混合了小时候的声音与长大后的声音。为儿童创作的作家不可避免地在他们自

---

① Perry Nodelman. *Words about Pictures*: *The Narrative Art of Children's Picture Books*. Athens: University of Georgia Press, 1988.

② Peter Hunt. *Criticism*, *Theory*, *and Children's Literature*. London: Blackwell, 1991.

③ Maria Nikolajeva, Carole Scott. *How Picturebooks Work*. New York: Routledge, 2006.

己的过去与现在之间创造出了一种对话（colloquy）。”[①] 在“文化中间地带”这个成人与儿童的共同空间中，儿童文学的定义既不能落在生物学意义上的儿童上，也不能完全落在权力构建意义上的儿童上。

而第二个议题则涉及儿童文学史研究，因为它将大量的儿童文学文本编入到一个序列之中，并根据某种价值标准做出评断。或许弗兰克·科莫德（Frank Kermode）对于这个问题的见解较为中肯，他认为，一个文本能否维持在历史中的重要地位，与读者可向其提出的问题的复杂性有关。那些变成经典的文本具备“开放的兼容性，能让它们在不停变化的情况下保持活力”[②]。这些文本的活力在于它们能不断地从读者那里得到新的阐释，读者也可以不停地用新方式阅读它们，并从中寻找尚未被揭示的意义可能性。我们可以从这一点出发，在儿童文学史的脉络中把握所研究的图画书文本。

为了从根本上探讨后现代图画书文本与儿童文学的关系以及它对于儿童的意义，我们的研究最终要回归到童年史研究与儿童文化理论当中。绝大部分当代儿童文化学者都认为：“有关儿童与童年的想法，是社会意识形态的一部分。”[③] 米策·迈尔斯（Mitzi Myers）对此表述道：“‘儿童’‘童年’以及‘儿童文学’的概念是偶然产生的，并非本质主义的；是对特定历史语境下的社会构建的具体体现；它们是用来

---

① U. C. Knoepflmacher, Mitzi Myers. From the Editors: “Cross-writing” and the Reconceptualizing of Children's Literature Studies. In U. C. Knoepflmacher, R. H. W. Dillard, Professor Francelia Butler, Mitzi Myers eds. *Children's Literature: Volume 25, Special Issue on Cross-Writing Child and Adult*. New Haven: Yale University Press, 1997: vii.

② Frank Kermode. *The Classic: Literary Images of Permanence and Change*. Cambridge: Harvard University Press, 1983: 44.

③ ［加拿大］Perry Nodelman：《阅读儿童文学的乐趣》，刘凤芯译，台北：天卫文化图书股份有限公司，2000年版，第91页.

反映现实，同时也矫正现实的有用的虚构。”[①] 这种“建构论”的观点，本身就是相当“后现代主义”的。

从而，儿童观和童年观常常与文化批评相联系，成为历史、文化研究的一部分。在今天的童年文化研究界，对“纯真的童年伊甸园”等“现代性宏大叙事”进行消解的观点，正占据着越来越重要的位置。一些学者认为，“视儿童为需要保护的潜在受害者的观点只是一种相当‘现代’的看法，它可能对谁都没有好处”[②]。这也从一个侧面反映出，在当下，包括儿童文化研究在内的学术领域已经在一定程度上受到了后现代主义理论的影响。

---

① ［英］托尼·瓦特金斯：《空间、历史与文化：儿童文学的生存环境》，见［英］彼得·亨特主编：《理解儿童文学》，郭建玲、周惠玲、代冬梅译，上海：少年儿童出版社，2010 年版，第 101 页．

② 赵霞：《思想的旅程：当代英语儿童文学理论观察与研究》，南京：江苏凤凰少年儿童出版社，2015 年版，第 140—141 页．

第一章

奇妙的联姻：后现代儿童图画书的诞生背景

尼古拉耶娃曾指出，图画书与其他文学形式相比，更加“简单”，从而更适合幼童阅读，这一观念从深层上来说源于拉康（Jacques Lacan）的心理学理论。[①] 拉康的“前语言阶段”（preverbal times）和“想象域语言”（imaginary language）等概念影响甚广，从而使“简单”的图画只适于幼童阅读的观念深入人心，在很大程度上塑造了公众对于儿童图画书的既定期待。这种期待在很长一段时间里笼罩着整个图画书领域，正如珍妮特·埃文斯（Janet Evans）所说，常见的“流行儿童图画书”具有一些共同的特质：图画线条简洁清晰，色彩鲜艳明亮，较少运用阴影；故事文本简短，富有韵律；经常以拟人化的小动物作为主人公；故事内容通常鼓励儿童乐观看待日常生活中的事物，鼓励儿童向智慧的成人寻求帮助，号召儿童通过团结与友谊来解决小问题，歌颂童年的欢乐与创造力，歌颂善良与慷慨的美德；等等。[②] 总而言之，这些书

---

① Maria Nikolajeva，Carole Scott. *How Picturebooks Work*. New York：Routledge，2006：261—262.

② Perry Nodelman. The Scandal of the Commonplace：The Strangeness of Best-selling Picturebooks. In Janet Evans ed. *Challenging and Controversial Picturebooks：Creative and Critical Responses to Visual Texts*. New York：Routledge，2015：37—38.

中不太会出现悲观、复杂、模糊、富有争议性的元素，从而更进一步强化了人们关于儿童图画书适宜并且只适宜幼童阅读，是一种简单儿童读物的观念。

不管怎样，早期儿童图画书“清晰的叙事结构、线性的故事次序、明确而全知全能的教诲式语调，以及在客观真实和主体感知之间不可动摇的界限”[①] 等特点，使得它在人们的印象中几乎与“后现代主义”这样的概念绝缘。然而，这种印象在最近十几年间被图画书界的发展现状打破了。就像贝齐·赫恩（Betsy Hearne）所描述的一样：“20 世纪 80 到 90 年代起，儿童图画书开始变得前所未有地精致与复杂……这些成熟缜密的作品，其受众颇为值得商榷，显然不再仅仅是学龄前儿童，或许还包括成人。”[②] 实际上，这些“成熟缜密”的图画书往往具有强烈的后现代主义特征。这不禁使人生成一个疑问，那就是后现代主义与儿童图画书之间何以能够产生如此奇妙的联姻，以至于大大改变了图画书的面貌，也动摇了人们对它的既定期待。对于本书的研究来说，这是不可避免要尝试去回答的问题。本章主要从三个方面，来追寻在这个联姻的过程中可能起到推动作用的种种因素。

---

① Maria Nikolajeva, Carole Scott. *How Picturebooks Work*. New York: Routledge, 2006: 260.

② Betsy Hearne. Perennial Picture Books Seeded by the Oral Tradition. *Journal of Youth Services*, Fall 1998. 12 (1): 27.

第一节

社会思想与物质基础

一、社会环境与文化思潮的变化

20 世纪后半叶以来，尤其是 80 年代之后，社会环境和人们的生活方式发生了巨大的变化。随着全球范围内政治、经济环境的变革，种种新的社会现象层出不穷，并以不可抗拒之势影响了每个人的日常生活。这其中最为突出的有如下一些方面。

第一，全球化迅速兴起。吉登斯（Anthony Giddens）将全球化定义为“世界范围内的社会化关系的强化，这种关系以这样一种方式将彼此相距遥远的地域连接起来，即此地所发生的事件可能是许多英里以外的异地事件而引起，反之亦然”[1]。全球化使当今社会的每个人生

---

① ［英］安东尼·吉登斯：《现代性的后果》，田禾译，南京：译林出版社，2011 年版，第 56—57 页.

活在麦克卢汉（Marshall McLuhan）所谓的“地球村”当中。世界各地的人员、物资、信息、思想和文化正在以前所未有的速率迅捷流动，相距千里的人们在思想观念和生活方式上可能高度趋同，整个世界在人们面前敞开大门，不再充满神秘和阻隔。这一方面为人们带来了物质和精神生活的富足，另一方面也催生了关于文化危机和身份认同的焦虑等问题。虽然全球化与后现代主义之间的关系有时被视为是矛盾的，但后现代理论家们一般都认可二者之间的紧密联系，认为“后现代性与全球化的关系问题构成了理解后现代主义立场的基础”①。简单地说，二者之间矛盾统一的关系表现为：全球化的标准抹掉了传统上“中心”与“边缘”之间的差异，而这种“去中心化”反过来促使许多原来的“边缘”变成了新的“自由中心”，进而导致了后现代主义所倡导的差异性与多元化。②

第二，全球化现象背后的促成者是技术和媒体力量的爆发性增长。信息传播是物质和文化在全球迅速扩张的关键性因素，如果没有技术和媒体的支持，全球化就无法实现。当代的人们就像哈桑所说的，正在享受“逃离控制的技术，从遗传工程和思维控制到空间的征服”③。而所有这些技术当中影响最为深远、全方位渗入日常生活的，或许就是电视、互联网等电子媒体技术。在过去的二十年间，呈指数级迅速增长的媒体力量影响了所有人的生活，无孔不入的媒体文化将当今社会塑造成了一个所谓的“奇观社会”，“其中所有的事物都被转变成了一种符号或象征”。④ 而这种电子媒体所造就的“奇观社会”，一方面

---

① 陈嘉明：《现代性与后现代性十五讲》，北京：北京大学出版社，2006 年版，第 348 页.

② 陈嘉明：《现代性与后现代性十五讲》，北京：北京大学出版社，2006 年版，第 349 页.

③ ［美］伊哈布·哈桑：《后现代转向》，刘象愚译，上海：上海人民出版社，2015 年版，第 103 页.

④ Paula Geyh. Assembling Postmodernism：Experience，Meaning，and the Space in Between. *College Literature*，2003. 30（2）：4.

有助于后现代主义思潮在更广的范围内传播，另一方面其自身也是一个典型的后现代社会现象。

第三，在全球化和媒介革命造就的诸多社会现象中，最重要的就是消费文化的盛行。格兰特·麦克克拉肯（Grant McCrachen）等许多学者断言，后现代的表征之一就是社会重心从生产转为消费。[①] 对消费社会最为极端的描述，出自个性鲜明的后现代思想家波德里亚（Jean Baudrillard），他论定："我们处在'消费'控制着整个生活的境地。"[②] 他曾援引马克思（Karl Marx）的一段话来描述消费社会的特殊景观："在伦敦最繁华的街道，商店一家紧挨一家，在无神的橱窗眼睛背后，陈列着世界上的各种财富。"[③] 除了商品之外，这个社会还源源不断地制造出各种消费欲望、消费手段及消费场所。波德里亚将代表消费场所的超级购物中心比喻为"我们的新万神殿，我们的地狱，将所有的神祇和所有的恶魔都带到了一起"[④]，这座购物神殿里充盈着"永恒的春天"，是一个超脱于真实时间之外的所在。同时，它也通过销售来自世界各地的商品，消除了物理空间的限制。最重要的是，在这里什么都能用来消费，不仅是物品，而且"服务、身体、性、知识等"都可以进行交换，符号和商品成为一体的两面。

在这种消费文化中，人们不再像过去一样，受到信仰、哲学观点和意识形态的统辖，致力于生产和创造，而只是漫无目的地完成一些

---

① [美] 罗立波：《全球化的童年？——北京的肯德基餐厅》，李胜译，见景军主编：《喂养中国小皇帝：儿童、食品与社会变迁》，钱霖亮、李胜等译，上海：华东师范大学出版社，2016 年版，第 116 页.

② [法] 让·波德里亚：《消费社会》，刘成富等译，南京：南京大学出版社，2001 年版，第 6 页.

③ [法] 让·波德里亚：《消费社会》，刘成富等译，南京：南京大学出版社，2001 年版，第 2 页.

④ [美] 乔治·瑞泽尔：《后现代社会理论》，谢中立等译，北京：华夏出版社，2003 年版，第 115 页.

零散的行为碎片，致力于消费和分解。因而，詹明信（Fredric Jameson，也即杰姆逊）将“消费社会”作为“晚期资本主义社会”的一个重要特征，他认为在这个社会里，“商品消费同时就是其自身的意识形态”[①]，人们的消费行为只是一个过程或幻象，并不产生什么意义，也不追求什么信仰。在他看来，当代人生活在一种“十分标准的后现代文化”之中，这个消费主义的后现代社会体现在媒体、电视、快餐和中产阶级生活等方方面面。[②]

消费社会的价值体系与此前的社会意识形态之间有一个很大的区别，那就是对于即时需求、个人享乐的追求，产生了一种“消费者的个人主义”[③]。消费英雄们再也不需要他人的合作或是协助，单枪匹马就可以成为商家口中的“上帝”，受到歌颂和奉承。在伴随着一幅幅后现代社会图景而兴起的各种文化思潮中，首当其冲的就是个人主义所引发的多元主义：“社会已经演变成为一个由多方力量所构成的放任的领域，其中只有多元的风格、多元的论述，却不见常规和典范。”[④] 在多元主义的影响下，世界分崩离析为难以计数的多样化集团，不同的种族、性别、阶级和政治群体纷纷提出自己的主张和要求，不同的价值观之间互相碰撞、同时并存。在无穷无尽的分散与解体过程中，相对主义、去经典化和不确定性的思潮应运而生。宏大的“元叙事”不再是社会思想的主流，取而代之的是一系列的“反对”和消解——反精英、反独裁、反权威、反文化、反西方，以及“新时代运动”、次人文主义、存在主义、色情主义、神秘主义、超验主义、启示录主义、

---

① ［美］杰姆逊：《后现代主义与文化理论》，唐小兵译，北京：北京大学出版社，1997 年版，第 29 页.

② 陈嘉明：《现代性与后现代性十五讲》，北京：北京大学出版社，2006 年版，第 268 页.

③ ［法］让·波德里亚：《消费社会》，刘成富等译，南京：南京大学出版社，2001 年版，第 77 页.

④ ［美］詹明信：《晚期资本主义的文化逻辑》，张旭东编，陈清侨等译，北京：生活·读书·新知三联书店，1997 年版，第 452 页.

玄学秘术、嬉皮士运动、人类潜能运动、“开放教室”运动等五花八门的思潮和运动。[1] 就像法国哲学家吉尔·利波维茨基（Gilles Lipovetsky）所形容的：“（后现代性）不断消解业已存在的社会、政治和意识形态结构，以维持新近获得的自由。”[2]

鉴于文学是文化的一部分，并且一些文化思潮本身就是在文学实践和研究中产生的，在以上种种文化思潮的深刻影响下，当代的文学生产与阅读方式发生了剧烈变化，出现了各种有趣的后现代主义文学现象。琳达·哈琴（Linda Hutcheon）在《后现代主义诗学：历史·理论·小说》（*A Poetics of Postmodernism*：*History*，*Theory*，*Fiction*）中指出，后现代主义小说“质疑了由相互联系的概念组成的整个体系，我们已经将这些概念和简单地称之为自由人文主义的特点联系起来：自主性、超验性、确定性、权威性、统一性、一统化、体系、普世化、中心、连续性、目的性、封闭性、等级制、同质性、独特性、始源”[3]。在法国的“新小说家”和一些美国实验派作家的作品中，这些特征得到了充分的展现。雷·费德曼（Ray Federman）的《要就要，不要拉倒》（*Take it or Leave it*）以带有喜剧色彩的口吻，将一些文学理论名著的书名嵌入漫无边际的离题中，表达了对理论的嘲弄。雷蒙·格诺（Raymond Queneau）在《文体练习》（*Exercices de Style*）中，采用99种文体风格反复讲述了一个非常简单的故事：一个人在一天中两次遇见同一个陌生人。马克·萨波塔（Marc Saporta）的“洗牌式小说”（shuffle novel）《作品第一号》（*Number* 1），要求读者每

---

① ［美］伊哈布·哈桑：《后现代转向》，刘象愚译，上海：上海人民出版社，2015年版，第104—110页.

② Teresa Colomer. Picturebooks and Changing Values at the Turn of the Century. In Teresa Colomer, Bettina Kümmerling-Meibauer, Cecilia Silva-Díaz eds. *New Directions in Picturebook Research*. New York: Routledge, 2010: 46.

③ ［加拿大］琳达·哈琴：《后现代主义诗学：历史·理论·小说》，李杨、李锋译，南京：南京大学出版社，2009年版，第78页.

次读他的小说时用“洗牌”的方式来创作属于自己的作品。布利昂·吉辛（Brion Gysin）则试图采用“剪拼法”来实现“自动写作”，即从报纸上随意剪裁、拼凑字词来形成诗歌。

虽然一般来说，普通读者并不熟悉这些相对极端的文学实验，但其中蕴藏的理念、主题以及创作手法总会通过某些渠道播撒到日常阅读当中。一些广受当代读者喜爱的知名作家，例如伊塔洛·卡尔维诺（Italo Calvino）、萨尔曼·拉什迪（Salman Rushdie）、豪尔赫·博尔赫斯（Jorges Luis Borges）、弗拉基米尔·纳博科夫（Vladimir Nabokov）、马里奥·略萨（Mario Llosa）、翁贝托·埃科（Umberto Eco）等人，虽然都不是严格意义上的后现代主义者，但都以独特的方式对文学形式和时代话题进行了积极的探索。他们的探索中往往不乏后现代主义的成分，而这些成分有时恰是最受读者关注的部分。比如，埃科曾担任以中世纪为背景的电子游戏《刺客信条》（*Assassin's Creed*）的历史和文学顾问。在分析这部游戏广受欢迎的情形时，金伯利·雷诺兹（Kimberley Reynolds）提到，或许埃科在他自己的小说《玫瑰的名字》（*The Name of the Rose*）[①] 等作品中表现出的文学偏好，诸如高度的文本互动性、给读者设置互文性谜题、将文本意义向多重阐释敞开等，是促使这部游戏获得成功的原因之一。[②]

就像上述这个例子所揭示的，后现代主义文学的元素经常走出学术殿堂，出现在通俗文学和流行文化当中。现在充斥于网络世界里的大量“穿越文”“同人文”等网络文学，仔细分析之下都蕴含着明显的后现代主义文学元素，如互文、反讽、戏仿、表演性、参与性、去经

---

① ［意］翁贝托·埃科：《玫瑰的名字》，沈萼梅、刘锡荣译，上海：上海译文出版社，2015 年版.

② Kimberley Reynolds. *Children's Literature*: *A Very Short Introduction*. New York: Oxford University Press, 2011: 72—73.

典化、无深度等等。根据玛格丽特·米克（Margaret Meek）的说法——“文本自己会教导读者应该读什么，以及怎样读”[1]——我们可以推论，既然当今社会中的读者生活在无所不在的后现代性氛围中，每天接触到大量后现代主义风格的文本，他们自然也会受到这些文本的“教导”，开始习惯甚至期待后现代主义的形式及内容，因为这种思潮本来就是当下现实生活的有机组成部分。而可以进一步推论的是，既然成人世界和成人文学如此，后现代主义对儿童世界和儿童文学的渗透也就不足为奇了。

二、儿童生活与儿童读者的变化

社会环境与文化思潮的变化同样进入到儿童世界内，对儿童生活产生了重大的影响。过去的几十年间，在某些国家，传统“核心家庭”的比例在缩减，越来越多的儿童生活在单亲或非婚生育家庭中。同时，家庭的规模正在不断缩小，这在客观上提升了儿童在家庭中的地位。事实上，在当代家庭中，儿童早已不再具有农业社会的“养儿防老”，或是近代工业社会的“小劳动者”等实用价值，而仅仅具有情感价值，他们成为了一种“需要花费昂贵教育的‘物品’……适于用来供人养育并展示，可是养育所需的责任与义务经常打扰父母的享乐生活，从而使他们显得很令人困扰”。[2]

另外，即使不考虑父母追求个人空间的问题，越来越沉重的经济

---

① Margaret Meek. *How Text Teach What Readers Learn*. Stroud：Thimble Press，1988：3.

② Teresa Colomer. Picturebooks and Changing Values at the Turn of the Century. In Teresa Colomer，Bettina Kümmerling-Meibauer，Cecilia Silva-Díaz eds. *New Directions in Picturebook Research*. New York：Routledge，2010：48.

压力往往导致父母的工作时间延长，不得不缩减与孩子相处的“黄金时间”，这也使得当下的成人普遍具有一种“抛弃孩子”的罪恶感。这几方面的因素加在一起，其结果是家庭收入用在儿童身上的比例显著增加，儿童被空前地卷入到消费社会的浪潮中：“如今的儿童由于其自身特点越来越被直接看成是消费者，而不只是用来接近他们父母的手段而已。”① 一项调查显示，在 2000 年，全球用于儿童的消费额是 35.6 万亿美元，而这一数字在 1968 年仅仅是 2.2 万亿美元。② 这验证了一个论点：“儿童取得了一个新的地位，不仅仅是作为公民，而且也是作为消费者，他们越来越被看作一个有价值的市场。”③ 因此，在当代社会中，儿童的生活已经悄然发生了变化，他们的童年不再如传统印象中一般，是一段游戏、想象、探索自然的时光，而成为了一个繁忙、紧张、充满商业气息的场域。

虽然，当今的儿童在家庭和社会中受到了更大的重视，获取了更高的经济地位，在很多方面拥有更多的自由和选择，但与之形成悖论的是，他们也前所未有地受到成人更加严密的监控。当代儿童的休闲时间不断被课业负担所挤压，休闲空间也被日益局限在家庭环境中，户外活动逐渐被家庭娱乐和有组织的休闲活动所取代。对于今天的儿童来说，脱离成人的监督，与同龄人自由自在地在未知的环境里探索简直是难以想象的事情。因此，私人化的娱乐取代了公共生活，家长往往会把儿童的卧室布置成一个“拥有丰富科技资源的娱乐空间”④。也就是说，儿童的生活极大地依赖于电子媒体，电视机、计算机、手

---

① ［英］大卫·帕金翰：《童年之死》，张建中译，北京：华夏出版社，2005 年版，第 69 页。

② Teresa Colomer. Picturebooks and Changing Values at the Turn of the Century. In Teresa Colomer, Bettina Kümmerling-Meibauer, Cecilia Silva-Díaz eds. *New Directions in Picturebook Research*. New York: Routledge, 2010: 46.

③ ［英］大卫·帕金翰：《童年之死》，张建中译，北京：华夏出版社，2005 年版，第 80 页。

④ ［英］大卫·帕金翰：《童年之死》，张建中译，北京：华夏出版社，2005 年版，第 75 页。

机和电子游戏机成为儿童不可或缺的伙伴，他们与媒体之间的关系日趋紧密。

虽然当代儿童在现实生活中受到诸多限制，而在媒体营造的虚拟世界中，他们却享有巨大自由和选择权。正如伊莉莎·德莱桑（Eliza Dresang）所形容的，数字时代让今天的儿童“坐在了司机的驾驶席上”[①]。互联网和各类电子媒体为儿童提供了丰富多样的选择机会，他们中的很多人从小就习惯于为自己做出各种决定。电子世界的信息浩如烟海，但儿童只要学会简单的检索，就能自由徜徉在信息的网络里，从一点任意跳跃到另一点，甚至比过去最博闻强识的学者还要挥洒自如。就像一个孩子自己所说的：“我觉得互联网把我变聪明了，因为它给了我更宽的知识面。”[②] 同时，电子产品还对儿童解决问题的能力提出了很高要求。在一些大型电子游戏中，玩家需要在没有明确指引的情况下，阅读大量各种形式的文本，包括动态和听觉文本，再综合考量这些材料，从中提取事件、场景、观点、人物性格等关键信息，以期弄清楚某些故意被隐藏起来的核心情节或心理动机。

这类电子游戏固然是文学潮流影响下的产物，但这种影响并不是单向的，当下的儿童文学也接收了无所不在的电子媒体的巨大影响，发生了一些引人注目的变化。对这个问题最著名的研究是德莱桑的“巨变理论”（Radical Change Theory），她总结出了所谓的“数字时代三准则”，即人与媒体之间的互动性（interactivity）、人与人之间的连通性（connectivity）和人对信息的易得性（access），并推及当下的儿童文学界，认为数字时代的儿童文学发生了三种可以归之于以上准则

---

① Eliza Dresang. Radical Change Theory, Postmodernism, and Contemporary Picturebooks. In Lawrence R. Sipe, Sylvia Pantaleo eds. *Postmodern Picturebooks: Play, Parody, and Self-Referentiality*. New York: Routledge, 2008: 46.

② Don Tapscott. *Growing Up Digital: The Rise of the Net Generation*. New York: McGraw-Hill, 1999: 99.

的“巨变”——巨变的形式、巨变的视域、巨变的边界。德莱桑声称，她提出“巨变理论”的目的在于，为当代童书和儿童生活发生的变化提供一种统摄性的、自洽的解释。[①] 在她之后的很多学者都在这个思路的框架下，展开了对当代儿童文学形态变化的研究，很多儿童文学界的特殊状况也得以在这个背景下进行阐述。

例如，今天的儿童文学积极地吸收了新媒体和信息技术的发展成果，其中包含了大量有声书、动画书、电子书等新形式。在被纳入这些新的媒介之中时，儿童文学文本必然要配合介质的传播特点做出改变，如一本 iPad 电子书通常会隐藏许多由触摸引发的互动游戏，或允许读者插入自己的朗诵音频。这些增强互动性的设计不只是一些会动的花哨小机关，更从深层上改变了“叙事”的概念和文本的生成结构。图画书作家吉恩·格瑞利（Jean Gralley）认为，纸质图画书是“平面的、单向的和静态的”，而电子图画书则是“多维的、双向的和动态的”[②]。

与此同时，一些纸质童书也采用了电子游戏特有的视角、结构及叙述方式。比如，在戴安娜·韦恩·琼斯（Diana Wynne Jones）的《赫克斯伍德》（*Hexwood*）[③] 中，读者会发现自己成为了一个旨在遴选“宇宙统治者”的大型角色扮演游戏的玩家。就像玩家在游戏中的化身一旦“死了”，屏幕上就会显示出“游戏结束”（Game Over）的信息一样，读者在书中的化身安妮一旦出了问题，也会收到“全书结束”的讯息，并选择是否要“重启”安妮的身份。像这样的儿童文学

---

① Eliza Dresang. Radical Change Theory, Postmodernism, and Contemporary Picturebooks. In Lawrence R. Sipe, Sylvia Pantaleo eds. *Postmodern Picturebooks: Play, Parody, and Self-Referentiality*. New York: Routledge, 2008: 41.

② ［美］丹尼丝·I. 马图卡：《图画书宝典》，王志庚译，北京：北京联合出版公司，2017 年版，第 131 页.

③ Diana Wynne Jones. *Hexwood*. New York: Harper Collins Children's Books, 2009.

文本，鲜明地显示出了今天的儿童文学如何受到跨媒体文化的影响，在形式、视角以及叙事方式方面都发生了显著的变化。在这种情况下，儿童读者对于“什么是文学”的固有期待也将随之调整。儿童小说如是，儿童图画书的情况也与之相似。

那么，在这种环境中成长起来的儿童就成为所谓的“iPod 一代”（iPod generation）[①]。对他们来说，电子媒体技术和另类的文学形式并不是什么需要努力去适应的“新东西”，而是司空见惯的常规事物。就像宝拉·盖所描述的：“（儿童的）鉴赏品位，是被超高速的大型游戏、MTV 剪辑、碎片化的嘻哈音乐等锻造出来的，所以他们会觉得（当代流行文化）这个过载的超空间相当舒适宜人。”[②] 当代儿童经常要接受电子媒体和数字化文本的挑战，如：同时处理多线程的信息，在各类文本的超链接中自由切换，接纳同一个文本中互相矛盾的观点，从不确定的表述中生发出意义，成为作者的“合谋者”，在阅读中将视角转换成游戏中的“化身”，放弃自我身份认同，等等。伊芙琳·贝纳（Evelyn Bearne）对此表述道：“当今儿童会‘读’到各种形式的文本，包括声音、语调、姿势、手势、动作，当然也包括文字和图像。这些文本改变了儿童读者对于阅读的期待，也改变了他们思考和寻求意义的方式……以一种全新的方式将各种元素组织起来，就构成了今天的阅读行为。”[③]

因此，今天的儿童不同于之前的任何一代读者，他们被身处其间的文化环境培养成了熟练的符号解读者，对后现代主义的许多文本形

---

① Cherie Allan. *Playing with Picturebooks: Postmodernism and the Postmodernesque*. Basingstoke: Palgrave Macmillan, 2012: 4.

② Paula Geyh. Assembling Postmodernism: Experience, Meaning, and the Space in Between. *College Literature*, 2003. 30 (2): 9—10.

③ Evelyn Bearne. Ways of Knowing; Ways of Showing-Towards an Integrated Theory of Text. In Morag Styles, Evelyn Bearne eds. *Art, Narrative and Childhood*. Stoke-on Trent: Trentham Books, 2003: 128.

式——自反性、碎片化、非线性、不确定、狂欢化等——都非常了解。甚至有学者指出，一些“以儿童和青少年文化为特征的新‘后现代’文化形式”，因为对新媒体素养的依赖，而“将成人完全排除在外”。[①]在今天的儿童文学语境中，儿童读者已经为迎接后现代主义进入图画书领域做好了准备。他们可能不仅非常熟悉，甚至还非常欢迎后现代图画书的到来。如同一些儿童自己在阅读后现代图画书时的表述：“我太习惯于在书中做出选择了，我不想读传统形式的书。”[②]“这些年来……我们已经知道一本图画书可以有多难读，多富有挑战性了，我期望现在要读的图画书也是充满挑战的。”[③]

最后要探讨的一点是，无论我们怎样看待儿童生活所发生的变化，一个毋庸置疑的事实是，当代社会中儿童和成人的地位已经发生了改变。不论在经济还是政治方面，原本被边缘化的儿童现在被赋予了越来越多的权利；而成人的权威却开始遭到质疑，关于什么才是成人“标准行为”的传统规范逐渐变得模糊。就像有些研究者所说的那样：“儿童和成人之间的边界正在被不断改写和擦除。”[④]这种改变在很大程度上源于社会现实以及文化环境的变革，人们的儿童观发生了变化，现在的儿童普遍被看作是颇有能力的社会参与者。正如一位儿童文学研究者所说，很多儿童读者具有“开放心灵的意愿，对深层次问题的

---

① ［英］大卫·帕金翰：《童年之死》，张建中译，北京：华夏出版社，2005年版，第106页.

② Sylvia Pantaleo. Grade 1 Students Meet David Wiesner's *Three Pigs*. *Journal of Children's Literature*, 2002. 28 (2): 81.

③ Janet Evans. Children's Thought on Challenging and Controversial Picturebooks. In Janet Evans ed. *Challenging and Controversial Picturebooks: Creative and Critical Responses to Visual Texts*. New York: Routledge, 2015: xxv.

④ Åse Marie Ommundsen. Who are These Picturebooks For? Controversial Picturebooks and the Question of Audience. In Janet Evans ed. *Challenging and Controversial Picturebooks: Creative and Critical Responses to Visual Texts*. New York: Routledge, 2015: 91.

敏感，以及超越他们年龄的成熟度”[①]。这种观点被广泛接受，从一个侧面促成了后现代主义思潮进入儿童图画书领域的局面，因为人们对儿童的阅读素养有了更高的期待，也就不会再为“后现代主义”与“儿童图画书”的结合而感到过分震惊了。

三、图书制作技术改进与文化产业兴起

在创作和印制方面，图画书是一种非常依赖于技术的图书，其形态和内容的一次次发展变化都与图书制作技术的革新密切相关。例如，与现代图画书有相似之处的古代文本，最早要追溯到公元前 2700 年左右古埃及人发明的纸莎草卷轴。与当时美索不达米亚区域的泥板和古代中国的简书木牍相比，纸莎草卷轴更不易损坏，便于运输、储存，它与古埃及的视觉艺术传统相结合，生成了最早的文图融合的艺术形式。随后，在公元元年左右，更近似于现代图画书形式的手抄本诞生了。这种技术将羊皮纸裁剪成片状，缝合装订在一起，再加上薄木板或皮革制成的封面和封底，形成了我们今天所看到的“书籍”的样子，对后世的图书形态产生了深远的影响。手抄本技术推动了现代图画书雏形的出现，因为它极大地节省了页面空间；规整的方形边框使早期的图书制造者易于采用文图结合的装饰设计；同时与卷轴相比，手抄本不需要频繁地卷折，不易损伤画面；坚固的羊皮纸也使颜料能够更加牢固地附着，这些都允许更多的绘画媒材进入到手抄本中，从而丰富了文图结合的表现力。

---

① Janet Evans. Children's Thought on Challenging and Controversial Picturebooks. In Janet Evans ed. *Challenging and Controversial Picturebooks: Creative and Critical Responses to Visual Texts*. New York: Routledge, 2015: xxxv.

在接下来的中世纪，纸张和印刷术的发明使得图画书的商业生产开始成为可能。当然，由于雕版印刷技术的局限，早期童书中的图画大都比较粗糙，“很多时候，插画家们体现在图画作品中的那些与众不同的细节和亮点往往都会被忽略掉”[①]。因此，当时高水准的艺术家很少选择图画书创作。这种情况在 19 世纪初平版印刷技术出现后得到了扭转，平版印刷出的成品能够更加精细地反映画家原作的面貌。到了 19 世纪末，摄影技术在制版工业中得到广泛应用，使画家的创作可以被更高效、更精确地转移到印版上。从而，照相制版技术和高精印刷技术，吸引了一大批有才华的艺术家投身到图画书创作当中，他们的作品也确立了现代优秀图画书的标准，并使儿童图画书在 20 世纪初迎来了第一个繁盛期。

从这段简要的回顾中，我们可以看出，图画书的发展对于图书制作技术极为依赖：由于文图结合的特殊形式，一本图画书最终的呈现效果极大地取决于作者可采用的创作手段，以及印制技术能否忠实地反映原作。正如一些研究者所说：“图画书通过对视觉美学影响重大的形式实验，来回应新的媒材和新的技术”[②]，“图画书总是在拥抱新技术，与它们互动，从它们当中寻找灵感，并反过来进一步丰富它们”[③]。受到后现代主义影响的图画书更是如此，这些书通常包含着大量新奇而复杂的视觉元素，要实现作者充满创造性的奇思妙想，就更加依赖于新的创作和印刷技术。没有技术的改进，很多后现代图画书就无法从构想变为现实。

---

① [美] 丹尼丝·I. 马图卡：《图画书宝典》，王志庚译，北京：北京联合出版公司，2017 年版，第 26 页.

② Kimberley Reynolds. *Radical Children's Literature: Future Visions and Aesthetic Transformations in Juvenile Fiction*. Houndmills: Palgrave Macmillan, 2007: 38.

③ Sandra L. Beckett. *Crossover Picturebooks: A Genre for All Ages*. New York: Routledge, 2012: 307.

近些年来，随着科技的发展，图画书创作者可以使用的艺术媒材和创作手段越来越丰富。传统的媒材，诸如铅笔、马克笔、蜡笔、钢笔、粉彩、水彩、油彩、亚克力颜料，乃至剪纸、布艺、刺绣、橡皮泥、木刻版画、实景模型等固然不在话下，现在图画书创作领域的一个突出现象是：绝大多数艺术家会使用计算机和数码技术来处理自己的画稿，甚至完全借由计算机进行创作。与传统手绘方法相比，计算机和数码技术最大的优势是简便、快捷、灵活、稳定，并可以表现某些特殊的设计风格和全新的美感。一些相关软件和硬件设备，如图像处理软件 Adobe Photoshop、矢量绘图软件 Adobe Illustrator、仿自然绘画软件 Corel Painter、数字化压感笔等，已经成为图画书作者不可或缺的必备工具。就像马丁·萨利斯伯瑞（Martin Salisbury）说的，讨论后现代图画书现象时，不可能不提到 Adobe Photoshop 的重要贡献，它是“广泛应用于数码拼贴的媒介”，有了它，“设想中的素材可以被任意移动，循环利用，可以更轻松地实现讽刺和趣味化的视觉效果”①。纵观当代图画书创作者的访谈记录，很多画家都表示自己在创作中非常依赖计算机技术。例如，罗伦·乔尔德说，她会把铅笔线稿扫描到计算机里，再进行合成和设计，她喜欢计算机，“因为它是那样的灵活，它能让整个事情变得流畅——我能够反复修改，直到让我满意为止”②。又如，英国插画家乔尔·斯图尔特（Joel Stewart）说：“我用 iPad Pro 和 Apple Pencil 画过很多稿子，最近在用两个绘图软件——Pro Create 和 Paintstorm Studio，虽然是使用数位笔和绘图屏，但感觉像是画在纸上一样……我觉得在未来，数码绘画方式会有更大

---

① Martin Salisbury. The Artist and the Postmodern Picturebook. In Lawrence R. Sipe, Sylvia Pantaleo eds. *Postmodern Picturebooks: Play, Parody, and Self-Referentiality*. New York: Routledge, 2008: 30.

② 彭懿：《图画书：经典与阅读》，南昌：二十一世纪出版社，2006 年版，第 241 页.

的优势。”①

事实上，现在已经很难找到只用传统手绘方式来创作图画书的艺术家了，即使是用传统画法绘制插画的艺术家，往往也需要计算机的辅助处理。加拿大图画书作家凯迪·麦克唐纳·丹顿（Kady MacDonald Denton）曾在一次访谈中自我调侃道：“我就是那些快要灭绝的、不在插画过程中使用任何计算机后期处理的插画师之一。”②虽然，技术手段并不能决定一切，最重要的还是艺术家自身的创造性，但毫无疑问的是，计算机技术的应用给图画书的创作带来了极大的效率和便利。

除创作方式之外，印刷技术也是制约图画书发展的主要因素之一，因为“我们现在称作图画书的这种书籍的历史是从机械印刷，特别是彩色印刷术应用于图画故事之时才开始的……由于机械印刷、彩色印刷术的发展，才有可能使价格适宜的多色印刷图画书大量普及”③。朱迪丝·格雷厄姆（Judith Graham）指出：“与绝大多数其他书不同，图画书的创作与印刷技术的发展紧密相关，创作者要和印刷者合力探索技术发展的新极限。”④从图画书开始商业化生产的那一天起，童书出版商就一直致力于以更有效率的方式生产更具吸引力的图画书，而这显然要借助于印刷技术和纸艺技术的不断革新。在当代，20世纪60年代兴起的照相胶印技术（offset photolithography）首先促进了当代图画书形态的改变。比起之前的金属印版，柔软的胶片可以提供更为

---

① Picturebookmakers. Joel Stewart. (2016-5-31)[2018-3-17] http://blog.picturebookmakers.com/post/145198452121/joel-stewart

② Julie Danielson. Seven Questions Over Breakfast with Kady MacDonald Denton. (2011-7-5)[2017-9-11] http://blaine.org/sevenimpossiblethings/?p=2163

③ [日]上笙一郎：《儿童文学引论》，郎樱、徐孝民译，成都：四川少年儿童出版社，1993年版，第124—125页.

④ Judith Graham. Reading Contemporary Picturebooks. In Kimberley Reynolds ed. *Modern Children's Literature: An Introduction*. Houndmills: Palgrave Macmillan, 2005: 209.

精致的印刷效果，较为准确地将任何媒材创作的原作，还原复制到任何纸张上。这使得图画书创作者能够更自由地选择创作媒材，将创作与设计意图表达在印刷成品中，在很大程度上改变了图画书的生产模式。

进入 21 世纪以来，脱机直接制版（Computer-to-plate，简称 CTP）技术进一步改进了图画书的生产印刷工艺。CTP 技术采用数字化流程，直接将计算机制作的数字页面生成为可供上机印刷的印版，省去了胶片显影、人工拼版、晒版、修版、油墨打样等一系列工序，不仅大大节省了印刷时间和成本，还更显著地提高了印刷质量。因为印制中不再使用胶片，图像不会再受到胶片印版上灰尘、细小污渍、擦痕等因素的影响，减少了信息在传输过程中的损耗，保证了印刷成品对原稿的忠实度。就像有的研究者所形容的："由于印刷技术的进步，制版与分色技术更为精确……油画的笔触，水墨的渲染，剪贴的趣味，各种质感的表现，都能自由自在地运用在绘本上。"①

印刷工业的发展，让图画书创作"实现了艺术逼真和经济实惠的双重目标"②，使得图画书中的文字和图画几乎可以呈现为创作者所期望的任何形式，为图画书的创作和阅读打开了无限可能。从而，图画书的创作者能够在当代图书制作技术的支持下，最大限度地在内容和形式方面完成自己的创造性构思。一些当代图画书的设计构想，也只有在这样的技术环境中才能得以实现。例如，安·艾珀（Anne Herbauts）的《风是什么颜色》（*What Color is the Wind*）③ 一书运用了大量复杂的印制工艺，包括压痕、起凸、UV、异形模切等，配合

① 张兆非：《2002—2008 年绘本出版调查研究——以视觉文化传播的视角》，河北大学硕士学位论文，2009 年，第 25—26 页.

② ［美］丹尼丝·I. 马图卡：《图画书宝典》，王志庚译，北京：北京联合出版公司，2017 年版，第 25 页.

③ ［比利时］安·艾珀：《风是什么颜色》，王妙姗译，贵阳：贵州人民出版社，2015 年版.

多样的创作技法，像一场声光色的剧场表演，使读者能身临其境地走进书中盲童的世界。与之相似的还有《一本关于颜色的黑书》（*El libro negro de los colores*）[①] 和《面条乔闯世界》（*Spaghetti Joe Goes into the Wide World*）[②]，它们也运用了UV起凸的印制工艺，旨在让读者从触觉、听觉、嗅觉、味觉等方面，全方位地体会盲童的感受。对于这些书来说，甚至可以说或许正是图书制作技术的进步激发了创作者的灵感。

另外，当下电子媒体的流行使得跨媒体文化产业空前兴盛。儿童文学创作者倾向于顾及当今儿童所能接触到的各种媒体形式，大批儿童文学作品被改编成各种媒体版本，成为流行文化的一部分。例如，罗琳（J. K. Rowling）的《哈利·波特》（*Harry Potter*）[③] 系列就从小说出发，发展成了一个包括小说、衍生书、有声书、电影、戏剧、电子游戏、网站和论坛、主题公园，以及网络文学和周边产品等在内的庞大体系。同样，很多儿童图画书作品也被积极推进衍生品的开发，构建了类似的跨媒体文化体系。例如，罗伦·乔尔德的图画书“查理和萝拉”系列（*Charlie and Lola*）被改编成动画片，是BBC收视率最高的儿童节目，这个系列还包括章节小说、人物造型玩具、网站和动画短片等。莫里斯·桑达克的著名作品《野兽国》在2009年被搬上银幕，其电影脚本又被戴夫·艾格斯（Dave Eggers）改写成了同名小说。根据雷蒙·布力格的《雪人》（*Snowman*）[④] 改编的动画片获得1983年最佳动画短片奖提名，这部影片和其中的配乐已成为了经久不

---

① ［委内瑞拉］梅米娜·哥登、露莎娜·法利亚：《一本关于颜色的黑书》，朱晓卉译，南宁：接力出版社，2010年版.

② ［斯洛文尼亚］阿克辛嘉·柯曼娜、兹万科·科恩：《面条乔闯世界》，赵文伟译，北京：作家出版社，2017年版.

③ ［英］J. K. 罗琳：《哈利·波特（共7册）》，苏农、马爱农、马爱新译，北京：人民文学出版社，2008年版.

④ ［英］雷蒙·布力格：《雪人》，济南：明天出版社，2009年版.

衰的圣诞节文化的一部分。威廉·史塔克（William Steig）的《怪物史莱克》（*Shrek*）[①] 被改编成了多部大受欢迎的系列电影，其中的幽默互文颇具后现代主义风格。苏斯博士（Dr. Seuss）的《鬼灵精》（*How the Grinch Stole Christmas*）[②]、《霍顿听见了呼呼的声音》（*Horton Hears a Who*）[③]，克里斯·范·奥尔斯伯格（Chris van Allsburg）的《极地特快》（*The Polar Express*）[④]、《勇敢者的游戏》（*Jumanji*）[⑤]、《勇敢者的游戏 2》（*Zathrua*）[⑥] 等知名图画书作品，也都被改编成了电影。

根据金伯利·雷诺兹的说法，这种基于同一个底本的文化产业系统可以被称作“跨媒体作品网”（transmedia networks）[⑦]。与传统的改编形式不同，这种“作品网络”中的不同媒体版本之间，不是排他的竞争关系，而是相互联结、相互补足、协同生成意义的全新关系。读者在这个网络之中任意漂移，寻求娱乐体验的同时，必须努力与其他读者合作、互动，从各种不同的媒体渠道中收集、拼凑信息，才能了解整个跨媒体网络的全貌，最大限度地获取意义和乐趣。在这个过程中，阅读和创作不再是一种个人行为，而成为一种公众活动；读者也不再只是“读者”，而是会视情况扮演观众、玩家、消费者，乃至“创作者”的角色。正如汤姆·恩格尔哈特（Tom Engelhardt）指出的：

---

① ［美］威廉·史塔克：《怪物史莱克》，任溶溶译，南昌：二十一世纪出版社，2013 年版.

② ［美］苏斯博士：《鬼灵精》，任溶溶译，上海：上海译文出版社，2002 年版.

③ ［美］苏斯博士：《霍顿听见了呼呼的声音》，苗卉译，北京：中国出版集团中国对外翻译出版公司，2010 年版.

④ ［美］克里斯·范·奥尔斯伯格：《极地特快》，杨玲玲、彭懿译，北京：新星出版社，2014 年版.

⑤ ［美］克里斯·范·奥尔斯伯格：《勇敢者的游戏》，杨玲玲、彭懿译，北京：新星出版社，2014 年版.

⑥ Chris Van Allsburg. *Zathrua*. Boston：HMH Books for Young Readers，2002.

⑦ Kimberley Reynolds. *Children's Literature*：*A Very Short Introduction*. New York：Oxford University Press，2011：67.

"图画书及其衍生品之间的界限几乎不存在了……童书已经不仅仅局限于书本，阅读正在变成消费的代名词。"① 这本身就是一种深具后现代意味的现象。目前，虽然不是所有的儿童文学作品都卷入了这种文化产业，但是"作品网络"的叙事形式极大地改变了童书的创作、阅读、出版、销售和传播机制，正如雷诺兹所说，它将"创造出新的故事种类，传达出与令人眼花缭乱的信息技术一起成长的体验"②。

在这样的背景下，一些作家依靠迅捷的交流工具，与读者面对面进行互动，"量身定制"某些内容，想方设法地促使自己的作品融入跨媒体文化传播网络。例如，罗琳在《哈利·波特》系列的写作中，会基于读者反应和跨媒体改编的考虑来调整正在构思中的情节，像"活点地图"这样的情节，就是专门为电影和互动型电子书而设计的。又如，艾丁·德来赛（Etienne Delessert）的图画书《老鼠被一块石头砸了头，就这样发现了世界》（*How the Mouse Was Hit on the Head by a Stone and So Discovered the World*）③ 的创作，基于心理学家皮亚杰（Jean Piaget）对 23 名 5～6 岁儿童所进行的三次访谈，他们在访谈中的回应被详加分析，最终决定了这本书的情节走向。④ 而思卫恩·尼乎斯（Svein Nyhus）和格罗·达勒（Gro Dahle）创作的表现家庭暴力内容的图画书《生气的男人》（*Sinna Mann*）⑤，则是为一位家庭心

---

① ［美］丹尼丝·I. 马图卡：《图画书宝典》，王志庚译，北京：北京联合出版公司，2017 年版，第 274 页.

② Kimberley Reynolds. *Children's Literature：A Very Short Introduction*. New York：Oxford University Press，2011：70.

③ Etienne Delessert. *How the Mouse Was Hit on the Head by a Stone and So Discovered the World*. New York：Doubleday，1971.

④ Bettina Kümmerling-Meibauer，Jörg Meibauer. On the Strangeness of Pop Art Picturebooks：Pictures，Texts，Paratexts. In Evelyn Arizpe，Maureen Farrell，Julie McAdam eds. *Picturebooks：Beyond the Borders of Art，Narrative and Culture*. New York：Routledge，2013：36—37.

⑤ Gro Dahle，Svein Nyhus. *Sinna Mann*. Oslo：Cappelen Damm，2003.

理治疗师“订制”的产品。这位治疗师发现，与受家庭暴力困扰的人讨论相关内容的儿童图画书，是一种有效的治疗方式，于是他写邮件给尼乎斯，希望他创作一本直接涉及家庭暴力问题的图画书，其结果就是这本被描述为“给儿童（和成人）的愈疗书”的《生气的男人》。[①] 图画书作者的这些行为，使得很多儿童图画书从诞生之日起就带有深刻的后现代主义烙印，这也在一定程度上推进了后现代主义进入图画书领域的进程。

① Sandra L. Beckett. *Crossover Picturebooks*: *A Genre for All Ages*. New York: Routledge, 2012: 246.

第二节
图画书创作者的个人因素

一、图画书创作者自己的看法

一个有趣的现象是，虽然学术界一直在用各种术语来讨论儿童图画书领域中的“新现象”，但图画书创作者自己却很少使用这些术语。许多被研究者公认为具有明显“后现代主义”风格的图画书创作者，在谈到这个话题时，都声称自己并没有这方面的自觉。与其被冠以“后现代主义”的标签，他们毋宁把自己作品中所蕴含的特征看成是某种独特的“个人气质”。绝大多数图画书作者喜欢强调，他们在构想一部作品时，通常不会刻意定下什么理论基调，并为之努力。

例如，大卫·威斯纳的《三只小猪》被认为是最著名的“后现代图画书”之一，获得了2002年度的凯迪克金奖。在领奖致辞中，威斯纳却消解了这本书与后现代主义之间的关系：“在所有关于《三只小猪》的书评中，最常用的词语就是‘后现代主义’，我自己在创作这本书时，最常用的词语则是‘乐趣’。”[①] 又如，柯林·汤普森（Colin Thompson）创作的《莱利短暂而极其快乐的一生》（*The Short and Incredibly Happy Life of Riley*）[②] 一书，描绘了消费社会中人们心灵被商业行为吞噬、丧失幸福感的现象，深刻地探讨了后现代性的几个基本议题——自我主体性、身份认同、人生意义等。然而，当被问到是否有意设置了这种“后现代化”的主题时，汤普森则回答道：“我**绝不**带着‘主题’来创作一本书，**所有**带着这种目的进行创作的书都是傲慢无礼的……这并不是说我在书里就没有强烈要表达的东西，但它们**永远**都是伴随着故事自然而然的闪现，大多数所谓‘主题’都是成年人强加上去的。”像威斯纳一样，汤普森也这样理解图画书的作用：“愉悦，乐趣，逃避现实，有时带有一点引人思考的成分。**不要**从万事万物中都去分析深意和美感的来源……任何事后添加上的东西都无助于原本的创作。”[③]

再如，挪威画家范姆·艾克曼（Fam Ekman）在戏仿性重述“小红帽”故事的图画书《红帽子和狼》（*Rødhatten og Ulven*）[④] 中，以互文手法指涉了几位艺术大师的作品——毕加索（Pablo Picasso）的《玛丽-泰雷兹·沃尔特》（*Marie-Théerèse Walter*）、夏加尔（Marc Chagall）的《我与村庄》（*I and the Village*）、德加（Edgar Degas）

---

① Lawrence R. Sipe. First Graders Interpret David Wiesner's *The Three Pigs*: A Case Study. In Lawrence R. Sipe, Sylvia Pantaleo eds. *Postmodern Picturebooks*: *Play*, *Parody*, *and Self-Referentiality*. New York: Routledge, 2008: 236.

② Colin Thompson, Amy Lissiat. *The Short and Incredibly Happy Life of Riley*. New York: Kane Miller, 2007.

③ Michèle Anstey. Postmodern Picturebook as Artefact: Developing Tools for an Archaeological Dig. In Lawrence R. Sipe, Sylvia Pantaleo eds. *Postmodern Picturebooks*: *Play*, *Parody*, *and Self-Referentiality*. New York: Routledge, 2008: 160—161.（强调部分来自汤普森的原文）

④ Fam Ekman. *Rødhatten og Ulven*. Oslo: Cappelen Damm, 1985.

的《浴缸》（*The Tub*）。尽管这些互文看起来是根据作品的主题精心采择的，并且与她的图画书形成了微妙的“镜渊效应”（mise en abyme），艾克曼还是说，她这样创作只是因为这些画“画起来很有趣”，适合以简明的风格进行“再创作”。不过她也承认，她所想的与她实际上所做的事情未必一致，或许她在“无意中”的确遵循了某些后现代主义理念。①

艾克曼的话道出了一个事实，那就是很多艺术家往往对自己作品传递出的意义，或是表现出的非常明显的后现代主义元素并无清晰的考量，甚至根本不会意识到这一点。例如，阿尔伯格夫妇创作了被认为开启图画书“后现代主义”风格的划时代之作《快乐的邮差》（*The Jolly Postman*）②。在谈到这本书的创作缘起时，他们说，灵感只来源于女儿的一个小小愿望——想收到并拆开一封寄给自己的信。③ 于是他们开始思考如何将这个愿望包含在一本图画书中，而最终收获的就是《快乐的邮差》—— 一本深具表演性和开放性，包含着大量互文、戏仿和互动元素的经典之作。又如，瑞典作家托德·尼葛伦（Tord Nygren）的无字书《红色的线》（*Den röda tråden*）④，其中蕴藏着难以计数的隐喻、反讽、不确定和自我指涉，是一本典型的后现代主义风格作品。学者斯考特提出，这部作品的复杂性使它“带给儿童和成人的阅读体验全然不同”，儿童会对书中神秘“红线”的不断复现感到满意，而成人则会试图阐释这条红线所串联起的隐喻与意象，挣扎于

---

① Sandra L. Beckett. *Crossover Picturebooks*：*A Genre for All Ages*. New York：Routledge，2012：189.

② Allan Ahlberg，Janet Ahlberg. *The Jolly Postrman or Other People's Letters*. London：Heinemann，1986.

③ David Lewis. *Reading Contemporary Picturebooks*：*Picturing Text*. New York：Routledge，2001：82.

④ Tord Nygren. *Den röda tråden*. Stockholm：Raben & Sjögren，1987. Translated under the title *The Red Thread*. Stockholm：R & S Books，1988.

后现代主义的“泥潭”。对此，尼葛伦本人只是简单地说：“儿童的阅读方式更直接、简洁，更不焦虑，也更安详。”① 可见，他并未考虑过将自己的书带入后现代主义理论的阐释话语中。图画书专家马丁·萨利斯伯瑞认为，艺术家未必会非常关注创作之外的各种概念，所谓“后现代主义图画书”，往往只是学者在讨论这些不同寻常的图画书时，为它们贴上的一个“标签”而已。②

这并不奇怪，图画书作家在创作时，其实很少会事先规划好有关作品的一切，甚至诸如读者年龄定位这样的“基本”问题，都不在他们的考虑范围之内。例如，获奖无数的“加曼三部曲”③ 的作者斯蒂安·霍勒（Stian Hole）在一次私人访谈中说道：“我不会花很大精力去考虑读者的年龄，而只是尽力去把故事讲对……这对我来说就足够了。”④ 又如，具有独特个人风格的图画书作家陈志勇说：“我独自在小画室里工作时，完全远离我的所有潜在读者，也很少想到他们。事实上，在我努力将一个想法表现得令自己满意的过程中，很少有什么事情会比考虑读者的反应更令人分心的了。”⑤ 因此，萨利斯伯瑞总结道：“极少有艺术家会声称他们精心设置了预期读者的年龄，而不只是

---

① Carole Scott. Dual Audience in Picturebooks. In Sandra L. Beckett ed. *Transcending Boundaries: Writing for a Dual Audience of Children and Adults*. New York: Garland, 1999: 106.

② Martin Salisbury. The Artist and the Postmodern Picturebook. In Lawrence R. Sipe, Sylvia Pantaleo eds. *Postmodern Picturebooks: Play, Parody, and Self-Referentiality*. New York: Routledge, 2008: 25.

③ Stian Hole. *Garmanns Sommer*. Oslo: Cappelen, 2006.
Stian Hole. *Garmanns Gate*. Oslo: Cappelen Damm, 2008.
Stian Hole. *Garmanns Hemmelighet*. Oslo: Cappelen Damm, 2010.

④ Martin Salisbury. The Artist and the Postmodern Picturebook. In Lawrence R. Sipe, Sylvia Pantaleo eds. *Postmodern Picturebooks: Play, Parody, and Self-Referentiality*. New York: Routledge, 2008: 26.

⑤ Martin Salisbury. The Artist and the Postmodern Picturebook. In Lawrence R. Sipe, Sylvia Pantaleo eds. *Postmodern Picturebooks: Play, Parody, and Self-Referentiality*. New York: Routledge, 2008: 38.

出于巧合才创作了一本儿童图画书……我认为如果一个艺术家表达的是对自己来说重要的东西，而不是一心去探查读者的兴趣和阅读能力的话，最终呈现出来的作品往往会更具有内在的价值和意义。”①

萨利斯伯瑞的这个观点值得我们进一步探讨。图画书创作通常是一种非常个人化的行为，是作者自身的艺术表达。一个优秀的图画书作家往往只是从灵感出发，尽力用自己的全部热情去创作一部真正的“艺术品”，而不去过多地考虑其他外在的问题。或许这恰巧是后现代主义得以进入儿童图画书领域的原因之一，因为如果作者的心灵对自己所关注的问题全面开放，就不会囿于一本“儿童图画书”应该如何的“成见”。正如芭芭拉·基弗（Barbara Kiefer）所说的：“越来越多的艺术家发现，图画书是为他们的才能所准备的一种富于挑战性的媒介，比起仅仅为幼小的读者提供一种娱乐，他们似乎更有兴趣探索用图像来叙述故事的无限可能性。这样，（图画书领域内）不断变化的技术、规范和社会话题就将我们带入了后现代主义的全新纪元。”② 同时，很多后现代图画书的文字和图画都由同一个作者完成，而非通常情况下由编辑、画家和文字作者共同策划，这也从侧面佐证了一种观点，即后现代图画书往往是一件作者用来进行个人表达的艺术品。

一些后现代图画书艺术家的“个人宣言”，可以成为这种观点最好的注脚：

莫里斯·桑达克：“我很疯狂，这我知道。而且，我知道这是

---

① Martin Salisbury. The Artist and the Postmodern Picturebook. In Lawrence R. Sipe, Sylvia Pantaleo eds. *Postmodern Picturebooks: Play, Parody, and Self-Referentiality*. New York: Routledge, 2008: 36—37.

② Barbara Kiefer. What is a Picturebook, Anyway? —The Evolution of Form and Substance Through the Postmodern Era and Beyond. In Lawrence R. Sipe, Sylvia Pantaleo eds. *Postmodern Picturebooks: Play, Parody, and Self-Referentiality*. New York: Routledge, 2008: 19.

我的作品好的原因。不是所有人都喜欢它，没关系。我也不是为所有人画的，或者任何人。我之所以创作这些东西，是因为我没法不画。”①

大卫·威斯纳：“我创作的图画书，就是我小时候梦想得到的书。”“做真正自己想做的、感兴趣的，不受其他人以及市场干扰左右的个人作品……因为只有真正的个人作品才会产生更多的共鸣。”②

尼尔·盖曼（Neil Gaiman）：“不如意的时候，你该做的事情就是：做好艺术。我说真的。腿跌断，又被一条变种蟒蛇一口吞掉？——做好艺术。爱猫爆炸了？——做好艺术。网路上有人认为你的作品很蠢、很讨厌，或者老早就有人做过了？——做好艺术。也许事情终究会解决，时间终究会化解伤痛，不过那不重要。做只有你能做得最好的事：做好艺术。”③

二、“后现代”社会氛围中的创作者

尽管后现代图画书有时只是创作者个人化的艺术表达，未必会刻意传达后现代主义理念，但难以否认的是，图画书创作者并不会因此就与后现代主义彻底隔绝，他们的作品仍会与后现代主义产生种种微妙的联系。其实，图画书艺术家们的说法并不特别出人意料，不仅是艺术家，而且就连不少后现代主义理论家都会刻意否认自己与后现代主义之间的联系，但这并不妨碍他们的思想成为后现代主义理

① 陈赛：《关于人生，我所知道的一切都来自童书》，北京：中信出版社，2017年版，第80页.

② 徐灿：《奇妙的世界——大卫·威斯纳绘本研究》，南京艺术学院硕士学位论文，2012年，第3页，第75页.

③ ［英］尼尔·盖曼：《做好艺术——尼尔·盖曼艺术大学演讲辞》，叶昀译，新北：缪思出版/远足文化事业股份有限公司，2014年版，第56—60页.

论的重要组成部分。何况，声称自己并未刻意表达后现代主义理念的行为，从某种程度上来讲恰恰是一种非常“后现代”的反应，因为后现代主义的艺术理念就是破除模式与预设，有种“浑然天成”的意味在内。不带任何理论预设地去即兴创作，或许才是最为“后现代”的做法。

不管艺术家自己怎么说，一个不言而喻的事实是，所有文本都是社会的产物，并不存在完全“纯洁中立”、不携带任何社会文化理念的文本。无论什么种类的文本，都会有意无意地反映出作者的文化背景、创作的时代背景，以及广义上的社会环境。自然，儿童文学也是如此。贝蒂·戈德斯通（Bette Goldstone）对此表述道：“儿童文学不是从真空环境中产生的，而是深植于复杂的多元文化传统，作家和画家只是在继承并阐释这种传统。”[①]

明确了这一点，我们就不难理解某些图画书中后现代主义元素的来源。毕竟，这些书的创作者也和我们一样，生活在具有浓重“后现代性”氛围的当代社会中。他们在日常生活中的方方面面，都可能接触到深具后现代意味的信息，如：阅读网络“同人文”和“穿越小说”，浏览反讽性的专栏文章，在电视上看到解构神话人物的商业广告，参观博物馆里的后现代艺术展，观看一部“无厘头”的搞笑电影，在网络空间里和陌生人用“表情包”互动，等等。因而，作者自己作为“后现代社会”的有机组成部分，深深沉浸在其中，自然会对时代思潮有所感知，并很可能有意无意地将后现代主义的理念、风格、技法和审美观带入到图画书创作中。正如大卫·刘易斯所说，后现代主义“总会找到机会钻进他们的书里”，尤其是画家，他们“像喜鹊一样

---

① Bette Goldstone. The Paradox of Space in Postmodern Picturebooks. In Lawrence R. Sipe, Sylvia Pantaleo eds. *Postmodern Picturebooks：Play，Parody，and Self-Referentiality*. New York：Routledge，2008：124.

地”捡拾素材，在身边的媒体中搜寻自己需要的图像，加以消化和改造，以备不时之需。[①] 例如，美国画家彼得·布朗（Peter Brown）这样谈及自己的灵感来源：“我从很多地方获得灵感，包括亲身经历，看过的电影、电视剧，读过的书，道听途说的东西。我不知道什么时候会有灵感来造访，所以经常随身带着笔记本，这样就能随时记录了。”[②] 又如，画家陈志勇这样描述自己的日常创作情况：“（我）每天都挣扎着在许多驳杂的文、图碎片中捕捞灵感，发现其中一些碎片可以组合成真实、精确、有力的作品，而其他一些则只能组合出虚假、含混、破损之物。”[③]

另外，从客观的角度来说，儿童图画书是一个商业压力非常大的行业，从图画书开始商业出版之日起，其生产者就必须非常努力地适应市场需求。18 世纪的童书生产商意识到，为了让家长有兴趣为自己的孩子购买他们的产品，图书的设计要能够迎合成人的心理。于是，早期图画书的开本一般很小，书名中带有“小”字，用色鲜艳明亮，这些都是被成人看作“最适合”儿童的特征，不管儿童自己是否真的只对这样的书感兴趣。[④] 时至今日，情况并未根本上改变，当下的研究者指出，由于通常来说，是成人在书店或图书馆里为儿童挑选图画书，所以“图画书必须同时吸引家长和孩子的兴趣，甚至家长的观点才是至关重要的”[⑤]。产生这种现象的原因在于，儿童图画书是一种批

---

① David Lewis. *Reading Contemporary Picturebooks*: *Picturing Text*. New York: Routledge, 2001: 99.

② Julie Danielson. Seven Questions Over Breakfast with Peter Brow.（2010－4－20）[2018－3－16] http://blaine.org/sevenimpossiblethings/?p=1920

③ Shaun Tan. The Accidental Graphic Novelist. *Bookbird*, 2011. 49（4）: 5.

④ Kimberley Reynolds. *Children's Literature*: *A Very Short Introduction*. New York: Oxford University Press, 2011: 13.

⑤ Joseph Stanton. The Important Books: Appreciating the Children's Picture Book as a Form of Art. *American Art*, 1998. 12（2）: 3.

量生产、用于大众消费的“商业艺术”。雕塑家大卫·史密斯（David Smith）曾直截了当地指出商业艺术的特点：“商业艺术是用来满足（消费者的）想法与需求的。”[①] 因此，作为商业艺术的生产者，图画书创作者必然要承受市场竞争的压力。

这种情况在今天愈演愈烈。当前的图画书出版行业已经具有成熟完备的商业体系和运行模式，每一位有志于图画书创作的艺术家都必须投身到商业浪潮之中。并且，在这个消费主义、电子媒体盛行的“后现代社会”中，他们面临着前所未有的巨大挑战。

首先，儿童图画书作为一种传统的纸质媒体形式，不得不与各种层出不穷的电子媒体争夺读者。如前文所述，今天的儿童是伴随着电子媒体成长起来的“iPod 一代”，他们对于电影、电视、电子书、电子游戏、互联网等五花八门的新媒体形式倍感亲切。在阅读体验方面，这些新媒体具有纸质书籍难以企及的优势，如声光电的互动，全方位的浸入式娱乐，轻松、碎片化的阅读形式等。因此，要让已经习惯了电子媒体的儿童回到传统纸质读物上来，并不是一件容易的事情。为了做到这一点，图画书创作者只能尽力“寻找讲述故事的新方法，采取与以往不同的‘陌生化’叙事策略，来与电子产品相竞争”[②]。

其次，由于消费主义的影响，图书出版市场力图尽可能地为读者提供多样化的选择，这就导致图画书出版行业内的竞争空前激烈。童书出版社鳞次栉比，每天出版的儿童图画书数不胜数。一方面，这为图画书创作者提供了更多的机遇；另一方面，这也促使他们直面更加

---

① Marshall Arisman. Is There a Fine Art to Illustration? In Steven Heller, Marshall Arisman eds. *The Education of an Illustrator*. New York: Allworth Press, 2000: 3.

② Cherie Allan. *Playing with Picturebooks: Postmodernism and the Postmodernesque*. Basingstoke: Palgrave Macmillan, 2012: 3—4.

激烈的竞争环境。因为“每一年都有大批绘画专业的毕业生投入这一市场，更不要说那些数量众多、横跨各个年龄层的业余作者”[①]，从而，一位图画书创作者如果想在这种激烈竞争中脱颖而出，吸引童书编辑乃至潜在读者的注意，就必须“求新求变”、“出奇制胜”，让自己的作品与众不同。毫无疑问，“创意”和“挑战”正是出版方最为迫切需求的东西。关于这一点，世界一流的童书出版商安德森出版社（Andersen Press）的创始人克劳斯·弗拉格（Klaus Flugge）曾说：“我永远都在追寻富有新意、对成人和儿童都具有挑战性的文本……我喜欢不同寻常的文本，我们安德森出版社不接受那些为数众多的平庸之作，最大的难题就是如何找到与众不同的原创作品。”[②]

这同样也是所有当代艺术所面临的境况，有如插画家布拉德·霍兰德（Brad Holland）一段直言不讳的表述：“在后现代艺术中，每个人都不得不一直尝试着打破原有艺术范式，搞得好像我们的时代突然涌现了无数天才，变成了一个‘新文艺复兴’时期一样。”[③] 总而言之，在当代图画书生产领域中，种种巨大的商业压力主要指向作品的“新意”，这迫使每一位创作者都要努力采用新的手法去讲述故事，运用新的理念去完成作品。在这种情况下，他们从各种渠道所接触到的后现代主义艺术技法和理念，就不失为一种“求新求变”的好选择，从而更自然地被运用到图画书创作中。

---

① ［英］马丁·萨利斯伯瑞：《剑桥艺术学院童书插画完全教程》，谢冬梅、谢翌暄译，南宁：接力出版社，2011 年版，第 126 页.

② Janet Evans. The Legendary Klaus Flugge: Controversial Picturebooks and Their Place in Contemporary Society. In Janet Evans ed. *Challenging and Controversial Picturebooks: Creative and Critical Responses to Visual Texts*. New York: Routledge, 2015: 263—264.

③ Brad Holland. Express Yourself-It's Later Than You Think. In Steven Heller, Marshall Arisman eds. *The Education of an Illustrator*. New York: Allworth Press, 2000: 18.

三、受后现代主义思潮影响的创作者

如前所述，儿童文学作为存在于特定社会历史环境中的文艺作品，一定会受到当时盛行的社会文化思潮的影响，儿童图画书是“社会、历史、政治、技术的时代产物”①。图画书创作者对于后现代主义思潮的种种回应，有时只是艺术手法方面的一种需求，他们在日常生活中漫不经心地取材，并不细究其来龙去脉。就如克里斯托弗·巴特勒（Christopher Butler）所指出的：“有创造力的艺术家不见得需要从哲学或学术角度深入了解后现代主义，他们从谈话和报刊中同样可以获得‘新的思想’……他们有时会搞错，有时只是一知半解，有时又夸大其词。但也正是通过这种途径，（后现代主义）思想得以像病毒一样在社会上传播。”② 也有时，后现代主义思潮会成为图画书创作者个人气质和教育素养的一部分。他们尽管未必会系统地学习、研究理论话语，却敏锐地察觉到了时代背景和思想潮流的发展变化。在这种情况下，创作者在图画书中融入后现代主义元素，就不仅仅是在创作手法方面玩弄一些新花样，更是有意地将图画书这种儿童文学文本与宏观的社会文化发展趋势联系在一起。

因此，除了在无意识情况下运用后现代主义技法的作家之外，还有一些图画书创作者深受后现代主义思潮的影响，对文艺领域内的后现代主义现象具有独到的思考，进而将其运用到自己擅长的儿童图画书领域。正如儿童文学家约瑟夫·施瓦茨（Joseph Schwarcz）所说

---

① Michèle Anstey. Postmodern Picturebook as Artefact：Developing Tools for an Archaeological Dig. In Lawrence R. Sipe，Sylvia Pantaleo eds. *Postmodern Picturebooks：Play，Parody，and Self-Referentiality*. New York：Routledge，2008：150.

② ［英］巴特勒：《解读后现代主义》，朱刚、秦海花译，北京：外语教学与研究出版社，2013 年版，第 212 页.

的，插画是一种“理解并诠释”文本的过程，[①] 在面对文本的众多可能性时，艺术家最终在作品中所表现出来的内容及意义，一定是他自己选择和阐释的结果。这里的“文本”，可以看作广义上的社会文化语境。因此，图画书作者的创作一定会伴随着对社会现象的思考与回应。长久以来，艺术家的任务之一就是察知社会的需求，并通过自己的双手将其反映在作品当中。对此，萨利斯伯瑞不无揶揄地描述道：“图画书作者是一种害羞、孤僻的生物，很少从他的洞穴中现身，而往往从一个安全的距离，静静地观察他的同类们一些奇怪的举动，把观察结论创造性地用视觉形象讲述出来。”[②] 于是，在后现代主义思潮盛行的社会背景下，许多图画书创作者在“后现代”这个领域内找到了施展才华的空间，有意识地对这种现象进行深入思考，使自己的作品向这种理念靠拢，创作了一大批富有强烈后现代主义风格的图画书作品。

由于后现代主义理论话语的驳杂多变，图画书创作者一般不会直接使用“后现代主义”一词来谈论自己的观点，或是试图在创作时囊括全部“后现代主义特征”，而往往会不动声色地在作品中反复表达出某些思想倾向。就出现频率来说，与后现代主义密切相关的理念中，最被图画书创作者所广为接受的，是接受美学及读者反应理论。这种理论与后现代主义之间有着相当复杂的关系，总体来说，二者有着共同的渊源，在现象学、阐释学、结构主义、解构主义等很多组成部分上相互重合；同时，接受美学在文艺领域内的广泛应用，也有力地注解了后现代主义文本的“颠覆性”和“不确定性”。接受美学与此前的

---

① Joseph Schwarcz. *Ways of Illustrator*: *Visual Communication in Children's Literature*. Chicago: American Library Association, 1982: 34.

② Martin Salisbury. The Artist and the Postmodern Picturebook. In Lawrence R. Sipe, Sylvia Pantaleo eds. *Postmodern Picturebooks*: *Play*, *Parody*, *and Self-Referentiality*. New York: Routledge, 2008: 25—26.

文学理念最大的区别在于，它主张将关注点从作者、作品过渡到读者身上，认为正是读者的阅读过程将意义赋予了文学作品。如同姚斯（Hans Robert Jauss）所说的："在作者、作品与读者的三角关系中，读者绝不仅仅是被动的部分，或者仅仅做出一种反应，相反，它自身就是历史的一个能动的构成。一部文学作品的历史生命如果没有接受者的积极参与是不可思议的。"① 而供读者阅读的文本，则充满了"空白"和"不确定"，通过唤起读者的能动性而形成一种交流结构。"空白使文本模式的联系性悬而未决，作为结果的'成功延续'的中断促使了读者方面的想象活动，在这方面，空白作为一个基本的交流条件而发挥其功能。"②

被应用到图画书领域时，接受美学主要体现为对读者参与权利的重视，以及对儿童读者能力的信任。因此，打破成人作者的权威，将意义建构权赋予儿童读者，以各种形式与读者进行互动，不随意轻视儿童读者等，都是受后现代主义影响的图画书作家所经常提及的观点。很多图画书创作者故意将创作过程展示给读者，揭示文本的虚构性，以此邀请读者参与到文本意义的建构中来，思考面前的一切哪些是真实的，哪些又是虚假的；还有一些作者有意保持图画书文本的开放性和多义性，让读者自己来决定意义的取向，成为图画书的"共同作者"。因为这些作者相信，儿童读者不是一张消极等待涂抹的白纸，他们拥有应对挑战的能力，可以充满活力地参与到阅读过程之中。这些作者对儿童读者的期待是："开放的心灵，灵活的头脑，甚至世故老练

---

① ［联邦德国］H·R·姚斯、［美］R·C·霍拉勃：《接受美学与接受理论》，周宁、金元浦译，沈阳：辽宁人民出版社，1987 年版，第 29 页.

② ［德］沃尔夫冈·伊瑟尔：《阅读活动——审美反应理论》，金元浦、周宁译，北京：中国社会科学出版社，1991 年版，第 228 页.

的文化素养”[①]。

比如，《臭起司小子爆笑故事大集合》的作者约翰·席斯卡说：“我的写作宗旨是，永远不要低估读者的智力，孩子既傻又很聪明。”[②]童书出版家弗拉格认为：“孩子们不需要直白的、解释得清清楚楚的故事，他们希望在阅读中感到迷惑、有所发现，并且，他们比一些家长和老师所想象的要聪明得多。”[③] 后现代图画书艺术家保罗·考克斯（Paul Cox）相信，当面对“不同寻常”的图画书时，儿童会迅速对它们所蕴藏的解放精神和革新力量做出响应。[④] 而著名的德国图画书作家沃尔夫·埃布鲁赫（Wolf Elbruch）则声称：“没有哪个孩子是无知的，那只是成人自己的想象，他们希望孩子被局限在设立好的边界中……成人的生活中有太多的条条框框，使他们难以探明孩子心智的深度。”[⑤] 持有这种观点的埃布鲁赫自己，恰好被评论家划归到后现代艺术家之列：“就像每一位后现代艺术家一样，埃布鲁赫任意戏弄文化传统中的风格、文类和技法，他的作品不设特定的接受群体，并不特意区分儿童与成人读者。”[⑥]

---

① Karen Coats. Postmodern Picturebooks and the Transmodern Self. In Lawrence R. Sipe, Sylvia Pantaleo eds. *Postmodern Picturebooks: Play, Parody, and Self-Referentiality*. New York: Routledge, 2008: 80.

② 史莉鸿：《从乔恩·钱斯卡的两本图画书看美国儿童文学的后现代性》，《宁夏大学学报（人文社会科学版）》，2009，31（1），第105页.

③ Janet Evans. The Legendary Klaus Flugge: Controversial Picturebooks and Their Place in Contemporary Society. In Janet Evans ed. *Challenging and Controversial Picturebooks: Creative and Critical Responses to Visual Texts*. New York: Routledge, 2015: 270.

④ Sandra L. Beckett. *Crossover Picturebooks: A Genre for All Ages*. New York: Routledge, 2012: 80.

⑤ Janet Evans. Audience, Theme, and Symbolism in Wolf Erlbruch's *Duck, Death and the Tulip*. In Bettina Kümmerling-Meibauer ed. *Picturebooks: Representation and Narration*. New York: Routledge, 2014: 191.

⑥ Janet Evans. Audience, Theme, and Symbolism in Wolf Erlbruch's *Duck, Death and the Tulip*. In Bettina Kümmerling-Meibauer ed. *Picturebooks: Representation and Narration*. New York: Routledge, 2014: 193.

由此，一些图画书创作者对儿童读者能力的期许，使得后现代主义元素几乎毫无阻碍地进入到儿童图画书当中。在一本后现代图画书《会飞的奥莉薇》（*Olivia kann fliegen*）[①] 中，作者编写的随书附赠小册子——“本书使用说明”，以调侃的笔调，饶有趣味地显示了图画书创作者在这方面的自觉：

> “这个故事是用来搞笑的。你必须与你喜欢的聪明人一起读。你必须时不时停下来，打断阅读进程，不断地质疑并思考。这个故事没有结尾。如果你把自己也写进故事里去，它可能会变得更有意思。这很有趣，找机会试试看吧！”

① Franz Buchrieser，Erhard Göttlicher. *Olivia kann fliegen*. Hamburg：Grafik & Literatur，1976. 中文根据这段话的英文版译出，参见 Bettina Kümmerling-Meibauer，Jörg Meibauer. On the Strangeness of Pop Art Picturebooks：Pictures，Texts，Paratexts. In Evelyn Arizpe，Maureen Farrell，Julie McAdam eds. *Picturebooks：Beyond the Borders of Art，Narrative and Culture*. New York：Routledge，2013：37.

第三节

儿童文学及图画书与后现代主义的契合之处

一、儿童文学的多元性与变动性

儿童文学最大的特别之处在于，它是一个因读者对象而命名的文类，不像其他大多数文学门类是因文类、风格、国别、创作时期、作者身份等来命名的。然而，儿童文学所赖以立身的读者群体——儿童——又是一个难以被准确定义的群体。所谓“儿童”在年龄上应该处于怎样的区间，不同时代及不同国家都有着各不相同的界定。例如，在当代，包括我国在内的大多数国家都将 18 周岁定为成年的法定年龄，但是日本、瑞士等国则规定为 20 周岁。同时，按照很多国家不尽相同的法律规定，结婚、参军、饮酒、吸烟等的合法年龄下限通常小于该国的法定成年年龄，这意味着，在被认可为成年人之前，“儿童”就可以参与很多社会意义上的成人生活了。这也从一个侧面反映出人们对于准确定义“儿童”这一概念的犹疑——“成人”与“儿童”之间的界限向来不是牢不可破、稳定不变的。

另外，所有被界定为“未成年”的儿童，都是各个不同社会与家庭组织的成员。他们在性别、种族、年龄、国籍、性格，以及生活环境、人生经历、教育背景、宗教信仰、认知能力、精神需求、审美偏好、观念意识等几乎所有方面，相互之间都有着非常大的差异。因此，人类的童年生活经验是极其丰富多样的，与童年相关的话语体系也具有多元化与相对性。正如大卫·帕金翰（David Buckingham）所说的：“关于童年（或儿童）的不同定义与话语并不见得彼此十分一致或连贯。相反，我们可以预期这些话语与定义会具有抗拒与矛盾的特征……我们无法将儿童当作一个同质的范畴来谈论他们，童年的意义是什么以及童年如何被经验，很显然是由性别、种族或民族、社会阶级、地理位置等社会因素决定的。”①

在一般人的认知里，儿童文学的首要内容是表现童年经验，它是一个关于儿童以及童年的话语体系。那么，鉴于儿童读者的多元化以及童年经验的多样性，儿童文学也就成为了一个暧昧难明的含混概念。事实上，与公众认知中简单明了的“童话”不同，学界对于儿童文学的定义一直有着相当大的分歧，以至于其概念本身就是这个领域内最富争议性的话题之一。像杰奎琳·罗斯（Jacqueline Rose）这样的学者，干脆将儿童文学定性为“不可能达到”的文学。② 的确，儿童文学作品中“童年”的样貌，往往来源于成人作者的回忆、观察与想象，这些都会随着作者自己的童年经验产生因人而异的变化；而不同的儿

---

① ［英］大卫·帕金翰：《童年之死》，张建中译，北京：华夏出版社，2005 年版，第 5 页，第 67 页.

② Kimberley Reynolds. *Children's Literature*: *A Very Short Introduction*. New York: Oxford University Press, 2011: 2.

童在阅读和接受儿童文学作品时，也会根据个人经验生发出不尽相同的解读。因此，作为一个文类来说，儿童文学是一个极其庞大、边界含混不清的概念，其中所包含的作品也千姿百态，不可能用一套确定的共同特征来描述。就像雷诺兹所说的："和'成人文学'这个概念一样，儿童文学并没有一个清晰确定的实体。"[①]

在文类内部，儿童文学包括从民谣到科幻小说等各种文体的文本，这些文本采用从浪漫主义到"赛博朋克"的各种艺术风格来表现，在从硬纸板到电子屏幕的各种媒介上进行传播。广义上说，无论是《蝇王》（*Lord of the Flies*）、《麦田里的守望者》（*The Catcher in the Rye*），还是《米菲兔》（*Miffy*）、《好饿的毛毛虫》（*The Very Hungry Caterpillar*），这些作品都可以被归入儿童文学之列。而它们彼此之间有着显而易见的巨大差异，这种现象在其他文学门类中是绝不可能的。近些年来，随着童年经验的复杂化，儿童文学的发展更加多元，儿童文学作家们也在使用多样的表现手法和新兴的媒体技术来适应这种新变化。例如，青少年成长小说（YA fiction）的繁荣使得儿童文学文本中充满了各种来自"非主流环境"的主人公，以及五花八门的复杂议题，如女权主义、校园暴力等，最终导致这些文本在叙事方式、艺术风格、思想内涵等方面都显得异常混杂。因此，儿童文学正在日益成为一个很难被限定的多元系统，很多研究者不得不对约翰·洛威·汤森（John Rowe Townsend）的说法表示认可："对今天的儿童文学最实用的定义就是，它包括出现在出版商'童书'书单上的每一本书。"[②]

---

① Kimberley Reynolds. *Children's Literature: A Very Short Introduction*. New York: Oxford University Press, 2011: 2.

② Kimberley Reynolds. *Children's Literature: A Very Short Introduction*. New York: Oxford University Press, 2011: 28.

儿童文学这种多元、混杂的处境非常近似于后现代主义理论的情况。后现代主义思潮兴起于20世纪六七十年代，冷战之后的世界格局、少数族裔争取权利的政治实践、地方文化对抗全球化的诉求等，都深深植入了后现代主义思潮的起源之中，使其天生地带有抵制同质化、倾向多元化的基因。另外在哲学渊源上，后现代主义继承了后期维特根斯坦的“游戏”说，反对先验的“唯一准则”和“最佳答案”，强调每个“游戏”模式的规则都是自圆其说的契约，其地位和价值都是平等的。这种对异质性话语模式的认同，也将后现代主义的基本特征导向“追求多样性而不是统一性，倡导多元论而不是一元论”[①]。除思想倾向方面的多元化之外，后现代主义理论自身也被看作是一套并无清晰边界的混杂观念集合。就像哈桑所指出的：“后现代主义宽泛、松散、奇形怪状、光怪陆离的特点常令批评家们沮丧不已。”[②] 我国学者刘象愚曾列举出一些可以包含在广义“后现代主义”当中的理论：以后结构主义为核心的俄国形式主义、新历史主义、西方马克思主义、女性主义、同性恋理论、后殖民主义、后人文主义，以及种种“终结论”和新思潮。[③] 从这个长长的列表中我们可以看出，后现代主义内部有着诸多相互竞争，甚至相互抵牾的次级话语形式。它们共同将后现代主义理论塑造成了一种“述行性”（performativity）话语，表明“追求真知，追求共识，追求完整性和有机性已经成为不可能……多元性、不确定性、断裂性、矛盾和悖论，这就是后现代知识的现状，也是后现代性的基本表征”[④]。总而言之，后现代主义质疑整体性，拒绝

---

① 陈嘉明：《现代性与后现代性十五讲》，北京：北京大学出版社，2006年版，第321页.

② ［美］伊哈布·哈桑：《后现代转向》，刘象愚译，上海：上海人民出版社，2015年版，第35页.

③ 刘象愚：《译序》，见［美］伊哈布·哈桑：《后现代转向》，刘象愚译，上海：上海人民出版社，2015年版，第13页.

④ 刘象愚：《译序》，见［美］伊哈布·哈桑：《后现代转向》，刘象愚译，上海：上海人民出版社，2015年版，第8页.

统一和综合，并以自身破碎、松散、混杂的形式践行着多元性的世界观，这在深层精神上与儿童文学的特质暗暗相通。作为不同的话语体系，二者在这一点上有所契合。

另外，儿童文学的读者虽然极其多元，彼此之间有着巨大的差异，但他们拥有一个非常重要的共同之处，那就是他们都处在成长阶段。用克劳迪娅·卡斯塔涅达（Claudia Castaneda）的话来说，“儿童是正在形成过程中的成人”，尚未完成却有潜力成为“成人”，这种中间性、可变性（mutability）和潜力性（potentiality）正是“儿童”这个概念的文化价值来源。[①] 可见，儿童文学关注的是一个不断学习、不断超越自己、不断变动的特殊群体。在儿童眼中，一切都是新鲜的，他们的意识中没有已经固化的成见，这使他们更易于接受不同寻常的新事物，而不需要漫长的调适、磨合过程。这里的“新事物”，自然包括各种新的叙事手段和故事内容。儿童读者的这种天性，一方面为作家实现自己的创想提供了宽松的环境，一方面也促使作家为他们创造时时常新的灵活选择。正所谓：“童书作家的写作方式，不是为了顺应儿童读者已有的知识和经验，而恰恰是为了顺应他们缺乏知识与经验这一事实。”[②] 因此可以说，作为主要供儿童阅读的文本，儿童文学比其他文类更加开放，充满变化，乐于拥抱新形式与新媒体，也易于进行创新性的实验，从而突破既有的文学手法和理念，正如有的研究者所言：“儿童文学总是成为革新的起点。”[③]

基于这一特征，以儿童图画书为例来看，儿童——尤其是幼

---

① 徐兰君：《序言：现代中国文学及文化中的“儿童的发现”》，见徐兰君、安德鲁·琼斯主编：《儿童的发现：现代中国文学及文化中的儿童问题》，北京：北京大学出版社，2011 年版，第 3 页。

② Torben Weinreich. *Children's Literature: Art or Pedagogy?* Frederiksberg: Roskilde University Press, 2000: 49.

③ Kimberley Reynolds. *Children's Literature: A Very Short Introduction*. New York: Oxford University Press, 2011: 65.

童——并不会像成人那样，对将在书中读到怎样的内容有着预设性的期待。对于他们来说，也许就连书籍这种物品本身都是新奇的，更不要说想象书籍中“应该”包含什么内容了。很多与幼童共读图画书的儿童文学工作者都指出，儿童是在持续的接触中逐渐适应书籍的形式，了解“阅读”这一概念的，这表现在他们会开始把玩图书，并与父母等亲密的成人谈论自己所读的书。① 因此，儿童读者的这种“无知”，从种种先入为主的成见中解放了图画书创作者，使他们能够更自由自在地创造出全新的文本形式。这也促成了我们在后现代图画书中所见到的局面：一切书面或口头的话语形式都可以进入其中，为其所用，这些书堪称“一场神奇的混杂和美妙的嬗变所组成的狂欢”②。从中我们可以充分地体会到，相比于成人文学，儿童文学更倾向于追求新鲜、多变、多样的话语，更易于接受混淆、多元和不确定性。这一点不仅呼应了后现代主义本身混杂、多变、开放的特质，还进一步促使后现代主义这种“不同寻常”的理念进入儿童文学领域，为儿童读者所接受。

二、儿童文学的边缘性与趣味性

“儿童文学”常常是一个被边缘化的概念，因为其所要言说（或向其言说）的对象——儿童——在成人世界里通常是没有发言权的。借用哲学术语来说，“儿童”是成人社会中天然的“他者”（the other）。

---

① David Lewis. *Reading Contemporary Picturebooks*: *Picturing Text*. New York: Routledge, 2001: 77.

② David Lewis. *Reading Contemporary Picturebooks*: *Picturing Text*. New York: Routledge, 2001: 76.

帕金翰指出，文化批评中的“他者”通过多种方式被定义，“但他们总是社会上一群没有权力的群体，或者他们的声音总是在某种程度上被排除在社会之外……而首当其冲的就是儿童”[①]。在日常生活中，虽然儿童的身份、特点、福祉和权利经常被谈及，但对其做出界定的往往是家长、教师、学者、媒体、立法者、福利机构、社会工作人员等，儿童自己的声音通常被排斥在法律、社会制度、社会实践、教育体制这些专业化的话语体系之外。

与之相应的是，儿童文学这一门类，虽然其内部充满创造力，不乏大师佳作，但作为一个主要针对儿童群体的文类，它仍然时常被学界边缘化。可以说，儿童文学本身就致力于表达对儿童边缘化状态的关注，它的话语体系往往围绕着权力、控制、质疑、颠覆、解构等要素展开，与其读者期望摆脱边缘化的“他者”地位、期望被赋予权力的状态相对应。有大量文本可以证明，儿童文学的核心话语之一就是对成人世界价值体系的拒绝和怀疑，并表达儿童在一个陌生的“巨人世界”中所感受到的焦虑和疏离。这些文本通常深具颠覆性，在暗中引入解构主义的世界观，与后现代主义产生紧密的联系：“它们保留并发展出对于主流权力架构的反抗意识，可视为后现代主义者的盟友，对当代文化及社会做出回应……我们现在所谓的后现代策略，其实已为儿童文学史的读者所熟悉，只是直到最近我们才认识到儿童文学的核心任务——对企图掌控的权威叙事保持挑战性的声音。”[②] 甚至，一些学者会直接运用诸如东方主义、后殖民理论这样的后现代主义理论来研究儿童文学，他们认为，“成人/儿童关系也可以与殖民关系做比

① ［英］大卫·帕金翰：《童年之死》，张建中译，北京：华夏出版社，2005 年版，第 5 页，第 67 页.

② ［英］Deborah Cogan Thacker、Jean Webb：《儿童文学导论：从浪漫主义到后现代主义》，杨雅捷、林盈蕙译，台北：天卫文化图书有限公司，2005 年版，第 217 页.

较”，儿童文学“挑战反映任何殖民关系、父权结构的宰制”[①]。佩里·诺德曼就曾写过一篇题为《他者：东方主义、殖民主义与儿童文学》（*The Other：Orientalism，Colonialism，and Children's Literature*）的论文，借用萨义德（Edward Said）在《东方主义》（*Orientalism*）[②] 中的观点来分析儿童文学中的成人/儿童关系，认为儿童文学是一种成人用来“殖民”童年的“殖民文学”。[③]

以后殖民理论来研究儿童文学的例子之所以会与后现代主义联系在一起，是因为后现代主义理论当中有大量针对“后殖民主体”的研究。这些研究以语言分析为基础，强化论证了福柯（Michel Foucault）和德里达（Jacques Derrida）等人的观点，即占支配地位的主流话语通过种种手段宣告自身的“合理性”，进而通过各种手段分化、排斥、创造出所谓“异常者”——即“他者”，在使人浑然不觉中完成对“他者”的“统治”。因而，与儿童文学类似，后现代主义最突出的特质就是关注权力的建构性，不遗余力地质疑、否定、对抗“宏大叙事”，将那些受压制、被边缘化的“他者”重新带入人们的视野，如女性、少数族裔、先锋艺术家等。如同巴特勒所总结的：“后现代主义将承认‘他者’自主地位这一道德呼吁改头换面，形成了就边缘和差异所发表的支离破碎的宣言，对占统治地位的态度进行解构，对陈式化论断进行批判。”[④]

事实上，由西方社会中人们普遍的信心丧失所带来的怀疑主义，

---

① ［英］Deborah Cogan Thacker、Jean Webb：《儿童文学导论：从浪漫主义到后现代主义》，杨雅捷、林盈蕙译，台北：天卫文化图书有限公司，2005 年版，第 216 页.

② ［美］爱德华·W·萨义德：《东方学》，王宇根译，北京：生活·读书·新知三联书店，2010 年版.

③ Perry Nodelman. The Other，Orientalism，Colonialism，and Children's Literature. *Children's Literature Association Quarterly*，1992. 17（1）：29—35.

④ ［英］巴特勒：《解读后现代主义》，朱刚、秦海花译，北京：外语教学与研究出版社，2013 年版，第 248 页.

是后现代主义的核心精神之一。后现代文化因而被定性为一种“疯狂的、要反叛瓦解一切的巨大力量，其矛头指向西方数千年来形成的那套形上思维模式和一切现存的、确立的规范、体系及权威”[①]。后现代主义理论家哈桑对此表述道：“从‘上帝之死’到‘作者之死’到‘父亲之死’，从对权威的嘲弄到对课程的修订，我们在使文化非经典化，使知识非神圣化，使权力的、欲望的、欺骗的语言解体。”[②] 从这些论述中我们可以看出，无论是对“他者”的关注，还是对权威的反叛，后现代主义灵魂深处的质疑与颠覆精神都与儿童文学不谋而合，当被应用于儿童文学领域时，后现代主义的怀疑精神将得到很大程度的发挥。也许正是出于这个原因，像本雅明（Walter Benjamin）这样深具后现代主义气质的学者对儿童文学非常感兴趣。他收集了很多童话，并指出，为儿童所写的文学作品具有促使读者质疑社会惯例、摆脱僵化思维模式的潜力。[③]

在这里值得一提的是，在儿童文学试图以解构的内核为儿童读者赋予权力的同时，其本身不可避免地会成为一种新的“权威话语”。帕金翰指出，过于强调儿童文学的边缘化形式以及颠覆精神，也是一种“本质主义”：“将儿童文化看作是对成人的一种‘抗拒’形式，这个观点至少忽略了儿童的一个持久愿望——他们想要得到被看作成人时的快乐。”[④] 由此，儿童文学在现实中常常成为自我攻击的对象，被迫落入需要不断自我反省、自我怀疑的困境。儿童文学的这种矛盾处境，

---

① 刘象愚：《译序》，见［美］伊哈布·哈桑：《后现代转向》，刘象愚译，上海：上海人民出版社，2015 年版，第 17 页.

② ［美］伊哈布·哈桑：《后现代转向》，刘象愚译，上海：上海人民出版社，2015 年版，第 292—293 页.

③ Kimberley Reynolds. *Children's Literature: A Very Short Introduction*. New York: Oxford University Press, 2011: 5.

④ ［英］大卫·帕金翰：《童年之死》，张建中译，北京：华夏出版社，2005 年版，第 5 页，第 179 页.

也与后现代主义一直所处的困境相似。向来有很多学者指出，建立在解构立场上的后现代主义“缺乏自身的逻辑一致性”①，在深层逻辑上存在着悖谬。因为如果后现代主义将反抗权威绝对化，就树立了一个新的“权威叙事”，即绝对地、教条地信奉异质性与相对主义。这显然也使后现代主义在某种程度上成为了它自己的攻讦对象，只能无限地、无意义地拆解自身，而无法做出更加有新意的建树。因此，在这个层面上，后现代主义很容易与儿童文学联合，共同寻求在关注边缘性的基础之上，表达自身与解决困境的出路。

当然，并非所有的儿童文学作品都在刻意地尝试颠覆成人与儿童之间的权力关系，至少作者本人未必会有这种主观意识。一些作品只是单纯地将儿童文学作为一种针对儿童的宣教手段，还有的作品则旨在回顾童年，构筑成人自己的内心世界，因为“童年也可以被看作一个虚幻的梦境，供我们从成熟的压力与责任中退缩回来”②。就像林格伦（Astrid Lindgren）说的：“我并不是为孩子写书，我只是为了那个作为孩子的我写作。我写那些对我来说无比亲切的东西，树、房子、自然，只是为了愉悦我自己。”③ 但不管是哪种情况，儿童文学（尤其是图画书）的作者在表达自身时，都常常借助于趣味，有时表现为幽默的戏仿或反讽，也有时表现为“远远超出戏仿、互文和元小说技巧的、对趣味的强烈倾向”④。一方面，这与儿童的天性有关，他们往往通过有趣的游戏来体验和学习生活中的一切，“幼小的儿童永远都在与

---

① 陈嘉明：《现代性与后现代性十五讲》，北京：北京大学出版社，2006 年版，第 232 页.

② David Archard. *Children Rights and Childhood*. London：Routledge，1993：39.

③ 陈赛：《关于人生，我所知道的一切都来自童书》，北京：中信出版社，2017 年版，第 94—95 页.

④ Maria Nikolajeva. Play and Playfulness in Postmodern Picturebooks. In Lawrence R. Sipe，Sylvia Pantaleo eds. *Postmodern Picturebooks：Play，Parody，and Self-Referentiality*. New York：Routledge，2008：55.

他们正学习的东西玩耍”[①]。儿童文学作家如果意识到儿童的这种需求，便会以游戏性的文本来供儿童“玩耍”，满足他们追寻趣味的天性。另一方面，这也与儿童文学的特质有关，趣味带来的笑声，能使儿童文学在深层上的“颠覆”意识与“不合作”态度显得更不具有“威胁性”，更容易被儿童和成人所接受。这在某种程度上与巴赫金（Миха-ил Михайловчч Бахтин）认为“笑”能够摧毁“史诗距离”（Epic distance）的观点有着共通之处。

与此相似的是，后现代主义文本在尝试为“他者”赋权时，也常常表现出对趣味性的追求，具有“狂欢化”和表演性特征。一方面，这与后现代主义的哲学渊源之一——“语言游戏”有关。后期维特根斯坦提出的“语言游戏相对论”，被利奥塔等人引为后现代思维模式的基础，认为任意约定的“游戏规则”中，不免会产生歧异和荒谬的因素。另一方面，后现代主义精神也同样倾向于利用趣味性来解构权威叙事，借助滑稽、反讽、戏仿的方式来消解“宏大叙事”的沉重感。在这方面，巴赫金的“狂欢化”概念最为后现代主义理论家所青睐，狂欢化内部包含着“笑文化”、荒诞性、无序性、复调、表演性、语言的离心力、视觉主义等一系列内涵，恰切地传达了后现代主义的喜剧及颠覆精神，甚至被看作“后现代主义的代名词”。[②] 通过追求趣味的狂欢，人们可以在嬉戏中挑战“宏大叙事”，发现“亵渎神圣的”世俗生活。[③] 因此，在借助趣味来表达自身这一点上，后现代主义文本也与儿童文学在暗中有所契合，二者都“运用狂欢热闹以表达对宰制叙

---

① David Lewis. *Reading Contemporary Picturebooks: Picturing Text*. New York: Routledge, 2001: 79.

② [美] 伊哈布·哈桑：《后现代转向》，刘象愚译，上海：上海人民出版社，2015 年版，第 295 页.

③ [美] 伊哈布·哈桑：《后现代转向》，刘象愚译，上海：上海人民出版社，2015 年版，第 296 页.

事的抗拒”。从而，“后现代主义所宣称的‘玩笑与调和’力量，可经由童书史清晰地呈现”。①

三、儿童图画书的视觉艺术性

上面两部分论述了儿童文学作为一个整体，与后现代主义之间的一些契合之处。而在所有的儿童文学门类当中，儿童图画书又有它的特殊性，因为它不仅具有儿童文学的一般特征，同时还是一门图像视觉艺术。在今天，随着技术和理念的发展，图画书所呈现出的面貌发生了巨大的变化，已不再是传统观念中的“插图”读物，仅以夸张的效果给读者提供瞬时的视觉刺激。很多图画书创作者倚重于图画的叙事功能，主要依靠，甚至仅仅依靠图画来讲述复杂、完整、富有深意的故事，甚至由此产生了“图像小说”“图像文学”等概念。在这些图画书中，人物塑造、环境设置、情节刻画、情绪氛围，乃至意义与哲思都可以通过图像得到有效的传达。故而，美国图画书协会对有资格竞逐凯迪克奖的图画书的标准做出了如下界定：“儿童图画书与其他图文并茂的图书不同，它旨在为儿童提供视觉的体验；它依靠一系列图画和文字的互动来呈现完整的故事情节、主题和思想。”②

如今，越来越多的学者认为，我们正生活在一个“图像社会”中，进入了所谓“读图时代”。远在洞穴岩画、象形文字的年代，图像文化曾在人类文明中占据重要的地位，随后漫长的岁月里，图像一直被强

---

① ［英］Deborah Cogan Thacker、Jean Webb：《儿童文学导论：从浪漫主义到后现代主义》，杨雅捷、林盈蕙译，台北：天卫文化图书有限公司，2005 年版，第 216—217 页.

② ［美］丹尼丝·I. 马图卡：《图画书宝典》，王志庚译，北京：北京联合出版公司，2017 年版，第 6 页.

势的书写文字所压制。从上世纪后半叶起，信息技术和大众传媒领域内发生的一系列变化，促使图像文化又开始在社会潮流中占据主导地位。1984 年，苹果公司推出了第一款通过图像界面进行人机交流的计算机，其背后的“图像信息技术”开启了文化变革的序幕。当今社会正以前所未有的程度和速度被图像所包围：街头、商场等日常生活环境中，电视、报纸、杂志、书籍、互联网等媒体上，到处都充斥着大量照片、图标、招贴画及其他各种形形色色的视觉图像。摄影技术的普及使每个人都参与到了创作与传播图像的热潮中：现在几乎人人拥有智能手机或照相机，只要简单地按一下快门，就可以完成一幅静态或动态的图像，并通过社交媒体发布到网络平台上。正如马丁·盖福德（Martin Gayford）所说：“近年来，创造图画和传播图画的手段以闪电般的速度变换，过去从来没有创作出像今天这么多图画，智能手机和平板电脑每年产生的图画数以亿计。”①

于是，W. J. T. 米切尔（W. J. T. Mitchell）指出：“图画复归，用图像来主导文明的幻想，今天已经在全球范围内变成了一个技术现实。”② 斯考特·麦克劳德（Scott McCloud）也说：“我们的文化正在日益变成一个以符号为导向的文化。”③ 这样的文化背景对个人的读图能力提出了更高的要求，正如冈瑟·克雷斯（Gunther Kress）所指出的，阅读图像要求读者具有更加活跃的想象力，以便“从组织松散的元素中创造出逻辑秩序，并根据个人需要对其做出拣选”④。在当下，

---

① ［英］大卫·霍克尼、马丁·盖福德：《图画史：从洞穴石壁到电脑屏幕》，万木春、张俊、兰友利译，杭州：浙江人民美术出版社，2017 年版，第 19 页.

② W. J. T. Mitchell. *Picture Theory: Essays on Verbal and Visual Representation*. Chicago: University of Chicago Press, 1994: 15.

③ Scott McCloud. *Understanding Comics*. New York: Harper Perennial, 1994: 58.

④ Gunther Kress. Interpretation or Design: From the World Told to the World Shown. In Morag Styles, Evelyn Bearne eds. *Art, Narrative and Childhood*. Stoke-on Trent: Trentham Books, 2003: 152.

"图像文学更新了我们的阅读习惯，邀请我们以另一种全新的方式来观察世界"①。几十年前出现的新鲜概念"图像素养"（visual literacy）现在变成了不绝于耳的常用词汇。如今，每个人都必需具备一定的图像素养，学会运用图像手段相互交流。随着人们不断积累应对新媒体的经验，不断进行阅读图像的实践，"图像素养"也拥有了越来越宽泛、越来越复杂的内涵。与这种情况相对应的是，在"读图时代"中成长起来的当代儿童，也被普遍认为具有较强的读图能力。比如斯考特认为，儿童"识别和筛选图像细节的能力通常强于成人"，在阅读图画书时，这一点可以在某种程度上弥补他们文化知识方面的不足。② 图画书作家霍勒也断言："我认为今天的孩子们远比从前更加习惯于阅读图像，也更精于此道。"③

图像文化与后现代主义之间有着微妙而复杂的联系。后现代主义世界观的一个重要思想来源是海德格尔的存在哲学，而海德格尔将现代看作一个"世界图像的时代"④。这里的"世界图像"，是指作为"存在者整体"的世界，像图像一样"被表象"，被"摆置"，在此过程中，人以外的世界被强行纳入到一种主客体关系之中，成为与主体——人——相对立的客体。这也就是海德格尔所说的："世界之成为图像，与人在存在者范围内成为主体是同一个过程。"⑤ 可见，海德格

① Sandra L. Beckett. *Crossover Picturebooks: A Genre for All Ages*. New York: Routledge, 2012: 316.

② Carole Scott. Dual Audience in Picturebooks. In Sandra L. Beckett ed. *Transcending Boundaries: Writing for a Dual Audience of Children and Adults*. New York: Garland, 1999: 101.

③ Martin Salisbury. The Artist and the Postmodern Picturebook. In Lawrence R. Sipe, Sylvia Pantaleo eds. *Postmodern Picturebooks: Play, Parody, and Self-Referentiality*. New York: Routledge, 2008: 29.

④ ［德］海德格尔：《世界图像时代》，见马丁·海德格尔：《海德格尔选集》，孙周兴选编，上海：上海三联书店，1996 年版，第 885 页.

⑤ ［德］海德格尔：《世界图像时代》，见马丁·海德格尔：《海德格尔选集》，孙周兴选编，上海：上海三联书店，1996 年版，第 902 页.

尔的“图像”概念，主要是用来表达主客体之间的对立。简单地说，这个出现在早期后现代主义世界中的“图像”，既是仅存于意识中的表象，也是被主体征服的对象。到了詹明信这里则更进一步，现实世界被指转化成“影像”，平面化的图像构成了后现代文化的主导形式。为此，他特意从海德格尔对梵高（Vincent van Gogh）的画作《农夫鞋》（*Shoes*）的分析入手，将安迪·沃霍尔（Andy Warhol）的丝网印刷作品《钻石尘鞋》（*Diamond Dust Shoes*）与其进行比较。他认为《农夫鞋》以艺术作为媒介，清晰地揭示出“世界和土地”的客观存在；而《钻石尘鞋》则只具有一种“崭新的平面而无深度的感觉”①，“似乎什么也没有表现”②，不指向任何深层的东西。由此，他认为，像沃霍尔这样的后现代艺术家使“现实转化为影像”——钻石尘鞋这种影像不过是对现实表面化、粗浅化的拷贝。③

而关于后现代文化如何通过图像来操纵、控制当代人的生活这一问题，最著名的要数波德里亚的有关论述。波德里亚提出了“拟像”（simulacra）的概念，与一般意义上再现真实事物的图像不同，拟像不再是对“某种指涉对象或某种实物的模拟，而是产自无需源头或真实性的真实模型：超真实”。④ 拟像的核心是所谓“超真实”（hyperreal），这是一种按照幻想中的模型精心雕琢出来的真实，可以“无限次地被复制出来”⑤，它在现实中根本就没有实体对应物。波德

---

① ［美］詹明信：《晚期资本主义的文化逻辑》，张旭东编，陈清侨等译，北京：生活·读书·新知三联书店，1997 年版，第 440 页.

② ［美］杰姆逊：《后现代主义与文化理论》，唐小兵译，北京：北京大学出版社，1997 年版，第 167 页.

③ ［美］詹明信：《晚期资本主义的文化逻辑》，张旭东编，陈清侨等译，北京：生活·读书·新知三联书店，1997 年版，第 433 页.

④ Jean Baudrillard. *Simulations*. Translated by Phil Beitchman，Paul Foss，Paul Patton. Los Angeles：Semiotext（e），1983：2.

⑤ ［法］鲍德里亚：《生产之镜》，仰海峰译，北京：中央编译出版社，2005 年版，第 186 页.

里亚举出了大量例子来证明我们已经生活在一个“拟像时代”中，其中最有名的是迪士尼乐园。他认为，迪士尼乐园是一个按照美国文化理想塑造出来的社会微型缩影，人们在其中游乐，“体会美国生活方式，推崇美国人的价值观念，对矛盾现实进行理想化的换位”①。迪士尼乐园中的一切都比外面的世界更加干净整洁，氛围也更加祥和快乐，它比真实的美国显得“更美国”。从而，环绕着这座乐园的洛杉矶乃至美国，反倒“不再是真实的”，它们竭力效仿种种文化符号，一起挤进了“超真实和仿真序列”。② 因此，像迪士尼乐园这样的“拟像世界”，是在用符号来代替现实本身，模拟的图像背后不再有来自现实世界的指涉物。而这些“消失的指涉物”，又“在符号体系中被人为地复活”③，它们相互指涉，自我复制，构成一种“超真实”的幻象网络，隔绝了身处其间的人们与真实世界的联系。于是，“世界成为一个模拟的世界、图像的世界，它就是后现代的世界”④。由此可见，作为一种象征符号的“图像”，在后现代文化中具有不可替代的重要意义，没有“图像”的概念，很多重要的后现代主义理论就无从构建。就像巴特勒说的：“对于很多后现代主义者来说，我们生活的社会是一个图像的社会，它最关心的只是‘幻象’的生产和消费。”⑤

即使不谈作为象征符号的图像在后现代理论领域的意义，只就一般意义上作为图画来说，图像在后现代文化中也具有无可比拟的价值，是后现代主义借以表达自身理念的重要手段。习惯了文字叙事的读者经常会忽略貌似简单的图画中所包含的复杂信息，以及蕴涵在形式本

---

① ［法］鲍德里亚：《生产之镜》，仰海峰译，北京：中央编译出版社，2005 年版，第 194 页.

② ［法］让-鲍德里亚：《仿真与拟像》，马海良译，见汪民安、陈永国、马海良主编：《后现代性的哲学话语：从福柯到赛义德》，杭州：浙江人民出版社，2000 年版，第 334 页.

③ ［法］鲍德里亚：《生产之镜》，仰海峰译，北京：中央编译出版社，2005 年版，第 187 页.

④ 陈嘉明：《现代性与后现代性十五讲》，北京：北京大学出版社，2006 年版，第 340 页.

⑤ ［英］巴特勒：《解读后现代主义》，朱刚、秦海花译，北京：外语教学与研究出版社，2013 年版，第 267 页.

身之内的文化意识形态。作为一种与线性文字相对的系统，图画在某种程度上代表着细节、复调、断裂、偶然性、无序性、非理性、“前社会性”和不确定性，正所谓“图像反对整体化”。[①] 一幅图画永远包含着不确定的大量细节，可以传递线性文字所无法尽言的繁杂无序，这本身已经包含着某些后现代主义理念。例如，超现实主义画家马格利特（René Magritte）的名作《这不是一只烟斗》（*Ceci n'est pas une pipe*），富有冲击力地揭示了人们习以为常的“再现”的虚幻性，切断了现象、图画、文字三者之间的联系，这不仅引起了福柯从现象学角度出发的关注[②]，还与德里达的解构主义在核心精神上有相似之处。又如，像罗兰·巴特（Roland Barthes）这样的后结构主义者对图像也非常感兴趣，他曾经试图建立一套“图像语法”（visual grammar），期望能像把握词汇、短语和句法一样，把握叙事图像中的不连贯元素和分散单元。因此可以说，图像以其自身的特质，也在暗中促使人们接受后现代性的存在。正如布赖恩·透纳（Bryan Turner）所说：“图像世界破坏了我们对现实的感知，消解了我们对稳固的结构，牢靠的边界，以及一切皆有意义的信念。”[③]

那么在这个基础上，后现代主义理念借助于用图画来叙事的、可以大量复制的图画书来传播，就显得顺理成章了。图画书具有自己的特殊性：“不仅在儿童读物中，即使在所有视觉媒介中，它也是独一无二的。”[④] 图像和文字的相互融合，使得图画书具有极大的包容性与开

---

① ［斯洛文尼亚］阿莱斯·艾尔雅维茨：《图像时代》，胡菊兰、张云鹏译，长春：吉林人民出版社，2003 年版，第 34 页.

② ［法］米歇尔·福柯：《这不是一只烟斗》，邢克超译，桂林：漓江出版社，2012 年版.

③ Bryan Turner. *Theories of Modernity and Postmodernity*. London: Sage, 1991: 3—4.

④ ［美］丹尼丝·I. 马图卡：《图画书宝典》，王志庚译，北京：北京联合出版公司，2017 年版，第 3 页.

放性，“文字与图像之间的高度张力”形成了灵活的“复调关系”①，这种关系往往具有强烈的实验性，为图画书带来了无限可能。对于作家和艺术家来说，图画书是一片激动人心的、可以用来充分发挥个人创造力的艺术实验场。在这片场域中，他们可以利用文图之间的碰撞，自由地尝试新的形式、技术、媒介、风格和理念。就像美国画家本·克兰顿（Ben Clanton）说的：“我发现图画书更加开放，并且允许更多的创意性出现。”② 可见，图画书独特的双重符码体系，更容易吸纳后现代主义的艺术手法和话语体系，使之顺利进入儿童文学领域：“图画书乐于，并适于表达元小说、反讽距离、现实的虚构性等新颖的（后现代）理念。”③ 于是，在当下这个“图像社会”中，图画书正在成为“一种日益重要的艺术交流手段”④。虽然它的图像叙事模式导致其经常被人们低估，但“读图时代”的读者终将发现，“这种成熟而有力的艺术形式意在刺激习见的陈规，对社会文化发起挑战”⑤。从这个层面来说，儿童图画书作为一种图像视觉艺术，与其他儿童文学门类相比，与后现代主义具有更加紧密的契合度。

---

① W. J. T. Mitchell. *Picture Theory: Essays on Verbal and Visual Representations*. Chicago: The University of Chicago Press, 2000: 234.

② Julie Danielson. Seven Questions Over Breakfast with Ben Clanton. (2014-10-7) [2018-3-16] http://blaine. org/sevenimpossiblethings/? p=3543

③ Teresa Colomer. Picturebooks and Changing Values at the Turn of the Century. In Teresa Colomer, Bettina Kümmerling-Meibauer, Cecilia Silva-Díaz eds. *New Directions in Picturebook Research*. New York: Routledge, 2010: 50.

④ Sandra L. Beckett. *Crossover Picturebooks: A Genre for All Ages*. New York: Routledge, 2012: 316.

⑤ Sandra L. Beckett. *Crossover Picturebooks: A Genre for All Ages*. New York: Routledge, 2012: 316.

第二章

混搭：肆意跨界的后现代儿童图画书

在上一章中，我们探讨了后现代主义与儿童图画书相结合的背景，那么，这些吸收了后现代元素的儿童图画书，会呈现出怎样不同寻常的面貌，可能具有哪些可辨识的特征，就是接下来所要讨论的重点。通过笔者个人的分析判断，后现代图画书具有的特征可归结为三大方面——“混搭”、“不确定”和“颠覆”。然而事实上，很少有一本后现代图画书只具有某一方面的特征，而可能一本书同时呈现出多种“后现代主义”风貌。为避免在举例时重复，在后文中，笔者将主要选取某本书最为突出的一两个特征进行论述。

首先是“混搭”。后现代文化的普遍状况是消融边界，打破整体，制造碎片，铲平各种既定话语体系之间的壁垒，由此产生了大量混杂的文化与艺术形式。迈克·费瑟斯通（Mike Featherstone）将后现代艺术的特征概括为：“艺术与日常生活之间的界限被消解了，高雅文化与大众文化之间层次分明的差异消弭了；人们沉溺于折衷主义与符码混合之繁杂风格之中；赝品、东拼西凑的大杂烩、反讽、戏谑充斥于市，对文化表面的‘无深度’感到欢欣鼓舞；艺术生产者的原创性特征衰微了。"[①] 在日常生活中，"文本自身之间以及媒体之间的界限都被严重地模糊"[②]。例如，热播的《军师联盟》《楚乔传》《那年花开月正圆》等古装电视剧中，宽袍广袖的古装人物可能上一秒还在吟诗作赋、风花雪月，下一秒却突然掏出手机开始推销理财产品。这种"穿越型"的植入广告，使得作为媒体文本的电视剧俨然成为了一个商业化的副产品，各种文本之间不再有清晰的界限。在文学世界中也是如此，例如，麦克卢汉在谈到"后现代主义文学的先声"《芬尼根的守灵夜》（*Finnegans Wake*）时说："（《守灵夜》）是一个语言的宇宙，在那里新闻、电影、广播、电视和世上的种种语言混杂在一起，构成了一个免费的游乐场或变形场。"[③]

后现代图画书的首要特征，就是"混搭"。正如肯·沃森所言："后现代图画书为后现代主义的兼收并蓄提供了最生动的例证——通过越界、非线性叙事、揭示文本建构性、文类的混合与戏仿等方式。"[④]混淆不同艺术形式与话语之间的界限，使后现代图画书具有了前所未有的创造力、灵活性和开放性。这些书迅速吸收并消化各种艺术与话语形式，在这个过程中，大量来自各种不同语境的"前文本"（hypotexts）被创造性地重塑，为后现代图画书带来了无限的可能性。

---

① [英] 迈克·费瑟斯通：《消费文化与后现代主义》，刘精明译，南京：译林出版社，2000 年版，第 11 页.

② [英] 大卫·帕金翰：《童年之死》，张建中译，北京：华夏出版社，2005 年版，第 95 页.

③ [美] 伊哈布·哈桑：《后现代转向》，刘象愚译，上海：上海人民出版社，2015 年版，第 199—200 页.

④ Ken Watson. The Postmodern Picture Book in the Secondary Classroom. *English in Australia*, 2004（140）：55.

第一节

混搭的艺术："拼贴簿"

一、混搭各种艺术手法与媒材

混搭各种艺术手法和媒材的后现代图画书，其最突出的表现就是呈现为一种“拼贴簿”的状态。各种五花八门的媒材和信息突破原有等级，以多种多样的形式并置在书中，共同参与文本意义的构建。后现代图画书以极度的混杂性打破了“书”的传统概念，任何能用二维或三维形式进行表达，任何能附着在页面上的事物都可以自由地进入书中，“很少有什么形式或话语是不能进入图画书之内的”[1]。翻阅当代图画书，我们常常可以发现令人眼花缭乱的各种艺术表现手法，如蚀刻、雕塑、卡通、漫画、涂鸦、照片、广告画、儿童画、场景搭建、

---

① David Lewis. *Reading Contemporary Picturebooks*: *Picturing Text*. New York: Routledge, 2001: 65.

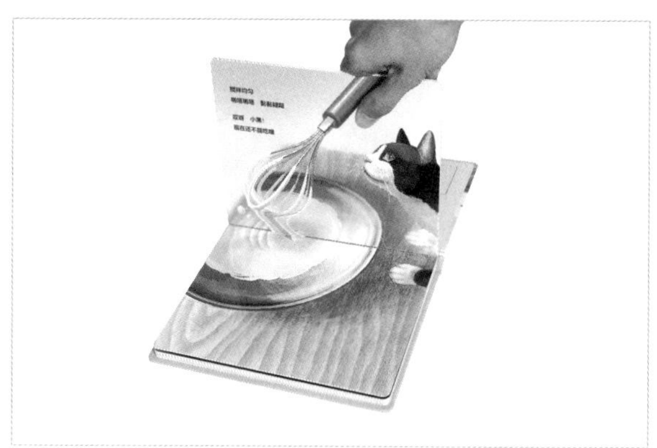

图 1　《今天吃什么?》效果图
（北京联合出版公司/浪花朵朵）

超现实主义绘画等，以及微型唱片、镜面、透明胶片、发光二极管等各种媒材。

例如布鲁诺·穆纳里（Bruno Munari）的《书前之书》（*I Prelibri*）[①]，将 12 本小书收纳在一本大书之中，用来制作这些小书的材质包括纸板、木片、塑料、皮毛、羊毛毡、麻绳、金属、布料等，涉及视觉、触觉、嗅觉等多方面的感知，其中第九本小书中所隐藏的微型唱片还涉及了听觉的维度。卢福斯·巴特勒·塞得（Rufus Butler Seder）的《奔跑》（*Gallop*!）[②] 是一本“胶片动画书”，在翻页时，书中印有图像的透明胶片会产生奇妙的动态效果，塞得本人现在是这一技术的专利持有人。[③] 渡边千夏（Chinatsu Watanabe）的《今天吃什么》（きょうのおやつは）[④] 是一本“3D 镜面绘本”，该书利用镜面反射的倒影形成立体效果，让读者有机会自己动手探索三维世界（图 1)。米克·

① Bruno Munari. *I Prelibri*, Mantova: Corraini Editions, 2002.

② Rufus Butler Seder. *Gallop*! New York: Workman Publishing Company, 2007.

③［美］丹尼丝·I. 马图卡：《图画书宝典》，王志庚译，北京：北京联合出版公司，2017 年版，第 6 页.

④［日］渡边千夏：《今天吃什么?》，浪花朵朵童书编译，北京：北京联合出版公司，2016 年版.

英克潘（Mick Inkpen）的《哦，基珀的小熊到底哪去了？》（*Where, oh Where, is Kipper's Bear?*）[①] 是一本藏有发光二极管的立体书，在全书末尾，当读者掀起一个翻页时，一支小手电筒就会被点亮。

二、“拼贴簿”式的个人风格

除大胆运用各种手法和媒材之外，在艺术表现形式方面，拼贴是很多后现代图画书作者醒目的个人风格。一些作者的作品几乎每一页都呈现出“拼贴簿”般的风格，就像彭懿对罗伦·乔尔德的艺术风格的概括：“混合了绘画、照片、织品、计算机绘图和不同的字型，制造出一种‘剪贴簿’的效果和混乱的感觉。”[②] 宛如“拼贴簿”的后现代图画书作品数不胜数，例如法国艺术家弗雷德里克·克莱蒙（Frédéric Clément）的《奇幻精品店》（*Magasin Zinzin, ou, Aux merveilles d'Alys*）[③] 一书，展示了一个走南闯北、搜罗珍奇的杂货商人为爱丽丝小姐准备的各种生日礼物。这些奇妙的礼物包括“匹诺曹的鼻尖、小王子的影子、靴子猫的胡须、沙粒那么小的大象、猎捕野钢琴使用的盐瓶、灰姑娘的水晶舞鞋碎片和她四轮豪华马车的籽”等等令人匪夷所思的物品。与之相配的插图更是兼收并蓄，版画、邮票、模型、布料等无所不包，使得全书就像一个包罗万象的剪贴本，繁复驳杂而又充满诗意（图 2）。

日本作家近藤等则（Toshinori Kondo）和智内兄助（Kyosuke Tchinai）创作的《伴我长大的声音》（ぼくがうまれた音）[④] 一书，利

---

① Mick Inkpen. *Where, oh Where, is Kipper's Bear?* London: Hodder and Stoughton, 1994.

② 彭懿：《图画书：经典与阅读》，南昌：二十一世纪出版社，2006 年版，第 241 页.

③ ［法］弗雷德里克·克莱蒙：《奇幻精品店》，谢逢蓓、徐颖译，北京：新星出版社，2016 年版.

④ ［日］近藤等则、智内兄助：《伴我长大的声音》，唐亚明译，南昌：二十一世纪出版社，2017 年版.

图 2 《奇幻精品店》
（新星出版社/读库）

用拼贴手法来还原他们从小到大记忆深处的声音，书中有机融合了油画、布艺、石画、木版画、实物粘贴等多种艺术元素。作者提到，创作中甚至还借助了手工制作——用捡来的废料拼装了一辆自行车，并把它安放在一个硕大的箱子里。图画书下厂印制的时候，他们特地雇用一辆卡车将自行车运到印刷厂所在的京都，整个过程如同设置一件后现代装置艺术。

图画书艺术大师露易丝·艾勒特（Lois Ehlert）的全部作品几乎都运用拼贴手法来创作，《雨鱼》（*Rain Fish*）① 就是一个非常典型的例子。作者在书后手记中写到，该书的所有创作材料都来源于散步时在路边捡到的废弃物。通过拼贴和摄影的手法，艾勒特将各类废弃物富有艺术感地组合在一起，创作出了一个如梦似幻的荒诞故事。这本书或许堪称将“拼贴簿”风格展现到极致的儿童图画书，画面凌乱、松散却充满魅力。

凯迪克金奖作品《烟雾弥漫的夜晚》（*Smoky Night*）② 一书因鲜

---

① Lois Ehlert. *Rain Fish*. New York：Beach Lane Books，2016.

② ［美］伊夫·邦廷、大卫·迪亚兹：《烟雾弥漫的夜晚》，孙莉莉译，太原：希望出版社，2015年版.

明的拼贴风格而著称。该书从环衬就开始展示纸屑、碎玻璃、塑料袋、布料等大量杂乱无序的拼贴素材。书中的故事运用多层次拼贴来讲述，色调阴郁的立体主义丙烯画叠加在实物照片贴合而成的背景上，营造出一种直接而有力的视觉效果，表现出街头暴乱的恐怖混乱，以及人们惊恐不安的状态，使读者产生身临其境的紧张感。

此外，挪威著名的系列图画书“加曼三部曲”，也完全借助拼贴手法来讲述故事，展现了一种近似于后现代波普艺术的风格。比如其中的首部曲《最害怕的事》（*Garmanns Sommer*）①，书中的每一个形象都利用照片、布料、纹理纸，或者从其他艺术作品上剪下的素材拼凑而成，略显诡异的无序画面恰到好处地映衬了主人公加曼的微妙情绪。正如该书封底的内容推介上所写的：“本书大胆采用后现代主义的艺术风格，多种绘画技法的综合运用让不同媒介、不同时空在画面中碰撞出独特的审美体验，将一个六岁男孩的内心世界真实细腻地展现在读者面前。”

三、拼贴与后现代艺术的关系

拼贴手法之所以经常与后现代艺术联系在一起，主要基于三点原因。首先，拼贴通过故意揭示文本的建构性，质疑了作者创造“书中世界”的神化权威地位，具有怀疑主义色彩。这是由于，拼贴通常会将包括照片在内的各种艺术素材进行并置，利用照片不同于其他艺术媒材的特点，塑造出一种另类的“超真实感”，以此来叩问整个“书中世界”的真实性。

---

① [挪威] 斯蒂安·霍勒：《最害怕的事》，李菁菁译，南宁：接力出版社，2016年版.

图 3 《小蝙蝠德林》
（湖北美术出版社/海豚传媒）

例如，在乔尔德的《小豆芽说，我舅舅是个牛大哈》（*My Uncle is a Huncle says Clarice Bean*）[①] 中，虽然人物都由铅笔简单勾画而成，但舅舅病房的窗外景色却是真实照片拼贴出的都市夜景。灯火璀璨的景象与描绘人物和家具的简单线条形成鲜明对比，在整个场景中显得分外引人注目。在乔尔德的《小心大野狼》（*Beware of the Storybook Wolves*）[②] 中，描画人物和器物的线条一如既往地简洁抽象，如同儿童简笔画，但人物的衣着，以及枕套、台灯罩等物品都是由真实布料的照片拼贴而成，如果仔细观察，还能清晰地看到布料复杂的纹理和质地。类似的图画书还有安缇耶·达姆（Antje Damm）的《小蝙蝠德林》（*Fledolin verkehrt herum*）[③]，故事中作为主要人物的蝙蝠一家是线条寥寥的简笔画形象，而作为背景的大树、钟楼、房子、云彩、蝴蝶等却都是纤毫毕现的实物照片（图 3）。

---

① ［英］罗伦·乔尔德：《小豆芽说，我舅舅是个牛大哈》，舒杭丽译，南宁：接力出版社，2009 年版.

② ［英］罗伦·乔尔德：《小心大野狼》，邢培健译，北京：新星出版社，2013 年版.

③ ［德］安缇耶·达姆：《小蝙蝠德林》，刘海颖译，武汉：湖北美术出版社，2009 年版.

在这些书里，照片和简笔画的并置形成了一种奇异的效果。如果我们按照文学惯例，默认书中那些简笔画人物是作者塑造的“真实”人物的话，那拼贴在他们身边的照片就是一种“超真实”。这让人想起波德里亚提出的“拟像”的核心特征——“超真实”比真实更加真实，其原型是理想中的完美模型，在现实中并没有实体的对应物。有时，这种内涵以一种讽刺的方式出现，例如在《会唱歌的帽子》（*The Singing Hat*）[①] 中，主人公柯林的老板每次说话，所说的内容都用数据表格的照片拼贴来表现，而相比之下，书中人物的脸只是用水彩描绘出来的。这或许是暗示，在当代社会中，数字与利润恐怕常常是比活生生的“人”更加真实的东西。而实际上，我们心里都清楚，照片中的物体虽然看起来具有“真实”的质感，却仍是“虚假”的二维图像，这反而构成了更大的“欺骗”：“恰恰因为它（照片）太过准确，因此成了欺骗……照片几乎就是现实的真相，但又不完全是，它让油画、素描看起来很假，但它自身也不对头。”[②] 此外，当下数码编辑技术和 Photoshop 等绘图软件的应用，也表明了照片像其他图像一样，完全可以被任意篡改和操纵，并不比图画具有更高的可靠性。由此，后现代图画书利用照片拼贴，揭示出这一事实：表面看起来可信的图像和故事也只是虚构的，作者并不具有创造真实自洽的“书中世界”的神圣地位。

第二，拼贴所利用的素材来源于已有的语境，后现代图画书拒绝传统意义上的“原创”，具有强烈的互文性。例如，翻开格雷维特的《恐惧的大书》（*Little Mouse's Big Book of Fears*）[③] 或是《小老鼠的

---

① ［澳］托比·瑞德尔：《会唱歌的帽子》，周悬译，昆明：云南美术出版社，2011 年版.

② ［英］大卫·霍克尼、马丁·盖福德：《图画史：从洞穴石壁到电脑屏幕》，万木春、张俊、兰友利译，杭州：浙江人民美术出版社，2017 年版，第 270—272 页.

③ ［英］埃米莉·格雷维特：《恐惧的大书》，阿甲译，南昌：二十一世纪出版社，2014 年版.

图 4 《小老鼠的恐怖的大书》
（二十一世纪出版社/麦克米伦世纪童书）

恐怖的大书》（*Little Mouse's Big Book of Beasts*）[①]，映入眼帘的是形形色色的拼贴素材——地图、涂鸦、乐谱、报纸、便签、广告、商品说明、折纸手工书……作者对这些素材进行了趣味化的改编，每一则拼贴物上的内容都与故事的主题相关，可以被逐字逐句地详细阅读。读者在阅读这些横溢斜出、充满细枝末节的“前文本”时，很容易忽略叙事文本中的“主流声音”，然而这并不妨碍故事的构建。因此，在这些书中，整个故事几乎完全依靠拼贴素材上的内容来展开，拼贴文本的意义决定了整个故事的意义（图 4）。又如陈志勇的《失物招领》（*The Lost Thing*）[②] 一书，整个故事建立在多层拼贴的基础上。拼贴材料的底层是一种暗黄色的陈旧纸张，上面遍布着模糊不清的公式、电路图、实验说明、数学习题等内容，这些材料应该来源于一些古旧的理科教材和习题集。虽然作者并没有对背景素材的内容加以改编，但材料的选择本身就已经深具意味，与故事的主题密切相关——在一

① ［英］埃米莉·格雷维特：《小老鼠的恐怖的大书》，阿甲译，南昌：二十一世纪出版社，2015 年版.

② ［澳］陈志勇：《失物招领》，严歌苓译，北京：北京联合出版公司，2012 年版.

个高度机械化的工业社会里，人们像机器一样麻木地忙碌；并且，这个“科技异托邦”的形成基础正是科学研究带来的“科技进步”，也就是拼贴背景所暗指的内容。

由此可见，在这些书里，拼贴素材带有原生文化语境的浓重印记，以自身的固有含义不断地对拼贴故事的主题和态度进行微妙的暗示，使全书置身于一个巨大的互文网络之中。正如萨莫瓦约（Tiphaine Samoyault）的描述：“如实展现原貌，同时保留剪切和粘贴的痕迹；在这种情况下，现实正是被这种一目了然的杂陈之状表现出来的：通过强行进入另一种语言和阅读的规则，在文本里形成多种表现形式……（拼贴）使我们可以在文学作品里反思虚构的和外部的两个世界。”[①] 而詹明信进一步指出，这种互文性正是后现代艺术的重要特征：“（后现代主义）不再生产现代主义式的不朽作品，而是不停地将以前文本的碎片、原先的文化和社会基础材料进行重组，并在现有材料的基础上进一步发挥。”[②] 这大概是由于，互文性本身是对后现代主义世界观的一种绝佳隐喻：处在互文网络中的任何事物都是经验和环境的产物，而非一个原创性的有机整体，这意味着整个后现代世界并不是“神创的奇迹”，而只是物体、经验和记忆的相互叠加，本质上是一个被建构的产品。

第三，拼贴扰乱了既定的逻辑、次序和等级，与后现代主义的“碎片化”、“多元化”和“无序性”遥相呼应。在后现代主义者看来，世界上并不存在什么潜在的理性结构与秩序，企图“重建”被两次世界大战所摧毁的秩序的现代主义，只是在缘木求鱼而已，混乱不堪的

---

① [法] 蒂费纳·萨莫瓦约：《互文性研究》，邵炜译，天津：天津人民出版社，2003 年版，第 97 页.

② [英] 巴特勒：《解读后现代主义》，朱刚、秦海花译，北京：外语教学与研究出版社，2013 年版，第 267 页.

“碎片与无序”才是世界的常态和真实面貌。因此，与传统透视法不同，采用拼贴手法创作的后现代图画书大多采用散点透视法，将平面化的图像直接铺叠在页面上，使得画面看上去缺乏深度感，也缺乏视觉焦点。图像叙事元素不再有明确的主次之分，而是同时进入读者的视野，每一个图像元素都可以成为视觉中心，打破了固有的等级秩序。另外，尽管拼贴的最终艺术效果饱含着创作者的仔细考量，但是在表面上看来，各种拼贴素材之间通常还是显得缺乏明确的逻辑联系，混杂而无序，难以从中寻找到传统的线性故事次序。然而，正是这样的表现方式巧妙地传递出作品的精神内核。

例如莫尼克·塞佩达（Monique Zepeda）和伊克切尔·埃斯特拉达（Ixchel Estrada）的《永远说真话?》（*Toda la verdad*）[①] 一书，与意味深邃的哲学化主题相配的是复杂的拼贴风格，书中的拼贴形象抽象而平面化，画面构图看上去也似乎颇为拥挤、难分主次，却正在一片芜杂无序当中传达出了书中主人公困惑矛盾的心情（图 5）。又如尼尔·盖曼和戴夫·麦基恩（Dave McKean）的《疯狂的头发》（*Crazy Hair*）[②] 一书，凌乱的拼贴画面与图形化的特殊字体相得益彰，完全打破了读者直线性的阅读惯性，使这个荒诞的故事如同书中无所不在的“疯狂头发”一般无迹可寻，混乱地向四面八方生长。莎拉·法内利（Sara Fanelli）的《纽扣》（*Button*）[③] 也与之相似，大量形形色色的拼贴素材无序地并置在背景上，呼应了以流动次序及环形排列在页面边缘的文字，巧妙地传达出书中故事的“循环”结构。这些例子充分说明，后现代图画书中的拼贴文本“不再是封闭、同质、统一的，

① ［墨西哥］莫尼克·塞佩达、伊克切尔·埃斯特拉达：《永远说真话?》，麻袆程译，上海：少年儿童出版社，2015 年版.

② Neil Gaiman，Dave McKean. *Crazy Hair*. New York：Harper Collins Publishers，2015.

③ Sara Fanelli. *Button*. London：ABC，1994.

图 5 《永远说真话？》
（少年儿童出版社）

而是开放、异质、多声部的，是自由流动的、由碎片构成的、互不相干的、大杂烩式的拼凑物”①。因此，从这一点来看，拼贴手法最直接地实践了后现代主义所信奉的无序性与荒谬性原则，的确是一种“后现代的思维和表达方式——强调否定性、非中心化、破碎化、不确定性和非连续性”②。

① 邹贤尧：《广场上的狂欢——当代流行文学艺术研究》，北京：中国社会科学出版社，2008 年版，第 152 页.

② 邹贤尧：《广场上的狂欢——当代流行文学艺术研究》，北京：中国社会科学出版社，2008 年版，第 151 页.

第二节
混搭各种话语体系

除了在艺术表现形式上呈现出“拼贴簿”的状态之外，后现代图画书的“混搭”特征也表现在内容方面。许多作品拒绝被限制在任何陈规之内，从各个层面来混搭各种不同的话语体系，比如文化格调、时代精神、文类特质等。正如帕金翰所说：“许多被认为明显具有后现代风格的文本……自觉地以模仿、拼凑、尊崇或嘲讽的形式引用其他文本；它们把来源于不同历史年代、文学类型或文化情境中彼此矛盾的元素合并在一起；它们还玩弄既定的传统形式和再现。”[①] 本节将通过例证尝试从三个方面来说明后现代儿童图画书在内容上的“混搭”。

① ［英］大卫·帕金翰：《童年之死》，张建中译，北京：华夏出版社，2005 年版，第 95—96 页.

一、混搭“高雅”与“通俗”艺术

一些后现代图画书刻意模糊“高雅”与“通俗”、“精英”与“大众”文化之间的界限，不再维护“纯艺术”的神秘感与优越性，也不再将艺术与生活截然分割开来。如同迈克尔·克尔比（Michael Kirby）的描述：“传统美学要求一种特定的奥秘态度或心态，去感知艺术的美……而（后现代）美学却不要求任何特别的心理态度或心理定势，它看待艺术就像看待生活中的任何东西一样。”[①] 这一方面与后现代社会中，文化商品化的趋势有关：“商品化的结果使后现代文化在内容形式以及美感经验方面，都带来一种与以往文化大相径庭的版本；它抹掉了以往高雅文化与通俗文化、纯文学与通俗文学之间的差别。”[②] 另一方面也与后现代性“去经典化”的颠覆性特征有关。后结构主义解构既定规范的主张成为后现代性的核心精神之一，这种批判的力量又迅速为后现代艺术所吸取。因此，后现代艺术致力于挑战“现代主义从过去所继承的高雅艺术的权威地位”[③]，以通俗、琐细、滑稽的气质来表达自己反精英、反等级、持异议的立场。受到后现代主义影响的儿童文学也是如此：“儿童文学作家及插画家不断地利用对于主流论述的反弹，及高尚文化与通俗艺术之间分野的崩解来进行创作。”[④]

这些图画书混搭“雅”和“俗”两种不同艺术文化体系的方式通

---

① ［美］伊哈布·哈桑：《后现代转向》，刘象愚译，上海：上海人民出版社，2015 年版，第 112 页.

② 陈嘉明：《现代性与后现代性十五讲》，北京：北京大学出版社，2006 年版，第 277 页.

③ ［英］巴特勒：《解读后现代主义》，朱刚、秦海花译，北京：外语教学与研究出版社，2013 年版，第 214 页.

④ ［英］Deborah Cogan Thacker、Jean Webb：《儿童文学导论：从浪漫主义到后现代主义》，杨雅捷、林盈蕙译，台北：天卫文化图书有限公司，2005 年版，第 212 页.

常是戏仿。它们模仿艺术史上的名家之作，改变原画的内容和风格，制造一种视觉上的娱乐效果，打破“纯艺术”的樊笼。最精于此道的是安东尼·布朗，在《威利的画》（*Willy's Pictures*）① 中，蒙娜丽莎变成了一只神秘微笑的母猩猩；上帝创造的不是亚当而是一只公猩猩；威利与猩猩拾穗者们一起用画笔在田野上勾画，远处的麦垛变成了一些超大号的烤面包；而“大碗岛的星期天下午”也变成了猩猩们的愉快休闲时光（图 6）。在《朱家故事》（*Piggybook*）② 中，托马斯·庚斯博罗（Thomas Gainsborough）笔下的安德鲁夫妇肖像悬挂在朱家的墙上，但仔细一看，画中的安德鲁先生就像书中的朱家父子一样，变成了猪头人身，并且安德鲁夫人也和朱太太一样不知踪影。

吉乐·巴士莱（Gilles Bachelet）的《我的超级大笨猫》（*Mon chat le plus bête du monde*）③ 同样对高雅艺术进行了类似的调侃，在作者为“爱猫”画的众多肖像中，我们可以找到波提切利（Sandro Botticelli）的《维纳斯的诞生》（*The Birth of Venus*）、马奈（Édouard Manet）的《吹笛少年》（*The Fifer*）、塞尚（Paul Cézanne）的《苹果与橘子》（*Still Life with Apples and Oranges*）、马蒂斯（Henri Matisse）的《蓝色裸体》（*The Blue Nudes*），以及毕加索、马格利特、契里柯（Giorgio de Chirico）、蒙德里安（Piet Cornelies Mondrian）、米罗（Joan Miró）等诸多艺术大师的名作，只不过画中的主角全被替换成了卡通风格的“大笨猫”，显得分外滑稽（图 7）。

---

① ［英］安东尼·布朗：《威利的画》，徐萃译，南昌：二十一世纪出版社，2013 年版.

② ［英］安东尼·布朗：《朱家故事》，柯倩华译，石家庄：河北教育出版社，2009 年版.

③ ［法］吉乐·巴士莱：《我的超级大笨猫》，武娟译，北京：连环画出版社，2009 年版.

图 6 《威利的画》
(二十一世纪出版社/蒲蒲兰绘本馆)

图 7 《我的超级大笨猫》
Mon chat le plus bête du monde,
By Gilles Bachelet

还有一些后现代图画书则将大师名作还原到日常生活场景中,将其与流行文化并置,以此模糊“高雅”与“通俗”文化之间的传统等级差别。例如,在安野光雅(Mitsumasa Anno)的《旅之绘本》(旅の絵本)[①] 中,让·弗朗索瓦·米勒(Jean-Francois Millet)笔下的拾穗者和牧羊女出现在同一片田野上,就在离这片田野不远的森林里,《格林童话》中的小红帽正在采花,而流经森林的一条小河边上,《伊索寓言》里的狗正叼着肉看自己的水中倒影。在安野光雅的后续作品《旅之绘本Ⅱ》(旅の絵本Ⅱ)[②] 中,集市上贩售的商品既有米洛斯的维纳斯雕像,也有卓别林(Charles Chaplin)、玛丽莲·梦露(Marilyn Monroe)、阿兰·德龙(Alain Delon)、索菲亚·罗兰(Sophia Loren)等流行文化名人的肖像。在离这些商品不远的地方,还矗立着米开朗基罗(Michelangelo Buonarroti)的雕塑作品《圣殇》(*la Pietà*)。

---

① [日] 安野光雅:《旅之绘本》,北京:新星出版社,2012 年版.
② [日] 安野光雅:《旅之绘本Ⅱ》,北京:新星出版社,2012 年版.

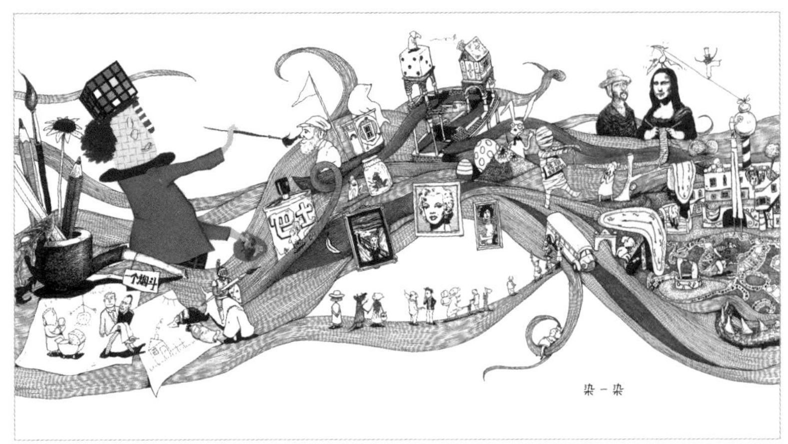

图8 《神奇理发师费多琳》
（广西师范大学出版社/魔法象童书馆）

又如米切尔·洛尔（Michael Roher）的《神奇理发师费多琳》（*Fridolin Franse frisiert*）[①] 一书，在顾客长发流动而成的画面中，可以看到卓别林、蝙蝠侠、玛丽莲·梦露、青蛙王子和靴子猫，而在离他们不远处，就是梵高、蒙娜丽莎、克里姆特（Gustav Klimt）的《朱迪斯》（*Judith*）、蒙克（Edvard Munch）的《呐喊》（*The Scream*）、达利（Salvador Dali）的《记忆的永恒》（*The Persistence of Memory*）和马格利特著名的“烟斗”等形象。街头漫画与馆藏名作，流行艺术与画廊艺术，就这样被无差别地并置在了一起（图8）。

关于为何要在儿童图画书中采用戏仿的手法来解构经典艺术作品，一些图画书研究者猜测，这是作者的一种“复仇”。儿童图画书一直被视为难登大雅之堂的“小艺术”（small art）[②]，不能与悬挂在画廊里的“真正的艺术”相提并论。通过图画书作者的戏仿，“高雅艺术”失去

① ［奥地利］米切尔·洛尔：《神奇理发师费多琳》，桂林：广西师范大学出版社，2015年版.

② Sandra L. Beckett. *Crossover Picturebooks*: *A Genre for All Ages*. New York: Routledge, 2012: 208.

了一贯的神圣地位，落于市井之间，变得与“被轻视”的图画书作品毫无二致，也可以以一种滑稽的姿态来取悦读者，这不能不说是一种戏谑式的“复仇”，也与后现代主义的颠覆精神相契合。不过，或许这种混淆还不至于上升到“复仇”的地步，只是图画书作者的“玩笑”而已，为的是调侃一下曾经高不可攀的精英文化。就像安东尼·布朗所解释的：“我希望孩子们意识到，高雅艺术不一定非得是严肃、沉重、一脸学究气的，我们也可以在书中放松自己，从500年前的名作中看到自己的影子。”[①] 不管怎样，这些图画书表现出的“混淆雅俗”的特征，体现了后现代主义对儿童图画书的深刻影响。有如哈琴所说，后现代主义正是试图通过混淆“高雅”和“通俗”这样的传统文化等级，来“跨越特定艺术门类、文体和艺术自身的已成陈规的界限”[②]。

二、混搭古今：“年代误植”的时空杂糅

一些图画书中会出现所谓“年代误植”（anachronism）的现象，故意将不同时代的话语体系相互混杂，制造出一种奇异的时空杂糅。这种混搭有时是指本不应该出现在同一历史时期的事物被混杂在一起，也有时是指书中的人物出现了不符合书中历史背景的言行。比如巴里·唐纳德（Barry Downard）的《世纪之赛》（*The Race of the Century*）[③] 一书，讲述“龟兔赛跑”的古老故事怎样在电子媒体的语境下被包装成了一场盛大的“世纪之赛”。书中通过老式电视机、古董

① Sandra L. Beckett. *Crossover Picturebooks: A Genre for All Ages*. New York: Routledge, 2012: 205.

② Linda Hutcheon. *A Poetics of Postmodernism: History, Theory, Fiction*. New York: Routledge, 1988: 9.

③ Barry Downard. *The Race of the Century*. New York: Simon & Schuster, 2008.

照相机、铜管乐拉拉队等营造出了上世纪四五十年代的氛围，但屡屡出现的手持微型摄像机、直升机转播镜头等当代事物又时刻提醒读者，这是一场由全球化媒体打造出来的“体育盛宴”，诡异的年代误植令人印象深刻地展现了后现代社会中电子媒体的巨大力量。又如《土狼的哥伦布故事》（*A Coyote Columbus Story*）① 一书，讲述的是一个“土狼版”哥伦布发现美洲的故事。在书中，哥伦布到达美洲之前，美洲原住民和动物们穿着 T 恤衫、牛仔裤、球鞋和游泳装，悠闲地划船钓鱼，游泳跳伞，逛街购物，过着现代化的生活，反而是哥伦布一行人穿着奇怪的中世纪服饰，表现出宛如野蛮人的言行举止。再如居伊·毕罗特（Guy Billout）的《旅程：一个梦想家的旅行日记》（*Journey：Travel Diary of a Daydreamer*）② 一书，展现一个人乘坐火车旅行，从车窗向外观看的所见所闻，整本书的时空背景错乱而破碎。在同一趟旅程中，日志所记录的时间忽而是十二月，忽而又是八月；乘车人在上车时还是少年，下车时却成了老年。车窗外的景物同样充满了“年代混淆”的意味：两只恐龙从现代化的铁路桥上疾奔而过；一只热气球驶近一座未来风格的宫殿；在一座酷似凡尔赛宫的法式庭园中，达官贵人们正在目睹“泰坦尼克号”在园林中央的巨大喷泉池里沉没。

“年代误植”所造成的效果不一而足。例如，安东尼·布朗的《汉赛尔与格莱特》（*Hansel and Gretel*）③ 是对古老童话的超现实主义改编，全书延续了 19 世纪的格林童话中阴森、灰暗的风格，但书中的家庭陈设、人物衣着和言行却是现代的。与女巫、糖果屋、水井、牢笼等一起出现的电视、飞机、化妆品、香水等物品并没有削弱故事的阴

---

① Thomas King，William Kent Monkman. *A Coyote Columbus Story*. Toronto：Groundwood Books，1992.

② Guy Billout. *Journey：Travel Diary of a Daydreamer*. Mankato：Creative Education，1993.

③ ［英］安东尼·布朗：《汉赛尔与格莱特》，柳漾译，南昌：二十一世纪出版社，2015 年版.

郁氛围，反而加剧了读者的不安与犹疑。而《从前的从前没有学校》(*Avant, quand y avait pas l'école*)[①] 则相反，将麦片、便利贴、抽水马桶、拉杆箱等事物“乱入”到茹毛饮血的原始社会中，营造出一种荒诞不羁的幽默感。所以，根据图画书风格的不同，“年代误植”所造成的混乱可能加深作品中的紧张与不安氛围，也可能恰恰相反，本不可能出现的事物也常常会带来轻松与幽默，愉悦的戏谑冲淡了作品主题的严肃。但总而言之，“年代误植”的一个共同效果是不确定性，混搭不同时代的话语体系，动摇了我们对史实的信任，揭示了历史的“虚构性”。如同巴特勒对后现代小说的概括：“历史人物或其他小说中的人物会信步走入文本之中，这种后现代主义手法更加强化了本体的不确定性。”[②]

三、混搭各种文类形式

后现代图画书还经常混搭各种文类形式，突破文类之间的界限。在同一本后现代图画书中，可以存在各种文学以及非文学的话语形式：诗歌、戏剧、书信、日记、新闻、广告、日历、通缉令、竞选海报、实验报告、百科全书、邮购目录、商品说明书等。有时，这种“混搭”只是作者发挥创意开展的一场文学实验，使作品在形式上具有后现代艺术的碎片化和混杂性。也有时，原本泾渭分明的不同文类的“杂交”，会产生新的“混血”文类，就像桑德拉·贝克特（Sandra L.

---

① ［法］文森特·马龙、安德烈·布夏尔：《从前的从前没有学校》，李旻谕译，桂林：广西师范大学出版社，2017 年版.

② ［英］巴特勒：《解读后现代主义》，朱刚、秦海花译，北京：外语教学与研究出版社，2013 年版，第 220 页.

Beckett）所说的：“尽管不是不可能，但很难标记出哪里才是图画书的边界……它不仅是文类混合实验中的一种资源，而且更可能直接创造出新的文类和子文类。”① 第二种情况将在本书第五章中予以讨论，这里主要探讨前一种情况，即不产生新文类的、文本内部的话语体系混搭。

一些后现代图画书对文类的混搭体现在，书中的某些片段具有其他文类的影子。例如图画书与戏剧的结合：范·奥尔斯伯格的字母书《被摧毁的Z》（*The Z Was Zapped：A Play in Twenty-Six Acts*）② 正如其副标题所暗示的一样，为读者展示了一幕幕由字母演出的哑剧。与之相似的还有《完美的宠物》（*Wanted：the Perfect Pet*）③，全书由“第一幕”“第二幕”“第三幕”组成，宛如一个剧本，然而其主体部分还是故事而非戏剧形式。又如格雷维特的《獴哥的信》（*Meerkat Mail*）④，封面被设计成快递包裹的样子，在书的每一页上，都粘贴着一张獴哥桑尼寄给家人的明信片，作为故事的补充叙事。再如马丁·巴尔切特（Martin Baltscheit）和克里斯蒂娜·施瓦茨（Christine Schwarz）的《我选我自己——动物们的选举》（*Ich bin für mich. Der Wahlkampf der Tiere*）⑤，书中多次出现各种动物制作的选举海报，从侧面说明了动物们各自的政治主张。此外，许多图画书还利用环衬和护封来混入非文学的话语形式。例如《贪心的小狼》（よくばり

---

① Sandra L. Beckett. *Crossover Picturebooks：A Genre for All Ages*. New York：Routledge，2012：309.

② Chris Van Allsburg. *The Z Was Zapped：A Play in Twenty-Six Acts*. Boston：Houghton Mifflin，1987.

③ ［英］菲奥娜·罗伯坦：《完美的宠物》，李晓琼译，武汉：湖北长江出版集团，湖北少年儿童出版社，2012年版.

④ ［英］埃米莉·格雷维特：《獴哥的信》，何敏译，萝卜探长审译，南昌：二十一世纪出版社，2014年版.

⑤ ［德］马丁·巴尔切特、克里斯蒂娜·施瓦茨：《我选我自己——动物们的选举》，裴莹译，上海：上海人民美术出版社，2010年版.

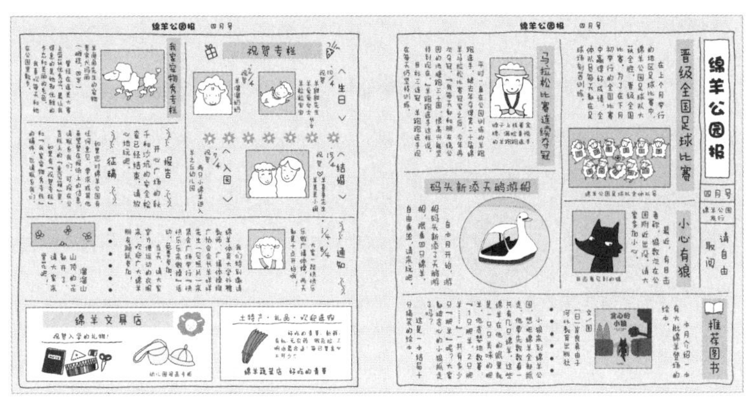

图 9 《贪心的小狼》
（河北教育出版社/启发文化）

おおかみ）① 一书，护封背面是一张绵羊公园的地图，而后环衬则是一份趣味盎然的《绵羊公园报》，呼应了书中的很多细节，甚至还在“推荐图书”栏目中推荐了《贪心的小狼》这本书本身（图 9）。《蓝鲸是个大麻烦》（*Billy Twitters and His Blue Whale Problem*）② 的前后环衬都被设计成报纸上邮购广告的模样，当然，广告的内容都与这本图画书的主题巧妙相关。

除了这种“局部混搭”的情况之外，还有一些图画书被整体设计成另一种文类的形式，有意将文件、日记、书信、说明书、饲养手册、实验报告、百科全书等各种非文学的文类与虚构故事相混同，造成一种可以称之为“文类戏仿”的效果，即通过图画书中的虚构故事去戏仿另一种非虚构文本，将全书伪装成其他文类形式，混淆二者之间的界限。

在这种情况中，最常被戏仿的是那些具有一定叙事性的非虚构文

① ［日］岸良真由子：《贪心的小狼》，彭懿译，石家庄：河北教育出版社，2014 年版.

② ［美］麦克·巴内特、亚当·雷克斯：《蓝鲸是个大麻烦》，诸葛雯译，北京：北京联合出版公司，2015 年版.

类。例如日记：朵琳·克罗宁（Doreen Cronin）和哈利·布里斯（Harry Bliss）的“虫子三部曲”——《蚯蚓的日记》（*Diary of a Worm*）①、《苍蝇的日记》（*Diary of a Fly*）②、《蜘蛛的日记》（*Diary of a Spider*）③，德文·斯克里恩（Devin Scillian）和蒂姆·鲍尔斯（Tim Bowers）的《金鱼日记》（*Memoirs of a Goldfish*）④、《仓鼠日记》（*Memoirs of a Hamster*）⑤，西蒙·巴特姆（Simon Bartram）的《道格的深海日记》（*Dougal's Deep-sea Diary*）⑥，海贝卡·朵特梅（Rébecca Dautremer）和菲利普·勒榭米耶（Philippe Lechermeier）的《拇指男孩的秘密日记》（*Journal Secret Du Petit Poucet*）⑦，等等。这些书无论假托动物、人类还是童话人物的日记，通常以手写的笔迹、随时涂记的凌乱格式写成，并包含大量的拼贴和照片，以证明自己的“真实性”（图10）。

像日记一样，书信也是经常被戏仿的叙事性文类。艾米·哈斯本德（Amy Husband）的《亲爱的老师收》（*Dear Teacher*）⑧ 由一个航空信封包裹着，拆开这个信封式的书皮，可以看到小学生迈克尔和他的新老师相互往来的一系列书信与电报。

类似的叙事性文类还包括探险游记。诸如葛瑞米·贝斯（Graeme

---

① ［美］朵琳·克罗宁、哈利·布里斯：《蚯蚓的日记》，陈宏淑译，济南：明天出版社，2013年版.

② ［美］朵琳·克罗宁、哈利·布里斯：《苍蝇的日记》，侯超译，北京：北京科学技术出版社，2015年版.

③ ［美］朵琳·克罗宁、哈利·布里斯：《蜘蛛的日记》，侯超译，北京：北京科学技术出版社，2015年版.

④ ［美］德文·斯克里恩、蒂姆·鲍尔斯：《金鱼日记》，常骥超译，北京：北京联合出版公司，2016年版.

⑤ ［美］德文·斯克里恩、蒂姆·鲍尔斯：《仓鼠日记》，宋亚男译，北京：北京联合出版公司，2016年版.

⑥ Simon Bartram. *Dougal's Deep-sea Diary*. Surrey：Templar Publishing，2005.

⑦ ［法］菲利普·勒榭米耶、海贝卡·朵特梅：《拇指男孩的秘密日记》，陈太乙译，北京：人民文学出版社，2017年版.

⑧ ［英］艾米·哈斯本德：《亲爱的老师收》，漪然译，武汉：湖北美术出版社，2011年版.

图 10 《蚯蚓的日记》
（明天出版社/信谊图画书）

Base）的《龙之发现》（*The Discovery of Dragons*）系列[①]、诺曼·梅辛杰（Norman Messenger）的《奇幻岛》（*The Land of Neverbelieve*）[②]、詹姆士·杰尼（James Gurney）的《恐龙梦幻国》（*Dinotopia，A Land Apart from Time*）系列[③]等图画书，都仿照古代游记的形式，由日记、手绘速写和各种物证拼合而成，并声称书中的内容只是对探险家的口述文件所做的“收集整理”而已。

当然，也有一些图画书所戏仿的是完全不具有叙事性的文类。比如《灭绝档案：我的科学观察报告》（*The Extinct Files：My Science Project*）[④] 一书，是一个小男孩对恐龙习性的科学观察报告，同时也是“恐龙情报局”封存起来的一份绝密档案。《小矮人》（*Leven en*

---

① Graeme Base. *The Discovery of Dragons*. Melbourne：Penguin Books，1996.

② ［英］诺曼·梅辛杰：《奇幻岛》，董海雅译，南宁：接力出版社，2016 年版.

③ ［美］詹姆士·杰尼：《恐龙梦幻国》，许琳英译，上海：上海科学普及出版社，2001 年版. ［美］詹姆士·杰尼：《失落的地底世界》，谢宜英译，上海：上海科学普及出版社，2001 年版.

④ Wallace Edwards. *The Extinct Files：My Science Project*. Toronto：Kids Can Press，2009.

werken van de kabouter）[①] 是一份对小矮人族群的全面研究报告，据作者自己宣称，他们“花费了二十多年时间”去观察研究对象，因此本书是“非常可靠的文献”。《如何养龙》（*How to Raise and Keep a Dragon*）[②] 是一本饲养手册，手把手地教读者如何孵化、喂养、训练，以及在大奖赛上展出自己的宠物龙。《卖爸爸卖妈妈的商店》（*Le catalogue de parents pour les enfants qui venlent en changer*）[③] 是一本百货商店的邮购目录，小读者可以从中了解不同父母的“使用常识”，任意挑选自己心仪的父母，并寄出订单。“塔图和巴图”系列中的《怪异机器》（*Tatu & Patu und ihre verrückten Maschinen*）[④] 是一本图文并茂的商品说明书，里面罗列了主人公塔图和巴图两兄弟所发明的各种怪异机器的原理及使用方法。而《火星人百科全书》（*L'encyclopédie des Martiens*）[⑤] 则是一本关于外星人的百科全书，用以向地球小读者普及有关火星生活的方方面面的知识。

总之，由以上林林总总的例子可见，这些混淆文学与非文学文本之间界限的“文类戏仿”图画书，以其表面上的“真实”，与不言自明的“虚假”之间产生了巨大的张力，从而对日常生活中一切非虚构文字的优越性提出了质疑，也从中生成了后现代主义文学表演、娱乐、狂欢化的效果。

---

① ［荷］威尔·海根、瑞安·普特伍里叶：《小矮人》，潘人木、林良译，贵阳：贵州人民出版社，2011年版.

② Joe Nigg. *How to Raise and Keep a Dragon*. New York：Barron's Educational Series，2006.

③ ［法］旁帝：《卖爸爸卖妈妈的商店》，谢逢蓓、徐颖译，南宁：接力出版社，2013年版.

④ ［芬兰］阿伊诺·哈吴卡伊宁、萨米·托伊沃宁：《塔图和巴图：怪异机器》，张蕾译，上海：少年儿童出版社，2013年版.

⑤ ［法］格温德林·雷松、罗兰·加里格：《火星人百科全书》，苏迪译，北京：人民文学出版社，2017年版.

第三节

跨越虚构与现实

一、自我指涉的元小说叙事法

后现代图画书所展现出的另外一种“混搭”，是模糊书中世界与现实世界之间的边界，跨越虚构与现实之间的界限，使读者产生虚实难辨的错觉。比如：书中人物直视读者，嘴里喊着“嘿，读书的小子，听着”；或者书中人物跳进一个书页上真实存在的洞，“来到了读者的世界里”；或者故事中的人物毁坏了某本书，然后读者赫然发现自己手中这本书上，正有书中所描述的咬痕和爪印；或者书中角色相互探讨住在图画书里是一种怎样的感觉，“读者”又是一种怎样的生物；等等。这种有趣的手法堪称后现代图画书最引人注目的特征之一，不仅给图画书带来了奇妙的趣味，还最直接地表现出了后现代主义思潮对图画书的深刻影响。

要说明的是，这里所谓的“跨越虚构与现实之间的界限”，并不是一般意义上幻想文学“从现实进入幻想世界”的叙事手法。关于幻想文学中的常见手法，已经有很多学者进行了细致的研究，其中最有名的是托尔金（John Ronald Reuel Tolkien）提出的“第二世界”（the secondary world）理论。他认为，我们日常生活的现实世界——“第一世界”（the primary world）是“神创造的世界”，而幻想文学作家则用幻想创造了一个“第二世界”，这个幻想世界以现实世界为范本，是对“第一世界”的一种摹写。[①] 在传统的幻想儿童文学中，现实和幻想世界之间的界限往往需要以特定的方式进行跨越，故事的主人公通过某种“入口”或“通道”进入幻想世界当中，例如《爱丽丝漫游奇境》（*Alice's Adventures in Wonderland*）中的兔子洞、《纳尼亚传奇》（*The Chronicles of Narnia*）中的衣橱、《哈利·波特》中的九又四分之三站台等。并且，这种现实与幻想世界之间关系的“传统模式”并不局限在小说中，大量当代儿童图画书也会采用。例如，在约翰·伯宁罕的《秘密动物园》（*The Way to the Zoo*）[②]、范·奥尔斯伯格的《勇敢者游戏》、尼古拉斯·海德巴赫（Nikolaus Heidelbach）的《给布鲁诺的书》（*Ein Buch für Bruno*）[③] 等书中，主人公都通过某种方式进入幻想世界，经历一番冒险后，又回到现实世界的秩序中。不论这些书中的幻想多么大胆狂野，多么丰富多彩，但它们终究局限在书中的故事之内，并不与读者直接发生联系。就像凯瑟琳·斯诺（Catherine Snow）和阿娜特·尼尼诺（Anat Ninio）等人对儿童读物的看法：“（童书）包含独立自洽的幻想世界，书中的事件、人物、时

---

① J. R. R. Tolkien. On Fairy Stories. In J. R. R. Tolkien. *The Monsters and the Critics and Other Essays*. Christopher Tolkien ed. London: Harper Collins Publishers, 2006: 109—161.

② ［英］约翰·伯宁罕：《秘密动物园》，阿甲译，南昌：二十一世纪出版社，2017 年版.

③ ［德］尼古拉斯·海德巴赫：《给布鲁诺的书》，喻之晓译，桂林：广西师范大学出版社，2016 年版.

间都与现实中的事件、人物和时间彼此分离。”①

我们在此所要讨论的“跨越虚实”则属于另一种情况。与幻想文学叙事手法最大的区别是，它有意颠覆文学传统，摧毁书中独立自洽的幻想世界，打破虚构与现实之间牢不可破的界限，意在披露作者对文本的操纵，暴露文本的虚构性。这在本质上属于元小说叙事法的一种形式，是一种典型的后现代主义文学手法。根据帕特里夏·沃芙（Patricia Waugh）的定义，元小说叙事法是“一种创作手法，它自觉而系统地彰显文本作为人工产品的本质，以质疑小说与现实之间的关系”②。与极力创造“第二世界”的幻想文学正相反，采用元小说叙事法的作品致力于自我指涉（self-referentiality），千方百计地使读者意识到，自己正在阅读的只是一个被虚构出来的文本，而非整体性的“第二世界”，以此阻止读者对文本所讲述的故事产生设身处地的“浸没感”。这种自我指涉与自我反思正是后现代性的核心精神之一，因此，元小说叙事法与后现代主义理念不谋而合，成为了后现代主义文学最重要的特征之一。如果说，在传统幻想小说中，现实与幻想世界相互独立的话，那么在采用元小说叙事的后现代主义文学中，现实与虚构就是互相混同的，正如哈桑对后现代主义的表述：“在事实中像在虚构中一样，在社会中像在文学中一样，事实与虚构相互碰撞，相互混合。”③

在20世纪80年代之后，元小说叙事法在当代儿童文学作品中时有运用。例如，米切尔·恩德（Michael Ende）的《讲不完的故事》（*Die Unendliche Geschichte*）就运用了一个“镜渊结构”。主人公巴斯

---

① David Lewis. *Reading Contemporary Picturebooks*: *Picturing Text*. New York: Routledge, 2001: 78.

② Patricia Waugh. *Metafiction*: *The Theory and Practice of Self-conscious Fiction*. New York: Methuen & Co. Ltd, 1984: 2.

③ ［美］伊哈布·哈桑：《后现代转向》，刘象愚译，上海：上海人民出版社，2015年版，第149页.

蒂安发现，他正在读的小说《讲不完的故事》中，出现了他阅读《讲不完的故事》这一事件本身："他，巴斯蒂安，成了书中的人物，迄今为止他一直以为自己是这本书的读者。天知道现在还有哪一位读者也正在看这本书，并也以为自己只是一个读者而已——就这么继续下去直至无限！"[①] 又如，瓦尔特·莫尔斯（Walter Moers）的《来自矮人国的小兄妹》（*Ensel Und Krete：Ein Marchen Aus Zamonien Von Hildegunst Von Mythenmetz*）中，假托的作者希·封·米藤梅茨不断地从正在讲的故事中跳出来，与读者聊天，顺便谩骂一下"卑鄙的文学评论家"。在一页写满了"扑棱——扑棱——扑棱"的纸上，他说："您肯定想知道，我为什么老是写'扑棱'，而不再往下讲故事，是不是……可这和您有什么关系呢？我愿意写多少'扑棱'就写多少'扑棱'，如果您想知道下面的情节，您就必须读下去。"[②] 再如，玛亚蕾娜·棱贝克（Marjaleena Lembcke）和苏彼勒·海恩（Sybille Hein）的《童话是童话是童话》（*Ein Märchen ist ein Märchen ist ein Märchen*）中，童话书里的国王一家清楚地意识到自己是书中的人物，他们忧心忡忡地怀疑自己的生活是否应该由一个年轻的作家来决定："那个年轻人，我们的作家，他一点儿想象力都没有！他连国王的名字都起不了，还写什么童话呀。"[③] 从这些例子中，我们可以清楚地看出，元小说叙事法怎样以一种前所未有的方式混搭虚构和现实，给儿童文学增添了独特的意趣。

在后现代图画书中，这种手法得到了更为精彩的呈现，因为图像叙事的加入使得奇妙的"元小说"构想能够呈现得更加直观而多样。

---

① ［德］恩德：《讲不完的故事》，王佩莉译，上海：上海译文出版社，2000 年版，第 206 页.

② ［德］瓦尔特·莫尔斯：《来自矮人国的小兄妹》，王泰智、沈惠珠译，北京：人民文学出版社，2006 年版，第 43 页.

③ ［德］玛亚蕾娜·棱贝克、苏彼勒·海恩：《童话是童话是童话》，李明明译，北京：人民文学出版社，2006 年版，第 7 页.

就像罗宾·麦卡勒姆（Robyn McCallum）所形容的："反常的图像视角、复合叙事层等革新性的图文叙事策略，干扰并混淆了现实与幻想世界之间的差别。"① 因此，后现代图画书经常创设虚实难辨的场景，成为了这种手法的"代言人"。此前已经有很多图画书研究者注意到了这一点，使用了大量术语对这种有趣手法的本质进行分析，例如"打破叙事框架"（frame breaking）②、"扰乱叙事层级"（disrupt diegetic levels of narration）③、"叙事干扰"（narrative disruption）④、"叙事转喻"（narrative metalepsis）⑤、"可穿透的位面"（porous surface plane）⑥，等等。不过这些繁复的术语在每位研究者那里都有不尽相同的解释，通常某一术语也只针对特定的作品而言，应用到论述中时，往往显得驳杂而不成体系。迄今为止，尚未发现有人对运用元小说叙事法的后现代图画书进行整合，对五花八门的情况进行分类，总结出它们的共同之处，并较为明晰地指出后现代图画书中这种"跨越虚实"的手法到底是怎样具体实现的。

---

① Robyn McCallum. Would I Lie to You? Metalepsis and Modal Disruption in Some "True" Fairy Tales. In Lawrence R. Sipe, Sylvia Pantaleo eds. *Postmodern Picturebooks: Play, Parody, and Self-Referentiality*. New York: Routledge, 2008: 181—182.

② Kerenza Ghosh. Who's Afraid of the Big Bad Wolf? Children's Responses to the Portrayal of Wolves in Picturebooks. In Janet Evans ed. *Challenging and Controversial Picturebooks: Creative and Critical Responses to Visual Texts*. New York: Routledge, 2015: 212.

③ Robyn McCallum. Would I Lie to You? Metalepsis and Modal Disruption in Some "True" Fairy Tales. In Lawrence R. Sipe, Sylvia Pantaleo eds. *Postmodern Picturebooks: Play, Parody, and Self-Referentiality*. New York: Routledge, 2008: 184.

④ Sylvia Pantaleo. Ed Vere's *The Getaway*: Starring a Postmodern Cheese Thief. In Lawrence R. Sipe, Sylvia Pantaleo eds. *Postmodern Picturebooks: Play, Parody, and Self-Referentiality*. New York: Routledge, 2008: 248.

⑤ Cherie Allan. *Playing with Picturebooks: Postmodernism and the Postmodernesque*. Basingstoke: Palgrave Macmillan, 2012: 34.

⑥ Bette Goldstone. The Paradox of Space in Postmodern Picturebooks. In Lawrence R. Sipe, Sylvia Pantaleo eds. *Postmodern Picturebooks: Play, Parody, and Self-Referentiality*. New York: Routledge, 2008: 118.

二、七种具体情况分类解析

本书将涉及元小说叙事手法的后现代图画书分为如下一些情况。

(1) 图画书中的人物知晓自己的虚构身份，与读者直接对话或提出要求。这是一种极其常见的情况，一般通过一种被称为“恳求肖像”(demand image) 的技巧来实现。图像研究家冈瑟·克雷斯和西奥·范洛文 (Theo Van Leeuwen) 将这个术语解释为：“画面上的主人公直视观者的眼睛……要求观者与他/她建立起某种假想中的联系。”[①] 例如，《别让鸽子开巴士》(*Don't Let the Pigeon Drive the Bus!*)[②] 中，小鸽子直视读者，软磨硬泡地要求让他开巴士的场景，就是一幅典型的“恳求肖像”。又如，在《越狱老鼠》(*The Getaway*)[③] 的开头，奶酪大盗芬格斯向读者提出交易，如果读者在侦探追来时及时吹口哨提醒他，就可以分得一块他的战利品。《千万不要打开这本书》(*Warning: Do Not Open This Book*)[④] 和《千万不要关上这本书》(*Please, Open This Book*)[⑤] 构成了一个有趣的循环。在前书中，一个未曾露面的故事人物一再警告读者不要翻书，以免给书中的猴子制造骚乱的机会，最后又要求读者用“关书”的动作来配合诱捕猴子的计划。而在后书中，直接与读者对话的人物变成了上本书中被香蕉诱捕的猴子，它责备“关书”这件事让书里的动物受了伤，一

---

① Gunther Kress, Theo Van Leeuwen. *Reading Images: The Grammar of Visual Design*. London: Routledge, 1996: 122.

② [美] 莫·威廉斯:《别让鸽子开巴士》，阿甲译，北京：新星出版社，2012 年版.

③ [英] 艾德·维尔:《越狱老鼠》，王冬冬译，哈尔滨：黑龙江少年儿童出版社，2014 年版.

④ [美] 亚当·赖豪普特、马修·福赛思:《千万不要打开这本书》，余治莹译，武汉：长江少年儿童出版社，2017 年版.

⑤ [美] 亚当·赖豪普特、马修·福赛思:《千万不要关上这本书》，余治莹译，武汉：长江少年儿童出版社，2017 年版.

再恳求、劝诱读者保持书的打开状态，并使用了一个巨大的“恳求肖像”来激发读者的同情心。

有一些书中的人物与读者对话的目的在于向读者介绍某些事物。例如，《兔子帕斯利有关书的书》（*Parsley Rabbit's Book about Books*）①当中，住在书里的兔子帕斯利尽力介绍自己周围的一切，以帮助小读者了解书籍的装帧形式和阅读方式。还有一些书中的人物与读者对话，是为了承担起讲述故事的职责。例如，莫迪凯·格斯坦（Mordicai Gerstein）的《一本书》（*A Book*）② 采用俯瞰视角，让读者观察一个住在书里的小女孩，她意识到自己是书中人物，竭力穿越书页去寻找适合自己的故事。这本书里的人物用向上看的方式与读者进行对话，因为在他们的眼中，读者是从上方俯视书页的庞大巨人。《一个完全被搞砸了的故事》（*A Perfectly Messed-Up Story*）③ 中，小路易努力讲好以自己为主人公的故事，可惜天不遂人愿，不断有“读者”不小心掉落的果酱、花生酱、指印等从天而降，弄脏他的页面。

（2）图画书的“作者”或“叙述者”为彰显自己的存在，直接与读者对话。这种情况有别于古典小说中，作者插叙“亲爱的读者”这种形式。沃芙指出，18 至 19 世纪的英国作家亨利·菲尔丁（Henry Fielding）、安东尼·特罗洛普（Anthony Trollope）、乔治·爱略特（George Eliot）等人，喜欢在作品中插叙一些针对读者的说教、述评，这虽然也是一种“元语言”（metalingual），但其主要功能在于“在现实与小说世界之间搭建一座桥梁，帮助读者将书中世界具象化，它暗

---

① Frances Watts，David Legge. *Parsley Rabbit's Book about Books*. Sydney：ABC Books，2007.

② Mordicai Gerstein. *A Book*. New York：Roaring Book Press，2009.

③ ［美］帕特里克·麦克唐奈：《一个完全被搞砸了的故事》，孙莉莉译，昆明：晨光出版社，2017 年版.

示后者不过是前者的延续，因此不能算是元小说手法”[①]。

而后现代图画书中的情形则大不相同，在伊恩·兰德勒（Ian Lendler）和惠特尼·马丁（Whitney Martin）的《未完成的童话》（*An Undone Fairy Tale*）[②] 中，两个自称是该书作者的人抱怨读者读得太快了，以至于他们来不及完成下一页的内容。多次阻止读者翻页未果后，他们只好偷工减料，草草应付，以赶上读者的阅读速度。于是这本图画书的画面在开头几页呈现为华丽的水彩画，在结尾几页则变成了滑稽可笑的简笔画。与之相似的是米凯拉·蒙泰安（Michaela Muntean）和帕斯卡尔·勒梅特尔（Pascal Lemaitre）的《不许打开这本书》（*Do Not Open This Book!*）[③]。书中的“作者”是一只小猪，他正在手工作坊里苦苦思索，用拼贴文字的方式设计书中的故事，由于没有找到合适的灵感，他不停地要求读者合上这本书，给他一点时间，甚至还为此想出了种种狡黠的伎俩。

我们可以看出，第（2）种情况和第（1）种情况有着很大的相似之处。因为当“作者”要在书中彰显自己的身份时，他就需要假托一个形象，由此变成了书中的一个人物；甚至有时，图画书的文字作者和图画作者还假托身份，成为书中的两个人物，将二者之间的互动与“冲突”展现在读者面前，彻底暴露出图画书文本的建构性。例如，在《克洛伊和狮子》（*Chloe and the Lion*）[④] 中，作者麦克和画家亚当之间因人物形象的绘制方式产生了“冲突”，作者一怒之下改变故事情

---

① Patricia Waugh. *Metafiction: The Theory and Practice of Self-conscious Fiction*. New York: Methuen & Co. Ltd, 1984: 32.

② Ian Lendler, Whitney Martin. *An Undone Fairy Tale*. London: Simon & Schuster Books for Young Readers, 2005.

③ Michaela Muntean, Pascal Lemaitre. *Do Not Open This Book!* New York: Scholastic Press, 2006.

④ ［美］麦克·巴内特、亚当·雷克斯：《克洛伊和狮子》，诸葛雯译，北京：北京联合出版公司，2015 年版.

节，“开除”了画家，亲自上阵为图画书绘制插画。在这段荒谬的故事中，作者、画家、书中人物乃至读者的身份，被“混搭”成了一个混沌不分的整体。又如《这不是一本正常的动物书》（*This is Not a Normal Animal Book*）[①] 一书，画家不愿意按照文字作者的指示，绘制丑陋的“水滴鱼”，于是作者和画家不断地为接下来应该绘制的图画内容而谈判协商，导致最终呈现在读者面前的是一些极度混乱、极不协调的拼贴图像。另外，无论是第（1）种还是第（2）种情况的后现代图画书，都经常使用第二人称“你”来与读者对话。如同马图卡所指出的：“尽管第二人称在图画书中很少见，但在许多后现代主义的图画书中常被采用。”[②]

（3）书中人物与所谓“作者”或“叙述者”进行对话，对其提出要求，或寻求指导。如《火车上的乔安娜》（*Johanna im Zug*）[③] 中，小猪乔安娜一直与正在画这本书的画家聊天。在她的要求下，画家在她身上画了斑点，画了一件漂亮的衬衫，把故事的背景画成夜景，在火车出意外时“倒回”前一幅画面进行修正，最后还为乔安娜画了另一只情投意合的小猪做男朋友（图 11）。在《咔嚓咔嚓爷爷的恐龙王国》（*Choki Choki Ojisan Kyôryû Ôkoku*）[④] 中，利用剪纸进行创作的画家剪了一只厚头龙宝宝，作为书里的恐龙剧场的主角。这只小恐龙一直催作者尽快剪出他的妈妈，几经波折之后，健忘的作者终于为他剪好恐龙妈妈，放进了书中。

---

① Julie Segal-Walters, Brian Biggs. *This is Not a Normal Animal Book*. New York: Simon & Schuster Books for Young Readers, 2017.

② ［美］丹尼丝·I. 马图卡：《图画书宝典》，王志庚译，北京：北京联合出版公司，2017 年版，第 175 页.

③ ［瑞士］卡琳·谢尔勒：《火车上的乔安娜》，陈琦译，南昌：二十一世纪出版社，2012 年版.

④ ［日］松冈达英：《咔嚓咔嚓爷爷的恐龙王国》，彭懿译，石家庄：河北教育出版社，2016 年版.

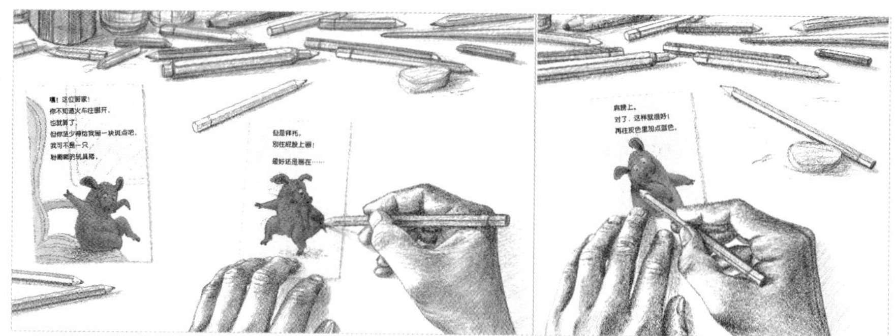

图 11 《火车上的乔安娜》
（二十一世纪出版社/蒲蒲兰绘本馆）

这类书一般会突出描绘“作者”的手，因为“作者”通过手来直接与书中人物接触。不过有时，“作者”也会作为一个与书中人物同等大小的完整形象出现，与人物进行交流，例如芭芭拉·坎尼宁（Barbara Kanninen）和琳恩·罗薇·里德（Lynn Rowe Reed）的《一个插图的故事》（*A Story with Pictures*）①。在这本书中，不小心遗失了手稿的“作者”失去了对故事的主导权，被困在书中无法逃脱，不得不像其他闯入书中的故事人物一样，接受未知命运的摆布，在彼此之间的互动中追寻原故事的“正确”走向。还有的时候，这类书中的作者并未直接出现，我们只能通过叙事语调来猜测与书中人物对话的就是“作者”本人，比如黛博拉·安德伍德（Deborah Underwood）和克劳迪亚·卢埃达（Claudia Rueda）的《复活节猫》（*Here Comes the Easter Cat*）②。这本书及其同系列的书并没有用对话框或者引号来标注出书中人物所说的话，而是让主人公小猫通过表情、动作和手中举起的画板与“作者”进行交流，而“作者”也总是能通过画板上的

① Barbara Kanninen，Lynn Rowe Reed. *A Story with Pictures*. New York：Holiday House，2007.

② Deborah Underwood，Claudia Rueda. *Here Comes the Easter Cat*. New York：Dial Books，2014.

简笔画猜出他的意图，对他的行为做出评论或指导。

总之我们看到，在此列举的（1）、（2）、（3）三种情况虽有一些细处的不同，但主要都涉及图画书的作者/叙述者、书中人物和读者三者之间的互动。在下面的几种情况中，后现代图画书不再借助与读者的互动，而是通过其他方式来扰乱虚构与现实之间的界限。

（4）书中人物获得作者般的权力，可以改变画面内容，控制其他人物的行为，以此影响故事的走向。这种情况最基本的模式是类似于“神笔马良”的故事，善于绘画的书中人物用画笔按自己的想法绘制画面，于是该人物所在的页面也随之发生改变，由此产生新的故事情节。比如安东尼·布朗的《捉小熊》（*The Little Bear Book*）系列①、大卫·威斯纳的《艺术大魔法》（*Art and Max*）②、艾谱莉·威尔逊（April Wilson）的《自由的小喜鹊》（*Magpie Magic：A Tale of Colorful Mischief*）③、诺尼·霍格罗金（Nonny Hogrogian）的《好酷的猫》（*Cool Cat*）④、米克·英克潘的《这是我的书》（*This is my Book*）⑤ 等，都属于这种情况。

在另一些书中，某个故事人物通过控制其他人物的行为来改变故事情节。这暗示书中的故事世界并非浑然一体，而是由各种人物和元素一点点“拼搭”而成的。例如，在《谁都不准过！》（*Daqui Ninguém Passa！*）⑥ 中，一个专横的将军命令卫兵看守住右边的页面，

---

① ［英］安东尼·布朗：《捉小熊》，阿甲译，北京：北京联合出版公司，2014 年版.
［英］安东尼·布朗：《小熊进城》，阿甲译，北京：北京联合出版公司，2015 年版.
［英］安东尼·布朗：《小熊总有好办法》，阿甲译，北京：北京联合出版公司，2015 年版.
［英］安东尼·布朗：《小熊的童话大冒险》，阿甲译，北京：北京联合出版公司，2015 年版.

② ［美］大卫·威斯纳：《艺术大魔法》，余治莹译，石家庄：河北教育出版社，2012 年版.

③ ［英］艾谱莉·威尔逊：《自由的小喜鹊》，包芬芬译，成都：四川民族出版社，2014 年版.

④ ［美］诺尼·霍格罗金：《好酷的猫》，南昌：二十一世纪出版社，2013 年版.

⑤ Mick Inkpen. *This is my Book*. New York：Hachette Children's Book，2010.

⑥ ［葡］伊莎贝尔·米纽奥斯·马丁斯、贝尔南多·P. 卡尔瓦略：《谁都不准过！》，袁申益译，天津：天津人民出版社，2017 年版.

不准任何其他故事人物进入，以便他自己能够随时隆重登场，可是这一命令最终被几个孩子打破了，于是本来一片空白的右侧页面上挤满了形形色色的人物。

在《安静!》(*Be Quiet*!)[①] 中，老鼠鲁伯特一心想创作一本充满“艺术范儿”的无字书，可他的两位搭档却总是帮倒忙，喋喋不休地对这本书提出各种建议，导致本该“无字”的图画书中，每一页都布满了他们说出的文字，连鲁伯特自己最后也忍不住气急败坏地长篇大论起来。在《你跑错书了!》(*The Wrong Book*!)[②] 中，故事的主角尼古拉斯为自己预留的页面不断被各种奇怪的闯入者侵占，在他的强烈抗议下，这些“跑错了书”的故事人物最终离开了页面，但是他自己的故事也已经结束了。而在《谁怕大坏书?》中，掉进童话书里的小男孩发现自己在现实世界中对书的破坏行为完全改变了书中人物的样貌，也颠覆了原来的故事，于是，他只好试图用蜡笔和橡皮进行补救，在紧要关头，还不得不用剪刀在页面上剪出一个地洞来逃生。

(5) 书中人物突破故事的“框架”，来到原有故事之外的世界。这类书暗示，在书中的故事空间之外，还有其他一些可以进入的“异世界”，也就是说图画书的叙事空间包括很多层次。当然，设置多重叙事层是几乎所有“跨越虚实”的后现代图画书都会采用的手法，只不过在此类中，这一点并不仅仅是个暗示，还被非常明确地展示出来。在跨越不同的叙事层时，图画书作者常会采取所谓“混淆视觉模态”(mix the visual modality)[③] 的艺术手法，即提高或者降低画中事物的

---

① [美] 瑞安・T・希金斯:《安静!》，七月译，郑州：郑州大学出版社，2017 年版.

② [澳] 尼克・布兰德:《你跑错书了!》，方素珍译，武汉：湖北美术出版社，2011 年版.

③ Robyn McCallum. Would I Lie to You? Metalepsis and Modal Disruption in Some “True” Fairy Tales. In Lawrence R. Sipe, Sylvia Pantaleo eds. *Postmodern Picturebooks: Play, Parody, and Self-Referentiality*. New York: Routledge, 2008: 188.

图 12 《三只小猪》
（河北少年儿童出版社/耕林童书馆）

"真实感"，表现出人物从画面中"走出"的状态，以配合书中不同叙事层的要求，就像埃舍尔（M. C. Escher）在他的名作《画手》和《爬虫》当中所展现的二维与三维之间精妙转换的效果。

例如，在《三只小猪》中，当小猪被大灰狼"吹到故事外面"时，其形象变得更加饱满立体，身上有了细毛，更接近于现实中猪的样子。并且，每当几只小猪进入一个艺术风格不同的新故事时，它们都会改变"视觉模态"，变成这个故事中人物的风格（图 12）。在《沉睡森林》（*Le Bois dormait*）① 中，原本处在"故事夹缝"中的王子由简笔线条勾勒而成，可当他进入睡美人的故事中时，简笔画勾勒出的身体立刻转变成了具有质感、色彩和阴影的立体形象。《洞里洞外的小老鼠》（*Le livre qui avait deux trous*）一书还用文字对人物进入"真实世界"时的变化进行了描述："他清楚地听到了非常轻微的'噗'的一声，那是图画变成书外世界中真实的东西时发出的声音……随即他身上长出了毛，因为只有书中的老鼠才穿衣服。"②

---

① ［法］海贝卡·朵特梅：《沉睡森林》，王妙姗译，北京：海豚出版社，2017 年版.

② ［法］多米蒂尔·埃恩、让-奥利弗·埃恩：《洞里洞外的小老鼠》，谢逢蓓译，南宁：接力出版社，2010 年版，第 19 页.

当然，也有一些图画书在描绘人物跨越叙事层时，并没有使用“混淆视觉模态”的手法。例如莫妮克·弗利克斯（Monique Felix）的“小老鼠无字书”[①] 系列，书中的小老鼠咬开自己所在的页面，进入了一个个新的故事天地，他在多种多样的“异世界”中历险时，自身样貌并没有发生太大的改变。又如理查德·伯恩（Richard Byrne）的《我们走错书啦!》（*We're in the Wrong Book*!）[②]，故事结构近似于《三只小猪》，讲述两位小主人公被狗狗撞出了自己的故事之外，于是在漫画书、历史书、电子书、手工书等各种不同的书页中穿梭，试图回到自己的故事中去，在这个过程中，他们一直保持着原有形象，被直接拼贴到不同风格的页面上。

(6) 书中故事采用“镜渊结构”（mise en abyme）来叙述。前文已经提及了一些此类儿童文学作品，镜渊结构也被称为嵌套结构（chinese-box structure）、无限递归结构（recursive structure），是一种后现代艺术常用的创作手法，带有强烈的自我指涉意味。这种结构的简单定义是：“在一个图像或文字文本中，包含其自身的缩小版复制品。”[③] 与小说相比，图画书在塑造镜渊结构方面有着天然的优势。很多后现代图画书都会包含一两幅“镜渊结构”的画面，引发一种奇妙的感觉。例如，在《海底的秘密》（*Flotsam*）[④] 中，男孩手持照片的自拍照上，包含了所有曾经窥探过海底秘密的人。又如，在《小红书》（*The Red Book*）[⑤] 中，女孩手持红书看向读者的场景构成了“双重镜渊”效应，暗示读者自己或许也正在被人窥视（图 13）。

---

① ［瑞士］莫妮克·弗利克斯：《小老鼠无字书》，济南：明天出版社，2003 年版.
② ［英］理查德·伯恩：《我们走错书啦!》，范晓星译，重庆：重庆出版社，2017 年版.
③ Maria Nikolajeva, Carole Scott. *How Picturebooks Work*. New York: Routledge, 2006: 226.
④ ［美］大卫·威斯纳：《海底的秘密》，石家庄：河北教育出版社，2008 年版.
⑤ ［美］芭芭拉·莱曼：《小红书》，贵阳：贵州人民出版社，2018 年版.

图 13　《小红书》
（贵州人民出版社/蒲公英童书馆）

图 14　《书中书》
（河北教育出版社/启发文化）

图 15　《书中书》封面
（河北教育出版社/启发文化）

有一些图画书的整体故事结构完全借助于“镜渊结构”来展开。一个典型的例子是约克·米勒的《书中书》（*Das Buch im Buch im Buch*）[①]，它讲述了一个小男孩在一本由“镜渊”构成的图画书深处的探险。从护封、封面和扉页开始，读者就已经走入了书中的镜渊世界。书的第一页更是明确显示，主人公正在拆开一本与读者手中一模一样的图画书（图 14、图 15）。另外，该书有意使用第二人称“你”和第

---

① ［瑞士］约克·米勒：《书中书》，赖雅静译，石家庄：河北教育出版社，2011 年版.

一人称“我”来叙事，但叙事内容又并非抒情独白，而是采取通常由第三人称讲述的冷静旁观视角，这进一步混淆了虚构和现实之间的关系。又如约翰·席斯卡和丹尼尔·阿德尔（Daniel Adel）的《杰克写的书》（*The Book That Jack Wrote*）①，它以层层叠加的民间歌谣形式讲述了一个荒谬的互文性故事。该书与《书中书》一样，从封面开始就运用多幅典型的“镜渊”式画面，对全书的独特结构做出了暗示。在书中的“镜渊”深处进行一番游历之后，读者会发现，这本书在整体上呈现为精妙复杂的环形结构，就像诡异的“衔尾蛇”符号一样，永无休止地重复着自我吞噬的过程，不断将读者从现实带入到镜渊的更深处。其他将故事结构建立在镜渊效应之上的图画书还有《一本属于艾艾的书》（*This Book Belongs to Aye-Aye*）②、《我没有做作业是因为……》（*I Didn't Do My Homework Because...*）③、《一秒内的世界》（*O Mundo Num Segundo*）④、《西蒙的书》（*Simon's Book*）⑤ 等，这些书的共同点是在故事的结尾，读者会发现，自己手中所捧的就是故事中提到的那本书。

（7）作者利用封面文图、书名、作者署名、扉页献词、封底文图等“副文本”的特殊设计，或利用书页打洞、嵌入翻页、切割书皮等方式来操纵图画书的物理形式，使书中世界与现实宛如一体。“副文本”（paratext）的概念由热奈特（Gerard Genette）提出，他依据副文本与原文本的物理位置关系，将其分为“内副文本”（peritext）和

---

① Jon Scieszka，Daniel Adel. *The Book That Jack Wrote*. New York：Viking，1994.

② ［英］理查德·伯恩：《一本属于艾艾的书》，王启荣译，北京：北京联合出版公司，2016 年版.

③ ［意］大卫·卡利、［法］本杰明·修德：《我没有做作业是因为……》，李一慢译，北京：北京联合出版公司，2015 年版.

④ ［葡］伊莎贝尔·米尼奥斯·马丁斯、贝尔纳多·卡瓦略：《一秒内的世界》，孙山译，北京：东方出版社，2016 年版.

⑤ Henrik Drescher. *Simon's Book*. London：André Deutsch，1984.

“外副文本”（epitext）两类。“内副文本”主要包括标题、副标题、献词、署名、序言、卷首引语、后记等内容；“外副文本”指作者访谈、作者书信、新闻报道等外在于书籍本身的信息。[①] 图画书所能操纵、设计的主要是“内副文本”。对副文本的操控能够体现出文本的建构性，是后现代主义文学的特征之一。由于图画书的特殊性，它的副文本往往由图画和文字复合而成，并且还与图画书的版式、字体、书页形状等物理因素紧密相连，因此，精心设计的后现代图画书副文本，能够比一般的后现代主义文学呈现出更加丰富多样的效果。

例如格雷维特的《大野狼》一书，在前后环衬页上拼贴了很多散落的信封、广告和明信片，其中还包括一个可以打开的信封插袋，读者可以从中抽出一封“兔书馆”的催还信件。这种设计使得读者宛如身处书中兔子的家门口，正在从擦鞋垫上拾起信件来阅读。又如同一作者的《再来一次！》（*Again*！）[②] 一书，当书中的小火龙按捺不住脾气向故事书喷火时，读者会发现自己手中的这本书的封底出现了一个烧焦的大洞，在护封上照片中的作者指引下，这个洞成了书中人物的消防出口（图 16）。与之相类似的是妮古拉·奥布莱恩（Nicola O'Byren）和尼克·布罗姆利（Nick Bromley）的《小心翻开：会咬人的书》（*Open Very Carefully*：*A Book with Bite*）[③]，该书扉页篡改了原标题“丑小鸭”，警告读者要非常小心书中出现的鳄鱼，在全书的末尾，鳄鱼将页面和封底啃出了一个洞，逃出了书中世界，封底的副文本暗示，这条危险的鳄鱼来到了“现实世界”。

还有些书则通过对书页边缘的不规则切割，暗示书中的人物就在

---

① Gérard Genette. *Paratexts*：*Thresholds of Interpretation*. Translated by Jane E. Lewin. Cambridge：Cambridge University Press，1997：4.

② ［英］埃米莉·格雷维特：《再来一次！》，彭懿、杨玲玲译，南昌：二十一世纪出版社，2014 年版.

③ Nick Bromley，Nicola O'Byrne. *Open Very Carefully*：*A Book with Bite*. London：Nosy Crow，2013.

图16 《再来一次!》照片
（二十一世纪出版社/麦克米伦世纪童书）

我们身边，是他们“咬坏”了这本书，比如尼克·布鲁尔（Nick Bruel）的《坏猫咪》（*Bad Kitty*）[①]、奥利弗·杰夫斯（Oliver Jeffers）的《吃书的孩子》（*The Incredible Book Eating Boy*）[②] 等。总而言之，所有这些书都通过对副文本的物理形态的设计，创造了一种所谓的“触觉性”（tactile engagement）[③]，突出了图画书本身的物品属性，表明它是一种可以被触摸、被感知的三维空间人工产品。

三、“混搭虚实”的本质：后现代主义世界观

当然，一本“混搭虚实”的图画书通常不会只采用一种手法完成，以上所述的七种分类只是为了尽可能详细地举例说明各种情况，事实上，后现代图画书中“虚实难辨”的效果往往由以上所述情况中的几

---

① Nick Bruel. *Bad Kitty*. New York: Roaring Brook Press, 2005.

② ［英］奥利弗·杰夫斯：《吃书的孩子》，杨玲玲、彭懿译，南宁：接力出版社，2014 年版.

③ Gunther Kress. Multimodality. In Bill Cope, Mary Kalantzis eds. *Multiliteracies: Literacy Learning and Design of Social Futures*. London: Routledge, 2000: 188.

种混合而成。例如，《天啊，这本书没有名字！》（*Help! We Need a Title!*）[1] 中，故事人物去找作者，请求他给读者写一个精彩的故事，在这个过程中，人物、作者、读者三者之间都有互动。又如，《臭起司小子爆笑故事大集合》几乎综合运用了所有的手法来混搭虚实：故事人物和故事叙述者对着读者喋喋不休；杰克既是人物又兼任叙述者，不停地与其他人物争吵；书中人物跳出故事页面之外，或把故事“踩扁”，任意改变故事的形态和走向；巨人讲的故事被杰克改造成“镜渊结构”；护封、标题、献词、目录等副文本被设计成各种荒诞的形式，促使读者时刻意识到自己正在“读书”这件事情。

其实，上述的七种情况可分为两大类。前五种是第一类——书中人物或叙述者通过种种形式与“外部世界”互动。这个“外部世界”可以理解为真正的读者所处的现实世界，即虚构故事以一种元小说的形式侵入了现实世界。后两种则是第二类——嵌套结构的故事一层层无限延伸，以内容或形式方面的种种迹象暗示，书中世界就存在于现实世界中，即现实世界被吞没进虚构的故事里。而再进一步看，这两大类情况本质上采取的是同一种叙事手段，那就是通过各种具体方法，（在形式上）将读者在现实世界中读书这件事情变为故事内容的一部分，即（在形式上）将读者身处的现实世界设置为书中的一个潜在叙事层。

具体分析来看，在第（1）种和（2）种情况中，无论是书中人物还是“作者/叙述者”与读者进行对话，实际上都不可能在现实中的读者耳边发出真正可以被听到的声音。所以这种做法实际上是在书中的虚构世界与现实世界之间插入了一个包含着某位“潜在读者”的叙事层，“作者/叙述者”或书中人物其实是在与这个“潜在读者”进行对

---

① ［法］埃尔维·杜莱：《天啊，这本书没有名字！》，赵佼佼译，重庆：重庆出版社，2016年版。

话。然而，在阅读过程中，这个潜在叙事层很容易被读者在心目中同化为自身所在的现实世界——毕竟从表面上来看，书中人物是在与“读者”对话，而这个“读者”应该就是正在读书的自己。那么，借助这种手段，潜在叙事层与现实世界合二为一，读者身处的现实世界就在形式上被设置为了书中的一个叙事层，我们姑且把它命名为“虚实层”，混淆虚构与现实的效果由此而生。

同理，在第（3）种情况中，书中人物也只能是和潜在叙事层中的“潜在作者”对话。但是由于图画书的真实作者和读者处在同一现实世界中，读者很容易把这个“潜在作者”所在的叙事层与现实世界相混淆，这就同样形成了一个“虚实层”。在第（4）种情况中，更改图画书中的人物形象、画面内容、故事情节设计，或者涂画书页这些事情，事实上只有现实世界中的作者或读者才能做到，但是作者假托书中人物之手来完成这一切，暗示书中人物所处的叙事层级与现实世界中的作者一致，都有权使图画书呈现出物理状态上的改变。由此，就在书中故事之上，整体插入了一个与现实世界相平行的“虚实层”。在第（5）种情况中，所谓“故事之外的世界”，本身就是一个“虚实层”，因为书中人物虽然跳出了自己的故事，但却并不会以可触实体的形象出现在读者面前，他们只是挪到了一个更加“靠近”读者的叙事层中，而读者会在潜意识中把这个叙事层看作现实世界的一部分。

第（6）种情况略有不同，故事的“镜渊结构”相互嵌套，一层层延伸，有如“螳螂捕蝉，黄雀在后”一般，最终指向读者所身处的现实世界。所以采用这种结构进行叙事的作品无需特意设置一个潜在叙事层，图画书的结构本身已经将现实世界暗指为书中故事“最外面的”一层，即所谓“虚实层”。第（7）种情况则通过对各种“副文本”及书籍物理形态的特殊设计，来暗示书中的虚构世界与读者所处的现实世界共享同一个物理空间，现实世界也就通过这种形式成为了书中故事的一部分，同样构成了“虚实层”。

通过以上种种分析，我们了解到，后现代图画书混淆虚构和现实所采用的手段，就是将现实世界设置成一个亦真亦假的“虚实层”。后现代主义与现实主义的区别正在于此。传统的现实主义文学“变假为真”，努力将书中的虚构故事构建成一个连贯、完整而“真实”的世界。就像托尔金在论述幻想文学时所说的：“或许每一个幻想文学的作者，每一个‘第二世界’的‘准创造者’，都在某种程度上希望成为一个真正的造物主，希望自己正在书写现实，希望这个“第二世界”的特征植根于真实之中……内在而持久的真实。”① 而后现代主义文学（包括后现代图画书）则恰恰相反，它“变真为假”，通过种种手段扰乱现实世界的完整性与真实性。正如沃芙所说：“（在元小说中）不可能再有什么不言自明的整体性阐释。日常世界的逻辑被相互矛盾、断裂破碎的形式，以及文化语境的剧烈转向所取代——这语境暗示，所谓‘现实’与‘虚构’只不过是又一种文字游戏而已。”②

在本质上，这与现代主义及后现代主义世界观分别对应。在现代主义视角下，如果书中的世界是“真实”的，那么我们的现实世界也就与它相安无事，同样真实而稳定，无论这种真实性是来源于上帝、理性、逻辑，还是其他什么“先验概念”。而在后现代主义视角下，既然书中的世界只是虚幻的，是被“建构”出来的，经常会与我们身处的现实世界互相混淆，那么这个现实世界的“真实性”也就同样值得怀疑——它与虚构世界之间的界限细若游丝，随时可能被打破。正如麦克劳德所指出的：“我们对于‘真实’的感知只是一种**信念**，建立在

---

① J. R. R. Tolkien. On Fairy Stories. In J. R. R. Tolkien. *The Monsters and the Critics and Other Essays*. Christopher Tolkien ed. London: Harper Collins Publishers, 2006: 155.

② Patricia Waugh. *Metafiction: The Theory and Practice of Self-conscious Fiction*. London: Methuen & Co. Ltd, 1984: 137.

碎片之上。”[①] 这种观点源于后现代主义对量子力学所带来的新空间观的接纳——我们的世界只是无穷无尽的“多重宇宙”中的一个。量子物理学家休·埃弗雷特（Hugh Everett）将此表述为：“世界同时处在很多状态中，而它又在一而再、再而三地进行分化……世界是一个多重宇宙。”[②] 本节所讨论的“混搭虚实”的后现代图画书，正传递出这种宇宙观，它们利用图文复合的精妙方式，跨越了众多柔韧可塑、变动不居的叙事空间。就像书中的人物意识到自己只是故事的一部分，缺乏真正的自由选择一样，在读这些图画书时，读者自己很可能也会时不时地惊觉自身的局限性，意识到我们的现实世界正如故事中的虚构世界一般，也建立在不甚稳定的基础之上，很可能只是另外一个更大“故事”的一部分，是“建构”的产物而已。

---

① Scott McCloud. *Understanding Comics*. New York：Harper Perennial，1994：62.

② ［德］托比阿斯·胡阿特、马克斯·劳讷：《多重宇宙：一个世界太少了？》，车云译，北京：生活·读书·新知三联书店，2011 年版，第 112—113 页.

第三章

不确定：犹疑不定的后现代儿童图画书

除“混搭”之外，在后现代图画书内部，还存在“不确定”的特征。这一特征来源于后现代主义的不确定性，它是后现代性最基本的核心特征之一，就像大卫·刘易斯所说的：后现代主义是启蒙时代以来的确定性坍塌后，从它的“废墟”上生长出来的文化思潮，顽强地指向对当下现实的怀疑与不确定。① 由此引发的怀疑主义相对论被后现代艺术所吸纳，它们“持续不断地对艺术领域里的模仿论和现实主义进行批判”②。后现代艺术不再阐释稳定不变的现实，而是试图处理后现代世界观下复杂纷繁、令人困惑、变幻莫测的世界。布赖恩·麦克黑尔（Brian McHale）指出：“后现代主义小说模式涉及本体论不确定性，针对的是由文本所投射的世界的矛盾本质。”③ 几乎所有后现代主义文本都具有深深的不确定性，后现代图画书也不例外，这从前文对拼贴、年代混淆、文类戏仿、元小说叙事等手法的论述中已经可以

① David Lewis. *Reading Contemporary Picturebooks: Picturing Text*. New York: Routledge, 2001: 88.

② ［英］巴特勒：《解读后现代主义》，朱刚、秦海花译，北京：外语教学与研究出版社，2013年版，第219页.

③ ［英］巴特勒：《解读后现代主义》，朱刚、秦海花译，北京：外语教学与研究出版社，2013年版，第219页.

看出。本章将进一步探讨，后现代图画书如何通过文本形式及故事内容方面的种种特征，传达出在一个不稳定的“虚构”世界中挣扎的不确定感。

第一节

不确定的图文符码

一、图画书中的“能指”和“所指”

作为图像和文字二元符码体系复合而成的文本，一些后现代图画书的图像或文字符码没有明晰的指代，也就是说读者很难确定作者在书中到底画了什么或写了什么。后现代主义思潮的来源之一是对语言的本质与意义生成方式的全新看法，即被利奥塔等人引为后现代思想基础的“语言游戏”理论。提出这一理论的维特根斯坦认为，语言是一种“游戏”，按照人为的规则来运行，语言游戏的规则是文化习俗、社会习惯的产物，其合理性在于“它们作为规则的有效性，能够引导人们达到目的”①。同时，这些规则也会进一步内化成文化习俗，被人们自然而然地遵守。据此观点就必然会得出推论——语言符号并非神

① 陈嘉明：《现代性与后现代性十五讲》，北京：北京大学出版社，2006年版，第318页.

圣的、天然的产物。德里达等解构主义者尤其坚信，符号与它所指涉的现实之间并无天然的对应关系，而只是被人为制造出来的“遮蔽现实之物”。即：“对于解构主义者而言，语言和现实之间的关系不是既定的，甚至不是可靠的，因为所有的语言体系在本质上都是文化建构的产物。”①

当代图画书研究界对符号与现实之间的关系非常关注，尤其在研究中对语言学理论多有借鉴。例如，尼古拉耶娃和斯考特借用索绪尔（Ferdinand de Saussure）的术语提出，如果把图画书中的“图像文本”（iconotext）看作一套整体性的符号系统的话，那么文字符码和图像符码可以因其自身的特点，分别被简化地看成是这套符号语义系统中的“能指”和“所指”。② 文字符码作为“能指”非常好理解：就像语言系统中的能指——音响形象——一样，文字符码也是一种抽象的物质形象，通常来说，文字符码背后指代着某种具体的事物概念，即它的“所指”。而图像符码作为“所指”，则可以这样理解：虽然从本质上来说，图像符码自身也是一种指代具体概念的“能指”，但在“模仿论”的现实主义艺术常规中，图像符码的物质形象往往是对它所指涉的概念的高度模仿，因而，图像符码是与其“所指”天然统一的一种“能指”，在对“图像文本”系统的讨论中，不妨干脆将其看成“所指”。于是，就像语言符号系统一样，图画书的“图像文本”符号系统当中也包含着“能指”与“所指”，即文字符码和图像符码。这二者之间的关系既是任意的，往往也是约定俗成的——图画书中的文字与图画相互对应，文字描述图画中的概念，而图画将文字表述具象化。在一本

---

① ［英］巴特勒：《解读后现代主义》，朱刚、秦海花译，北京：外语教学与研究出版社，2013 年版，第 162 页.

② Maria Nikolajeva, Carole Scott. *How Picturebooks Work*. New York: Routledge, 2006: 211—220.

图 17 《这不是书》效果图
（北京联合出版公司/浪花朵朵）

传统的儿童图画书中，文字和图像两种符码之间的一一对应可能会被戏剧化地操纵，但却通常不会出现非常明显的错乱或断裂。

然而这种情况在后现代图画书中被打破了。既然后现代主义者质疑语言的天然性，认为它只是一种人工产物，那么受到后现代主义影响的图画书作家也同样聚焦于文图符码之间的歧异，质疑二者之间的“天然”对应关系，时不时地利用文图符码之间的规约性来做符号学的游戏，使一些后现代图画书的图画和文字蒙上了不确定的色彩。例如让·朱利安（Jean Jullien）的《这不是书》（*This is Not a Book*）[①]，以无字纸板书的页面模拟一系列可以开关，可以俯视，或可以附着在页面上的三维长方形物品，如一台笔记本电脑、一个网球场、一座剧院、一顶帐篷、一台冰箱、一扇门等，唯独不是“一本书”（图 17）。这个创意让人联想起马格利特解构现象、图画、文字三者之间关系的名作——《这不是一只烟斗》。

又如吉乐·巴士莱的“我的超级大笨猫”三部曲[②]，也利用图画

① ［法］让·朱利安：《这不是书》，浪花朵朵童书编译，北京：北京联合出版公司，2016 年版.
② ［法］吉乐·巴士莱：《我的超级大笨猫》，武娟译，北京：连环画出版社，2009 年版.
［法］吉乐·巴士莱：《超级大笨猫前传》，赵佼佼译，北京：连环画出版社，2015 年版.
［法］吉乐·巴士莱：《超级大笨猫的新消息》，赵佼佼译，北京：连环画出版社，2015 年版.

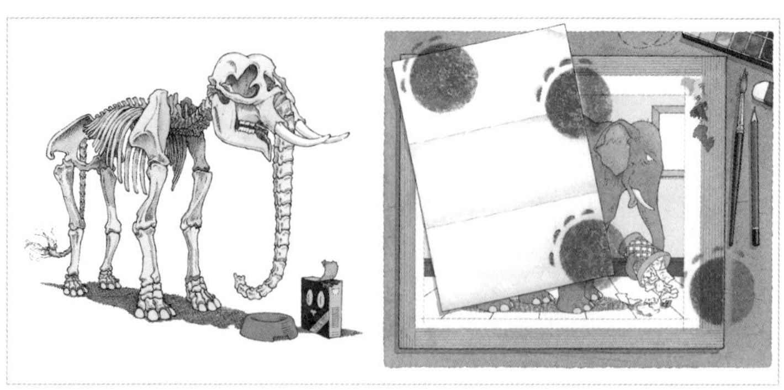

图 18 《我的超级大笨猫》
Mon chat le plus bête du monde,
By Gilles Bachelet
© 2004, Edition du Seuil, Paris.

书独特的文图复合形态，与读者开起了符号学意义上的玩笑。一方面，书中文字口口声声说自己描绘的是“猫”；另一方面，以常识看来，画面上所画的动物明明是一头大象。但这头“大象”除了外表之外，生活方式、居住环境、习性、动作、神态，甚至身上的斑纹，都和猫一模一样，更重要的是，它的主人——也就是图画书的“作者”完全把它看成是一只“大笨猫”。书中甚至还画出了这只“猫”想象中的解剖图，并以一副错误的大象骨架结构图和“作者”写给自然博物馆馆长的信（图 18），进一步强化了这个玩笑背后的符号学意味——到底有什么不容置疑的信条，规定了这个活生生的动物应该叫什么名字？既然在主人和自己眼中，它都是一只猫，那么为什么它就不能真的是一只“猫”呢？与之相似的例子还有罗伦·乔尔德的《我绝对绝对不吃番茄》（*I Will Never Not Ever Eat a Tomato*）[①]。为了哄挑食的妹妹吃东西，聪明的哥哥查理改变了食物的名字，于是，画面上的豌豆变成了“绿王国的雨滴”，胡萝卜变成了“木星上的橘树枝”，土豆泥则变成了“富士山顶的白云”。

---

① ［英］罗伦·乔尔德：《我绝对绝对不吃番茄》，冯臻译，南宁：接力出版社，2013 年版.

这些书都以某种方式显露了图文符码之间的裂隙，体现了后现代主义思潮给图画书文本带来的不确定性。有时，这种不确定的图文符码会表现得更为彻底。在下文的分析中，为简洁起见，我们将借用尼古拉耶娃和斯考特的分类方法，将所讨论的例子分为“没有能指的所指”和“没有所指的能指”两大类。[①]

二、“没有能指的所指”

“没有能指的所指”，是指无法用文字准确描述的、不确定的图像符码。在传统认识中，更为抽象的文字符码可以超越图像，描述图像无法呈现的事物，而图像中的内容，则都可以以某种方式用文字表达出来。而后现代图画书中不确定的图像符码挑战了这种认识——某些图像只是纯粹的“所指”，难以在文字符码中找到对应物。这大概与后现代世界图像化、“拟象化”的特征有关。按照波德里亚的观点，像电视这种电子媒体上的画面，以其自身的编码规则为中心，消费的是画面自身，并不真正参照画面之外的指涉物，由此，在这些画面中，“能指变成了其自身的所指”[②]。这种充斥于当下消费社会中的图像，事实上就是一种“没有能指的所指”，它们在进入儿童图画书领域之后，成为了种种不确定的图像符码。具体来说，这些符码包括：抽象符号、“图画双关语”、埃舍尔式的“矛盾空间”、博斯（Hieronymus Bosch）式混杂不明的形象、超现实主义风格的绘画形象等。

埃尔维·杜莱（Hervé Tullet）的《我是 BLOP!》（*i AM BLOP*!）[③]

---

① Maria Nikolajeva, Carole Scott. *How Picturebooks Work*. New York: Routledge, 2006: 211.

② 陈嘉明:《现代性与后现代性十五讲》，北京：北京大学出版社，2006 年版，第 336 页.

③ ［法］埃尔维·杜莱:《我是 BLOP!》，赵佼佼译，重庆：重庆出版社，2016 年版.

图 19 《我是 BLOP!》
（重庆出版社/青豆书坊）

以一个抽象符号“布洛卜”（BLOP）为中心，这个符号的形象有点像四叶草，又像蝴蝶，印章，膨胀的十字，或四瓣花朵，它在生活中无处不在，却又不是任何确定的东西。作者为这个抽象的符号赋予了鲜活的生命、性格和情绪，但“布洛卜”只是作者自己对它的命名，这个词语无法在词典中查到，也就是说，这个四叶草般形象的“所指”并不具有一个约定俗成的“能指”（图 19）。

有时，图画书中的抽象符号以立体的形式展现，例如大卫·卡特（David A. Carter）的《一个红点》（*One Red Dot*）①、《600 黑斑》（*600 Black Spots*）②、《白色噪音》（*White Noise*）③、《百变蓝 2》（*Blue 2*）④ 等书，以立体纸雕的形式呈现了一幅幅抽象符号的集合。书中的造型完全无法用语言来准确描绘，其中所投射的精神世界及其与现代艺术之间的关联，也只能由视觉符号本身来传达。根据导赏手

① ［美］大卫·A. 卡特：《一个红点》，鸿雁译，西安：未来出版社，2016 年版.
② ［美］大卫·A. 卡特：《600 黑斑》，鸿雁译，西安：未来出版社，2016 年版.
③ ［美］大卫·A. 卡特：《白色噪音》，鸿雁译，西安：未来出版社，2016 年版.
④ ［美］大卫·A. 卡特：《百变蓝 2》，鸿雁译，西安：未来出版社，2016 年版.

图 20 《如果第一眼你没看出来》
（河北少年儿童出版社/耕林童书馆）

册的介绍，作者在创作这些书的时候，的确是以视觉符号为主，先做好立体结构，才配合少量的文字。“文字只是书的立体结构的点缀和解释，是为立体结构和创意服务的。”这其中，一些源于作者潜意识而创作出的抽象符号，只能辅以提示性的、语焉不详的多义文字，如“崛起的蓝色孟菲斯”“野兽派的大爆炸”“沃尔特的喇叭筒”“在梦中飞翔的大象”等。

就像可以做出双重解读的文字双关语一样，一些图画书创造性地运用了“图像双关语”——视觉图像从不同的角度进行观察，可以得到不同的理解，使全书建立在不确定性的基础之上。例如露丝·布朗（Ruth Brown）的《如果第一眼你没看出来》（*If at First You Do Not See*）[①]，书中表面上看起来美味可口的食物，如果旋转 180 度或 360 度再仔细观察，就会完全改变面貌，变成巨人、小丑、巫婆、稻草人、微笑的大地等令人吃惊的事物（图 20）。

当然，也有一些儿童图画书中的“图像双关语”并不呈现为非常

① ［英］露丝·布朗：《如果第一眼你没看出来》，刘静译，石家庄：河北少年儿童出版社，2014 年版.

复杂的图画形式，而是以简明的线条和色块勾勒出具有多重含义的形象。例如，《鸭子？兔子？》（*Duck！Rabbit！*）[①] 以寥寥几笔勾画出一个看上去既像鸭子又像兔子的形象，引发了激烈的争论。书中的这一形象穿梭变换于不同场景，在每一个场景中，两种对画面的不同解读都可以得到合理的解释，都是“正确”的。又如，《我是谁?》（*Who?*）[②] 也是如此，该书以大色块平涂出各种动物形象，当把图画颠倒过来时，画中的形象就会发生彻底的改变：猫头鹰变成了小狗，海狮变成了狐狸，长鼻子的大象则变成了优雅的天鹅。这些被设计为“双关语”的不确定图像，显然无法用文字将其蕴含的多重解读同时表达清楚。

在空间塑造方面，一些图画书中的画面违背自然界的空间规律，创造出在现实世界中不可能存在、引发视觉错觉的矛盾空间。荷兰版画大师埃舍尔几乎探索过所有的矛盾空间类型，创作矛盾空间的图画书艺术家大多深受他的影响，因此，我们不妨将后现代图画书中的此类空间称为“埃舍尔式的矛盾空间”。例如《想象有一天》（*Imagine a Day*）[③] 一书，波涛之中，跨海大桥的桥洞逐渐幻化成迎面驶来的帆船；同一座房子的一端是连接小径的前门，另一端则是高高在上的树屋；栅栏的尖角在游戏中渐变成尖尖的塔楼，栅栏的立柱则变幻成了摩天大楼的楼体（图 21）。又如《有点儿不对劲》（*Something's Not Quite Right*）[④] 一书，封面上的轮船正试图驶过绸缎般被割成两半的海洋；巨大的立柱产生了奇怪的扭曲；蛛网般错综复杂的立交桥中，充满了谬误的断裂和不可能存在的结构。再如《大象在纽约》（*Un*

---

① ［美］艾米·克劳斯·罗森塔尔、汤姆·利希藤黑尔德：《鸭子？兔子？》，漪然译，武汉：长江少年儿童出版社，2017 年版.

② ［日］MARUTAN：《我是谁?》，谢依玲译，北京：北京联合出版公司，2016 年版.

③ ［美］莎拉·L·汤姆森、［加］罗伯·冈萨维斯：《想象有一天》，常立译，北京：连环画出版社，2015 年版.

④ Guy Billout. *Something's Not Quite Right*. Boston：David R. Godine，2002.

图 21 《想象有一天》
（连环画出版社/蒲蒲兰绘本馆）

éléphant à New York）[①] 一书，大象穿越纽约街头的时候，身体被诡异地分割开来，同时出现在数个不同的悖谬空间中，与建筑背景超现实地融为一体。

安野光雅的《颠倒国》（さかさま）[②] 和《奇妙国》（ふしぎなえ）[③] 两书，其趣味完全建立在对矛盾空间的构建上，埃舍尔的影子在书中清晰可辨。大卫·麦基（David Mckee）也是一位以构筑矛盾空间为标志的图画书作家，他的《我讨厌泰迪熊》（*I Hate My Teddy Bear*）[④]、《夏洛特的小猪钱罐》（*Charlotte's Piggy Bank*）[⑤] 等书中，一个又一个使人感到既熟悉又陌生的“日常矛盾空间”穿插变换，别具独特的趣味。总之，这些书中表现矛盾空间的图像符码无不让读者怀疑自己的眼睛，既而对现实空间的确定性产生深深的疑问。

画家希罗尼穆斯·博斯被认为是超现实主义画派的先驱，其作品

① ［法］伯努瓦·布鲁瓦亚尔、德尔菲娜·雅科：《大象在纽约》，邢培健译，武汉：长江少年儿童出版社，2016 年版.

② ［日］安野光雅：《颠倒国》，猿渡静子译，北京：新星出版社，2014 年版.

③ ［日］安野光雅：《奇妙国》，猿渡静子译，北京：新星出版社，2014 年版.

④ ［英］大卫·麦基：《我讨厌泰迪熊》，柳漾译，武汉：长江少年儿童出版社，2014 年版.

⑤ ［英］大卫·麦基：《夏洛特的小猪钱罐》，柳漾译，桂林：广西师范大学出版社，2016 年版.

图 22 《鱼就是鱼》
（南海出版公司/爱心树童书）

中的形象往往充满隐喻，无明确所指，具有奇怪的色彩和形状，呈现为人物、动物和静物的混杂形象。他的画风对后现代艺术产生了很大影响，因而，我们可以把一些后现代图画书中出现的类似图像称为“博斯式混杂不明的形象”。例如《鸟有翅膀，孩子有书》（*Les oiseaux ont des ailes, les enfants ont des livres*）[①] 中，鱼和海盗混杂的形象，鸟和人混杂的形象；又如《鱼就是鱼》（*Fish is Fish*）[②] 中，鱼、人、鸟和奶牛混杂的形象等（图 22）。这些“博斯式混杂形象”一般出现在想象或是梦境之中，带有强烈的拼贴风格，图画书中的文字也不会对这些图像做出明确的解释，因为它们本身就来源于无法阐明的潜意识。

在来源于潜意识的不确定图像符码中，最为常见的就是超现实主义风格的绘画形象。超现实主义是源自达达主义的艺术流派，深受弗洛伊德精神分析学说的启发。虽然这一流派盛行于后现代主义兴起之

① ［法］阿兰·塞尔、吕西尔·普拉桑：《鸟有翅膀，孩子有书》，匙河译，桂林：广西师范大学出版社，2016 年版.

② ［美］李欧·李奥尼：《鱼就是鱼》，阿甲译，海口：南海出版公司，2011 年版.

前，但它超越现实，超越理智，放弃逻辑、经验、秩序，关注本能、梦境、潜意识的主张，与后现代主义不谋而合，因而超现实主义风格非常受后现代主义者的推崇——“超现实主义似乎被后现代主义直接挪用了”[①]。后现代图画书也同样如此，超现实主义风格成为了一些图画书作家的“个人名片”，最具有代表性的显然是安东尼·布朗，他的作品中反复出现对马格利特、达利等超现实主义大师作品的戏仿，以及大量令人惊叹的超现实意象。布朗自己曾说，他认为儿童是天生的“超现实主义者”：“我相信儿童透过超现实主义的眼睛来打量世界，他们第一次看到这个世界，而当一个日常事物第一次被发现时，会显得新奇、激动人心而不可思议。”[②] 于是，在《谁来我家》（*Visitors Who Came To Stay*）[③] 中，墙上悬挂的火车头图画将滚滚蒸汽喷出了画面之外；橱柜里悬浮的白鸥振翅穿越隔板，飞进了下一个格子；在沙滩上日光浴的，似乎是一条人身鱼尾的美人鱼；一个男孩的潜水面罩里，正游动着一条活蹦乱跳的金鱼（图 23）。在《小凯的家不一样了》（*Changes*）[④] 中，几乎每一页都有奇怪的事情发生：电水壶长出了猫耳、爪子和猫尾，洗手池长出了眼睛、鼻子和嘴巴，沙发逐渐变成了鳄鱼和大猩猩，自行车的轮子变成了一只大苹果……总之一切都变得和日常世界“不一样”了（图 24）。

除安东尼·布朗之外，还有许多图画书作家热衷于超现实主义风

① ［英］巴特勒：《解读后现代主义》，朱刚、秦海花译，北京：外语教学与研究出版社，2013 年版，第 285 页.

② Sandra L. Beckett. *Crossover Picturebooks: A Genre for All Ages*. New York: Routledge, 2012: 153.

③ ［英］安娜琳娜·麦克菲、安东尼·布朗：《谁来我家》，阿甲译，石家庄：河北教育出版社，2012 年版.

④ ［英］安东尼·布朗：《小凯的家不一样了》，余治莹译，石家庄：河北教育出版社，2009 年版.

图 23 《谁来我家》
（河北教育出版社/启发文化）

图 24 《小凯的家不一样了》
（河北教育出版社/启发文化）

格的图像。例如旁帝（Claude Ponti）的“阿黛拉”系列无字书[①]，书中充满了“神鱼飞船”“泡泡小鸡”“胡萝卜人”“发电怪鸟”，以及其他大量匪夷所思、连勉强命名都不可能的超现实绘画形象。又如索伦·杰森（Søren Jessen）的《会飞的箱子》（*Gaven*）[②]，书中会飞的箱子带领男孩穿越了一片片超现实幻境，表现这些幻境的图画并无文字配合，其中数不胜数的意象让人联想起诸多超现实主义大师的经典之作（图 25）。在所有这些书中，超现实主义的图像符码传递了人们在“奇异”的后现代世界中所感受到的、难以言明的不确定情绪。正如有的研究者对安东尼·布朗作品的评价：“充分吸收了超现实主义的狡黠与趣味，也传达了其中蕴藏的不安情绪——超现实世界是一个不断急剧变幻、没有什么东西能确定下来的世界。”[③]

---

① ［法］旁帝：《阿黛拉的神奇魔书》，南宁：接力出版社，2013 年版.
［法］旁帝：《小淘气阿黛拉》，南宁：接力出版社，2013 年版.
［法］旁帝：《阿黛拉和沙子先生》，梅思繁译，南宁：接力出版社，2013 年版.

② ［丹麦］索伦·杰森：《会飞的箱子》，林昕译，上海：上海人民美术出版社，2012 年版.

③ Elaine Williams. Willy，Magritte and Me. *TES Magazine*，September 15，2000. ［2017－11－17］https：//www. tes. com/news/tes-archive/tes-publication/willy-magritte-and-me

图 25 《会飞的箱子》
（上海人民美术出版社/海豚传媒）

三、“没有所指的能指”

“没有所指的能指”，是指无法用图像来具象化表达的、不确定的文字符码。后现代图画书中的不确定文字符码以游戏的方式，来揭示符号与概念之间关系的任意性。这些文字符码的背后，是破碎、断裂、模棱两可的意义，甚至根本“无意义”，这使得它们在图画书世界中缺乏恰切的图像符码作为对应物，仅仅作为“能指”而存在，成为了“没有所指的能指”。当然，由于我们讨论的毕竟是以图像为主的“图画”书，所以在图画书领域内，不确定的文字符码通常不会像在文字小说中一样，完全没有图像来表达，而只是没有约定俗成的“现实”图像与之相配而已。图画书作者一般会充分发挥创造力，为这些“没有所指的能指”创作出一些具象化的图像，作为它的临时“所指”。然而，这种表达不仅不会使不确定文字符码的“所指”固定下来，还反而会进一步增强它的不确定性。具体来说，在后现代图画书中，此类不确定的文字符码包括生造词、复合词等无意义文字，双关语、韵文、拆字谜等文字游戏，符合语法却不符合逻辑的生造语句，图像化、碎片化的文字等。

生造词、复合词等无意义文字在20世纪五六十年代的图画书中就已经出现。例如苏斯博士的《鬼灵精》（*Grinch*），书名的英文原文是一个生造词“Grinch”，书中虽然为它赋予了一个奇特的形象和生动的性格，但并没有解释“Grinch”这一族群到底是什么。又如《苏斯博士的ABC》（*Dr. Seuss's ABC：An Amazing Alphabet Book*）①，书中出现了大量复合型的生造词，如“duck-dog”“Fiffer-feffer-feff”“Zizzer-Zazzer-Zuzz”等。再如，谢尔·希尔弗斯坦（Shel Silverstein）的《稀奇古怪动物园》（*Don't Bump the Glump*）② 描绘了几十种诸如“凶恶的加济特”“格里琴”“鼻涕兽斯塔吉托尔”这样的“莫须有”怪兽。杰克·普鲁斯基（Jack Prelutsky）和彼得·西斯（Peter Sís）的《混搭动物园》（*Scranimals*）③ 则如其书名所暗示的，其中的生造词具有更明显的复合性，例如“菠菜鸡”（SPINACHICKEN）、“鹦鹉獭”（PARROTTER）、“萝卜鲨”（RADISHARK）、“芒猩猩”（MANGORILLA）、“鸵鸟豹”（OSTRICHEETAH）等。

还有一些后现代图画书中的无意义文字表现为除复合词外的其他形式。比如，《鬼话连篇》[*BALONEY（HENRY P.）*]④ 中含有包括马耳他语、斯瓦希里语、爱沙尼亚语、威尔士语、因纽特语等在内的几十种生僻语言，这些语言的单词在书中以无意义的“外星文字”形式出现，需要读者根据语境来猜测它们的含义，这充分挑战了人们

---

① ［美］苏斯博士：《苏斯博士的ABC》，苗卉译，北京：中译出版社，2017年版。
② ［美］谢尔·希尔弗斯坦：《稀奇古怪动物园》，任溶溶译，海口：南海出版公司，2013年版。
③ Jack Prelutsky, Peter Sís. *Scranimals*. New York: Greenwillow Books, 2006.
④ Jon Scieszka, Lane Smith. *BALONEY（HENRY P.）*. New York: Puffin Books, 2001.

对语言符号本质的认识。又如，2017 年凯迪克银奖作品《哆悉哒?》(*Du Iz Tak?*)[①] 讲述了一个发生在昆虫之间的故事，全书使用作者自创出来的“昆虫语言”写成，没有一句话能够在语言学意义上被真正地“读懂”，在猜想书中故事情节的过程中，识字的成人与不识字的儿童站在了同一起点上。而《魔咒》(*Spells*)[②] 则包含了大量没有确切含义的“咒语”，这些“咒语”散落在切割式的书页上，可以由读者来回翻动、自由组合，而其“施咒效果”也会在画面上得到一定程度的解释。

双关语、韵文、拆字谜等文字游戏也经常被后现代图画书所采用。柯林·汤普森的《永生秘诀》(*How to Live Forever*)[③] 使用了大量的双关韵语，来配合故事内容，书中细致描绘了一个图书馆的书架，其中每本书的书名都值得玩味。比如在与烹饪有关的图书区，《指环王》(*Lord of the Rings*) 变成了《馅饼王》(*Lord of the Pies*)，《温莎的风流娘们儿》(*The Merry Wives of Windsor*) 变成了《温莎的风流厨师们》(*The Merry Chives of Windsor*)，《威尼斯商人》(*The Merchant of Venice*) 变成了《鹿肉商人》(*The Merchant of Venison*)；而在与汽车有关的图书区，《三怪客泛舟记》(*Three Men in a Boat*) 变成了《三怪客坐别克》(*Three Men in a Buick*)，《海底两万里》(*20,000 Leagues Under the Sea*) 变成了《海底两万吉普》(20,000 *Jeeps Under the Sea*)，《看得见风景的房间》(*A Room with a View*) 变成了《有一辆大众的房间》(*A Room with a VW*)。与之相似的是罗兰·哈维 (Roland Harvey) 的《城市假日》(*In the City*)[④]。

---

① [美] 卡森·埃利斯:《哆悉哒?》，乌英雄译，北京：新星出版社，2018 年版.

② [英] 埃米莉·格雷维特:《魔咒》，孙慧阳译，南昌：二十一世纪出版社，2016 年版.

③ Colin Thompson. *How to Live Forever*. London: Red Fox Picture Books, 2005.

④ Roland Harvey. *In the City: Our Scrapbook of Souvenirs*. New South Wales: Allen & Unwin, 2007.

图 26 《如果没有 A》
（浙江少年儿童出版社/奇想国童书）

在一家人去逛书店的画面中，书店各区的指示牌呈现为有趣的韵文游戏，如“烹饪书”（Cook Books）旁边是“库克船长书”（Captain Cook Books），再旁边是“钩子书”（Hook Books）、“小鸡书”（Chook Books），一直绵延到“骗子角”（Rook Nooks）和“看小溪”（Brook Looks）。

米夏埃尔·埃斯科菲耶（Michael Escoffier）和克利斯·迪·吉尔卡莫（Kris Di Giacomo）的《狒狒去哪了》（*Where's the Baboon?*）①、《如果没有 A》（*Take Away the A*）② 建立在拆字谜游戏的基础上，变换字体颜色的排版方式使得书中的文字符码暗藏玄机，语含双关，而书中的图画也趣味性地配合了这一点（图 26）。柯林·麦克诺顿（Colin McNaughton）的《你看见搬进我们隔壁的是谁了吗?》（*Have You Seen Who's Just Moved In Next Door To Us?*）③ 则综合运用了双

① ［法］米夏埃尔·埃斯科菲耶、克利斯·迪·吉尔卡莫：《狒狒去哪了》，周宇芬译，杭州：浙江少年儿童出版社，2017 年版.

② ［法］米夏埃尔·埃斯科菲耶、克利斯·迪·吉尔卡莫：《如果没有 A》，阿甲译，杭州：浙江少年儿童出版社，2016 年版.

③ Colin McNaughton. *Have you Seen Who's Just Moved in Next Door to Us? London*：Walker Books，1991.

关语、韵文、接龙等各种文字游戏，来呈现一个荒诞的怪物街区。比如，“蛋先生”一家人说话时，用语里总会带上“蛋”（eggs）字，“Eggstraordinary”“Eggsactly”“I'm eggsausted”；在旁边的房子里，雕塑家将“贝蒂皇后”（Queen Betty）的塑像雕成了“卑鄙的雪人”（Mean Yeti）；而在弗兰肯斯坦开的人肉铺里，“你需要帮忙吗”（Would you like a hand）的意思是“你要来只手吗”。

语言学家诺姆·乔姆斯基（Noam Chomsky）曾举过一个著名的例子——“无色的绿色的念头狂怒地在睡觉”（Colorless green ideas sleep furiously）[①]，用来说明正确的语法未必能够保证合理的语义。人们通常认为，像这种符合语法却不符合逻辑的生造语句，无法被具象为图画。但一些后现代图画书却挑战了这一点，这些书往往故意按照字面意思或错误的解读方式，对“缺乏所指”的文字符码进行具象化的表现，其结果是奇异的不确定性。

例如，苏斯博士的《绿鸡蛋和火腿》（*Green Eggs and Ham*）[②] 就以五十个单词写成的故事，玩笑式地展现了不符合日常逻辑的“绿鸡蛋和火腿”这一事物。又如，迈克尔·罗森（Michael Rosen）和克莱尔·麦基（Clare Mackie）的《迈克尔·罗森的胡话书》（*Michael Rosen's Book of Nonsense*）[③] 用夸张的图画描绘了大量荒诞不经的韵文和生造语句：丢失的耳朵和眼睛、面包里的鬼魂、苹果的钥匙、冻僵的豌豆、可以吃的喷嚏、长成“足”形状的“足球”等。再如，吉乐·巴舍莱的《谁家都有睡前故事》（*Raccontami una*

---

① ［美］诺姆·乔姆斯基：《句法结构》，邢公畹、庞秉均、黄长著、林书武译，北京：中国社会科学出版社，1979 年版，第 8 页.

② ［美］苏斯博士：《绿鸡蛋和火腿》，王晓颖译，北京：中译出版社，2017 年版.

③ Michael Rosen, Clare Mackie. *Michael Rosen's Book of Nonsense*. London: Hodder Children's Books, 2008.

storia)[①] 充满创意地表现了“一个会长高的故事”“一个让冰融化的故事”“一个远走高飞的故事”“一个破壳而出的故事”“一个没尾也没头的故事”等虽然符合语法，却并不具有确切语义、很难具象化的文字符码。

有时候，后现代图画书中的文字符码失去语法、语义、时间性等任何层面的文字特性，彻底变成了图像化、碎片化的符号。这种图像化、碎片化的文字，事实上已经成为图画的一部分，仅在形态上与图像符号略有区分。其背后完全不再有任何“所指”，也完全不再可能以任何形式被具象化，因为它本身的文本功能已经“从描述转向展示，书写变成了展览”[②]。例如，在《若昂奇梦记》(*João Por Um Fio*)[③]中，若昂用一个问号将散落的字母缝成被子；《我的母鸡会说话》(*Mes poules parlent*)[④] 中，母鸡长出牙齿，嚼碎字典，重新组合成语；《想象》(*The Whisper*)[⑤] 中，狐狸拿着网兜，捕捉从小女孩的书中逃逸出来的字母（图 27）。这些书中场景的图像化文字与图像符码一样，成为一系列相互独立的符号单元，飘浮在文本之中，展现出非线性、可叠加、可操纵等一些文字符码本来并不具有的特征，类似于电子媒体的“超文本”(hypertext)。这些后现代图画书一方面以最为极端的方式，揭示了“能指”与“所指”关系的任意性；另一方面也展现了文字符码所能产生的最大的不确定性。

---

① ［法］吉勒·巴舍莱：《谁家都有睡前故事》，魏舒译，北京：新星出版社，2016 年版.

② Bette Goldstone. The Paradox of Space in Postmodern Picturebooks. In Lawrence R. Sipe, Sylvia Pantaleo eds. *Postmodern Picturebooks: Play, Parody, and Self-Referentiality*. New York: Routledge, 2008: 124.

③ ［巴西］罗杰·米罗：《若昂奇梦记》，杨柳青译，方卫平主编，合肥：安徽少年儿童出版社，2014 年版.

④ ［法］米歇尔·贝斯涅、亨利·加勒隆：《我的母鸡会说话》，余轶译，方卫平主编，合肥：安徽少年儿童出版社，2014 年版.

⑤ ［美］帕梅拉·扎加伦斯基：《想象》，杨玲玲、彭懿译，北京：北京联合出版公司，2016 年版.

图 27 《想象》
（北京联合出版公司/天略童书）

在这里，我们还可以将图画书中不确定的文字符码与儿童小说中的“胡话”（nonsense）进行一个类比。“胡话”是一种古老的文学手法，主要指没有固定指涉物的语言符号体系，有时用来代指荒谬、荒诞之义。在各个时期的儿童文学中，胡话非常常见，比如爱德华·利尔（Edward Lear）的《荒诞书》（*A Book of Nonsense*），《爱丽丝漫游奇境》中的“假海龟”“鹰头狮”，《爱丽丝镜中奇遇记》（*Through the Looking-Glass*）中的荒诞诗，《小熊维尼》（*Winnie-the-Pooh*）中的“大臭鼠”“长鼻怪”，以及《蓝熊船长的13条半命》（*Die 13 1/2 Leben des Käpt'n Blaubär*）中千奇百怪的“纳替夫淘芬”“沃泊亭格”“鲍老克”“法汤姆”“混得灵格”等。很多儿童文学家对儿童文学中的胡话进行了研究，一般认为，这种手法可以用克里斯蒂娃（Julia Kristeva）对拉康心理学的阐释来解释——无秩序、无意义的“胡话”象征着阴性的、无拘无束的“前语言阶段”，而规整的语法和明晰的内涵则象征着阳性的、成人的理性与权威系统。于是，儿童文学中对胡话的有意运用，就颇具颠覆意味，是利用“儿童超越语言的先验觉知能力”，“对成人借教育和服从来宰制并殖民儿童，进行抗争的革命力量”。[①]

在此基础上，对于后现代图画书中不确定文字符码与儿童小说中的胡话之间的关系，可以从两方面来认识。一方面，要承认二者有着相同的渊源，不论是启蒙时代“发现儿童”的呼声，还是后现代主义破除“宏大叙事”的需求，它们的根本动力都是反抗精神，都意在挑战支配性的权威话语。往深层探究，或许正是启蒙时代对“非理性”的关注，引发了20世纪初维特根斯坦对“语言游戏”的思考，进而成为了20世纪后半叶后现代主义思潮的基础。从另一方面来看，二者的本质并不完全相同。最关键之处在于，后现代图画书中不确定的文字符码不仅具有叛逆精神，还深具调侃与怀疑的意味。在这些书中，直观的图像符码作为临时的“所指”，不再努力解释文本，反而将其更加彻底地抛入不确定的境地，进而质疑并否定语言、文本，甚至一切现实事物的真实性。

最后值得说明的是，绝大多数图画书是由图文双重符码交织而成的文本，这种复合性一方面给不确定的图文符码带来了独特的效果；另一方面也制约着其中任意一方的不确定性，因为其中所蕴含的不确定总会在另一个符码体系中得到某种程度的解释。正如西普所说：“（图画书中的）文图序列缺少任何一方都是不完整的。它们的协同关系不仅来源于文图二者的联合，还来源于二者在感知上的互动和交涉。”[②] 从而，面对不确定的图像符码时，读者总是可以通过文字信息领悟其中的寓意。例如，在读《小凯的家不一样了》时，我们可以通

---

① ［英］Deborah Cogan Thacker、Jean Webb：《儿童文学导论：从浪漫主义到后现代主义》，杨雅捷、林盈蕙译，台北：天卫文化图书有限公司，2005年版，第73—74页.

② Lawrence Sipe. How Picture Books Work：A Semiotically Framed Theory of Text-Picture Relationships. *Children's Literature in Education*，1998. 29（2）：98.

过书中的文字了解到，各种超现实风格的日常事物背后，折射着小凯心中对于新生妹妹的到来所抱有的惶惑与不安。同样，面对不确定的文字符码时，读者也可以从图像中获得提示。例如，在《鬼话连篇》中，虽然“外星文字”看起来很奇怪，但我们还是可以从图画中猜出这些文字符码所指代的物品的大致用途，以及它在日常语言中的对应物。当然，这并不仅仅是一种简单的阐释，还是如同约瑟夫·斯坦顿（Joseph Stanton）说的：“图画不只是在描绘文字，文字也不只是在解释图画。图像和文本二者之间相互回响，造就了奇妙的效果。”[①]

① Joseph Stanton. The Important Books: Appreciating the Children's Picture Book as a Form of Art. *American Art*, 1998. 12 (2): 2.

第二节

不确定的故事主体

后现代图画书中的“故事”往往是不确定的，也就是说，读者很难确定书中到底讲了一个什么样的故事。作为一种叙事性的文学体裁，“故事”是儿童图画书的核心，在传统观念中，一个标准的图画书故事应该具有明确完整的开端、主体和结局。就像有的研究者所总结的一样：“作者和读者所共同认可的惯例，是一个精心构思的故事被完整地讲述。简单地说，就是有开头，有发展，有结尾。”① 而在后现代图画书中，这种期待却很难得到满足。因为这些书往往会通过各种形式来挑战传统的“故事”观念，对文字和图像符码进行别出心裁的设计，利用二者之间的巧妙互动构筑一座错综复杂、扑朔迷离的故事迷宫。读者一旦踏入这座迷宫，就会身不由己地发现，故事的主体并不像想

① David Lewis. *Reading Contemporary Picturebooks: Picturing Text*. New York: Routledge, 2001: 91.

象中那么简单，而往往笼罩着一层不确定的阴影；越是反复阅读一本书的文字和图画，就越是会产生更多的疑惑，不敢确定自己双眼所见和心中所想，是否就是故事的真正内容。下文即从四个方面，对后现代图画书中不确定的故事主体进行论述。

一、非线性的“反叙事”结构

故事主体的不确定性可能来源于特殊的叙事结构。很多后现代图画书颠覆了传统的线性叙事方式，不再按照开端、发展、高潮、结局的单一线性模式来组织故事，而是采取后现代主义文学中常见的混乱、破碎、不连贯的叙事方式，刻意扭曲时空，将不同的时空体系交叉并列。从而，故事主体在其中穿梭转换，叙事结构上呈现出各种形式的分裂、拼接和错位。有研究者指出，当代图画书的非线性叙事模式，可能是传统书籍形式受到电子媒体、虚拟现实等流行文本扰乱的结果：“电子媒体挑战了连续翻页形式当中所固有的线性思维，及目的论倾向。”[①] 这种非线性的叙事结构投射出的是碎片化、无序化、变动不居的后现代主义时空观。就像保罗·斯梅瑟斯特（Paul Smethurst）所说的，后现代时空体动摇了现实主义中的时空概念，并强调了从现代主义的“时间”，向后现代主义的“空间”的转向。[②] 很多采取非线性叙事结构的后现代图画书，将多个相互关联，但各自具有不同时空体系的叙事线索并列，如同电影中“蒙太奇”或“剪接”的效果，打破

---

① Thomas A. Vogler. When a Book is Not a Book. In Jerome Rothenberg, Steven Clay eds. *A Book of the Book*. New York: Granary Books, 2000: 450.

② Cherie Allan. *Playing with Picturebooks: Postmodernism and the Postmodernesque*. Basingstoke: Palgrave Macmillan, 2012: 36.

了传统意义上的清晰时空观。

例如大卫·麦考利的《黑与白》一书，在翻开扉页时，读者就会收到作者的警告："本书似乎包括好几个故事，它们未必发生在同一时刻；不过，也可能只有一个故事；不论怎样，敬请留心每幅图、每个文字所传达的信息。"① 表面上看来，这本书的每一页都被分割为四部分，全书由四个独立的小故事组成，作者还为它们分别起了名字。但是随着阅读的深入，读者会发现，这四个故事彼此之间并不是毫无关系的，一些耐人寻味的细节和偶然因素将它们巧妙地串联起来，使其相互穿插，相互影响，相互印证。并且，将它们分割开来的界线也并不是毫不动摇的，在书的倒数第二个跨页中，故事间的分割线消失了，它们融合成了一个故事，让读者有种恍然大悟的感觉，似乎这就是作者在扉页中所说的"一个故事"——人物相互关联的、同一时间里发生在不同空间内的平行故事。然而，翻到最后，这个好不容易得出的结论又被推翻了：一幅画面显示，故事中的火车站宛如剪纸模型，正在被一只手拿起，而另一个故事中的黑白花小狗正在边上观望——这是不是说，书中的一切都只是这只手的主人在游戏中的想象呢？作为读者，我们或许永远无法得出确切的答案（图 28、图 29）。

又如，约翰·伯宁罕的《外公》（*Granpa*）② 中有四条叙事线索。第一条是外公说的话，第二条是小孙女说的话，第三条是右页的彩色大图，第四条则是左页棕褐色的线描小图。这四条叙事线索相互交织，相互补充，彼此之间又具有一定的独立性，各自叙述不同的故事。它们相互之间的配合关系在书中的每一页都各不相同，没有规律可循，作者也没有为此给出明确的指引，因此全书形成了一种奇妙的剪接效

---

① ［美］大卫·麦考利：《黑与白》，漆仰平译，杭州：浙江少年儿童出版社，2012 年版，扉页.

② ［美］约翰·伯宁罕：《外公》，林良译，石家庄：河北教育出版社，2008 年版.

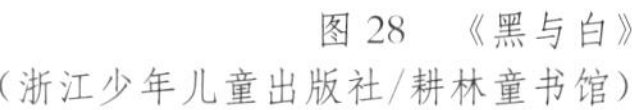

图 28 《黑与白》
（浙江少年儿童出版社/耕林童书馆）

图 29 《黑与白》
（浙江少年儿童出版社/耕林童书馆）

果，需要读者自己去填充叙事声音之间的“空白”，将故事内容连缀起来，这使得故事陷入了深深的不确定性之中。

再如卡瑞拉·施奈德（Karla Schneider）和斯特芬尼·哈叶斯（Stefanie Harjes）的《如果我是第七只小羊》（*Wenn ich das siebte Geißlein wär'*）[①]，全书的文字文本完全以对话形式展开，大致内容是两个孩子对《小红帽》《狼和七只小羊》等经典童话的想象与改编，但其中穿插着大量他们个人生活中的内容和内心想法。他们还经常为同一个故事设计不同的结局，这些内容与改编的故事紧紧缠绕在一起，需要花费一番力气才能将不同故事的主线与支线分辨清楚。该书的图画文本也同样是混杂怪诞的拼贴风格，与缠夹不清的文字故事相得益彰。不仅如此，读者还可以从图画中隐约读出另一层故事，那就是两个小主人公的处境——拼贴图像中频繁出现的手术台、无影灯、病床、

① ［德］卡瑞拉·施奈德、斯特芬尼·哈叶斯：《如果我是第七只小羊》，曾璇译，武汉：湖北少年儿童出版社，2012 年版。

图 30　《如果我是第七只小羊》
（湖北少年儿童出版社/海豚传媒）

病号服、吊瓶支架等物品隐约暗示，这两个孩子正在住院治疗（图30）。因此，他们改编的经典童话、想象中的个人生活、现实中的处境奇异地交织在一起，构成了一个“拼接式”的分裂故事。读者对每条故事线索的猜想似乎都有道理，但又都不能真正确定。

由以上例子可见，这些后现代图画书的故事主体采取了一种所谓“反叙事”的结构，破碎、混乱、错综复杂的叙事方式，使得故事的主线难以被轻易确定，全书如同一场精心设计的叙事实验。在阅读这些书时，读者需要自行决定阅读和理解的次序，通过自己的努力将整个故事的叙事脉络构建完整。对于同一本图画书，不同的读者可能会从中读出不尽相同的故事，但是每位读者都同样会收获乐趣与挑战。

二、操纵视角的“谜题”式故事

一些后现代图画书中的故事统摄于一个弥漫全书的“谜题”之中，让读者在阅读过程中如坠云雾，被迫不断调整、更新自己先前对故事情节的设想，以至于难以整合出一个清晰合理的故事。这种效果通常通过对视角的操纵来实现，在某种程度上也印证了后现代世界的状况："后现代状况有着多元、瞬时的多种视角，缺乏任何理性、超验的基础或统一的世界观。"[①]

一些后现代图画书不断对视角进行急剧变换，以框线、色调、画风的变化来转换视角，故事的主体也随之暧昧不明。例如柯林·汤普森的《寻找亚特兰蒂斯》(*Looking for Atlantis*)[②]，书中描绘主人公寻找亚特兰蒂斯的故事时，视角不断剧烈转换。主人公与房子和器物的比例忽而是正常的，忽而又显得非常诡异。当他坐在客厅时，身高远远超过窗台，可当他来到这面窗外的庭院时，又变成了"小矮人"，身高尚不及窗台的一半；同样，在场景为地下室的两幅画面中，水晶球中的男孩只有楼梯的一级高，而在紧随其后的遥望亚特兰蒂斯的画面中，他又变成了正常的身高比例。再加上书中其他大量奇异的视角转换——亮着灯光的微型房屋和交通工具；百宝箱的底部是一片黄昏的海洋；小男孩的床一边是房间，另一边是港口；洗手池中的水汇成了壮观的瀑布和河流——无不给故事带来了强烈的不确定感，使人怀疑书中的故事到底发生于想象中还是现实中。

在其他大多数后现代图画书中，对视角的操纵常常通过所谓"限制性的视角"来表现，即将叙述视角集中于某个被限定好的范围内，故意不揭露故事的真正主体或全局，与读者玩一场"隐瞒的游戏"，由此产生不确定感。例如，在《变焦》(*Zoom*)[③] 中，一场不断变幻的视觉游戏从一个红色的齿状不明物开始，每翻一页，读者都会发现自己之前的视角是受限制的，看到的事物并非全局，只是更大场面的一部

① [英] 巴特勒：《解读后现代主义》，朱刚、秦海花译，北京：外语教学与研究出版社，2013 年版，第 276 页.

② Colin Thompson. *Looking for Atlantis*. London: Julia MacRae, 1993.

③ [匈牙利] 伊斯特万·巴尼亚伊：《变焦》，石家庄：河北教育出版社，2011 年版.

图 31 《莎莎，不怕！》（东方出版社）

分；视角不断扩大，一直到地球成为一个消失在茫茫宇宙中的小白点为止，然而这是否就是游戏的终点呢？持续摇摆于不确定感之中的读者只怕已经无法确信。《莎莎，不怕！》（*Eloisa y los bichos*！）[①] 则将视角限制于主人公的眼中。读者在书中只能看到，一个瘦小的女孩身处一个充满巨型昆虫的怪异世界，除了她和爸爸之外，身边的其他人似乎全是各种形态的昆虫。书中并未对此做出解释，只是让故事持续地笼罩在这一谜团之中，全书的最后一页似乎为解读故事提供了一些线索，然而前后环衬页又提示，关于整个故事，还有更多、更大的“谜题”等待着读者去解开（图 31）。

类似的还有《小红帽与黑森林》[②]，书中的文字故事以主人公“我”的口吻讲述，图像也限制在“我”的视角之内。由于“我”与狼身材比例悬殊，很多时候读者都无法看到全局，于是很难判断书中讲述的到底是哪一个故事——是“我”到森林里去寻找狼的故事，还是

① ［西班牙］杰罗·布伊特拉戈、拉奎尔·约克唐：《莎莎，不怕！》，李一枝译，北京：东方出版社，2016 年版.

② ［意］弗朗西斯卡·葛雷柯：《小红帽与黑森林》，拨拨鼠绘本馆译，上海：华东师范大学出版社，2015 年版.

“我”不明就里地在狼身上探险，最终被狼吞噬的故事。《河湾镇的不幸日》（*Bad Day at Riverbend*）[①] 则采取了第三人称的限制性视角，书中的故事情节宛如一部西部片风格的侦探小说，围绕着突然出现在河湾镇居民身上的奇怪彩色条纹而展开。这个令人费解的谜题一直无法得到解释，直到全书的末尾解除了之前的“视角限制”，读者才恍然大悟地发现，河湾镇原来是一本儿童涂色书中的小镇，而奇怪的彩色条纹就是“现实中”孩子的涂鸦。

我们看到，这种“谜题”式的故事主体，往往让读者在阅读过程中很难清楚地把握故事情节。有时在结尾，这个谜题会得以解开。比如珍妮·威利斯（Jeanne Willis）和托尼·罗斯（Tony Ross）的《我讨厌上学》（*I Hate School*）[②]，故事以女孩奥娜的视角展开，描述了一个如地狱般恐怖的巫术学校，可是看到最后解除了“视角限制”之后的故事时，读者会发现，自己之前的怀疑并非没有道理——书中描述的“恐怖学校”只是一座平常的小学，而奥娜也并不真的讨厌上学，反而还很舍不得离开学校。但在另一些书中，故事主体的“谜题”则永远不会在书中得到最终的解答。比如艾纳·图科夫斯基（Einar Turkowski）的《夜行人》（*Die Nachtwanderin*）[③]，描写了“我们”在夏夜跟踪邻居梅洛特夫人夜游的故事。大量超现实风格的画面持续渲染了神秘的气氛，视角也始终限制在“我们”的眼中，以至于读者只能看到梅洛特夫人的背影，始终无法弄清她夜游的目的。在故事末尾，梅洛特夫人悄悄离开了“我们”的城市，这意味着，书中的主人公和读者再也无从验证他们的推测，不确定的故事只能永远成为一个

---

① Chris Van Allsburg. *Bad Day at Riverbend*. Boston: HMH Books for Young Readers, 1995.

② ［英］珍妮·威利斯、托尼·罗斯：《我讨厌上学》，柳漾译，桂林：广西师范大学出版社，2016年版.

③ ［德］艾纳·图科夫斯基：《夜行人》，孙艺译，北京：新星出版社，2016年版.

令人印象深刻的谜。

三、荒诞的后现代主义故事

还有一些后现代图画书虽然并未采用“反叙事”结构，或笼罩在“谜题”之中，却因其荒诞的故事本身而充满不确定性。这种图画书通常与后现代主义文学作品之间具有紧密的联系，例如欧仁·尤内斯库（Eugene Ionesco）和艾丁·德来赛的《写给女儿的故事》（*Contes 1*）[①]。该书写一位爸爸为女儿讲了个故事，故事的主人公是小女孩夏克林，她的妈妈叫夏克林夫人，爸爸叫夏克林先生，她有两个叫夏克林的姐妹，还有两个叫夏克林的表弟，两个叫夏克林的表妹，一个名叫夏克林的阿姨和一个名叫夏克林的叔叔，他们一家人外出的时候，又遇到了许多名叫“夏克林”的朋友。随后，听故事的女孩跟自己名为夏克林的保姆去商店，真的遇到了一个名叫夏克林的小女孩，就像故事里的一切都重演了一样。

这个荒唐的故事显然与一般儿童图画书中的故事大相径庭，让人联想起很多后现代主义文学作品，如约翰·巴思（John Barth）的《迷失在开心馆中》（*Lost in the Funhouse*）[②]，或是娜塔莉·萨洛特（Nathalie Sarraute）的《黄金果》（*Les Fruits d'or*）[③]。这些作品正如《写给女儿的故事》一样，情节中都包含以小说主人公的同名人物为主人公的另一层故事，自反性的技巧使它们成为“关于小说的小说”：

---

① [法] 尤内斯库、艾丁·德来赛：《写给女儿的故事》，苏迪译，北京：人民文学出版社，2016年版.

② [美] 约翰·巴思：《迷失在开心馆中》，吴劳译，见汤学智、吴岳添主编：《荒诞小说》，北京：中国和平出版社，1996年版.

③ Nathalie Sarraute. *Les Fruits d'or*. Paris：Gallimard，1973.

“不确定是主要原则”，“拒绝一切秩序，因此也排斥目的性”[①]。事实上，尤内斯库本人就是荒诞派戏剧的奠基人之一，作为他唯一的儿童文学作品，《写给女儿的故事》充满了对后现代性的思考。这本书的法文原名直译为“故事 1 号”，同一系列的后续几本分别叫“故事 2 号”、“故事 3 号”和“故事 4 号”，书中的图画也经常影射他的荒诞剧作中的形象，这些都是有意为之的。

又如罗杰·米罗（Roger Mello）的《沼泽地的孩子们》（*Meninos do mangue*）[②]，这部拼贴风格的图画书由八个小故事交织而成，采用了“故事嵌套”的结构。书中主人公是一对分别叫作“懒惰”和“运气”的姐妹，奇怪的名字首先预示着全书荒诞与不确定的风格，而“懒惰”所讲的八个故事则更是随兴所至，诙谐放诞，时刻将读者陷于迷惑不解的境地当中。在这些故事中，人可以变成泥塑像，传递没有内容的情书；固执的人冒着被淹死的风险，与想象中“世界上最大的螃蟹”搏斗；有的故事中，所有的人物都叫“玛丽亚”；也有的故事不断以“叠宝塔”的形式无意义地重复前面说过的话。读到最后，读者会发现，八个看似毫无关联的故事却环环相扣，将故事中的“虚构”与“现实”编织在一起，结成了一张盘根错节的故事网络，而全书结尾处又重新开始的“开头”，更让真正的故事主体引人遐思。

类似的具有荒诞情节的图画书还有玛格丽特·杜拉斯（Marguerite Duras）和卡蒂·库普里（Katy Couprie）的《小托不想去上学》（*Ah！Ernesto*）[③]。这本书的故事内容来自杜拉斯在 1971 年出版的小说。杜

---

① ［美］伊哈布·哈桑：《后现代转向》，刘象愚译，上海：上海人民出版社，2015 年版，第 51 页.

② ［巴西］罗杰·米罗：《沼泽地的孩子们》，王潇潇译，方卫平主编，合肥：安徽少年儿童出版社，2016 年版.

③ ［法］玛格丽特·杜拉斯、卡蒂·库普里：《小托不想去上学》，魏舒译，北京：新星出版社，2016 年版.

拉斯虽然不是典型的后现代小说家，但是其作品却因为晦涩难懂的语言、支离破碎的结构、凌乱拼贴的意象、扑朔迷离的情节而呈现出一定的后现代主义风格，《小托不想去上学》的故事也是如此，深具模糊而荒诞的不确定性。故事的主线是七岁的男孩小托对学校教育表示失望，向家长和老师宣布自己决定退学一事，这本是一件很平常的事情，然而作者却采用一种“癫狂不羁”的方式来讲述，书中每个人物的言行都显得混乱滑稽，难以捉摸。比如，小托的父母在听说他的退学打算后先是大声叫好，深表赞成，随后又无比沮丧，严加斥责；在整个“退学谈判”中，老师一直都在大吼大叫，而小托的妈妈则一直在诡异地念叨着“我有七个这样的孩子”；在故事的结尾，一直在愤怒地训导小托的老师和父母突然若有所悟，茫然而无奈地允许小托走出校门，而导致他们的态度突然转变的原因，在书中却并没有说清楚。

此外，《小托不想去上学》中的图画也显得非常奇异怪诞，呈现为大量与故事本身没有直接联系的碎片化、拼贴式图像，这种相互割裂的图文关系进一步增强了书中故事的不确定性。因此，如果将这本书中荒诞的故事与图画，单纯地解释为“纯洁烂漫的童心”，或是“儿童天马行空的想象力”的话，恐怕是不够的。这个模糊不定的故事背后，隐含着对嘈杂纷扰的当代社会的影射，以及对逻辑、理性、整体性等观念的质疑，而这些意味都与后现代主义思潮之间有着若隐若现的联系。这从故事结尾的一段莫名其妙的对话里，可见一点端倪：“不管是阅读算术，来来去去，开不开车，吃饭喝水，没完没了地工作工作，犯不犯错，杂七杂八，吃喝拉撒，他最后通通都能学会？”“唉！夫人，他都能学会。”①

---

① ［法］玛格丽特·杜拉斯、卡蒂·库普里：《小托不想去上学》，魏舒译，北京：新星出版社，2016年版，第28页.

四、充满裂隙的图文关系

故事主体的不确定性还可能来源于图画书特有的双重符码体系——图画和文字——之间的互动关系。大卫·刘易斯指出，图文双重符码使得图画书具有“不可避免的多义性”[①]。一本书中的图像和文字同时展现出两种不同方向的叙事脉络，当它们表面上来看各不相同，甚至相互抵牾时，会动摇读者对于图画和文字之间一致性的期待，自然而然地产生不确定性。有些研究者将这种情况称为“图文矛盾”或“图文反讽”[②]，刘易斯则较为温和地将其称为“图文双向关系”。但不管怎样，具有这种图文互动关系的图画书都拒绝将一个清晰明了的故事主体交给读者，而迫使读者通过自身的努力去弥补图文之间的缝隙，探索整个故事。例如，在伯宁罕的《莎莉，离水远一点》（*Come Away From the Water*，*Shirley*）[③] 和《莎莉，洗好澡了没？》（*Time to Get Out of the Bath*，*Shirley*？）[④] 两书中，左页的文字和右页图画跳跃于莎莉琐碎的日常生活与惊心动魄的冒险之旅之间，我们很难说清楚到底哪一个才是真正的故事主体。又如，安野光雅在《狐说伊索寓言》（きつねがひろったイソップものがたり）[⑤] 和《狐说格林童话》（きつねがひろったグリム童話）[⑥] 两书中，巧妙地运用了图文之间的“双向关系”：不识字的狐狸爸爸煞有介事地给小狐狸讲解插图本《伊

---

① David Lewis. The Constructedness of Texts: Picture Books and the Metafictive. *Signal*, 1990. 5 (62): 141.

② 如 Schwarcz, Golden, Agosto, Nikolajeva and Scott, Nodelman 等人，见 David Lewis. *Reading Contemporary Picturebooks*: *Picturing Text*. New York: Routledge, 2001: 68.

③ ［英］约翰·伯宁罕：《莎莉，离水远一点》，宋珮译，石家庄：河北教育出版社，2008 年版.

④ ［英］约翰·伯宁罕：《莎莉，洗好澡了没？》，宋珮译，石家庄：河北教育出版社，2011 年版.

⑤ ［日］安野光雅：《狐说伊索寓言》，艾茗译，北京：光明日报出版社，2014 年版.

⑥ ［日］安野光雅：《狐说格林童话》，艾茗译，北京：光明日报出版社，2014 年版.

索寓言》和《格林童话》，有时甚至把书都拿倒了，结果只能是天马行空地讲出一些令人啼笑皆非的内容。但是，如果对照阅读狐狸爸爸讲解的文字和原书的图画，我们会发现，在表面的荒谬之下，二者之间的对应似乎也有几分道理。于是，这个复杂的故事主体就不只是在调侃狐狸爸爸的识字水平，更是在考问我们对“故事”的确定性和真实性的认知。

有时，“图文双向关系”表现为文字故意隐藏一些关键信息，但又在图画中遗留一些线索，即读者在图中所发现的细节与文字叙述的故事互相抵触，这通常会造成一种“不可靠的叙述者”的情况，使得故事的真正主体扑朔迷离。例如，《三只小猪的真实故事》（*The True Story of the Three Little Pigs*）[①] 中，名叫阿力的狼戴着细框眼镜，彬彬有礼地申诉冤屈，声称自己根本不是杀害三只小猪的凶手，但是细心的读者可以发现，图画中隐藏的很多细节与他的说法并不一致，也暗示着阿力的真实面目，比如汉堡和沙拉里的小动物尸体、酷似“小红帽”中狼外婆的狼奶奶画像、被暴怒地揉成一团的《小猪日报》、阿力身上的囚服，等等。这些细节造成图文之间讽刺性地不协调，破坏了阿力自述的可靠性，将全书隐约指向另一重隐含的故事（图 32、图 33）。

也有一些书利用图画来操纵视角，动摇叙述者所讲述的故事，让读者不得不积极思考故事的真相，考虑是否应该相信书中的叙述者。比如，在《狼的故事：小红帽到底是怎么一回事》（*The Wolf's Story：What Really Happened to Little Red Riding Hood*）[②] 中，狼用“恳求

① ［美］乔恩·谢斯卡、莱恩·史密斯：《三只小猪的真实故事》，方素珍译，石家庄：河北教育出版社，2007 年版.

② Toby Forward，Izhar Cohen. *The Wolf's Story：What Really Happened to Little Red Riding Hood*. Somerville：Candlewick Press，2005.

图 32 《三只小猪的真实故事》（河北教育出版社/启发文化）

图 33 《三只小猪的真实故事》（河北教育出版社/启发文化）

肖像”直视读者，声称自己是一只善良的素食狼，没有做任何恶事，一切都要怪小红帽和她的奶奶咎由自取，但在图画中，读者却可以看到事实并非如此。一些对页采取了特殊的视角，其中一个对页描绘的是弱小的女孩倒映在狼的黄色瞳孔中，完全是一个被捕食者的形象；一个对页表现从狼的血盆大口中向外窥视的场景，小红帽正好出现在两排锋利的牙齿之间；一个从上向下的俯视视角的对页则表明，被识破诡计的狼正在追逐小红帽。所有这些，都使读者对狼自己的辩白产生了深深的怀疑，无法相信文字所叙述的故事。

又如《公园里的声音》一书，虽然读者能够感觉到书中的四种声音叙述的是同一个故事，但四个故事的立场和说法截然不同。如果仔细读图，我们会发现这些声音所说的故事不仅互相抵触，而且与图画也多半并不完全相符，给人一种不可信的感觉。就像阿甲说的：“这本书的文字与图画其实各自在讲述不同的故事，有时是相吻合的，但多数情况下各说各话，甚至还时常反过来说。”[①] 于是，在这四种声音中，读者很难确定哪一个版本的故事才更接近于“真实”，故事的主体也就建立在多重声音所形成的复调之上。

需要说明的是，“不可靠的叙述者”这种情况应该与《母鸡萝丝去散步》（*Rosie's Walk*）[②]、《从来没有》（*Never Ever*）[③] 等书相区别。在那些书中，图文不一致只造成了一种“故意遗漏所带来的喜剧效果”；而本节所述的这些书拒绝一个单一、稳定、整体性的故事，书中图画细节不仅增加了一重叙事维度，还为故事的内容提供了新的阐释角度，给读者带来了多元视角。在阅读这些书时，读者会发现图文之间的互动嘲弄了虚构与真实、意图与陈述、事实与表象之间的关系，由此造成的犹疑与困惑，不再只是一种喜剧效果，而是典型的后现代主义的不确定性。正如巴特勒对后现代主义文学的评价，这些书“诱导读者对文本产生怀疑和不信任”，造就了罗兰·巴特所说的“一个把迷失状态强加给读者的文本；一个让人感到不安的文本；动摇读者的历史、文化及心理假设，扰乱他/她的品位、价值观和记忆的稳定性，使他/她和语言的关系陷入危机”[④]。

---

① 阿甲：《喧哗与骚动？缤纷与和谐……》，见［英］安东尼·布朗：《公园里的声音》，宋珮译，石家庄：河北教育出版社，2012 年版，导读手册.

② ［英］佩特·哈群斯：《母鸡萝丝去散步》，济南：明天出版社，2009 年版.

③ ［英］乔·恩普森：《从来没有》，余治莹译，桂林：广西师范大学出版社，2015 年版.

④ ［英］巴特勒：《解读后现代主义》，朱刚、秦海花译，北京：外语教学与研究出版社，2013 年版，第 219 页.

第三节
不 确 定 的 故 事 结 局

一、松散的开放性结局

后现代图画书往往具有不确定的故事结局，由此带来终极的不确定性。结局对于文学作品的重要性不言而喻，从古典时期起，人们就认为一个完整的故事必须具有明确的开头、主体部分和结局，故事中的一切疑问和矛盾，都应该在结局中得到某种程度的解决。这种对明确结局的期待，不仅是线性叙事的核心所在，还根植于每个人深层的心理需求之中。麦克劳德指出："结局使人们能够连缀起一个个瞬间，在心目中构筑起一个连续、统一的现实。"① 每位读者在阅读故事的时候，都会在脑中尽量将故事元素综合起来，以期得到一个可以解释的结局，这是阅读文学作品的必然过程。正如肯尼思·古德曼

① Scott McCloud. *Understanding Comics*. New York: Harper Perennial, 1994: 65.

（Kenneth S. Goodman）所分析的，我们在阅读中会预测一个结局，并下意识地急于验证这个推测，如果发现自己的推测与故事的真正走向不符，就会力图重构对故事元素的认识，更正自己的推测，使其变得更加合理，以实现一种“完成感”。[①] 因此，从传统上来说，故事都会具有一个明确的结局，以满足读者的心理需求，尤其是针对儿童读者的图画书更是如此，它往往会提供一个不仅明确，并且美好的圆满结局，以顺应儿童读者的期待。

然而，这种惯例在后现代主义兴起之后被打破了。受后现代思潮影响的作家不再尝试在“最后一分钟”将故事情节归位，制造“虚假的完美结局”，而是允许一个松散的、未完成的结局存在，以此强调后现代主义的碎片化世界观——怀疑整体化、同质化、统一与秩序。这也暗指文学作品就像现实世界一样，并不可能真正达成所谓的“完整性”。于是，在后现代主义文学中，不仅有喜剧结局、悲剧结局，还常常出现不确定的结局：故事中的铺陈与线索直到最后，也不能得到一个形式上的了结，使读者处于两难境地，只能接受故事结局的高度不稳定性，从而生成个人化的多元阐释。正如刘易斯所言：“后现代主义文学的读者被搁在当地，不知该向哪边走的情况并不少见。”[②]

后现代图画书也是如此，在一些书中，结尾处故意不对前文的情节线索加以汇集或说明，而以松散、开放性的结局来增强故事的不确定性。例如，在陈志勇和加里·克鲁（Gary Crew）的《观像镜》（*The Viewer*）[③] 中，一个好奇的男孩在垃圾场发现了一个古怪的机器

---

① Brenda Bellorín, Cecilia Silva-Díaz. Surprised Readers: Twist Endings in Narrative Picturebooks. In Teresa Colomer, Bettina Kümmerling-Meibauer, Cecilia Silva-Díaz eds. *New Directions in Picturebook Research*. New York: Routledge, 2010: 114.

② David Lewis. *Reading Contemporary Picturebooks: Picturing Text*. New York: Routledge, 2001: 89.

③ Shaun Tan, Gary Crew. *The Viewer*. London: Simply Read Books, 2003.

"观像镜"，这是一个装有碟片的复杂机械，每次碟片转动时，人们便可以从中观看到人类历史长河中的重大灾难、战争及文明覆灭的恐怖景象。故事的结局令人震惊：痴迷于"观像镜"的男孩在观看的过程中突然失踪，神秘地消失于遗忘之境，连他的父母都不记得有关他的一切，仿佛这个人从未在世上存在过。书中的图像暗示，男孩也许是被吸进了这台宛如来自外星的机器，成为了当代生态灾难的下一个"见证人"，但这也只是一种模糊不清的暗示，况且这种猜想本身就是非常奇异的。作者陈志勇解释道，这本书有着"不明确的结局"，其目的就是"激起读者的好奇心，而非给他们以教导"[①]。

又如，在松岗芽衣（Mei Matsuoka）的《雪地里的脚印》（*Footprints in the Snow*）[②] 中，一只狼试图为"坏狼"的名声平反，写一个好狼的故事，他故事里的狼在追踪一行雪中向远方延伸的脚印，可是没人相信他只是想与脚印的主人交个朋友。最终，这只狼也不得不面对自己的肉食本性，从写不下去的故事中醒来，然而此时，在"现实"中，狼又发现了家门口一行神秘的脚印，他追随而去，不知会演绎出怎样的故事。这本书通过画面细节的铺陈，巧妙地跨越了不同的叙事层，将狼笔下的故事与狼的"现实"生活混同成了一个亦真亦幻的故事，最后，又通过不确定的结局，将故事延伸到下一个叙事层中，把书写故事的任务交给了读者，进一步混淆了"幻"与"真"之间的界限。

一些书的不确定结局可以配合该书的主题，让书中的哲理性思考更加发人深省。玛格丽特·怀尔德（Margaret Wild）和罗恩·布鲁克斯（Ron Brooks）的《狐狸》（*Fox*）[③] 一书，用儿童图画书罕有的细

---

① Shaun Tan. Comments on *The Viewer*. [2018-3-17] http://www.shauntan.net/books/the-viewer.html

② [日] 松岗芽衣：《雪地里的脚印》，黄筱茵译，武汉：湖北美术出版社，2009年版.

③ Margaret Wild, Ron Brooks. *Fox*. New South Wales: Allen & Unwin, 2000.

腻与力度刻画了复杂的人性，铺陈出了一个关于爱、嫉妒与背叛的惊心动魄的故事。书中的残疾喜鹊出于对自由飞行的向往，受到嫉妒的狐狸的蛊惑，背叛了与她相依为命的猎狗，结果却落入了狐狸的圈套，被遗弃在荒芜的沙漠中央。在全书故事的末尾，绝望的喜鹊做好了等死的准备，可是对猎狗的思念又让她燃起了一丝希望，她开始挣扎着站起来，努力寻找逃出绝境的道路。全书就在这里戛然而止，故事场景定格在以粗犷的油彩涂抹出来的红褐色旷野之中，对喜鹊的命运——也就是故事的最终“结局”——并没有做更多的交待。不确定的结局增加了故事的张力，让其中蕴藏的强烈情感更加直指人心。帕特里克·库拉廷（Patrick Couratin）的《鸟先生》（*Mister Bird*）[①] 以不动声色的笔调讲述了一个荒诞的故事。一只鸟从人手中买了一顶帽子，成为了森林中唯一具有“先生”头衔的特殊人物，这引发了一股效仿的风潮，一时之间，所有的鸟都头戴帽子，于是“鸟先生”启程去寻找一片可以保持个性的新天地。在全书的末尾，故事写道：“他飞向未知的所在。直到今天，鸟先生还在飞着。你见过他吗?”这个不确定的结局为深具寓意的故事平添了一丝荒谬感，将书中的隐喻与哲思推向了一重新境界。

另外一些书中的故事具有简短明快的小品风格，层层推进、环环相扣的情节铺垫将故事推向高潮，又在结尾处戛然而止。这些书中的不确定结局，让读者的期待“扑了个空”，悬而未决，余音袅袅。例如乔恩·克拉森（Jon Klassen）的《我要把我的帽子找回来》（*I Want My Hat Back*）[②] 和《这不是我的帽子》（*This Is Not My Hat*）[③]，运

---

① Patrick Couratin. *Mister Bird*. New York: Here & There Books, 1971.

② ［加拿大］乔恩·克拉森：《我要把我的帽子找回来》，杨玲玲、彭懿译，济南：明天出版社，2012年版.

③ ［加拿大］乔恩·克拉森：《这不是我的帽子》，杨玲玲、彭懿译，济南：明天出版社，2013年版.

用了同样的狡黠叙事风格，图文双向结构造成了幽默的喜剧效果，将关于“帽子”的悬念一步步推向顶峰。然而解决悬念的最后一幅图画，却被故意遮掩起来。于是，故事的结尾到底发生了什么，书中角色的命运如何，只能交由读者自己来猜想。又如露丝·布朗的《一个黑黑、黑黑的故事》（*A Dark Dark Tale*）①，全书建立在由一个简单的句型重复叠加而形成的悬念之上。直到故事结尾，读者才会发现自己一直跟随的是一只黑猫的视角，笼罩全书的谜团被揭开了，不过，一个更大的谜团随之而来——结尾处惊恐的小老鼠，到底命运如何呢？故事的开放式结局并没有解答这一谜团，读者还是只能发挥自己的想象去猜测。再如米夏埃尔·埃斯科菲耶和克里斯·迪·贾科莫的《美味的仙女馅饼》（*La tarte aux fées*）②，写了一对蟾蜍父子之间的幽默互动。蟾蜍爸爸为了哄挑食的小蟾蜍吃东西，使出了浑身解数。最后，在这些招数不断升级的过程中，“飞”出窗口的蟾蜍爸爸被一对过路的仙女母女抓去做了“肥龙馅饼”。故事在这里戛然而止，至于蟾蜍爸爸是否真的会变成一盘馅饼，就要靠读者通过各种细节来自行推测了。

二、“罗生门”式的迷局

在一些图画书中，不确定的结局呈现为一种“罗生门”式的迷局。关于结局的多种看法或推测，已经通过书中的细节有所体现，然而即使读者耐心挖掘这些细节，故事的结局终究无法被确定，仍然保持着

① ［英］露丝·布朗：《一个黑黑、黑黑的故事》，敖德译，石家庄：河北少年儿童出版社，2014年版.

② ［法］米夏埃尔·埃斯科菲耶、克里斯·迪·贾科莫：《美味的仙女馅饼》，李旻谕译，桂林：广西师范大学出版社，2015年版.

从多角度进行阐释的可能。例如艾美莉·弗雷珊（Amelie Flechais）的《小红狼》（*Le petit loup rouge*）[①]，以复杂的结构讲述了一个“反转小红帽”的故事。单纯善良的“小红狼”去给奶奶送东西，在路上被貌似和善的猎人女儿诱骗进了陷阱，险些遭遇不测，幸好被狼爸爸救出。然而，此故事只是一个结构主线，书中重点要讲述的是猎人父女处心积虑地诱杀狼族的背后原因。这个原因由猎人女儿和狼爸爸分别为小红狼吟唱的两段歌谣点出，两段歌谣前半部分是一致的，都讲猎人爱上了一个醉心于自然的姑娘，为她放下了猎枪，他们还生了一个漂亮的女儿，幸福地隐居在森林里；歌谣的后半部分却各执一词。在猎人女儿吟唱的版本中，狼族忘恩负义，害死了猎人的妻子，于是他重拾猎枪，为复仇而猎杀“没有灵魂”的野兽；而在狼爸爸吟唱的版本中，猎人的妻子与动物和睦共处，在月圆之夜与狼族共舞，撞见这一幕的猎人因恐惧而丧失了理智，在混乱的杀戮中误杀了自己的妻子，从此陷入了仇恨的深渊。在讲完这两个版本的故事后，全书戛然而止，并未对两个不同版本的歌谣做出任何评价，也没有继续讲述书中人物的故事，关于猎人和狼族之间恩怨的真相，二者到底谁是谁非，只留下了无穷的疑问。

又如托比·瑞德尔（Tohby Riddle）的《动物大逃亡》（*The Great Escape from City Zoo*）[②]，讲述食蚁兽、大象、乌龟和火烈鸟四个动物逃出动物园，试图乔装打扮，融入人类社会的故事。出于动物难以抑制的天性，它们纷纷暴露真实身份，被抓回了动物园，只有火烈鸟直到故事结尾仍然在逃。对于火烈鸟的去向，书中做出了多种版本的猜测，其中蕴含着对当代消费社会的讽刺，以及对人们当下生活

---

① ［法］艾美莉·弗雷珊：《小红狼》，潘宁译，北京：世界图书出版公司，2017年版.

② ［澳］托比·瑞德尔：《动物大逃亡》，榆树译，北京：中国电力出版社，2010年版.

方式的思考。虽然书中一再声称这是一个“真实”的故事，但读者所感受到的却恰恰相反，是浓重的荒诞与不确定。

三、循环型的尾声

后现代图画书的不确定结局还有一种独特的变体形式，那就是“循环型的尾声”。在这类书中，虽然故事表面上已经获得了完结，但全书的最后一幕却暗示，又出现了与故事的开头相类似的新情况。于是，故事并没有真正结束，而很可能以“循环”的形式周而复始地一遍遍上演。这种“循环型的尾声”虽然不是典型的开放式结局，但却同样可以给故事结局带来不确定性。

这样的图画书有很多。例如，在《墙壁里的狼》（*The Wolves in the Walls*）① 中，当一家人好不容易从“墙壁里的狼”手中夺回了自己的房子，一切恢复正常之际，露西又听到墙壁里传出大象打喷嚏的声音。同一作者的《那天，我用爸爸换了两条金鱼》（*The Day I Swapped My Dad for Two Goldfish*）② 的结尾写到，虽然“我”保证不再用爸爸去换任何东西，却“从来没有保证不会用妹妹……”。在《疯狂星期二》（*Tuesday*）③ 的结尾，飞翔青蛙引发的混乱告一段落后，在“另一个星期二晚上 7 点 58 分”，神秘飞上天空的主角又变成了猪。另一本无字书《海上奇妙夜》（*Sea of Dreams*）④ 也是如此，

---

① ［英］尼尔·盖曼、戴夫·麦基恩：《墙壁里的狼》，杨玲玲、彭懿译，石家庄：河北少年儿童出版社，2014 年版.

② ［英］尼尔·盖曼、戴夫·麦基恩：《那天，我用爸爸换了两条金鱼》，杨玲玲、彭懿译，石家庄：河北少年儿童出版社，2014 年版.

③ ［美］大卫·威斯纳：《疯狂星期二》，石家庄：河北教育出版社，2009 年版.

④ ［美］丹尼斯·诺兰：《海上奇妙夜》，南昌：二十一世纪出版社，2016 年版.

沙堡中的小人在历经千辛万苦自救成功后，在全书最后一幕的画面中，一座新的沙堡又在夜色中神秘地亮起了灯。具有类似“循环”结局的图画书还有费伊·罗宾逊（Fay Robinson）和韦恩·安德森（Wayne Anderson）的《水管鱼》（*Faucet Fish*）①、史蒂文·凯洛格（Steven Kellogg）的《神奇的蝌蚪》（*The Mysterious Tadpole*）② 和《谁跟在我后面》（*The Boy Who Was Followed Home*）③、伊娃·林德斯特伦（Eva Lindström）的《伦德和狗狗》（*Lunds hund*）④ 等，这些书都以引人遐思的另类尾声作为结局，打破了故事的稳定性。

四、可供选择的结局

将故事结局的不确定性推向极致的，是一些图画书中可供选择的结局。作者为书中的故事提供了不同的结局“选项”，明确表示读者可以自由“选择”自己想要的结局。例如英诺森提和艾伦·弗里希（Aaron Frisch）的《都市小红帽》（*The Girl in Red*）⑤，讲述了在物欲横流的工业化都市中，小女孩索菲亚在去给外婆送东西的途中，堕入穿着黑披风、骑着摩托车的“狼”的圈套，最终与外婆双双遇害的悲剧故事。然而，在全书末尾，书中的故事叙述者提出了另一种结局，并声称：“如果你愿意，就想象这一种结局吧。”这个替代性的结局是，

---

① Fay Robinson, Wayne Anderson. *Faucet Fish*. Boston: Dutton Juvenile Publication, 2005.

② ［美］史蒂文·凯洛格：《神奇的蝌蚪》，彭懿、杨玲玲译，贵阳：贵州人民出版社，2009 年版.

③ ［美］史蒂文·凯洛格、玛格丽特·玛希：《谁跟在我后面》，张喆译，贵阳：贵州人民出版社，2009 年版.

④ ［瑞典］伊娃·林德斯特伦：《伦德和狗狗》，成蹊译，郑州：海燕出版社，2015 年版.

⑤ ［美］艾伦·弗里希、［意］罗伯特·英诺森提：《都市小红帽》，阿甲译，济南：明天出版社，2013 年版.

图 34 《都市小红帽》
（明天出版社）

一个樵夫及时报警，警察救出索菲亚一家人，于是皆大欢喜。格雷维特的《大野狼》也同样具有可选择式的结局。书中虽然没有明示，但在结尾处以种种手法暗示，主人公兔子已经被大野狼吃掉了。随后，作者又声明道："为了比较敏感的读者，我们提供另一个结局。"这个结局也是皆大欢喜的：素食的狼与兔子成为了好朋友，一起过着幸福快乐的生活。

这些书要求读者通过自己的想象，来重构故事结局的其他可能，这个过程挑战了读者的认知能力，也使他们意识到故事文本的虚构性。因为首先，结局可以自由选择这一点，就已经揭示了故事文本只是被有意编造出来的。其次，在这些图画书中，那个用来安慰人心的替代性结局，往往都具有明显的"虚假"特征。比如在《都市小红帽》中，警察救出索菲亚一家的那个结局以不真实的亮色描绘而成；背景环境中许多原有标牌都神奇地消失了，大楼像是临时拼凑上去的；一个警察手举书写着"快乐结局"（Happy End）的牌子面对读者，似乎是在对这个逻辑上说不通的结局进行讽刺性的总结（图 34）。而《大野狼》中，用来安慰读者的那个结局也一改前文的画风，以碎纸拼贴而成。

画面中的兔子和狼都歪歪扭扭，不成比例，似乎是在暗示根本不存在什么“素食的狼”，这个愉快的结局也只是一种臆想而已。

这些具有明显“瑕疵”的可选择结局撕裂了完整的故事，破坏了读者的“浸没式”阅读体验，迫使他们以活跃的头脑来质疑文本的真实性，意识到它的建构本质。因而，书中故事蒙上了一层元小说色彩。同一个故事中存在的各种不同结局，可以被视为相互之间具有竞争关系的多重叙事声音，邀请读者参与到对文本意义的个人化阐释之中，这个过程会不可避免地暴露出叙事声音的“对话性”，将故事文本变成不确定的“元小说文本”。

综上所述，后现代图画书中各种不确定的故事结局，打破了读者对传统儿童文学叙事模式的期待。这些书“承认儿童是天生的解构者”①，拒绝将一个简单明确的结局交到读者手中，也不希望他们徒劳地尝试将开放性结局修补完整，而是鼓励读者接受并容忍不确定性，进而“享受文本中的模糊不清”②。这与后现代主义者对文本的认识有关——文本本来就没有真正的结局，也没有什么终极意义，只是“一片充满可能性的场域”③，所以，“一个文学客体永远不会到达它多侧面的确定性的终点”④。后现代主义文本力图通过不确定的结局来“延缓封闭，挫败期望，鼓励抽象，保持一种嬉戏的多元角度，转换观众心中的意义场”⑤。后现代图画书也是如此，一些书中的不确定结局暗

---

① ［英］Deborah Cogan Thacker、Jean Webb：《儿童文学导论：从浪漫主义到后现代主义》，杨雅捷、林盈蕙译，台北：天卫文化图书有限公司，2005 年版，第 205 页.

② Cherie Allan. *Playing with Picturebooks: Postmodernism and the Postmodernesque*. Basingstoke: Palgrave Macmillan, 2012: 70.

③ Cherie Allan. *Playing with Picturebooks: Postmodernism and the Postmodernesque*. Basingstoke: Palgrave Macmillan, 2012: 70.

④ ［美］伊哈布·哈桑：《后现代转向》，刘象愚译，上海：上海人民出版社，2015 年版，第 136 页.

⑤ ［美］伊哈布·哈桑：《后现代转向》，刘象愚译，上海：上海人民出版社，2015 年版，第 154 页.

含了德里达的“延异”概念，不断躲闪、消解意义，提供大量可能性的解释而非确定的结论，借此向儿童读者显示，“不确定性是可以被‘克服’的”[①]。事实上，在阅读这些书时，读者的阅读乐趣不再来源于猜中美好结局所带来的满足感，而来源于不确定结局所带来的惊奇感，享受无尽的可能性所带来的自由。

由此可见，作为后现代艺术的重要美学特征，不确定性可以提供多重机会，使读者最大限度地接近文本，与文本进行互动。正如伊瑟尔（Wolfgang Iser）所说：“不确定性能够超越时间和书面文字的局限，给不同年龄和背景的人提供进入另一些世界的机会，从而丰富他们的生活。这也许是文学的主要价值之一。”[②] 在本章所论及的后现代儿童图画书中，无论是不确定的图文符码、不确定的故事主体，还是不确定的故事结局，都邀请读者发挥想象力，积极参与文本意义的阐释。在某种意义上，这些书成为了罗兰·巴特所说的“可写性文本”（writerly text）。巴特在《S/Z》（S/Z）一书中，区分了“可读性文本”（readerly text）和“可写性文本”，根据他的说法，“可写性文本”能够“令读者做文（本）的生产者，而非消费者”[③]。也就是说，这种文本与“可读性文本”最大的区别就是它与读者之间的关系：它抗拒封闭，本质上是对话而非独白，鼓励读者与文本进行互动，成为文本意义的“共同作者”。这样，“读者就不再是被动地被灌输的群体，而是主动地进行阐释和意义塞入或填入的群体”[④]。有关“可写性文本”的理论，与前文曾述及的接受美学有着密切的关联，二者都强调由读

---

① Bette P. Goldstone. The Postmodern Picture Book：A New Subgenre. *Language Arts*，2004. 81（3）：203.

② ［德］沃尔夫冈·伊瑟尔：《虚构散文作品中的不确定性和读者反应》，转引自［美］伊哈布·哈桑：《后现代转向》，刘象愚译，上海：上海人民出版社，2015 年版，第 136 页.

③ ［法］罗兰·巴特：《S/Z》，屠友祥译，上海：上海人民出版社，2000 年版，第 56 页.

④ 王岳川：《二十世纪西方哲性诗学》，北京：北京大学出版社，1999 年版，第 370 页.

者来填补文本“空白”的重要性，将文学的关注中心从作者、作品转移到读者身上。

另外，多重不确定性使后现代图画书成为“可写性文本”，而“可写性文本”的特质又进一步加剧了文本的不确定性。因为每位读者在每次阅读中，都会从不同的角度阐释这些文本，将自己独特的文学与生活经验代入，构建出越来越游移不定、越来越多元化的文本意义。一项阅读实验表明，儿童在阅读陈志勇创作的“可写性”图画书时，既积极接受作者的邀请，努力解读书中的隐喻与空白，成为文本的“共同作者”；也愿意与他人分享自己对图画书内容的不确定感受，欢迎并享受各种各样的多义化阐释。①

① Sylvia Pantaleo. Filling The Gaps：Exploring the writerly metaphors in Shaun Tan's *The Red Tree*. In Janet Evans ed. *Challenging and Controversial Picturebooks：Creative and Critical Responses to Visual Texts*. New York：Routledge，2015：238.

第四章

颠覆：出人意表的后现代儿童图画书

后现代图画书的另一个特征是“颠覆”，它源自后现代主义的不确定性世界观。可以说，后现代主义是一种怀疑的哲学，它不相信一切语言和文本对于客观世界的表述，它所怀疑的对象，既包括“宏大叙事”的所谓权威话语，也包括个人化的经验判断，这种普遍性的质疑，导致了解构和颠覆。琳达·哈琴指出：“（后现代主义）并非以怀旧的情感回归历史，而是以审视的目光重访过去，和过去的艺术与社会展开一场有反讽意味的对话……其所做的总是批判性地重写过去。”[①] 于是，后现代主义文学常以玩世不恭的态度和别出心裁的内容，来表达对文学惯例的反叛，就像杰瑞·弗利格（Jerry Fliger）所表述的，它们“对具有合法性的权威价值体系充满质疑与不安，又以戏谑、反讽、戏仿的姿态来呼应这一点”[②]。本章将从内容与题材、印象与思维方式、作者与读者之间的权力关系三个方面，论述后现代图画书是怎样颠覆儿童图画书，乃至儿童文学的传统惯例的。

---

① ［加拿大］琳达·哈琴：《后现代主义诗学：历史·理论·小说》，李杨、李锋译，南京：南京大学出版社，2009 年版，第 5 页.

② Jerry Flieger. *The Purloined Punch Line*: *Freud's Comic Theory and the Postmodern Text*. Baltimore: The John Hopkins University Press, 1991: 29.

第一节
颠覆传统内容与题材

在内容方面，后现代图画书涉及了大量具有颠覆性的题材，力图质疑既定的图画书内容规范。

一、哲学问题与抽象概念等“边缘性”题材

许多后现代图画书颠覆了传统儿童图画书具体的、生活化的题材模式，而关注此前儿童文学很少触及的“边缘性”题材，比如对一些基本哲学问题和抽象主题的探讨。在谈到当代儿童图画书的主题时，特蕾莎·科洛梅尔（Teresa Colomer）说：“对复杂情感的反映，以及对世界的哲学化思考开始大量涌现，蔚为壮观，这成为儿童文学对当

代后工业化社会的诠释中，最为引人注目，也最富革新精神的部分。"[①] 有些书探讨人生的意义：《大问题》（*Die große Frage*）[②]、《国王与大海》（*Der König und das Meer*）[③]、《生活的意义》（*Le sens de la vie*）[④]、《这就是为什么》（*That's Why!*）[⑤] 等书，直接提出了"我们从哪里来?""人为什么要来到这个世界上?""生活的意义是什么?""我们应该如何活着?"等终极哲学问题，并以各自不同的方式尝试对这些问题做出回答。有些书追寻自我价值的认同：《痒痒熊》（*Der Bär, der nicht da war*）[⑥]、《佩泽提诺》（*Pezzettino*）[⑦]、《自己的颜色》（*A Color of His Own*）[⑧] 等书，都是关于如何发现自我、认识自我、肯定自我价值的深刻寓言。还有些书展现对幸福、痛苦等哲学概念的思考：《大大的小东西》（*La Gigantesque Petite Chose*）[⑨] 通过一个俏皮的谜语，带领读者探寻所谓"幸福"的真相——一个微不足道，却又举足轻重的，"大大的小东西"；《伤心书》（*Michael Rosen's Sad Book*）[⑩] 则是一本浸透了泪水的罕见力作，作者在儿子意外去世后，以敏锐、深沉的思绪，感受并思考"悲伤"的本质，充满哲思的肃穆

---

① Teresa Colomer. Picturebooks and Changing Values at the Turn of the Century. In Teresa Colomer, Bettina Kümmerling-Meibauer, Cecilia Silva-Díaz eds. *New Directions in Picturebook Research*. New York: Routledge, 2010: 50.

② [德] 沃尔夫·埃布鲁赫：《大问题》，袁筱一译，北京：北京联合出版公司，2013 年版.

③ [德] 沃尔夫·埃布鲁赫、[奥地利] 汉斯·雅尼什：《国王与大海》，喻之晓译，桂林：广西师范大学出版社，2016 年版.

④ [法] 奥斯卡·伯瑞尼弗、雅克·德普雷：《生活的意义》，袁筱一译，武汉：湖北美术出版社，2010 年版.

⑤ [英] 芭贝·柯尔：《这就是为什么》，王林译，北京：北京联合出版公司，2015 年版.

⑥ [以色列] 奥伦·拉维、[德] 沃尔夫·埃布鲁赫：《痒痒熊》，喻之晓译，北京：现代出版社，2017 年版.

⑦ [美] 李欧·李奥尼：《佩泽提诺》，阿甲译，海口：南海出版公司，2011 年版.

⑧ [美] 李欧·李奥尼：《自己的颜色》，阿甲译，海口：南海出版公司，2017 年版.

⑨ [法] 贝娅特丽丝·阿勒玛尼娅：《大大的小东西》，赵佼佼译，桂林：广西师范大学出版社，2016 年版.

⑩ [英] 迈克尔·罗森、昆廷·布莱克：《伤心书》，林良译，北京：北京联合出版公司，2016 年版.

笔调，可以为所有沉浸在哀痛中的人们提供慰藉。

还有一些书关注无限、虚无、疼痛、舆论、时间、万物运行规律等抽象概念。长期以来，这类题材被认为过于深奥、复杂、枯燥和晦涩，并不适于进入儿童文学领域，尤其是儿童图画书领域。而大批后现代图画书颠覆了以上“成见”，将这些儿童文学界的“边缘性”题材带入人们的视野，并利用图画书丰富多彩的表现手法，深入浅出地将其精髓展现在读者面前。

例如《无限和穿小红鞋的我》（*Infinity and Me*）① 一书，以小女孩乌玛和她的小红鞋作为线索，巧妙地将“无限”这一数学概念与乌玛的日常生活联系在一起，最后将其生发为祖孙之间具体而温暖的“爱”，显得自然而富有深意。而主题与之相反的《没有》（*Historien om Absolut Ingenting*）② 用富有象征意义的图像、大面积的留白、抽象的线条以及页面打洞等艺术手法，配合哲理诗式的文字，让读者体验了一场关于“虚无”的、美丽轻灵的哲学想象。《太阳上有个小黑点》（*There's a Little Black Spot on the Sun Today*）③ 别出心裁地尝试用抽象图形，将看不见摸不着的“疼痛”具象化，立意突破常规（图 35）。《听说了吗？》（*Schon gehört?*）④ 则用夸张的造型及讽刺性的漫画笔法，恰如其分地将“舆论暴力”这一抽象题材表现得淋漓尽致。

《结束与开始》（*Where Do I End and You Begin?*）⑤、《前-后》

---

① ［美］凯特·霍斯福特、嘉比·斯维亚科夫斯卡：《无限和穿小红鞋的我》，资蕴译，北京：新星出版社，2014 年版.

② ［丹麦］索伦·林德、汉娜·巴特林：《没有》，王芳译，太原：希望出版社，2016 年版.

③ ［英］斯汀、［德］斯文·沃尔克：《太阳上有个小黑点》，张在译，北京：新星出版社，2017 年版.

④ ［德］马丁·巴尔特施艾特、克里斯汀·施瓦尔茨：《听说了吗？》，王星译，天津：新蕾出版社，2016 年版.

⑤ ［美］舒拉米斯·奥本海姆、［瑞士］莫妮克·菲利克斯：《结束与开始》，汪杨译，北京：新星出版社，2016 年版.

图 35　《太阳上有个小黑点》
（新星出版社/读库）

图 36　《以后会怎样?》
（新世纪出版社/蒲蒲兰绘本馆）

（*Avant-après*）①、《以后会怎样?》（*Après*）② 等几本书具有相似的哲学化主题——旨在表现时间的流逝及不可违抗的万物运行规律。这些书都借助了充满诗意的空灵文字，以及充满寓意的斑斓画面，二者的精巧配合构筑出对时间、万物以及永恒的认知，也使每部书都呈现为一件美妙绝伦的艺术品（图 36）。

---

① Anne-Margot Ramstein, Matthias Aregui. *Avant-après*. Paris: Albin Michel, 2013.

② ［法］劳伦特·莫罗：《以后会怎样?》，武娟译，广州：南方出版传媒，新世纪出版社，2017 年版.

二、传统儿童文学的“禁忌主题”

一些后现代图画书的内容和题材，属于传统上被认定为儿童文学“禁忌”的范畴。主题禁忌一向是儿童文学的重要特质，一直以来，关于哪些内容不适宜出现在儿童文学中，人们有着不成文的共识。这与儿童观以及人们对儿童文学本质的认识有关。一般认为，儿童对于复杂、“灰暗”问题的处理能力有限，所以要限制他们接触令人感到困扰或痛苦的内容与题材；同时，儿童文学被普遍认为是对儿童进行社会教化的重要一环，因而也要回避悲惨、残酷的主题，以便在文学作品中为儿童营造一个光明快乐的美好环境，鼓励他们对世界和未来充满信心。正如帕金翰所描述的：“表面上看，为了儿童的心理健康，我们不管在家庭里、学校中，还是在更广的公共文化领域内，都必须绝对维持成人与儿童之间的界限。这个过程不仅要将儿童与成人彼此分隔开来，还要积极地将儿童排斥在公认的成人事务之外。”① 因此，像“性、暴力、绝望、偏狭、谋杀、自杀、毒品、霸凌、种族主义、屠杀、虐待、堕胎、儿童死亡”② 等诸多黑暗严酷的内容题材，通常都被视为儿童文学的绝对禁忌，尤其对主要面向幼童的图画书来说更是如此。

但这种情况在20世纪中期之后逐渐有所改变。有研究者指出，20世纪六七十年代的“越战”和西方民权运动，促使儿童文学开始更多

---

① ［英］大卫·帕金翰：《童年之死》，张建中译，北京：华夏出版社，2005年版，第13页，译文根据该书英文版进行了修改。

② Janet Evans. Picturebooks as Strange, Challenging and Controversial Texts. In Janet Evans ed. *Challenging and Controversial Picturebooks: Creative and Critical Responses to Visual Texts*. New York: Routledge, 2015: 11.

地反映社会文化生活，开启了所谓的“禁忌主题”进入儿童文学的历程。[①] 随着儿童观的转变，包括性、暴力、脏话、悲剧等在内的一些禁忌内容，率先侵入到受众年龄层次相对较高的儿童文学作品——青少年小说——当中，随后，“一度主导了青少年小说的禁忌主题大规模出现在了儿童文学里”[②]。即使是图画书，也开始发生内容方面的重大转变，“像雷蒙·布力格、莫里斯·桑达克这样的艺术家，开始将其内容推向‘童年天真’的囹圄之外”[③]。最近几年，越来越多、越来越大胆的禁忌主题开始更多地出现在儿童图画书中，给这些书蒙上了一层具有颠覆性的后现代主义色彩。

一些图画书反映家庭或是校园中的暴力。例如，《生气的男人》通过一个小男孩的内心独白，表现了家庭暴力受害者恐惧、无助、自责的心态，呼吁公众正视家庭暴力这一社会顽疾。在挪威，该书已经被心理咨询师和家庭辅导中心广泛运用，作为家庭暴力相关心理治疗的辅助材料。《小太阳丑八怪》（*Okilélé*）[④] 则涉及家庭内部虐待儿童的话题，书中的主人公“丑八怪”只因为与家中其他人长得不一样，从出生起就饱受歧视与精神虐待，被迫离家出走。该书在象征主义叙事风格的表面下，掩藏的是虐待儿童的故事主题。《霸凌》（*Bully*）[⑤] 的

---

① Barbara Kiefer. What is a Picturebook, Anyway? —The Evolution of Form and Substance Through the Postmodern Era and Beyond. In Lawrence R. Sipe, Sylvia Pantaleo eds. *Postmodern Picturebooks: Play, Parody, and Self-Referentiality*. New York: Routledge, 2008: 19.

② Susan Lehr. Contemporary Women Writers: “Undercutting the Patriarchy.” In Susan S. Lehr ed. *Shattering the Looking Glass: Challenge, Risk, and Controversy in Children's Literature*. Norwood: Christopher-Gordon Publishers, 2008: 190.

③ Barbara Kiefer. What is a Picturebook, Anyway? —The Evolution of Form and Substance Through the Postmodern Era and Beyond. In Lawrence R. Sipe, Sylvia Pantaleo eds. *Postmodern Picturebooks: Play, Parody, and Self-Referentiality*. New York: Routledge, 2008: 19.

④ ［法］旁帝：《小太阳丑八怪》，谢逢蓓译，南宁：接力出版社，2011 年版.

⑤ David Hughes. *Bully*. London: Walker Books, 1993.

题材则是校园暴力，书中描绘了儿童之间无缘无故、以强欺弱的恶意霸凌，完全不同于我们经常在传统儿童图画书中看到的幼儿园小朋友之间发生小矛盾、小摩擦的情形。

还有一些图画书涉及儿童在社会生活中可能触及的“阴暗面”。这些问题在现实中真实地存在着，但通常由于过于沉重，而成为儿童文学中的“争议话题”。后现代图画书颠覆了人们的“成见”，将这些沉重而现实的话题带入图画书中，以启发儿童对这些问题的思考。例如，《小小烧炭工》（*Carvoeirinhos*）[①] 探讨非法儿童劳工的问题，从一只黄蜂的视角，以意识流的手法讲述了烧炭童工的故事：贫民窟里的男孩为了生计，不得不在木炭厂里非法工作，想方设法躲避监察人员，忍受恶劣而危险的工作条件，开放式的结局没有说明童工们的命运，但全书的字里行间并未流露出光明。《制毒的房子》（*The House That Crack Built*）[②] 用富有韵律的文字、富有力度的立体主义风格图像，将毒品泛滥的严峻后果呈现在读者面前。《白痴》（*Idiot*）[③] 则触及智障儿童和安乐死的内容。

另一些图画书探讨更为宏观的社会问题，书中所讨论的问题在此前一向被认为与儿童世界绝缘。《弗利克斯》（*Flix*）[④] 以较为轻松幽默的方式，影射种族隔离的话题。故事发生在一个猫和狗共同生活，但互相隔离、绝不通婚的世界里，由于罕见的返祖现象，一对猫夫妇生出了一个外表像哈巴狗的孩子弗利克斯，弗利克斯身上混合着猫狗两个物种的特性，最终博得了两个种族的共同尊重，赢得选举，建立

---

① ［巴西］罗杰·米罗：《小小烧炭工》，高静然译，北京：人民文学出版社，2017 年版.

② Clark Taylor, Jan Thompson Dicks. *The House That Crack Built*. San Francisco: Chronicle Books, 1992.

③ Oscar K., Dorte Karrebæk. *Idiot*. Copenhagen: Rosinante & Co., 2009.

④ Tomi Ungerer. *Flix*. New York: Roberts Rinehart Pub, 1998.

了猫狗和谐相处的新社区。另一本主题近似的《岛》（*The Island*）[①]表现的也是有关种族歧视和保守主义的内容，却显得更为沉重。一个异乡男子漂流到一个闭塞的孤岛上，由于语言文化不通，岛民对他恶意歧视和排挤，将一切罪名都扣到他头上，最终，无辜的流浪者被愚昧的岛民害死，孤岛也变得更加闭塞，沿海筑起了高高的城墙，连飞越岛上空的海鸥也未能幸免。这类故事尽管荒诞夸张，相似情形却在人类历史中反复上演，因而分外引人深思。

《不是我的错》（*Not My Fault*）[②] 则从根源上探讨社会不公和恶行的起源。图画书的前半部分以漫画的形式，描绘了经常发生在人们身边的小事——有人受到伤害，却没人帮助他，所有人都在推卸自己的责任。全书最后几个对页与前半部分的风格形成强烈的反差，将战争、杀戮、饥荒、核爆、环境污染等灾难场景的照片直接展示在读者面前，显得非常触目惊心，意指造成这一切的根源就是人们常用的小借口——“不是我的错”。

在以人类恶行为主题的图画书中，最为极端的大概要属一系列直接表现种族大屠杀事件的作品。例如《莎拉的飞翔》（*Il volo di Sara*）[③]、《烟雾》（*Smoke*）[④]、《营地》（*Lejren*）[⑤]、《开始庆祝吧》（*Let the Celebrations Begin*）[⑥] 等书，不同于此前大多从侧面描写“二战”的儿童图画书，它们都从正面描绘了集中营里的恐怖生活和残酷屠杀的场景，直面鲜血淋漓的现实。

---

① Armin Greder. *The Island*. New South Wales: Allen & Unwin, 2007.

② ［丹麦］莱夫·克里斯坦森、迪克·斯坦伯格：《不是我的错》，周晶译，北京：新星出版社，2014年版.

③ ［意］罗伦莎·法莉娜、索妮娅·玛利亚·露丝·波珊缇尼：《莎拉的飞翔》，章尹代子译，西安：未来出版社，2017年版.

④ Antón Fortes, Joanna Concejo. *Smoke*. Pontevedra: OQO Books, 2009.

⑤ Oscar K., Dorte Karrebæk. *Lejren*. Copenhagen: Rosinante & Co., 2011.

⑥ Margaret Wild, Julie Vivas. *Let the Celebrations Begin*. New York: Orchard Books, 1991.

此外，一些图画书的内容还涉及性、堕胎、自杀等儿童文学的“终极禁忌”。例如巴布鲁·林德格林（Barbro Lindgren）和爱娃·艾瑞克松（Eva Eriksson）戏仿自己早期作品的玩笑之作《看，马克斯之墓!》（*Titta Max grav*!）[①]、霍华德·派尔（Howard Pyle）和翠娜·海曼（Trina Hyman）的《鹳鸟国王》（*King Stork*）[②] 中都有性方面的暗示。奥斯卡·K（Oscar K.）和莉莲·布罗格（Lilian Brøgger）的《破碎的微笑》（*De skæve smil*）[③] 以堕胎为主题，对生命和死亡的意义提出了直指人心的考问。塞吉·科兹洛夫（Serge Kozlov）和维塔利·斯塔森斯基（Vitaly Statzynsky）的《小驴》（*Petit-Âne*）[④] 甚至触及了一般认为在儿童文学中绝对不可提及的儿童自杀问题。

如上所述，很多后现代图画书大胆地颠覆了儿童图画书在内容和题材方面的传统禁忌，涉猎了诸多五花八门的“禁忌主题”。在一般意义上看来，这些题材和内容进入儿童图画书领域，无疑是离经叛道，甚至骇人听闻的，并且，由于图文复合的特性，图画书对这些禁忌题材的表现会显得更加直观。于是，这些书引发了普遍的争议，许多人质疑它们的真正受众群体是否还是儿童。例如，《科罗拉多斯普林斯市电讯公报》（*Colorado Springs Gazette Telegraph*）对《制毒的房子》一书评价道：“也许你不会给你的孩子读这本书，当然从另一个角度来说，也许你会。”[⑤] 一些研究者将具有颠覆性主题的图画书称为“富有争议性的图画书”或“跨龄图画书”（crossover

---

① Barbro Lindgren, Eva Eriksson. *Titta Max grav*! . Stockholm: Eriksson & Lindgren, 1991.

② Howard Pyle, Trina Hyman. *King Stork*. New York: Little Brown & Co. , 1986.

③ Oscar K. , Lilian Brøgger. *De skæve smil*. Risskov: Clematis, 2008.

④ Serge Kozlov, Vitaly Statzynsky. *Petit-Âne*. Translated by Pavlik de Bennigsen. Paris: Ipomée-Albin Michel, 1995.

⑤ Clark Taylor, Jan Thompson Dicks. *The House That Crack Built*. San Francisco: Chronicle Books, 1992, back cover.

picturebooks)。就像雷诺兹所总结的：“随着受众年龄的稳步上移，以及日益常见的‘跨龄’现象，所谓‘儿童文学’的标签在今天越来越令人大感棘手。”① 无论我们怎样看待这些具有强烈颠覆性的图画书，一个不可否认的事实是，它们的出现与后现代主义社会思潮紧密相关，并正在被后现代语境中的儿童读者所阅读。正如苏珊·莱尔（Susan S. Lehr）所说：“后现代图画书对（图画书的）话题和内容做出了剧烈的变革，以此来反映当代儿童所面临的纷乱与不确定性。”②

三、“后现代化”主题的图画书

还有一些图画书的内容与题材，表现出对后现代主义议题的强烈关注。这些书虽然未必会尖锐地对儿童文学的惯例提出挑战，但相对于传统儿童文学来说，其主题仍是颠覆性的。我们不妨借用切丽·艾伦在《与图画书嬉戏：后现代主义和后现代化》一书中提出的概念，将这类图画书称为“后现代化图画书”（postmodernesque picturebook）。根据艾伦的说法，“后现代化”这一术语是以“后现代主义”为基础，仿照巴赫金的“狂欢化”（carnivalesque）一词而创设的，表示“相似而并不真的是其本身”之义。③ “后现代化图画书”有可能具有后现代主义文学的某些特征，但在形式上通常会回归传统的现代主义

① Kimberley Reynolds. *Children's Literature: A Very Short Introduction*. Oxford: Oxford University Press, 2011: 27.

② Susan S. Lehr. Lauren Child: Utterly and Absolutely Exceptionordinarily. In Lawrence R. Sipe, Sylvia Pantaleo eds. *Postmodern Picturebooks: Play, Parody, and Self-Referentiality*. New York: Routledge, 2008: 165.

③ Cherie Allan. *Playing with Picturebooks: Postmodernism and the Postmodernesque*. Basingstoke: Palgrave Macmillan, 2012: 24.

叙事方式。最重要的是，在内容和题材方面，它们表现出了对后现代性，以及人们在后现代社会中生存状况的强烈关注，往往会涉及全球化、电子媒体和消费主义等议题，这些议题是传统儿童图画书较少涉及的。

一些书探索后工业社会中人与自然的关系。例如约克·米勒的《推土机年年作响，乡村变了》（*Alle Jahre wieder saust der Preßlufthammer nieder oder die Veränderung der Landschaft*）[①]、《城市的改变》（*Hier fällt ein Haus, dort steht ein Kran und ewig droht der Baggerzahn oder Die Veränderung der Stadt*）[②]、《森林大熊》（*Der Bär, der ein Bär bleiben wollte*）[③]、《再见，小兔子》（*Die Kanincheninsel*）[④] 等多部图画书，都以冷静深邃的笔调和富有层次的细腻画面，展现了不可抗拒的社会工业化进程对传统生活方式与价值观的冲击。在这些书中，作者对文明与自然之间的关系，以及后工业社会中的人生意义等问题，做出了深入的思考。

一些书表现电子媒体对人们生活的掌控。例如《晚安，iPad》（*Goodnight iPad*）[⑤] 的副标题是“互联网时代的睡前图画书”，对著名的经典睡前图画书《晚安，月亮》（*Goodnight Moon*）[⑥] 进行了后现代式的戏仿，惟妙惟肖地刻画了当代家庭对电子产品的依赖。与之相类似的还有《要是你给老鼠一个 iPhone》（*If You Give a Mouse an*

---

① ［瑞士］约克·米勒：《推土机年年作响，乡村变了》，北京：新星出版社，2013 年版.

② ［瑞士］约克·米勒：《城市的改变》，南昌：二十一世纪出版社，2014 年版.

③ ［瑞士］约克·米勒、约克·史坦纳：《森林大熊》，孔杰译，北京：新星出版社，2012 年版.

④ ［瑞士］约克·米勒、约克·史坦纳：《再见，小兔子》，王星译，海口：南海出版社，2010 年版.

⑤ ［美］安·卓伊德：《晚安，iPad》，青豆童书馆、文不丁译，重庆：重庆出版社，2014 年版.

⑥ ［美］玛格丽特·怀兹·布朗、克雷门·赫德：《晚安，月亮》，阿甲译，北京：北京联合出版公司，2014 年版.

iPhone)[①]、《再见，电视机》(*Les croc' Teles*)[②]、《企鹅爸爸爱上网》(*Papa est connecté*)[③] 等书，它们以幽默诙谐的笔调嘲讽了人们沉迷于电视、电脑、互联网等电子媒体的现状。

另一些书的主题是消费主义浪潮对人们生活的影响。《我要买“什么都没有”》(*Nothing*)[④] 讲述了一个“皇帝的新衣”般荒诞的故事，对消费主义的弊端和人们盲目从众的心理进行了颇为辛辣的讽刺。而《多了》(*More*)[⑤] 和《世界上最大的房子》(*The Biggest House in the World*)[⑥] 则描绘在消费主义盛行的当下，人们贪婪追求物质财富的现象，指出超出个人基本需求的物质财富有时不仅不能给人带来幸福，还反而可能成为一种额外的负担。

“后现代化图画书”的常见主题还包括全球化与本土化之间的关系。例如托比·瑞德尔的《街角的垃圾堆》(*The Tip at the End of the Street*)[⑦] 和约克·米勒的《坚定的小锡兵》(*Der standhafte Zinnsoldat*)[⑧]，两书以不同的方式探讨了一个相同的话题：在文化全球化的背景下，本土文化应该何去何从，或者说人们应该如何在全球化的大潮中，调适本民族的生活方式与文化传统。

此外，快速城市化所带来的社会问题也是“后现代化图画书”持

---

① Ann Droyd. *If You Give a Mouse an iPhone*. New York: Blue Rider Press, 2014.
② [比利时] 帕特里克·贝尔、克洛迪娅·别林斯基：《再见，电视机》，张婧译，北京：北京科学技术出版社，2017 年版.
③ [比利时] 菲利普·德·肯米特：《企鹅爸爸爱上网》，谢丹云译，重庆：重庆出版社，2016 年版.
④ [美] 乔恩·艾吉：《我要买“什么都没有”》，柳漾译，桂林：广西师范大学出版社，2015 年版.
⑤ [美] I. C. 斯普林曼、布赖恩·莱斯：《多了》，杨玲玲、彭懿译，石家庄：河北少年儿童出版社，2014 年版.
⑥ [美] 李欧·李奥尼：《世界上最大的房子》，阿甲译，海口：南海出版公司，2011 年版.
⑦ Tohby Riddle. *The Tip at the End of the Street*. Sydney: Angus and Robertson, 1996.
⑧ [瑞士] 约克·米勒：《坚定的小锡兵》，董秋香译，北京：中国电力出版社，2010 年版.

续关注的题材。诸如《我们与杰克和盖伊都很沮丧》（*We are All in the Dumps with Jack and Guy*）[①]、《回家的路》（*Way Home*）[②]、《我想有个家》（*Fly Away Home*）[③] 等书，都讲述了无家可归的贫困儿童的故事，书中流浪儿童令人触目惊心的处境，揭示了在经济全球化的背景下，快速城市化可能引发的一系列社会痼疾。

从而我们可以看到，所谓的“后现代化图画书”，可能在创作手法等方面并不明显地体现出后现代主义特征，却在内容和题材方面别具一格，着重于检视后现代主义的兴起对社会文化、政治和经济结构的影响。这些书的诞生，显然与后现代主义思潮在全球范围内的蔓延不无关系。同时，它们的主题也预示着后现代图画书未来可能的关注方向。就像艾伦所说的：“后现代化图画书从后现代主义文学中派生出来，并充分显示了在创作方向上的转变，使它自己足以成为一个新的子文类。”[④]

---

① Maurice Sendak. *We Are All in the Dumps with Jack and Guy*. New York: Harper Collins, 1993.

② Libby Hathorn, Gregory Rogers. *Way Home*. New York: Knopf Books for Young Readers, 1994.

③ [美] 伊芙·邦婷、罗纳德·希姆勒：《我想有个家》，童立方译，北京：北京联合出版公司，2015 年版.

④ Cherie Allan. *Playing with Picturebooks: Postmodernism and the Postmodernesque*. Basingstoke: Palgrave Macmillan, 2012: 24.

第二节

颠覆传统印象与惯性思维

在思想、态度、价值观等方面，后现代图画书相比于传统的儿童图画书，也往往具有一定的颠覆性。后现代主义是一种具有批判性的认识论，它立场鲜明地质疑一切占支配地位的话语体系，即所谓“宏大叙事”。“宏大叙事”既包括宏大的世界观框架，也包括规定个人应该如何生活、应该如何处理社会事务的惯例，是“被全世界所认可的，用来规约知识与经验的意识形态”①。在儿童文学中，这种“宏大叙事”的支配地位尤为明显。尽管一部儿童文学作品的思想内涵可能会因读者的不同而具有多种解读方式，但特定的社会文化期望，仍然为其传递的价值观是否“正确”，设立了一个潜在的判断标准。

---

① Robyn McCallum. Would I Lie to You? Metalepsis and Modal Disruption in Some “True” Fairy Tales. In Lawrence R. Sipe, Sylvia Pantaleo eds. *Postmodern Picturebooks: Play, Parody, and Self-Referentiality*. New York: Routledge, 2008: 180.

一、质疑传统儿童故事中的“绝对真理”

事实上，对于儿童文学来说，所谓“正确”的思想内涵往往是与“宏大叙事”相吻合的观念。它们在当代儿童文学作品中，表现为许多儿童故事中常见的所谓“绝对真理”，诸如天道酬勤、弱者必胜、“爱”可以战胜一切等，我们从很多故事的开头就可以推断出这些“中心思想”。布赖恩·穆恩（Brian Moon）指出，童书中的“绝对真理”是现实的简单化模型，来源于人们对事物的习惯性看法和行事方法，深受社会习俗、信仰和价值观的影响。[①] 正如西蒙娜·波伏娃（Simone de Beauvoir）对她自己童年时所读儿童故事的描述：“我只准阅读被精心挑选出来的童书，它们宣扬的是我父母和老师所信奉的真理及价值观，那就是善行永远会得到嘉奖，而恶行永远会被惩罚，只有愚蠢荒唐的人才会遭遇厄运。”[②]

而后现代主义思潮则认为由“宏大叙事”所构成的主导性文化，也只是“一系列不断相互竞争的故事”而已，“这些故事之所以有效，不是依赖独立的评判标准，而是靠去吸引传播这些故事的社会群体”[③]。换言之，后现代主义不承认“宏大叙事”的绝对权威性，认为一切都只是“故事”，所有的信条都只是基于习俗和惯例的“主观看法”，自然也不应被奉为圭臬。受到后现代主义影响的图画书作者秉承了这种观念，就像所有后现代主义文学家一样，他们“拒绝和客体的

---

① Cherie Allan. *Playing with Picturebooks: Postmodernism and the Postmodernesque*. Basingstoke: Palgrave Macmillan, 2012: 56.

② Janet Evans. Picturebooks as Strange, Challenging and Controversial Texts. In Janet Evans ed. *Challenging and Controversial Picturebooks: Creative and Critical Responses to Visual Texts*. New York: Routledge, 2015: 28.

③ ［英］巴特勒：《解读后现代主义》，朱刚、秦海花译，北京：外语教学与研究出版社，2013 年版，第 175—176 页。

一切同谋关系……拒绝一切预先安排好的思想”[1]。后现代图画书作品往往质疑人们对事物性质和价值的既定看法，以及对事态发展“合乎常理”的推断，以此对儿童文学作品中无所不在的所谓“绝对真理”进行不遗余力的“解构”。这些书通过颠覆性的思想内涵，使读者意识到童书的“绝对真理”中所可能潜藏的意识形态和僵化的世界观，进而敦促读者反思自己心目中早就习以为常的观念。并且，它们不仅颠覆“宏大叙事”本身，还力图揭示“宏大叙事”如何一步步将各种信条不知不觉地内化为人们深信不疑的“绝对真理”的过程。这将进一步促使读者直面现实，反思惯性思维中的一些片面与荒谬之处。

例如，在《蝌蚪的诺言》（*Tadpole's Promise*）[2] 中，一条毛毛虫与一只蝌蚪相爱，并彼此发誓爱对方的一切，永不改变，可是随着时光流逝，他们的身体都发生了不可逆转的变化，毛毛虫渐渐变成了蝴蝶，蝌蚪则变成了青蛙。虽然双方都没有故意改变心意，但当蝴蝶遇到蹲在荷叶上的青蛙时，悲剧还是不可避免地发生了——青蛙一口吞掉了看起来很美味的蝴蝶，然后继续痴痴地思念他那不知去向的毛毛虫恋人。这个令人震惊的结局颠覆了儿童图画书中温情脉脉的“惯例”——在《亲爱的小鱼》（*Dear Little Fish*）[3]、《猫和鱼》（*Cat and Fish*）[4]、《鳄鱼爱上长颈鹿》（*Ein Kleines Krokodil Mit Ziemlich Viel Gefuhl*）[5] 等一大批图画书中，类似“天敌物种”之间的爱情或友谊往往以喜剧收场，温暖人心。这种“爱战胜一切”的信念，常常被认

---

① ［美］伊哈布·哈桑：《后现代转向》，刘象愚译，上海：上海人民出版社，2015 年版，第 49 页.

② ［英］珍妮·威利斯、托尼·罗斯：《蝌蚪的诺言》，梁家林译，北京：北京联合出版公司，2015 年版.

③ ［法］安德烈·德昂：《亲爱的小鱼》，余治莹译，石家庄：河北教育出版社，2007 年版.

④ ［澳］琼·格兰特、尼尔·柯蒂兹：《猫和鱼》，杨玲玲、彭懿译，北京：北京联合出版公司，2014 年版.

⑤ ［德］达妮拉·库洛特：《鳄鱼爱上长颈鹿》，方素珍译，上海：少年儿童出版社，2016 年版.

为是传统儿童文学中的“绝对真理”之一。

又如，《丑陋的鱼》（*Ugly Fish*）[①] 中，一只丑陋的大鱼决意唯我独尊，为霸占整个水族箱而吃掉了每一条新来的小鱼，随后，他又因自己没有朋友而感到孤独，后悔自己吃掉了那些本可成为朋友的小鱼。按照常理来推断，这应该是一个强调友谊的重要性的故事，接下来，悔悟的丑鱼很可能会痛改前非，与下一条进入水族箱的鱼成为朋友。然而故事的走向却并非如此，接下来进入水族箱的是一条比丑鱼更加丑陋、更加凶残的超级大鱼，他重演了丑鱼之前对小鱼们所做的一切——捉住并吃掉了丑鱼，独占了整个水族箱。于是，“友谊的悔悟”变成了令人无奈的“邪恶的轮回”。

《大丑怪和小石兔》（*The Big Ugly Monster and the Little Stone Rabbit*）[②] 则颠覆了童书中常见的“内心的善良会胜过外表的丑陋”这一潜台词。一只“大丑怪”由于太过丑陋，身边寸草不生，池塘干涸，一切生物都逃之夭夭，善良的大丑怪感到孤独，就用石头雕刻了一些小动物做朋友。与童书中的“惯例”不同，大丑怪的善良并没有战胜丑陋，使他奇迹般地变美，或是让石头动物活过来，而是一如既往：他向新朋友微笑时，石头动物都被丑得炸裂了，只剩下一只小石兔还完好无损，他陪大丑怪度过了悲伤而孤独的一生。在大丑怪死后，他身边的青草才重新开始生长。在这本书中，既没有善良带来的奇迹，也没有最后一刻的救赎，甚至没有自得其乐的愉快人生。

一些图画书在形式上故意将读者引向一些早已固化了的故事模式，最后却在思想内涵方面讽刺性地颠覆这些故事模式中所蕴含的、几乎是不可动摇的惯性思维。例如《维罗妮卡的悲伤故事》（*The Sad*

---

① Karen LaReau, Scott Magoon. *Ugly Fish*. New York: Harcourt, 2006.

② Chris Wormell. *The Big Ugly Monster and the Little Stone Rabbit*. New York: Knopf Books for Young Readers, 2004.

图 37 《维罗妮卡的悲伤故事》
（广西师范大学出版社/魔法象童书馆）

Story of Veronica Who Played the Violin）[①] 一书，前半部分仿照常见的励志名人传记形式，讲述女孩维罗妮卡坚持梦想，自学成为世界级的明星音乐家，随后又厌倦名利，到蛮荒丛林中去寻找自我，拉小提琴给动物听的故事。然而故事的结局却完全出乎读者的预料，急转直下——正当维罗妮卡再次突破自我，用美妙的琴声让所有的动物都欢乐跳舞之时，一只听不见音乐的耳聋老狮子一口吞掉了她。于是，这则苦心建构起来的“励志神话”，就以荒诞的方式彻底被解构了。这本书揭示出了真实人生中可能的意外与残酷，以至于在导读手册中，它被称作“一碗怪味鸡汤”（图 37）。

又如，《沙丁鱼阿琳》（*Arlene Sardine*）[②] 讲的是一条小沙丁鱼阿琳慷慨赴死的故事。她主动游进渔网，勇敢地牺牲生命，不是为了别的，而是为了实现自己从小到大的梦想——被加工成一盒油浸沙丁鱼

---

① ［英］大卫·麦基：《维罗妮卡的悲伤故事》，柳漾译，桂林：广西师范大学出版社，2016 年版.

② Chris Raschka. *Arlene Sardine*. New York: Orchard, 1998.

罐头。书中阿琳被加工成罐头、终于实现梦想的情节，被描绘得肃穆而安详，让人想到许多童书中慷慨牺牲的“孤胆英雄”，比如《夏洛的网》（*Charlotte's Web*）中的蜘蛛夏洛。然而，这个故事在某种程度上颠覆了儿童文学中常见的“孤胆英雄”颂歌。蜘蛛夏洛的牺牲背后，蕴含着现代主义的哲学与道德立场，她留给读者的是存在主义的思考：“生命与死亡的现实，以及从爱与友谊的希望中汲取到的安详”[①]。而同样作为“理想主义者”，阿琳的牺牲却充满了后现代主义的荒谬感，她没有拯救任何人，也没有收获爱与友谊，她的英勇献身只是为了成为一盒沙丁鱼罐头而已。

再如《鱿鱼就是鱿鱼》（*Squids will be Squids*）[②] 一书，表面上看起来它是一本循循善诱的寓言集，每个故事末尾都专门提炼出了一行“寓意”。然而定睛一看，这些荒诞的“寓意”却完全颠覆了《伊索寓言》等经典所建立的价值标准，例如“看起来像鸽子的东西可以用来做一个美味的鸽肉馅饼”，“鼻涕虫与鱿鱼并没有什么不同”，“你应该说真话，但如果你妈妈出门去给她的小胡子做脱毛护理了，可以适当地省略一些细节”，等等，全都不知所云。甚至在书末的版权页上，还有一行莫名其妙的“寓意”以假乱真地混在版权信息中——“西蒙曰：‘别忘了读细小的字体’。”从而，就像萨克（Deborah Cogan Thacker）所指出的，这本书以极端的方式“企图破坏教诲并控制儿童文学的力量……有意解放童话故事的道德劝说，这也可以作为文化潮流的一种后现代认知”[③]。

---

① ［英］Deborah Cogan Thacker、Jean Webb：《儿童文学导论：从浪漫主义到后现代主义》，杨雅捷、林盈蕙译，台北：天卫文化图书有限公司，2005年版，第190页。

② Jon Scieszka，Lane Smith. *Squids will be Squids*. New York：Puffin Books，2003.

③ ［英］Deborah Cogan Thacker、Jean Webb：《儿童文学导论：从浪漫主义到后现代主义》，杨雅捷、林盈蕙译，台北：天卫文化图书有限公司，2005年版，第208页。

二、重构并颠覆经典童话故事

或许，后现代图画书对传统印象与惯性思维的颠覆，在其对经典童话的重构中表现得更为彻底。像《小红帽》《三只小猪》《白雪公主》《灰姑娘》这样的经典童话，之所以经常成为后现代图画书作家的“猎物”，大致有如下几个原因。第一，经典童话在全世界范围内广为流传，几乎所有人都对其内容耳熟能详，颠覆性的内容往往可以轻易地被读者领会。第二，经典童话具有相对简单的故事情节，在结构上类似于一个“原型”，易于附生新的情节，被改造成拥有多重声音的复调形式，并生成多元化的阐释。第三，最重要的是，经典童话具有牢固稳定的叙事模式，以及被广为接受的意义内涵，其中所蕴含的观念往往与支配性的“宏大叙事”相一致。经过漫长岁月的洗礼，经典童话所投射的价值观，几乎被人们不假思索地当成了无需置疑的内在信条。正因为如此，后现代图画书对经典童话的颠覆将突破人们的惯性思维，具有更加强大的冲击力。综合这些因素，“相对而言封闭而稳固”[①] 的经典童话，就格外容易吸引“颠覆者”，尤其是后现代图画书作家的兴趣。

因此，后现代图画书往往会以另辟蹊径的视角，对经典童话故事进行重构，对其意义进行新的阐释，展现出多元、开放的价值取向，令读者耳目一新。本质上来说，这是一种互文，因为读者在阅读这些书时，所面对的不仅是书中的故事，还有它交叉引用“前文本”——被颠覆的经典童话——所形成的一个隐喻网络，故事的意义就建立在

① David Lewis. *Reading Contemporary Picturebooks: Picturing Text*. New York: Routledge, 2001: 67.

它与“前文本”的关系之上。正如克里斯蒂娃对互文性概念的定义：“一个词（或一篇文本）是另一些词（或文本）的再现，我们从中至少可以读到另一个词（或一篇文本）。”[①] 为了揭示经典童话中的模式化陈规，后现代图画书作者往往会“采用一些激进的改编手法对童话故事进行重构”[②]。在这些手法中，最有代表性的就是戏仿，即通过改换故事背景、改变叙述者、改变主人公性别、转换人物之间的关系、续写故事结局等种种方法来重述经典童话。戏仿手法常常与反讽紧密相连，有时具有强烈的娱乐效果，是后现代主义文学最常用的手法之一，如同哈琴所言：“戏仿在广义上是对已有文艺作品的‘重访’及‘重组’，是所有后现代艺术的共同特征。”[③]

一些图画书以后现代主义的方式对经典童话的背景、情节、人物关系进行了重新设定，在这个过程中，原故事的意义内涵自然会被颠覆。例如《臭起司小子爆笑故事大集合》中，有一大批似是而非的经典童话故事：“真正的丑小鸭”长大后还是很丑，并没有变成什么天鹅，而只是变成了一只很丑很丑的大鸭子；兔子靠“长头发的速度”与乌龟赛跑，裁判的哨音一响，它就一动不动地站在原地“长头发”；灰姑娘的故事和《侏儒怪》的故事混在了一起，灰姑娘对猜测侏儒怪的名字一点也不感兴趣，侏儒怪只好主动把自己的名字告诉了她，然而，灰姑娘的生活并未因此发生任何改变，她还是要做所有的家务，也没有嫁给王子，只是多了一个冗长而怪异的绰号……于是，有人这样评价这本后现代图画书的作者席斯卡（也译为谢斯卡）：“他进入古

① ［法］蒂费纳·萨莫瓦约：《互文性研究》，邵炜译，天津：天津人民出版社，2003 年版，第 4 页.

② John Stephens, Robyn McCallum. *Retelling Stories, Framing Culture: Traditional Story and Metanarratives in Children's Literature*. London: Garland Publishing, 1998: 201.

③ Linda Hutcheon. *A Theory of Parody: The Teachings of Twentieth-Century Art Forms*. New York: Methuen, 1985: 11.

典童话世界，搅个天翻地覆，然后带着顽皮而满足的微笑，从容优雅地离去。”[①]

席斯卡的另一部作品《青蛙王子变形记》（*The Frog Prince Continued*）[②] 也以颠覆精神续写了经典童话《青蛙王子》。青蛙王子和公主并没有“永远幸福快乐地生活在一起”，而是遭遇了婚姻危机，被迫离家出走，最终，他和公主都变成了青蛙，又“幸福快乐地生活在一起”了。就像《臭起司小子爆笑故事大集合》一样，这本书的内核中，同样蕴含着黑色幽默和深深的讽刺，“为布满灰尘的老故事，开拓了新的观点和想象空间”[③]。

尤金·崔维查（Eugene Trivizas）和海伦·奥森贝里（Helen Oxenbury）的《三只小狼和一头大坏猪》（*The Three Little Wolves and the Big Bad Pig*）[④] 则从书名就宣示了对经典童话《三只小猪》的逆向颠覆。在书中，正面人物是三只温柔的小狼，他们想方设法抵御凶残的反面角色——“大坏猪”，最终成功用鲜花将其感化。这个故事的内涵从多个不同的层面颠覆了童话“惯例”。有的研究者指出，“它不仅构成了原来故事的讽刺翻版，而且也于一定程度上取笑了那些不切实际的空想家”[⑤]。另外，柔弱的狼和邪恶的猪这样的角色设置，还挑战了传统童话中常有的僵化道德准则——最软弱的就是最善良的，从而启发读者去重新审视现实世界里的道德立场。

---

① ［美］乔恩·谢斯卡、莱恩·史密斯：《三只小猪的真实故事》，方素珍译，石家庄：河北教育出版社，2007 年版，导读手册.

② ［美］乔恩·谢斯卡、史帝夫·强森：《青蛙王子变形记》，柳漾译，北京：北京联合出版公司，2013 年版.

③ ［美］乔恩·谢斯卡、莱恩·史密斯：《三只小猪的真实故事》，方素珍译，石家庄：河北教育出版社，2007 年版，导读手册.

④ ［希腊］尤金·崔维查、［美］海伦·奥森贝里：《三只小狼和一头大坏猪》，王雪纯译，北京：人民文学出版社，2014 年版.

⑤ 钱淑英：《互文性透视下的儿童文学后现代景观——以改编自〈三只小猪〉的图画书为考察对象》，《浙江师范大学学报（社会科学版）》，2006，31（4），第 55 页.

后现代图画书还常常对经典童话中流露出的性别意识进行颠覆，因为性别议题是后现代主义重点关注的主题之一。经典童话往往秉承着古老刻板的性别观念，以及明显的男性中心主义意识。在很多故事中，女性通常都是软弱、被动、等待男性来拯救的形象；乐于探索的男孩时常会有意外之喜，而好奇心旺盛的女孩则往往招来横祸；宽厚善良的常常是被蒙蔽的父亲，而愚蠢邪恶的则常常是处心积虑的继母。凡此种种，正如民俗学家克里斯蒂娜·贝齐里格（Christina Bacchilega）所总结的："童话与陈腐的叙事模式和性别意识形态共谋。"①

因此，许多后现代图画书在戏仿经典童话的过程中，试图扭转刻板的性别印象。书中的公主纷纷变得精明强干，独立自主，不需要任何人的拯救。比如《纸袋公主》（*The Paper Bag Princess*）② 中穿着一条旧纸袋的伊丽莎白公主，用自己的智慧战胜火龙，拯救了阿诺王子，并拒绝与他结婚。《灰艾德娜》（*Cinder Edna*）③ 中的灰姑娘艾德娜是一位热爱劳动、乐观自信的"新女性"，她穿着一双沾满泥土的平底皮鞋，坐公交车去参加舞会，在嫁给志同道合的王子后，两人一起打理王宫附近的一个有机农场，一边研究垃圾循环工程学，一边照料流浪猫。《顽皮公主不出嫁》（*Princess Smartypants*）④ 和《顽皮公主万万岁》（*Long Live Princess Smartypants*）⑤ 中的顽皮酷公主则更是离经叛道：她穿上旱冰鞋跳迪斯科，骑着摩托车玩极限越野，养了一大群怪兽当宠物，赶走了所有前来求婚的王子，甚至还独自抚养着一

---

① Christina Bacchilega. *Postmodern Fairy Tales: Gender and Narrative Strategies*. Philadelphia: University of Pennsylvania Press, 1997: 50.

② [加拿大] 罗伯特·蒙施、迈克尔·马钦科：《纸袋公主》，兔子波西译，石家庄：河北教育出版社，2009 年版.

③ Ellen Jackson, Kevin O'Malley. *Cinder Edna*. New York: Mulberry Books, 1998.

④ [英] 芭贝·柯尔：《顽皮公主不出嫁》，漪然译，北京：新星出版社，2015 年版.

⑤ [英] 芭贝·柯尔：《顽皮公主万万岁》，漪然译，北京：新星出版社，2015 年版.

个力大无穷的宝宝。

在很多后现代图画书中，即使是小红帽，也不再是天真纯洁、被动等待樵夫来拯救的小女孩。比如，玛洛莲·勒雷（Marjolaine Leray）的《小红帽》（*Un petit chaperon rouge*）[①] 中，小红帽积极自救，机智地骗过了野狼，喂他吃下了一颗有毒的糖，还对着野狼的尸体轻蔑地嘲讽道："傻瓜！"罗尔德·达尔和昆廷·布莱克（Quentin Blake）合作的《惊人的诗集》（*Revolting Rhymes*）[②] 中，小红帽从灯笼裤中掏出一把手枪，干净利落地射杀了野狼，并由此拥有了一件崭新的狼皮外套。而《爸爸小时候有恐龙》（*Quand papa était petit，y avait des dinosaures*）[③] 中的原始人小红帽，则干脆是一副凶神恶煞的模样，她手持狼牙棒，把野狼吓得瑟瑟发抖。

值得一提的是，后现代图画书对刻板性别印象的颠覆，在今天尤具意义。近些年来，儿童图书市场上出现了一股"回归传统性别意识"的潮流，随便打开一个童书搜索网页，可以找到大量诸如《男孩的冒险书》（*Dangerous Book for Boys*）[④]、《小女孩的优雅书》（*The Great Big Glorious Book for Girls*）[⑤]、《成为真正的男孩》（*The Boy's Book*）[⑥]、《成为真正的女孩》（*The Girl's Book*）[⑦] 等具有刻板性别印象的书。其

---

① Marjolaine Leray. *Little Red Hood*. Translated by Sarah Ardizzone. London：Phoenix Yard Books，2013.

② Roald Dahl，Quentin Blake. *Revolting Rhymes*. London：Puffin Books，1984.

③ ［法］文森特·马龙、安德烈·布沙尔：《爸爸小时候有恐龙》，沙杜译，上海：少年儿童出版社，2015 年版.

④ ［英］康恩·伊古尔登、哈尔·伊古尔登：《男孩的冒险书》，孙薪译，南宁：广西科学技术出版社，2013 年版.

⑤ ［英］罗斯玛丽·戴维森、萨拉·瓦因：《小女孩的优雅书》，刘万超译，南宁：广西科学技术出版社，2013 年版.

⑥ ［法］米歇尔·勒库、塞莉娅·加莱、克雷芒斯·德·鲁兹、以扫·米勒、乔斯林·米勒：《成为真正的男孩》，孙嘉钰译，海口：南海出版公司，2014 年版.

⑦ ［法］米歇尔·勒库、塞莉娅·加莱、克雷芒斯·德·鲁兹、乔斯林·米勒：《成为真正的女孩》，年进达译，海口：南海出版公司，2014 年版.

中，针对男孩的书无一例外涉及冒险、恐龙、海盗、间谍、科学实验、户外活动、制作工具等内容，而针对女孩的书则全都在传授园艺、厨艺、拍照、刺绣、织围巾、缝制手工艺品的技巧。其中一些书所传递出的性别理念让人不由得产生错觉，恍若回到了几百年前，经典童话诞生的那个古老时代："相信你一定不止一次地做过一个相同的梦，梦中，自己是个公主，有着清新如晨露、娇艳如玫瑰的容颜，穿着晶莹剔透、熠熠生辉的水晶鞋和缀满花边与蕾丝的粉色纱裙，戴着蝴蝶结样式的别致发带……"[①]

近年来，人们逐渐认同，儿童文学不应该过多地强调限制性的性别角色，而应该努力促进性别平等意识的传播，因为传统的刻板性别意识不仅已被研究证明是不合理的，进而还会阻碍人们（主要是女性）的个人发展。职业发展领域的著名学者尼姆罗德·莱文（Nimrod Levin）和伊塔马尔·加蒂（Itamar Gati）曾总结了职业生涯决策过程中的两大自我阻碍——想象的阻碍（imagined barrier）和无意识的阻碍（unconscious barrier），并指出在实际情况中，这两大自我阻碍的主要来源都是传统的刻板性别印象。因而他们呼吁在教育和职业咨询领域中应尽可能地淡化不公平的刻板印象，以避免这些想象中的，甚至潜意识中的社会障碍成为个人发展之路上的荆棘丛。[②] 因而，在当下童书界的"复古"潮流中，以叛逆戏谑的风格来颠覆刻板性别印象、反拨陈腐性别意识的后现代图画书，就显得尤为可贵，理应获得更多的关注。

---

① 李静、李伟楠：《女孩才艺书：培养女孩才情与优雅的魔法书》，北京：石油工业出版社，2010年版，第10页.

② Nimrod Levin，Itamar Gati. Imagined and Unconscious Career Barriers：A Challenge for Career Decision Making in the 21st Century. In Kobus Maree，Annamaria Di Fabio eds. *Exploring New Horizons in Career Counselling：Turning Challenge into Opportunities*. Boston：Sense Publishers，2015：167—188.

最后，一些后现代图画书在对经典童话的戏仿中，不再遵循托尔金所谓的“善灾”（eucatastrophe）模式，揭去了传统童话在流传过程中被披上的温柔面纱。“善灾”指灾难迫近之时突如其来的逆转，即我们通常所说的“童话般的美好结局”，这种逆转一般不是对主人公努力的报偿，而是强行加入的象征希望的元素。如同托尔金所说：“在童话，或者说非现实的世界里，这是突如其来的、神奇的，并且不可再现的来自上天的恩典。”[①] 经典童话故事大都遵循这一模式，来传达积极乐观的思想内涵。而后现代图画书则抛弃了这种“善灾”，直面惨淡、无奈，甚至绝望的现实。

例如，在《都市小红帽》中，全副武装的警察并没有像《小红帽》中的樵夫一样及时赶到，他们的出现为时已晚，没能阻止索菲亚和外婆的遇害。又如，莎拉·穆恩（Sarah Moon）以小红帽故事为蓝本的图画书《小红帽》（*Little Red Riding Hood*）[②] 中，以黑白照片的形式讲述了一个生活在都市中的小女孩被汽车上不明身份的男子绑架的故事。类似的还有安娜·胡安（Ana Juan）改编自白雪公主故事的《白雪公主》（*Snowhite*），同样也是一个悲剧故事。

《方块》（*Les Cubes*）[③] 和《哭泣的女食人魔》（*L'Ogresse en pleurs*）[④] 则颠覆了《小拇指》等经典童话中，儿童从食人魔手中惊险逃生的故事情节。在这两本书中，无辜的儿童在落入食人魔之手后都没有获得拯救。其中《哭泣的女食人魔》甚至更进一步，从侧面描绘了食人魔母亲吃掉自己亲生儿子的恐怖场景，其思想内涵引发了强烈

---

① ［美］约翰·达文波特：《美好结局和宗教希望：作为史诗性童话的〈指环王〉》，见格雷戈里·巴沙姆、埃里克·布朗森编：《指环王与哲学》，金旼旼译，上海：上海三联书店，2005年版，第183页.

② Sarah Moon，Charles Perrault. *Little Red Riding Hood*. Mankato：Creative Education，1983.

③ Béatrice Poncelet. *Les Cubes*. Paris：Seuil Jeunesse，2003.

④ Wolf Erlbruch，Valérie Dayre. *L'Ogresse en pleurs*. Toulouse：Milan，1996.

的争议。不管人们怎么看，一个毋庸置疑的事实是，这些后现代图画书以颇为决绝的姿态，致力于颠覆经典童话中的“虚假乐观”，这与后现代主义精神的解构倾向相契合。

第三节
颠覆作者与读者之间的权力关系

后现代图画书还常常颠覆作者与读者之间的权力关系。在早期儿童文学作品，尤其是图画书中，作者拥有至高无上的权力，他们预先设置好完整的人物、情节和环境，引领读者前去探索。在这段封闭的探索之旅中，读者需要做的只是“感知”，能够看到或感受到什么，完全取决于作者的精心安排。就像凯瑟琳·斯诺和阿娜特·尼尼诺所指出的，早期图画书的文本是被控制好的，读者在阅读时被作者所引领，必须全盘接受书中的内容与节奏。[①] 然而在很多后现代图画书中，这种权力关系不再泾渭分明，作者和读者的身份被很大程度地混淆，作者们拒绝事无巨细地规约读者，不再具有支配读者的绝对权威，也不再是全知全能的故事设计者。而读者却经常被赋予作者般的权力，不

① David Lewis. *Reading Contemporary Picturebooks*: *Picturing Text*. New York: Routledge, 2001: 78.

用再小心翼翼地追随作者的引导，而可以在阅读过程中书写自己的故事。因而，许多后现代图画书变成了一种具有表演性的艺术形式，读者也从单纯的读者变成了观众、目击者和参与者。这种受后现代主义思潮影响而产生的现象，成为了后现代艺术的重要特征，以至于麦克吉里斯（Roderick McGillis）宣称："我们现今所认知的后现代策略，乃系'托付读者以自主权'。"[①] 于是，在许多后现代图画书中，作者的权威被倾覆了，无论是作者还是读者，都有权并且有义务为图画书最终意义的生成负责。

前文已经述及，后现代图画书的不确定性通常会为读者赋予权力：不确定的图文符码、不确定的故事主体、不确定的故事结局等，都会不可避免地邀请读者参与其中，生成对意义的个人化阐释，分担一部分作者的任务。而本节要论述的重点是，有时即使是在阅读相对而言较为"确定"的图画书时，读者也需要活跃地参与意义的构建，成为图画书的"共同作者"。这充分体现了后现代主义拒绝特权，拒绝固化，致力于颠覆权力与支配关系的特征。

一、互文性隐喻符号

许多后现代图画书的图文符码中，包含了漫布全书、有意无意的隐喻性符号。这些符号通常广泛引用其他文学、艺术作品，电影，漫画，音乐，以及知名图画书等各种文化文本中的元素，与其形成互文关系。它们往往并不具有封闭性的确切含义，而完全取决于读者，根

---

① ［英］Deborah Cogan Thacker、Jean Webb：《儿童文学导论：从浪漫主义到后现代主义》，杨雅捷、林盈蕙译，台北：天卫文化图书有限公司，2005 年版，第 207 页.

据每个人不同的知识体系及阐释能力生成丰富的意蕴。正如尼古拉耶娃和斯考特所指出的："互文性以读者积极参与解码过程为前提。"[①]在阅读富含隐喻的图画书时，读者要对复杂的图像和文字进行解码，就必须全神贯注地欣赏视觉符号，从前后文中寻找联系，从图文关系中理清脉络，以探索图文符码所隐含的意义。有些读者甚至会在这个过程中暂时抛开情节主线，"完全沉浸到视觉意象的深处，探寻潜在的信息"[②]。同时，对隐喻性互文的解读也有赖于读者的社会文化素养，解码过程需要运用到平日所积累的知识与能力。读者不断地将自己的生活经验和社会文化知识，与正在阅读的互文内容之间建立联系，使其意义变得鲜活可触；对互文元素的这种关注，又反过来会"激活读者内心的特定经验、知识与情感"[③]。因而，这些书中的隐喻，不仅会给读者带来愉悦，还迫使他们与文本进行微妙的互动，对复杂而开放的意义层进行解码，使读者最终完成对图画书意义的个人化构建。这种情形打破了作者的绝对权威，是后现代主义文学常见的特征之一，就像巴特勒说的："虽然文本确实由作者建构，但它已经被从作者的专制下解放了出来，可以供想象力自由驰骋；阐释者拥有意义，可以用解构主义手法对意义进行自由发挥。"[④]

很多图画书作者热衷于设置此类隐喻，形成了强烈的个人风格，他们坚信，读者的权力与作者的权力一样值得尊重。安东尼·布朗曾说："我故意让我的书具有开放性，可以接受多种不同的阐释方式，尽

---

① Maria Nikolajeva, Carole Scott. *How Picturebooks Work*. New York: Routledge, 2006: 228.

② María José Lobato Suero, Beatriz Hoster Cabo. An Approximation to Intertextuality in Picturebooks: Anthony Browne and His Hypotexts. In Bettina Kümmerling-Meibauer ed. *Picturebooks: Representation and Narration*. New York: Routledge, 2014: 167.

③ Louise M. Rosenblatt. *The Reader, the Text, the Poem: The Transactional Theory of Literary Work*. Carbondale: Southern Illinois University Press, 1978: 54.

④ ［英］巴特勒：《解读后现代主义》，朱刚、秦海花译，北京：外语教学与研究出版社，2013年版，第170页.

管其中的大多数连我自己都没有想过。一本已经出版的书就像已经长大的孩子一样，我必须放手让它自己走，接下来发生的事情就在我的控制之外了。”① 波兰图画书作家伊娃娜·奇米勒斯卡（Iwona Chmielewska）说：“我作品中的任何细节都有意义，不是偶然的。但我不喜欢解读，因为每个人都有自己的理解。出于对读者的尊重，我不做过多解释。读者若从书中发现疑惑会自己寻找答案，我相信那样会更有趣，也更有挑战性。”② 陈志勇也声称，他有意邀请并期待读者对他的作品做出独特的阐释，成为作品的“共同作者”：“作品的意义必须保持开放性，在未经限定的情况下完好无缺地交到读者手里”③，“（我的）图画书是故意未完成的半成品，读者需要在其中投入他们自己的阐释”④。

因此，在阅读这类后现代图画书时，读者不会感觉是在导游的指引下旅游观光，而是仿佛在一片未知的天地里自由自在地探险，随处都有可能带来“发现的惊喜”。在安东尼·布朗的《威利的奇遇》（*Willy's Pictures*）⑤ 和《梦想家威利》（*Willy the Dreamer*）⑥ 中，读者随时可以发现一些令人惊喜的互文：主人公威利时而藏身在前往金银岛的海盗船上；时而化身为彼得·潘，与虎克船长对峙；时而像多萝西一样，前往奥兹国历险；时而又变身猫王，掀起一阵摇滚旋风。同时，书中还遍布着数不胜数的隐喻符号：威利在亨利·卢梭（Henri

---

① Anthony Browne. The Role of the Author/Artist. In Janet Evans ed. *What's in the Picture? Responding to Illustrations in Picture Books*. London：Paul Chapman Publishing，1998：195.

② 魔法象童书馆：《对话“少即是多”的世界级图画书大师伊娃娜》（2017－7－24）[2018－3－17] http：//www. sohu. com/a/159522538_356952

③ Shaun Tan. Lost and Found：Thoughts on Childhood，Identity and Story. *The Looking Glass：New Perspectives on Children's Literature*，2011. 15（3）：10.

④ Shaun Tan. Strange Migrations. IBBY Conference Keynote，London 2012. [2018－3－17] www. shauntan. net/comments1. html

⑤ [英] 安东尼·布朗：《威利的奇遇》，范晓星译，北京：北京联合出版公司，2014 年版.

⑥ [英] 安东尼·布朗：《梦想家威利》，徐萃译，南昌：二十一世纪出版社，2013 年版.

图 38 《梦想家威利》
（二十一世纪出版社/蒲蒲兰绘本馆）

Rousseau）笔下的丛林中，向弗洛伊德伸出手掌；锤头鲨和剑吻鲨的脸被画成了真的锤子和长剑，海马则戴上了马笼头；鲨鱼的牙齿和飞翔的海鸥都变成了一本本打开的书（图 38）。

葛瑞米·贝斯的《动物王国》（*Animalia*）[①] 表面上看起来是一本字母书，但事实上它的容量远远超过了一般教幼儿辨识字母的启蒙图画书。作者在书中埋藏了难以计数的隐喻符号，如果读者细心观察，充分联想，在以每个字母为首的场景中，都至少可以找到几十个隐藏着该首字母的象征物。除此之外，书中还包含着大量韵文、双关语、叙事诗、奇幻故事、挑战谜题、思维游戏等需要读者自行发现并参与的互动内容。大量精巧的隐喻符号，使得该书的复杂性与趣味性达到了难以想象的程度。许多读者惊奇地发现，无论第几次阅读这本书，都可能找到一些此前从未发现过的新东西。

而在安娜·玛丽亚·马查多（Ana Maria Machado）和劳伦特·

① ［澳］葛瑞姆·贝斯：《动物王国》，孙艳敏译，北京：现代教育出版社，2016 年版.

卡顿（Laurent Cardon）的《聘狼启事》（*Procura-se Lobo*）[①] 中，读者可以找到文学作品中、历史上大量恍若相识的“狼”的影子：《小红帽》中的吃人狼、《三只小猪》中的吹气狼、《狼和七只小羊》中的狡猾狼、《伊索寓言》中披着羊皮的狼、《拉封丹寓言》中强词夺理的狼，以及《丛林故事》中的狼、《彼得与狼》中的狼、养育罗马建城者的母狼……这些“应聘狼”的来历、动机与性格，以及他们背后的故事谜团，都有赖于读者运用自己的常识进行解读。如果不对这些互文进行解码，该书故事的意义就会大打折扣。

由于个体差异，成人与儿童之间，或任何两个不同的人之间，对于同一个隐喻的看法往往不一致。例如，《公园里的声音》中曾经两次出现脏脏的爸爸坐在长椅上读报纸的情景，细心的儿童可能会发现报纸上以及背景的树冠上都出现了正在喊叫的人脸的形象；而成人则可能会认出这是对爱德华·蒙克（Edvard Munch）的名作《呐喊》（*The Scream*）的一个指涉，暗示了这位失业的爸爸压抑、忧愤、彷徨的心境，或许还暗示了荒谬而森严的阶级壁垒给人带来的绝望感。对于书中多次出现的树木及篱笆燃烧的意象，有人可能会觉得这是一个匠心独运的隐喻，而具有一定艺术常识的人则可能会联想到马格利特的作品《火》（*The Fire*）或《火梯》（*The Ladder of Fire*）（图 39）。

又如，《白兔夫人》（*Madame le Lapin Blanc*）[②] 中充满了大量有关《爱丽丝漫游奇境》的隐喻。读过这本书的儿童可能会注意到渡渡鸟、毛毛虫、睡鼠、鹰头狮、假海龟等书中的形象，被幽默的戏仿趣味所吸引；而成人则可能对书中的另一些小细节心领神会：街

① ［巴西］安娜·玛丽亚·马查多、劳伦特·卡顿：《聘狼启事》，杨柳青译，方卫平主编，合肥：安徽少年儿童出版社，2014 年版.

② ［法］吉尔·巴什莱：《白兔夫人》，曹杨译，北京：北京联合出版公司，2017 年版.

图 39 《公园里的声音》
（河北教育出版社/启发文化）

上的摄影馆名为“道奇森（C. L. Dodgson）摄影馆”，教室的墙上悬挂着约翰·坦尼尔爵士（Sir John Tenniel）的肖像，明显是在向原书的作者（原名道奇森）和插图绘制者致敬。当然，读者对书中隐喻的不同阐释并无对错、高下之分，只要付出努力去参与解读，挖掘潜藏的细节，与文本进行深入互动，任何人都可以从后现代图画书中获得乐趣。积极面对隐喻性互文所带来的挑战，使图画书的阅读过程，乃至创作过程变得更加激动人心，在这些书中，作者和读者共同遨游在表象与隐喻的海洋里，一起享受发现与阐释所带来的惊喜。

综上所述，富含隐喻的图画书赋予读者以极大的权力，鼓励他们参与对图画书的图文含义，尤其是图像细节内涵的捕捉与掌控。在这里值得提及的是，无字图画书或者几乎无字的图画书，对读者解读图像细节的能力提出了最高的要求。当代无字书出现于上世纪 70 年代，最初的形态很像是去掉了对话框的漫画，艾玛·博施（Emma Bosch）将其定义为“一种被容纳在图书形式当中的叙事文本，主要基于一连串有序图像而展开……以页面为叙事单元”①。由于没有文字来指引作者的意图，无字书中需要由读者来填补的“空白”就显得格外突出。为了填补这种“空白”，读者需要仅凭阅读图像，在不了解来龙去脉的情况下，依据个人理解对故事的情节和意义提出假设和推断。在接下去的阅读中，每一幅新的画面都可能验证或者推翻这种推断，于是读者被迫不断调试自己的预期，竭尽全力阐发出能够自圆其说的解释，或是开放性的多义化解读。正如安娜·玛嘉瑞塔·拉莫斯（Ana Margarida Ramos）和鲁伊·拉莫斯（Rui Ramos）对阅读无字书过程的描述：“读者必须扮演演员的角色，甚至充当（无字书）这部精密机械的‘发动机’，推动它运转起来的机制与其他阅读活动有所不同，建立在解密、建立联系以及推论的基础之上。”② 因此，相比于有字的图画书而言，无字书对读者的参与程度要求更高，需要读者积极地与文本建立一种对话式的互动关系。无字书的意义既不单纯来源于作者或文本，也不单纯来源于读者，而是来源于读者与文本之间的互动，即读者“尝试构建意义，（与文本）谈判的过程”③。甚至，“对读者参与度的不同要求，是区分有字和无字图画书的重要标志”④。

虽然不能笼统地将所有无字书都归入后现代图画书的行列，但不可否认的是，无字书的兴起与后现代主义之间有着千丝万缕的联系，其中的主要原因恐怕正是无字书对读者参与度的极高要求。因此，对

---

① Emma Bosch. Texts and Peritexts in Wordless and Almost Wordless Picturebooks. In Bettina Kümmerling-Meibauer ed. *Picturebooks: Representation and Narration*. New York: Routledge, 2014: 71.

② Ana Margarida Ramos, Rui Ramos. Ecoliteracy through Imagery: A Close Reading of Two Wordless Picture Books. *Children's Literature in Education*, 2011. 42 (4): 327.

③ Louise M. Rosenblatt. *Literature as Exploration*. New York: Modern Language Association of America, 1995: 27.

④ Evelyn Arizpe. Meaning-Making from Wordless (Or Nearly Wordless) Picturebooks: What Educational Research Expects and What Readers Have To Say. *Cambridge Journal of Education*, 2013. 43 (2): 163.

无字书的创作和阅读体验可以启发人们重新思考作者与读者之间的权力关系。它需要读者运用想象力去填补文本中的“空白”，积极参与意义的建构，成为图画书的“共同作者”，以这种方式颠覆作者的权威。许多热衷于无字书创作的图画书作者都指出了这一点，大卫·威斯纳无疑是其中最有代表性的。从《梦幻大飞行》（*Free Fall*）[①] 到《华夫先生》（*Mr. Wuffles!*）[②]，他始终着迷于创作无字书。在《疯狂星期二》的凯迪克奖领奖致辞中，他说：“无字书为作者和读者都提供了与有字图画书完全不同的体验，故事里没有作者的声音……读者是故事讲述过程中不可或缺的一部分。”[③] 进而他认为，在阅读无字书时，“阐释和讲述故事的是读者自己的声音，读者将个人经验带入书中，自己指引自己，读者在故事里扮演着非常活跃的参与者角色”[④]。除威斯纳之外，其他创作无字书的图画书作家也纷纷表达了类似的观点。例如法国画家莎拉（Sara）说，她一直尝试用图画来讲故事，“让图画为自己发言”[⑤]。日本艺术家谷内加藤（Kota Taniuchi）说：“我不讲故事，而是画出一个任何人都可以沉浸其中的世界，让他们创作出自己的故事。”[⑥]

与作者的看法相对应，无字书的读者们也意识到了这种图画书的特别之处。其中一些读者并不适应从天而降的“自由”。例如，图画书研究者伊芙琳·阿里斯佩（Evelyn Arizpe）曾提到一件趣事：一位刚

---

① ［美］大卫·威斯纳：《梦幻大飞行》，太原：希望出版社，2015 年版.

② ［美］大卫·威斯纳：《华夫先生》，启发文化译，北京：北京联合出版公司，2016 年版.

③ David Wiesner. Caldecott Acceptance Speech (for *Tuesday*). *The Horn Book Magazine*, 1992. 8, 68 (4): 420.

④ David Wiesner. Foreword. In Virginia Richey, Katharyn Puckett eds. *Wordless/Almost Wordless Picture Books*. CA: Libraries Unlimited, 1992: vii.

⑤ Sandra L. Beckett. *Crossover Picturebooks: A Genre for All Ages*. New York: Routledge, 2012: 127.

⑥ Sandra L. Beckett. *Crossover Picturebooks: A Genre for All Ages*. New York: Routledge, 2012: 102.

果少年在飞行员训练项目中读过陈志勇的《抵岸》（*The Arrival*）[①]后，要求再读一下“被拿掉的文字部分”，以便看看他“是否猜对了整个故事”。[②] 又如，一份书评杂志曾写道：“一些无字书让读者感到自己好像被欺骗了。”[③] 而与此同时，也有很多读者非常享受无字书赋予他们的权力。例如，在一个针对 10～11 岁儿童的阅读实验中，孩子们这样描述自己对无字书的看法：“没有字的书更好，因为它是一个挑战，你可以用一幅图画来说出自己的故事。”“图画为我们展示了情感和背景。（读无字书）就像猜谜语……很难，但是很有趣。”[④]

二、“未完成”的图画书

有一些图画书对作者与读者之间权力关系的颠覆体现得更为彻底，以至于作品呈现出某种“未完成”的半成品状态。在阅读这些书时，读者不仅要对故事的含义做出个性化的阐释，甚至还要承担起完成图画书的形式或内容的责任，比如完成涂色、拼图或解谜任务，甚至通过努力去补足故事情节等。种种有意为之的互动手段，通过任务的形式把权力交到读者手中，使读者能够更加活跃地参与到“共同创作”的过程当中。

---

① ［澳］陈志勇：《抵岸》，北京：连环画出版社，2011 年版.

② Sandra L. Beckett. *Crossover Picturebooks*: *A Genre for All Ages*. New York: Routledge, 2012: 144.

③ Sandra L. Beckett. *Crossover Picturebooks*: *A Genre for All Ages*. New York: Routledge, 2012: 84.

④ Evelyn Arizpe, Morag Styles, Kate Cowan, Louiza Mallouri, Mary Anne Wolpert. The Voices Behind the Pictures: Children Responding to Postmodern Picturebooks. In Lawrence R. Sipe, Sylvia Pantaleo eds. *Postmodern Picturebooks*: *Play*, *Parody*, *and Self-Referentiality*. New York: Routledge, 2008: 215.

很多此类图画书都采用了元小说的叙事手法。例如，《等等，先别画！》（*Wait! No Paint!*）[①] 戏仿了《三只小猪》的故事，书中的小猪不断与画家进行谈判，要求改变自己的形象或命运，最后，在对“画家”彻底失望之后，他们表示要重新招募一位称职的画家，为他们创作故事并涂上合适的颜色。而全书的最后一页真的展示了书中角色招募画家的场景，他们手中举着标语，邀请读者来给自己涂色。又如，《这本书吃了我的狗狗！》（*This Book Just Ate My Dog!*）[②] 的书中人物在遇到麻烦时向读者求助，要求读者把手中的书“转个方向，使劲摇一摇”，设法把他们从被卡住的夹缝里“摇出来”，帮助页面中的一切回归原位。由此，在形式上，书中的故事之所以能够继续下去，完全是由于读者互动行为的功劳。

类似的还有《点点点》（*Un livre*）[③]，书中的每一页都有要求读者进行互动的说明文字，就像该书的编辑所说的：“与传统的图书相比，它更像是带触摸屏的电子书。”如果像读普通图画书一样单纯地翻阅，不进行任何互动，那书中的纯色抽象圆点就显得毫无意义，全书不知所云。而正是读者与文本的交流互动，给这些简单的圆点带来了神奇的魔力，使这本书摇身一变，成了一场精巧的纸上戏剧。

还有一些后现代图画书需要读者自行补足内容及意义。例如，《哈里斯·伯迪克的秘密事件》（*The Mysteries of Harris Burdick*）[④] 由十四张诡异的黑白图画组成。作者在序言中说，这些画来自一位名叫哈里斯·伯迪克的神秘人士——三十年前，伯迪克将这些图画交给一位童书出版商，声称它们是从自己创作的十四篇插图故事中择取出来

---

① Bruce Whatley. *Wait! No Paint!* Sydney: Harper Collins, 2001.

② ［英］理查德·伯恩：《这本书吃了我的狗狗！》，范晓星译，重庆：重庆出版社，2017 年版.

③ ［法］埃尔维·杜莱：《点点点》，蒲蒲兰译，南昌：二十一世纪出版社，2012 年版.

④ ［美］克里斯·范·奥尔斯伯格：《哈里斯·伯迪克的秘密事件》，石诗瑶译，桂林：广西师范大学出版社，2017 年版.

图 40 《哈里斯·伯迪克的秘密事件》
（广西师范大学出版社/魔法象童书馆）

的样品，并答应第二天将故事的文稿和其余插图都带过来，然而他却从此杳无音信，再也没有出现过。这些神秘的图画及其背后的故事，就此成为了永恒的谜团。仅有的线索是，伯迪克在每幅插图之下，写下了一个故事标题和一句简短的说明。这个极富开放性的设定，邀请甚至强迫读者动用自己的想象力，为书中的图画和说明补足背后的故事。可以说，这本书的作者范·奥尔斯伯格只完成了全书内容的一半，而另一半需要在图书流传过程中由每位读者来完成，作者的权力在这里被压缩到了极致（图 40）。甚至，连作者自己都“难以忍受”这种极端的开放性，以至于他在该书出版二十多年后又出版了一本新书，召集该书的十几位资深读者——均为世界著名作家——来“看图说话”，将十四幅图画背后的故事一一补齐，又创作出了《十四张奇画的十四个故事》（*The Chronicles of Harris Burdick：Fourteen Amazing Authors Tell the Tales*）① 一书。

与《哈里斯·伯迪克的秘密事件》这本书的形式非常类似的还有

① ［美］克里斯·范·奥尔斯伯格、斯蒂芬·金等：《十四张奇画的十四个故事》，任溶溶等译，南宁：接力出版社，2014 年版.

加拿大作家马丁·斯普林格特（Martin Springett）的《龙尾巴上的早餐》（*Breakfast on a Dragon's Tail: and Other Book Bites*）①，书中囊括了十三个尚未完成的童话故事，每个故事只有一个引人遐思的标题、几幅简洁的插图和开头的一小段文字。这一小段文字提供了人物、时间、地点等基本的故事要素，并将情节铺垫到了一个引人入胜的关键点上，在精彩的后续情节即将展开之时，故事就戛然而止，并在页面下方出现一行小字，提示读者自行来补足后面的内容。

《混搭童话》（*Mixed Up Fairy Tales*）② 采用活页设计，读者在阅读时可以将十二个经典童话自由地拼接在一起，创作出独一无二的荒诞故事。在这个互动过程中，小红帽可能会嫁给豆茎上的巨人，丑小鸭可能会成为磨坊主儿子的随从，白雪公主可能会召唤出神灯里的巨人……这种由读者自行决定的混搭使图画书充满了颠覆性的趣味。与这本书的创作思路非常相近的是《雷维约教授的世界动物图谱》（*Animalario universal del profesor Revillod*）③，该书同样运用了线圈装订和活页，总共允许读者任意拼合出 4096 种匪夷所思的“传说生物”，也只有通过这种互动，书中的图文内容才会拥有意义。

《口袋里的故事》（*Dans les poches: D'Alice, Pinocchio, Cendrillon, et les autres...*）④ 采用非常特别的方式，将书中故事的“讲述权”交到了读者手中。该书的每个页面就像一个个装满小玩意的杂物袋，以细致的笔触不厌其烦地描绘出钥匙、糖果、羽毛、贝壳、帽子、小石子等五花八门的小物件，并未讲述任何故事（图 41）。然

---

① ［加拿大］马丁·斯普林格特：《龙尾巴上的早餐》，程荫译，青岛：青岛出版社，2014 年版.

② Hilary Robinson, Nick Sharratt. *Mixed Up Fairy Tales*. London: Hachette Children's Books, 2005.

③ ［西班牙］哈维尔·萨埃斯·加斯丹、米格尔·穆洛加伦：《雷维约教授的世界动物图谱》，杨凝宜译，沈阳：辽宁少年儿童出版社，2014 年版.

④ ［法］伊莎贝尔·辛姆莱尔：《口袋里的故事》，赵佼佼译，乌鲁木齐：新疆青少年出版社，2018 年版.

图 41 《口袋里的故事》
（新疆青少年出版社）

而，这份看似莫名其妙的“杂物清单”并不是故事的全貌，作者在前言中提示，每个页面上的小玩意都不像表面上看起来的那样毫无关联，而是暗含着一个童话故事的蛛丝马迹。在这里，作者所做的只是帮助读者把故事的线索分门别类摆放好，而像细心的侦探一样，设法从这份奇妙的“杂物清单”中挖掘出其背后隐藏的故事真相，就是读者自己的任务了。与之相似，《假如鸵鸟进了童话……》（*Il n'y a pas d'autruches dans les contes de fées*）[①] 也提供了一份未完成的“童话清单”。在这本书中，《小红帽》《卖火柴的小女孩》《林中睡美人》《白雪公主》《穿靴子的猫》《美女与野兽》《骑鹅旅行记》等故事的主人公都被换成了鸵鸟，相应的配角及其他细节也都随之发生了变化。至于这样的故事接下来要怎样进展，就必须依靠读者发挥想象力，而这本书的全部乐趣也正来自读者自己的想象与讲述。

在形式上并没有把故事“讲完”的后现代图画书，还可以包括葛瑞米·贝斯创作的两本带有游戏性质的书。第一本是《第十一小时》

---

① ［法］吉勒·巴舍莱：《假如鸵鸟进了童话……》，魏舒译，北京：新星出版社，2016 年版.

(*The Eleventh Hour*：*A Curious Mystery*)[①]。如果只阅读书中的图文内容，并不能全部掌握故事的情节线索，读者必须仔细观察分析每一页上的蛛丝马迹，绞尽脑汁去破译复杂的密码暗文，据此提出大胆的猜想，并反复小心求证，才能解开笼罩全书的谜团。而另一本书《魔法失窃之谜》(*Enigma*：*A Magical Mystery*)[②] 也遵循了同样的创作思路。读者必须亲手打开封底上的纸质壁橱，转动机关获取密码，据此解出密信，才有可能找到每一页画面上所隐藏的魔法道具，揭开故事中失窃案的谜底。总之，这些图画书的共同特点就是，只有通过读者的不懈努力，全书的故事才能够被补充完整。

三、装置书与特殊的玩具书

在颠覆传统阅读权力关系的道路上走得最远的或许是所谓的“装置书”及“玩具书”。在最极端的情况下，一些艺术家创作的装置书、立体书、游戏书等干脆类似于手工艺品，介于书籍与玩具之间，其功能和意义完全依靠读者的互动操作来实现。同时，在“装置”或“玩具”的表象之下，它们也并未放弃自己作为“书籍”的身份，因而在这些书的创作与设计思路中无疑蕴含着颠覆的意味——以传统意义上“文本”的形式，来探索作者与读者权力的边界。

这类书为数众多，设计思路也异彩纷呈，花样百出。除了在普通图画书中添加“小机关”的翻翻书、洞洞书、折页书、拉页书等之外，最常见的是纸艺立体书。翻开书页，书中的内容就会以三维立体的形

---

① ［澳］葛瑞米·贝斯：《第十一小时》，佟画译，武汉：长江少年儿童出版社，2017 年版.

② ［澳］葛瑞米·贝斯：《魔法失窃之谜》，影子译，武汉：长江少年儿童出版社，2017 年版.

态呈现出来，宛如一座惟妙惟肖的纸质雕塑，有时还会像现实中的场景一样，具有质感、景深和动态效果。《数饼干》（*Cookie Count*）[①]、《老先生玩游戏》（*Knick Knack Paddy Whack*）[②]、《字母立体书》（*ABC3D*）[③]、《妈妈?》（*Mommy?*）[④]、《花・愿》（*Paper Blossoms*）[⑤]等，都堪称立体书中的大师杰作。

就像普通图画书界的凯迪克奖、格林纳威奖等一样，立体书和活动书也有由美国可动书协会（Movable Book Society）设立的专门奖项——梅根多夫奖（The Meggendorfer Prize），颁发给近两年内出版的优秀立体书作品。在评选时，评委们会重点考虑有关立体书"互动性"的各种指标：结构设计的精巧程度，活动部件的动力来源是否稳定可靠，翻页动态效果是否丰富多彩，等等。立体书还有很多种变体，比如可以交叠出立体空间的"360°立体情景书"[⑥]，利用镂空纸模投影、模拟舞台剧效果的"光影玩具书"[⑦]，可以展开成为立体画卷的"手风

---

① Robert Sabuda. *Cookie Count: A Tasty Pop-up*. New York: Little Simon, 1997.

② Andrew Baron, Paul O. Zelinsky. *Knick Knack Paddy Whack*. New York: Dutton Books for Young Readers, 2002.

③ Marion Bataille. *ABC3D*. New York: Roaring Brook Press, 2008.

④ Maurice Sendak, Arthur Yorinks, Matthew Reinhart. *Mommy?* New York: Michael di Capua Books, 2006.

⑤ ［英］雷・马歇尔：《花・愿》，西安：未来出版社，2017年版。

⑥ 如：［法］露西・布鲁纳里：《360°大空间：看情境讲故事（套装共4册）》，许蓉译，昆明：晨光出版社，2016年版。
Kees Moerboo. *Roly Poly Pop-up*.（神奇翻转书，共8册）Swindon: Child's Play (international) Ltd, 2010.

⑦ 如：［法］娜塔莉・迪特雷：《光影游戏书・影子剧院系列（套装共3册）》，池佳斌译，北京：北京联合出版公司，2016年版。
［法］克莱芒蒂娜・苏代尔、夏尔・佩罗：《经典童话光影绘本（套装共3册）》，张伟译，西安：陕西人民教育出版社，2016年版。
［法］埃尔维・杜莱：《光线投影变变变》，Panda Panda童书译文馆、赵佼佼译，南宁：接力出版社，2015年版。
［法］埃尔维・杜莱：《光影和我藏猫猫》，Panda Panda童书译文馆、赵佼佼译，南宁：接力出版社，2016年版。

图 42 《小猎人》
（新星出版社/读库）

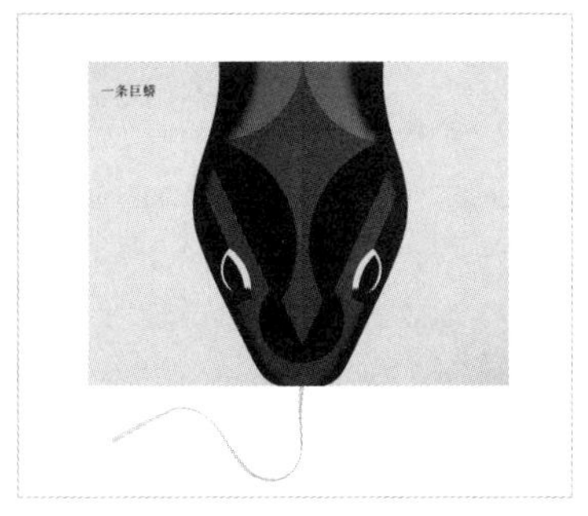

图 43 《丝带》
（新星出版社/读库）

琴书”[①]，以纸板模切成特殊形状来模拟实际物品的“异形书”[②]，等等。

一些玩具书会借助各种特殊材质，来为互动游戏环节增添趣味。例如，《小猎人》（*L'enfant chasseur*）[③] 中附带了一张透明的彩色卡片，上面印着书中主人公男孩的脸，读者需要用这张卡片来做游戏，把它盖在书页上，移动到合适位置，书中所描述的动物形象才会悄然出现，故事也才能顺理成章地继续进展下去（图 42）。而同一作者的《丝带》（*Le Ruban*）[④] 则凭借一条黄色的丝带与读者进行互动，书脊处露出的黄色丝带会随着每一页的不同内容，发生令人惊叹的变化，读者需要运用自己的想象力，将它与页面中的事物联系起来，获得一个完整的故事（图 43）。除此之外，镜面书、动画书、发光书、音乐

---

① 如：[法] 艾玛·吉莉亚妮：《花花世界》，张木天译，西安：陕西人民教育出版社，2016 年版.
[法] 劳伦斯·本茨：《绝色美书（婴幼版）》，爱科维特译，南昌：江西高校出版社，2017 年版.

② 如：P. H. Hanson. *My Granny's Purse*. New York：Workman Publishing Company，2013.
P. H. Hanson. *My Mommy's Tote*. New York：Workman Publishing Company，2013.
Peter Lippman. *Mini House*.（“迷你屋系列”）New York：Workman Publishing Company，1993.
[捷克] 乌尔里希·鲁彻奇卡、托马斯·图马：《世界上最具创意的三维立体形状书系列（共 9 册）》，北京：高等教育出版社，2013 年版.

③ [法] 阿德里安·帕朗热：《小猎人》，魏舒译，北京：新星出版社，2016 年版.

④ [法] 阿德里安·帕朗热：《丝带》，梁霄译，北京：新星出版社，2017 年版.

书等五花八门的玩具书，也分别借助各不相同的特殊材质来达到与读者互动的效果。另外，这些效果通常不是单一的，一本有趣的玩具书往往是多种媒材和互动手法相结合的产物。

在这类图画书中，还有一种所谓的“装置书”（Object-Books），它们的本质是大型装置艺术，仅在表面上还保留着一丝“书”的形态。例如意大利艺术家恩佐·马俐（Enzo Mari）创作的《游戏场》（*Il posto dei giochi*），是一本足有墙面那么高的“手风琴书”。就像其名字所宣称的一样，它可以被转换为一座堡垒、一道围墙、一座桥或一个密室等各种空间形式，总之是儿童可以在其间嬉戏的游戏场所。2008 年，这本“书”被复制在罗马博格赛庄园（Villa Borghese）的儿童活动中心（Casina di Raffaello）里。这个活动中心还曾展出过马俐的类似作品《寓言游戏》（*Il gioco delle favole*），该“书”可以随儿童的想象而任意转换成迷宫、小剧场或读书室——“孩子们不仅可以玩这本书，还可以在这本书里面玩。”[①] 布鲁诺·穆纳里创作的装置书《书床》（*Libro letto*），取意大利语中“letto”一词兼具“读”与“床”的双关义，呈现为可以自由拆解组合的巨大彩色软垫。每个“页面”的边缘印有文字故事，此书既可以作为床来使用，也可以用来阅读。在接受采访时，穆纳里将它称为“可栖居的书”[②]，因为它不仅可以被当作一张床，还可以变身为一顶帐篷或一间小屋，在变为不同形态的同时，印在“页面”上的故事也会随之重新组合出新的内容。

由于一些装置书和玩具书放弃了叙事，所以它们到底更接近于“玩具”，还是更接近于“书”，在学界仍然是一个颇有争议的话题。像

① Sandra L. Beckett. *Crossover Picturebooks: A Genre for All Ages*. New York: Routledge, 2012: 75.

② Bruno Munari. Libro letto. *Domus*, 1994. 5 (760): 57.

大卫·刘易斯这样的学者认为，我们不应该将其简单地归于某一类别当中，而是应该将其看作“一种混杂的产物”，是“玩具与图画书二者的结合”①。但不管怎么说，这些作品的创作初衷是为了提高读者的参与度，就像萨利斯伯瑞说的：“幼儿喜欢玩书，也喜欢和书交流，立体书和玩具书的设计就是为了回应他们的这些需求。”② 抛开所有争议来看，种种极具创新性的装置书或玩具书，无疑彻底颠覆了“书”的传统概念，展现了作者与读者之间权力关系的无限可能性。

总而言之，本节中所论及的种种后现代图画书，如同一片作者和读者共同嬉戏的“纸上游乐场”，为双方赋予了不同以往的权力。就像有的研究者指出的，阅读这些书的过程中，“儿童读者的游戏倾向与作者的游戏意愿一拍即合”③，于是二者之间形成了一种“意味深长的共谋”④，这一点决定了它们的基调与趣味。在后现代图画书的“纸上游乐场”中，读者受邀成为作者的“玩伴”，双方共同参与书中的符号游戏，共同创造图画书的意义，共同对书中内容做出多元化的阐释，也共同享受图画书中蕴藏的乐趣。不再有哪一方是占据绝对支配地位的“领导者”，也不再有哪一方是亦步亦趋的追随者。权力关系的不平等会限制图画书阅读的灵活性和开放性，进而损害“纸上游戏”所带来的珍贵启发与无限乐趣。因此，通过埋藏隐喻、互文手法、图像叙事、互动交流等手段，这些后现代图画书就在不同程度上颠覆了作者与读者之间的传统权力关系。

---

① David Lewis. *Reading Contemporary Picturebooks: Picturing Text*. New York: Routledge, 2001: 98.

② [英] 马丁·萨利斯伯瑞：《剑桥艺术学院童书插画完全教程》，谢冬梅、谢翌暄译，南宁：接力出版社，2011年版，第86页.

③ David Lewis. *Reading Contemporary Picturebooks: Picturing Text*. New York: Routledge, 2001: 80.

④ Sandra L. Beckett. *Crossover Picturebooks: A Genre for All Ages*. New York: Routledge, 2012: 78.

第五章

纵深的国度：后现代儿童图画书的价值

在前面几章中，我们从三大方面剖析了受到后现代主义理念影响的儿童图画书可能会具有哪些可辨识的特征，呈现出怎样不同寻常的面貌。本章将进一步深入，探讨这些后现代图画书具有的价值与意义。相关的讨论同样从三个方面展开，分别基于后现代主义文化、儿童阅读与发展、儿童文学理论等视角来探讨后现代图画书的价值，力求更加全面地把握并评估这类作品，从而更深刻地认识在后现代主义视域下，当代儿童图画书全新转向的意义。

第一节

后现代文化意义的价值

一、丰富后现代主义的艺术实践

首先，从本质上说，后现代图画书是一门带有后现代主义烙印的图文艺术。具体来说，图画书可以被定义为“一种以书籍的形式整合图像与文字叙事的艺术形式”①。对于它的本质，我们可以从两个方面来理解。

第一方面，与图画、雕塑等视觉艺术不同，在图画书中，图像的最主要功能并非提供视觉刺激或是激发美感，而是协助叙述故事。②图画书中的图像具有时序性，依照严密的连贯顺序来讲述故事，因此

① Janet Evans. Picturebooks as Strange, Challenging and Controversial Texts. In Janet Evans ed. *Challenging and Controversial Picturebooks*: *Creative and Critical Responses to Visual Texts*. New York: Routledge, 2015: 21.

② [加拿大] 培利·诺德曼：《话图：儿童图画书的叙事艺术》，杨茂秀、黄孟娇、严淑女、林玲远、郭鍠莉译，台东：儿童文化艺术基金会，2010 年版，第 4 页.

它是所谓的“连续艺术”（sequential art）[①]，更接近于文学而非绘画。有研究者指出：“文学性必然是绘本的内在要求。”[②] 在历史上，曾有多部图画书获得通常颁给小说的儿童文学奖项。例如 1982 年，纽伯瑞儿童文学奖金奖就颁给了图画书《威廉·布莱克旅店的一次访问》（*A Visit to William Blake's Inn*）[③]。并且，不仅有文字的图画书的核心是文学性，无字书还同样是不折不扣的文学作品。因为无字书的故事依然是以语言为媒介进行构思的，只不过在呈现构思的过程中，文字被有意地隐退在幕后，所以，无字书“只不过没有印上文字而已，实际上仍然存在着支撑图画表现的语言”[④]。这一点在历史上也有佐证。2007 年，陈志勇的无字书《抵岸》力挫多位著名文学家的小说作品，获得当年度的“新南威尔士总理文学奖”（NSW Premier's Literary Awards），虽然在当时引发了不小的争议，但也充分说明了文学评论界对于图画书文学性的认可。[⑤]

第二方面，虽然图画书在本质上属于文学作品，但它毕竟与一般的文学作品有着显著的差异，图文复合的跨媒介特性，使它从所有的文学门类中脱颖而出。著名图画书作家尤里·舒利瓦茨（Uri Shulevitz）指出，一本“真正”的图画书主要通过图画讲述故事，而文字是辅助的。[⑥] 一本图画书如果缺少文字，仍可以实现正常的叙事功能，但如果缺少图画，它就不再是一本“图画书”了。图像与文字

---

① Will Eisner. *Comics and Sequential Art*. Tamarac: Poorhouse Press, 1985: xi.

② 丁诚中：《如何理解绘本的概念及其特性》，《家庭与家教（现代幼教）》，2008（2），第 46 页.

③ Nancy Willard, Alice Provensen, Martin Provensen. *A Visit to William Blake's Inn*. New York: A Voyager/Hbj Book, 1982.

④ ［日］松居直：《我的图画书论》，季颖译，长沙：湖南少年儿童出版社，1997 年版，第 47 页.

⑤ Sandra L. Beckett. *Crossover Picturebooks: A Genre for All Ages*. New York: Routledge, 2012: 311.

⑥ ［美］丹尼丝·I. 马图卡：《图画书宝典》，王志庚译，北京：北京联合出版公司，2017 年版，第 9—10 页.

双重符号系统的结合，使得图画书在观照复杂的内在世界时，具有无穷的潜力：图画可以表现文字难以描述的精神层面，做到很多只靠文字无法做到的事情。陈志勇曾说："有些东西是无法用文字充分言明的——新颖的想法，矛盾的情绪，只适合以超越文字的视觉形象来表现的无名概念等。"① 正是在这个意义上，儿童图画书与儿童文学中的绝大多数文类不同，无法在成人文学中找到恰当的对应物，独树一帜的图文符码复合性，使它呈现为一门独特的复合艺术。

其次，从形式上说，后现代图画书最大限度地拓展了后现代艺术的表现力，为后现代艺术领域创造了一批全新的精美艺术品。图画书就像电影、歌剧、大型电子游戏一样，是一种跨媒介的艺术形式，它既不是单纯的文学作品，也不是单纯的视觉艺术作品，而是二者的综合体。图像和文字之间的互动模式并没有一定之规可循，有时还会牵涉到更多的跨界艺术门类，这极大地提高了图画书的自由度，使它成为一种分外开放的艺术形式，乐于面向未知的未来不断自我更新，挑战媒介、版式、文本、艺术手法等各方面的新形式。正如贝克特所表述的："对于文学和艺术的创新来说，图画书是一片格外丰饶的沃土，作家、画家、雕塑家、摄影家、设计师、印刷者、出版者都着迷于令人兴奋的图文实验。他们对新版式、新技术和新媒介的探索，使图画书成为一种极为生机勃勃的文类。"② 从而，承载后现代主义理念的图画书不同于以往所有的后现代艺术作品，它在形式和内容上多有创新，以别具一格的复合艺术形式丰富了后现代主义的艺术实践。后现代图画书因而可以被视为一种建立在其他成熟艺术形式基础之上的"超级文类"③。有

① Shaun Tan. The Accidental Graphic Novelist. *Bookbird*, 2011. 49 (4): 8.

② Sandra L. Beckett. *Crossover Picturebooks: A Genre for All Ages*. New York: Routledge, 2012: 308.

③ David Lewis. The Constructedness of Texts: Picture Books and the Metafictive. *Signal*, 1990. 5 (62): 142.

时，一些具有革新性的后现代图画书完全无法被归入已有艺术门类当中，它们“标志着未来叙事方式的全新转向”[1]。

桑德拉·贝克特（Sandra L. Beckett）曾提出了“艺术家图画书”（artists' books）的概念，这种书堪称以图画书的形式对后现代艺术进行探索的一个代表。从20世纪六七十年代起，一批“纯艺术”大师投身于图画书的创作，带来了大量现在被人们称为“艺术家图画书”的绝妙作品。在这些创作者当中，不乏布鲁诺·穆纳里、恩佐·马俐、瓦娅·拉维特（Warja Lavater）、柯薇塔·巴可维斯基（Květa Pacovská）、埃尔·利西茨基（El Lissitzky）、草间弥生（Yayoi Kusama）等当代艺术名家。他们以图画书为载体实施艺术革新，挑战文艺界的传统思维，探索后现代艺术的内涵和表现形式，也致力于挖掘图画书作为一种独特艺术形式的潜力。

作为后现代艺术实践的产物，“艺术家图画书”虽然看上去特立独行，很容易辨识，但却难以被准确地定义。罗伯特·阿特金斯（Robert Atkins）曾尝试对其进行如下的定义：“艺术家图画书不是关于艺术家的图画书，也不是纸雕立体书，而是以书的形式呈现出来的视觉艺术作品。”[2] 这些书在传递发人深省的思想内涵之余，在形式上也堪称精美绝伦的艺术品。它们往往带有强烈的艺术实验性质，以新锐的理念和抽象化的设计，不落窠臼地传达出后现代艺术大师的先锋性构想。上一章中所提及的立体书和装置书中，有很多就是后现代艺术家的作品，它们不仅仅是图画书，同时还是一件件艺术化的“物品”，被拓展为可以用来阅读、玩耍、表演的玩具或游戏装置。通常来

---

① Sandra L. Beckett. *Crossover Picturebooks: A Genre for All Ages*. New York: Routledge, 2012: 308.

② Robert Atkins. *ArtSpeak: A Guide to Contemporary Ideas, Movements and Buzzwords*. New York: Abbeville, 1990: 48.

说，“艺术家图画书”会时不时地超脱出书籍的范畴，与音乐、电影、戏剧、舞蹈、雕塑、建筑等各种艺术门类紧密相连。例如，穆纳里有意将自己的作品与音乐相印证，书中的色彩和符号都带有音乐般的和谐韵律。先锋艺术大师埃尔·利西茨基在图画书《两个方块》（*About Two Squares*）① 中，刻意模仿电影的构图角度和镜头语言。瑞士艺术家瓦娅·拉维特则热衷于创作以抽象符号为艺术语言的风琴书，她的书可以独自竖立在平面上，或者被展开悬挂在墙上，宛如一幅壁画，她本人也将这些作品看成是一件件“雕塑”。②

总而言之，个性十足的“艺术家图画书”开创了一种全新的后现代艺术形式，为当代后现代艺术实践留下了宝贵的财富。它们以独特的美学品质，挑战并愉悦着所有年龄层次的读者，也持续不断地“吸引着后现代艺术家去探索人类的生存境况”③。虽然名义上为“儿童图画书”，但它们的受众并不仅止于儿童，甚至不仅止于普通读者。事实上，很多“艺术家图画书”就像“纯艺术”作品一样，拒绝被大规模的工业化复制，而常常被采取手工制作的方式小规模生产，甚至只有一两件复本。这些作品经常会获得艺术鉴赏和收藏界的关注，被画廊、研究院、博物馆等机构收藏，进入艺术品市场而非普通的图书销售市场，这也证明了它们作为后现代艺术品的地位。

后现代图画书在艺术形式方面创新的另一个典型例子是所谓“融

---

① El Lissitzky. *About Two Squares*: *A Suprematist Tale*. Translated by Christiana van Manen. Cambridge: Massachusetts Institute of Technology, 1991.

② Warja Lavater. Perception: When Signs Start to Communicate. In Ellis Shookman ed. *The Faces of Physiognomy*: *Interdisciplinary Approaches to Johann Caspar Lavater*. Columbia: Camden House, 1993: 186.

③ Barbara Kiefer. What is a Picturebook, Anyway? —The Evolution of Form and Substance Through the Postmodern Era and Beyond. In Lawrence R. Sipe, Sylvia Pantaleo eds. *Postmodern Picturebooks*: *Play*, *Parody*, *and Self-Referentiality*. New York: Routledge, 2008: 20.

合文本”（fusion texts）的诞生。“融合文本”的源头要追溯到漫画和图像小说。漫画“将图画和图像素材按安排好的顺序置放在一起，以传递信息及（或）唤起读者的美感反应”[1]。漫画中的图片和文字通常被限制在框线之内，整部作品是由无数彼此之间相对独立的图文碎片拼合而成的“马赛克艺术”[2]。而图像小说则可以认为是漫画的一种变体，它的篇幅通常要长于典型的漫画，主题往往更加复杂，创作手法也更加多样。

虽然图画书在起源上与漫画和图像小说有着密不可分的联系，但它并不直接起源于漫画，二者之间有着相当大的区别：图画书的图文关系和故事结构一般比漫画要简单；图画书致力于帮助儿童读者融入社会文化，培养他们的阅读能力，而漫画却在深层上“逃避甚至阻碍文字阅读能力（的获得）”[3]。正如有的研究者所指出的：“漫画一面坚持书籍的规范，一面又反叛文学的理念，这着实令读者感到困扰。”[4] 并且，漫画及图像小说还经常由于主题和表现手法方面的问题而被诟病，传统观念认为，它们只擅长处理肤浅、陈腐、千篇一律的题材，故事结构和人物形象模式化，有时还会牵涉到很多负面主题。

但实际上，这种看法并不准确，当代的漫画和图像小说已经发生了巨大的变化。梅尔·吉布森（Mel Gibson）指出：“图像小说和漫画一度被认为是患有阅读障碍症的男性少年的专属，这一看法低估了这种拥有巨大灵活性的文类，它完全可以为不同年龄、不同性别的读者

---

① Scott McCloud. *Understanding Comics*. New York：Harper Perennial，1994：9.

② Perry Nodelman. Picture Book Guy Looks at Comics：Structural Differences in Two Kinds of Visual Narrative. *Children's Literature Association Quarterly*，2012. 37（4）：438.

③ Charles Hatfield，Craig Svonkin. Why Comics Are and Are Not Picture Books：Introduction. *Children's Literature Association Quarterly*，2012. 37（4）：431.

④ Janet Evans. Fusion Texts — The New Kid on the Block：What Are They and Where Have They Come From? In Janet Evans ed. *Challenging and Controversial Picturebooks：Creative and Critical Responses to Visual Texts*. New York：Routledge，2015：101.

提供文学或写实类的复杂作品，当然也可以提供幼童读物。”[①] 的确，近年来涌现出了一大批立意深刻、手法精湛、广受读者和学界关注的图像小说作品，如：《吉米·科瑞根：地球上最聪明的小子》（*Jimmy Corrigan: The Smartest Kid on Earth*）[②]、《造梦的雨果》（*The Invention of Hugo Cabret*）[③]、《简、狐狸和我》（*Jane, le renard & moi*）[④]、《玻利瓦尔》（*Bolivar*）[⑤] 等。其中，《造梦的雨果》获得了2008年的凯迪克金奖，鉴于该书作者本人并不认为它是图画书，而强调其作为“图像小说”的特质，它就成了史上“第一本获得凯迪克奖的小说作品”[⑥]。

不仅如此，漫画及图像小说还被普遍认为是后现代艺术的重要代表，因为它们往往具有解构主义的思想内涵，倾向于关注社会与政治问题。例如，《鼠族》（*MAUS*）[⑦] 以象征主义手法讲述了一对犹太夫妇从纳粹大屠杀中逃生的真实经历，表现了战争的残酷与人性的悲哀。《切尔诺贝利之春》（*Un printemps à Tchernobyl*）[⑧] 记录了切尔诺贝利核泄漏事故后隔离区人们的生活，在客观中立的笔调之下，掩藏着对

---

① Mel Gibson. “So What Is This Mango, Anyway”: Understanding Manga, Comics and Graphic Novels. *NATE Classroom*, Summer 2008 (5): 8.

② ［美］克里斯·韦尔：《吉米·科瑞根：地球上最聪明的小子》，陈鼐安译，北京：新星出版社，2015年版.

③ ［美］布莱恩·塞兹尼克：《造梦的雨果》，黄觉译，南宁：接力出版社，2012年版.

④ ［加拿大］伊莎贝尔·阿瑟诺、范妮·布里特：《简、狐狸和我》，方尔平译，武汉：长江文艺出版社，2015年版.

⑤ Sean Rubin. *Bolivar*. Los Angeles: Archaia, 2017.

⑥ ［美］丹尼丝·I. 马图卡：《图画书宝典》，王志庚译，北京：北京联合出版公司，2017年版，第6页、第279页.

⑦ ［美］阿特·斯皮格曼：《鼠族（I/II）》，王之光等译，西安：陕西师范大学出版社，2009年版.

⑧ ［法］艾玛纽埃尔·勒巴热：《切尔诺贝利之春》，郭佳、颜筝译，北京：北京联合出版公司，2017年版.

人类行为和技术至上论的反思。《蓝色小药丸》（*Pilules bleues*）[①] 则真实地展现了艾滋病感染者的生活与爱情，对沉重的社会问题做出了富有人文精神的思考。

一些图画书艺术家以自己的方式消弭了漫画、图像小说和后现代图画书三者之间的隔阂，将这三种与后现代主义有着密切关系的“连续艺术”融合在一起，在实践中创造出了一种全新的后现代艺术形式——“融合文本”。融合文本混淆不同的传统文类，将漫画、小说、图画书等各自的特征溶解、联结、熔铸在一起。在主题和内容方面，融合文本通常会继承图像小说的争议性与解构性；在艺术手法方面则旗帜鲜明地打破僵化规则，灵活地择取多种多样的表现技巧，将一切可能的元素为己所用，大胆地探索属于自己的独特艺术路径。正如佩特罗·帕纳欧（Petros Panaou）和弗里克索斯·麦克利兹（Frixos Michaelides）对于融合文本的评价：“图文之间的互动关系和表现手法不断地流动……没有一个特别的一定之规，只有永无休止的变幻和混合；唯一的界限是故事本身，任何可以强化图文表现力、有利于故事叙述的东西都可以被接受。”他们接着分析道，这种书的目标读者既是有着丰富阅读经验的成人，也是在后现代社会中成长起来的儿童，因为他们能“接受并欢庆灵活、流动与变化”。[②] 融合文本挑战了读者的阅读习惯和阅读期待，促使他们在整个阅读过程中保持警觉，根据每页不同的图文关系，不断转换自己的阐释方式。这些书以前所未有的新颖模式，力图把故事讲得更加迷人而有力。由此，融合文本成为一个适于承载新理念和新技法的后现代艺术平台，为后现代艺术——尤

---

① ［瑞士］弗雷德里克·佩特斯：《蓝色小药丸》，陈帅、易立译，后浪漫校，北京：北京联合出版公司，2017年版.

② Petros Panaou，Frixos Michaelides. Dave McKean's Art：Transcending Limitations of the Graphic Novel Genre. *Bookbird*，2011. 49（4）：65—66.

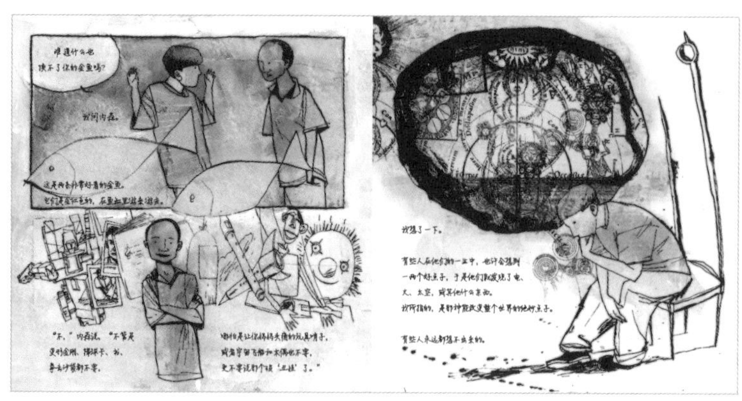

图 44　《那天，我用爸爸换了两条金鱼》
（浙江人民美术出版社/耕林童书馆）

其是叙事艺术——的创新开辟了一片广阔的天地。就像亨利·奎柯（Henri Cueco）所形容的一样，它“攻占了一片全新的领土”[①]。

目前，关于融合文本的研究在学界刚刚兴起，尚未形成较为成熟的结论或话语体系，但研究者们普遍将其视为一种颇为值得关注的后现代艺术形式。在图画书创作领域内尤其如此，很多当代图画书大师以创作融合文本为突出的个人风格。例如，雷蒙·布力格的经典作品《鬼怪方嘎斯》（*Fungus the Bogeyman*）[②] 被一些评论者称为“图画书、图像小说和卡通漫画的混合物”，其实他的绝大多数作品都具有类似的风格。戴夫·麦基恩和尼尔·盖曼合作的五部作品都诡异、幽默，别具一格而富有强烈的吸引力，是典型的融合文本（图 44）。彼得·西斯经常运用融合文本的形式创作一些意韵深远的图画书，如《墙》（*The Wall*）[③]、《群鸟的集会》（*The Conference of the Birds*）[④]、《天谕

---

① Sandra L. Beckett. *Crossover Picturebooks: A Genre for All Ages*. New York: Routledge, 2012: 316.

② Raymond Briggs. *Fungus the Bogeyman*. London: Hamish Hamilton, 1977.

③ Peter Sís. *The Wall: Growing up Behind the Iron Curtain*. New York: Farrar, Straus and Giroux, 2007.

④［美］彼得·西斯：《群鸟的集会》，杜可名译，北京：人民文学出版社，2017 年版.

之地》（*Tibet Through the Red Box*）[①] 等。威利·普赫纳（Willy Puchner）的作品，以《走遍世界的色彩》（*Willy Puchners Welt der Farben*）[②] 为代表，大部分都是立意精妙的融合文本。其他钟爱融合文本的著名图画书作家还有陈志勇、海贝卡·朵特梅、艾美莉·弗雷珊、芭芭拉·莱曼（Barbara Lehman）等。

第三，从实践上来说，后现代图画书填补了后现代艺术领域中，“纯艺术”与“实用艺术”之间的空白。马丁·萨利斯伯瑞指出，在当下，“纯艺术”已经不可遏制地越来越趋向于概念化，成为了一种远离日常生活的构想，“艺术”与“生活”之间由此出现了一片巨大的“真空地带”。[③] 而后现代图画书作为整个后现代艺术实践的一部分，既坚守了自己作为艺术品的本真，又充分考虑到目标受众——儿童读者——的接受度，就像萨克所说的那般：“许多作家注重艺术性及中庸性，视童书为雅俗文化的接合剂。”[④] 虽然从前文的分析中，我们可以体会到后现代图画书作家在艺术探索方面的自觉，但他们的作品仍要依托于大规模出版工业，与“纯艺术”创作有所区别。

例如，托比·瑞德尔声称，他在选择职业道路时之所以决定当图画书作家，而非“画廊艺术家”，就是因为图画书在广泛的公众领域内具有更大的影响力：“图画书被成千上万地大量印制，并且可以以最快的速度散播到全国的每一个角落。”[⑤] 又如，安东尼·布朗曾提到，马

---

① Peter Sís. *Tibet Through the Red Box*. New York: Farrar, Straus and Giroux, 1998.

② ［奥地利］威利·普赫纳：《走遍世界的色彩》，时翔译，北京：电子工业出版社，2016年版.

③ Martin Salisbury. The Artist and the Postmodern Picturebook. In Lawrence R. Sipe, Sylvia Pantaleo eds. *Postmodern Picturebooks: Play, Parody, and Self-Referentiality*. New York: Routledge, 2008: 23.

④ ［英］Deborah Cogan Thacker、Jean Webb：《儿童文学导论：从浪漫主义到后现代主义》，杨雅捷、林盈蕙译，台北：天卫文化图书有限公司，2005年版，第206页.

⑤ Sandra L. Beckett. *Crossover Picturebooks: A Genre for All Ages*. New York: Routledge, 2012: 208.

格利特画作的版权所有者对他提起了诉讼，因为他们认为《梦想家威利》当中充满了对马格利特作品的“仿冒”。[①] 这里虽然涉及的是版权问题，但也可以从一个侧面反映出，即使是马格利特这样的“纯艺术”大师的作品，在公众范围内的影响力也很难超越知名图画书。因而，后现代图画书既具有先锋性，又具有日常性，恰到好处地弥合了纯艺术与实用艺术之间的裂隙，填补了它们之间的“真空地带”。

二、增进后现代主义与现实生活的联系

后现代主义思潮从诞生到现在，已历经了半个多世纪的风雨，正如所有的理论一样，它也有着发生、发展、分化、衰落的过程。今天，有很多研究者认为：“后现代主义正在失去质疑、审视和激发思考的力量，尤其在涉及它自身的起源与本质的问题时。”[②] 这主要源于三个方面的原因。

第一，后现代主义理论过于晦涩难懂。后现代主义的理论体系异常分散庞杂，语言风格又大多佶屈聱牙，在跨国传播时，更是常常迷失于生硬含糊的翻译当中，这使得它整体上呈现为一种混乱难懂、不知所云的状态。在求新求变的理论氛围驱使之下，很多后现代主义者热衷于在行文方式和语言模式上进行创新实验，他们竞相切断逻辑，重排版式，打乱文字，制造新词。不仅文艺作品如此，而且甚至在理论著述中都随处可见双关语、新造字、古怪的标点符号、毫不相干的

---

① Elaine Williams. Willy，Magritte and Me. *TES Magazine*，September 15，2000. [2017-11-17] https：//www. tes. com/news/tes-archive/tes-publication/willy-magritte-and-me

② Paul Smethurst. *Postmodern Chronotope：Reading Space and Time in Contemporary Fiction*. Atlanta：Rodopi，2000：11.

理论拼贴等现象。正如巴特勒所说："虽然论证清晰一向是法国的传统，但法国后现代大师们却一反这一传统，断然采用一种先锋派写作风格。"① 美国后殖民主义批评家霍米·巴巴（Homi Bhabha）著作中的一段论述甚至在《哲学与文学》（*Philosophy and Literature*）杂志举办的"年度最差写作比赛"中"荣获"二等奖。② 以至于连哈桑这样的后现代理论家自己都不得不承认："后现代主义被转变成了枯燥、保守、滑稽、矫揉造作、陷入僵局的游戏，甚至纯粹是一种文字噱头"③。

第二，后现代主义理论内部存在着一些难以自圆其说的逻辑悖谬。例如，虽然后现代主义以挑战西方人文主义经典学说为己任，但也有评论家指出，正是借助于西方传统经典的巨大影响力，后现代主义者的"反西方"立场才获得了广泛关注。事实上，后现代主义不遗余力地对现代主义的"宏大叙事"进行分析与解构，对文本的"互文性"极度重视，反而从侧面印证了作为"前文本"的"宏大叙事"的权威性与合法性。并且，有学者指出，后现代主义理论体系的实际操控者仍然是受过良好教育的白人男性，女性和少数族裔实际上很难在后现代主义的理论框架下真正发声。④

又如，后现代主义最大的逻辑悖谬恰恰来源于它的立身之本——否定性与相对论。从根本上来说，后现代主义"坚决拒斥任何领域内的普遍知识"⑤，解构启蒙运动以来所有关于理性和计划的学说，将它

① ［英］巴特勒：《解读后现代主义》，朱刚、秦海花译，北京：外语教学与研究出版社，2013 年版，第 154 页.

② ［英］巴特勒：《解读后现代主义》，朱刚、秦海花译，北京：外语教学与研究出版社，2013 年，第 154 页.

③ Ihab Hassan. From Postmodernism to Postmodernity：The Local/Global Context. *Philosophy and Literature*，2001. 25（1）：5.

④ Cherie Allan. *Playing with Picturebooks*：*Postmodernism and the Postmodernesque*. Basingstoke：Palgrave Macmillan，2012：13—14.

⑤ ［美］保罗·R. 格罗斯、诺曼·莱维特：《高级迷信：学术左派及其关于科学的争论》，孙雍君、张锦志译，北京：北京大学出版社，2008 年版，第 82 页.

们看成是各种条件和情境相互作用的产物。在后现代主义理论中，极度的“解构”与含糊其辞的语言表述相伴而生：“（后现代主义的）论证时常表现为一种对解释的放弃，一种将事物看作无限差异与流动性的消解……仿佛所有坚实的物体最后都会化为空气。”① 后现代主义者在阐述任何观点时，都一成不变地采取一种玩世不恭、夹缠不清的论证姿态，他们常常拒绝结论，嘲弄意义，对许多利害攸关的重要事物不置可否。这种姿态的无限蔓延，使得后现代主义者几乎不可能在不违背自己原则的基础上，提出有建设性的学术观点。在逻辑上，他们最终陷入了自我否定、自我质疑、自我消解的怪圈，这是一种颇具反讽意味的处境——不能认真地对待语言、词汇和理论自身，使得后现代主义缺乏稳定的观点，只能被动地对各种核心意识形态做出批判性的应对，因而也无法开创或明确任何意义。这一点恰恰验证了哲学家凯特·索珀（Kate Soper）针对后现代主义理论的警告：“既要警惕传统‘价值话语’（value-discourse）中的许多缺失和不成熟之处，也要警惕由于取消了一切原则立场而导致自身理论的崩溃。”②

然而，任何一种理论在立论之时，都不可能完全没有确定的合法性标准。于是，既然“在后现代语境下，我们不再能依赖于那些超越一切、压倒一切的宏大道理或论点”③，就只能再寻找一个新的合法性标准。而后现代主义者为自己的理论所树立的新标准，就是绝对的异质性与多元主义，虽然这其实有违他们一贯信奉的“相对主义”原则。比如，有学者对著名的后现代理论家利奥塔评价道：“由于把异质性、歧异性绝对化，他便使自己陷入另一种意义上的绝对性，即异质是绝

---

① ［英］大卫·帕金翰：《童年之死》，张建中译，北京：华夏出版社，2005 年版，第 109 页.

② ［美］保罗·R. 格罗斯、诺曼·莱维特：《高级迷信：学术左派及其关于科学的争论》，孙雍君、张锦志译，北京：北京大学出版社，2008 年版，第 96 页.

③ ［英］巴特勒：《解读后现代主义》，朱刚、秦海花译，北京：外语教学与研究出版社，2013 年版，第 275 页.

对的，非普遍性是绝对的。”[①] 一些后现代主义者对多元和解构的信仰是如此之坚定，以至于他们宣扬相对主义价值观的文章，反而荒谬地呈现出一种言之凿凿的“传道”式风格。更有甚者，一些后现代主义者为了宣扬自己的学说，干脆暂时抛弃了相对主义，转而把自己的观点强行树立为衡量意义的准则。比如，有人对德里达的立场进行了讽刺性的总结：“他坚称文本——特别是他自己的文本——有相当确定的意义，而他——作为作者——享有独一无二的特权去理解其意义。”[②] 如此种种，无不说明后现代理论内部存在着较为严重的逻辑谬误——在反对“宏大叙事”的同时，它自己也不可避免地成为了某种带有绝对主义色彩的“宏大叙事”。正如某些后现代主义的批评者所指出的：“后现代主义的心态有一种强烈的总括一切的成分，尽管它到处假惺惺地指责别人想要总括一切。”[③]

第三，后现代主义理论容易陷入神秘主义、反智主义等非理性倾向的陷阱。由于理论语言极度晦涩难懂，后现代主义的很多观点经常会被曲解或误读。即便不被误读，我们也可以坦率地说，在深奥语言的掩饰下，很多后现代理论著作中所蕴含的思想并不见得异乎寻常的深刻，甚至有时只是对相对主义的一种另类表述而已。因而，它常被人诟病为缺乏严谨的学术性和真正的深度，与其说是经得起检验的理论，不如说是一种呼吁多元和宽容的学术倾向。实际上，真正的宽容和相对主义并不能混为一谈，正如巴特勒所指出的，宽容是“有原则

---

① 陈嘉明：《现代性与后现代性十五讲》，北京：北京大学出版社，2006 年版，第 232 页.

② ［美］保罗·R. 格罗斯、诺曼·莱维特：《高级迷信：学术左派及其关于科学的争论》，孙雍君、张锦志译，北京：北京大学出版社，2008 年版，第 87 页.

③ ［美］保罗·R. 格罗斯、诺曼·莱维特：《高级迷信：学术左派及其关于科学的争论》，孙雍君、张锦志译，北京：北京大学出版社，2008 年版，第 102 页.

地容忍”[1]。在这里，“原则”并非可有可无：卓越的洞察力需要依靠真理的概念，捍卫个体的权利必须遵循法律、人权等普遍原则，社会研究和科学研究也需要建立在确定事实的基础之上——这些都不是简单的相对主义所能轻易抹杀的。然而遗憾的是，后现代主义者在这一点上过于自负，极端的否定性与相对论导致“后现代主义的本质中有一种强烈的非理性主义”[2]。为了抵制现代主义力图理性认识世界——即“祛魅”——的主张，后现代文化对神秘主义极度青睐，将“复魅”作为后现代性的特征之一。在后现代世界中，“神秘的事物不再是正在等待驱逐令的被勉强容忍的异己分子，我们学会了与那些不但尚未被解释，而且无法解释的事件和行动共存……对流动的爱、身体体验、感官刺激等方面的迷恋行为，成为瞬间‘再度着魅’（即‘复魅’）的重要表现形式”[3]。

在后现代主义的非理性倾向中，最为极端的行为莫过于对科学一知半解的分析与抨击。总体来说，许多后现代主义者对科学——“理性”的终极代言人——怀有敌意，他们否认科学理论在事实可靠性上具有与众不同的优势，声称科学并非“真理”，而是和所有其他理论一样，只是一种“话语”或“隐喻”，是文化建构的产物，可以“解读”出政治立场和权威意志的烙印。于是，一些后现代主义者常常带着政治偏见，对科学成果进行稀奇古怪的描述和分析，从中强行寻找社会主题和政治主张，酿成不少笑话。

例如，德里达曾写道：“爱因斯坦常数不是恒定不变的，也不是一

① ［英］巴特勒：《解读后现代主义》，朱刚、秦海花译，北京：外语教学与研究出版社，2013年版，第277页。

② ［英］巴特勒：《解读后现代主义》，朱刚、秦海花译，北京：外语教学与研究出版社，2013年版，第156页。

③ 严翅君、韩丹、刘钊：《后现代理论家关键词》，南京：江苏人民出版社，2011年版，第252—253页。

个中心。它绝对是一个关于变化的概念——它最终是一个关于游戏的概念。”[①] 这显然是无稽之谈。另一个被广为流传的例子是著名的“索卡尔事件”。1996 年，物理学家艾伦·索卡尔（Alan Sokal）故意仿照后现代主义理论的雄辩风格，旁征博引地炮制了一篇荒唐的游戏之作《超越疆界：对量子论和万有引力理论的变革性阐释》（*Transgressing the Boundaries*：*Toward a Transformative Hermeneutics of Quantum Gravity*），文中充满了可笑的科学错误和不合逻辑的推论。结果，这篇文章受到赞赏，被刊发在后现代主义的重要学术杂志《社会文本》（*Social Text*）上。随后，索卡尔又在另一本杂志上撰文揭示了自己的恶作剧，令当时的后现代主义阵营颇感尴尬。[②] 这些例子表明，许多后现代主义者并不真正了解科学，只是以相对主义为借口，来逃避科学的实证工作和严格要求。科学崇尚的是不容置疑的客观真理——“科学及其客观性一直是一种国际性的语言，它能够提供关于这个世界的客观知识”[③] ——所以，用相对主义来对它进行否定，最终只能是班门弄斧，贻笑大方。一些反对后现代主义的科学家甚至辛辣地预言：“后现代主义最终肯定会烟消云散。”[④]

总之，后现代主义理论存在着如上所述的种种问题，使一般大众，甚至许多学者很难接近它的真相。当代后现代主义正在不知不觉地变成它自己一直坚决反对的东西——一个庞大臃肿、拒人于千里之外的“宏大叙事”体系。围绕着它的大量曲解和后现代主义者的盲目自负，

---

① ［美］保罗·R. 格罗斯、诺曼·莱维特：《高级迷信：学术左派及其关于科学的争论》，孙雍君、张锦志译，北京：北京大学出版社，2008 年版，第 90 页.

② ［英］巴特勒：《解读后现代主义》，朱刚、秦海花译，北京：外语教学与研究出版社，2013 年版，第 188—189 页.

③ ［美］保罗·R. 格罗斯、诺曼·莱维特：《高级迷信：学术左派及其关于科学的争论》，孙雍君、张锦志译，北京：北京大学出版社，2008 年版，第 94 页.

④ ［美］保罗·R. 格罗斯、诺曼·莱维特：《高级迷信：学术左派及其关于科学的争论》，孙雍君、张锦志译，北京：北京大学出版社，2008 年版，第 122 页.

带来了诸如反智主义等一些遭人批判的极端倾向，这又进一步加剧了其理论的衰落。正因如此，如今的后现代主义失去了其诞生之初振聋发聩的力量。

然而，后现代图画书在某种程度上遏制了后现代主义理论给人带来的不切实际的印象，这主要是由它的目标读者所决定的。后现代图画书虽然是受到后现代主义思潮影响的艺术品，或多或少地带有后现代主义特征，但它毕竟不可能偏离自己的儿童文学本质。尽管很多图画书作家和研究者不愿正面承认，但就最基本的层面来说，儿童图画书最主要的受众群体还是学龄前的儿童，正如诺德曼在《话图：儿童图画书的叙事艺术》（*Words about Pictures：The Narrative Art of Children's Picture Books*）一书的开篇所言，图画书是“以年幼孩子为取向的书”。[①] 今天的图画书虽然不再是中世纪时的传教工具，却仍然担负着向儿童传播信息的职能，意在让他们“见习”成人世界的语言系统和文字符号。有的研究者对此总结道：“图画书从诞生之日起，就被视为幼童的特权，尽管今天的图画书越来越清晰地呈现出错综复杂的一面，还是很难打破人们的这种印象。”[②]

正因为绝大多数图画书（至少在潜意识里）是为尚不熟悉复杂文本的儿童读者量身定做的，那么它必须采取相对简明直白的叙事策略，所描绘的内容也必须具有深入浅出的特点。这不仅是由图画书的特征，而且是由所有儿童文学作品与生俱来的本质属性决定的。迈尔斯·麦克道威尔（Myles McDowell）曾较为全面地总结了儿童文学的一般属性：

---

① ［加拿大］培利·诺德曼：《话图：儿童图画书的叙事艺术》，杨茂秀、黄孟娇、严淑女、林玲远、郭鍠莉译，台东：儿童文化艺术基金会，2010 年版，第 4 页．

② Sandra L. Beckett. *Crossover Picturebooks：A Genre for All Ages*. New York：Routledge，2012：3.

> “童书通常较短，倾向于主动而非被动的态度，由对话和事件，而非描述和独白构成；书中主人公一般是儿童；故事遵循习俗；有着清楚明确的道德模式……经常运用儿童化的语言；情节线索清晰可辨；避免复杂的可能性；往往与魔法、奇幻、率真和冒险等主题有着千丝万缕的联系。”①

虽然，后现代图画书在许多方面并不完全符合这些描述，但其儿童文学的本质属性不会被轻易磨灭。在实践中，儿童文学作品永远会对成人文学的叙事形态做出一定程度的拓展和调整，即使在关涉到后现代议题时，它也会有意无意地显露出自己的儿童文学身份。因此，受到后现代主义思潮影响的儿童图画书不可能像很多成人后现代文艺作品一样，采取故弄玄虚的行文方式来推行作者自己的观点，而是会用儿童文学固有的趣味性和形象性，来挑战高难度的主题和艺术理念。后现代图画书也并未湮没在一大堆生硬拗口的词句，以及莫名其妙的艺术装置当中，而是在后现代主义思潮的启发下，展露出独特的“纯真之眼”，前所未有地以个人化、艺术化的方式与读者进行视觉交流，这在所有文学作品中独树一帜。与其他后现代艺术作品相比，后现代图画书显得格外简明、浅白易懂。当然，这并不意味着它是低级的作品，“简明”并不等同于“浅薄”，一些表面上看似简单的作品，只是特意采取简练优雅的形式，来探讨引人深思的内容。本书所分析的大量后现代图画书中，很多都以简洁的手法，巧妙地处理了幽微深奥的哲学主题，可以作为佐证。

同时，出于儿童文学的本质属性，后现代图画书在内容与题材方

① Myles McDowell. Fiction for Children and Adults：Some Essential Differences. *Children's Literature in Education*，1973. 3，4（1）：58.

面的倾向也与成人后现代艺术作品有所不同。很多儿童心理学家相信，幼童是以自我为中心的读者，更能理解与自己的生活息息相关的故事①；儿童的生活充满了探索与发现，他们每天都在尝试学习新鲜事物，而这些"新鲜事物"最初必然来源于他们的日常生活。很多家长和早教工作者都会发现，非常年幼的孩子对玩具的兴趣远远比不上对日常用品的兴趣那么强烈，这或许是由于对他们来说，每天的日常生活已经是最大的冒险，"熟悉而又陌生"的感觉才分外迷人。因此，作为向儿童诠释、再现世界的重要材料，儿童图画书的内容必然要与目标读者的认知特点紧密相连。即使一部图画书的内容和主题受到了后现代主义思潮的影响，它也不会堕入到无限解构的理论怪圈之中而完全脱离儿童的日常生活经验。正如后现代图画书作家朵特·卡勒拜克所说的："我用儿童的认知视角来创作……成人用自己的思想来理解世界，而儿童则通过直接得多的方式来体验世界。"② 于是，后现代图画书虽然带有后现代主义的烙印，却在一定程度上规避了后现代主义理论中存在的逻辑谬误和非理性倾向。

总而言之，后现代图画书所关注的重点不是形而上的理论概念，而是作为一种"认知方式"的后现代视角与活生生的现实生活之间的联系。这种立场非但不会使这些书中所涉及的后现代议题幼稚化，反而会使它变得更加实际，更加有力。可以说，后现代图画书对后现代主义的表达方式，在某种程度上更加贴近后现代主义在诞生之初，对社会现象及事物本质的思考路径。它们在接纳后现代视角的同时，摆

① Perry Nodelman. The Scandal of The Commonplace: The strangeness of best-selling picturebooks. In Janet Evans ed. *Challenging and Controversial Picturebooks: Creative and Critical Responses to Visual Texts*. New York: Routledge, 2015: 41.

② Ulla Kofod-Olsen. In Praise of Childhood. *Danish Children's Literature*, 1992, 3, Translated by Birgit Stephenson. [2017-10-30] http://www.danishliterature.info/index.php?id=2092&no_cache=1&tx_lfforfatter_pi3[uid]=202&tx_lfforfatter_pi3[artikel]=315&tx_lfforfatter_pi2[stage]=2&tx_lfforfatter_pi2[lang]=_eng

脱了成人后现代艺术作品的晦涩，一定程度上消除了理论与日常生活之间的隔膜，有助于将后现代主义从艰深隐晦的学术困境中解放出来，也有助于人们从本原上一窥当今社会中无所不在的“后现代主义魅影”。无怪乎著名儿童文学家艾登·钱伯斯（Aidan Chambers）说：“我常纳闷，为何文学理论家在谈论现象学、结构理论或解构等各种重要的方法论时，仍未明白，自己大部分的言论，在儿童文学里早已有了最清楚简单的示范。”①

三、消解后现代主义的悲观与虚无

令当前的后现代主义理论陷入困境的，除上述那些问题外，还有它的消极与悲观。实际上，后现代主义思潮从哲学渊源上就深埋着消极与悲观的种子。许多后现代主义者继承了尼采与海德格尔的传统，认为古典的宗教和形而上学价值体系已然崩溃，对理性和秩序丧失信心。而后期维特根斯坦的“语言游戏说”在为后现代主义提供哲学范式的同时，也同样存在着虚无主义的影子：游戏本身属于无功利性的娱乐，并无所谓价值，但社会行为却是有价值的，因此，将社会行为的合理性基础单纯类比为游戏规则，就难免会陷入到自我封闭、解构意义的循环中。② 于是，许多后现代主义者断言，“后现代是一个解体的、无意义的、抑郁不安的时代，甚至是一个缺乏道德标准、社会秩序紊乱的时代”，他们醉心于“谈论死亡的临近、主体的消亡、作者的

① ［英］Deborah Cogan Thacker、Jean Webb：《儿童文学导论：从浪漫主义到后现代主义》，杨雅捷、林盈蕙译，台北：天卫文化图书有限公司，2005 年版，第 205 页.

② 陈嘉明：《现代性与后现代性十五讲》，北京：北京大学出版社，2006 年版，第 321—322 页.

终结、真理的不可能”。[①]

在这种情况下，不止一位学者指出，后现代主义理论是一种缺乏建设性的消极理论。例如：“总的说来，后现代主义者都是悲观主义者，他们所激发、产生的信仰和艺术通常也都是否定性的，而不是建设性的……我们充其量只能说后现代主义者是出色的批评解构者，但却是糟糕的建构者。”[②] 又如，“在拥抱冷漠的后现代怀疑主义思想时，自以为是的左派分子从来都只是陷入消极、无力以及愤世嫉俗的绝望之中……后现代主义几乎无法与道德虚无（moral blankness）相区别。”[③] 就连波德里亚这样的后现代主义者自己都直言不讳地承认：“我是一个使用理论的恐怖主义者和虚无主义者，留给我们的唯一对策就是理论暴力，而不是真理。”[④] 凯尔纳对波德里亚的“理论暴力”虚无主义进行了这样的诠释：“波德里亚的虚无主义就是没有快乐，没有能量，没有对更美好未来的希望。”[⑤] 由此可见，后现代主义理论专注于“破”而非“立”，擅长瓦解而非建设，其背后透射出的是虚无与绝望。

而儿童图画书作为儿童文学作品，天然地具有其特性。儿童文学（通常）是成人作者为儿童读者书写的读物，有潜在的“附加限制条件”。即使一些作品只是为了表现成人自己的内心世界，大多数儿童文

---

① 陈嘉明：《现代性与后现代性十五讲》，北京：北京大学出版社，2006 年版，第 135 页.

② ［英］巴特勒：《解读后现代主义》，朱刚、秦海花译，北京：外语教学与研究出版社，2013 年版，第 270—271 页.

③ ［美］保罗·R. 格罗斯、诺曼·莱维特：《高级迷信：学术左派及其关于科学的争论》，孙雍君、张锦志译，北京：北京大学出版社，2008 年版，第 83 页.

④ Jean Baudrillard. On Nihilism. *On the Beach*, 6 (Spring 1984)：38—39. 转引自［美］道格拉斯·凯尔纳编：《波德里亚：一个批判性读本》，陈维振、陈明达、王峰译，南京：江苏人民出版社，2008 年版，第 18 页.

⑤ ［美］道格拉斯·凯尔纳：《绪论：千年末的让·波德里亚》，见道格拉斯·凯尔纳编：《波德里亚：一个批判性读本》，陈维振、陈明达、王峰译，南京：江苏人民出版社，2008 年版，第 17—18 页.

学作品也还是会以儿童的探索、成长、成熟，最终融入社会为主线，隐隐约约地坚持着所谓的“社会教化”功能。一般认为，儿童文学是儿童借以获取人生经验、自我认同、思想态度和价值体系的重要源泉，是文化和社会规范的重要传播者。正如雷诺兹所言，儿童文学是一种“文化适应文学”（literature of acculturation），它通过传递有关社会组织结构、人们的文化视域和对未来的期待等信息，向儿童介绍社会的运行体系和价值规范，以便“帮助他们成为未来的成年人”。[①] 这也是它经常被作为教育工具的原因之一，即所谓：“儿童文学与主流的文化实践紧密相关，它的目标是为了对它的受众进行社会教化”[②]。由于儿童文学在很大程度上期望将主流话语和价值体系传达给儿童读者，帮助他们完成文化思想和社会规范的习得，因而经典儿童文学作品通常会蕴含对“真理”及“意义”的坚守，这与现代自由人文主义思想更契合。

由此可见，儿童文学肩负着帮助儿童读者塑造社会身份与内在自我的使命。作为成长中的个体，儿童正在学习构建意义，学习认识自我价值，他们的文化身份驱使其渴求内在的稳定与统一。因此，儿童文学不可能将文化彻底解构为无意义的碎片，或塑造一个空虚无常的自我，而是会竭力遏制潜在的虚无主义倾向。所以，作为儿童文学的成员之一，无论我们怎样强调后现代主义思潮对后现代图画书的影响，它都不会与成人后现代主义文学遵循完全相同的世界观。后现代图画书很少会呈现出“彻底而激进的”后现代主义面貌，它通常既挑战自由人文主义精神，又在深层上遵从这种价值观，并有选择地吸纳某些现代主义的叙事策略。这些特性使它成为一个矛盾综合体——在某种程度上植根于它所挑战的话语体系，既是后现代主义理论的合谋者，

---

① Kimberley Reynolds. *Children's Literature: A Very Short Introduction*. Oxford: Oxford University Press, 2011: 96.

② John Stephens. *Language and Ideology in Children's Fiction*. Harlow: Longman, 1992: 8.

图 45 《三只小猪》
（河北少年儿童出版社/耕林童书馆）

图 46 《公园里的声音》
（河北教育出版社/启发文化）

同时也有意无意地反叛后现代主义理论。具体说来，后现代图画书一般建立在“混乱”与“秩序”二元对立的基础之上，像经典儿童文学作品一样，很多后现代图画书会确保在最后一刻让书中的所有混乱“回归原位”。

例如，在威斯纳的《三只小猪》中，三只小猪历经了一场石破天惊的“后现代主义”冒险。然而在故事的结尾，他们仍然回归了传统童话中最常见的生活方式——同三五好友一起坐在温暖坚固的房子里，惬意地喝着热汤，将风雨和敌意拒之门外——只要将故事的最后几个字粘补好，就一切都令人心满意足了（图 45）。又如，《公园里的声音》中，虽然四种声音交织成相互抵牾的复调叙事，使整个故事带有不确定性，但通过仔细阅读，还是可以发现作者的潜在倾向。从书中的图画可以看出，四个叙事声音分别代表秋、冬、春、夏四个季节，其中小女孩脏脏的视角代表的是最为温暖明亮的夏季。在脏脏所到之处，一切景致都变得云开雾散，生机盎然，展现出前所未有的美丽与温馨（图 46）。这显然说明，书中的四种声音并不是完全平等的，脏脏的视角——也就是最为乐观的视角——在作者心目中具有最重要的地位，具有更高的可靠性。

与之相类似的还有《小红狼》，书中关于猎人妻子的故事，作者给出了两个截然不同的版本，一个版本由猎人的女儿讲述，充满了刻骨的仇恨；另一个版本则由狼爸爸讲述，浸透了悲天悯人的情怀。虽然作者并未对这两个版本做出评价，但读者可以从字里行间感受到，第二个版本里的猎人妻子深爱自然，与狼族和谐相处，抵制偏见与误会，这种没有被仇恨蒙蔽双眼的视角，是作者更加青睐的。再如旁帝的《小太阳丑八怪》一书，以超现实的手法描绘了家庭中的虐童恶行，这样的沉重题材在许多后现代主义文学作品中屡见不鲜。但这本书与它们的区别在于，尽管书中父母家人的行为令人发指，作者还是没有让他们沦入万劫不复的境地。这个故事有着一个安慰人心的大团圆结局：丑八怪原谅了家人，他们又重新快乐地生活在了一起。

综上所述，许多图画书一边展现出某些后现代主义风格，一边又在深层上遵循自由人文主义的崇尚理性、积极向上的价值观。这或许是由于人们普遍认为，儿童刚刚展开自己的人生之路，他们处于一种“未完成”的状态，面前还有无限的可能，没有必要为尚未发生的事情感到疑惧或绝望。因而，作为一种“矛盾综合体”的后现代儿童图画书，其风格就很少会像成人后现代主义文学那样“沉重”“焦虑”“颓丧”，而倾向于回归一个顺应儿童文学传统的愉快结局，为儿童展现出乐观和希望。当然，在下这种论断的同时，我们也要考虑一小部分的例外情况。有些后现代图画书的确彻底而激进地投入了后现代主义的怀抱，从表面上很难看出人文主义传统的影响。例如，《臭起司小子爆笑故事大集合》被公认为“最典型的后现代图画书”[①]，西普和潘塔雷

---

① Deborah Stevenson. “If you read this sentence, it won't tell you anything”: Postmodernism, Self-referentiality, and The Stinky Cheese Man. *Children's Literature Association Quarterly*, 1994. 19 (1): 32.

欧甚至将其称为“试金石”，认为该书可以用来检验其他图画书受到后现代主义影响的程度。①

然而，即使像《臭起司小子爆笑故事大集合》这样所谓“典型”的后现代图画书，仍然有研究者认为它并没有彻底滑向“意义的虚无”。切丽·艾伦认为，针对该书的评论众说纷纭，恰恰说明它只是具有多样化的意义，而并非“毫无意义”。② 简·韦伯（Jean Webb）也认为，读者在阅读这本书的过程中，必须“持续积极地作为一个意义的制造者……以便在传统形式和后现代文本之间的差距中建构出意义”③。可见，儿童图画书是否真的可能“完全忠实于”后现代主义，仍然是一件有所争议的事情。更何况，还有一些观点指出，有些图画书中的后现代主义表现技巧仅仅是一种“装饰”或“玩笑”。如同帕金翰所说的：“关于后现代文化形式特征的断言需要我们十分谨慎地考虑……互文性、模仿与嘲弄时常被认为只不过是一种‘粉饰门面’的形式，这些文本从其他任何方面来看都是非常传统的文本。”④ 因此，大卫·刘易斯总结道：“后现代图画书很少会完全背离主流文学规范，呈现出在很多后现代艺术中都能找到的、那种仿若‘在深渊边缘翩翩起舞’的末世情结。”⑤

不可否认的是，据相关研究显示，大部分后现代图画书确实展现了后现代主义的内在精神和思维方式。只不过这些书作为儿童图画书，

---

① Lawrence R. Sipe，Sylvia Pantaleo. Introduction：Postmodernism and Picturebooks. In Lawrence R. Sipe，Sylvia Pantaleo eds. *Postmodern Picturebooks*：*Play*，*Parody*，*and Self-Referentiality*. New York：Routledge，2008：4.

② Cherie Allan. *Playing with Picturebooks*：*Postmodernism and the Postmodernesque*. Basingstoke：Palgrave Macmillan，2012：54.

③ ［英］Deborah Cogan Thacker、Jean Webb：《儿童文学导论：从浪漫主义到后现代主义》，杨雅捷、林盈蕙译，台北：天卫文化图书有限公司，2005 年版，第 228—229 页.

④ ［英］大卫·帕金翰：《童年之死》，张建中译，北京：华夏出版社，2005 年版，第 96 页.

⑤ David Lewis. *Reading Contemporary Picturebooks*：*Picturing Text*. New York：Routledge，2001：99.

是从更积极、更乐观、更有建设性的角度来接近后现代主义。这些书以幽默嘲弄，而非挖苦讥讽的方式来审视“宏大叙事”，让儿童在不必完全解构“真理”和“共识”概念的情况下，察觉到事物的多个侧面，同时生发出对世界的个人化视角。就像在虚构的故事当中，人们也可以学到有关真实世界的道理一样，在拒绝彻底解构的后现代图画书当中，儿童也可以获得后现代主义的破除陈规、启发思维的益处。因而，这些作品对后现代主义理论的发展来说，具有“保护”或“拨正”的功能，促使后现代主义从无望的悲观回归到最有价值的原初视角。一些后现代图画书研究者也注意到了这一点，纷纷提出相关的理论设想，比如切丽·艾伦的“后现代化”理论、凯伦·科茨（Karen Coats）的“跨现代主义”（transmodernism）理论，等等。他们认为，后现代图画书可以昭示出后现代主义理论未来的发展方向。

在后现代主义阵营内部，一些知名理论家也看到了这种理论在今天的困境，发出了自己的呼声。例如，哈贝马斯（Jürgen Habermas）指出，极端的后现代主义怀疑论不仅反对目的理性论，甚至还针对理性交流的手段，这种“放弃沟通甚或共识理性的理想是非常危险的”[1]。又如，哈桑承认：“要想阻止批评的多元性滑入一元性或相对主义”，只能“以实用主义的态度来选择具有共同价值、传统、期望和目标的知识领域……创造一块块温和权威的飞地，在这些飞地上认真恢复公民的责任感、宽容的信仰和批评的同情心”。[2] 事实上，自由人文主义的传统从未离我们远去：“只要我们仍然是现代人，我们就是人

---

① ［英］巴特勒：《解读后现代主义》，朱刚、秦海花译，北京：外语教学与研究出版社，2013 年版，第 210 页。

② ［美］伊哈布·哈桑：《后现代转向》，刘象愚译，上海：上海人民出版社，2015 年版，第 308—309 页。

文主义和启蒙时代的子孙。”[①] 即便是在后现代主义理论最为盛行的时期，现代主义思想仍然与它并行不悖，发挥着巨大的影响力。如同巴特勒所指出的：“在哲学、伦理学、艺术活动等所有领域中，除了后现代主义者所倡导的传统之外，还存在着其他一些非常具有活力的知识传统，其中最值得一提的是英美自由主义传统。”[②] 就连孜孜不倦地致力于批判“宏大叙事”的后现代主义领军人物爱德华·萨义德，也一直试图在现代生活领域中，重新探讨人文传统的重要性，终其一生，他“从来没有摒弃过西方人文主义的经典传统”[③]。

由此可见，对于后现代主义理论来说，最重要的并非缅怀过去的激进形态，而是要着眼于当下的困境和未来的蜕变途径。从当代学界的种种认识来看，后现代主义必须采取务实的模式，从自由人文主义当中汲取养料，摆脱“理论恐怖主义”的悲观与虚无，否则不可能有所建树。只有诉诸共识与理性，坚持对话与沟通，才能使后现代主义思潮更接近它自身的原初目的，增强它与社会生活之间的联系。为此，大卫·格里芬（David Griffin）等人提出了“建设性的后现代主义”的三个向度：强调个人与他人、他物的内在关系；信奉与自然联合的快乐和整体有机论；倡导新的时间观，尝试恢复生活的意义并使人们回到团体之中。[④] 后现代思想家大卫·霍伊（David Hoy）进一步指出，真正的后现代主义实际上是与虚无主义相对立的，它并不反对理性，更不捍卫非理性。后现代主义并不像极端虚无主义那样，仅仅是一股

① ［美］伊哈布·哈桑：《后现代转向》，刘象愚译，上海：上海人民出版社，2015 年版，第 93 页.

② ［英］巴特勒：《解读后现代主义》，朱刚、秦海花译，北京：外语教学与研究出版社，2013 年版，第 279 页.

③ 李欧梵：《总序（一）》，见［美］伊哈布·哈桑：《后现代转向》，刘象愚译，上海：上海人民出版社，2015 年版，第 4 页.

④ 王治河：《后现代主义与建设性（代序）》，见［美］大卫·雷·格里芬编：《后现代精神》，王成兵译，北京：中央编译出版社，1997 年版，第 8—9 页.

破坏性的力量，而是尼采所谓“积极的虚无”，其目的在于重估价值、重固价值和重新创造。从这个意义上看，在所有艺术形式中，后现代图画书对后现代主义做出了最积极的、最富有建设性的拓展。作为儿童文学作品，它“并未受制于对科技冲击的恐惧，以及异质性和大叙述结构（即‘宏大叙事’）的瓦解，相反地，在某方面来说它不断挖掘新的表现可能，拥抱了后现代艺术的活力”。[①]

① ［英］Deborah Cogan Thacker、Jean Webb：《儿童文学导论：从浪漫主义到后现代主义》，杨雅捷、林盈蕙译，台北：天卫文化图书有限公司，2005 年版，第 205 页。

第二节
儿童阅读与发展方向的价值

一、提升儿童在信息时代的阅读素养

迄今为止，很多儿童文学研究者都通过阅读实验的形式，探索了儿童读者对于表面上看起来晦涩难懂的后现代图画书的阅读反应。由于相关的实验素材丰富、论据可靠，同时也由于本书的侧重点是文学研究而非教育学实验，因此在本节的论述过程中，将借助已有的可靠材料进行分析，尝试得出结论。总体来说，通过前人大量的实验研究反馈，我们可以看到，大多数儿童对于后现代图画书的接受程度比人们所想象的要高，他们能够适应这类书中相对新颖的叙事策略，并运用阅读技巧理解复杂的图文内容，应对书中内容对读者认知过程的有意干扰和挑战。

一些儿童注意到了后现代图画书中常用的元小说手法，并对此表

现出了相当大的兴趣。例如，在西尔维娅·潘塔雷欧主持的一项阅读实验中，一群三至四年级的儿童动笔写下了他们对《越狱老鼠》的阅读感受。有的孩子写到，他喜欢书中人物直接对读者说话的有趣场景，以及照片和其他素材的混合拼贴手法。一位小读者完全沉浸在这个故事中，响应书中主人公——奶酪大盗芬格斯的要求，在看到侦探时吹响口哨为他望风，并抱怨说芬格斯没有真的听到口哨，与她进一步互动。[①] 劳伦斯·西普记录了一些六岁的儿童初次阅读大卫·威斯纳的《三只小猪》的场景。他提到，这些儿童能够迅速理解书中的小猪被吹到了“故事之外”的意思，明白这个元小说叙事层隐喻着一个“所有的故事都混在一起的地方”，并表示自己很喜欢这样的想象。[②] 在一项针对《都市小红帽》的阅读实验中，参与实验的墨西哥中学生普遍表示，这本书的“可选择式结局”让他们感到很有趣，当然他们也明白，作者这样设计的意图是为了揭露童话的虚构性。[③] 凯伦萨·戈什（Kerenza Ghosh）主持的一次阅读实验则表明，十至十一岁的儿童在阅读格雷维特的《大野狼》时，会对书中的元小说手法表示强烈的关注。几乎所有孩子都指出，“大野狼从兔子正在读的书里跑出来了”，还有的孩子意识到了这本书所营造出的“镜渊效应”——“我们正在读兔子读的那本书，这么说我们的处境就像兔子一样。这有点

---

① Sylvia Pantaleo. Ed Vere's *The Getaway*: Starring a Postmodern Cheese Thief. In Lawrence R. Sipe, Sylvia Pantaleo eds. *Postmodern Picturebooks: Play, Parody, and Self-Referentiality*. New York: Routledge, 2008: 248—251.

② Lawrence R. Sipe. First Graders Interpret David Wiesner's *The Three Pigs*: A Case Study. In Lawrence R. Sipe, Sylvia Pantaleo eds. *Postmodern Picturebooks: Play, Parody, and Self-Referentiality*. New York: Routledge, 2008: 235.

③ Foreword. In Janet Evans ed. *Challenging and Controversial Picturebooks: Creative and Critical Responses to Visual Texts*. New York: Routledge, 2015: xix—xx.

吓人!”①

很多实验反馈指出，一些儿童特意表达了自己对后现代图画书的喜爱之情，他们能从这些书中享受到异于其他图画书的阅读乐趣。例如，在潘塔雷欧主持的阅读实验中，超过三分之一的儿童在访谈和投票环节将《越狱老鼠》选为他们“最喜欢的图画书”。他们解释说，做出这样的选择是因为喜欢这本书的拼贴式画风、独特的设计、互文与戏仿元素，以及书中流露出的浓浓幽默感。② 在西普的实验中，虽然参加的儿童在此之前只读过民间童话版本的“三只小猪”，却非常享受威斯纳的“后现代版三只小猪”，他们彻底调整了自己原先的“认知图式”，以适应书中的创新元素，并纷纷表示，自己喜欢这个故事颠覆并戏仿原来的民间童话的方式。③ 不止一位研究者描述道，儿童读者觉得后现代图画书“格外有意思”，“阅读过程不时被一串串笑声打断”。④ “他们在初次阅读时，就展示出了极大的热情，完全沉浸在书中……有时他们把脸埋进书里，就像在专心致志地观看一出戏剧，他们时不时倒吸一口冷气，或吃吃地笑。”⑤ 并且，这种喜爱之情还超越

---

① Kerenza Ghosh. Who's Afraid of the Big Bad Wolf? Children's Responses to the Portrayal of Wolves in Picturebooks. In Janet Evans ed. *Challenging and Controversial Picturebooks: Creative and Critical Responses to Visual Texts*. New York: Routledge, 2015: 212.

② Sylvia Pantaleo. Ed Vere's *The Getaway*: Starring a Postmodern Cheese Thief. In Lawrence R. Sipe, Sylvia Pantaleo eds. *Postmodern Picturebooks: Play, Parody, and Self-Referentiality*. New York: Routledge, 2008: 251—253.

③ Lawrence R. Sipe. First Graders Interpret David Wiesner's *The Three Pigs*: A Case Study. In Lawrence R. Sipe, Sylvia Pantaleo eds. *Postmodern Picturebooks: Play, Parody, and Self-Referentiality*. New York: Routledge, 2008: 234—235.

④ Evelyn Arizpe, Morag Styles, Kate Cowan, Louiza Mallouri, Mary Anne Wolpert. The Voices Behind the Pictures: Children Responding to Postmodern Picturebooks. In Lawrence R. Sipe, Sylvia Pantaleo eds. *Postmodern Picturebooks: Play, Parody, and Self-Referentiality*. New York: Routledge, 2008: 211.

⑤ Evelyn Arizpe, Morag Styles, Kate Cowan, Louiza Mallouri, Mary Anne Wolpert. The Voices Behind the Pictures: Children Responding to Postmodern Picturebooks. In Lawrence R. Sipe, Sylvia Pantaleo eds. *Postmodern Picturebooks: Play, Parody, and Self-Referentiality*. New York: Routledge, 2008: 209.

了文化差异，不同种族、不同文化背景的儿童，都可能对同一本后现代图画书情有独钟。我国学者的研究也证明了这一点，比如，一项在上海的小学里开展的阅读实验表明，小学中高年级的儿童大部分都宣称自己喜欢安东尼·布朗书中复杂而充满挑战性的“怪异”图画。[①]

前文已述及，当代社会已经进入“图像化时代”。在电子媒体的影响下，这个图像社会正在飞速蜕变为一个变幻莫测的信息社会。生长在这个社会中的儿童天然地受到各种媒体的“训练”，往往具有优秀的阅读素养（literacy），尤其是在图像阅读方面，他们可能是比成人更灵活、更熟练的读者。不止一位研究者指出，当代儿童具有丰富而熟练的图像阅读经验，以至于“察觉和筛选图像细节的能力通常远远超过成人”[②]。图画书作者也大多认可这一观点，例如，卡蒂·库普里说：“如果说有谁能欣赏所有的图画，那毫无疑问就是儿童了，而成人在应对图画时往往会有一些问题。”[③] 斯蒂安·霍勒则说：“我觉得儿童在面对图画时远比成人更加开放和坦率，他们并不畏惧自己不理解的东西。”[④]

与此同时，高速发展的信息社会也对儿童的阅读素养提出了越来越高的要求，阅读素养已被看作是最重要的社会生存技能之一。在未来信息化、图像化的世界里，所有人都必须具备熟练甄选信息和阐释信息的能力，以便从迷宫一般错综复杂的多媒体环境中，获取生存所需的必要信息资源。同时，媒体模式的变化将会改变人们的认知与交流方式。根据文化学者克雷斯的预测，在未来，口语将继续作为主要的交流工具，而在公共信息交流领域内，文字信息将逐渐被图像所取

---

① 顾爱华：《小学生阅读图画书的反应》，上海师范大学硕士学位论文，2014 年版，第 47 页.

② Maria Nikolajeva, Carole Scott. *How Picturebooks Work*. New York: Routledge, 2006: 261.

③ Sandra L. Beckett. *Crossover Picturebooks: A Genre for All Ages*. New York: Routledge, 2012: 202.

④ Martin Salisbury. The Artist and the Postmodern Picturebook. In Lawrence R. Sipe, Sylvia Pantaleo eds. *Postmodern Picturebooks: Play, Parody, and Self-Referentiality*. New York: Routledge, 2008: 30.

代。他强调：“这种转变将对人们产生深远的影响……‘被讲述出来的世界’和‘被展示出来的世界’是非常不同的。”①

可见，阅读素养的提升不仅针对读写能力，而且更需要关注图像素养。甚至可以说，图像素养是参与未来世界竞争的先决条件，在新技术迅速发展的信息化时代尤为重要。“图像素养”（visual literacy）是一个相对较新的概念，也被译为“视觉素养”，是指：“识别并理解动作、物体、人工或天然的视觉符号，以及在环境中定位的能力，并且能够把这些技能创造性地应用于与他人交流，或欣赏视觉文本的过程中。”② 简单地说，图像素养就是“理解和运用图画媒介进行沟通和表达的能力”。提升图像素养，也就是要“锻炼有效地分析、评估、鉴别和解读图像中所蕴涵的信息的能力”③。从前文的分析中不难看出，以图像进行叙事的、内涵丰富的图画书是“训练”儿童读者的理想资源，正如有的研究者所说：“图画书是帮助儿童培育视觉素养的合适媒介。”④ 而在所有的图画书中，后现代图画书的阅读经验对儿童来说又显得尤为宝贵，因为这些书建立在怀疑论和自反性的基础之上，以各种方式“刺激和引诱读者”⑤，邀请读者探索他们从未设想过的世界，而书中蕴藏的信息也不会一览无余地呈现在读者面前。

根据阅读反馈，阅读后现代图画书时，儿童需要全面调动自己筛选、分析、阐释和交流信息的能力，从而在很多方面有利于其阅读素

---

① Gunther Kress. *Literacy in the New Media Age*. London：Routledge，2003：1.

② John Debes. Some Foundations for Visual Literary. *Audiovisual Instruction*，1968（13）：961—964.

③ ［美］丹尼丝·I. 马图卡：《图画书宝典》，王志庚译，北京：北京联合出版公司，2017 年版，第 204 页.

④ Maria José Suero Lobato，Beatriz Hoster Cabo. An Approximation to Intertextuality in Picturebooks：Anthony Browne and His Hypotexts. In Bettina Kümmerling-Meibauer ed. *Picturebooks：Representation and Narration*. New York：Routledge，2014：167.

⑤ Bette P. Goldstone. Traveling in New Directions：Teaching Non-Linear Picturebooks. *The Dragon Lode*，1999. 18（1）：29.

养的提升，具体表现为：

第一，许多后现代图画书就像一本“谜语书”，将事件的来龙去脉藏在图画的细节中。在阅读时，儿童读者会渐渐意识到，书中的图像如同某种“密码”，任何一个不起眼的视觉符号都可能隐藏着揭开故事线索的秘密，而阅读就是一个不断“解码”、逐步获得信息的过程。于是，他们倾向于细致地读图，充分利用书中的图像符号，来构建整体性的故事结构。例如，在阅读大卫·麦考利的《捷径》（*Shortcut*）[①]时，三年级的小学生试图通过追寻图像细节来解释错综复杂的故事情节。他们注意到，书中的一个路标在第二次出现时与第一次看起来并不一样，于是针对这一点展开了大量讨论。有的学生反复前后翻阅每个跨页，在整本书中寻找相互支持或相互矛盾的图像细节，来证实自己对故事结构的猜想。[②]

第二，后现代图画书中往往包含着与其他文本之间的微妙互文，要全面理解其内容，需要具备解读互文的能力。儿童通过阅读这些书，学会了积极调动自己的知识储备，随时准备从互文内容中获得更多的信息。例如，在阅读《越狱老鼠》时，不止一位儿童将这本书与他们读过的其他图画书以互文的形式联结在一起：有的孩子认为，这本书中旁观的小鸟起到的是《捷径》一书中兔子的作用，增加了一条有趣的故事线索；有的孩子说，通过报纸来传递关键信息的手法让她联想到了读过的《大野狼》一书。[③] 又如，在阅读《吃书的孩子》时，一

---

① David Macaulay. *Shortcut*. Boston：Houghton Mifflin，1995.

② Caroline McGuire，Monica Belfatti，Maria Ghiso. “It Doesn't Say How?”：Third Graders' Collaborative Sense-Making from Postmodern Picturebooks. In Lawrence R. Sipe，Sylvia Pantaleo eds. *Postmodern Picturebooks*：*Play*，*Parody*，*and Self-Referentiality*. New York：Routledge，2008：201—203.

③ Sylvia Pantaleo. Ed Vere's *The Getaway*：Starring a Postmodern Cheese Thief. In Lawrence R. Sipe，Sylvia Pantaleo eds. *Postmodern Picturebooks*：*Play*，*Parody*，*and Self-Referentiality*. New York：Routledge，2008：249.

些儿童意识到了书中的剪贴背景与故事内容之间的微妙互文关系：有的孩子认为图画中带有模糊图案的背景是一幅地图，因为书中的主人公在“旅行”；也有人认为，那背景是“他上课会用到的坐标图”①。

第三，后现代图画书与其他图画书的一大区别是，它们通常不止是一本图文故事，更呈现为一件整体性的艺术品，作者通常对环衬、扉页、版式等各种“副文本”的物理形式进行精心设计。所以在阅读时，读者也需要格外注意副文本所传递的信息，否则可能无法完全领悟故事的深意。一些儿童阅读研究者指出，经常阅读后现代图画书的儿童早已习惯了讨论图画书的副文本——“他们会尽最大可能从中抽取信息”②。例如，在阅读《大野狼》时，有的儿童从环衬页所提供的信息中，推测出兔子可能已经被吃掉了：“有这么多兔子的信件，他都没收起来，一定是因为他已经死了！”③

第四，有些后现代图画书具有匪夷所思的场景设置、不确定的故事主体和开放式的结局，给读者留下了相当大的阐释空间。要对这类内容给出一个合理的解释，需要读者联系自身生活实际，发挥主观能动性，灵活地应用从文本中得到的有限信息。例如，在阅读《公园里的声音》时，小读者们遇到的一个难题是，为什么书中的人物都是“有着人类身体的大猩猩”。这本书里的大猩猩与他们之前在图画书中遇到的穿衣小动物不同，有着与人类完全相同的物质条件和生活方式。

---

① Evelyn Arizpe, Morag Styles, Kate Cowan, Louiza Mallouri, Mary Anne Wolpert. The Voices Behind the Pictures: Children Responding to Postmodern Picturebooks. In Lawrence R. Sipe, Sylvia Pantaleo eds. *Postmodern Picturebooks: Play, Parody, and Self-Referentiality*. New York: Routledge, 2008: 219.

② Lawrence R. Sipe. First Graders Interpret David Wiesner's *The Three Pigs*: A Case Study. In Lawrence R. Sipe, Sylvia Pantaleo eds. *Postmodern Picturebooks: Play, Parody, and Self-Referentiality*. New York: Routledge, 2008: 225.

③ Kerenza Ghosh. Who's Afraid of the Big Bad Wolf? Children's Responses to the Portrayal of Wolves in Picturebooks. In Janet Evans ed. *Challenging and Controversial Picturebooks: Creative and Critical Responses to Visual Texts*. New York: Routledge, 2015: 214.

于是，一个孩子根据自己的生活经验提出，它们或许会去“猩猩麦当劳”吃饭，去“猩猩服装店”买衣服，这个故事其实发生在一个和我们的城市相类似的“猩猩城”里。[①] 同时，后现代图画书不仅促使儿童读者联系自己的生活来阐释文本，还以开放的形式鼓励他们创造自己的故事。例如，在读到《谁怕大坏书》的结尾时，一些孩子开心地模拟书中被恶作剧戏弄的“金头发”的嗓音，想象她可能会嚷嚷些什么：“救命！我受不了自己的头发了，给我送个理发师来！”[②] 又如，在阅读《大野狼》时，有的孩子提出，也许正是藏在兔子图书馆内的大野狼偷偷地引诱兔子借阅了这本书，以便有机会吃掉他；另一个孩子则顺着这个思路提出，这本书扉页中的借阅卡上有多次借阅记录，这说明可能已经有不少兔子被大野狼吃掉了。[③]

第五，后现代图画书通常是具有多重含义的“复调文本”，可以提供多样而非单一的阐释方式，从而，这些书鼓励读者站在开放的立场上，以活跃的对话形式来阅读。在阅读后现代图画书时，儿童读者常常通过小组协作，从相互讨论中生发出自己的见解。例如，一项在美国公立小学开展的阅读实验表明，三年级的儿童在阅读《河湾镇的不幸日》时，对书中出现的奇怪彩色条纹，提出了种种猜想和解释。为了弄清楚这一谜题，他们开展了热烈的探讨，以至于在实验记录中，

---

① Caroline McGuire, Monica Belfatti, Maria Ghiso. “It Doesn't Say How?”: Third Graders' Collaborative Sense-Making from Postmodern Picturebooks. In Lawrence R. Sipe, Sylvia Pantaleo eds. *Postmodern Picturebooks: Play, Parody, and Self-Referentiality*. New York: Routledge, 2008: 198—199.

② Evelyn Arizpe, Morag Styles, Kate Cowan, Louiza Mallouri, Mary Anne Wolpert. The Voices Behind the Pictures: Children Responding to Postmodern Picturebooks. In Lawrence R. Sipe, Sylvia Pantaleo eds. *Postmodern Picturebooks: Play, Parody, and Self-Referentiality*. New York: Routledge, 2008: 213.

③ Kerenza Ghosh. Who's Afraid of the Big Bad Wolf? Children's Responses to the Portrayal of Wolves in Picturebooks. In Janet Evans ed. *Challenging and Controversial Picturebooks: Creative and Critical Responses to Visual Texts*. New York: Routledge, 2015: 215.

有超过 1270 行对话都是孩子们针对这个谜团所提出的各种设问和假说。通过小组讨论，他们在教师没有给出明确提示的情况下，最终理解了这本书的元小说手法，还就“神秘条纹”的谜团达成了共识——“是结尾的那个小女孩画的”①。当然，也有些时候，面对一些极度不确定的后现代图画书时，“集体思考”并不一定能达成共识。在这种情况下，阅读小组的成员需要允许分歧的存在，考虑他人观点的合理性，思考自己从中受到的启发。这样的阅读经验，或许更能够帮助儿童读者加深对文本意义和阅读行为本身的理解。

从上述例子中我们可以看出，后现代图画书因其特有的前卫性、互动性和开放性，对儿童读者的阅读过程产生了影响。米歇尔·安斯蒂指出，为了帮助儿童适应将来的多元社会，当下的读写教育应该致力于从多方面提升儿童的阅读素养：“我们不仅应关注读写技能的掌握，还必须培育（儿童）学习、应用发展变化中的语言和技术的态度与能力，另外还要着重于（教会他们）批判性地接近、理解文本及其背后所蕴藏的意识形态。”② 事实上，后现代图画书能够很好地同时在这三个方面提升儿童的阅读素养。

首先，通过阅读后现代图画书，儿童读者学会了有策略地接近文本，努力在模棱两可的细节间建立联系，在破碎、含糊的情节中寻找结构，通过探寻隐喻、构想假说来把握故事内容，这无疑锻炼了他们的读写技能。其次，后现代图画书为儿童读者提供多义化的阐释模式，迫使他们与文本和阅读环境充分互动，深入解读图文信

① Caroline McGuire, Monica Belfatti, Maria Ghiso. “It Doesn't Say How?”: Third Graders' Collaborative Sense-Making from Postmodern Picturebooks. In Lawrence R. Sipe, Sylvia Pantaleo eds. *Postmodern Picturebooks: Play, Parody, and Self-Referentiality*. New York: Routledge, 2008: 196—197.

② Michèle Anstey. “It's not all Black and White”: Postmodern Picture Books and New Literacies. *Journal of Adolescent & Adult Literacy*, 2002, 45 (6): 446.

息，对于培育他们的阅读素养来说，这是一个十分重要的过程。在这个过程中，书籍成为动态文本，读者要不断地与之互动，持续锻炼甄别并阐释复杂信息的能力，并在未来将这种能力应用到不熟悉的文本当中。进而，后现代图画书可以帮助儿童为解读未来的各种新形式文本，以及面对周遭的各种新情况做好准备。第三，后现代图画书中常见的元小说叙事倾向清楚地向读者表明，文本是一个精心策划的“游戏”。这些书扰乱儿童的阅读期待，鼓励他们积极参与对文本意义的想象与构建，从而发展了他们对语言、图像和文本的元认知能力。而这种能力使得儿童读者能够独立于文本之外对其进行审视，正是早期批判意识的来源。因此，后现代图画书有利于造就具有批判意识的读者。

总而言之，后现代图画书是发展儿童的阅读素养，尤其是图像素养的理想材料。比之于其他儿童图画书，它们对于读者的理解力、判断力、想象力、统合能力和自主学习能力都有着更高的要求。在阅读后现代图画书的过程中，儿童读者的阅读素养更能够得到全方位的提升，可以被培养为“后现代主义的合格读者”——具备理性、创造性、主动性、独立性和责任感的读者。正如简·韦伯对“最典型的后现代图画书”《臭起司小子爆笑故事大集合》的评价所言：“《臭起司小子爆笑故事大集合》之所以是后现代的童话，是因为它创造了后现代的读者。”①

此外，儿童文学研究总是无法完全脱离对受众的关注。要使儿童充分领受后现代图画书的魅力，并从中获得提升阅读素养的益处，我们还需要不断探索更新的阅读方法，开发更有针对性、更加行之有效

---

① ［英］Deborah Cogan Thacker、Jean Webb：《儿童文学导论：从浪漫主义到后现代主义》，杨雅捷、林盈蕙译，台北：天卫文化图书有限公司，2005 年版，第 236 页.

的教学法工具。尤其是在今天，教室已经成为儿童学习阅读的最主要场所。有学者指出，教师或家长在辅助阅读时，所提出的问题或发起的讨论，最终决定了儿童对某本图画书的理解与回应方式。[①] 因此，在儿童阅读后现代图画书的过程中，辅助阅读的成人需要摆脱对图画书先入为主的看法，也需要认真关注儿童的解读过程，关注他们与文本之间的互动关系，在适当的时候予以启发和帮助，为他们提供解读文本意义所需的必要资源。如果成人能够在此过程中，重新认识并思考儿童解读信息的特点及能力，就可能会在与他们进行互动时，不断改善沟通交流的方法及模式。长远来看，这不仅将有助于提升儿童的阅读素养，或许还将有助于提高儿童在社会交流中的地位，重构成人与儿童之间的关系，从而使我们能够期待一个更少代际冲突的未来。

二、抚慰心灵，帮助儿童应对当下生活

无论有多少来自各方面的声音参与争论，就普遍认识而言，儿童文学向来着力于深入儿童的心灵，鼓励他们学会特定的思考方式，认同特定的行事准则，积极调适自己并融入社会。这就是所谓的“无声的教育”（invisible pedagogy）：“社会行为规范以不系统的、潜移默化的方式传递给儿童。”[②] 因此，当代教育体系之所以重视儿童文学，是因为人们相信，童年阅读经验会塑造儿童的自我认知方式，帮助儿童

---

① Carolyn Baker, Peter Freebody. *Children's First School Books: Introductions to the Culture of Literacy*. Oxford: Basil Blackwell, 1989: 164—167.

② Teresa Colomer. Picturebooks and Changing Values at the Turn of the Century. In Teresa Colomer, Bettina Kümmerling-Meibauer, Cecilia Silva-Díaz eds. *New Directions in Picturebook Research*. New York: Routledge, 2010: 42.

与外部世界建立起紧密的联系。对于图画书来说更是如此，它的读者大多是年龄较小的儿童，书中的故事几乎是每一代儿童所接触到的最早的故事。作为“人生第一书”，图画书对早期儿童精神世界的影响是不可估量的。对于阅读后现代图画书的儿童来说，书中独特的内容和主题也势必在他们的内心世界打下深刻的烙印。下面，我们将从个人生活和社会生活两个方面，对后现代图画书可能为儿童带来的意义进行展望。

在个人生活方面，很多后现代图画书触及了当代儿童在生活中所切实遇到的难题，并以独特的表达方式让他们体验到关怀与抚慰，以此帮助他们应对当代社会带给每个人的、如影随形般的焦虑感。当代社会已经进入后工业化时代，物质极大丰裕，社会重心是商品的生产与消费。在这样的社会中，人们大多不再关注人际关系的协商与妥协，也不再过多关注个体的选择与行动，而是更加关注商业利益与价值。秉持这种价值观的一个显而易见的后果，就是人与人之间的冷漠与疏离——无论儿童还是成人，每个人都在某种程度上成为一座“孤岛”，过着饱受压力而“与世隔绝”的生活。在这样的社会背景下，当代儿童所面对的日常生活压力是前几代人难以想象的。在忙碌、喧嚣、嘈杂而又冷漠的消费社会中，虽然他们正受到越来越细致入微的保护，但烦恼和悲伤并不会因为儿童的身份而远离他们。反之，相比于成人，当今社会给儿童带来了许多特有的困境，以及与日俱增的压力。诸如破碎家庭、移民迁徙、校园霸凌、被孤立、抑郁症等负面事件，对儿童的伤害都远远超过对成人的打击。换言之，当代儿童早已不再生活在浪漫主义者所幻想的“童年伊甸园”中，不得不真真切切地面对冷峻的现实，正如图画书大师莫里斯·桑达克所敏锐察觉到的，“童年并非一帆风顺，不光是快乐、美满与幸福，孩子同样受到各种情绪的威胁”，他们面临的是“饱受威胁的童年”。[①]

然而在现实生活中，儿童除了寻求同伴的支持，往往很难从成人那里得到完全理解。因为即便是他们的父母，也从未面临过相同的境况，有时很难想象他们的处境。甚至，文学世界也并不能随时随地为儿童提供逃避和修复的机会，因为传统儿童文学——尤其是儿童图画书——基本不会涉及这些尖锐的问题，或是过于复杂的情感。从这个意义上来说，对于幼小的儿童，后现代图画书就具有重要的意义。这些图画书并不畏惧争议，其内容和题材常常突破传统儿童文学的禁忌，直接反映当下生活境况，直面诸多当代儿童生活中切实存在的棘手问题。就像苏珊·莱尔所说的：“图画书仍然是为幼小儿童准备的一片游乐场，但也同时被改造成了另一片场地，用来传递生活在拥挤而冲突不断的当代世界中的复杂感受……后现代图画书从许多层面捕捉到了当下生活的奇异之处。”[②] 许多后现代图画书具有哲学化的内核，它们关注后现代社会中儿童的心灵与情感，孜孜不倦地考问基于生存本身的“大问题”，以此来让儿童读者明白，他们的感受并非无关紧要，而现实生活中的一切麻烦也并非不可逾越的障碍。

例如，抑郁和悲伤是现在常常突破传统禁忌、大举出现在儿童图画书中的主题。事实上，负面情绪的受害者的确不只是成人，有数据表明，被确诊为抑郁症的儿童的数量正在逐年上升。[③] 因此，探索抑郁和悲伤的图画书，是在“反映当下人们重新思考、重新评估、重新

---

① 高菁菁：《桑达克儿童绘本中的恐惧情绪探析》，南京艺术学院硕士学位论文，2013 年，第 8 页。

② Susan S. Lehr. Lauren Child：Utterly and Absolutely Exceptionordinarily. In Lawrence R. Sipe，Sylvia Pantaleo eds. *Postmodern Picturebooks：Play，Parody，and Self-Referentiality*. New York：Routledge，2008：165.

③ Juanne N. Clarke. Childhood Depression and Mass Media Print Magazines in the USA and Canada：1938—2008. *Child and Family Social Work*，2011，16（1）：53.

定义童年经验的努力"[1]。这些图画书往往旨在帮助儿童学会应对当代生活所带来的孤独感，以及个人在难以满足消费主义所设置的过高期望时所体会到的挫败感。比如陈志勇的《绯红树》(*The Red Tree*)[2]，以充满隐喻的后现代主义拼贴手法，描绘了一个陷入抑郁情绪的女孩的内心世界。除了沮丧和忧伤外，这本书还微妙地触及了许多其他当下生活中常见的问题，诸如自我身份认同的焦虑、信息超载所带来的疲惫、被迫与他人保持一致的压力，以及难以掌控个人生活的无力感，等等。当然，这本书的目的并不是单纯表现压抑与绝望，书中的每一页都会出现一片标志性的小红叶，这片小小的"希望之叶"最终在全书结尾长成了一株美丽而光明的"绯红树"，给读者带来了安慰。针对六至九岁儿童展开的一项阅读实验表明，儿童读者对于这本书的反馈相当正面。他们能够对书中的严肃主题表达出相对成熟的见解，也能体会到复杂的艺术手法背后潜藏的心理与情感倾向。一些儿童还会结合自己的情绪体验，对书中女孩的心理状态表示同情，声称这本书让他们回想起了自己感到孤独、忧伤、不被理解时的心境。[3]

类似的图画书还有安德烈娅·彼得利克·侯赛诺维奇(*Andrea Petrlik Huseinović*)的《蓝色的天空》(*The Blue Sky*)[4]，以及戴比·葛莉欧利(Debi Gliori)的《夜魇》(*Night Shift*)[5] 等。前者以忧郁的色调，讲述了一个孤儿的心路历程；后者则以充满象征意味的画

---

① Kimberley Reynolds. *Radical Children's Literature: Future Visions and Aesthetic Transformations in Juvenile Fiction*. Houndmills: Palgrave Macmillan, 2007: 91.

② [澳] 陈志勇:《绯红树》，余光中译，石家庄：河北少年儿童出版社，2012 年版.

③ Sylvia Pantaleo. Filling The Gaps: Exploring the writerly metaphors in Shaun Tan's *The Red Tree*. In Janet Evans ed. *Challenging and Controversial Picturebooks: Creative and Critical Responses to Visual Texts*. New York: Routledge, 2015: 239.

④ [克罗地亚] 安德烈娅·彼得利克·侯赛诺维奇:《蓝色的天空》，柳漾译，桂林：广西师范大学出版社，2015 年版.

⑤ Debi Gliori. *Night Shift*. London: Razorbill, 2017.

面，表达了主人公与抑郁症苦苦抗争的心境。这些书的相似之处在于，它们都通过具有后现代主义风格的艺术手法，探索了儿童内心深处的“黑暗迷宫”，并且都以某种方式指出了逃离这座“迷宫”的路径。如果在网上探索关于这些书的评价，我们会发现，很多儿童乃至成人读者都心存感激地声称，这些书引起了他们的共鸣，抚慰了他们的心灵。

又如，在面对当代儿童的生活困境时，即使是传统儿童文学中已经有过大量探讨的问题，后现代图画书也往往会以不同寻常的方式来呈现。比如关于如何面对死亡，已经有数不胜数的儿童图画书针对这个问题给出了自己的表达，其中包括大家耳熟能详的《爷爷变成了幽灵》（*Erik und das Opa-Gespenst*）、《爷爷有没有穿西装》（*Hat Opa einen Anzug an?*）、《外公》（*Granpa*）、《我永远爱你》（*I'll Always Love You*）、《獾的礼物》（*Badger's Parting Gifts*）、《活了 100 万次的猫》（100 万回生きたねこ）、《一片叶子落下来》（*The Fall of Freddie the Leaf*），等等。总体来说，这些书都从侧面入手来表现死亡，避免让儿童与死亡正面相遇，其内容也一般局限于祖辈的死亡、宠物的死亡等儿童相对更容易接受的事件，或是笼统地探讨生与死的自然规律。

然而，一些后现代图画书作家以截然不同的方式对“死亡”这一“永恒的困扰”进行了探讨。有的书直接描绘了无所不能的死神将生命带走，一个鲜活的生命从有到无的过程。在《小小的她的来访》（*La visite de Petite Mort*）① 中，死神是一个温柔可亲的小女孩，她轻轻地靠近濒死的人们，温柔地拥抱他们，静静地陪同他们去往天国。无论人们怨恨恐惧，还是欣然接受，这一过程都会自然而然地发生。在

① ［比利时］凯蒂·克劳泽：《小小的她的来访》，刘春燕译，杭州：浙江少年儿童出版社，2017 年版.

《苹果树上的死神》（*Der Tod auf dem Apfelbaum*）[①] 中，死神是一只身穿白色连身衣的可爱小狐狸，它温柔和善，以执着而平静的态度向每一个生命宣告，无可避免的死亡也是生命的一部分。而《当鸭子遇见死神》（*Ente, Tod und Tulpe*）则以简洁的笔调塑造了一位身穿绒布袍的骷髅死神和一只聒噪而善良的鸭子，二者之间温馨的互动，充满诗意地展现了死亡的本质，该书被德国青少年文学奖评审委员会誉为“一出富有哲理的双人舞”[②]。

通常来说，以死亡为主题的儿童图画书很少直接表现母亲和儿童自身的死亡，因为人们担心这样的书会给儿童带来过大的心理冲击。但在一些后现代风格的图画书中，这样的禁忌也被打破了。《小宽，你要坚强》（ママがおばけになっちゃった!）[③] 以轻松幽默的口吻，表达了一位车祸去世的幽灵妈妈对孩子的牵挂，其中不乏让人笑中带泪的幽默细节。同样表现母亲离世的《小伤疤》（*La Croute*）[④] 通过个性鲜明的笔触和红色基调，坦率而深沉地传达出主人公男孩的无边悲伤与痛苦。而《爸爸的臂弯像艘船》（*My Father's Arms Are A Boat*）[⑤] 则以极富个性的冷色调立体拼贴艺术，呈现了父子二人之间一段凌乱琐碎的对话，直到读者猝不及防地发现，这段看似莫名其妙的对话背后，隐藏的是一个失去母亲的家庭的失落与哀伤（图 47）。

---

① ［瑞士］卡尔廷・舍雷尔：《苹果树上的死神》，陈俊译，武汉：长江少年儿童出版社，2016 年版.

② ［德］沃尔夫・埃布鲁赫：《当鸭子遇见死神》，陈科慧译，天津：新蕾出版社，2013 年版，导读手册.

③ ［日］信实：《小宽，你要坚强》，猿渡静子译，北京：连环画出版社，2017 年版.

④ ［法］夏洛特・蒙德利克、奥利维耶・塔莱克：《小伤疤》，胡小跃译，桂林：漓江出版社，2015 年版.

⑤ ［挪威］斯坦・埃里克・伦德、厄伊温・图谢特尔：《爸爸的臂弯像艘船》，邹雯燕译，杭州：浙江少年儿童出版社，2018 年版.

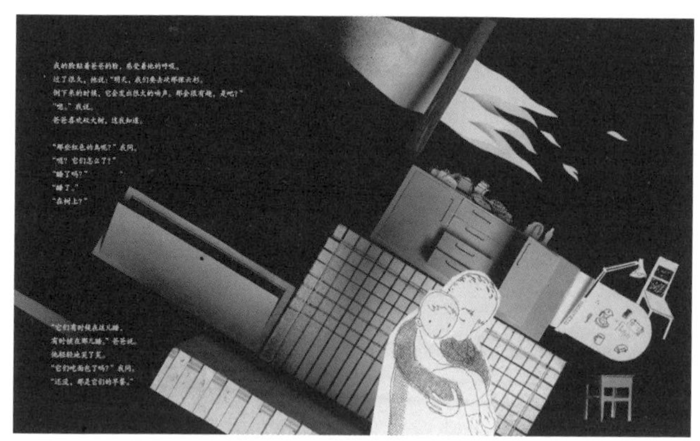

图 47 《爸爸的臂弯像艘船》
（浙江少年儿童出版社/奇想国童书）

《死神教母》（*La Mort-Marraine*）① 的内容是儿童的死亡，书中的死神是所有夭折儿童的教母，她温柔地照料这些不幸的孩子，尽量让他们感到如同在父母的怀抱中一般温暖。《儿童入殓师》（*Børnenes bedemand*）② 则从一个非常特别的角度切入儿童的死亡这一话题。书中的主人公是一位专为夭折儿童服务的入殓师，他以极大的温柔和尊重对待每一个孩子，为了不让自己的悲伤情绪影响临终的儿童，他在工作时特意哼唱着轻松的歌曲，在孩子们耳边轻声谈论鲜花、水果、阳光、天使等一切美好的事物，直到他们带着微笑安然离去。这本书弥漫着一种细腻的柔情和怪诞的幽默感，在某种程度上给这个极度悲伤的话题增添了一抹亮色。

上述这些后现代图画书都以相当坦诚的方式，直接向儿童读者呈现了关于死亡的各个方面，尤其偏重于情绪的表达。其中有些书的话题及表达手法固然显得十分尖锐，但书中的内容却是儿童在现实生活

---

① Anne Quesemand, Laurent Berman. *La Mort-Marraine*. Moulins: Ipomée-Albin Michel, 1987.

② Oscar K., Dorte Karrebæk. *Børnenes bedemand*. Copenhagen: Gyldendal, 2008.

中确实会遭遇到的创伤。面对这样的情感困境，儿童自己很难进行有效的心理调适，所以有时，与其从侧面小心翼翼地触碰，不如像这些书一样，为陷入困境的儿童提供一个接纳负面情绪的正面渠道。读者对相关书籍的阅读反馈也说明了这一点。例如，《小宽，你要坚强》的作者信实曾顾虑到，直接由死去的母亲向孩子谈论死亡，这种具有巨大冲击性的故事可能让失亲儿童受到打击。为此他特意访问了几位儿时丧母的读者，得到的结论却是，失去过母亲的人反而格外能够接受这个故事，因为在他们的心里，妈妈就是一直都在家里，陪在自己身边的，书中的故事让他们感同身受。①

从上述例子中我们还可以看出，在表现儿童在现实生活中的处境时，后现代图画书中一般会浸润着细致、成熟、微妙的情感。这些书的作者并不因为创作的是儿童图画书，就将阴暗或复杂的情感简单化，而是充分发挥图画叙事的长处，竭力表达出对于当代社会中人们所体会到的极端情绪的深深理解。故而，儿童在阅读这些图画书时，往往会感到自己作为当下矛盾、复杂、善变的后工业社会的一员，并非孤立无援的个体，自己的处境和感受得到了理解、支持与抚慰。因此，他们能够从阅读中获得平静，心灵也能得到修复，继而发展出内在的应变能力，这就是后现代图画书对于儿童个人生活的意义。正如雷诺兹对此做出的表述："这些书不仅重塑了儿童文学，还为儿童提供了洞悉他们自己，以及周遭世界的机会。长远来看，这也许会为他们的社会情感融入程度带来十分积极的影响。"②

---

① 作者信实自述《小宽，你要坚强》一书的创作背景，[2017－11－2] http：//product. dangdang. com/24166441. html

② Kimberley Reynolds. *Radical Children's Literature*: *Future Visions and Aesthetic Transformations in Juvenile Fiction*. Houndmills: Palgrave Macmillan, 2007: 89.

三、培育儿童开放的思维和社会意识

在社会生活方面，后现代图画书可以开阔儿童的眼界，培养他们开放的思维方式和社会意识。作为儿童文学与后现代主义思潮相结合的产物，后现代图画书无论从儿童文学，还是从后现代主义的角度来看，都对培育儿童的道德感和社会意识具有浓厚的兴趣。儿童文学具有某种“传道”的功能——“刺激并训练儿童读者，让他们分析并评估处在某个特定立场上的好处与责任——也就是让他们获得道德自觉性。”[①] 而后现代主义也从诞生之初就“蕴含着浓重的意识形态和政治色彩”。因此，后现代图画书对道德立场和社会事务的关注，与后现代主义对社会议题的关注一脉相承。这些图画书灵活多样地运用后现代艺术的相关技法，对社会事务和人性情感进行个性化的表达，制造出与新闻报道截然不同的美学效果。在阅读后现代图画书的过程中，儿童不会认为他们自己与社会现象、政治思潮相距遥远，而往往会积极地参与思考，尝试以书中潜移默化的后现代视角去观察社会。

长期以来，许多哲学家和社会学家针对人性本质的问题争论不休，因为它被认为是所有社会和政治问题产生的根源。然而最近的一种看法认为，关于人性善恶的争论很难有定论，事实上，人的行为受所处环境的影响之大远远超出我们的想象。在一个封闭、保守、权力高度集中的环境里，人们往往容易丧失独立思考的能力，随波逐流，易产生所谓“平庸的恶”。上世纪60年代之后的许多社会心理学研究，如斯坦利·米尔格伦（Stanley Milgram）的“服从权威”实验和菲利

---

① Kimberley Reynolds. *Children's Literature*: *A Very Short Introduction*. Oxford: Oxford University Press, 2011: 116.

普·津巴多（Philip G. Zimbardo）的“斯坦福监狱”实验等，都验证了以上看法。津巴多曾写道：“（在这些实验中，）我们目睹透露人性残酷面的各色症状，惊讶于善人如何轻易被环境改变，成为十分残酷的人，而且改变程度可以多么剧烈。”[①] 对奥斯维辛集中营等惨绝人寰的恶行的研究进一步指出，绝大多数“由环境而孕育的恶”都产生于反对另类、消除异己、强调高度同质化的专制极权社会中。

相反，在一个开放、包容、尊重个性、人人能够畅所欲言的环境中，绝大多数人更倾向于实施善举。正如《奥斯维辛：一部历史》（*Auschwitz：The Nazis and the“Final Solution”*）的作者劳伦斯·里斯（Laurence Rees）所指出的：“如果说个人行为会受到环境影响，那么一群人的共同努力可以创造出更好的文化，反过来提升个体的道德……我们有理由相信，为防止再有与奥斯维辛类似的惨剧出现，一个方法是汇聚个体的力量，促使社会的文化观念抵制此类暴行。”[②] 因此，在社会生活中，我们可以有意采取一些文化教育措施，培育一个开放而包容的社会环境，从而抵制“人性的弱点”，降低恶行发生的概率。值得一提的是，很多当代儿童文学作家已经敏锐地意识到了这一点。比如，洛伊丝·劳里（Lois Lowry）在她著名的“反乌托邦”小说《记忆传授人》（*The Giver*）[③] 里，就描述了一个高度统一的“同质化社区”。她指出，要想摆脱这种文化的影响，只有像书中的主人公乔纳思一样，致力于建设一种民主、多元、开放的新文明。

关于这一点，值得指出的是，后现代性的核心正是反对同质性、僵化标准及“宏大叙事”，它格外关注多元文化，旗帜鲜明地提倡将所

---

① ［美］菲利普·津巴多：《路西法效应：好人是如何变成恶魔的》，孙佩妏、陈雅馨译，北京：生活·读书·新知三联书店，2010 年版，第 499 页.

② ［英］劳伦斯·里斯：《奥斯维辛：一部历史》，刘爽译，桂林：广西师范大学出版社，2016 年版，序言.

③ ［美］洛伊丝·劳里：《记忆传授人》，郑荣珍译，石家庄：河北教育出版社，2009 年版.

谓边缘、异类的事物带入公众视野。正如后现代主义理论的奠基人之一利奥塔所宣称的："后现代知识并非为权威者所役使的工具，它能够使我们对形形色色的事物获致更细微的感知能力，获致更坚韧的承受力来宽容异质标准（Incommensurabilite）。"① 与极权主义截然相反，后现代主义致力于促使周围的环境"从一个独特的、凝固的真理和世界，向一个各种观点争鸣不已的、正在形成的多样化世界"不断转变。② 为此，后现代主义理论热衷于反省和批判"权威叙事"，因而频繁地卷入一系列论战——关于怀疑论与信仰观、自由主义与激进主义等。虽然这有时会导致相对主义或虚无主义倾向，但讨论仍然是有价值的。后现代思想家的影响，有利于促进人们的政治理念和文化观念日益开放。事实上，"正是根本性、深层次的辩证对话——理性和怀疑、现实和图像、政治权力的接纳和排斥之间的辩证对话——才是后现代主义思想的核心所在"③。因此，后现代精神的普遍传播，从总体上来说有利于培育开放包容的社会氛围，防止极端的封闭保守激发人性中"平庸的恶"，有利于塑造更加"安全"的文化环境。同时，社会观念的起点是每一代儿童所接受的教育，而幼小儿童最早接触的社会文化素材又常常是以图画书为代表的儿童文学作品。受到后现代主义影响的诸多儿童图画书，或多或少地都会表达出后现代主义的多元文化理念，如果儿童从小就接触到这些书中的后现代主义理念，则更加开放、包容的文化观就更容易在整个社会中普及。

后现代图画书通常将后现代主义理念作为一种灵活的视角，用来

① ［法］利奥塔：《引言》，见利奥塔：《后现代状况》，岛子译，长沙：湖南美术出版社，1996 年版，第 30—31 页.

② ［美］伊哈布·哈桑：《后现代转向》，刘象愚译，上海：上海人民出版社，2015 年版，第 296 页.

③ ［英］巴特勒：《解读后现代主义》，朱刚、秦海花译，北京：外语教学与研究出版社，2013 年版，第 283 页.

观察各种事件和境况。具体说来，这些书主要通过以下一些途径来培育儿童的开放思维及社会意识。

首先，出于后现代主义者的怀疑论世界观，后现代图画书常常挑战权威。在面对历史时，这一点表现得尤为突出。后现代主义者认为，历史是一系列虚构的“叙事”，为阐明叙事者的观点而存在，历史只存在于当下的解读与阐释中。因此，许多关涉到历史的后现代图画书都在暗中向儿童推演这种世界观，它们倾向于重述历史事件，讲述一个与传统史书内容不同的故事，其中往往带有强烈的隐喻与夸张色彩。

例如，《土狼的哥伦布故事》以颇具奇幻色彩的方式，讲述了哥伦布发现美洲的故事。在一般观念中，哥伦布是开启了“大航海时代”的英雄人物，为了庆贺他的壮举，美国特意确立了哥伦布纪念日。然而，在《土狼的哥伦布故事》中，哥伦布一行人完全是“丑角”形象，他们不告而来，巧取豪夺，打破了美洲原住民和动物们安宁富足的生活。无论在精神高度方面，还是在物质条件方面，哥伦布等人都远远低于美洲原住民的水平，当地的创世之神土狼把他们看作是“一个讨厌的小麻烦”。于是，原本意义重大的“发现之旅”，在这本书里演变成一个蚍蜉撼树的笑话。类似题材的还有陈志勇的《兔子》(*The Rabbits*)①，该书以象征方式讲述了澳大利亚的殖民史。与主流西方史学“开拓与发现”的视角不同，它将欧洲殖民者比作肆意繁衍、带来巨大生态灾难的“兔子”，“开发”澳大利亚的整个过程被呈现为无尽的灾难和破坏，没有一丝值得称道的积极意义。雷蒙·布力格的《外国锡将军和老铁娘子》(*The Tin-Pot Foreign General and the Old Iron Woman*)② 则以相当辛辣的讽刺手法，影射了英国和阿根廷之间

---

① Shaun Tan, John Marsden. *The Rabbits*. Melbourne: Lothian Books, 1998.

② Raymond Briggs. *The Tin-Pot Foreign General and the Old Iron Woman*. London: Hamish Hamilton, 1984.

的马岛之战。在书中，英阿双方的指挥官被丑化成巨大残暴的机器人。作为英国人，布力格在书中也提及了战争胜利后，横扫全英的强烈爱国主义情绪，但是他着重描绘的却是年轻士兵的坟墓及其家人的悲哀。他沉痛地暗示，马岛之战并不是英国史书上所宣扬的“爱国之战”，而更可能是政治野心家为了一己私利所煽动的悲剧性事件。

有时，对权威的挑战不止于历史事件，还会拓展到历史或者传说中的人物身上。后现代图画书鼓励儿童平等化、日常化地看待书本中的一切，将传说中的英雄人物看成是与自己一样的、日常生活中的普通人。例如，兰·史密斯的《五个小英雄》（*John*，*Paul*，*George* & *Ben*）[①] 以不拘一格的方式，介绍了乔治·华盛顿（George Washington）、托马斯·杰斐逊（Thomas Jefferson）、本杰明·富兰克林（Benjamin Franklin）等五位美国的开国元勋。在史密斯的笔下，这些英雄人物小时候与普通的孩子并没有什么两样，也经常闹出各种令人忍俊不禁的笑话。这本书的图文叙事都呈现为充满戏谑的后现代主义风格，富有创意地消解了英雄形象的高不可攀。这样的构想除了激发儿童读者的兴趣之外，也具有解放思想的意义。将历史或传说中的“神圣”人物重新看成有血有肉的普通人，或许可以避免许多以“权威叙事”为名的极端行径。

可见，后现代图画书不强迫读者接受预设的观点，而是力图对历史、社会和文本做出反思性和批判性的回应。当然，这些书“炸毁文化神话，以自由为名解放读者”[②] 的目的，从根本上说并不是为了随心所欲地投入相对主义的怀抱，而是为了对历史“叙事”背后所隐含

---

① ［美］莱恩·史密斯：《五个小英雄》，秦昊译，西安：未来出版社，2015 年版.

② Karen Coats. Postmodern Picturebooks and the Transmodern Self. In Lawrence R. Sipe, Sylvia Pantaleo eds. *Postmodern Picturebooks*: *Play*, *Parody*, *and Self-Referentiality*. New York: Routledge, 2008: 80.

的意识形态保持警觉，鼓励对话与论辩。这些书隐约地向读者传达，当我们评判历史时，其实是在以某种方式与过去进行对话，而这种对话的视角和内容都不是不可商榷的。并且，我们应该尽可能地保持对话的开放性和严谨性，否则，很可能会有某种"极端版本"跳出来登堂入室，成为占主导地位的意识形态的一部分。[①] 后现代主义理论之所以十分重视人们看待历史的方式，是因为当代社会所面临的绝大部分社会与政治议题，都来源于广义上的历史语境，正是人们对历史的看法，决定了他们在今天的行为。后现代主义认为，既然历史的本质是开放性、多义性、对话性的，那么在这种框架下，当下的许多社会议题同样可以通过平等的对话和协商来解决。

其次，后现代图画书强调开阔眼界，通过对"观看"行为本身的思考，摆脱个人视野的局限。这些书帮助读者突破惯性思维，从各种不同的角度和立场，来观看并理解他人的故事与生活，由此强化换位思考的意识。一些后现代图画书转换视角，关注被边缘化、被排斥在"宏大叙事"声音之外的人物，以他们的视角来重述经典故事。

例如，《聪明的豌豆和未来的公主》（*The Very Smart Pea and the Princess-To-Be*）[②] 重述了安徒生童话《豌豆公主》。故事的讲述者是那颗被放在床垫下的小豌豆，它以自己的勇气和才智，帮助自己喜欢的园丁姑娘通过考验，成为了王子的新娘。又如，《长大后，我要当海豹》（*Wenn ich groß bin, werde ich Seehund*）[③] 重述了爱尔兰神话《海豹女郎》。这个故事的原型广泛出现在世界各地的民间传说中：化为人形的动物精灵与人类成家生子，但是一旦找回被藏起来的动物皮，

---

① ［英］巴特勒：《解读后现代主义》，朱刚、秦海花译，北京：外语教学与研究出版社，2013 年版，第 184 页.

② Mini Grey. *The Very Smart Pea and the Princess-To-Be*. Victoria: Dragonfly Books, 2011.

③ ［德］尼古拉斯·海德巴赫：《长大后，我要当海豹》，喻之晓译，桂林：广西师范大学出版社，2016 年版.

就会义无反顾地永别人间，回到故乡。与民间故事的讲述视角不同，这本书以海豹女郎的儿子——一个天真的小男孩的口吻来讲述，他的一次意外发现导致妈妈找到了海豹皮，离开他和爸爸，回到了大海。该书将传统神话中从未被注意到的“孩子”引入了读者的视野——在家庭破裂的故事中，沉默的孩子往往是最无辜的受伤者，而这本书让他们有机会开口表达自己的所思所想。类似的还有《我和你》（*Me and You*）[①] 以及《惊人的诗集》，两书分别以小熊和熊妈妈的视角来讲述《金头发与三只熊》的经典童话，让之前一直沉默的人物发出自己的声音，为古老的故事提供了全新的阐述方式。

这些书都试图让读者意识到，经典故事的叙事角度并不是唯一的视角，从不同的角度还可以看到不同的故事。进而，后现代图画书鼓励儿童在阅读时，将故事中的人物看作是“真实”的人，即使在读者视线之外也仍在继续自己的生活。以此来推演，我们在现实生活中也应该尽量避免将自身看作唯一的“真实存在”，而将其他人都看作无关紧要的沉默者。如果不以自身为本位来定义他人，我们就会发现，每个进入视野的“配角人物”都有自己的思想、情感和生活信念。

另外，一些后现代图画书中会时不时出现“换位思考”式的娱乐性小片段。如《威利的画》中，在公园里悠闲散步的猩猩用绳子牵着他们的“宠物人”——正如人们在公园里牵着自己的宠物狗一样（图48）。《神奇的小牧童》（*Le berger：Ou à quoi pensent les petits moutons avant de s'endormir...*）[②] 则建立在这样一个有趣的设想之上：人睡不着时会数羊，小山羊睡不着时则会数人。

有些书假想，人类之外的异类生命会像人类试图了解他们一样来

---

① ［英］安东尼·布朗：《我和你》，崔维燕译，南昌：二十一世纪出版社，2012 年版.

② ［法］泰马克·泰勒、海贝卡·朵特梅：《神奇的小牧童》，吕娟译，武汉：湖北长江出版集团，湖北美术出版社，2009 年版.

图 48 《威利的画》
（二十一世纪出版社/蒲蒲兰绘本馆）

研究人类的习性。比如，《老鼠的饶舌歌》（*Le rap des rats*）引用了一条引自“老鼠词典”的词条——“人类：哺乳动物，无毛，用两条腿直立行走。好寄居于鼠类的居所，危害极大。侵吞大量粮食，并传播多种严重疾病。由于具备一定智商，极难灭除。”[①]《外星宝宝的地球课》（*Dr Xargle's Book of Earth*）[②] 则记录了一位对地球十分着迷的外星教授对地球事物的研究，当然，就像人类对外星的很多研究一样，这位教授对地球的研究成果也极不靠谱，错漏百出。

还有的书假想，异类生命很可能如人类一般，也常常带有“歧视异类”的偏见，只不过他们所歧视的“异类”正是人类本身。比如，《你看见搬进我们隔壁的是谁了吗?》描绘了一个住满了吸血鬼、海盗、童话人物、传说中的怪兽等各色“异类”的街区，这些居民最近都为社区中即将搬入怪异的新邻居而感到惶恐不安。在全书的最后揭开了谜底：让这个“优质社区”的居民们无法忍受的罪魁祸首，正是一户

---

① ［法］米歇尔·贝斯涅、亨利·加勒隆：《老鼠的饶舌歌》，余轶译，方卫平主编，合肥：安徽少年儿童出版社，2014 年版，第 58 页.

② ［英］珍妮·威利斯、托尼·罗斯：《外星宝宝的地球课》，朱静译，杭州：浙江少年儿童出版社，2017 年版.

普普通通的人类四口之家。而《外星人来了！》(*Here Come the Aliens*！)[①] 也与之相似，书中反复描绘一伙奇形怪状的外星人即将侵略地球的场景。可是在故事最后，这些凶神恶煞的外星人竟然因为一群普通的四年级小学生而放弃了入侵计划，因为他们觉得人类小孩实在是过于“可怕”。类似的趣味性片段，在后现代图画书中非常常见。它们虽然只是一些小小的插曲，却也可能警醒读者：世界不一定就是我们想象的那个样子，很多事物都是偶然的、相对的，当我们将一些人或事看作“异类”时，对方很可能也以同样的眼光来看待我们，而他们的观点也同样可能有着坚实的基础。

因此，这类后现代图画书有助于培养开放精神，进一步促使人们解放思想，无偏见地和谐共存。当代人际关系建立在矛盾、协商、想象、规则的基础之上，求同存异的第一步是正确地认识他人，只有“设身处地、换位思考”，才能平等互惠地处理当代事务。对这种能力的培养，也有助于儿童生成成熟的政治观念，就是“将部分（个人）联系到整体（广泛社会）的能力，或者从其他人的视角而不是自己的视角来看待世界的能力”[②]。后现代图画书中的片段虽然不是宏篇大论，却很有可能成为一种“无声的教育”，在潜移默化中帮助儿童将个人经验与宏观社会文化联系起来，进而使他们获得更宽广的视野，能够从多元宽容的角度去思考社会议题，在社会生活中避免极端化倾向。

事实上，儿童不是没有发展成熟社会政治观念的能力，而常常是因为缺少恰当的信息，很少有机会学到处理公共事务的方式。正如塞德里克·卡林福德（Cedric Cullingford）所言：“一方面，我们期望儿童在 18 岁可以投票的时候能够发展出足够的社会素养，来做出政治判

① Colin McNaughton. *Here Come the Aliens*！Somerville：Candlewick Press，1995.

② ［英］大卫·帕金翰：《童年之死》，张建中译，北京：华夏出版社，2005 年版，第 197 页.

断；另一方面，我们又回避将用以获得相关知识和分析技能的手段传授给他们。”[①] 经验表明，儿童在受过适当的教育之后，能够做出负责任的决定，更自由地生活。[②] 可以说，后现代图画书正提供了一种恰当的教育方式。从上述种种例子来看，受后现代主义思潮影响的儿童图画书通过分享后现代世界观，将全世界的儿童读者纳入到了超越地理位置的文化网络之中，锻造出一个包容、开放的共享文化领地。如同大卫·威斯纳对自己作品的期望：“将全世界的孩子们联结在一起，穿越时空分享秘密。”[③] 在这里我们可以认为，后现代图画书的儿童读者不论文化背景为何，所分享的都是同一个“秘密”——开放、包容、平等的文化观，这将为一个更加美好安全的未来社会打下基础。因此，阅读后现代图画书有利于帮助儿童在媒体文化环境中将自己变成见多识广的批判性参与者。这些书将为他们提供应对、参与、改变社会事务的思路，帮助他们以更开放的姿态参与社会生活，最终成为具有成熟社会责任感、能够熟练行使社会政治权利的时代公民。这就是后现代图画书对于儿童社会生活的意义。

最后要说明的一点是，由于后现代图画书，尤其是牵涉到社会政治议题的作品相对而言内容复杂，甚至充满歧义，儿童在阅读时往往还需要一定程度的陪伴和指引。为了确保儿童在阅读时能得到开阔视野、提高社会素养的益处，我们还需要不断地探索多种阅读策略和讲读方式，比如小组讨论、成人伴读等，以便在儿童探索较为复杂的社会议题时，为他们提供充足的安全感和平衡感。如同卡罗尔·斯考特

---

① Cedric Cullingford. *Children and Society: Children's Attitudes to Politics and Power*. London: Cassell, 1992: 16.

② ［英］大卫·帕金翰：《童年之死》，张建中译，北京：华夏出版社，2005年版，第215页.

③ Evelyn Arizpe, Julie McAdam. Crossing Visual Borders and Connecting Cultures: Children's Responses to the Photographic Theme in David Wiesner's *Flotsam*. In Evelyn Arizpe, Maureen Farrell, Julie McAdam eds. *Picturebooks: Beyond the Borders of Art, Narrative and Culture*. New York: Routledge, 2013: 156.

指出的："那些看起来骇人听闻或不适合讲述给儿童的图画书，可以经过成人的阐释之后再输送给儿童，在处理可能令人感到困扰的画面和信息时，成人的在场会为年幼的儿童带来一种安全感。"① 此外，在将后现代图画书作为教育素材时，成人也必须采取审慎的态度：一方面意识到我们有责任培育儿童的开放思维和社会意识，并且"在这样做的时候，尊重过程的复杂性，授予儿童为自己的利益做决定的权利"②；另一方面也要牢记，图画书只是一种文学作品，"试图通过图画书来解决或回答儿童发展中遇到的所有问题是不可能的，也是不恰当的"③。

① Carole Scott. A Challenge to Innocence："Inappropriate Picturebooks for Young Readers." *Bookbird*，2005. 43（1）：12.

② ［英］大卫·帕金翰：《童年之死》，张建中译，北京：华夏出版社，2005 年版，第 154 页.

③ ［美］丹尼丝·I. 马图卡：《图画书宝典》，王志庚译，北京：北京联合出版公司，2017 年版，第 251 页.

第三节
儿童文学维度的价值

一、儿童文学成为重要的社会思想资源①

后现代主义与儿童图画书的结合，使得儿童文学界在近几十年间收获了一大批优秀的后现代图画书作品。更确切地说，近些年间有大批构思新颖、图文精美，同时也令人困惑、充满挑战的视觉艺术作品，在全世界范围内以儿童图画书的形式出现在读者面前。这些作品以其别致的形式、丰富的趣味和深刻的意蕴，吸引了包括成人在内的所有年龄段的读者。很多书店设有“成人图画书”专架，成人已经成为了购买和阅读图画书的主力之一。最受他们青睐的大多是我们所说的“后现代图画书”。一些后现代图画书成为畅销书，在书店里被摆在最

① 本节的部分内容参考了笔者的硕士学位论文，见程诺：《从“天真”到“经验”：奇幻儿童文学的自我超越——论菲利普·普尔曼〈黑暗物质三部曲〉》，复旦大学硕士学位论文，2013 年，第 72—73 页.

显眼的位置，而成人购买它们的目的也不仅仅是为了给孩子阅读。例如，有书店店主表示，柯林·汤普森的《莱利短暂而极其快乐的一生》经常被成年人当作生日礼物，馈赠给正面临人生重要关口的朋友，提醒他们在选择时要对人生意义和幸福的真谛做出思考。① 许多成人承认，他们在给自己的孩子读图画书时，非常乐于见到书中旨在传递给成人的信息。例如，图画书作家霍勒说："当我与自己的孩子一起读书时，会很欣赏故事中专为成人读者准备的小惊喜和小幽默。"② 有一些成人会专门为此去阅读儿童图画书，至少会为此而更加积极地与孩子分享阅读图画书的乐趣。因此，后现代图画书为成人提供了更多与儿童合作的阅读机会，以及与儿童相同的阅读经验，这些书由此促成了成人、儿童、文化三者的交会。

其实，成人阅读童书的现象在儿童文学界由来已久。从儿童文学被确定为一个独立的文学门类开始，早期的经典儿童小说就拥有了一大批成人追随者。诸如《水孩子》（*The Water-Babies*）、《爱丽丝漫游奇境》、《小妇人》（*Little Women*）、《杰西卡的第一次祈祷》（*Jessica's First Prayer*）、《哈克贝利·费恩历险记》（*The Adventures of Huckleberry Finn*）等19世纪的儿童文学作品，都吸引了大量成人读者。③ 20世纪初期的儿童文学作品，如《柳林风声》（*The Wind in the Willows*）、《彼得·潘》（*Peter Pan*）、《小熊维尼》等，也因为

---

① Michèle Anstey. Postmodern Picturebook as Artefact: Developing Tools for an Archaeological Dig. In Lawrence R. Sipe, Sylvia Pantaleo eds. *Postmodern Picturebooks: Play, Parody, and Self-Referentiality*. New York: Routledge, 2008: 150.

② Stian Hole. Interview with Stian Hole, Author and Illustrator of *Garmann's Summer* (May 2008). *Eerdmans Books for Young Readers*. [2017-11-5] http://www.eerdmans.com/Interviews/holeinterview.html

③ Kimberley Reynolds. *Children's Literature: A Very Short Introduction*. Oxford: Oxford University Press, 2011: 17.

"隐含着引起成人读者兴趣的讽刺感"，而在成人读者中大受欢迎。[1]到了20世纪中期之后，阿斯特丽德·林格伦、托芙·扬松（Tove Jansson）、罗尔德·达尔（Roald Dahl）、米切尔·恩德、瓦尔特·莫尔斯等当代儿童文学名家，更是在全世界范围内拥有大批热情的成人读者。例如，米切尔·恩德的名作《毛毛》（*MoMo*）[2] 在日本获得了这样的评论："《毛毛》之所以获得举世瞩目的成功，一个特征就是和儿童读者站在一起的还有众多的成人读者……不只是儿童文学家，包括社会学者、心理学者、哲学者、小说家、诗人等诸分野的研究家都对《毛毛》和《没有结尾的故事》表示了极大的兴趣，从各自的角度加以讨论。"[3] 可见，优秀的儿童文学作品在成人读者圈内一向具有强大的影响力。

在今天，情况变得日趋复杂。当下的成人不再仅仅是儿童文学的"共同读者"，以陪伴孩子读书的方式参与童书阅读，而且还愿意出于个人兴趣去欣赏童书，他们会购买和公开谈论童书，乐于承认自己对童书的痴迷，以至于像《哈利·波特》、《黑暗物质三部曲》（*His Dark Materials Trilogy*）[4] 这样的畅销童书会专门出版方便携带的"成人版本"。许多类似的童书已经在成人图书市场中被运营成了知名品牌，相关的系列文化衍生品市场还在不断扩展之中。一个更有趣的现象是，在图画书领域内，成人的这种热情还常常投射到创作上，例如时下流行的所谓"名人图画书"（celebrity picturebooks）。近些年

---

① ［英］Deborah Cogan Thacker、Jean Webb：《儿童文学导论：从浪漫主义到后现代主义》，杨雅捷、林盈蕙译，台北：天卫文化图书有限公司，2005年版，第117页.

② ［德］米切尔·恩德：《毛毛》，李士勋译，南昌：二十一世纪出版社，2000年版.

③ 彭懿：《西方现代幻想文学论》，上海：少年儿童出版社，1997年版，第288页.

④ ［英］菲利普·普尔曼：《黄金罗盘》，周景兴译，上海：上海译文出版社，2006年版.
［英］菲利普·普尔曼：《魔法神刀》，周倩译，上海：上海译文出版社，2006年版.
［英］菲利普·普尔曼：《琥珀望远镜》，陈俊群译，上海：上海译文出版社，2006年版.

来，名人涉足图画书创作（通常是文字作者）俨然在各行各界成了一股时尚潮流。从皇室成员到政界名人、影视明星，一时之间人人都希望参与到儿童文学的创作当中，展现自己对童书的热情。这本身就成为了一个消费社会中的后现代主义现象。因为“名人图画书”的出版商最看重的是名人带来的品牌效应，这些书首先是一件商品，其次才是儿童文学作品，无论文学价值如何，它们在营销方面通常都会获得巨大成功。比如，2003 年，美国歌手麦当娜（Madonna Louise Veronica Ciccone）推出的儿童图画书《英伦玫瑰》（*The English Roses*）[①] 曾创下首次印刷超过 40 万册的纪录，占据“《纽约时报》童书畅销榜”首位长达十八周。贝克特指出：“名人图画书清楚地显示了商业是怎样控制童书市场的，它们是被娴熟地推销给各个年龄段顾客的商品。”[②] 总之，在当下的社会文化环境中，许多成人读者对儿童文学表现出了强烈的兴趣。这种现象不应该仅仅归结为成年人对童年的怀旧情绪，还有更深层的原因。一些研究者认为，这与“后现代对正统的挑战有关”：成人读者被儿童文学所吸引，是因为他们渴望回归“对世界的一种趣味性或原始的理解”[③]。

与成人读者的热烈反响相对应的是，很多后现代图画书的作者和出版者宣称，他们在设置目标读者时不仅仅针对儿童，还会将成人读者包括在内。例如，图画书名家李欧·李奥尼（Leo Lionni）说：“我真的不全然是为孩子创作的，我做这些书，是为了我自己和我的朋友们心里面恒常不变、仍然是孩子的那个部分而做的。”[④] 比利时图画书

---

① Madonna，Jeffrey Fulvimari. *The English Roses*. New York：Viking Children's Books，2003.

② Sandra L. Beckett. *Crossover Picturebooks*：*A Genre for All Ages*. New York：Routledge，2012：284.

③ ［英］Deborah Cogan Thacker、Jean Webb：《儿童文学导论：从浪漫主义到后现代主义》，杨雅捷、林盈蕙译，台北：天卫文化图书有限公司，2005 年版，第 213 页.

④ 聂笑辰：《生活赐予的礼物——李欧·李奥尼的绘本研究》，北京服装学院硕士学位论文，2013 年版，第 31 页.

作家凯蒂·克劳泽（Kitty Crowther）说：“我不仅是为孩子工作的，事实上，我的书是写给所有读者的；所有的人都喜欢读故事，任何故事。”[①] 图画书大师桑达克也说道：“我们的作品适合所有人，难道不是吗？当严肃的作品被认为只是哄小孩的玩意儿时，那简直是对我们的羞辱，多么令人恼火啊！”[②] 他还强调说，“我的作品与所谓的‘成人文学’一样，都需要饱含精心的构思、丰富的创造力和激动人心的情节。”[③] 一些图画书出版者也持有类似的观点。例如，维京童书（Viking Children's Books）的总裁雷吉娜·海斯（Regina Hayes）认为，图画书只是一种中立的形式，并没有必要将其读者限定为儿童，因此，维京童书出版了许多给成人的“复杂图画书”（sophisticated picturebooks）。[④] 迪士尼亥伯龙出版公司（DisneyHyperion Books）的副总裁肯·盖斯特（Ken Geist）也承认，他会特意将一些适合成人的选题以图画书的形式出版。[⑤]

当然，这在儿童文学史上并不罕见，一直以来，都有大量的童书作者宣称他们不仅仅为儿童创作。例如，《小王子》（*Le Petit Prince*）的作者圣埃克苏佩里（Antoine de Saiot-Exupery）在该书扉页中说：“请孩子们原谅我把这本书献给了一个大人……这个大人什么都懂，即使儿童读物也懂。”[⑥] 又如，德国儿童文学家普鲁士勒（Otfried Preußler）在《鬼磨坊》（*Krabat*）一书的前言中说：“我的这本书不

---

① 图书馆报：《访谈——凯蒂·克劳泽：用故事和绘画打开孩子们的想象世界》，（2017－8－28）[2018－3－17] http：//www. sohu. com/a/167854359_748548

② ［美］丹尼丝·I. 马图卡：《图画书宝典》，王志庚译，北京：北京联合出版公司，2017年版，扉页.

③ Maurice Sendak. “Maurice Sendak”. In Lee Bennett Hopkins ed. *Pauses: Autobiographical Reflections of 101 Creators of Children's Books*. New York: HarperCollins, 1995: 142—143.

④ Sandra L. Beckett. *Crossover Picturebooks: A Genre for All Ages*. New York: Routledge, 2012: 3.

⑤ Judith Rosen. Breaking the Age Barrier. *Publishers Weekly*, September 8, 1997: 28.

⑥ ［法］圣埃克苏佩里：《小王子》，马振骋译，北京：人民文学出版社，2000年版，扉页.

仅仅是供青少年阅读的，也不是单纯为成年读者而写的。”[①] 许多在成人文学界享有盛名的顶级文豪，诸如列夫·托尔斯泰（Лев Толстой）、高尔基（Алексей Максимович Пешков）、法朗士（Anatole France）、豪夫（Wilhelm Hauff）、霍夫曼（E. T. A. Hoffmann）、罗斯金（John Ruskin）、恰佩克（Karel Capek）、辛格（Isaac Singer）等人，都创作过儿童文学作品。这些大作家往往在自己创作的童书中埋藏了幽微玄妙、意在言外的思想内涵，他们创作儿童小说，是为了在一个较为轻松锐利的视角下，补充性地探寻“严肃作品”难以触及的心灵深度，这些书中的绝大部分都成为了文学评论家热议的对象。

时至今日，为成人创作童书的现象在后现代图画书的引领下进入了一个新的阶段。一些意蕴丰富的后现代图画书充分利用图像叙事的便利性，在图像文本中安插了许多互文性的细节，以表达作者难以言明的思想。有时，这些互文的内涵明显超出了儿童的认知范畴，很难看作是专门传达给儿童的信息。

例如，《最后的胜地》（*The Last Resort*）[②] 以超现实主义的手法在图文叙事中织入的大量互文信息，涉及《金银岛》（*Treasure Island*）、“马格雷探案集”（*Tout Maigret*）、《树上的男爵》（*Il Barone Rampante*）、《白鲸》（*Moby Dick*）、埃米莉·狄金森（Emily Dickinson）诗集、《堂吉诃德》等诸多经典文学作品，如此丰富的文学知识是一般儿童涉猎不到的。因而一些父母指出：“由于孩子无法理解这本书中有趣的互文内容，也没有能力领会到作者语言方面的诙谐

---

① ［德］奥得弗雷德·普鲁士勒：《致中国读者》，见奥得弗雷德·普鲁士勒：《鬼磨坊》，陈俊译，南昌：二十一世纪出版社，2004年版，扉页.

② ［美］J. 帕特里克·路易斯、［意］罗伯特·英诺森提：《最后的胜地》，李媛媛译，济南：明天出版社，2009年版.

和修辞的妙趣……它其实是一本写给成人而非孩子的图画书。”①

又如，桑达克的多部图画书作品都包含着十分隐晦的互文。《我们与杰克和盖伊都很沮丧》描绘了在艾滋病蔓延的年代里，一群无家可归的流浪儿的故事。大多数评论家认为，这本书已经不再是一本童书。珍·杜南（Jane Doonan）评论道：“只有具有宗教背景，并深入了解纳粹大屠杀的成年人，才有可能真正理解这本书，桑达克为这些人，而不是为孩子们创作了这本图画书。”②《在那遥远的地方》（*Outside Over There*）③ 则影射了莫扎特（Wolfgang Amadeus Mozart）的歌剧《魔笛》、彼得·勃鲁盖尔（Pieter Brueghel the Elder）的《有伊卡洛斯坠落的风景》（*Landscape with the Fall of Icarus*），以及菲利普·奥托·龙格（Philipp Otto Runge）的《胡森贝克家的孩子们》（*The Hülsenbeck Children*）等具有强烈象征意味的艺术作品。显而易见的是，这些互文信息中所蕴藏的内涵，只有具备丰富阅读经验的成人才能完全领会。

今天的很多图画书作者都宣称，自己的作品旨在吸引成人与儿童双重受众群体，甚至有些书在作者的设想中专为成人而创作。或许，童书作者这样做并不单纯是为了吸引成人家长为孩子购买自己的书，也不单纯是为了抒发个人情怀，而是因为他们真正将童书作为一种颇具潜力的社会思想资源来看待。一些学者宣称，现下儿童文学与成人文学作品之间的受众年龄界限正在日益模糊，文学界出现了一种所谓的“跨龄文学”（crossover literature）现象。欧瑟·玛利亚·奥门森（Åse Marie Ommundsen）将“跨龄文学”定义为“同时针对潜在儿童

---

① 方卫平：《寻回心灵的诗意——解读图画书〈最后的胜地〉》，见《最后的胜地》，第 42 页.

② Jane Doonan. Into the Dangerous World: *We Are All in the Dumps with Jack and Guy* by Maurice Sendak. *Signal*, 1994 (75): 166.

③ ［美］莫里斯·桑达克：《在那遥远的地方》，王林译，海口：南海出版公司，2012 年版.

读者与潜在成人读者的文学作品，而不只是将受众对象从其中一者拓展到另一者身上”①。在图画书创作领域中，这种现象尤为明显。当代图画书经常通过先锋艺术手法和深刻的思想内涵来挑战读者，迫使他们深入检视自己的许多既定观念，以至于让人颇为怀疑，这些“儿童文学”作品的真正读者是否还只是儿童。

事实上，在北欧的一些国家里，图画书早已不再被认为是专属于儿童的读物，越来越多的图画书在出版时被登记在“成人和青少年读物”名下。② 挪威语中专门有一个术语——“allalderslitteratur”（全龄文学），用以定义对儿童和成人都具有重大意义的图书，挪威当下的很多图画书都被归入这一门类。鉴于绝大部分“全龄”图画书都具有明显的后现代特质，我们可以说，后现代图画书在形式和思想两方面都超出了传统童书的范畴，进一步改变了成人读者对儿童文学的看法，从而使儿童文学受到了更广泛的社会关注。这些书中精妙的形式、开放的理念和深刻的社会议题，使儿童文学成为备受成人重视的社会思想资源，以至于有文化评论者声称：“关于人生，我所知道的一切都来自童书。”③

如果回顾历史我们会发现，长期以来，儿童文学一向是一种非常独特，却也容易被低估的思想文化载体。一般来说，儿童文学倾向于关注是非对错、道德善恶等根本性的价值标准，着力于呈现、调适和评价某个时代的人们对于当时社会的基本认知，因而常常成为反映社会意识形态的有效文本来源。正如雷诺兹所言：“无论激进还是保守，

---

① Åse Marie Ommundsen. Who are These Picturebooks For? Controversial Picturebooks and the Question of Audience. In Janet Evans ed. *Challenging and Controversial Picturebooks: Creative and Critical Responses to Visual Texts*. New York: Routledge, 2015: 72.

② Agnes-Margrethe Bjorvand. Do Sons Inherit the Sins of Their Fathers? An Analysis of the Picturebook *Angry Man*. In Teresa Colomer, Bettina Kümmerling-Meibauer, Cecilia Silva-Díaz eds. *New Directions in Picturebook Research*. New York: Routledge, 2010: 217.

③ 陈赛：《关于人生，我所知道的一切都来自童书》，北京：中信出版社，2017 年版，第 118 页.

文笔优美还是华而不实，儿童文学都是社会文化信息的丰富来源，也是社会文化的建构力量之一。"[①] 同时，儿童文学还倾向于着眼未来，乐于担当现行文化观念的反思者与挑战者。一些作家刻意地面向儿童写作，就是为了鼓励年轻一代突破既有文化的框架，以全新的方式来思考和行动。因此，儿童文学不仅在文类特点层面对社会思潮的变化有着敏感性，而且其内容更是经常孕育社会变革思想，鼓励人们对世界产生新的看法。

例如，在18世纪，儿童文学引导读者思考社会不公，要求理性、科学与进步，在教育儿童学会读写、成为理性公民的过程中发挥了重要的作用。而19世纪的儿童文学则与现代主义的萌芽有着千丝万缕的联系，朱利叶·达辛贝（Juliet Dusinberre）在《爱丽丝灯塔行：童书与艺术中的激进实验》（*Alice to the Lighthouse*：*Children's Books and Radical Experiments in Art*）[②] 一书中指出，现代艺术的诞生在某些方面要归结到儿童文学身上，因为像伍尔芙（Virginia Woolf）这样的现代主义重要作家，深受童年时期所阅读的"维多利亚童书"的影响。到了20世纪中期，儿童文学中的一些内容又与性别、种族、阶级等方面的社会运动产生了紧密的联系，其文本被社会改革家用作支持他们观点的材料。由此可见，对于一个时代或一个民族文化气质的塑造来说，儿童文学具有难以估量的特殊作用。童书往往会展现出社会思潮转向中的核心内涵，"不但具有特定年代的美学观，而且经常引领风潮，甚或别有新意"[③]。只不过由于它们"仅仅"是给孩子阅读的书，

---

① Kimberley Reynolds. *Children's Literature*：*A Very Short Introduction*. Oxford：Oxford University Press，2011：5.

② Juliet Dusinberre. *Alice to the Lighthouse*：*Children's Books and Radical Experiments in Art*. New York：St. Martin's Press，1987.

③［英］Deborah Cogan Thacker、Jean Webb：《儿童文学导论：从浪漫主义到后现代主义》，杨雅捷、林盈蕙译，台北：天卫文化图书有限公司，2005年版，第11页.

其价值常常被主流学界所忽视而已。

在当代，后现代图画书日渐成为一种表征社会观念的重要思想资源。作为20世纪后半叶以来重要的社会思潮之一，后现代主义为人们检视当下混杂多样、变幻无常的社会文化境况，提供了一种有力的工具。后现代图画书将这种认知工具引入到了儿童文学领域内，将儿童文学与更宏大的社会文化背景联系在一起。后现代图画书具备双重符码体系带来的灵活性，以及先锋思想理念带来的实验性，是一种富有创造力与互动性、拥有无限可能的新文类。它对各个年龄层的读者都具有强大的吸引力，从而可以成为传递信息、反映社会价值观的重要文化载体。这些书在表面的浅明和戏谑风格中，不动声色地强化了许多后现代主义理念，并将其与当下社会现实紧密结合，譬如前文探讨过的性别平权、讽刺极端个人主义的“孤胆英雄”、全球化与本土化之间的关系等议题，都在后现代图画书中得到了深入的思考与检视。从而，后现代图画书从儿童文学的角度，使后现代主义的质疑与颠覆精神得到了很大程度的播散。同时，它又以儿童文学所特有的简明和乐观，对后现代主义理论做出了富有积极意义和创新性的拓展，激发了后现代艺术的活力。它作为儿童文学作品，诠释并深化了后现代主义理论的内涵，昭示了儿童文学与社会思潮的有机互动，从而使儿童文学成为了重要的社会思想资源。

二、新的儿童文学研究空间及路径

在当今学界对图画书的研究中，最常用的是三种儿童文学研究工具。第一是童年史理论，即通过研究“儿童”这一概念的内涵，以及儿童文学的起源和本质，来审视图画书的本质。第二是“隐藏的成人”

(hidden adult)理论，这是佩里·诺德曼的说法，与芭芭拉·沃尔(Barbara Wall)的“双重受述”[①] 理论有相似之处，主要研究图画书中隐含的成人视角如何在潜移默化中改变儿童文学的面貌，如何从成人作者与儿童读者之间的关系来定义图画书。第三则是“图像语言”理论，即从图画书本身的特质出发，研究图文复合的文本如何利用叙事图像，以及图文之间的张力来进行艺术表现，读者又如何在与图文信息的互动中生成阐释，获取意义。这三种理论都是当下儿童文学界的主流研究范式。然而，后现代图画书不同于传统的儿童图画书，是一个具有独特性的文学类型。因而，对于它的研究也许应该不同于对以往其他儿童文学形式的研究，这类书所蕴藏的丰富内涵使得它可以成为一类典型文本，为未来的儿童文学研究开拓出一片新的空间。

儿童图画书相对简单的文本呈现形式，让读者有种“一目了然”之感，因而很多研究者觉得不必花费心思去细读并分析图画书的文本。长期以来，绝大部分相关研究忽略了图画书文本，而常常迷失在单纯研究教育功能的“教育应用”当中。正如尼古拉耶娃和斯考特所指出的：“在现有的图画书研究路径中，占据焦点地位的是将图画书作为教育工具的研究……还有些类似的研究将图画书与发展心理学联系起来，作为儿童心理治疗的材料。”[②] 然而，一味忽视图画书的美学价值和文学趣味，仅仅对其进行“实用主义”的教育研究并不合理。因为首先，这种研究路径会导致对文本本身的分析流于肤浅，对图画书的意蕴产生相对匮乏的解读。其次，儿童的阅读反馈是一种社会行为，他们会试图通过与他人谈论阅读感受，来定义自己的社会身份，因此有时会出现这样的情况：儿童的阅读反应与教师的预设密切相关，他们希望

---

① Kimberley Reynolds. *Children's Literature*: *A Very Short Introduction*. Oxford: Oxford University Press, 2011: 25.

② Maria Nikolajeva, Carole Scott. *How Picturebooks Work*. New York: Routledge, 2006: 2—3.

自己能够说出教师心目中“正确”的内容。如果阅读实验中有一个预设的“教育目标”，儿童读者很可能会倾向于按照成人的潜在期望去表现，而这无疑会掩盖图画书文本中许多值得探究的问题，进一步导致研究者对文本的忽略。

在面对后现代图画书时，常规的研究局面被打破了。后现代图画书文本相对来说复杂多变，一般带有元小说叙事法的自反性特征，它们的内容、意义乃至美学品质都远远不像早期的儿童图画书那样“一目了然”。所以，读者和研究者都必须竭尽全力，持续而细致地精读文本，积极地参与意义阐释，才能从“图文迷宫”中全身而退，并有所收获。一些学者因此主张，在研究后现代图画书时要回归到文学和艺术研究中，更多地关注文本本身的美学与哲学内涵，将其首先看成是一件文艺作品，他们还提供了自己的研究模型用作参考。比如，米歇尔·安斯蒂提出的“后现代图画书考古学挖掘法”（archaeological dig of postmodern picturebooks）认为，研究者在面对一本后现代图画书时，应该将其看作一件刚刚出土的“文物”，以考古学家的精神和方法，来考察它身上附着的后现代主义痕迹。就像对文物的发掘与分析一样，研究者应该详细考察图画书的如下一些方面：物理形式与设计风格、文字文本、图像文本、用以表达主题的艺术手段、创作的时代背景、作者的情况、目标受众的情况、商业目的与价值，等等。安斯蒂还列出了用“考古挖掘法”来研究后现代图画书的具体步骤，并提供了相关的表格模板和问题模板，用来具体分析一本书中所包含的后现代主义元素。[①] 又如，尼古拉耶娃提出用“诠释学分析法”（hermeneutic analysis）来研究当代图画书。她认为，阅读图画书的过

---

① Michèle Anstey. Postmodern Picturebook as Artefact: Developing Tools for an Archaeological Dig. In Lawrence R. Sipe, Sylvia Pantaleo eds. *Postmodern Picturebooks: Play, Parody, and Self-Referentiality*. New York: Routledge, 2008: 153—158.

程可以类比于运用诠释学分析文本的过程：从整体入手，逐渐沉浸入细节，最后再回到整体，形成一个完整的“阐释循环”。依此方法，研究者无论从图画书的图像还是文字入手进行分析，总会为解读另一个文本系统带来新的经验与期待，从而在不断的“切换”与“循环”中，深化自己的理解与发现，对图文细节的每次细读，都有助于更好地阐释图画书的整体。①

乍看起来，这些研究模型颇有点类似于新批评学派提出的“文本细读”（close reading）研究法。今天的大多数学者无论使用何种理论工具进行研究，都会坚定不移地以精读文本作为起点。正如李欧梵所说：“所谓‘文本细读’早已根深蒂固，只不过现在不把以前那种细读方法禁锢在文本的语言结构之中而已。”② 然而，后现代图画书研究者所提出的研究模型，要求的不仅是“文本细读”的研究方式，而且更是一种潜下心来，反复与文本进行互动、交流、沟通的姿态。因为与其他文学形式相比，后现代图画书最大的特点就是极强的互动性。无论是图文之间的张力、混搭随性的叙事风格、翻页与特殊版式的设计，还是弥漫全书的戏仿与互文、带有自反性的元小说手法、拒绝定论的不确定性，无不彰显了后现代图画书以“交流”为核心的互动性。在对这些图画书文本进行精读与分析的过程中，随着思考的不断深入，研究者常常会体验到一种“山重水复疑无路，柳暗花明又一村”的顿悟感，而这也正是文学研究的乐趣之所在。

后现代图画书所普遍具有的元小说特质提供了一种观察世界的新路径，它如同一面透镜，迫使研究者重新思考儿童文学以及图画书文本的构造策略，为最大限度地接近文本提供了激动人心的可能。鉴于

---

① Maria Nikolajeva, Carole Scott. *How Picturebooks Work*. New York: Routledge, 2006: 2.

② 李欧梵：《总序（一）》，见［美］伊哈布·哈桑：《后现代转向》，刘象愚译，上海：上海人民出版社，2015 年版，第 8 页.

文学研究在本质上就是一个无限接近文本的过程，我们可以将这一启示延伸到对所有儿童文学作品的研究中。研究者必须深入探寻儿童文学如何不断地规约并超越自身，这不仅会推动更多深刻的文艺理论进入到儿童文学研究领域，还可以帮助我们重新“发现”或诠释各种文本，为在儿童文学领域中认识“经典”，提供一种新的批评话语。事实上，在今天的儿童文学研究界，传统的“经典”概念已经难以为继，许多所谓的经典儿童文学是以成年人的审美来定义的，其中还往往伴随着陈旧的“DWEM 价值观”（过世的、白人、欧洲的、男性的：Dead White European Man，常缩写为 DWEM）[①]，而这正是后现代主义所着力批判的。然而，在解构过时的“经典”概念之后，我们对经典的重新认识又不知该从何开始，单纯从教育功能、美学价值或读者反馈的角度出发来定义经典，显然都不尽合理。在这种情况下，后现代图画书以其特殊的品质启示我们，儿童文学研究应该回归到故事和文本的原初形式——一种交流手段——当中，详细考察一个文本是否能够保持与读者交流的质量，是否能够保持“适应于读者阅读的开放”[②]，具有激发多元化解读，并生成丰富意蕴的能力。正如科莫德的观点：一个文本只有在不停变化的情况下常保鲜活，才有可能跻身经典的行列。显然，在评价儿童文学时也应如此。

另外，在面对后现代图画书时，同样值得思考的是，图画书的初始目标读者毕竟是儿童而非成人，它绝不仅仅具有一般文学的美学或哲学价值，我们还是有必要对这类书进行儿童受众研究。一个不可否认的事实是，一部“好的”儿童文学作品必须要能够被儿童读者所接

① 刘象愚：《总序（二）》，见［美］伊哈布·哈桑：《后现代转向》，刘象愚译，上海：上海人民出版社，2015 年版，第 12 页.

② 钱淑英：《互文性透视下的儿童文学后现代景观——以改编自〈三只小猪〉的图画书为考察对象》，《浙江师范大学学报（社会科学版）》，2006，31（4），第 58 页.

受，如果儿童完全不能理解一本童书的潜在含义，或是不能从阅读中寻获乐趣，那么它一定是有问题的。儿童对后现代图画书的阅读反馈研究表明，总体上来说，大部分这类书能够被儿童读者所接受。但是，与其他类型的儿童文学作品不同，在这种整体上的接受中，还有很多有趣的特殊情形值得进一步探究。事实上，儿童的阅读表现是一个十分复杂的过程，不仅与书籍本身的内容有关，还与儿童对自身的社会地位以及他们对自己与他人之间关系的认识有关。因此，如果脱离对象和阅读情境，并不能对儿童文学做出有效研究。这就要求我们必须在坚持文学价值研究的基础上，充分关注当代儿童读者的特点和日常生活中的阅读情境，关注儿童图画书与儿童读者之间互动的情形。在儿童文学界内部，这种认识引发了经院研究与实践研究之间的张力，有的学者为此提出了一个概念——“实践导向的经院研究”（practice-led doctoral research）[①]。这个概念与传统上“从研究到实践”的路径恰恰相反，它主张通过实践来进行研究，反对脱离阅读和创作的实际，掩盖作者和读者的声音，将图画书当作一种“已经完成的”教育工具来看待。

关于“实践导向的经院研究”，可以参考的是彼得·亨特所倡导的“儿童主义者研究”（childist criticism）。大体来说，它与读者反应理论有关，但主要针对的是儿童读者与图画书读者。这种研究试图将儿童文学研究与女性主义研究相类比，以弥补儿童文学研究中原创路径不足的缺陷。与女性主义研究相似，它的一个主要着眼点在于辨析、探究当代儿童的认知与接受特点，探索并创造一套专用于儿童文学研究的话语体系，用以取代“植入性”的成人视角。“儿童主义者研究”的

---

① Martin Salisbury. The Artist and the Postmodern Picturebook. In Lawrence R. Sipe, Sylvia Pantaleo eds. *Postmodern Picturebooks: Play, Parody, and Self-Referentiality*. New York: Routledge, 2008: 25.

核心研究方向包括儿童如何理解文本与时间的概念，当代儿童的新媒体素养如何影响他们阅读儿童文学的方式，等等。[①] 虽然这种研究路径目前并不算成熟，在很大程度上还停留在概念构想的阶段，更倾向于一种态度而非手段，但其内在精神和研究方向值得借鉴。后现代图画书的出现，也表明了尽快将这类研究带入主流儿童文学研究视野的必要性。

简而言之，后现代图画书提醒我们，当下儿童文学研究的目标应该是在与儿童的高质量互动和平等协商中，确认到底什么是他们能够接受的，什么又是他们真正的"需求"，而非仅凭成人自己一厢情愿的想象，或是目标预设性极强的所谓"研究发现"，就匆忙得出结论。进而，研究和使用儿童文学文本并推广儿童阅读，其最终目的应该是确保儿童能够以优质的文学文本为起点，切实地参与到社会文化的构建过程中，享受到所有公民都理应享有的法律、政治及社会参与权利。甚至，我们还可以考虑通过儿童文学研究，来推动儿童发出声音，表达自己的观点，例如为儿童提供资金，让他们自己来生产文化产品。事实上，尽管很少有人注意到，但儿童一直是，并且仍然是儿童文学的创作者之一。在当下，一个非常有趣的现象是，一批由儿童自己实际生产，或参与生产的文化产品正在获得越来越高的关注度，如《小熊的神奇画笔》《亲爱的世界，你好呀》《儿童大学》[②] 等儿童参与或独立创作的图书。虽然现在还很难说这将对儿童文学研究产生怎样的

---

① Kimberley Reynolds. *Children's Literature: A Very Short Introduction*. Oxford: Oxford University Press, 2011: 53—55.

② 英国哈珀·柯林斯出版有限公司、英国新闻集团报业有限公司、[英] 安东尼·布朗:《小熊的神奇画笔》，阿甲译，北京：北京联合出版有限公司，2017 年版.

[英] 托比·利特尔:《亲爱的世界，你好呀》，朱禛子译，北京：北京联合出版公司，2017 年版.

[德] 乌尔里希·扬森、乌拉·施托伊尔纳格尔、克劳斯·恩西卡特:《儿童大学系列：顶尖科学家的 7 堂启蒙课》，王萍、万迎朗译，北京：外语教学与研究出版社，2012 年版.

影响，但是这或许昭示着儿童文学未来发展的某些动向，值得我们在研究中进一步关注。

三、儿童文学本质的重新审视及定义

虽然“儿童文学”的概念在学术界内一直没有一个明确的定义，但在公众心目中，它却是无需赘言的常见文类，似乎人人都对什么是给孩子看的“简单故事”有着自己的一套看法。一直以来，儿童文学，尤其是儿童图画书，囿于早期经典儿童文学作品给人们留下的印象，在一般观念中需要遵循诸多规范。然而经过几个世纪的发展，特别是近一二十年来的演变，当代儿童文学早已悄悄地突破了最初的限制，发生了天翻地覆的变化，彻底打破了人们对“儿童文学”的原初印象。总体来说，当代儿童文学越来越趋向于复杂化、深刻化，越来越接近主流成人文学，后现代图画书的出现更加清楚地宣示了这一点。从本书的论述中可以看出，后现代图画书身上综合了种种相互矛盾的元素，使它成为成人与儿童、文学与艺术、高雅与通俗、理论与现实、晦涩与简明、成熟与天真、悲观与希望等诸多概念之间的“十字交叉路口”，而所有这些概念的共同之处在于，它们都触及了图画书以及儿童文学的本质。正如诺德曼所言：“所有为儿童写作的文学作品都分享同一套典型的结构和叙事特征……我相信，这些典型特征在图画书中体现得最为淋漓尽致。”[①] 可以说，后现代图画书自身的特质有力地挑战了传统儿童文学作品的表现技法与主题思想，从而在最大程度上展示、

---

① Perry Nodelman. Words Claimed: Picturebook Narratives and the Project of Children's Literature. In Teresa Colomer, Bettina Kümmerling-Meibauer, Cecilia Silva-Díaz eds. *New Directions in Picturebook Research*. New York: Routledge, 2010: 12.

探索并考问了儿童文学的本质，迫使人们重新审视并定义儿童文学。因而可以说，对后现代图画书的研究，也是对儿童文学本质的研究，我们可以由此入手，尝试对儿童文学的本质做一些更加深入的探索。

要审视儿童文学的本质，首先需要回到历史当中，简单地回顾一下有关儿童文学的传统印象是怎样产生的。人们对于儿童文学本质的认识，与社会上通行的儿童观紧密相连，即所谓“童年史”研究——一个社会何时把“童年”从人生阶段中单独剥离出来，将儿童视作能力、兴趣和需求不同于成人的群体。因为只有当“儿童”这个概念区别于成人，才需要去思考主要供儿童阅读的文学作品应当具备怎样的特质。按照当下主流的研究成果，从历史上“儿童”的概念诞生开始，成人对待儿童的方式大致经历了以下几个阶段：古代的“训诫”与“忽视”，启蒙与浪漫主义时期的“教育”与“神化”，20 世纪以来的“平视”与“努力了解”。鉴于儿童观是儿童文学的基础，人们对儿童文学的看法也就随着儿童观的改变，一直在悄悄地发生变化。如果将不同时期人们心目中儿童文学的“主要任务”提炼出来，那么它所走过的路径大致是：从古代时期的训诫、恐吓儿童，到启蒙时期的教导、保护儿童，又到浪漫主义时期的歌颂、取悦儿童，再到当代的尊重儿童，尽量为儿童提供丰富的信息。

当然，不应该由此简单地将儿童文学史看成一部不断“进步”、一个阶段取代上一个阶段、从“说教”走向“自由”、从黑暗走向光明的线性发展史。相关论调早已反复遭到质疑，因为已经有一些新的历史证据并不支持这种表述。① 并且，即使是在当下，这种表述亦显然不能成立。进入 21 世纪以来，主流的儿童文学观仍然可见启蒙

① Kimberley Reynolds. *Children's Literature：A Very Short Introduction*. Oxford：Oxford University Press，2011：9—10.

运动以来的影响，多重不同的观念在共同影响着今天人们对儿童以及儿童文学的看法。启蒙时期的儿童观以洛克（John Locke）的“白板说”（tabula rasa）为代表，认为儿童是易受影响、认知能力不完善、亟需教育的被动接受者。因此，人们需要在儿童文学中“保护”儿童，严格监控他们所阅读的内容，以免他们受到灰暗、复杂内容的不良影响，或是因为无法处理这些成人世界的议题而受到打击。同时，儿童文学中应该尽量“填满”成人希望他们去了解的内容，以便让他们能够按照成人预先设计好的步调顺利长大成人。这种儿童观主要由理性主义者所倡导，是相当“功能主义”的，影响极其深远。

在浪漫主义运动兴起之后，主流儿童观随之发生了些微调整。由于浪漫主义者怀有对童年的“乡愁”，将童年视为“人生神圣的伊甸园”，将儿童视为“纯洁的天使”，因而他们在启蒙主义“保护与教导”的儿童文学观基础上，增添了“歌颂”与“取悦”的成分。正如萨克所说的：“纵使把儿童文学当作教化的工具，并在文本中谆谆教诲，将道德规范定于一尊，但浪漫主义仍坚持儿童与深层真理之间的自然联系。”① 威廉·布莱克（William Blake）、华兹华斯（William Wordsworth）、爱默生（Ralph Emerson）等浪漫主义者和超验主义者，对儿童“甚至流露出一种顶礼膜拜的虔敬，把儿童尊崇为人的原型”②。于是，他们歌颂儿童的纯真与率性、想象力与创造力，不再急于通过按部就班的教育促使他们尽快长大，在他们的笔下，童年成为了一段“玩耍，不需负责任的时光……可以挑战或逃离一个充斥着特

① ［英］Deborah Cogan Thacker、Jean Webb：《儿童文学导论：从浪漫主义到后现代主义》，杨雅捷、林盈蕙译，台北：天卫文化图书有限公司，2005 年版，第 31 页.

② 彭懿：《世界幻想儿童文学导读》，南昌：二十一世纪出版社，1998 年版，第 2 页.

权、进步和严峻的道德规范、行为准则的世界”[①]。而与之相应，儿童文学的首要任务自然就成为了娱乐儿童、取悦儿童，放任他们在童年无忧无虑的伊甸园中徜徉。

表面上看起来，浪漫主义者与启蒙主义者的儿童文学观并不相同，但其本质是一致的：他们都没有将儿童视为与成人平等的社会一分子，都主张将儿童与他们生活其间的真实社会彻底隔绝开来，只让他们读到成人从“围墙”外精心采择、装饰好的文学内容。这种儿童文学就像鲍姆（Layman Frank Baum）所主张的一样，是“惊叹愉悦蕴其内，苦恼悲痛拒其外”的童话。[②] 因而，这两种儿童文学观实质上是同源的，在它们的源头中，固然有一小部分是对儿童天性的觉察，但更多地是出于宗教情怀的想象——将儿童看作是对抗绝望的象征性力量；或者是出于成人的“保护欲”及“罪恶感”——成人在潜意识里为没能给儿童创造一个更美好的世界而感到负疚，因而希望能够通过打造一座“童书伊甸园”来保护他们。正如有的研究者所言：“儿童文学之所以存在，是因为成人假定儿童的理解力不及成人，甚或是因为成人希望儿童知道得更少，希望他们不要了解真实世界的某些方面——儿童需要一种‘说得更少’的文学。”[③]

20 世纪中叶之后，这种情况有所改变。随着社会环境和儿童生活的日益复杂，一些儿童文学作家和研究者开始主张平视儿童、尊重儿童，认为儿童文学的主要目的不是取悦儿童，而是尽量设身处地地体

---

① ［英］Deborah Cogan Thacker、Jean Webb：《儿童文学导论：从浪漫主义到后现代主义》，杨雅捷、林盈蕙译，台北：天卫文化图书有限公司，2005 年版，第 27 页。

② ［英］Deborah Cogan Thacker、Jean Webb：《儿童文学导论：从浪漫主义到后现代主义》，杨雅捷、林盈蕙译，台北：天卫文化图书有限公司，2005 年版，第 129 页。

③ Perry Nodelman. Words Claimed：Picturebook Narratives and the Project of Children's Literature. In Teresa Colomer，Bettina Kümmerling-Meibauer，Cecilia Silva-Díaz eds. *New Directions in Picturebook Research*. New York：Routledge，2010：13.

会儿童的现实处境，为他们提供认知世界所需的丰富信息。但与此同时，启蒙时代以来的功能主义观念在儿童文学界、教育界乃至全社会仍占重要地位。可以说，我们当今事实上仍处在一种“后启蒙”“后浪漫”主义儿童观的强大影响下。例如，人们一般认为儿童文学应该简单明了，不应该包含过于复杂的文学手法和艺术技巧，这种看法就来源于认为儿童不具有完善的认知能力的观念。又如，当前的儿童文学研究明显偏重于“教育功能”研究，公共媒体也热衷于探讨儿童文学的“教育意义”，纷纷谈论怎样才能将儿童塑造为成人所期望的样子，这来源于认为儿童是被动的接受者、亟需受到教育这一看法。同时，成人也往往会对儿童屏蔽一些所谓不适宜他们的内容，这事实上是由于人们相信儿童极易受到影响，可能会模仿书中的不良内容，因而需要保护他们，尽量让他们生活在一片与世隔绝的净土中。可见在当代社会中，人们在潜意识里仍然更倾向于认为儿童是一块天真脆弱的“白板”。这种“后启蒙”“后浪漫”主义儿童观，也是后现代图画书的技法和内容时常备受争议的原因。

虽然保护儿童远离潜在的伤害往往是成人难以遏制的冲动，但是许多儿童文学家和研究者还是不赞成将一切“不合常规”的作品排斥在外，他们的理由如下：

第一，成人如果先入为主地相信儿童没有完善的认知能力，只能理解简单的事物，就倾向于为他们提供过滤过的阅读材料。越是相信儿童不能理解复杂的语言，就越是只给他们看词汇有限的语句；越是相信儿童的理解力有限，就越是不会让他们去接触深奥的主题；越是相信儿童只喜欢某些类型的书，就越是局限于只创作这类书籍。而匮乏的阅读经验，将反过来导致儿童只能得出粗浅的见解，于是成人就更加相信自己先前的预设……这是所谓的“自我实现的预言”。持有这种儿童观的人创造了一个“虚假的现实”，就像诺德曼所描述的，“我们的确让印象中明显的事情成真：有太多太多的孩子学到的，的确就像我们所期待的那样有限”[①]。然而事实上，大量证据表明，儿童并非缺乏对复杂或未知事物的认知能力，而只是由于年龄和阅历的缘故，比较缺乏可供利用的经验，如果给予儿童其所需的信息、充分的自由和适量的协助，他们完全有能力理解复杂事物并生成合理的阐释。因此，“如果我们不把儿童看作是无法做出成熟思考的另一个物种，而是将他们看作初学者——需要并且能够获得有助于成熟思考的经验，那么就向前迈进了一大步”[②]。

第二，成人常常凭借想象和愿望来推测儿童的喜好与需求，而事实上，儿童真正的喜好和需求未必会与成人的推测相一致。历史上许多深受儿童喜爱的书籍是被他们自发地从成人的书架上“拿来”的，如《天路历程》（*Pilgrim's Progress*）、《鲁滨孙漂流记》（*Robinson Crusoe*）、《吹牛大王历险记》（*Baron Münchhausen*）、《格列佛游记》（*Gulliver's Travels*）等。当代也有一些以成人小说而知名的作家，如托妮·莫里森（Toni Morrison）、菲·维尔顿（Fay Weldon）、伊恩·麦克尤恩（Ian McEwan）等，最后却被人们发现他们的作品“其实是为儿童而作”[③]。另外，正如莫里斯·桑达克所指出的，有时候，“儿童就是想要处理那些成年人不希望他们了解的可疑主题”[④]。在《格林童话》（*Grimms Märchen*）、《贝洛童话》（*Les Contes de Perrault*）、《安徒生童话》（*H. C. Andersens Eventyr*）这些经典童话中，实际

① ［加拿大］Perry Nodelman：《阅读儿童文学的乐趣》，刘凤芯译，台北：天卫文化图书股份有限公司，2000年版，第102页。

② Perry Nodelman. *Words about Pictures: The Narrative Art of Children's Picture Books*. Athens: University of Georgia Press, 1988: 282.

③ ［英］Deborah Cogan Thacker、Jean Webb：《儿童文学导论：从浪漫主义到后现代主义》，杨雅捷、林盈蕙译，台北：天卫文化图书有限公司，2005年版，第18页。

④ Maurice Sendak. *Caldecott and Co.: Notes on Books and Pictures*. New York: Farrar, Straus and Giroux, 1988: 192.

上都有很多今天看起来堪称“禁忌”的主题，但这些书在数百年间还是受到儿童的普遍欢迎。玛丽亚·塔塔尔（Maria Tatar）认为：“儿童之所以喜欢童话，正是因为童话以一种他们在生活中很少遇到的坦率方式，来探讨痛苦、磨难、失落、煎熬等话题。”[①] 因此，仅凭成人的臆测，来对作品进行筛选，很可能会导致儿童错过很多他们愿意了解并真正需要的内容。

第三，许多作家和研究者相信，在瞬息万变的当代社会中，将儿童与他们所生活的真实世界完全隔离开来不仅没有好处，也许还有潜在的负面影响。儿童并非“天外来客”，他们也像所有人一样，直接面对着现实世界中的复杂状况，如果刻意让儿童沉浸在一个虚幻的“文学乌托邦”里，可能会间接地剥夺他们以故事来探索复杂事物的权利。对此，童书专家马图卡提出：“只有通过争议和辩论，问题才能得以厘清，新的理念才能得以形成……如果我们对孩子屏蔽那些我们不赞赏的图画书，或者将它们束之高阁，这样的做法是不是在欺骗孩子，限制了他们提出问题和寻找答案的权利呢?”[②] 儿童图画书大师爱德华·阿迪宗（Edward Ardizzone）也指出：“我们倾向于过度地向儿童屏蔽生活的艰辛……毕竟在某种程度上，儿童文学要向儿童介绍他们即将面临的未来生活，如果这些书对世界的黑暗面一点都不提及，那将是十分不公平的。”[③] 的确，没有人能够为儿童确保一个安全不变的未来，现实的难题有时会比想象中更早到来。儿童有权了解真实世界

---

① Sherri Liberman. Banned Books Week: The Complete Grimms' Fairy Tales, *New York Public Library*, 27 September, 2013. [2017 - 11 - 9] http://www.nypl.org/blog/2013/09/27/banned-books-week-grimms-fairy-tales

② [美] 丹尼丝·I. 马图卡:《图画书宝典》，王志庚译，北京：北京联合出版公司，2017 年版，第 244 页.

③ Edward Ardizzone. Creation of a Picture Book. In Sheila Egoff, G. T. Stubbs, L. F. Ashley eds. *Only Connect: Readings on Children's Literature*. New York: Oxford University Press, 1980: 293.

的各个方面，并为之提前做好准备。在这种情况下，许多儿童文学作者认为，成人有责任帮助儿童练就处理困难状况的能力，具体地说，就是尊重儿童读者的权利，尽早用文学作品为他们提供可以用来应对未来变化的经验。例如，丹麦图画书作家奥斯卡·K质疑道："将通常有些残酷的现实从童书中屏蔽，到底是为了谁呢——孩子还是成人？"他强调，将现实原原本本地呈现给儿童读者，正是认真对待他们的方式。① 又如，莫里斯·桑达克说，似乎只有儿童文学作家被期待要想方设法"保护儿童"，但事实上，"没人能够保护儿童在生活中永远不受侵害，我们严肃地工作，就是为了告诉他们有关生活的真相"②。

基于以上的观点和背景，后现代图画书就为重新定义当代儿童文学提供了一个很好的依据。这些书拒绝本质论、绝对论，为读者提供更为多元的思维方式和更加开放的阅读经验，"邀请儿童读者与文本建立起强有力的关联"③。它们挑战"后启蒙""后浪漫"主义儿童观，往往采用大胆的表现手法，探讨尖锐的社会问题。在后现代图画书身上，体现出了创新与坚守的结合，艺术与生活的结合，狂欢化与责任感的结合，想象力与判断力的结合，理性思考与复魅精神的结合。这诸多奇妙的特质让我们重新思考儿童文学的本质——那大概就是：它可以为各种年龄、各个层面的读者提供初始化的生存经验。儿童是发展中的、未来的成人，他们即将面对成人世界的一切；而成人也是长

---

① Sandra L. Beckett. From Traditional Tales, Fairy Stories, and Cautionary Tales to Controversial Visual Texts: Do We Need to be Fearful? In Janet Evans ed. *Challenging and Controversial Picturebooks: Creative and Critical Responses to Visual Texts*. New York: Routledge, 2015: 66.

② Maurice Sendak. *Caldecott and Co.: Notes on Books and Pictures*. New York: Farrar, Straus and Giroux, 1988: 192—193.

③ ［英］Deborah Cogan Thacker、Jean Webb：《儿童文学导论：从浪漫主义到后现代主义》，杨雅捷、林盈蕙译，台北：天卫文化图书有限公司，2005年版，第203页.

大了的、过去的儿童，曾经体验过儿童所正在经历的一切。所以，二者并无根本的差别，同样要处理欢乐、悲伤、坚忍、孤独等亘古不变、人类普适性的问题。

彼得·霍林戴尔（Peter Hollindale）提出，儿童文学提供了一个成年与童年之间的混同空间，在这里，成人得以重新体味自己还是孩子时，那种变化无穷、潜能无限的感觉，而儿童也得以预先体验到成年期的洞见。① 若在此基础上进一步大胆猜想，成人之所以会一再地被儿童文学吸引，更深层的原因或许隐藏在我们人类这个物种的生物学特性之中。在当下的动物行为学界，流行着一项名为“幼态延续”的学说。一些解剖学家声称，成年人类的许多身体特征，看起来就像是其他大型猿类的未成年幼体，而在行为上，成人也与其他成年哺乳动物不同：我们是一种“戏耍的猿类（Homo ludens）”，一生不停地玩游戏，唱歌跳舞，通过阅读文学作品和终身学习来不断地增长知识。有科学家据此猜想：“人类在演化上的成功，就是因为成年之后仍然保有幼年哺乳类动物的创意和好奇心。”② 这种与生俱来的遗传特性，促使每个人都渴望保持心灵的年轻，对丰富多彩的童年充满了永无止境的向往和眷念。或许正因为如此，儿童文学才成为了一种被持续需求的重要思想资源。儿童文学的定义不应取决于它的内容或形式，而应当取决于它与儿童之间的关系，以及它对“童年”的建构程度。同样，儿童文学的价值评判也不应局限在成人对儿童的想象与规约中，而应当纳入到整个文学史的评判范围。正如著名童书出版家弗朗索瓦·吕伊-维达尔（François Ruy-Vidal）所概括的：“没有所谓给

---

① Kimberley Reynolds. *Children's Literature*: *A Very Short Introduction*. Oxford: Oxford University Press, 2011: 55.

② ［美］弗朗斯·德瓦尔：《猿形毕露：从猩猩看人类的权力、暴力、爱与性》，陈信宏译，北京：生活·读书·新知三联书店，2015年版，第237页.

儿童的艺术，只有艺术……没有所谓给儿童的文学，只有文学。只有一本童书对所有人来说都是好书，我们才能说它是一本好童书。”①

最后要说明的是，现实中，成人作者与儿童读者之间的地位差异是儿童文学面临的永恒境况，儿童文学是所谓“隐藏的成人”造就的文学，可以说，无论何种儿童文学作品，都始终隐含着一种挥之不去的“失落感”：“孩子必须跨越空虚，去感知位于对岸的成人作者。”② 于是，儿童文学不只是描述童年，也往往通过强化成人对童年的观点来规约童年。如同诺德曼指出的：“儿童文学既创造童年，也颠覆童年，将童年打造成了一个深层的矛盾主体。即使是最激进地支持‘童年自由论’的文本，也会被卷入到成人的文化系统之中；即使是最严厉地压制儿童的文本，也会不知不觉地为儿童提供一些逃离压制的路径。”③ 因此，对儿童和童年的任何描述，实际上都不可能是完全中立的，对于儿童文学本质的讨论，或许也将永远充斥着意识形态与权力之争。

我们在这里所倡导的儿童观，主张以更正面的方式来看待儿童：强调的是儿童的可能性而非必然性，是儿童与成人相似而非相异的方面，是对儿童的有条件信任而非无条件宽容。秉承这种观念的儿童文学作品应该既不轻视，也不神化儿童，而是将他们作为聪颖好奇、具有强大适应力的“读者”来平等看待，通过对话与协商，用严肃而恰当的方式讲述一切重要的、无法回避的主题。这实际上是在希冀，如果把儿童视为“理想的”读者，相信他们能够自由选择值得思考的对

---

① Sandra L. Beckett. *Crossover Picturebooks: A Genre for All Ages*. New York: Routledge, 2012: 5.

② ［英］Deborah Cogan Thacker、Jean Webb：《儿童文学导论：从浪漫主义到后现代主义》，杨雅捷、林盈蕙译，台北：天卫文化图书有限公司，2005 年版，第 77 页.

③ Perry Nodelman. Words Claimed: Picturebook Narratives and the Project of Children's Literature. In Teresa Colomer, Bettina Kümmerling-Meibauer, Cecilia Silva-Díaz eds. *New Directions in Picturebook Research*. New York: Routledge, 2010: 24.

象，能够欣赏复杂的叙事手法和美学风格，能够理解与人类生存息息相关的重大问题，最终他们也许就真的会成为富有理解力和责任感，并能够做出明智选择的个体。当然，这也许是另一个“自我实现的预言”，但它的前景更加值得期待。

第六章

星星之火：中国原创图画书与后现代主义

前面几章探讨了后现代儿童图画书的诞生背景，后现代主义艺术手法和思潮使后现代图画书呈现出的种种特殊面貌，以及在当前文化语境中，这类书在各个层面上所具有的独特价值。至此，对于后现代图画书的研究似乎已经可以告一段落。不过，作为研究当代儿童文学的论著，本书的最终落脚点仍要回到中国图画书的创作实际上来。由于中国原创图画书的发展状况有其特殊性，总体来说受到后现代主义思潮的影响较小，很少有非常典型的“原创后现代图画书”出现，所以前文在论述时并未涉及。但这并不意味着中国原创图画书与后现代主义毫无关系，而从世界范围内的情况来看，中国原创图画书的未来发展也将与后现代主义思潮密不可分。因此，最后一章将集中讨论中国原创图画书与后现代主义之间的种种互动，并参照西方图画书的发展状况，努力探寻原创图画书的发展路径。当然，由于相关例证材料相对来说尚不算非常充足，本章的论述和结论都还会留有一定的讨论空间，更多地呈现为一种探究性的状态。

第一节

中国原创图画书对后现代主义的疏离与吸纳

一、原创图画书的发展简史

我们今天所讨论的“儿童图画书”可以说完全是西方的产物，真正意义上的中国原创图画书至少要到近代以后才现雏形。但如果从图画书的本质——用图像来叙述故事——这一角度来看的话，中国图画书的渊源可以追寻到悠久的历史长河中。许多学者都将中国图画书的源头追溯到“远古人类的岩画、中国绘画中的连环长卷故事画、文字和图形合一的甲骨文、图文互补的书籍形式”① 等古代艺术当中。自古以来，中华民族一直有利用图像来讲述故事的传统，如同挪威图画书专家欧瑟·玛利亚·奥门森所指出的：“相比于西方而言，在中国和

① 王黎君：《中国图画书溯源》，《绍兴文理学院学报》，2013. 7，33（4），第 103 页.

日本这样的东亚文明中，图像和视觉叙事拥有更为重要的地位。”① 我国远古先民的文化遗址中就留存有记录特定事件的岩画、彩绘陶器等遗迹；夏商周的青铜器，战国时期的帛画，秦汉的画像石、画像砖上，也经常出现表现生活场景和历史故事的纹样。佛教艺术传入之后，以图画来叙述事件的手法更是广为传播，至五代、两宋期间，中国古代绘画的叙事艺术成就达到了顶峰。例如，南唐画家顾闳中的《韩熙载夜宴图》以连环长卷的形式描摹了韩府夜宴行乐的全过程，北宋画家张择端的《清明上河图》以散点透视的构图法清晰地记录了近千个人物的生活场景，都堪称图像叙事的典范之作。及至市民文学高度繁荣的明清时期，坊间刻印的许多章回体小说都配有木版画插图，颇为近似于现代插画故事的形式。可见，中国古代艺术的图像叙事传统已经为中国原创图画书的诞生提供了厚重的历史积淀，正如王黎君所说：“中国绘画中的连续性叙事元素在整个中国绘画的发展历史中一直都明显地存在着，构成了一个持续性的推进过程，而且随着时间的演进，画面的叙事能力也进一步发展，这为中国图画书的萌芽提供了最初的艺术形式的积累。”②

另外，我们知道，图画书的诞生与普及离不开印刷技术的进步，彩色印刷和商业印刷的成熟是推动儿童图画书创作的必要条件。在这方面，我国也毫不落后于西方。中国古人很早就掌握了印刷技术，明朝末年，文人画谱的木版彩印技术已经相当成熟，到晚清时期，“随着石版印刷技术的引进，我国的印刷行业基本可以实现大批量的商业印

---

① Åse Marie Ommundsen. Picturebooks for Adults. In Bettina Kümmerling-Meibauer ed. *Picturebooks: Representation and Narration*. New York: Routledge, 2014: 20.

② 王黎君：《论中国图画书的艺术传统》，《中国儿童文化》，2013（8），第156页.

刷”[1]，当时竞争激烈的图书市场也对书籍插图有着巨大的需求。可见，最迟至晚清，在技术和市场方面，我们已经具备了产生原创图画书的基本条件。然而这一时期并没有出现真正意义上的儿童图画书，这恐怕与儿童图画书作为一种儿童文学作品，需要在特定儿童观兴起的背景下才得以产生和发展有关，而现代儿童观恰恰是中国传统文化中所欠缺的。近代之前的中国人通常不把儿童视为特殊的个体，而是力图尽早通过婚礼仪式将儿童转化为具有责任感和集体意识的成人。如果我们效仿童年史研究奠基人菲力浦·阿利埃斯（Philippe Ariés）的做法，从艺术史中的儿童形象来推测古人的儿童观，就会发现中国古代艺术中并没有现代意义上的“儿童”形象，风俗画中的儿童多以各种“胖娃娃”“百子图”等形式出现，主要是作为成人的“玩物”，或是吉祥的象征。因此，虽然文化基因中具有悠久的图像叙事传统，印刷技术和商业市场也早已发育成熟，但是中国原创图画书却由于现代儿童观的缺席，而迟迟没有诞生。

在20世纪早期的中国，现代儿童观在西方学说的影响下逐渐兴起，人们纷纷开始认可：儿童应该被当作特殊的独立主体来看待，他们的喜好和需求与成人有所区别——即“五四”时期的“发现儿童”之思潮。这一思潮最著名的代表性言论当属周作人的一段话：“以前的人对于儿童多不能正当理解，不是将他当作缩小的成人，拿‘圣经贤传’尽量地灌下去，便将他看作不完全的小人，说小孩懂得什么，一笔抹杀，不去理他；近来才知道儿童在生理心理上，虽然和大人有点不同，但他仍是完全的个人，有他自己内外两面的生活。”[2] 这种强调

---

① 常立、严利颖：《让我们把故事说得更好：图画书叙事话语研究》，桂林：广西师范大学出版社，2017年版，第133页.

② 周作人：《儿童的文学》，见钟叔河编：《周作人文类编⑤上下身：性学·儿童·妇女》，长沙：湖南文艺出版社，1998年版，第682页.

“儿童本位”的现代儿童观深刻地影响了当时的中国儿童文学，乃至儿童图画书的走向。许多儿童读物的编辑者开始意识到图画在儿童读物中的重要性，例如，陈子褒在《论训蒙宜用浅白读本》一文中提道：“凡人无不喜看图画，而童子尤甚。”① 与此同时，供儿童阅读的图画故事也不再满足于粗糙的插图，而力求用图画来讲故事，使之更符合儿童的心理和兴趣。在这样的大背景下，现代意义上的中国原创图画书诞生了。一些学者将中国原创图画书的真正开端归于郑振铎于1922年至1933年间发表在《儿童世界》上的46篇图画故事，这些故事虽然只有短短的几页，却“充满着幼儿式的丰富幻想与天真浪漫的童稚妙趣”②。在此之后，中国原创图画书开始走上了属于自身的独特发展道路。

当然，中国原创图画书的发展不可能与特定时期的社会历史条件分割开来。鉴于近现代中国曲折的历史进程，原创图画书的发展之路也随之起起伏伏，概括起来共经历了三个“黄金时期”。第一个是上个世纪二三十年代的萌芽时期，许多现代文化巨擘都致力于儿童读物的创作与出版，努力将当时国外先进的教育理念引入到儿童图画故事当中。可是随着三四十年代纷至沓来的战火，“五四”时期原创图画书的珍贵幼苗被扼杀了。第二个则是新中国成立之后的50到60年代，在这段时期，大量艺术家以饱满的热情致力于为儿童创作富有中国特色的图画书，据统计，1949年至1966年间出版的图画故事书多达近1500种③，可见当时的空前盛况。不过在之后的十年间，中国原创图画书的步伐再次中断，儿童图画书的创作陷入停滞。在20世纪80年

① 陈子褒：《论训蒙宜用浅白读本》，陈子褒：《教育遗议》，见沈云龙主编：《近代中国史料丛刊·第九十一辑》，台北：文海出版社，1973年版，第39—40页.

② 王泉根：《现代儿童文学的先驱》，上海：上海文艺出版社，1987年版，第116页.

③ 常立、严利颖：《让我们把故事说得更好：图画书叙事话语研究》，桂林：广西师范大学出版社，2017年版，第152页.

代，原创图画书的第三个黄金时期随着“全国少年儿童读物出版工作座谈会”的召开而到来，各地出版社纷纷重印早期的经典图画书，新的原创图画书也开始大量涌现。俞理、何艳荣、杨永青、陈永镇、蔡皋、朱成梁等一大批现代意义上的图画书作家开始努力探索原创图画书的路径，直至今日，他们当中的许多人还活跃在创作的一线，不断为读者带来新的作品。然而，在90年代市场经济和新媒体浪潮的冲击之下，原有的出版格局被打破，依托于传统出版体制的原创图画书创作也受到了一定的影响。总体来看，自萌芽到上世纪末将近一百年的时间里，相比于西方儿童图画书，中国原创图画书的发展状况尚不尽成熟。

或许直到本世纪初，现代意义上的中国原创图画书才算真正起步，进入了一个名副其实的“新黄金时期”。在引进海外经典图画书的过程中，原创图画书也逐渐形成了一套较为系统的创作、出版、研究、推广、阅读、评奖机制，专门的原创图画书工作室、原创图画书系列出版活动、原创图画书研讨会、原创图画书推广机构、原创图画书阅读计划、原创图画书奖项等不断涌现。

这里要说明的是，在下文的论述中用于举例的“中国原创图画书”，既有中国大陆和台湾地区作家的作品，也会涉及旅居海外的华裔作家的作品。然而，学界关于如何定义“原创图画书”尚存在着一定的争议，为此，在后文中笔者也将对“原创”这一概念的深层内涵展开进一步探讨。

二、原创图画书对后现代主义的疏离

如果与海外作品，尤其是西方图画书进行比较就会发现，中国原创图画书相对而言更少受到后现代主义的影响，我们只能在很小一部分中国原创图画书中找到后现代主义元素的影子，并且这一小部分还大多是近几年的新作。总体来说，大多数中国原创图画书无论在内容、题材、思想、情感、价值观等方面，还是在故事结构、创作手法、艺术风格、版面设计等方面，都更趋近于“温馨甜美”的传统儿童图画书，与后现代图画书之间有着明显的差异，甚至对图画书领域内的“后现代潮流”表现出了某种程度上的疏离。造成这种情况的原因十分复杂，以下从四个方面进行简要探讨。

首先，西方图画书从 17 世纪诞生起，经历了长达数百年的酝酿和演变过程，才逐渐从“天真甜美”过渡到“老练深刻”，从而摆脱了早期的“既定规范”为当代图画书的发展所设下的种种限制。20 世纪后半叶开始出现的“后现代图画书”，其实质是儿童图画书为谋求突破，将自身与更广阔的社会文化相结合的一种尝试，是图画书这一艺术门类发展到一定阶段的产物。而中国原创图画书虽然在最近若干年间发展势头十分迅猛，但毕竟起步较晚，在 20 世纪初方才萌芽破土，直到本世纪初才迎来真正的黄金时期，与西方相比，前后晚了数百年。因此，中国原创图画书没有经历过在本土慢慢积淀、生长、完善的过程，很大程度上是借助对大量海外引进作品——尤其是经典图画书——的模仿、学习来快速提升自身。这种“速生”的状况，使得中国原创图画书整体水平尚显稚嫩，图画书作者还未及深入思考当下社会和文化现实，并利用后现代主义等文化艺术理念去探索拓展儿童图画书表现力的新路径。

其次，我们需要考虑的是后现代主义理论本身在中国的特殊状况。前文已经述及，后现代主义理论是一套非常复杂的话语体系，它的组织结构十分松散暧昧，表述风格也极为晦涩难懂，对于任何国家、任何文化程度的接受者来说，都是一个不小的挑战。正因为如此，“佶屈晦涩”的后现代主义理论与“简明浅显”的儿童图画书之间的结合才令人感到格外不可思议——它们之间机缘巧合的“联姻”有赖于历史、文化、社会、技术、作家的选择、儿童图画书自身的特质等方方面面因素的巧妙结合。事实上，除了少数几个西欧国家之外，后现代主义理论在全球大部分文化区域内都是输入性的，即使是美洲或澳大利亚这样的西方文化区也不例外。例如，澳大利亚学者约翰·斯蒂芬斯（John Stephens）指出，后现代主义在澳大利亚被看作是一种舶来品，而澳大利亚本土的后现代图画书也同样是全球化的输入性产物。[①] 在这种情况下，作为舶来品的后现代主义理论能否在某个特定的文化区域内催生出高质量的后现代图画书，就要看这种文化对后现代主义思潮的现实接受情况。我国很晚才接触到早已席卷全球的后现代主义思潮。虽然在上个世纪80年代，我国曾经刮起过一阵研究和创作后现代主义文艺作品的风潮，但是总体来说这种晦涩的西方理论并不契合当时中国的社会现实，也不符合国人的文化胃口，所以当年昙花一现的国内后现代主义热潮很快就烟消云散了，未能产生像西方那样大的影响。具体到图画书领域，许多中国原创图画书的作者都成长在与后现代主义思潮格格不入的年代，对于后现代主义的艺术主张，他们没有来源于生活的经验和体会，自然也就不会在自己的创作中运用这种理念。同样，对后现代主义感到很陌生的中国读者对于后现代风格的作品也很难理解和接受，这种情况使得后现代主义思潮对中国原创图画书的影响显得微乎其微。

再次，从中国传统儿童观的角度来说，后现代图画书在我国也缺乏原创的土壤。童年文化史研究告诉我们，一个国家或一个时代通行

---

① John Stephens. “They are Always Surprised at What People Throw Away”: Glocal Postmodernism in Australian Picturebooks. In Lawrence R. Sipe, Sylvia Pantaleo eds. *Postmodern Picturebooks: Play, Parody, and Self-Referentiality*. New York: Routledge, 2008: 89.

的儿童观可以从根本上决定它的儿童文学面貌，哪些元素适合、哪些元素不适合出现在儿童文学中，都是由通行的儿童观所决定的。从上一章的论述中我们可以得知，在后现代图画书的背后，蕴藏着对启蒙时代以来的功能主义儿童观的挑战。这些书拒绝说教或神化儿童，主张直面真实而琐碎的现实，为读者提供多元化的视角和开放性的阅读经验。

而在中国社会中，很长一段时间里，占支配地位的恰恰是以启蒙主义、浪漫主义为代表的功能主义儿童观。中国古代的儒家学者在确立儿童教育标准时，就提出了启蒙教育的观念。司马光、朱熹等人认为，成人严格的训练和指导能够培养儿童优良的道德品质，有助于他们履行在家庭和伦理社会中的义务。在这一点上，他们与洛克和卢梭（Jean-Jacques Rousseau）等启蒙思想家鼓励教导、重视美德的教育观点颇有相似之处。到了“五四”时期，中国知识界普遍盛行浪漫主义儿童观，“发现儿童”的思潮所关注的重点似乎并不是生理意义上的儿童，而更多的是象征意义上的“童心”，或拥有“赤子之心”的成人，这可以在诸多学者那里得到佐证。玛丽·安·法侉尔（Mary Ann Farquhar）指出，鲁迅在“五四”初期致力于歌颂“童心”，他所推崇的基本上是浪漫主义观念下象征天真与自然的孩子，并借此来质疑传统礼教对人的约束。[①] 叶圣陶和丰子恺等“白马湖作家”笔下的儿童也是理想化、神圣化的道德自然主义之化身，以其纯洁善良的本性映照出成人世界的黑暗与污浊。周作人则曾经直接将儿童观与浪漫主义联系在一起：“浪漫主义起来，独创的美的作品被重视了，儿童学成立。”[②] 因此，有学者总结道：“（在‘五四’时期）‘儿童’作为一个

① 谢晓虹：《五四的童话观念与读者对象——以鲁迅的童话译介为例》，见徐兰君、［美］安德鲁·琼斯主编：《儿童的发现：现代中国文学及文化中的儿童问题》，北京：北京大学出版社，2011 年版，第 141 页.

② 周作人：《安徒生的四篇童话》，见周作人：《风雨谈》，石家庄：河北教育出版社，2002 年版，第 174 页.

与‘成人’截然不同的观念被区隔出来，被抽象为某些成人世界所失落的特质，童话也被视为负载了黑暗世界以外的童心力量，为知识分子提供了一个相对于‘现实’的想象空间，并与当时流行的启蒙话语、个人与国族的进化想象有着复杂纠葛的关系。”①

新中国成立之后，从苏联传来的思潮成为新时期儿童观的主要来源之一。苏联儿童观在本质上带有启蒙主义色彩，认为人的本性可以、并且应该通过严格的教育进行塑造，外在的训导必将改善儿童的行为。因此，“培养与塑造新一代社会主义青年，是涉及稳定与发展的关键性问题”②。新中国成立初期最常用的工具书之一——《新名词词典》中对“儿童文学”一词这样定义：“儿童文学是用共产主义精神教育年轻一代的有力的一种文学工具。”③ 这种观点得到了主流媒体的大力提倡，迅速被广大民众接受，其强大的影响力一直持续。然而，由于这种儿童观所设定的“完美儿童”的标准很高，在现实生活中较难达到，所以许多中国父母在焦虑之余，倾向于将自己的育儿方式诉诸严格而持久的管教。在一篇研究中国儿童成长历程的文章中，人类学家吴燕和将传统观念中父母对子女的“管”，定义为“对儿童进行统治、监测、干预和控制”④，而这种“管”，正是大多数父母对待儿童的主要方式。与此同时，中国的家长、教育者和出版者对于儿童图画书的看

---

① 谢晓虹：《五四的童话观念与读者对象——以鲁迅的童话译介为例》，见徐兰君、安德鲁·琼斯主编：《儿童的发现：现代中国文学及文化中的儿童问题》，北京：北京大学出版社，2011 年版，第 151 页。

② 傅朗：《“卓娅”的中国游记——论建国初期苏联青少年文学的翻译与传播》，见徐兰君、安德鲁·琼斯主编：《儿童的发现：现代中国文学及文化中的儿童问题》，北京：北京大学出版社，2011 年版，第 255 页。

③ 春明出版社编审部新名词词典组编：《新名词词典（第 5 版）》，上海：春明出版社，1954 年版，第 8080 页。

④ David Y. H. Wu. Parental Control: Psychocultural Interpretations of Chinese Patterns of Socialization. In Sing Lau ed. *Growing Up the Chinese Way*. Hong Kong: Chinese University Press, 1996: 13.

法也往往受到功能主义儿童观的影响，更强调教育性及目的性。倡导多元、开放，消解目的和意义的后现代图画书在国内比较缺乏市场。

最后，相比于西方，中国图画书的市场销售模式还不够完备，特立独行的“另类”图画书很难生存。我们可以从三方面来分析这个问题。第一，西方国家的图书定价普遍较高，儿童图画书在其中算是比较便宜的，这也是儿童图画书在西方经常被成年人关注和购买的原因之一。正如亨利·霍尔特出版公司（Henry Holt and Company）的资深编辑马克·阿隆森（Marc Aronson）所说的：“成年人（在购书时）很容易就会选择图画书——它们有 28 到 32 页的精美图画，价格却比成人书籍更低。”[①] 因而，儿童图画书在西方的市场占有率一直较高，图画书作家所受到的销量压力更小。第二，西方国家普遍有发达的图书馆体系和图书馆购买制度，图书馆系统为儿童图画书的销量做出了巨大的贡献。例如，以出版富有挑战性的图画书而闻名的童书出版家克劳斯·弗拉格指出，在他的出版生涯中，图书馆员永远是最重要的客户，他们的采购是一些图画书印数及销量的最基本保证，如果图书馆的预算被缩减，出版商将不得不随之调整自己的出版计划，放弃一些具有实验色彩的图画书。[②] 并且，图书馆系统不仅可以为图画书提供稳定、可预测的销量，还是一个高度专业化的市场，用弗拉格的话来说：“在大部分国家，最特立独行的那些图画书都是被图书馆员买去的。”[③] 图书馆员对图画书的专业鉴赏力，以及超出普通读者的接受能力，使得图画书作者可以大胆地推进创新性尝试，而不必担心如何向

---

① Judith Rosen. Breaking the Age Barrier. *Publishers Weekly*, September 8, 1997: 29.

② Janet Evans. The Legendary Klaus Flugge: Controversial Picturebooks and Their Place in Contemporary Society. In Janet Evans ed. *Challenging and Controversial Picturebooks: Creative and Critical Responses to Visual Texts*. New York: Routledge, 2015: 281.

③ Janet Evans. The Legendary Klaus Flugge: Controversial Picturebooks and Their Place in Contemporary Society. In Janet Evans ed. *Challenging and Controversial Picturebooks: Creative and Critical Responses to Visual Texts*. New York: Routledge, 2015: 280.

普通读者推介自己的作品。第三，一些西方国家对包括图画书在内的艺术创作有专门的资助制度，以鼓励作者进行更具创意的艺术探索。例如，挪威等几个北欧国家会专为出版富有挑战性、实验性的图画书的出版商提供资助。这些资助使作者可以不必过多地考虑销量，在创作中专心地表达自己真正想要关注的问题。很多突破常规的后现代图画书都诞生在北欧国家，与这一点也不无关系。

相比而言，中国的原创图画书作者获得的便利条件较少。我国国内各种图书的定价普遍不高，其中儿童图画书由于较高的制作成本，比其他书籍更难以采取低价策略，而国内主要的图画书销售渠道是网络电商，其密集促销又进一步压缩了童书市场的利润空间。同时，我国的图书馆体系尚在建设之中，相关的人才和制度有待完善，儿童图画书在一般民众当中的普及程度也不算太高，未必会成为图书馆系统优先采购的对象，图书馆系统尚不能为富有挑战性的原创图画书提供一个稳定而专业的市场。此外，我国对原创图画书的资助制度也还在不断完善中。这些都不利于不够“大众化”的后现代艺术形式进入原创图画书领域。

三、原创图画书对后现代主义的吸纳

尽管中国原创图画书整体上较少受到后现代主义影响，但在它飞速发展的过程中，也不会千篇一律，目前确有一些作品展现出了某种程度的后现代主义风格。尤其是近几年来，在新生代图画书作家的作品中，越来越多的优秀之作带有后现代主义元素的痕迹。这表明，中国原创图画书不可能永远与后现代主义潮流相疏离，也会像西方图画书一样，逐渐开始汲取并探索后现代文化。这个过程会生发出许多值得思考的问题。下文即从四个方面，简单探析中国原创图画书与后现代主义互动、对后现代主义进行演绎与吸纳的可能性。

首先，后现代主义思潮已经彻底融入到了我们当下的社会生活，它与全球化、消费主义、电子媒体、流行文化、身份政治等当代话语紧密地缠绕在一起，一个人只要在日常生活中接触到这些现象，就不可避免地会被其背后的后现代主义思潮所影响。可以说，当今世界上任何一个现代国家中的任何一个普通人，都不可能与后现代主义毫无关联。当然中国也是如此，自从上世纪 80 年代以来，中国经济崛起，在全球生产领域中占据了举足轻重的地位，整个国家被迅速纳入到了全球化体系当中。当代中国社会文化生活的方方面面，都与消费主义、电子媒体、流行文化等事物紧密相联。

我们身边可佐证的例子俯拾皆是。比如，中国当下的儿童生活和家庭生活被深深卷入到了全球消费主义的体系中。早在上世纪 90 年代，消费市场调查专家就发现，中国城市儿童影响了一个家庭 69%的消费决定，并通过零用钱和收取长辈礼物的方式，掌握了平均每年超过 50 亿元的商品营业额的直接控制权。[①] 又如，电子媒体成为普通民众获取信息的最主要渠道，几乎每个人都对电子媒体设备产生了极大的依赖。连中国传统文化的传播都无不借助电子媒体的力量：故宫博物院开发了“每日故宫”“清代皇帝服饰”“胤禛美人图”等多款手机 App 软件，向公众普及故宫藏品和展讯；上海博物馆策划了《青铜国》[②]《乐游陶瓷国》[③] 等“文物游戏绘本”，将图画书与 AR 游戏结合起来。再如，网络流行文化已经成为一股不容小觑的强大文化力量，

① James U. McNeal, Shushan Wu. Consumer Choices Are Child's Play in China. *Asian Wall Street Journal Weekly*, Octomber, 23, 1995: 14.

② 徐晓璇：《青铜国》，上海：上海科技教育出版社，2016 年版.

③ 孙悦、符文征：《乐游陶瓷国》，上海博物馆主编，北京：中信出版集团，2017 年版.

一条网络流行语可能在一夜之间红遍大江南北，即使是传统意义上的“宏大叙事”也往往乐于吸纳网络流行语，中央电视台精心打造的系列纪录片和同名电影《厉害了，我的国》就是如此。

事实上，在当下中国人司空见惯的文化现象中，经常隐藏着后现代主义的内核。比如阅读量达几百万的微信热文《对不起，爸爸妈妈给不了你800W的学区房》，本质上宣扬的是浪漫化了的消费主义图腾——旅游。尤瓦尔·赫拉利（Yuval Noah Harari）对此类现象表述道：“鼓励多元多样的浪漫主义与消费主义一拍即合，两者携手前行，催生了贩卖各种‘体验’的市场，进而推动现代旅游产业的发展。”① 又如，广受欢迎、已被奉为当代电影经典的周星驰无厘头喜剧中，其实蕴含着大量后现代主义元素：对《西游记》等传统经典的解构，从广告中摘录出来的拼贴式语言，对王家卫电影的戏仿，等等。再如时下兴起的“汉服运动”、古装写真等潮流，表面上看起来是复古，实际上却是充满游戏性和表演性的后现代行为艺术，脱离现实生活情境的汉服和古装，从本质上说是一种“超真实的拟像”。凡此种种，可见当代中国人从未真正与后现代主义思潮相隔离。在这样的大背景下，后现代主义的影响总会以某种形式微妙呈现在原创图画书中，而图画书作者、传播者、读者观念的转变，也为后现代主义元素出现在原创图画书中做好了准备。

其次，随着中国主流儿童观的日渐转变，越来越多的原创图画书创作者和传播者开始接受后现代主义所传达的理念。早在原创图画书萌芽的上世纪20年代，像陈鹤琴这样的儿童教育家就开始反思传统的功能主义儿童观，号召父母和师长抛弃借圣贤之名“雕塑”儿童的观

---

① ［以色列］尤瓦尔·赫拉利：《人类简史》，林俊宏译，北京：中信出版社，2014年版，第113页．

念，转而支持无特定目的性的自由游戏。与他同时代的一些学者也表达出了近似的观点，例如，王国元说："人类的一生，亦不外乎一玩字。"① 周作人则推崇《阿丽思漫游奇境记》等充满荒诞性和游戏精神的"无意思之意思"的作品。② 这些论调无疑都是超出功能主义儿童观之外的、更为现代的儿童观，正如冯素珊（Susan R. Fernsebner）所说的，"现代社会带来了这样一个时刻：对游戏的欢乐追求需要被重新发现、重新阐释，并被重新接受"③。时至当下，人们的观念发生了更大的转变，一些学者观察到，最近，中国的父母开始鼓励孩子将轻松、愉快作为童年的追求。④ 与此同时，当代的年轻父母普遍开始希望孩子独立、自信、宽容，善于思考，拥有自己的见解和个性，能够恰当地在公众面前展现自我。中国主流的儿童观正在不断向尊重儿童、平视儿童的现代观念转变，这将有利于原创图画书接纳后现代主义理念中的多元性与开放性。

再次，尽管我们承认，中国原创图画书的市场销售模式尚不完善，可能会延缓后现代主义思潮进入原创图画书的步伐，但是从另一个角度来看，市场销量的压力也可能反过来促使原创图画书作者不断挑战自己，求新求变，将更多新的技法和理念运用于创作当中。在这些"新的技法和理念"中，也会有后现代主义的一席之地。另外，中国图画书界对于学习和引进西方作品具有极大的热情，在当下异常活跃的图画书出版市场中，翻译引进的图画书占据了重要位置，可以说西方图画书的优秀之作有相当大一部分都已经被引进到了中文世界中。根

---

① 王国元：《玩具教育》，上海：商务印书馆，1933 年版，第 3 页。

② 《儿童的书》，见周作人：《儿童文学小论》，石家庄：河北教育出版社，2002 年版，第 57 页。

③ 冯素珊：《儿童游戏：中华民国早期的娱乐观念》，见徐兰君、安德鲁·琼斯主编：《儿童的发现：现代中国文学及文化中的儿童问题》，北京：北京大学出版社，2011 年版，第 104 页。

④ 华琛：《食物如镜：中国家庭生活的过去、现在和未来》，李胜译，见景军主编：《喂养中国小皇帝：儿童、食品与社会变迁》，钱霖亮、李胜等译，上海：华东师范大学出版社，2016 年版，第 199 页。

据知名阅读推广人李一慢的统计，截至 2017 年，仅美国凯迪克大奖一个奖项的获奖图画书，被翻译成中文在国内出版的就有 183 本之多。[①]在这种背景之下，中国原创图画书作者经过长期的耳濡目染，已经很熟悉西方图画书的创作手法和艺术潮流，像后现代主义这样的突出风格很可能会成为他们揣摩学习的对象。并且，许多新生代原创图画书作家还经常与海外出版社合作，例如黑眯、符文征、郭婧等作家，都有作品被输出到海外，甚或在海外首次出版，他们对西方时下流行的图画书创作理念更加了解，也会有所借鉴。这种种因素加在一起，都有利于后现代主义理念的星星之火在中国原创图画书中蔓延开来。当然，原创图画书作者最终能否借助后现代主义理念来提升作品水平，拓展影响力，最终还要看市场反馈情况和读者的接受程度。

① 李一慢：《选对绘本看大奖｜最全最新 183 本凯迪克大奖中文绘本（1938—2017）》（2018-2-15）[2018-3-10] http：//www. sohu. com/a/222882980 _ 659075

第二节

中国原创图画书中的后现代主义艺术探索

从上一节的讨论中可见，中国原创图画书在很长一段时间内表现出了对后现代主义思潮的疏离，但如今，这种情况已经逐渐发生了变化。在当下的原创图画书作品中，带有后现代主义意味的创作手法越来越常见，甚至还出现了一些真正意义上的“原创后现代图画书”。这些书表现出种种后现代艺术的特质，在中国文化背景下显得格外耐人寻味。当然，由于前文曾述及的种种原因，中国原创图画书对后现代主义理念的吸纳总体上讲仍然是“小心翼翼”的，一本书通常只会包含某个，或者某几个一闪即逝的后现代主义元素。因此本节将基于具体作品，采取个案分析的方法，对一些进行了后现代主义艺术探索的中国原创图画书进行解析，探讨当代原创图画书身上的后现代主义痕迹。同时，鉴于中国原创图画书所表现出的后现代主义特征往往与西方后现代图画书不尽相同，本节将择取几种在原创图画书中体现得最为突出的后现代艺术手法，进行分类讨论。

一、罗列与荒谬

在结构形式方面，一些中国原创图画书打破传统的线性叙事模式，通过罗列一个个彼此之间并无明确时序关系的场景，呈现出一种缺乏黏性的、类似于“列表”或“清单”式的叙事结构。采用这种叙事结构的图画书不像一般概念上的“故事”，而更近似于诗歌，易于吸附隐喻和象征，将多种松散的元素组合起来，表达复杂的多重意义。但它们与诗歌最大的不同之处在于，作为儿童图画书，其本质还是叙事性的，并不致力于抒情。之所以说这些“列表”式的儿童图画书具有后现代主义色彩，在于罗列式的叙事结构经常为后现代主义文学作品所使用，正如哈桑所指出的，为了体现“反形式主义”的立场，后现代主义文学经常采取“开放的、不连续的、即兴的、不确定的或随意的结构”①。大卫·刘易斯也认为，像《爵士乐之王》这样的后现代主义文学作品充满了违背文学规范的罗列与夸张，有意采取了所谓“巨人症”式的离题写法，以打破读者的阅读预期。② 因而，反复罗列场景的“列表”或“清单”式图画书，本质上是一个“反叙事”的文本，具有明显的后现代主义特质。

此类原创图画书的一个例子是王子豹和孙洁的《怪来怪去》③。我们可以将这本书简单地概括为一份“怪物清单”，书中共罗列了贪吃

① ［美］伊哈布·哈桑：《后现代转向》，刘象愚译，上海：上海人民出版社，2015 年版，第 111 页.

② David Lewis. *Reading Contemporary Picturebooks: Picturing Text*. New York: Routledge, 2001: 95.

③ 王子豹、孙洁：《怪来怪去》，北京：中信出版社，2016 年版.

图 49 《怪来怪去》
（作者：王子豹、孙洁，中信出版社/活字文化）

怪、深海怪、建造怪、明星怪、植物怪、飞行怪、冒险怪、睡觉怪等八种想象中的怪物，对它们的生活习惯、性格脾气、兴趣爱好、日常活动等都做了详细的介绍。在这本书中，每两个对页呈现为一个单元，集中介绍一种奇异的怪物。尽管同一个单元的两个对页之间存在着某种程度的连续性，但不同单元的怪物故事之间并没有逻辑上的确切联系。该书去除护封之后的封面上，有一张书中八种怪物的“全家福”合影，在这张合影中，它们被平行地罗列在一起，并无先后、主次之分（图 49）。这似乎也暗示着，在作者心目中，这本书是一份从怪物王国撷取出来的“怪物集锦”，而非一个有始有终的连贯性故事。在风格上，《怪来怪去》也始终弥漫着轻松、梦幻的氛围，没有表现出什么严肃的目的性，或者崇高庄严的意义，这同样展现出了这本原创图画书的后现代主义色彩。

另一本在形式上与《怪来怪去》非常相似的原创图画书是中国台湾儿童文学作家林世仁与许多画家合作的《古灵精怪动物园》[①]。这是

① 林世仁、川贝母、右耳、阿力金吉儿、达姆、陈怡今、黄祈嘉：《古灵精怪动物园》，贵阳：贵州人民出版社，2014 年版.

图 50 《古灵精怪动物园》
（作者：林世仁、川贝母等，贵州人民出版社/蒲公英童书馆）

一部童诗集，通过五十首幽默古怪的童诗，以及富有强烈个性的拼贴绘画，罗列出了五十个"古灵精怪"的奇幻怪兽，如同一个庞大的列表（图 50）。书中的怪兽名字——"镜像兽""局部兽""大脚怪""声音兽"等，都是汉语中并不存在的词汇，是作者别出心裁、自行创造的无意义生造词。在第二章中我们已经讨论过，像这样的复合生造词可以被称为"没有所指的能指"，是无法用约定俗成的图像来具象化表现的不确定文字符码，它在本质上暴露了语言符号系统的人工性，与后现代主义理论的思想基础——"语言游戏"论不谋而合。因此，《古灵精怪动物园》就像所有同类的西方后现代图画书一样，具有浓烈的后现代主义风格。

从这两个例子中我们可以看到，"列表"或"清单"式的原创图画书往往纵情罗列大量看似荒诞不经、肆意蔓延的细节，这些无序伸展的细节造成叙事的"脱轨"，挑战了传统的语言秩序、叙事规范和文学观念。这种结构模式，或许与中国文学的抒情传统、中国画的散点透视美学传统有一定的相通之处，但它们在原创图画书领域内大量出现，还是近几年的事，这恐怕与西方后现代主义思潮的影响不无关系。这类书的叙事顺序在表面上看起来似乎具备某种逻辑规律，但又可能只是一种随意的“文字游戏”，例如杨思帆的三本图画书——《呀！》[①]、《错了？》[②] 和《奇妙的书》[③]，以及亚东和麦克小奎合作的《跑跑镇》[④]。这些书遵循了相似的结构模式，反复罗列一个个荒诞幽默的场景，让儿童读者通过循环往复的节奏，感悟书中天马行空的想象，体验“重复”的快感。在这些书中，用来串联每个场景的少量文字只用于引导读者进行反复猜想，相互之间并不构成线性的逻辑关系，整本书依然呈现为一种“反叙事”的列表模式。

在思想内涵方面，“列表”或“清单”式的原创图画书通常传递出一定的荒谬感：这些书从表面上来看，往往是“无意义”或“无观点”的，展现出后现代艺术所特有的“肤浅”或“平面化”特征。詹明信指出，后现代文化最基本的特征，就是“表面、缺乏内涵、无深度”[⑤]，它试图以刻意的“肤浅”，来削平精神分析、存在主义与符号学等致力于探寻深层意义的深度模式，解构传统哲学的文化逻辑。在这个前提下，后现代主义作品大多否定意义，拒绝阐释，“无法在解释的意义上进行分析，只能不断地被重复”[⑥]。“列表”或“清单”式的原创图画书也是如此，在不断的罗列与重复中，人物的性格和行为被故意平面化，全书往往呈现出一种后现代主义狂欢化、荒诞化的风格，而有意摒弃意义的传达。从《怪来怪去》《古灵精怪动物园》，到《呀！》《错了？》和《跑跑镇》，它们在娱乐和荒诞之余，似乎并未有意

---

① 杨思帆：《呀！》，桂林：广西师范大学出版社，2017 年版.

② 杨思帆：《错了？》，桂林：广西师范大学出版社，2017 年版.

③ 杨思帆：《奇妙的书》，桂林：广西师范大学出版社，2016 年版.

④ 亚东、麦克小奎：《跑跑镇》，济南：明天出版社，2015 年版.

⑤ ［美］詹明信：《晚期资本主义的文化逻辑》，张旭东编，陈清侨等译，北京：生活·读书·新知三联书店，1997 年版，第 213 页.

⑥ ［美］詹明信：《晚期资本主义的文化逻辑》，张旭东编，陈清侨等译，北京：生活·读书·新知三联书店，1997 年版，第 103 页.

传递出什么深层寓意，而更多的是一种想象力丰富的、“有意思”的创意呈现。

不过在原创图画书领域内，有些书从结构上来说是“列表”式的后现代主义风格之作，但其思想内涵却并非荒谬而“无意义”的。比如萧袤和唐筠创作的《跳绳去》和《我爱你》[①]，分别反复罗列了各种小动物跳绳的场景，以及小獾对各种事物说“我爱你”的场景，然而这两本书的思想内涵却相当丰富而传统。正如萧袤本人在《跳绳去》的导言中所说的，他的首要目的的确是创作一个“简单而荒诞的故事”，但除了“好玩、有趣”之外，他还希望这个故事能够向小读者展现其他的一些意味，比如和谐、友好、勤奋、宽容、温馨等，甚至能够帮助儿童了解一些职业的特点[②]。与此相类似的还有麦克小奎的《荡秋千》[③]，通过罗列各种小动物互助荡秋千的场景，不动声色地向幼儿传达了“独乐乐不如众乐乐”的道理。

最后要说明的是，还有一些中国原创图画书虽然显得很“荒谬”，难以捉摸清楚其真正的思想意义，但这种荒谬感却不完全来自后现代主义思潮，而是更多地源于中国传统文化的影响。最典型的例子就是熊亮的几本“纸上剧场”——《金刚师》[④]《梅雨怪》[⑤]《南瓜和尚》[⑥]等。在这些神龙见首不见尾的纸上戏剧中，花木草虫，信手拈来；风雨水火，变幻莫测；寂静与喧嚣，时间与生命，睿智与天真，荒谬与深刻紧紧地交织在一起，让人难辨故事的真正意义与方向。不过，从“金刚”一词的佛教寓意、“对不能改变的事我从来不抱怨”[⑦]、“住得

① 萧袤、唐筠：《我爱你》，杭州：浙江少年儿童出版社，2013 年版.
② 萧袤、唐筠：《跳绳去》，杭州：浙江少年儿童出版社，2013 年版.
③ 麦克小奎：《荡秋千》，北京：中国少年儿童出版社，2017 年版.
④ 熊亮：《金刚师》，北京：生活·读书·新知三联书店，2011 年版.
⑤ 熊亮：《梅雨怪》，北京：生活·读书·新知三联书店，2011 年版.
⑥ 熊亮、向华：《南瓜和尚》，杭州：浙江少年儿童出版社，2013 年版.
⑦ 熊亮：《梅雨怪》，北京：生活·读书·新知三联书店，2011 年版，扉页.

下一百个人的南瓜庙”等线索中，我们还是能明显地感受到，这些故事的渊源很可能是中国传统的道家思想和禅宗思想。当然，从另一个角度看，这些图画书也同样是颇具后现代主义意味的。这或许是由于，人类的智慧始终是相通的，20 世纪兴起的后现代主义思潮与古老的道家、禅宗思想之间，本来就有许多共鸣之处吧。

二、互文与重构

在创作手法方面，不少中国原创图画书运用了互文。可以说，互文性是对后现代主义世界观的一种绝佳隐喻。人类的文明体系乃至整个主观世界都由无数的文本所组成，这些文本构成了一张巨大的互文网络。由于互文性的存在，在这张网络中并没有真正的原创、整体或“神圣之物”，有的只是文本、经验与记忆的相互叠加、相互建构。运用互文手法，尤其是戏仿、拼贴等，可以有力地解构传统叙事秩序，这就是互文深受后现代艺术家青睐的原因之一。

越来越多的中国原创图画书在创作中引入了互文手法，这使得它们或多或少地带上了一丝后现代主义色彩。许多原创图画书中出现了中国民间传说、古典名著中的人物，这些人物虽然通常保留了“前文本”中的特点和性格，可以被一眼辨识出来，但却被富有创意地“拼贴”进了一个与“前文本”完全无关的全新语境中，产生了戏剧化的效果。这方面最有名的例子是林秀穗和廖健宏的《进城》①。这本书通过黑白皮影戏风格的画面，别出心裁地演绎了大家耳熟能详的民间故事“父子进城”。表面上看起来，图画书中的故事与原来的民间故事并

① 林秀穗、廖健宏：《进城》，济南：明天出版社，2010 年版.

没有太大的区别，可是仔细观察就会发现画面中暗藏玄机：进城父子所遇到的每个路人——孙悟空、林黛玉、张飞、八仙、姜太公等，在中国传统文化中都大有来头，这些人物在图画书中的“客串”，显然是一种互文手法。于是，《进城》一书利用带着传统文化烙印的人物，来演绎全新的故事，给人一种后现代式的奇妙感觉，就像该书的作者所说的，该书的本质是“一边进城，一边穿越”[①]。而向华和马玉的《悟空，乖!》[②] 则同样将孙悟空的形象融入到了互文性创作当中。古典名著中的孙悟空带着自己天不怕地不怕的性格，以及招牌性的金箍棒，被作者“拼贴”进了一所由可爱的“动物人”小朋友组成的学校中。在这个与《西游记》格格不入的新语境中，顽皮大胆的悟空与他人之间产生了不可避免的冲突，由此碰撞出了一系列的神奇故事。

另一些采用互文手法的中国原创图画书则从更加广泛的文化语境中撷取互文材料，在画面中引用、指涉来源于中外艺术、历史传说、文学作品及流行文化中的各种元素，以形成混搭、戏仿的效果。例如，符文征的《我讨厌宝弟!》[③] 中，有一个对页描绘了两个迷路的男孩正置身于梵高的经典之作《星夜》（*The Starry Night*）的场景中，这种“人在画中”的设置无疑是一个有趣的小小互文（图 51）。又如，《怪来怪去》中，介绍“飞行怪”的一页对达·芬奇（Leonardo da Vinci）的名作《维特鲁威人比例研究》（*Uomo vitruviano*）和设计手稿进行了戏仿（图 52）。还有一些中国台湾地区画家创作的原创图画书采用西方后现代图画书中常见的超现实主义风格，融汇东西方艺术与文化符号，使书中的场景呈现为一锅充斥着大量互文元素的“后现代大

---

① 廖健宏、林秀穗：《一边〈进城〉，一边穿越——信谊图画书奖获奖作品〈进城〉》，《少年文艺（上旬版）》，2012（5），第 46 页.

② 向华、马玉：《悟空，乖!》，北京：连环画出版社，2012 年版.

③ 符文征：《我讨厌宝弟!》，杭州：浙江少年儿童出版社，2014 年版.

图 51 《我讨厌宝弟!》
（作者：符文征，浙江少年儿童出版社）

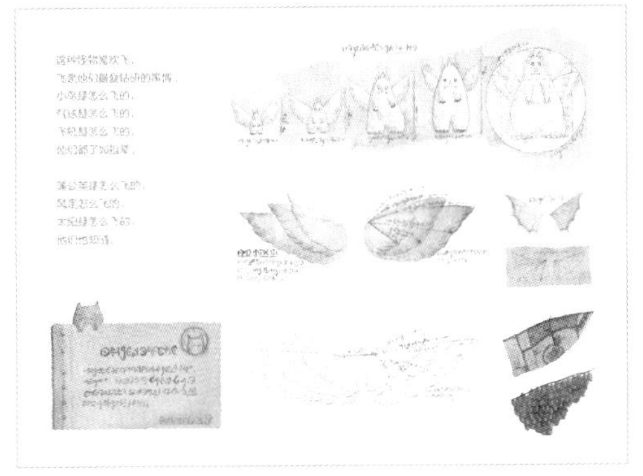

图 52 《怪来怪去》
（作者：王子豹、孙洁，中信出版社/活字文化）

杂烩”。例如，邱承宗的《你睡着了吗?》[1] 就是一个典型的例子。这本书中的每一个角落里都埋藏着各种各样的互文性细节，既有埃舍尔、达利、马格利特等超现实主义大师的作品，又有《白雪公主》《浦岛太郎》《海的女儿》等童话故事中的人物，还有复活节岛石像、自由女神像、核爆试验场这样的历史遗迹，令人眼花缭乱、目眩神迷。又如蔡兆伦的《看不见》[2]，全书末尾的彩色拉页蕴含着丰富的信息，我们可

① 邱承宗:《你睡着了吗?》，太原：希望出版社，2015 年版.
② 蔡兆伦:《看不见》，武汉：长江少年儿童出版社，2016 年版.

以看到无数超现实主义的互文元素，被嵌入到了一个貌似普通的街心公园场景中。蒙娜丽莎、圣诞老人、金刚、彼得·潘、恐龙、猛犸象、外星人、精灵、扑克牌国王等林林总总的文化符号，以一种风格混搭、年代误植的方式被任意组合在了一起，颇具后现代主义意味。

另一本比较特殊的作品是王志庚（笔名司书人一）的《领读者》①。这本书完全建立在互文手法的基础之上，并没有单独绘制图画，而是拼合了大量有关“书”或“图书馆”的图画书中的画面，利用这些“前文本”中的书名和人物来讲述自己的故事。该书的构思方式类似于古诗词中的“集句诗”，堪称将互文手法运用到了极致，正如作者自己所说的，他创作这本书的初衷是“让图画书中的故事走出原文的语境，以讲故事的方式来编制一份具有特定主题的儿童图画书书目”②。因此，如果读者对作为“前文本”的那些儿童图画书不熟悉，就很难完全领会《领读者》一书的乐趣。

互文手法的另一种重要形式是重构，即在基本保持原结构的基础上，整体改写一个文本，从中传递出与原文本截然不同的风貌、意义和内涵。这种手法具有很强的颠覆性，经常被后现代图画书所采用。中国原创图画书作者在运用重构的手法来创作时，常常选用中国传统文化中的故事模型，对其进行个人化的改写，以表达当下的意蕴和情思。比如，刘畅的程度《北冥有鱼》③ 讲述了一个亦真亦幻的故事：主人公小女孩救了一条被捉住的小鱼，迅速长大的小鱼从此经常通过梦境与女孩联系，诉说庞大身躯给它带来的烦恼。由于无法容身于狭小的海湾，这条小山一样的巨鱼启程前往北冥，然而在途中被搁浅，最终化身为巨鸟，翱翔于浩瀚无垠的宇宙之中。该书的书名和扉页已经

---

① 司书人一：《领读者》，北京：新世界出版社，2017 年版.

② 笔者与王志庚的私人谈话记录，谈话时间为 2017 年 10 月 21 日.

③ 刘畅：《北冥有鱼》，济南：明天出版社，2013 年版.

图 53　《我是花木兰》
（作者：秦文君、郁蓉，中国少年儿童出版社）

清楚地表明，这个故事的原型来自庄子的《逍遥游》，作者在后记中也指出，故事的内核是对庄子“齐物论”思想的认同，因此这本书是对古老经典在现实语境下的一次重构。但书中故事在鲲鹏之“力”的背后所透射出来的“爱”，则是《逍遥游》原篇中所并不具有的内涵。又如秦文君和郁蓉的《我是花木兰》[1]，取材于著名的北朝民歌《木兰诗》。该书的两位作者在创作过程中，对广为流传的花木兰故事进行了富有创意的重构，是一个非常有趣的“后现代古典故事”。故事采取“穿越”式的双线结构，从生活在当代的小女孩“我”的视角，来重述她脑海中的花木兰故事。书中巧妙的拉页设计，将古代与现代两个不同的故事时空天衣无缝地交织在一起，让“我”和花木兰两个不同时代的女孩可以心意相通，又充分展现出了两人不同的生活情境、思想和选择（图 53）。

也有一些原创图画书选择重构童话故事，例如两本改编“小红帽”

① 秦文君、郁蓉：《我是花木兰》，北京：中国少年儿童出版社，2017 年版.

故事的原创图画书——《走出森林的小红帽》[①] 和《小红帽是只糊涂虫》[②]。这两本书以抽象、拼贴的画面，分别讲述了“盲人小红帽”和“丢三落四小红帽”的故事，风格轻松幽默，有意颠覆传统童话给人们留下的印象。凯瑟琳·奥兰斯汀（Catherine Orenstein）在《百变小红帽》（*Little Red Riding Hood Uncloaked*）一书中指出，小红帽的故事有着非常易于附生意义的结构，汇集着多种重要二元对立的原型，其内涵变化多端，是一个简单而恒久的故事。[③] 因此，它在长达数百年的时间里被不断重构，经常以最为前卫的面貌出现在各个时代的读者面前。在后现代主义兴起之后，“小红帽”几乎迅速成为后现代图画书重构次数最多的故事原型之一，而中国原创的这两本也是其中两个不落窠臼的版本。

最后值得说明的是，中国原创图画书所使用的互文手法，与中国古典文学中的“用典”有一定相似性，但它的来源显然并非古典文学，而是后现代主义的艺术观。后现代主义的互文与“用典”之间最大的区别，就是互文具有明显的开放性与互动性，互文符号的意义并不确定，需要读者与之进行积极的互动，由此将一部分文本阐释权力移交给了读者，我们前面所提到的互文性原创图画书都有这个特点。同时，原创图画书中的互文与西方后现代图画书中的互文也存在着一些区别。最明显的区别大概是：西方图画书中的互文手法更多地表现为戏仿，不论是幽默的“后现代大杂烩”，还是颠覆性的重构，往往都具有强烈的娱乐化效果；而中国原创图画书中的互文手法则更多地体现为引用和致敬，较少流露出讽刺意味。之所以会出现这样的区别，可能是含

① 韩煦：《走出森林的小红帽》，南宁：接力出版社，2016 年版.
② 唐筠：《小红帽是只糊涂虫》，杭州：浙江少年儿童出版社，2014 年版.
③ ［美］凯瑟琳·奥兰斯汀：《百变小红帽：一则童话三百年的演变》，杨淑智译，北京：生活·读书·新知三联书店，2006 年版，第 3—8 页.

蓄内敛的中国传统文化特质使然，受到后现代主义思潮影响的原创图画书，从根本上来说仍然是后现代主义和中国文化双重影响下的产物。

三、融合与跨龄

在风格特色方面，中国原创图画书有一个值得关注的现象，就是出现了很多优秀的融合文本或“跨龄图画书”。在第五章中，我们已经介绍过“融合文本”的概念。一般来说，这类图画书通常篇幅更长，叙事节奏更加紧凑，也更依赖于图像叙事。在创作过程中，融合文本的作者打破既有规则，创作手法灵活多样，经常使用框线以及繁复的分镜模式，图画与文字之间的互动关系变幻莫测，画面的艺术风格更加成人化。同时，融合文本的内容与主题往往比其他图画书更为复杂，经常牵涉到有争议性的现实话题，以及更加成熟深刻的情感。融合文本在形式、内容与内涵上，都在很大程度上与后现代主义相契合，为后现代叙事艺术开创了一片新天地，所以绝大多数研究者都将其视为一种新兴的、重要的后现代艺术形式。

值得注意的是，融合文本即使在西方也是刚刚兴起的新鲜事物，创作水准远未臻于成熟，学界对它的研究也未及深入。但中国原创图画书界却对这种文本形式非常敏感，产生了大量可归于此类的佳作。这种现象一方面与近年来大众文化界对漫画的热情有关，另一方面或许也与西方后现代主义思潮和后现代图画书的输入不无关系。在华文世界，原创融合文本的渊源最早可以追溯到中国台湾地区的几米，他从 1998 年开始出版成人绘本，具有独特的个人风格，在市场上产生了热烈的反响。从有关几米的评论文章来看，他所关注的主要是让-雅克・桑贝（Jean-Jacque Sempe）、麦克・索瓦（Michael Sowa）、昆特·布赫兹（Quint Buchholz）等成人绘本画家乃至超现实主义艺术家，他自己的绝大多数作品也都是成人绘本，并不是儿童图画书。在这条脉络的影响下，许多中国图画书创作者也都将视线投向了传统儿童图画书之外更广阔的领域。近几年来，在原创图画书界，涌现出了一大批带有融合文本色彩的优秀之作，例如：马岱姝的《树叶》① 和《旅伴》（与粲然合作）②、郭婧的《独生小孩》③、杨雪婷的《在他乡》④、史航和吕欣的《野生动物在长春》⑤、董肖娴的《小黑漫游记》⑥、付娆的《盒子》⑦、昔酒的《当时只有我和你》⑧、韩旭君的《一个人散步》⑨、张伊聪的《住在我心里的小怪兽》⑩、沱沱的《去飘流》⑪等。由于融合文本的特殊性，这类书的每一本都是一个风格化的整体，其中所涉及的后现代主义元素往往比较多样而分散，所以下面我们择取两本书的个案，对其中展现的后现代主义元素进行举例分析。

《野生动物在长春》是剧作家史航和画家吕欣的作品，由 25 个小故事组成。故事的主人公是史航记忆中的故乡亲友，他将每个人都设想为一种动物，比如“土拨鼠刘立春”“松鸡王巍”“寄居蟹韩雪”等，并以这些动物的身份演绎了一段段发生在日常生活中的故事。画中的人物有着动物的身材和外观，名字、表情、动作和生活方式却是人类的，这种奇异的混搭本身就有着“拟像”的“超真实感”。就像史航所

---

① 马岱姝：《树叶》，上海：华东师范大学出版社，2014 年版.

② 粲然、马岱姝：《旅伴》，北京：北京联合出版公司，2017 年版.

③ 郭婧：《独生小孩》，北京：中信出版集团，2016 年版.

④ 杨雪婷：《在他乡》，北京：人民文学出版社，2017 年版.

⑤ 史航、吕欣：《野生动物在长春（第一辑）》，北京：新星出版社，2015 年版.

⑥ 董肖娴：《小黑漫游记》，北京：生活·读书·新知三联书店，2013 年版.

⑦ 付娆：《盒子》，济南：明天出版社，2017 年版.

⑧ 昔酒：《当时只有我和你》，北京：新星出版社，2017 年版.

⑨ 韩旭君：《一个人散步》，北京：新星出版社，2017 年版.

⑩ 张伊聪：《住在我心里的小怪兽》，北京：新星出版社，2017 年版.

⑪ 沱沱：《去飘流》，北京：新星出版社，2017 年版.

说的："动物名是真的，人名也是真的，加一起反而超现实一点。"①

这本书中包含着相当多的后现代主义元素，最突出的是画面中有许多拼贴式的素材，以通俗漫画的形式来戏仿古今中外的艺术名作。除了歌词、戏曲、流行文化之外，被作者信手拈来的知名文化符号还有达·芬奇的《蒙娜丽莎》、葛饰北斋的浮世绘《神奈川冲浪里》、倪瓒的《容膝斋图》、达利的《记忆的永恒》、毕加索的《哭泣的女人》（*La Llorona*），以及李白的《侠客行》、玛丽莲·梦露的经典造型、三头六臂的孙悟空等，林林总总，数不胜数。这些戏仿所带来的一个直接效果就是解构经典，颠覆了经典所蕴含的庄严感和神圣感。例如，该书开篇的第一幅画面戏仿了元代画家倪瓒的传世名作《容膝斋图》，虽然风格颇为神似，但画面上方的题款被换成了流行歌曲《朋友》的歌词，而画面下方的石头上多了两个动物的背影——故事主角"犀牛庞波"和"海狸李莽雪"，犀牛身边还放着一个老式的大茶缸。这样一来，《容膝斋图》中简逸闲静、萧疏淡远的风神气韵便荡然无存，反而成为犀牛和海狸故事的背景，让人忍俊不禁（图 54）。又如，"林蛙刘子睿"的故事中，出现了林蛙幻想自己中彩票大奖，将小摊贩们的商品全部买下来的场景。画面中的林蛙身着古代侠士装束，手持一张 VISA 信用卡，在漫天花雨中受人膜拜，身旁还有一幅锦旗，上书李白《侠客行》中的名句："事了拂衣去，深藏功与名。"这个场景以非常极端的方式解构了中国传统文化中对于"行侠仗义"的想象，李白原诗中的崇高感被流行文化的庸俗感及滑稽感所取代（图 55）。

除此之外，《野生动物在长春》一书还包含着反讽、不确定、平面化、元小说叙事、表演性等后现代主义的表现手法。例如，"麋鹿王梅"

① 史航、吕欣：《野生动物在长春（第一辑）》，北京：新星出版社，2015 年版，第 97 页.

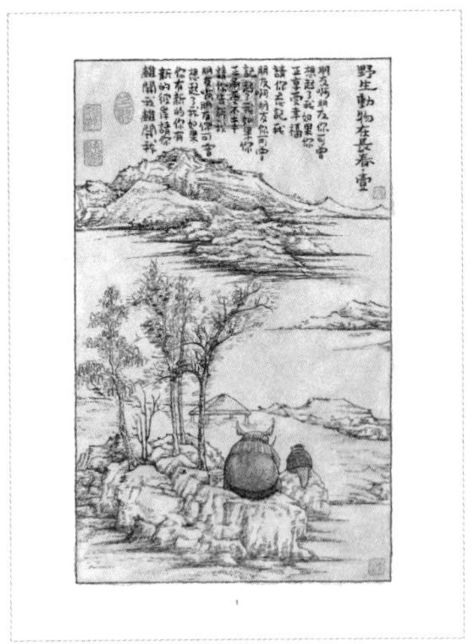

图 54 《野生动物在长春》
（作者：史航、吕欣，新星出版社/读库）

图 55 《野生动物在长春》
（作者：史航、吕欣，新星出版社/读库）

的故事讽刺了“并肩一起看夕阳”的“消费主义心灵鸡汤”，“伯劳赵明环”的故事讽刺了被电子媒体打造得宛如史诗大片般的娱乐广告。又如，该书的作者和绘者通过各自的代号直接出现在了书中，每个小故事之间的“报幕员”都由呈现为鹦鹉形象的作者史航来担任，这个设定是一种元小说叙事法，深具表演性意味。而最重要的一点或许是，这本书中的每个人物都是孤独而胆怯的凡人，丝毫没有英雄主义色彩，他们的所作所为也大多体现出被消费主义洪流所裹挟的无力感，嘈杂而琐碎，荒诞而缺乏意义，这正是后现代社会中人们处境的真实写照。

董肖娴的作品《小黑漫游记》三部曲，分为平装和精装两个版本，在这里讨论的是按照作者的原设计进行装帧的盒装精装版。该书的三部曲由三个相对独立的小故事——《美丽的云朵》《为了小家》《寻找小白》组成，分别描绘了故事的主人公小黑在天空中、地面上以及地底下的三段漫游经历。根据作者的介绍，小黑是一个住在郁金香花瓣里

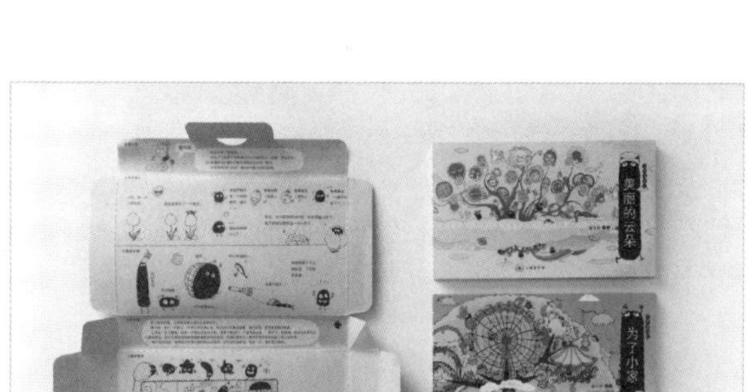

图 56　《小黑漫游记》套盒照片
（作者：董肖娴，生活·读书·新知三联书店）

的影子，拥有任意变化的本领，这个设定颇具奇幻色彩。同时，小黑在漫游途中所遇到的人和事也无不是千奇百怪、超出常理的，比如种植太阳的树、云中小精灵、在空中飞行喷水的鲸鱼、地底下运行的怪物列车等，这些亦真亦幻的混杂形象，使全书笼罩着一层不确定性的色彩。

《小黑漫游记》的后现代主义风格最主要体现在装帧设计方面，其装帧设计在儿童图画书中显得比较“另类”。首先，它具有很强的形式设计感，套装的三部曲被盛放在一个特殊设计的纸质书盒内，而这个书盒不仅是一个容器，而且是图画书叙事的一部分。打开书盒，读者会发现其中的每一个角落都印满了信息，这些信息包括“作者的话”、一幅直接凝视着读者的作者自画像、一幅近似于“镜渊结构”的该书自身缩略图，以及一些图文并茂的介绍性内容——小黑的诞生、小黑的本领、小黑的变化、小黑的朋友们等（图 56）。盒底也同样在参与叙事，画了一辆坐满小怪物乘客的双层巴士汽车，这些乘客正是三部曲中所出现的各种怪异形象。这个满载信息的书盒实际上流露出了作者的一些后现代主义理念。在人们的一般印象中，书盒作为书籍装帧的最外围部分，很少承担叙事功能。尽管市面上不乏设计精美的书盒，

图 57 《小黑漫游记》的“手风琴”式折页
（作者：董肖娴，生活·读书·新知三联书店）

但是上面的信息最多局限于作者简介和书籍广告等，这是因为，在传统的文学作品中，书中的故事世界被认为应该显得“真实”而“了无痕迹”，所以作者和书籍设计者都要尽可能地引导读者忽略书籍的物理形式。而这套书直接在书盒这样一个物理形式的承载物上进行叙事，有意显露书籍本身的物质性，并不致力于营造一个真实而完整的“幻觉”，而是让读者清楚地知道书中的故事只是虚构的。通常来说，利用书籍的装帧结构来进行叙事的图画书，都具有明显的后现代主义风格，例如《臭起司小子爆笑故事大集合》。从这点来看，《小黑漫游记》虽然没有直接采用非常明确的元小说叙事法，但在设计上无疑隐含着元小说色彩。

另外，《小黑漫游记》的一个重要特色是放弃了常见的翻页式装订，每本书都呈现为一整幅将近四米长的狭长画卷，采取了“手风琴”式折页装订形式，或者用作者的话来说，是一个超长版的“经折装”（图 57）。这种装订形式是卷轴的改良版，在古代曾非常流行，现代翻页式装订普及之后则变得比较少见。不过在当代，除了特殊书种以及商业用途之外，一些后现代图画书作家也非常青睐这种装订形式，因为它保持了长卷画面的完整性，可以在一个画面内同时展现出多个不同的时空，颠覆了传统中从前到后的线性阅读方式乃至线性世界观。如果说翻页式图书迫使读者去体验的是一个个连续瞬间的话，一幅完全展开的折页式长卷带给读者的就是一个由过去、现在和未来共同交织而成的时空连续统一体。在后现代主义者看来，或许这个浑然一体、始终无法被人为分割成清晰线性结构的时空连续统一体，才是世界的真实面貌。正如哈桑所说："大多数后现代主义作品采取了非线性结构……由于摒弃线型逻辑且模仿梦，它保持着心理上'现在的'时间和无限的空间。"①

所以，虽然折页式长卷的源头可以追溯到东方绘画中变动不居的视角，其背后的整体性世界观却与后现代主义理念不谋而合。一些后现代图画书作家也清楚地指出了这一点，比如，热衷于创作折页式后现代图画书的著名艺术家瓦娅·拉维特说，她的创作灵感主要来自东方的折页长卷，因为这些长卷可以从任何一个方向开始，讲述连贯而流动的故事。② 回到《小黑漫游记》，作者在设计时刻意采取折页形式，显然也有类似的考量，因为"游记"和长卷的结合，恰好可以构筑出一个天衣无缝的时空连续统一体。董肖娴曾经在一段访谈中谈道："（我）希望通过这种'经折装'的形式，传达一种完整的世界观——我们每天所看到的只是眼前的区域，我们经常忘记了这个世界其实很大，有很多我们看不到的部分。"③ 这其实正是一种后现代主义的世界观。与此同时，这本图画书的其他一些特点，如拼贴式、装饰化的艺

---

① ［美］伊哈布·哈桑：《后现代转向》，刘象愚译，上海：上海人民出版社，2015年版，第110页.

② Sandra L. Beckett. *Crossover Picturebooks*: *A Genre for All Ages*. New York: Routledge, 2012: 73.

③ 三联绘本馆：《当当主题童书展：〈小黑漫游记〉&董肖娴专访》(2013-11-20) [2018-3-11] http: //blog. sina. com. cn/s/blog_9af42ccb0101gwb3. html

术风格，华丽铺张的叙事形式，扰乱主线的大量细节等，也都验证了这一点。

总而言之，通过以上例子我们可以看出，融合文本往往比其他儿童图画书的图文形式更灵活，信息密度更大，思想内涵也更深刻。所以，这些图画书经常跨越儿童与成人之间的界限，对二者同时具有强烈的吸引力，是“跨龄图画书”中最为重要的一个门类。本节中所提及的原创图画书中，有许多在上架时被归类为成人绘本或漫画，但它们同时或多或少地带有图画书的性质，并非纯粹的成人漫画。在西方，类似的“跨龄图画书”拓展了儿童图画书的受众群体，极大地深化了儿童文学的内涵，它以后现代图画书的面貌挑战各个年龄段的读者，使儿童图画书成为受到重视的社会思想资源。而从我们的探讨来看，中国原创的“跨龄图画书”显然也具有这个潜质。因而，这些书是含有后现代主义元素的原创图画书当中，非常值得关注的一个类别。

第三节
后 现 代 主 义 对 中 国 原 创 图 画 书 未 来 发 展 的 启 示

一、“原创图画书” 概念内涵的深入探究

在本章的第一节中，为了论述的方便，我们简单提及了所谓“中国原创图画书”的范畴，但事实上，“原创图画书”的概念内涵是一个非常值得深入探究的话题。在下文中，笔者将对“原创图画书”这一概念，提出自己的一点思考。

由于现代意义上的“儿童文学”发源于英国，当代世界儿童文学的创作、阅读、研究模式和评价机制基本上被英语国家所主导，而美国经济在全球范围内的强势，以及互联网等电子媒体的普及，又进一步加剧了这种倾向。因而，包括中国在内的世界其他国家，在论及“原创”儿童文学时都面临着很多问题。作为儿童文学的一个组成部分，“原创图画书”也是如此。全球化一定程度上削弱了图画书的本土

文化属性，表现特定民族文化的图画书很难赢得欧美“主流”市场，因此这类图画书经常会在创作时有意迎合欧美“主流”文化，或是在出版时被删改得面目全非。马图卡指出，有时甚至连英式英语和澳式英语都要按照美国读者的语言习惯进行调整，尽管“这么做对儿童来说是不必要的，也是低估儿童能力的做法”①。于是，围绕着“到底什么才是原创图画书”这一问题，学者之间产生了许多争论，这个问题也因此变得难以回答：我们到底应该依据创作语言、艺术风格、作者国别，还是依据文化内容，来判定某本图画书属不属于某个民族文化“原创图画书”的范畴呢？

在谈到原创图画书时，人们往往首先考虑的是在全球化背景下民族文化身份认同的问题。于是在中国当下的图画书界有一个颇为流行的倾向，即认为所谓“中国原创图画书”应该并且只应该使用中国传统艺术手法，同时致力于展现中国传统文化。这看上去非常自然，判别标准也易于操作。中国传统艺术和文化博大精深，有很多原创图画书佳作确实是这方面的典范。比如，《天衣无缝针》②《豆豆游走的二十四节气》③ 运用了传统刺绣艺术（图 58），《年》④《地上地下的秘密》⑤ 采用了中国风的剪纸艺术，《小雨后》⑥《和风一起散步》⑦ 有着明显的水墨画风格，《阿诗有块大花布》⑧ 表现了传统的印染艺术，《十面埋伏》⑨

---

① ［美］丹尼丝·I. 马图卡：《图画书宝典》，王志庚译，北京：北京联合出版公司，2017 年版，第 236 页.

② 龚燕翎：《天衣无缝针》，北京：天天出版社，2015 年版.

③ 杨智坤：《豆豆游走的二十四节气》，童趣出版有限公司编，北京：人民邮电出版社，2017 年版.

④ 朱慧颖：《年》，北京：中国少年儿童出版社，2015 年版.

⑤ 依依：《地上地下的秘密》，北京：人民教育出版社，2014 年版.

⑥ 周雅雯：《小雨后》，北京：天天出版社，2015 年版.

⑦ 熊亮：《和风一起散步》，天津：天津人民出版社，2016 年版.

⑧ 符文征：《阿诗有块大花布》，杭州：浙江少年儿童出版社，2017 年版.

⑨ 于虹呈：《十面埋伏》，北京：中国少年儿童出版社，2017 年版.

图 58 《天衣无缝针》
（作者：龚燕翎，天天出版社）

图 59 《十面埋伏》
（作者：于虹呈，中国少年儿童出版社）

让人联想起古老的皮影戏（图 59），《小满》[①] 则别出心裁地模仿了古代版画的白描手法。这些图画书都用自己的方式诠释了中国传统文化和艺术，从形式上就洋溢着让人一目了然的浓浓“中国风”。

形式上具有浓郁“中国风”的图画书是一般人心目中最为典型的“原创图画书”，“中国风”也是常常被用来评判一本图画书是否属于“中国原创”的标尺。不可否认，形式上的“中国风”往往是中国原创图画书作者在创作的初始阶段最容易采取的艺术表现方式，然而，随着中国原创图画书的不断发展，如果一味地追求形式上的“中国风”，

① 陈莲华：《小满》，童趣出版有限公司编，北京：人民邮电出版社，2017 年版.

而不致力于对中华民族内在灵魂和精神内核的挖掘与展现，从长远来看，既不利于创作思路的扩展，也会影响原创图画书的整体质量，使之缺乏长久的生命力。

况且，依据传统文化和形式上的“中国风”来定义中国原创图画书，也并不是一种可靠的标准，因为风格上的相似很容易通过模仿来实现。这样的例子有很多，比如，著名的美国白人图画书作家克利斯·拉西卡（Chris Raschka）热衷于创作以美国非裔文化为背景的图画书，深得其艺术精髓，而另一位白人图画书作家保罗·戈布尔（Paul Goble）的作品则以北美印第安原住民的艺术风格而著称，他们二人的作品是否属于非裔文化或印第安人文化的“原创”图画书，在国外有着颇多争议。

同样，在所谓“中国风”图画书的范畴内，也有很多这样的例子。比如澳大利亚画家葛瑞米·贝斯绘制的《龙月》[①]，德国动画师昆特·国斯浩里兹（Gunter Grossholz）和旅德艺术家万昱汐绘制的《高山流水》[②]，韩国作家金艺实和洪有理的《谁偷了包子》[③]，美国画家简·布雷特（Jan Brett）的《黛西回家》（*Daisy Comes Home*）[④]，美国画家尤里·舒利瓦茨的《黎明》（*Dawn*）[⑤]，美国画家琼·穆特（Jon J Muth）的《禅的故事》（*Zen Shorts*）[⑥]（图 60）、《石头汤》（*Stone Soup*）[⑦]（图 61），美国画家黛米（Demi）的《空花盆》（*The Empty*

① ［澳］葛瑞米·贝斯、陈颖：《龙月》，武汉：长江少年儿童出版社，2017 年版.

② 刘雪枫、［德］昆特·国斯浩里兹、万昱汐：《高山流水》，北京：中国少年儿童出版社，2017 年版.

③ ［韩］金艺实、洪有理：《谁偷了包子》，蒲蒲兰译，南昌：二十一世纪出版社，2011 年版.

④ Jan Brett. *Daisy Comes Home*. New York: Puffin Books, 2005.

⑤ ［美］尤里·舒利瓦茨：《黎明》，彭懿、杨玲玲译，南昌：二十一世纪出版社，2013 年版.

⑥ ［美］琼·穆特：《禅的故事》，邢培健译，北京：新星出版社，2013 年版.

⑦ ［美］琼·穆特：《石头汤》，阿甲译，海口：南海出版公司，2013 年版.

图 60 《禅的故事》
（新星出版社/爱心树童书）

图 61 《石头汤》
（南海出版公司/爱心树童书）

Pot）[①]、《马良和他的神奇画笔》（*Liang and the Magic Paintbrush*）[②]、《老子和道德经的传说》（*The Legend of Lao Tzu and the Tao Te Ching*）[③] 等一大批图画书，都被认为具有强烈的中国传统艺术风格。然而这些书显然并非中国“原创图画书”，它们的精神内核是否是中国文化，也很难确定。

那么，到底应该如何来定义某个特定民族文化的“原创图画书”呢？关于这个问题，我们可以参考苏格兰格拉斯哥大学的研究人员莫琳·法瑞尔（Maureen A. Farrell）的观点。她这样来定义所谓的“苏格兰原创图画书”：一本苏格兰原创图画书应该以苏格兰的生活和经验为中心，以苏格兰为背景，或是展现出典型的苏格兰式世界观。在图画书作者的身份方面，法瑞尔认为这些书不一定必须由苏格兰作者创作，外来人士展现在苏格兰的经历，或是从外部视角评

① Demi. *The Empty Pot*. New York: Square Fish, 1996.

② Demi. *Liang and the Magic Paintbrush*. New York: Square Fish, 1988.

③ Demi. *The Legend of Lao Tzu and the Tao Te Ching*. New York: Margaret K. McElderry Books, 2007.

价苏格兰文化的图画书，均可以被看作是“苏格兰原创图画书”。[①] 我们可以以此为参考，来探讨中国原创图画书的概念。在笔者看来，一本图画书要被真正称为“中国原创图画书”，需要满足下面的条件：图画书中的各类素材反映并构建出了一种独特的中国文化精神，表现出了浸润于中国文化之中的个人体验，并以此作为吸引读者的首要手段。

在这个概念之下，所谓的“中国原创图画书”，应该以最贴近儿童生活的方式，展现中国特有的地域风貌、中国人的生活状态和精神面貌，真实而可靠地保存中国文化的现实——这个“文化现实”不必拘泥于传统文化，应既包括过去的现实，也包括现在的现实，既包括正面的现实，也不避讳现实中的问题。大量这样的中国原创图画书，可以构成一座独特的资料库，其中所包含的文化信息如同一颗颗熠熠闪光的宝石，使人辨识出中华民族所特有的语言、主题、话题、社会习俗、价值观念、民族精神等要素。从而，中国原创图画书作为儿童文学与图像艺术的结合物，将成为中国文化形式、民族身份认同、中华民族精神的一座宝库，持续影响一代又一代的中国儿童读者。世界各国各民族之所以重视儿童文学建设，在于儿童文学（尤其是儿童图画书）是每个人所接触到的最初，而一个民族的文化，正是借由它讲给下一代的故事来不断巩固、更新并延续。因而，中国原创图画书也需要通过不断反思、调整、定义“原创”的概念，找到自己的位置，以促生出更多、更优秀的作品，实现传递并发展中华文化的使命。

---

① Maureen A. Farrell. “Jings! Crivens! Help ma Boab!”—It’s a Scottish Picturebook. In Evelyn Arizpe, Maureen Farrell, Julie McAdam eds. *Picturebooks: Beyond the Borders of Art, Narrative and Culture*. Abingdon: Routledge, 2013: 99.

二、西方理论与中国表达：全球化背景下的本土文化

在明确了“中国原创图画书”概念的前提之下，我们来回望它与后现代主义之间的关系，就会发现这是一个更加复杂的问题。正如前文所述，后现代主义理论是一套庞杂的西方理论体系，在中国完全是输入性的。虽然在西方，后现代主义与全球化之间的关系尚存在着矛盾与争议，但在中国，情况有所不同。因为当代中国的后现代主义理论可以说完全是伴随着全球化进程而来的，它在中国本身就是文化全球化的一个重要表征。于是，就像所有随全球化浪潮席卷而至的西方理论和现象一样，后现代主义理论在进入中国文化语境的时候，存在着表达上的“水土不服”。而这种“水土不服”，从根本上来说就是全球化（Global）与全球本土化（Glocal）的现象。“全球本土化”一词顾名思义，是由“全球”（Global）和“本土”（Local）二词拼合而成的，用以探讨一个地区的本土文化如何应对全球化文化，在全球化背景下如何定义及表达自身，如何吸收和利用全球化文化，探索本土文化的前行方向等问题。“全球本土化”的概念中，一般牵涉到一系列具体的问题，比如：外来文化对本土文化的冲击，二者之间的冲突；本土景象与外来事物相混杂的拼贴形式；外来文化与本土文化产物相互之间的各种戏仿与误读；本土文化对外来文化在各个阶段的不同态度；以及本土文化谋求二者平衡的措施与结果等。

中国原创图画书受到后现代主义影响的这一进程，本质上正是一个后现代主义理论在中国的“全球本土化”进程。在原创图画书以自身经验结合西方理论的过程中，会遇到各种各样的难题。例如，后现代主义理论具有相对肤浅外露的特质，与相对含蓄内敛的中国传统文化之间形成了一定的矛盾。相关原创图画书必须考虑的是，如何恰到

好处地将后现代主义与中国传统文化的深度结合起来。又如，原创图画书艺术风格上的中国传统特色，如诗化语言、清新朦胧、较少使用拼贴等，这些艺术风格与后现代主义的艺术手法之间有着很大的差别。如何使用具有中国传统艺术特色的手法，表现尖锐的西方后现代主义理念，是一个不小的挑战。再如，原创图画书作为一种主要面向幼儿的儿童文学，通常假定读者处在本土环境中，缺乏多元文化经验，往往更倾向于展现地域性，而后现代图画书则更多地涉及多元文化，这也增加了以原创图画书表达后现代主义理念的难度。

尽管后现代主义在中国原创图画书中的“全球本土化”进程面临着各种各样的难题，但是我们在全面考虑这一问题时，更关键的落脚点应该是这一进程的积极意义：有利于发展更包容平和，勇于向多元存在、多元认知、多元生活方式开放的思维方式。鉴于此，在创作、阅读、研究和评价中国原创图画书的过程中，我们也要更多地鼓励在儿童文学领域内对多元文化的关注与表达。

事实上，中国现在早已身处多元文化和全球化的语境当中，不论情愿与否，后现代主义都作为强势的西方思潮之一，伴随着全球化的步伐挤进了当代中国社会文化生活的方方面面。我们固然可以说，它的理念与某些古代哲学思想的内核有着共通之处，并非纯粹的创新，从某种角度来看不过是一种“复古”，或是文化意识形态的周期性循环。但是，当下后现代主义思潮与古代的道家思想、酒神文化、狂欢哲学等的根本区别在于，它在诞生之初就与20世纪晚期的时代现象——全球化、消费主义、个人主义、电子媒体、“娱乐至死”、科技文明等——紧密地缠绕在一起，伴随人类文明进入到了一种前所未有的境地当中，再也无法退回到过去。后现代主义思潮推动社会发展史进入了一个意味深远的新阶段，无论未来前景如何，几乎没有任何民族文化可以置身于外。就像哈桑所说的：“在语言、运动、思潮的后现代扩散中，地球能在和谐宁静的多样性中找到共同的命运，在各种不同的部分中找到总体的整一。”①

具体到中国原创图画书来看，后现代主义理念具有与当下国内影响甚广的“后启蒙”“后浪漫”主义儿童观截然不同的观点。在很多后现代图画书作家看来，童年生活经验是完整的人生经验中不可分割的一部分，儿童可以，也需要体验甚至欣赏真实生活中的一切——包括戏谑、反讽、虚无、悲伤、荒谬、无奈等。因而，虽然在表面上看起来往往相反，但实际上，运用后现代主义理念创作的图画书常常可以使儿童获得一种更加轻松、自然、真实的童年生活经验，对于急速发展中的中国原创图画书来说，这一点值得思考。在主要面向儿童的原创图画书中，有效地吸收某些后现代主义理念，可以促使其对民族文化的表达以及儿童读者自身都更加轻松、开放、自信地前行。另外，在表达手法方面，后现代主义也有助于中国原创图画书探索更新更美的“中国风”，如同谈凤霞指出的：“后现代元素会给予民族化道路新异的刺激和启迪，促进民族风的多元发展；在这个意义上，本土图画书创作者有时要将凝视时间远处的目光收回来，巡视时间近处的文化动态，或许能从中得到开拓的新灵感。”②

最后，针对原创图画书与后现代主义之间的关系，我们还需要思考的是：中国原创图画书是否真的可以有效地吸纳后现代主义理念？后现代主义思潮能否“天衣无缝”地与中国原创图画书融合在一起？我们或许可以从当代跨国公司的发展路径中寻找答案。如果把后现代

① ［美］伊哈布·哈桑：《中文版序》，见伊哈布·哈桑：《后现代转向》，刘象愚译，上海：上海人民出版社，2015 年版，第 23 页．

② 谈凤霞：《突围与束缚：中国本土图画书的民族化道路——国际视野中熊亮等的绘本创作论》，《南京师大学报（社会科学版）》，2012（2），第 152 页．

主义看作是一家被移植到中国原创图画书语境中的“跨国公司”的话，那么它的第一要务就是让当地人认可自己的产品——也就是说，后现代主义要首先顺畅地进入到原创图画书的语境里，被中国读者所接受。通常来说，当代跨国公司既能保持它们的全球化属性，又能成功地融入当地市场，其秘诀就在于它们会充分整合资源，对产品进行“全球本土化”的调整，以适应本土市场的口味。正如一位研究中国肯德基餐厅的学者所指出的：“虽然当今世界生产和消费体系一体化造成了相当明显的同化迹象，但由于文化认同和本真性之间的竞争变得越来越尖锐，特殊主义（particularism）也在不断扩张——比如那些对跨国公司影响至深的政策就不得不依据本土社会的情境，通过当地人的参与来加以调整。”①

因此，创作者也同样可以对后现代主义进行本土化的调适，与中国原创图画书巧妙地融合。西方后现代图画书中已经有例子支持了这种论断，比如澳大利亚画家陈志勇的《失物招领》，就是一本深深植根于澳大利亚本土文化的后现代图画书。在这本书中，本土文化与后现代文化之间展开了一场别开生面的对话，虽然全书的整体风格是后现代蒸汽朋克式的，但是书中的风景、人物、细节素材和故事表现形式都带有强烈的澳大利亚本土特征，这些本土文化的要素在后现代语境下被想象和重组，成为了书中后现代氛围的有机组成部分。与之相类似，中国原创图画书在创作中，也可以探索中国传统文化艺术与后现代主义可能的契合之处，例如中国绘画的抽象写意风格、长卷艺术的散点透视观察方法、古典文学的“用典”互文手法、“天人合一”的整体性世界观等。总之，只有有策略地将后现代主义加以本土化的调适，

① 罗立波：《全球化的童年？——北京的肯德基餐厅》，李胜译，见景军主编：《喂养中国小皇帝：儿童、食品与社会变迁》，钱霖亮、李胜等译，上海：华东师范大学出版社，2016 年版，第 99 页。

才可能创作出适应中国读者需求的原创后现代图画书。

三、后现代图画书中国本土化的启示

在本节的最后，我们重点讨论后现代图画书在“中国本土化”进程中值得关注的问题，也即后现代图画书作为一个整体，给中国原创图画书未来发展所带来的一些启示。

（一）图画书创意的独创性

原创图画书作家在创作带有后现代主义风格的图画书时，需要重视“独创性”的问题。这个问题源于后现代主义艺术的特性：后现代主义文化具有强烈的互文性，其形式经常呈现为“拼贴簿”，内容也经常对已有文化素材进行戏仿，态度时而反讽时而致敬，对独创性的定义相当模糊。很多后现代理论家都意识到了这一点：“被称为‘模仿者’的后现代艺术家在本质上接近‘零’，接近沉默和枯竭……后现代艺术中的完美之作往往看似要取消它们自身。”① “（后现代视觉艺术家的作品）只能沦为一种重复，它必然是一种互文性组织，对过去进行引用和改编，指涉的是其他作品……创造力和独创性这些原先受到青睐、极具个人主义特点的先锋主义观念受到攻击……在很多人看来，后现代主义作品只是一种杂糅，风格混杂，和以往作品之间的相似性是其立足之本。”② 因而，后现代图画书的“独创性”普遍面临争议。

---

① ［美］伊哈布·哈桑：《后现代转向》，刘象愚译，上海：上海人民出版社，2015 年版，第 101—102 页.

② ［英］巴特勒：《解读后现代主义》，朱刚、秦海花译，北京：外语教学与研究出版社，2013 年版，第 240—241 页.

即使是安东尼·布朗这样公认的图画书大师，也因为“挪用”马格利特等艺术家的作品而多次成为被告，不得不修改自己的某些作品。这一方面反映出后现代图画书在当代受到关注的程度，另一方面也反映出了后现代主义理论与现实的落差。

鉴于此，中国原创图画书的情况就更加值得思考。许多中国原创图画书带有舶来品的文化基因，许多作家充满了学习借鉴海外优秀图画书的热情，如果在他们创作时又受到后现代主义思潮的影响，关于“独创性”的尺度常常会显得更加难以把握。例如，《总有一个吃包子的理由》[①] 就在这方面值得商榷。这本轻松欢乐的原创图画书在某些细节上带有后现代主义的影子，比如书中的一个对页包含着大量对于世界经典图画书的戏仿式互文，还包含着一个“镜渊结构”式的自我指涉。但值得商榷的主要是它的整体艺术风格。该书所运用的夸张笔触、稚拙画风、平面化构图等，很容易让人联想起日本著名图画书作家长谷川义史标志性的个人风格。然而，它的故事内容事实上还是相当传统的，与长谷川义史的作品并没有什么直接的相关之处。那么，关于这种手法是否属于互文的范畴，就值得再细细斟酌了。

当然，这并不是说我国原创图画书就不可以借鉴海外图画书的艺术风格，比如前文提到的《古灵精怪动物园》，很明显是对谢尔·希尔弗斯坦的名作《稀奇古怪动物园》的致敬之作。又如《独生小孩》和《树叶》两书，也借鉴了《雪人》及《抵岸》的艺术风格。而这些作品仍然不失为原创图画书中的优秀之作。只是，所有原创图画书的作者和研究者在实际操作中，都需要分外仔细地思考并重视独创性的问题。在此过程中，作者需要考虑的是，理论自觉如何能在实际创作中恰到

---

① 袁晓峰、顾强龄：《总有一个吃包子的理由》，贵阳：贵州人民出版社，2016 年版.

好处地表现出来，互文、戏仿、借鉴、致敬与抄袭、侵权之间的界限到底在哪里，这个分寸到底应该如何把握。而研究者需要考虑的是，一本原创图画书是否能够单纯地因为与大师名作之间的互文，就被认为受到了后现代主义的影响，或是我们应该如何客观地评价一本原创后现代图画书中的互文现象。

（二）图画书的图像叙事水准

后现代图画书的创作经验，为中国原创图画书探明了一些可以借鉴的努力方向，比如提升图像叙事的水准。前文已经提及，在未来的信息化时代，“图像素养”是一种至关重要的能力，而阅读后现代图画书则是发展儿童读者的图像素养的理想途径。相比于其他图画书，后现代图画书通常充满天马行空的想象，对文字的依赖程度较低，格外注重图像叙事。同时，这些书中的图像又格外复杂，鼓励读者自主参与探索和解读，从而有利于提高儿童读者的理解力、判断力、想象力、统合能力和学习能力。因此，中国原创图画书在发展过程中，值得参考西方后现代图画书中多种多样的表现技法，突出图像叙事的地位，摆脱早期中国原创图画书中常见的以文字为主，以“插图”为辅的传统模式，让不善于阅读文字的幼儿在阅读时成为真正的主体。

在这方面，我国当前的原创图画书界已经做出了相应的尝试，比如许多画家纷纷创作无字图画书，完全利用图像来讲述一个连贯的故事。《哈气河马》[①]《独生小孩》《树叶》等延续了从《雪人》到《抵岸》的无字书脉络，以细腻的笔触、灵活的分镜模式和含蓄的意象，将一幅幅图像搭建于真实与幻想之间，勾勒出一个个亦真亦幻的故事

---

① 刘洵：《哈气河马》，北京：中国少年儿童出版社，2017 年版.

图 62 《哈气河马》
（作者：刘洵，中国少年儿童出版社）

图 63 《西西》
（作者：萧袤、李春苗、张彦红，海燕出版社）

(图 62)。《我想和你在一起》[①] 则将无字书的图像叙事功能发挥到极致——扉页中的图像信息也参与了叙事。还有一些原创图画书并不利用图像来讲述连贯的故事，而是利用图像的细节，引导读者在一个个非连续性的场景中，自行补足画面背后的故事。比如，杨思帆的《奇妙的书》就是这样，读者需要通过一番联想，才能领会每个画面中幽

① 格子左左：《我想和你在一起》，北京：人民文学出版社，2017 年版.

默的小故事的趣味。又如萧袤、李春苗和张彦红的《西西》[1] 一书，虽然并非严格意义上的无字书，却仍然是一个以图像叙事为主的开放性文本，读者可以根据书中数不清的人物和细节，讲述出无数有趣的故事（图 63）。在这些“探路者”的基础之上，中国原创图画书无疑可以再接再厉，不断提升图像叙事的水准，探索原创图画书叙事模式的无限可能。

（三）图画书的互动性与设计感

中国原创图画书可以以西方后现代图画书为参照物，尝试增强互动性与设计感。“互动性”是后现代图画书的本质特征之一，因为后现代性的核心就是拒绝权威，消解中心，追求开放与多元，而这必然会打破作者和读者之间的传统权力关系，使得文本变成一个开放的、多中心的“可写性文本”，也就是一个读者可以与之进行互动的文本。于是，大多数后现代图画书都是一座具有高度互动性的“纸上游乐场”，读者受邀参与文本意义的建构，在书中与作者共同嬉戏。实际上，不确定性、多义性、颠覆性、互文、戏仿、拼贴，以及上面所论及的图像叙事等多种后现代艺术的特征，都会增加图画书的互动性。而在原创图画书领域，更值得我们关注的主要是两个大的方向：其一是元小说叙事手法，其二则是设计与游戏。

元小说叙事手法是西方后现代图画书经常采用的一种典型手法，旨在暴露文本本身的建构过程，揭示文本的虚构性，具有强烈的自我反思和自我指涉意味。由于在这个过程中，读者经常需要在形式上与书中的人物、“作者”，或书籍本身进行互动，因而运用元小说叙事法的图画书一般都具有强烈的互动性。然而在中国原创图画书中，这种

① 萧袤、李春苗、张彦红：《西西》，郑州：海燕出版社，2008 年版.

图 64 《敲门小熊》
（作者：梅子涵、田宇，北京联合出版公司/禹田文化暖房子绘本馆）

手法却并不十分多见。这或许与中国文化的传统有关，马丁·萨利斯伯瑞指出，东方国家的图画书通常具有精细的艺术风格，却很少展现出后现代主义的自我指涉性。[①] 就笔者目力所及，只有寥寥几本中国原创图画书采用了元小说叙事手法，其中最典型的是梅子涵和田宇的《敲门小熊》[②]。这本图画书充分暴露了文本的建构性，画面中不仅出现了画纸、铅笔、橡皮、画家的手等暗示作画过程的事物，还出现了“画家”世界里的评论家、“梅子涵作家”等人物，这些人物之间互相交谈，同时也不断与读者直接交流对话，加剧了文本的虚构感。另外，书中“画家”荒诞的自述，一个对页的多层次“镜渊”式画面以及主人公小熊的多幅“恳求肖像”等细节，也都是元小说叙事常用的典型手法，进一步撕裂了文本的真实性幻觉（图 64）。

除了《敲门小熊》之外，在创作中采用元小说叙事法的原创图画书可谓凤毛麟角。一个相关的例子是格子左左的《我是谁》[③]，这本书

① Martin Salisbury. The Artist and the Postmodern Picturebook. In Lawrence R. Sipe, Sylvia Pantaleo eds. *Postmodern Picturebooks: Play, Parody, and Self-Referentiality*. New York: Routledge, 2008: 24.

② 梅子涵、田宇：《敲门小熊》，北京：北京联合出版公司，2017 年版.

③ 格子左左：《我是谁》，北京：人民文学出版社，2017 年版.

中有一处场景具有元小说色彩。主人公大熊猫跳进冰窟窿后，对页钻出来的是一只北极熊，它对读者说道："原来我是……（北极熊）。"可翻页之后，原来的熊猫又从水中露出头来，挣扎着对读者辩白道："刚刚那个不是我啦！"由于在这里，书中人物直接与读者进行了对话，这个饶有趣味的小细节可以被看作元小说叙事法的例子。还有一些原创图画书中含有一幅镜渊结构的画面，例如《妈妈——有怪兽！》[1]《恐龙快递》[2]《你睡着了吗？》《领读者》等。由于镜渊结构带有强烈的自我指涉意味，这些书也由此带上了一丝元小说的色彩。但严格来讲，它们还并不是完全意义上的元小说叙事法，总体而言，这方面的创作在中国原创图画书中尚不多见。

另外，西方后现代图画书经常通过版式、材料等方面的设计与巧思，增加图画书的互动性，如要求读者去动手完成图画书的形式，通过想象去补足残缺的故事，或者干脆将图画书设计成玩具书、游戏书、装置书的形态等。许多后现代图画书由此成为了一种富有表演性的艺术，它们的读者也从单纯的读者变成了观众、目击者和参与者。这也是原创图画书相对比较薄弱的一个方面。目前看来，有一些原创图画书在这方面做出了自己的探索，它们所体现出的互动方式主要有四种。

第一种是在内容方面，利用"翻页惊喜"的设计，让读者有机会参与书中的"游戏"。例如《跑跑镇》《呀！》和《错了？》三本书，共同的特点是书中的文字都很少，甚至只呈现为一个"口号"的形式，主要通过画面细节设置一些幽默的小小悬念，而这个悬念的谜底会在翻页时被揭开，读者完全可以随着书中的节奏，在翻页时验证自己的猜想是否正确，做一个与图画书之间互动的小游戏。正如孙玉虎所说

---

① 刘玉峰、薛雯兮：《妈妈——有怪兽！》，北京：中国少年儿童出版社，2015 年版.

② 董亚楠：《恐龙快递》，南昌：二十一世纪出版社，2014 年版.

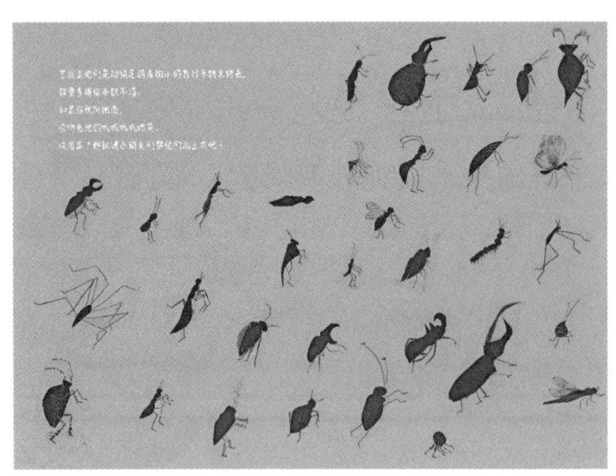

图 65　《大鸟的自行车房》
（作者：熊亮、熊添竹，天津人民出版社/果麦文化）

的，在这些书中，“作者设定了一个有迹可循的逻辑，读者可以顺着这个‘游戏规则’去不断地猜想下一页是什么，从而和创作者进行智力角逐，有一种参与的快感”[①]。

第二种是在图画书的结尾或附录部分，以“附加游戏”的形式来与读者进行互动。有时候，采用这种互动方式的原创图画书为读者预留了一定的页面空间，邀请他们完成一些想象中的内容。比如熊亮与女儿熊添竹共同创作的《大鸟的自行车房》[②]，在结尾就含有一个互动式的页面，建议读者发挥自己的想象力，帮助书中的主人公大鸟为黑夜中的小虫子们设计出适合它们特殊身材的自行车（图 65）。也有时候，这一类原创图画书会采取更加多样化的形式，使用各种不同材料制作的配件来作为游戏辅助工具。比如，格子左左在 2017 年推出的一套四本原创图画书作品就有这样的特点，其中的每一本都设计了各种形式的附加游戏，既有 DIY 绘画游戏、书写故事游戏，又有寻找特定

---

① 孙玉虎：《2017，谁在为原创图画书而努力？》（2018 - 1 - 3）［2018 - 3 - 12］http：//www.sohu. com/a/214403286 _ 436399

② 熊亮、熊添竹：《大鸟的自行车房》，天津：天津人民出版社，2017 年版.

图 66　《恐龙快递》照片
（作者：董亚楠，二十一世纪出版社/活字文化）

图 67　《恐龙快递》照片
（作者：董亚楠，二十一世纪出版社/活字文化）

目标的“考眼力游戏”，以及利用附加材料进行创作的贴纸游戏，等等。虽然这套书中的互动游戏并没有完全融入故事内容当中，只是呈现为一种“附加游戏”的形式，但其设计已经体现了作者关注图画书互动性的意识。

第三种是通过“页面设计”的方式，将图画书打造为一本互动性的游戏书。董亚楠的《恐龙快递》就是一个较为典型的例子。该书非常具有设计感，是一本笼罩在“恐龙”主题之下的“冒险游戏书”。书中并不存在一个连贯的故事，仅有的一些文字类似于一种“游戏指南”，全书的意义完全通过读者与文本之间的互动来展现。并且该书运用了多种媒材，几乎囊括了游戏图画书当中最为常见的所有游戏形式，例如翻页、拉页、折页、考眼力、找不同、穿越迷宫、“手电筒”胶片画、粘贴式附件等（图 66、图 67）。像这样完全依靠页面设计来进行呈现的互动游戏书，目前在中国原创图画书界还显得比较罕见。

第四种则是以一种比较特殊的形式——“定制”来与读者互动的游戏式图画书，即所谓的“姓名定制绘本”。这是一种比较新颖的互动游戏书模式，虽然类似的创意在国外已经出现了一段时间，但在国内

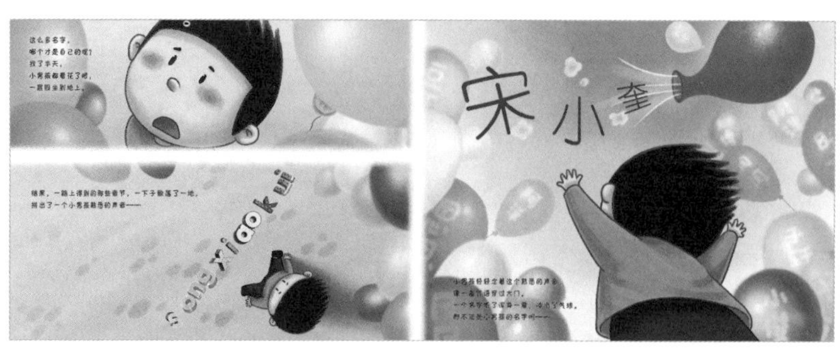

图 68 《妖怪偷了我的名字》
（作者：亚东、麦克小奎等，化学工业出版社）

还比较少见。目前第一本中国原创姓名定制图画书是《妖怪偷了我的名字》[①]，该书具有极其强烈的互动性，以图画书的读者作为书中的主人公，通过“定制”的方式为每个小读者打造一个专属于自己的故事。书中的情节围绕着读者寻找自己名字的历险旅程而展开，每本书的故事情节都会随着读者姓名的不同而有所不同，在全书的末尾，读者还会发现自己的名字被印在了书上，由此产生强烈的参与感。这种“模块化”的故事模式以及“定制化”的形式，使图画书的阅读过程彻底变成了一场双向互动的游戏之旅（图 68）。

总而言之，西方后现代图画书启示我们，加强“互动性”是当代儿童图画书的重要发展趋势。中国原创图画书作者应该努力开拓眼界，开阔思路，增强互动性与设计感，让儿童图画书能够突破传统的文本模式和阅读模式。

（四）对社会现实与文化的关注

最后值得思考的是，中国原创图画书是否要像西方后现代图画书一样，与当下现实中的社会、文化、政治、经济、生态等议题紧密结

① 亚东、麦克小奎：《妖怪偷了我的名字》，北京：化学工业出版社，2018 年版.

合。由于后现代主义思潮从源头上带有意识形态和政治色彩，热衷于探讨社会问题和当代人的生存状况，因此西方后现代图画书经常会表现出对社会现实和社会文化的关注。最典型的就是切丽·艾伦所谓的“后现代化图画书”，这类书在形式上往往不会体现出非常明显的后现代主义特征，而是将后现代性表现在内容与题材方面。一般来说，“后现代化图画书”致力于思考后现代性本身，以及人们在后现代社会中的生存状况，会牵涉到全球化、电子媒体和消费主义等议题。对于中国原创图画书来说，这些议题无疑同样是富有建设性意义的关注点。目前来看，做出这方面思考的图画书尚不是很多，当然，我们在这里还是可以举出一些“先行者”的例子。

一些原创图画书探索了在迈入后工业时代的中国社会中，人与人之间、人与自然之间的关系所发生的新变化。例如熊亮和马玉的《荷花回来了》①，描绘了工业化进程对自然环境的破坏，故事结尾带有空想主义乌托邦的色彩。又如张之路和言成的《拐角书店》②，同样对大规模工业化建设逐渐吞噬人们旧日的生活方式这一事实，表达了深具魔幻色彩的叹惋。

还有一些原创图画书更趋向于现实主义题材，从细节出发，来检视经济全球化的背景下，中国的快速城市化进程给社会文化、经济结构以及人们生活方式所带来的影响。例如刘洵的《翼娃子》③，忠实地刻画了从农村来到城市里开小吃店的翼娃子一家在一天中的日常生活，以精细而冷静的笔法，展现了在快速发展的社会中，无数漂泊异乡的中国人平凡而又坚韧的生活状态（图 69）。又如汤素兰和杨一的《五

---

① 熊亮、马玉：《荷花回来了》，北京：连环画出版社，2008 年版.
② 张之路、言成：《拐角书店》，北京：天天出版社，2015 年版.
③ 刘洵：《翼娃子》，济南：明天出版社，2017 年版.

图 69 《翼娃子》
（作者：刘洵，明天出版社）

颜六色的一天》[①]，以充满温情和爱意的笔调，关注了当代中国特有的农村留守儿童问题。

另外一些原创图画书思考的则是电子媒体、消费主义等“后现代现象”对人们生活的掌控，以及后工业化社会中的人生意义等问题。例如朱自强和朱成梁的《老糖夫妇去旅行》[②]，以轻松幽默的笔调调侃了电子媒体和互联网对人们生活的“异化”，诙谐而不动声色地解构了时下流行的消费主义图腾——旅行。又如张之路、孙晴峰与阿根廷画家耶尔·弗兰克尔（Yael Frankel）合作的《小黑和小白》[③]，通过简洁、精妙而富有象征意味的故事和图画，打造了一部“现代都市人的生活寓言”，书中蕴含着对虚拟与现实、生命与自然、局限与接纳、贫瘠与丰富、虚无与意义等当下重要议题的深刻思考（图 70）。

总而言之，从这些例子中我们可以看出，在文化全球化的影响之下，中国的原创“后现代化图画书”在题材范围方面，与西方并没有

① 汤素兰、杨一：《五颜六色的一天》，北京：天天出版社，2017 年版.

② 朱自强、朱成梁：《老糖夫妇去旅行》，北京：中国少年儿童出版社，2014 年版.

③ 张之路、孙晴峰、［阿根廷］耶尔·弗兰克尔：《小黑和小白》，济南：明天出版社，2017 年版.

图 70 《小黑和小白》
（作者：张之路、孙晴峰、［阿根廷］耶尔·弗兰克尔，明天出版社）

太大的区别，但是中国原创图画书表达此类议题的方式颇具自己的特色。从某种意义上来说，或许这一类图画书，才是最能够充分展现出中国原创图画书力量的作品。对社会现实与文化进行持续不断的关注，是西方后现代图画书带给我们的宝贵启示。

不管怎么说，在从各个角度探索了中国原创图画书与后现代主义之间的互动情况之后，我们可以肯定地说：中国原创图画书与后现代主义之间的关系，将在很长一段时间内是一个非常迷人的话题。

结语

回望未来：后现代儿童图画书的前行之路

纵观 20 世纪后半叶以来的社会文化思潮，后现代主义或许是其中影响力最为强大，最富有活力，也最容易引发争论的思潮之一。在半个多世纪的风风雨雨之中，后现代主义以极为密集的频率出现在人们的视野中，在学术著作、新闻报道、文学艺术、影视作品，乃至一般大众的日常交谈里，都能时不时地找到它的踪影。后现代主义思潮以自身所独有的怀疑性、颠覆性、模糊性与开放性，给文艺界的诸多领域带来了启示。作为一种在很长一段时间内具有先锋性的思想体系，它所倡导的理念在很大程度上改变了当代文艺作品的面貌。在受到后现代主义思潮影响的众多艺术门类中，也包括本书所研究的儿童图画书，越来越多令人耳目一新的“非常规”儿童图画书的诞生，就是明证。在这个前提之下，本书着力研究了后现代主义思潮与儿童图画书结合的产物——后现代儿童图画书，尽可能全面地追索这种特殊的儿童文学形式的来龙去脉，考察它所运用的艺术手法，所呈现出的风格特征，所营造出的阅读效果，所收获的市场反馈，及其与后现代主义之间的互动关系，探究它对儿童发展及儿童文学理论的意义，对未来儿童图画书创作的启示等各个方面的问题。

作为一个研究对象，后现代儿童图画书最大的特点就是它具有不断生长、不断变化的蓬勃生命力。在本书的写作过程中，新的材料——图画书作品与研究文献层出不穷，笔者不得不时刻关注此领域的前沿动态，一再地搜集、补充最新资料。尽管如此，在论述中恐怕难免有挂一漏万之虞。正如一位人文社会科学研究者所描述的情景："一旦离开田野调查现场，我们观察到的社会文化图景和收集到的第一手材料，都会很快地融入将当下改写成为过去的历史之河。"[①] 当然，新材料的不断涌现，也从一个侧面反映出后现代儿童图画书的重要性与魅力之所在。从研究完成的那一刻起，书中所写到的一切就都汇入了历史之河，但是这并不意味着它们就不能再为未来做出贡献，看清一路走来所经历的一切，才更容易找到未来前行的方向。

虽然从某种意义上来说，后现代儿童图画书最为兴盛的时期是上个世纪八九十年代，一些学者也据此将其视为儿童文学界的一个阶段性现象。但是这种观察结论并非全然准确，在笔者看来，近些年后现代图画书的创作又有了"复兴"的趋势。与上世纪八九十年代相比，当下的儿童图画书界尽管很少再出现像《黑与白》《臭起司小子爆笑故事大集合》这样"激进而彻底"的后现代图画书作品，但却有越来越多的新作品带有后现代主义色彩。一些之前在儿童图画书当中比较罕见的后现代主义艺术手法，如拼贴、戏仿、元小说叙事、立体互动设计等，逐渐成为了当今儿童图画书创作中的"常规手法"。甚至，一些具有明显的后现代主义特征、可以被归类为后现代图画书的儿童图画书，还被打造成了广受市场欢迎的"知名品牌"，通过系列出版的方式

---

① 《序言》，见景军主编：《喂养中国小皇帝：儿童、食品与社会变迁》，钱霖亮、李胜等译，上海：华东师范大学出版社，2016 年版，序言第 3 页.

延续着生命力。例如比尔·科特（Bill Cotter）的“不要碰这本书”系列[①]，黛博拉·安德伍德和克劳迪亚·卢埃达的“百变猫”系列[②]，斯蒂安·霍勒的“加曼三部曲”系列，莫·威廉斯（Mo Willems）的“淘气小鸽子”系列[③]，等等，都是当前儿童图书市场上畅销不衰的后现代图画书作品。与此相应的是，读者也越来越熟悉这类独特的作品，能够轻松地辨识出其中的后现代主义特征，并且将其视为一种更加“前卫”的艺术风格，与“传统”或“复古”的儿童图画书风格相对而立。因此我们可以说，在今天，后现代主义元素已经被吸纳进了儿童图画书创作的主流体系之内，或许在不久以后，也将不再是儿童图画书领域内的“少数派”。

作为后现代主义与儿童图画书之间奇异联姻的产物，后现代儿童图画书的存在多少显得有些令人不可思议，然而它的成长轨迹却清晰可辨。这类儿童图画书始于莫里斯·桑达克、雷蒙·布力格、安东

---

① ［美］比尔·科特：《不要碰这本书》，方素珍译，北京：北京联合出版社公司，2017年版.
［美］比尔·科特：《不要按这个按钮》，方素珍译，北京：北京联合出版社公司，2017年版.
［美］比尔·科特：《不要按这个按钮之圣诞大冒险》，方素珍译，北京：北京联合出版公司，2018年版.

② Deborah Underwood，Claudia Rueda. *Here Comes the Easter Cat*. New York：Dial Books，2014.
Deborah Underwood，Claudia Rueda. *Here Comes Santa Cat*. New York：Dial Books，2014.
Deborah Underwood，Claudia Rueda. *Here Comes Valentine Cat*. New York：Dial Books，2015.
Deborah Underwood，Claudia Rueda. *Here Comes the Tooth Fairy Cat*. New York：Dial Books，2015.
Deborah Underwood，Claudia Rueda. *Here Comes Teacher Cat*. New York：Dial Books，2017.

③ ［美］莫·威廉斯：《别让鸽子开巴士！》，阿甲译，北京：新星出版社，2012年版.
［美］莫·威廉斯：《鸽子捡到一个热狗！》，阿甲译，北京：新星出版社，2012年版.
［美］莫·威廉斯：《别让鸽子太晚睡！》，阿甲译，北京：新星出版社，2012年版.
［美］莫·威廉斯：《鸽子想要小狗狗！》，阿甲译，北京：新星出版社，2012年版.
［美］莫·威廉斯：《鸽子需要洗个澡！》，阿甲译，北京：新星出版社，2015年版.
［美］莫·威廉斯：《鸭子弄到一块饼干!?》，阿甲译，北京：新星出版社，2015年版.
［美］莫·威廉斯：《鸽子也会闹情绪》，孙宝成译，北京：北京联合出版公司，2015年版.
［美］莫·威廉斯：《鸽子就爱会跑的》，孙宝成译，北京：北京联合出版公司，2015年版.

尼·布朗等大师的作品，经过世界各国无数儿童文学家和艺术家的共同雕琢，不断蜕变发展至今，逐渐被各个国家、各个不同年龄层的更多读者所接受。通常来说，后现代图画书展露在世人面前的是一副非常决绝的艺术姿态，与“传统”的儿童图画书形成鲜明的对比。这或许是儿童图画书这个艺术门类突破自我、追求更加纯粹的艺术性的一种选择：通过创作带有后现代主义风格的儿童图画书，艺术家们致力于使儿童图画书在人类艺术史上留下一席之地。后现代图画书到底能否成功带领儿童图画书艺术破茧成蝶，我们还需要拭目以待。但就目前的情况来看，不论这样的目标能否实现，后现代儿童图画书中都已经出现了一大批精美的艺术品，彻底改变了人们对于儿童图画书的既有看法，极大地拓展了图画书乃至儿童文学的内涵，对未来的儿童文学发展有着深远的影响。因此，我们可以将本书这段审视后现代儿童图画书的历程称为“回望未来”，因为历史是未来的倒影，回望的是一时一处的现象，从中看到的却可能是全景式的未来。

在中国原创图画书领域内，相关情况比西方更加复杂。中国原创图画书一直在“回归传统”与“学习西方”之间摇摆，寻找出路。过于强调传统文化，容易陷入滞涩的障碍之境，而一味效仿西方，又会丧失本土文化的灵动气韵。在笔者看来，中国原创图画书当前的“出路”，除了一些常规的路径（如培养人才、开拓市场、推广阅读、发展文化产业等）之外，西方后现代儿童图画书带来的启示值得借鉴。要从根本上提升原创图画书的整体水准，首先要转变时下仍影响广泛的“后启蒙”“后浪漫”主义儿童观，以平视并尊重儿童为基本出发点。在此基础上，再谋求技法的丰富与立意的拓展，将儿童图画书充分地与社会思潮和文化背景相结合，确保儿童可以以优质的图画书为起点，获得丰富、真实而深刻的阅读经验，体会到被整个社会文化体系尊重并接纳的愉悦，从而在未来能够切实地积极参与到社会文化的构建过程中。

由此观之，后现代主义可能在“用”和“体”两方面为中国原创图画书提供参考。在作为技术的“用”方面，丰富多彩的后现代主义创作手法可能帮助原创图画书拓展表达方式，提高图像和文本的艺术性；在作为灵魂的“体”方面，后现代主义理念可能促使原创图画书与当下人们的生存状态产生更加强烈的共鸣，更好地表达并思考当代中国儿童的精神处境，从而在更有深度的艺术境界中获得长久的生命力。曾经有中国图画书研究者断言：“中国正在进入图画书大时代，在这个时代中，定会产生许多彪炳史册的图画书作家。”① 要想达成这个愿景，中国原创图画书就迫切地需要在“用”和“体”两方面都有所突破。中国原创图画书可以积极地，同时又有反思、有选择性地吸纳西方后现代图画书的创作经验。人们常说，“民族的就是世界的”，那么如果我们拥有足够的自信，就会知道：“世界的也同样是民族的”。

当然，作为一个成长中的艺术门类，后现代儿童图画书绝不是完美无缺的。由于本书的首要任务是将后现代儿童图画书的核心价值直观地呈现出来，因此对其负面价值和不足之处没有施以更多的笔墨，但是这并不意味着我们可以忽略这方面的问题。未来进一步展开相关研究的关键是，正确运用马克思主义的唯物史观与方法论，从正面和负面两方面，对后现代图画书加以更全面而清晰的价值判断。在此，笔者针对后现代图画书的负面影响和不足之处，初步地提出几点粗浅的思考。

第一，儿童图画书是否真的有可能成为一件具有艺术自觉的后现代艺术品，或是这类作品的艺术价值到底有多高，仍是一件颇有争议

① 王林：《剪纸与铅笔的合奏》，见秦文君、郁蓉：《我是花木兰》，北京：中国少年儿童出版社，2017 年版，导读手册.

的事情。有时候，一些后现代儿童图画书中的后现代主义创作手法仅仅是一种追求新奇的“装饰技巧”，或是在“粉饰门面”。在流于形式、追求视觉冲击力的同时，这些书不可避免地会忽视故事与情感，在某种程度上缺乏深度与耐人回味的空间。

第二，正如前文所论述过的，一些后现代图画书有时只是艺术家在后现代文化的推波助澜之下，进行的艺术探索和个人表达，具有强烈的实验性质，不像一般的儿童图画书那样，将儿童读者的接受作为创作中首要考虑的问题，这就必然带来艺术创作构想与读者接受实际之间的某种断裂。虽然在大多数情况下，儿童读者能够接受这些图画书，但是这种接受的程度和意义仍然有待于进一步的考察。过于强调“跨龄”，可能会导致后现代图画书的受众群体格外模糊，然而只有得到儿童受众的普遍认可才能被称为合格的“儿童文学”。那么，一个值得创作者和研究者思考的问题就是，这类书作为“儿童”文学的边界究竟应该如何把握？

第三，由于“跨龄”的特质和后现代主义理论本身的一些问题，一部分后现代儿童图画书的内容及价值观引发了相当大的争议，被认为并不适宜儿童阅读。基于儿童文学在根本上期望将主流话语和价值体系传递给儿童读者，在这个层面上来说，“后现代性”的一些特质与“儿童文学”的本质属性有相互抵触的情况。一些在思想内容方面太过激进、过于富有争议性的后现代儿童图画书，其作为儿童文学的价值屡屡受到质疑，对于这些书的价值评判，还需要在今后的研究中对具体问题进行具体分析。

最后，在艺术风格方面，后现代文化具有强烈的互文性，其形式往往展现为“拼贴簿”状态，内容也经常借鉴已有文化素材进行复制和戏仿。因而，一些后现代图画书作品的艺术风格趋于单一，多用电脑绘图，有时呈现为重复性的剪切与拼贴，更像是可以大规模复制的工业产品而非传统的艺术品。虽说这种艺术风格也有着独特的美感和创造性，能够产生艺术品质高超的上乘之作，但不可否认的是，与千人千面、变幻无穷的手绘艺术相比，它具有一种后现代艺术所特有的“无深度感”，其过度蔓延有可能会导致儿童图画书艺术丧失鲜活的灵魂。

综上所述，要更加全面深入地研究后现代儿童图画书的相关问题，就必须辩证地看待它的价值，进行尽可能全面而中肯的价值判断。尤其是在中国语境下谈论这个话题时，我们更应该结合中国文化特有的形态与规律，仔细地对后现代图画书的各种特质加以分辨，既要有目的地借鉴和引入这类书具有开拓性的一面，又要对其潜在的负面影响进行批判性的反思。如果能做到这一点，中国原创图画书就能真正地把“世界的”变成“民族的”，在与后现代主义思潮的持续互动中，开辟出独属于自己的一片天地。甚至我们可以展望，在未来，“中国原创后现代图画书”很有可能对后现代儿童图画书的内涵加以全新的构建，透过兼容并蓄、与时俱进的中国文化，解决当下后现代儿童图画书所面临的诸多问题。

参考文献

文学作品类

一、儿童图画书

（一）引进版图画书

1. ［法］阿德里安·帕朗热. 小猎人［M］. 魏舒译. 北京：新星出版社，2016.
2. ［法］阿德里安·帕朗热. 丝带［M］. 梁霄译. 北京：新星出版社，2017.
3. ［斯洛文尼亚］阿克辛嘉·柯曼娜，兹万科·科恩. 面条乔闯世界［M］. 赵文伟译. 北京：作家出版社，2017.
4. ［法］阿兰·塞尔，［法］吕西尔·普拉桑. 鸟有翅膀，孩子有书［M］. 匙河译. 桂林：广西师范大学出版社，2016.
5. ［德］阿梅丽·弗里德，雅基·格莱亚. 爷爷有没有穿西装［M］. 王莹译. 南京：江苏少年儿童出版社，2007.
6. ［芬兰］阿伊诺·哈吴卡伊宁，萨米·托伊沃宁. 塔图和巴图：怪异机器［M］. 张蕾译. 上海：少年儿童出版社，2013.
7. ［英］艾德·维尔. 越狱老鼠［M］. 王冬冬译. 哈尔滨：黑龙江少年儿童出版社，2014.
8. ［法］埃尔维·杜莱. 点点点［M］. 蒲蒲兰译. 南昌：二十一世纪出版社，2012.
9. ［法］埃尔维·杜莱. 光线投影变变变［M］. Panda Panda 童书译文馆，赵佼佼译. 南宁：接力出版社，2015.
10. [法] 埃尔维・杜莱. 天啊，这本书没有名字 [M]. 赵佼佼译. 重庆：重庆出版社，2016.
11. [法] 埃尔维・杜莱. 我是 BLOP! [M]. 赵佼佼译. 重庆：重庆出版社，2016.
12. [法] 埃尔维・杜莱. 光影和我藏猫猫 [M]. Panda Panda 童书译文馆，赵佼佼译. 南宁：接力出版社，2016.
13. [美] 艾伦・弗里希，[意] 罗伯特・英诺森提. 都市小红帽 [M]. 阿甲译. 济南：明天出版社，2013.
14. [法] 艾玛・吉莉亚妮. 花花世界 [M]. 张木天译. 西安：陕西人民教育出版社，2016.
15. [法] 艾美莉・弗雷珊. 小红狼 [M]. 潘宁译. 北京：世界图书出版公司，2017.
16. [英] 艾米・哈斯本德. 亲爱的老师收 [M]. 漪然译. 武汉：湖北美术出版社，2011.
17. [美] 艾米・克劳斯・罗森塔尔，汤姆・利希藤黑尔德. 鸭子？兔子？[M]. 漪然译. 武汉：长江少年儿童出版社，2017.
18. [英] 埃米莉・格雷维特. 大野狼 [M]. 柯倩华译. 石家庄：河北教育出版社，2010.
19. [英] 埃米莉・格雷维特. 恐惧的大书 [M]. 阿甲译. 南昌：二十一世纪出版社，2014.
20. [英] 埃米莉・格雷维特. 獴哥的信 [M]. 何敏译. 萝卜探长审译. 南昌：二十一世纪出版社，2014.
21. [英] 埃米莉・格雷维特. 再来一次！[M]. 彭懿，杨玲玲译. 南昌：二十一世纪出版社，2014.
22. [英] 埃米莉・格雷维特. 小老鼠的恐怖的大书 [M]. 阿甲译. 南昌：二十一世纪出版社，2015.
23. [英] 埃米莉・格雷维特. 魔咒 [M]. 孙慧阳译. 南昌：二十一世纪出版社，2016.
24. [德] 艾纳・图科夫斯基. 夜行人 [M]. 孙艺译. 北京：新星出版社，2016.
25. [英] 艾谱莉・威尔逊. 自由的小喜鹊 [M]. 包芬芬译. 成都：四川民族出版社，2014.
26. [美] 艾瑞・卡尔. 好饿的毛毛虫 [M]. 郑明进译. 济南：明天出版社，2008.
27. [美] 安・卓伊德. 晚安，iPad [M]. 青豆童书馆，文不丁译. 重庆：重庆出版社，2014.
28. [法] 安德烈・德昂. 亲爱的小鱼 [M]. 余治莹译. 石家庄：河北教育出版社，2007.
29. [克罗地亚] 安德烈娅・彼得利克・侯赛诺维奇. 蓝色的天空 [M]. 柳漾译. 桂林：广西师范大学出版社，2015.
30. [英] 安东尼・布朗. 小凯的家不一样了 [M]. 余治莹译. 石家庄：河北教育出版社，2009.
31. [英] 安东尼・布朗. 朱家故事 [M]. 柯倩华译. 石家庄：河北教育出版社，2009.
32. [英] 安东尼・布朗. 公园里的声音 [M]. 宋珮译. 石家庄：河北教育出版社，2012.
33. [英] 安东尼・布朗. 我和你 [M]. 崔维燕译. 南昌：二十一世纪出版社，2012.
34. [英] 安东尼・布朗. 威利的画 [M]. 徐萃译. 南昌：二十一世纪出版社，2013.

35. [英] 安东尼・布朗. 梦想家威利 [M]. 徐萃译. 南昌：二十一世纪出版社，2013.
36. [英] 安东尼・布朗. 威利的奇遇 [M]. 范晓星译. 北京：北京联合出版公司，2014.
37. [英] 安东尼・布朗. 捉小熊 [M]. 阿甲译. 北京：北京联合出版公司，2014.
38. [英] 安东尼・布朗. 小熊进城 [M]. 阿甲译. 北京：北京联合出版公司，2015.
39. [英] 安东尼・布朗. 小熊总有好办法 [M]. 阿甲译. 北京：北京联合出版公司，2015.
40. [英] 安东尼・布朗. 小熊的童话大冒险 [M]. 阿甲译. 北京：北京联合出版公司，2015.
41. [英] 安东尼・布朗. 汉赛尔与格莱特 [M]. 柳漾译. 南昌：二十一世纪出版社，2015.
42. [日] 岸良真由子. 贪心的小狼 [M]. 彭懿译. 石家庄：河北教育出版社，2014.
43. [巴西] 安娜・玛丽亚・马查多，劳伦特・卡顿. 聘狼启事 [M]. 杨柳青译. 方卫平主编. 合肥：安徽少年儿童出版社，2014.
44. [英] 安娜琳娜・麦克菲，安东尼・布朗. 谁来我家 [M]. 阿甲译. 石家庄：河北教育出版社，2012.
45. [德] 安缇耶・达姆. 小蝙蝠德林 [M]. 刘海颖译. 武汉：湖北美术出版社，2009.
46. [日] 安野光雅. 旅之绘本 [M]. 北京：新星出版社，2012.
47. [日] 安野光雅. 旅之绘本Ⅱ [M]. 北京：新星出版社，2012.
48. [日] 安野光雅. 颠倒国 [M]. 猿渡静子译. 北京：新星出版社，2014.
49. [日] 安野光雅. 奇妙国 [M]. 猿渡静子译. 北京：新星出版社，2014.
50. [日] 安野光雅. 狐说伊索寓言 [M]. 艾茗译. 北京：光明日报出版社，2014.
51. [日] 安野光雅. 狐说格林童话 [M]. 艾茗译. 北京：光明日报出版社，2014.
52. [英] 奥利弗・杰夫斯. 吃书的孩子 [M]. 杨玲玲，彭懿译. 南宁：接力出版社，2014.
53. [以色列] 奥伦・拉维，[德] 沃尔夫・埃布鲁赫. 痒痒熊 [M]. 喻之晓译. 北京：现代出版社，2017.
54. [法] 奥斯卡・伯瑞尼弗，雅克・德普雷. 生活的意义 [M]. 袁筱一译. 武汉：湖北美术出版社，2010.
55. [美] 芭芭拉・莱曼. 小红书 [M]. 贵阳：贵州人民出版社，2018.
56. [英] 芭贝・柯尔. 灰王子 [M]. 范晓星译. 北京：北京联合出版公司，2013.
57. [英] 芭贝・柯尔. 顽皮公主不出嫁 [M]. 漪然译. 北京：新星出版社，2015.
58. [英] 芭贝・柯尔. 顽皮公主万万岁 [M]. 漪然译. 北京：新星出版社，2015.
59. [英] 芭贝・柯尔. 这就是为什么 [M]. 王林译. 北京：北京联合出版公司，2015.
60. [法] 贝娅特丽丝・阿勒玛尼娅. 大大的小东西 [M]. 赵佼佼译. 桂林：广西师范大学出版社，2016.
61. [美] 彼得・西斯. 群鸟的集会 [M]. 杜可名译. 北京：人民文学出版社，2017.
62. [美] 比尔・科特. 不要碰这本书 [M]. 方素珍译. 北京：北京联合出版社公司，2017.
63. [美] 比尔・科特. 不要按这个按钮 [M]. 方素珍译. 北京：北京联合出版社公司，2017.
64. [美] 比尔・科特. 不要按这个按钮之圣诞大冒险 [M]. 方素珍译. 北京：北京联合出版公司，2018.

65. ［法］伯努瓦·布鲁瓦亚尔，德尔菲娜·雅科. 大象在纽约［M］. 邢培健译. 武汉：长江少年儿童出版社，2016.
66. ［澳］陈志勇. 抵岸［M］. 北京：连环画出版社，2011.
67. ［澳］陈志勇. 绯红树［M］. 余光中译. 石家庄：河北少年儿童出版社，2012.
68. ［澳］陈志勇. 失物招领［M］. 严歌苓译. 北京：北京联合出版公司，2012.
69. ［德］达妮拉·库洛特. 鳄鱼爱上长颈鹿［M］. 方素珍译. 上海：少年儿童出版社，2016.
70. ［美］大卫·A. 卡特. 一个红点［M］. 鸿雁译. 西安：未来出版社，2016.
71. ［美］大卫·A. 卡特. 600 黑斑［M］. 鸿雁译. 西安：未来出版社，2016.
72. ［美］大卫·A. 卡特. 白色噪音［M］. 鸿雁译. 西安：未来出版社，2016.
73. ［美］大卫·A. 卡特. 百变蓝 2［M］. 鸿雁译. 西安：未来出版社，2016.
74. ［意］大卫·卡利，［法］本杰明·修德. 我没有做作业是因为……［M］. 李一慢译. 北京：北京联合出版公司，2015.
75. ［英］大卫·麦基. 我讨厌泰迪熊［M］. 柳漾译. 武汉：长江少年儿童出版社，2014.
76. ［英］大卫·麦基. 夏洛特的小猪钱罐［M］. 柳漾译. 桂林：广西师范大学出版社，2016.
77. ［英］大卫·麦基. 维罗妮卡的悲伤故事［M］. 柳漾译. 桂林：广西师范大学出版社，2016.
78. ［美］大卫·麦考利. 黑与白［M］. 漆仰平译. 杭州：浙江少年儿童出版社，2012.
79. ［美］大卫·威斯纳. 海底的秘密［M］. 石家庄：河北教育出版社，2008.
80. ［美］大卫·威斯纳. 疯狂星期二［M］. 石家庄：河北教育出版社，2009.
81. ［美］大卫·威斯纳. 艺术大魔法［M］. 余治莹译. 石家庄：河北教育出版社，2012.
82. ［美］大卫·威斯纳. 三只小猪［M］. 彭懿译. 石家庄：河北少年儿童出版社，2013.
83. ［美］大卫·威斯纳. 梦幻大飞行［M］. 太原：希望出版社，2015.
84. ［美］大卫·威斯纳. 华夫先生［M］. 启发文化译. 北京：北京联合出版公司，2016.
85. ［美］丹尼斯·诺兰. 海上奇妙夜［M］. 南昌：二十一世纪出版社，2016.
86. ［美］德文·斯克里恩，蒂姆·鲍尔斯. 金鱼日记［M］. 常骥超译. 北京：北京联合出版公司，2016.
87. ［美］德文·斯克里恩，蒂姆·鲍尔斯. 仓鼠日记［M］. 宋亚男译. 北京：北京联合出版公司，2016.
88. ［荷兰］迪克·布鲁纳. 米菲绘本系列［M］. 童趣出版有限公司编译. 北京：人民邮电出版社，2009.
89. ［日］渡边千夏. 今天吃什么［M］. 浪花朵朵童书编译. 北京：北京联合出版公司，2016.
90. ［美］朵琳·克罗宁，哈利·布里斯. 蚯蚓的日记［M］. 陈宏淑译. 济南：明天出版社，2013.
91. ［美］朵琳·克罗宁，哈利·布里斯. 苍蝇的日记［M］. 侯超译. 北京：北京科学技术出版社，2015.
92. ［美］朵琳·克罗宁，哈利·布里斯. 蜘蛛的日记［M］. 侯超译. 北京：北京科学技术出版社，2015.

93. [法] 多米蒂尔・埃恩，让-奥利弗・埃恩. 洞里洞外的小老鼠 [M]. 谢逢蓓译. 南宁：接力出版社，2010.
94. [英] 菲奥娜・罗伯坦. 完美的宠物 [M]. 李晓琼译. 武汉：湖北少年儿童出版社，2012.
95. [比利时] 菲利普・德・肯米特. 企鹅爸爸爱上网 [M]. 谢丹云译. 重庆：重庆出版社，2016.
96. [法] 菲利普・勒榭米耶，海贝卡・朵特梅. 拇指男孩的秘密日记 [M]. 陈太乙译. 北京：人民文学出版社，2017.
97. [意] 弗朗西斯卡・葛雷柯. 小红帽与黑森林 [M]. 拨拨鼠绘本馆译. 上海：华东师范大学出版社，2015.
98. [法] 弗雷德里克・克莱蒙. 奇幻精品店 [M]. 谢逢蓓，徐颖译. 北京：新星出版社，2016.
99. [澳] 葛瑞姆・贝斯. 动物王国 [M]. 孙艳敏译. 北京：现代教育出版社，2016.
100. [澳] 葛瑞米・贝斯. 第十一小时 [M]. 佟画译. 武汉：长江少年儿童出版社，2017.
101. [澳] 葛瑞米・贝斯. 魔法失窃之谜 [M]. 影子译. 武汉：长江少年儿童出版社，2017.
102. [澳] 葛瑞米・贝斯，陈颖. 龙月 [M]. 武汉：长江少年儿童出版社，2017.
103. [法] 格温德林・雷松，罗兰・加里格. 火星人百科全书 [M]. 苏迪译. 北京：人民文学出版社，2017.
104. [西班牙] 哈维尔・萨埃斯・加斯丹，米格尔・穆洛加伦. 雷维约教授的世界动物图谱 [M]. 杨凝宜译. 沈阳：辽宁少年儿童出版社，2014.
105. [法] 海贝卡・朵特梅. 沉睡森林 [M]. 王妙姗译. 北京：海豚出版社，2017.
106. [美] 汉思・威尔罕. 我永远爱你 [M]. 赵映雪译. 济南：明天出版社，2010.
107. [美] I. C. 斯普林曼，布赖恩・莱斯. 多了 [M]. 杨玲玲，彭懿译. 石家庄：河北少年儿童出版社，2014.
108. [美] J. 帕特里克・路易斯，[意] 罗伯特・英诺森提. 最后的胜地 [M]. 李媛媛译. 济南：明天出版社，2009.
109. [法] 吉乐・巴士莱. 我的超级大笨猫 [M]. 武娟译. 北京：连环画出版社，2009.
110. [法] 吉乐・巴士莱. 超级大笨猫前传 [M]. 赵佼佼译. 北京：连环画出版社，2015.
111. [法] 吉乐・巴士莱. 超级大笨猫的新消息 [M]. 赵佼佼译. 北京：连环画出版社，2015.
112. [法] 吉勒・巴舍莱. 谁家都有睡前故事 [M]. 魏舒译. 北京：新星出版社，2016.
113. [法] 吉勒・巴舍莱. 假如鸵鸟进了童话…… [M]. 魏舒译. 北京：新星出版社，2016.
114. [法] 吉尔・巴什莱. 白兔夫人 [M]. 曹杨译. 北京：北京联合出版公司，2017.
115. [西班牙] 杰罗・布伊特拉戈，拉奎尔・约克唐. 莎莎，不怕! [M]. 李一枝译. 北京：东方出版社，2016.
116. [丹麦] 金弗珀兹・艾克松，[瑞典] 爱娃・艾瑞克松. 爷爷变成了幽灵 [M]. 彭懿译. 武汉：湖北美术出版社，2009.
117. [日] 近藤等则，智内兄助. 伴我长大的声音 [M]. 唐亚明译. 南昌：二十一世纪出版社，2017.

118. ［韩］金艺实，洪有理. 谁偷了包子［M］. 蒲蒲兰译. 南昌：二十一世纪出版社，2011.
119. ［瑞士］卡琳·谢尔勒. 火车上的乔安娜［M］. 陈琦译. 南昌：二十一世纪出版社，2012.
120. ［瑞士］卡尔廷·舍雷尔. 苹果树上的死神［M］. 陈俊译. 武汉：长江少年儿童出版社，2016.
121. ［德］卡瑞拉·施奈德，斯特芬尼·哈叶斯. 如果我是第七只小羊［M］. 曾璇译. 武汉：湖北少年儿童出版社，2012.
122. ［比利时］凯蒂·克劳泽. 小小的她的来访［M］. 刘春燕译. 杭州：浙江少年儿童出版社，2017.
123. ［美］凯特·霍斯福特，嘉比·斯维亚科夫斯卡. 无限和穿小红鞋的我［M］. 资蕴译. 北京：新星出版社，2014.
124. ［法］克莱芒蒂娜·苏代尔，夏尔·佩罗. 经典童话光影绘本（套装共3册）［M］. 张伟译. 西安：陕西人民教育出版社，2016.
125. ［美］克里斯·范·奥尔斯伯格. 极地特快［M］. 杨玲玲，彭懿译. 北京：新星出版社，2014.
126. ［美］克里斯·范·奥尔斯伯格. 勇敢者的游戏［M］. 杨玲玲，彭懿译. 北京：新星出版社，2014.
127. ［美］克里斯·范·奥尔斯伯格. 哈里斯·伯迪克的秘密事件［M］. 石诗瑶译. 桂林：广西师范大学出版社，2017.
128. ［美］莱恩·史密斯. 五个小英雄［M］. 秦昊译. 西安：未来出版社，2015.
129. ［丹麦］莱夫·克里斯坦森，迪克·斯坦伯格. 不是我的错［M］. 周晶译. 北京：新星出版社，2014.
130. ［法］劳伦斯·本茨. 绝色美书（婴幼版）［M］. 爱科维特译. 南昌：江西高校出版社，2017.
131. ［法］劳伦特·莫罗. 以后会怎样？［M］. 武娟译. 广州：新世纪出版社，2017.
132. ［英］雷·马歇尔. 花·愿［M］. 西安：未来出版社，2017.
133. ［英］雷蒙·布力格. 雪人［M］. 济南：明天出版社，2009.
134. ［美］利奥·巴斯卡利亚. 一片叶子落下来［M］. 任溶溶译. 海口：南海出版公司，2014.
135. ［英］理查德·伯恩. 一本属于艾艾的书［M］. 王启荣译. 北京：北京联合出版公司，2016.
136. ［英］理查德·伯恩. 我们走错书啦！［M］. 范晓星译. 重庆：重庆出版社，2017.
137. ［英］理查德·伯恩. 这本书吃了我的狗狗！［M］. 范晓星译. 重庆：重庆出版社，2017.
138. ［意］李欧·李奥尼. 世界上最大的房子［M］. 阿甲译. 海口：南海出版公司，2011.
139. ［意］李欧·李奥尼. 鱼就是鱼［M］. 阿甲译. 海口：南海出版公司，2011.
140. ［意］李欧·李奥尼. 佩泽提诺［M］. 阿甲译. 海口：南海出版公司，2011.
141. ［意］李欧·李奥尼. 自己的颜色［M］. 阿甲译. 海口：南海出版公司，2017.
142. ［英］露丝·布朗. 如果第一眼你没看出来［M］. 刘静译. 石家庄：河北少年儿童出版社，2014.
143. ［英］露丝·布朗. 一个黑黑、黑黑的故事［M］. 敖德译. 石家庄：河北少年儿童出版社，2014.

144. [法] 露西·布鲁纳里. 360°大空间：看情境讲故事（套装共 4 册）[M]. 许蓉译. 昆明：晨光出版社，2016.
145. [美] 罗伯特·麦克洛斯基. 让路给小鸭子 [M]. 柯倩华译. 石家庄：河北教育出版社，2009.
146. [加拿大] 罗伯特·蒙施，迈克尔·马钦科. 纸袋公主 [M]. 兔子波西译. 石家庄：河北教育出版社，2009.
147. [巴西] 罗杰·米罗. 若昂奇梦记 [M]. 杨柳青译. 方卫平主编. 合肥：安徽少年儿童出版社，2014.
148. [巴西] 罗杰·米罗. 沼泽地的孩子们 [M]. 王潇潇译. 方卫平主编. 合肥：安徽少年儿童出版社，2016.
149. [巴西] 罗杰·米罗. 小小烧炭工 [M]. 高静然译. 北京：人民文学出版社，2017.
150. [英] 罗伦·乔尔德. 谁怕大坏书 [M]. 萧萍译. 上海：上海人民美术出版社，2008.
151. [英] 罗伦·乔尔德. 小豆芽说，我舅舅是个牛大哈 [M]. 舒杭丽译. 南宁：接力出版社，2009.
152. [英] 罗伦·乔尔德. 小心大野狼 [M]. 邢培健译. 北京：新星出版社，2013.
153. [英] 罗伦·乔尔德. 我绝对绝对不吃番茄 [M]. 冯臻译. 南宁：接力出版社，2013.
154. [意] 罗伦莎·法莉娜，索妮娅·玛利亚·露丝·波珊缇尼. 莎拉的飞翔 [M]. 章尹代子译. 西安：未来出版社，2017.
155. [日] MARUTAN. 我是谁？[M]. 谢依玲译. 北京：北京联合出版公司，2016.
156. [德] 马丁·巴尔切特，克里斯蒂娜·施瓦茨. 我选我自己——动物们的选举 [M]. 裴莹译. 上海：上海人民美术出版社，2010.
157. [德] 马丁·巴尔特施艾特，克里斯汀·施瓦尔茨. 听说了吗？[M]. 王星译. 天津：新蕾出版社，2016.
158. [加拿大] 马丁·斯普林格特. 龙尾巴上的早餐 [M]. 程荫译. 青岛：青岛出版社，2014.
159. [法] 玛格丽特·杜拉斯，卡蒂·库普里. 小托不想去上学 [M]. 魏舒译. 北京：新星出版社，2016.
160. [美] 玛格丽特·怀兹·布朗，克雷门·赫德. 逃家小兔 [M]. 黄迺毓译. 济南：明天出版社，2013.
161. [美] 玛格丽特·怀兹·布朗，克雷门·赫德. 晚安，月亮 [M]. 阿甲译. 北京：北京联合出版公司，2014.
162. [美] 玛莉·荷·艾斯. 在森林里 [M]. 赵静译. 南昌：二十一世纪出版社，2008.
163. [美] 麦克·巴内特，亚当·雷克斯. 蓝鲸是个大麻烦 [M]. 诸葛雯译. 北京：北京联合出版公司，2015.
164. [美] 麦克·巴内特，亚当·雷克斯. 克洛伊和狮子 [M]. 诸葛雯译. 北京：北京联合出版公司，2015.
165. [英] 迈克尔·罗森，昆廷·布莱克. 伤心书 [M]. 林良译. 北京：北京联合出版公司，2016.
166. [委内瑞拉] 梅米娜·哥登，露莎娜·法利亚. 一本关于颜色的黑书 [M]. 朱晓卉译. 南宁：接力出版社，2010.
167. [奥地利] 米切尔·洛尔. 神奇理发师费多琳 [M]. 桂林：广西师范大学出版社，

2015.
168. [法] 米夏埃尔·埃斯科菲耶，克里斯·迪·贾科莫. 美味的仙女馅饼 [M]. 李旻谕译. 桂林：广西师范大学出版社，2015.
169. [法] 米夏埃尔·埃斯科菲耶，克利斯·迪·吉尔卡莫. 如果没有 A [M]. 阿甲译. 杭州：浙江少年儿童出版社，2016.
170. [法] 米夏埃尔·埃斯科菲耶，克利斯·迪·吉尔卡莫. 狒狒去哪了 [M]. 周宇芬译. 杭州：浙江少年儿童出版社，2017.
171. [法] 米歇尔·贝斯涅，亨利·加勒隆. 我的母鸡会说话 [M]. 余轶译. 方卫平主编. 合肥：安徽少年儿童出版社，2014.
172. [法] 米歇尔·贝斯涅，亨利·加勒隆. 老鼠的饶舌歌 [M]. 余轶译. 方卫平主编. 合肥：安徽少年儿童出版社，2014.
173. [美] 莫·威廉斯. 别让鸽子开巴士！[M]. 阿甲译. 北京：新星出版社，2012.
174. [美] 莫·威廉斯. 鸽子捡到一个热狗！ [M]. 阿甲译. 北京：新星出版社，2012.
175. [美] 莫·威廉斯. 别让鸽子太晚睡！[M]. 阿甲译. 北京：新星出版社，2012.
176. [美] 莫·威廉斯. 鸽子想要小狗狗！[M]. 阿甲译. 北京：新星出版社，2012.
177. [美] 莫·威廉斯. 鸽子需要洗个澡！[M]. 阿甲译. 北京：新星出版社，2015.
178. [美] 莫·威廉斯. 鸭子弄到一块饼干?！ [M]. 阿甲译. 北京：新星出版社，2015.
179. [美] 莫·威廉斯. 鸽子也会闹情绪 [M]. 孙宝成译. 北京：北京联合出版公司，2015.
180. [美] 莫·威廉斯. 鸽子就爱会跑的 [M]. 孙宝成译. 北京：北京联合出版公司，2015.
181. [美] 莫里斯·桑达克. 在那遥远的地方 [M]. 王林译. 海口：南海出版公司，2012.
182. [美] 莫里斯·桑达克. 野兽国 [M]. 宋珮译. 贵阳：贵州人民出版社，2014.
183. [瑞士] 莫妮克·弗利克斯. 小老鼠无字书 [M]. 济南：明天出版社，2003.
184. [墨西哥] 莫尼克·塞佩达，伊克切尔·埃斯特拉达. 永远说真话 [M]. 麻祎程译. 上海：少年儿童出版社，2015.
185. [法] 娜塔莉·迪特雷. 光影游戏书·影子剧院系列（套装共 3 册）[M]. 池佳斌译. 北京：北京联合出版公司，2016.
186. [英] 尼尔·盖曼，戴夫·麦基恩. 墙壁里的狼 [M]. 杨玲玲，彭懿译. 石家庄：河北少年儿童出版社，2014.
187. [英] 尼尔·盖曼，戴夫·麦基恩. 那天，我用爸爸换了两条金鱼 [M]. 杨玲玲，彭懿译. 石家庄：河北少年儿童出版社，2014.
188. [德] 尼古拉斯·海德巴赫. 给布鲁诺的书 [M]. 喻之晓译. 桂林：广西师范大学出版社，2016.
189. [德] 尼古拉斯·海德巴赫. 长大后，我要当海豹 [M]. 喻之晓译. 桂林：广西师范大学出版社，2016.
190. [澳] 尼克·布兰德. 你跑错书了！ [M]. 方素珍译. 武汉：湖北美术出版社，2011.
191. [英] 诺曼·梅辛杰. 奇幻岛 [M]. 董海雅译. 南宁：接力出版社，2016.
192. [美] 诺尼·霍格罗金. 好酷的猫 [M]. 南昌：二十一世纪出版社，2013.
193. [美] 帕梅拉·扎加伦斯基. 想象 [M]. 杨玲玲，彭懿译. 北京：北京联合出版公司，2016.

194. [比利时] 帕特里克·贝尔，克洛迪娅·别林斯基. 再见，电视机 [M]. 张婧译. 北京：北京科学技术出版社，2017.
195. [美] 帕特里克·麦克唐奈. 一个完全被搞砸了的故事 [M]. 孙莉莉译. 昆明：云南晨光出版社，2017.
196. [法] 旁帝. 小太阳丑八怪 [M]. 谢逢蓓译. 南宁：接力出版社，2011.
197. [法] 旁帝. 卖爸爸卖妈妈的商店 [M]. 谢逢蓓，徐颖译. 南宁：接力出版社，2013.
198. [法] 旁帝. 阿黛拉的神奇魔书 [M]. 南宁：接力出版社，2013.
199. [法] 旁帝. 小淘气阿黛拉 [M]. 南宁：接力出版社，2013.
200. [法] 旁帝. 阿黛拉和沙子先生 [M]. 梅思繁译. 南宁：接力出版社，2013.
201. [英] 佩特·哈群斯. 母鸡萝丝去散步 [M]. 济南：明天出版社，2009.
202. [英] 乔·恩普森. 从来没有 [M]. 余治莹译. 桂林：广西师范大学出版社，2015.
203. [美] 乔恩·艾吉. 我要买“什么都没有”[M]. 柳漾译. 桂林：广西师范大学出版社，2015.
204. [加拿大] 乔恩·克拉森. 我要把我的帽子找回来 [M]. 杨玲玲，彭懿译. 济南：明天出版社，2012.
205. [加拿大] 乔恩·克拉森. 这不是我的帽子 [M]. 杨玲玲，彭懿译. 济南：明天出版社，2013.
206. [美] 乔恩·谢斯卡，莱恩·史密斯. 三只小猪的真实故事 [M]. 方素珍译. 石家庄：河北教育出版社，2007.
207. [美] 乔恩·谢斯卡，史帝夫·强森. 青蛙王子变形记 [M]. 柳漾译. 北京：北京联合出版公司，2013.
208. [美] 约翰·席斯卡，兰·史密斯. 臭起司小子爆笑故事大集合 [M]. 管家琪译. 杭州：浙江少年儿童出版社，2009.
209. [澳] 琼·格兰特，尼尔·柯蒂兹. 猫和鱼 [M]. 杨玲玲，彭懿译. 北京：北京联合出版公司，2014.
210. [美] 琼·穆特. 禅的故事 [M]. 邢培健译. 北京：新星出版社，2013.
211. [美] 琼·穆特. 石头汤 [M]. 阿甲译. 海口：南海出版公司，2013.
212. [法] 让·朱利安. 这不是书 [M]. 浪花朵朵童书编译. 北京：北京联合出版公司，2016.
213. [美] 瑞安·T·希金斯. 安静！[M]. 七月译. 郑州：郑州大学出版社，2017.
214. [美] 莎拉·L·汤姆森，[加拿大] 罗伯·冈萨维斯. 想象有一天 [M]. 常立译. 北京：连环画出版社，2015.
215. [美] 史蒂文·凯洛格. 神奇的蝌蚪 [M]. 彭懿，杨玲玲译. 贵阳：贵州人民出版社，2009.
216. [美] 史蒂文·凯洛格，玛格丽特·玛希. 谁跟在我后面 [M]. 张喆译. 贵阳：贵州人民出版社，2009.
217. [美] 舒拉米斯·奥本海姆，[瑞士] 莫妮克·菲利克斯. 结束与开始 [M]. 汪杨译. 北京：新星出版社，2016.
218. [挪威] 斯蒂安·霍勒. 最害怕的事 [M]. 李菁菁译. 南宁：接力出版社，2016.
219. [挪威] 斯坦·埃里克·伦德，厄伊温·图谢特尔. 爸爸的臂弯像艘船 [M]. 邹雯燕译. 杭州：浙江少年儿童出版社，2018.
220. [英] 斯汀，[德] 斯文·沃尔克. 太阳上有个小黑点 [M]. 张在译. 北京：新星出版社，2017.

221. [日] 松冈达英. 咔嚓咔嚓爷爷的恐龙王国 [M]. 彭懿译. 石家庄：河北教育出版社，2016.
222. [日] 松岗芽衣. 雪地里的脚印 [M]. 黄筱茵译. 武汉：湖北美术出版社，2009.
223. [英] 苏珊・华莱. 獾的礼物 [M]. 杨玲玲，彭懿译. 济南：明天出版社，2008.
224. [美] 苏斯博士. 鬼灵精 [M]. 任溶溶译. 上海：上海译文出版社，2002.
225. [美] 苏斯博士. 苏斯博士的 ABC [M]. 苗卉译. 北京：中译出版社，2007.
226. [美] 苏斯博士. 霍顿听见了呼呼的声音 [M]. 苗卉译. 北京：中国对外翻译出版公司，2010.
227. [美] 苏斯博士. 绿鸡蛋和火腿 [M]. 王晓颖译. 北京：中译出版社，2017.
228. [丹麦] 索伦・杰森. 会飞的箱子 [M]. 林昕译. 上海：上海人民美术出版社，2012.
229. [丹麦] 索伦・林德，汉娜・巴特林. 没有 [M]. 王芳译. 太原：希望出版社，2016.
230. [法] 泰马克・泰勒，海贝卡・朵特梅. 神奇的小牧童 [M]. 吕娟译. 武汉：湖北美术出版社，2009.
231. [澳] 托比・瑞德尔. 动物大逃亡 [M]. 榆树译. 北京：中国电力出版社，2010.
232. [澳] 托比・瑞德尔. 会唱歌的帽子 [M]. 周悬译. 昆明：云南美术出版社，2011.
233. [美] 婉达・盖格. 100 万只猫 [M]. 彭懿译. 海口：南海出版公司，2010.
234. [荷兰] 威尔・海根，瑞安・普特伍里叶. 小矮人 [M]. 潘人木，林良译. 贵阳：贵州人民出版社，2011.
235. [美] 维吉尼亚・李・伯顿. 小房子 [M]. 阿甲译. 海口：南海出版公司，2013.
236. [奥地利] 威利・普赫纳. 走遍世界的色彩 [M]. 时翔译. 北京：电子工业出版社，2016.
237. [美] 威廉・史塔克. 怪物史莱克 [M]. 任溶溶译. 南昌：二十一世纪出版社，2013.
238. [法] 文森特・马龙，安德烈・布沙尔. 爸爸小时候有恐龙 [M]. 沙杜译. 上海：少年儿童出版社，2015.
239. [法] 文森特・马龙，安德烈・布夏尔. 从前的从前没有学校 [M]. 李旻谕译. 桂林：广西师范大学出版社，2017.
240. [德] 沃尔夫・埃布鲁赫. 大问题 [M]. 袁筱一译. 北京：北京联合出版公司，2013.
241. [德] 沃尔夫・埃布鲁赫. 当鸭子遇见死神 [M]. 陈科慧译. 天津：新蕾出版社，2013.
242. [德] 沃尔夫・埃布鲁赫，[奥地利] 汉斯・雅尼什. 国王与大海 [M]. 喻之晓译. 桂林：广西师范大学出版社，2016.
243. [捷克] 乌尔里希・鲁彻奇卡，托马斯・图马. 世界上最具创意的三维立体形状书系列（共 9 册）[M]. 北京：高等教育出版社，2013.
244. [法] 夏洛特・蒙德利克，奥利维耶・塔莱克. 小伤疤 [M]. 胡小跃译. 桂林：漓江出版社，2015.
245. [美] 谢尔・希尔弗斯坦. 稀奇古怪动物园 [M]. 任溶溶译. 海口：南海出版公司，2013.
246. [日] 信实. 小宽，你要坚强 [M]. 猿渡静子译. 北京：连环画出版社，2017.
247. [美] 亚当・赖豪普特，马修・福赛思. 千万不要打开这本书 [M]. 余治莹译. 武汉：长江少年儿童出版社，2017.

248. ［美］亚当・赖豪普特，马修・福赛思. 千万不要关上这本书［M］. 余治莹译. 武汉：长江少年儿童出版社，2017.
249. ［美］伊夫・邦廷，大卫・迪亚兹. 烟雾弥漫的夜晚［M］. 孙莉莉译. 太原：希望出版社，2015.
250. ［美］伊芙・邦婷，罗纳德・希姆勒. 我想有个家［M］. 童立方译. 北京：北京联合出版公司，2015.
251. ［葡萄牙］伊莎贝尔・米尼奥斯・马丁斯，贝尔纳多・卡瓦略. 一秒内的世界［M］. 孙山译. 北京：东方出版社，2016.
252. ［葡萄牙］伊莎贝尔・米纽奥斯・马丁斯，贝尔南多・P. 卡尔瓦略. 谁都不准过！［M］. 袁申益译. 天津：天津人民出版社，2017.
253. ［法］伊莎贝尔・辛姆莱尔. 口袋里的故事［M］. 赵佼佼译. 乌鲁木齐：新疆青少年出版社，2018.
254. ［匈牙利］伊斯特万・巴尼亚伊. 变焦［M］. 石家庄：河北教育出版社，2011.
255. ［瑞典］伊娃・林德斯特伦. 伦德和狗狗［M］. 成蹊译. 郑州：海燕出版社，2015.
256. ［希腊］尤金・崔维查，［美］海伦・奥森贝里. 三只小狼和一头大坏猪［M］. 王雪纯译. 北京：人民文学出版社，2014.
257. ［美］尤里・舒利瓦茨. 黎明［M］. 彭懿，杨玲玲译. 南昌：二十一世纪出版社，2013.
258. ［法］尤内斯库，艾丁・德来赛. 写给女儿的故事［M］. 苏迪译. 北京：人民文学出版社，2016.
259. ［英］约翰・伯宁罕. 外公［M］. 林良译. 石家庄：河北教育出版社，2008.
260. ［英］约翰・伯宁罕. 莎莉，离水远一点［M］. 宋珮译. 石家庄：河北教育出版社，2008.
261. ［英］约翰・伯宁罕. 莎莉，洗好澡了没？［M］. 宋珮译. 石家庄：河北教育出版社，2011.
262. ［英］约翰・伯宁罕. 秘密动物园［M］. 阿甲译. 南昌：二十一世纪出版社，2017.
263. ［瑞士］约克・米勒，约克・史坦纳. 再见，小兔子［M］. 王星译. 海口：南海出版社，2010.
264. ［瑞士］约克・米勒. 坚定的小锡兵［M］. 董秋香译. 北京：中国电力出版社，2010.
265. ［瑞士］约克・米勒. 书中书［M］. 赖雅静译. 石家庄：河北教育出版社，2011.
266. ［瑞士］约克・米勒，约克・史坦纳. 森林大熊［M］. 孔杰译. 北京：新星出版社，2012.
267. ［瑞士］约克・米勒. 推土机年年作响，乡村变了［M］. 北京：新星出版社，2013.
268. ［瑞士］约克・米勒. 城市的改变［M］. 南昌：二十一世纪出版社，2014.
269. ［美］詹姆士・杰尼. 恐龙梦幻国［M］. 许琳英译. 上海：上海科学普及出版社，2001.
270. ［美］詹姆士・杰尼. 失落的地底世界［M］. 谢宜英译. 上海：上海科学普及出版社，2001.
271. ［英］珍妮・威利斯，托尼・罗斯. 蝌蚪的诺言［M］. 梁家林译. 北京：北京联合出版公司，2015.
272. ［英］珍妮・威利斯，托尼・罗斯. 我讨厌上学［M］. 柳漾译. 桂林：广西师范

大学出版社，2016.
273. ［英］珍妮·威利斯，托尼·罗斯. 外星宝宝的地球课［M］. 朱静译. 杭州：浙江少年儿童出版社，2017.
274. ［日］佐野洋子. 活了100万次的猫［M］. 唐亚明译. 南宁：接力出版社，2004.

（二）中国原创图画书
1. 蔡兆伦. 看不见［M］. 武汉：长江少年儿童出版社，2016.
2. 粲然，马岱姝. 旅伴［M］. 北京：北京联合出版公司，2017.
3. 陈莲华. 小满［M］. 童趣出版有限公司编，北京：人民邮电出版社，2017.
4. 董肖娴. 小黑漫游记［M］. 北京：生活·读书·新知三联书店，2013.
5. 董亚楠. 恐龙快递［M］. 南昌：二十一世纪出版社，2014.
6. 付娆. 盒子［M］. 济南：明天出版社，2017.
7. 符文征. 我讨厌宝弟［M］. 杭州：浙江少年儿童出版社，2014.
8. 符文征. 阿诗有块大花布［M］. 杭州：浙江少年儿童出版社，2017.
9. 格子左左. 我想和你在一起［M］. 北京：人民文学出版社，2017.
10. 格子左左. 我是谁［M］. 北京：人民文学出版社，2017.
11. 格子左左. 三只喵厨师［M］. 北京：人民文学出版社，2017.
12. 格子左左. 猫头鹰画家［M］. 北京：人民文学出版社，2017.
13. 龚燕翎. 天衣无缝针［M］. 北京：天天出版社，2015.
14. 郭婧. 独生小孩［M］. 北京：中信出版集团，2016.
15. 韩煦. 走出森林的小红帽［M］. 南宁：接力出版社，2016.
16. 韩旭君. 一个人散步［M］. 北京：新星出版社，2017.
17. 林世仁，川贝母，右耳，阿力金吉儿，达姆，陈怡今，黄祈嘉. 古灵精怪动物园［M］. 贵阳：贵州人民出版社，2014.
18. 林秀穗，廖健宏. 进城［M］. 济南：明天出版社，2010.
19. 刘畅. 北冥有鱼［M］. 济南：明天出版社，2013.
20. 刘雪枫，［德］昆特·国斯浩里兹，万昱汐. 高山流水［M］. 北京：中国少年儿童出版社，2017.
21. 刘洵. 哈气河马［M］. 北京：中国少年儿童出版社，2017.
22. 刘洵. 翼娃子［M］. 济南：明天出版社，2017.
23. 刘玉峰，薛雯兮. 妈妈——有怪兽！［M］. 北京：中国少年儿童出版社，2015.
24. 马岱姝. 树叶［M］. 上海：华东师范大学出版社，2014.
25. 麦克小奎. 荡秋千［M］. 北京：中国少年儿童出版社，2017.
26. 梅子涵，田宇. 敲门小熊［M］. 北京：北京联合出版公司，2017.
27. 秦文君，郁蓉. 我是花木兰［M］. 北京：中国少年儿童出版社，2017.
28. 邱承宗. 你睡着了吗？［M］. 太原：希望出版社，2015.
29. 史航，吕欣. 野生动物在长春（第一辑）［M］. 北京：新星出版社，2015.
30. 司书人一. 领读者［M］. 北京：新世界出版社，2017.
31. 孙悦，符文征. 乐游陶瓷国［M］. 上海博物馆主编. 北京：中信出版社，2017.
32. 汤素兰，杨一. 五颜六色的一天［M］. 北京：天天出版社，2017.
33. 唐筠. 小红帽是只糊涂虫［M］. 杭州：浙江少年儿童出版社，2014.
34. 沱沱. 去飘流［M］. 北京：新星出版社，2017.
35. 王子豹，孙洁. 怪来怪去［M］. 北京：中信出版社，2016.
36. 昔酒. 当时只有我和你［M］. 北京：新星出版社，2017.
37. 向华，马玉. 悟空，乖！［M］. 北京：连环画出版社，2012.

38. 萧袤，李春苗，张彦红. 西西［M］. 郑州：海燕出版社，2008 年.
39. 萧袤，唐筠. 我爱你［M］. 杭州：浙江少年儿童出版社，2013.
40. 萧袤，唐筠. 跳绳去［M］. 杭州：浙江少年儿童出版社，2013.
41. 熊亮，马玉. 荷花回来了［M］. 北京：连环画出版社，2008.
42. 熊亮. 金刚师［M］. 北京：生活·读书·新知三联书店，2011.
43. 熊亮. 梅雨怪［M］. 北京：生活·读书·新知三联书店，2011.
44. 熊亮，向华. 南瓜和尚［M］. 杭州：浙江少年儿童出版社，2013.
45. 熊亮. 和风一起散步［M］. 天津：天津人民出版社，2016.
46. 熊亮，熊添竹. 大鸟的自行车房［M］. 天津：天津人民出版社，2017.
47. 徐晓璇. 青铜国［M］. 上海：上海科技教育出版社，2016.
48. 亚东，麦克小奎. 跑跑镇［M］. 济南：明天出版社，2015.
49. 亚东，麦克小奎. 妖怪偷了我的名字［M］. 北京：化学工业出版社，2018.
50. 杨思帆. 奇妙的书［M］. 桂林：广西师范大学出版社，2016.
51. 杨思帆. 呀!［M］. 桂林：广西师范大学出版社，2017.
52. 杨思帆. 错了?［M］. 桂林：广西师范大学出版社，2017.
53. 杨雪婷. 在他乡［M］. 北京：人民文学出版社，2017.
54. 杨智坤. 豆豆游走的二十四节气［M］. 童趣出版有限公司编，北京：人民邮电出版社，2017.
55. 依依. 地上地下的秘密［M］. 北京：人民教育出版社，2014.
56. 于虹呈. 十面埋伏［M］. 北京：中国少年儿童出版社，2017.
57. 袁晓峰，顾强龄. 总有一个吃包子的理由［M］. 贵阳：贵州人民出版社，2016.
58. 张伊聪. 住在我心里的小怪兽［M］. 北京：新星出版社，2017.
59. 张之路，言成. 拐角书店［M］. 北京：天天出版社，2015.
60. 张之路，孙晴峰，［阿根廷］耶尔·弗兰克尔. 小黑和小白［M］. 济南：明天出版社，2017.
61. 周雅雯. 小雨后［M］. 北京：天天出版社，2015.
62. 朱慧颖. 年［M］. 北京：中国少年儿童出版社，2015.
63. 朱自强，朱成梁. 老糖夫妇去旅行［M］. 北京：中国少年儿童出版社，2014.

（三）外文原版图画书

1. Ahlberg，Allan and Ahlberg，Janet. *The Jolly Postrman or Other People's Letters*［M］. London：Heinemann，1986.
2. Baron，Andrew. and Zelinsky，Paul O.. *Knick Knack Paddy Whack*［M］. New York：Dutton Books for Young Readers，2002.
3. Bartram，Simon. *Dougal's Deep-sea Diary*［M］. Surrey：Templar Publishing，2005.
4. Base，Graeme. *The Discovery of Dragons*［M］. Melbourne：Penguin Books，1996.
5. Bataille，Marion. *ABC3D*［M］. New York：Roaring Brook Press，2008.
6. Billout，Guy. *Journey：Travel Diary of a Daydreamer*［M］. Mankato：Creative Education，1993.
7. Billout，Guy. *Something's Not Quite Right*［M］. Boston：David R. Godine，2002.
8. Brett，Jan. *Daisy Comes Home*［M］. New York：Puffin Books，2005.
9. Briggs，Raymond. *Fungus the Bogeyman*［M］. London：Hamish Hamilton，1977.
10. Briggs，Raymond. *The Tin-Pot Foreign General and the Old Iron Woman*［M］. London：Hamish Hamilton，1984.

11. Bromley, Nick. and O'Byrne, Nicola. *Open Very Carefully* [M]. London: Nosy Crow, 2013.
12. Bruel, Nick. *Bad Kitty* [M]. New York: Roaring Brook Press, 2005.
13. Buchrieser, Franz. and Göttlicher, Erhard. *Olivia kann fliegen* [M]. Hamburg: Grafik & Literatur, 1976.
14. Couratin, Patrick. *Mister Bird* [M]. New York: Here & There Books, 1971.
15. Dahl, Roald. and Blake, Quentin. *Revolting Rhymes* [M]. London: Puffin Books, 1984.
16. Dahle, Gro. and Nyhus, Svein. *Sinna Mann* [M]. Oslo: Cappelen Damm, 2003.
17. Delessert, Etienne. *How the Mouse Was Hit on the Head by a Stone and So Discovered the World* [M]. New York: Doubleday, 1971.
18. Demi. *Liang and the Magic Paintbrush* [M]. New York: Square Fish, 1988.
19. Demi. *The Empty Pot* [M]. New York: Square Fish, 1996.
20. Demi. *The Legend of Lao Tzu and the Tao Te Ching* [M]. New York: Margaret K. McElderry Books, 2007.
21. Downard, Barry. *The Race of the Century* [M]. New York: Simon & Schuster, 2008.
22. Drescher, Henrik. *Simon's Book* [M]. London: André Deutsch, 1984.
23. Droyd, Ann. *If You Give a Mouse an iPhone* [M]. New York: Blue Rider Press, 2014.
24. Edwards, Wallace. *The Extinct Files: My Science Project* [M]. Toronto: Kids Can Press, 2009.
25. Ehlert, Lois. *Rain Fish* [M]. New York: Beach Lane Books, 2016.
26. Ekman, Fam. *Rødhatten og Ulven* [M]. Oslo: Cappelen Damm, 1985.
27. Ellis, Carson. *Du Iz Tak?* [M]. Somerville: Candlewick Press, 2016.
28. Erlbruch, Wolf. and Dayre, Valérie. *L'Ogresse en pleurs* [M]. Toulouse: Milan, 1996.
29. Fanelli, Sara. *Button* [M]. London: ABC, 1994.
30. Feelings, Tom. *The Middle Passage: White Ships/Black Cargo* [M]. New York: Dial Books, 1995.
31. Fortes, Antón. and Concejo, Joanna. *Smoke* [M]. Pontevedra: OQO Books, 2009.
32. Forward, Toby. and Cohen, Izhar. *The Wolf's Story: What Really Happened to Little Red Riding Hood* [M]. Somerville: Candlewick Press, 2005.
33. Fulvimari, Jeffery. and Madonna. *The English Roses* [M]. New York: Viking Children's Books, 2003.
34. Gaiman, Neil. and McKean, Dave. *Crazy Hair* [M]. New York: Harper Collins Publishers, 2015.
35. Gerstein, Mordicai. *A Book* [M]. New York: Roaring Book Press, 2009.
36. Gliori, Debi. *Night Shift* [M]. London: Razorbill, 2017.
37. Greder, Armin. *The Island* [M]. New South Wales: Allen & Unwin, 2007.
38. Grey, Mini. *The Very Smart Pea and the Princess-To-Be* [M]. Victoria: Dragonfly Books, 2011.
39. Hanson, P. H.. *My Granny's Purse* [M]. New York: Workman Publishing Company, 2013.
40. Hanson, P. H.. *My Mommy's Tote* [M]. New York: Workman Publishing

Company, 2013.
41. Harvey, Roland. *In the City: Our Scrapbook of Souvenirs* [M]. New South Wales: Allen & Unwin, 2007.
42. Hathorn, Libby. and Rogers, Gregory. *Way Home* [M]. New York: Knopf Books for Young Readers, 1994.
43. Hole, Stian. *Garmanns Sommer* [M]. Oslo: Cappelen, 2006.
44. Hole, Stian. *Garmanns Gate* [M]. Oslo: Cappelen Damm, 2008.
45. Hole, Stian. *Garmanns Hemmelighet* [M]. Oslo: Cappelen Damm, 2010.
46. Hughes, David. *Bully* [M]. London: Walker Books, 1993.
47. Inkpen, Mick. *Where, Oh Where, is Kipper's Bear?* [M]. London: Hodder and Stoughton, 1994.
48. Inkpen, Mick. *This is my Book* [M]. New York: Hachette Children's Book, 2010.
49. Jackson, Ellen. and O'Malley, Kevin. *Cinder Edna* [M]. New York: Mulberry Books, 1998.
50. Juan, Ana. *Snowhite* [M]. Onil: Edicions de Ponent, 2001.
51. K., Oscar. and Brøgger, Lilian. *De skæve smil* [M]. Risskov: Clematis, 2008.
52. K., Oscar. and Karrebæk, Dorte. *Børnenes bedemand* [M]. Copenhagen: Gyldendal, 2008.
53. K., Oscar. and Karrebæk, Dorte. *Idiot* [M]. Copenhagen: Rosinante & Co., 2009.
54. K., Oscar. and Karrebæk, Dorte. *Lejren* [M]. Copenhagen: Rosinante & Co., 2011.
55. Kanninen, Barbara. and Reed, Lynn Rowe. *A Story with Pictures* [M]. New York: Holiday House, 2007.
56. King, Thomas. and Monkman, William Kent. *A Coyote Columbus Story* [M]. Toronto: Groundwood Books, 1992.
57. Kozlov, Serge. and Statzynsky, Vitaly. *Petit-Âne* [M]. trans. Pavlik de Bennigsen. Paris: Ipomée- Albin Michel, 1995.
58. LaReau, Karen. and Magoon, Scott. *Ugly Fish* [M]. New York: Harcourt, 2006.
59. Lendler, Ian. and Martin, Whitney. *An Undone Fairy Tale* [M]. London: Simon & Schuster Books for Young Readers, 2005.
60. Leray, Marjolaine. *Little Red Hood* [M]. trans. Sarah Ardizzone. London: Phoenix Yard Books, 2013.
61. Lindgren, Barbro. and Eriksson, Eva. *Titta Max grav* [M]. Stockholm: Eriksson & Lindgren, 1991.
62. Lippman, Peter. *Mini House* [M]. New York: Workman Publishing Company, 1993.
63. Lissitzky, El. *About Two Squares: A Suprematist Tale* [M]. trans. Christiana van Manen. Cambridge: Massachusetts Institute of Technology, 1991.
64. Macaulay, David. *Shortcut* [M]. Boston: Houghton Mifflin, 1995.
65. McNaughton, Colin. *Have you Seen Who's Just Moved in Next Door to Us?* [M]. *London*: Walker Books, 1991.
66. McNaughton, Colin. *Here Come the Aliens!* [M]. Somerville: Candlewick Press, 1995.
67. Moerboo, Kees. *Roly Poly Pop-up* [M]. Swindon: Child's Play (international)

Ltd, 2010.
68. Moon, Sarah. and Perrault, Charles. *Little Red Riding Hood* [M]. Mankato: Creative Education, 1983.
69. Munari, Bruno. *Mai contenti, I libri Munari n. 1* [M]. Verona (Milan): Mondadori, 1945.
70. Muntean, Michaela. and Lemaitre, Pascal. *Do Not Open This Book!* [M]. New York: Scholastic Press, 2006.
71. Nigg, Joe. *How to Raise and Keep a Dragon* [M]. New York: Barron's Educational Series, 2006.
72. Nygren, Tord. *Den röda tråden* [M]. Stockholm: Raben & Sjögren, 1987.
73. Patricelli, Leslie. *Baby's Book Tower* [M]. Somerville: Candlewick Press, 2010.
74. Poncelet, Béatrice. *Les Cubes* [M]. Paris: Seuil Jeunesse, 2003.
75. Pyle, Howard. and Hyman, Trina. *King Stork* [M]. New York: Little Brown & Co., 1986.
76. Quesemand, Anne. and Berman, Laurent. *La Mort-Marraine* [M]. Moulins: Ipomée-Albin Michel, 1987.
77. Ramstein, Anne-Margot. and Aregui, Matthias. *Avant-après* [M]. Paris: Albin Michel, 2013.
78. Raschka, Chris. *Arlene Sardine* [M]. New York: Orchard, 1998.
79. Riddle, Tohby. *The Tip at the End of the Street* [M]. Sydney: Angus and Robertson, 1996.
80. Robinson, Fay. and Anderson, Wayne. *Faucet Fish* [M]. Boston: Dutton Juvenile Publication, 2005.
81. Robinson, Hilary. and Sharratt, Nick. *Mixed Up Fairy Tales* [M]. London: Hachette Children's Books, 2005.
82. Rosen, Michael. *Michael Rosen's Book of Nonsense* [M]. London: Hodder Children's Books, 2008.
83. Sabuda, Robert. *Cookie Count: A Tasty Pop-up* [M]. New York: Little Simon, 1997.
84. Scieszka, Jon. and Adel, Daniel. *The Book That Jack Wrote* [M]. New York: Viking, 1994.
85. Scieszka, Jon. and Smith, Lane. *BALONEY (HENRY P.)* [M]. New York: Puffin Books, 2001.
86. Scieszka, Jon. and Smith, Lane. *Squids will be Squids* [M]. New York: Puffin Books, 2003.
87. Seder, Rufus Butler. *Gallop!* [M]. New York: Workman Publishing Company, 2007.
88. Segal-Walters, Julie. and Biggs, Brian. *This is Not a Normal Animal Book* [M]. New York: Simon & Schuster Books for Young Readers, 2017.
89. Sendak, Maurice. *We Are All in the Dumps with Jack and Guy* [M]. New York: Harper Collins, 1993.
90. Sendak, Maurice. Yorinks, Arthur. and Reinhart, Matthew. *Mommy?* [M]. New York: Michael di Capua Books, 2006.
91. Sís, Peter. *Tibet Through the Red Box* [M]. New York: Farrar, Straus and Giroux, 1998.

92. Sís, Peter. and Prelutsky, Jack. *Scranimals* [M]. New York: Greenwillow Books, 2006.
93. Sís, Peter. *The Wall: Growing up Behind the Iron Curtain* [M]. New York: Farrar, Straus and Giroux, 2007.
94. Tan, Shaun. and Marsden, John. *The Rabbits* [M]. Melbourne: Lothian Books, 1998.
95. Tan, Shaun. and Crew, Gary. *The Viewer* [M]. London: Simply Read Books, 2003.
96. Taylor, Clark. and Dicks, Jan Thompson. *The House That Crack Built* [M]. San Francisco: Chronicle Books, 1992.
97. Thompson, Colin. *Looking for Atlantis* [M]. London: Julia MacRae, 1993.
98. Thompson, Colin. *How to Live Forever* [M]. London: Red Fox Picture Books, 2005.
99. Thompson, Colin. and Lissiat, Amy. *The Short and Incredibly Happy Life of Riley* [M]. New York: Kane Miller, 2007.
100. Underwood, Deborah. and Rueda, Claudia. *Here Comes the Easter Cat* [M]. New York: Dial Books, 2014.
101. Underwood, Deborah. and Rueda, Claudia. *Here Comes Santa Cat* [M]. New York: Dial Books, 2014.
102. Underwood, Deborah. and Rueda, Claudia. *Here Comes Valentine Cat* [M]. New York: Dial Books, 2015.
103. Underwood, Deborah. and Rueda, Claudia. *Here Comes the Tooth Fairy Cat* [M]. New York: Dial Books, 2015.
104. Underwood, Deborah. and Rueda, Claudia. *Here Comes Teacher Cat* [M]. New York: Dial Books, 2017.
105. Ungerer, Tomi. *Flix* [M]. New York: Roberts Rinehart Pub, 1998.
106. Van Allsburg, Chris. *The Z Was Zapped: A Play in Twenty-Six Acts* [M]. Boston: Houghton Mifflin, 1987.
107. Van Allsburg, Chris. *Bad Day at Riverbend* [M]. Boston: HMH Books for Young Readers, 1995.
108. Van Allsburg, Chris. *Zathrua* [M]. Boston: HMH Books for Young Readers, 2002.
109. Watts Frances. and Legge, David. *Parsley Rabbit's Book about Books* [M]. Sydney: ABC Books, 2007.
110. Whatley, Bruce. *Wait! No Paint!* [M]. Sydney: Harper Collins, 2001.
111. Wild, Margaret. and Vivas, Julie. *Let the Celebrations Begin* [M]. New York: Orchard Books, 1991.
112. Wild, Margaret. and Brooks, Ron. *Fox* [M]. New South Wales: Allen & Unwin, 2000.
113. Willard, Nancy. Provensen, Alice. and Provensen, Martin. *A Visit to William Blake's Inn* [M]. New York: A Voyager/Hbj Book, 1982.
114. Wormell, Chris. *The Big Ugly Monster and the Little Stone Rabbit* [M]. New York: Knopf Books for Young Readers, 2004.

二、其他文学作品

1. [英] A. A. 米尔恩. 小熊维尼 [M]. 单益义，张文逸，薛绮纬译. 南京：译林出版社，2012.
2. ［美］阿特·斯皮格曼. 鼠族（I/II）［M］. 王之光等译. 西安：陕西师范大学出版社，2009.
3. ［英］爱德华·利尔. 荒诞书［M］. 刘新民译. 北京：人民文学出版社，2004.
4. ［法］艾玛纽埃尔·勒巴热. 切尔诺贝利之春［M］. 郭佳，颜筝译. 北京：北京联合出版公司，2017.
5. ［德］奥得弗雷德·普鲁士勒. 鬼磨坊［M］. 陈俊译. 南昌：二十一世纪出版社，2004.
6. ［英］巴里. 彼得·潘［M］. 杨静远，顾耕译. 北京：生活·读书·新知三联书店，1996.
7. ［美］布莱恩·塞兹尼克. 造梦的雨果［M］. 黄觉译. 南宁：接力出版社，2012.
8. ［英］C. S. 刘易斯，保利娜·贝恩斯. 纳尼亚传奇（共 7 册）［M］. 陈良廷，刘文澜译. 南京：译林出版社，2014.
9. ［英］查尔斯·金斯利. 水孩子［M］. 张炽恒译. 上海：上海译文出版社，2002.
10. ［英］笛福. 鲁滨逊漂流记［M］. 徐霞村译. 北京：人民文学出版社，1997.
11. ［美］E. B. 怀特. 夏洛的网［M］. 任溶溶译. 上海：上海译文出版社，2014.
12. ［德］恩德. 讲不完的故事［M］. 王佩莉译. 上海：上海译文出版社，2000.
13. ［德］米切尔·恩德. 毛毛［M］. 李士勋译. 南昌：二十一世纪出版社，2000.
14. ［英］菲利普·普尔曼. 黄金罗盘［M］. 周景兴译. 上海：上海译文出版社，2006.
15. ［英］菲利普·普尔曼. 魔法神刀［M］. 周倩译. 上海：上海译文出版社，2006.
16. ［英］菲利普·普尔曼. 琥珀望远镜［M］. 陈俊群译. 上海：上海译文出版社，2006.
17. ［英］弗兰克·鲍姆，［美］约翰·R. 尼尔. 奥兹国仙境奇遇记（共 14 册）［M］. 稻草人童书馆译. 北京：人民东方出版传媒东方出版社，2015.
18. ［瑞士］弗雷德里克·佩特斯. 蓝色小药丸［M］. 陈帅，易立译. 后浪漫校. 北京：北京联合出版公司，2017.
19. ［德］戈·毕尔格，于·屈佩尔，亨·屈佩尔. 吹牛大王历险记［M］. 曹乃云，肖声译. 南京：译林出版社，1994.
20. ［英］戈尔丁. 蝇王［M］. 龚志成译. 上海：上海译文出版社，2014.
21. ［美］J. D. 塞林格. 麦田里的守望者［M］. 孙仲旭译. 南京：译林出版社，2014.
22. ［英］J. K. 罗琳. 哈利·波特（共 7 册）［M］. 苏农，马爱农，马爱新译. 北京：人民文学出版社，2008.
23. ［美］克里斯·范·奥尔伯格，斯蒂芬·金等. 十四张奇画的十四个故事［M］. 任溶溶等译. 南宁：接力出版社，2014.
24. ［美］克里斯·韦尔. 吉米·科瑞根：地球上最聪明的小子［M］. 陈蕙安译. 北京：新星出版社，2015.
25. ［英］肯尼思·格雷厄姆. 柳林风声［M］. 任溶溶译. 上海：上海译文出版社，2012.
26. ［英］刘易斯·卡罗尔. 爱丽丝镜中奇遇记［M］. 吴钧陶译. 上海：上海译文出版社，2012.
27. ［英］刘易斯·卡罗. 爱丽丝漫游奇境［M］. 马爱农译. 北京：北京联合出版公司，2016.
28. ［意］鹿易吉·塞拉菲尼. 塞拉菲尼抄本［M］. 北京：北京联合出版公司，2014.
29. ［美］路易莎·梅·奥尔科特. 小妇人［M］. 刘春英，陈玉立译. 南京：译林出版社，2004.
30. ［美］洛伊丝·劳里. 记忆传授人［M］. 郑荣珍译. 石家庄：河北教育出版社，2009.
31. ［美］马克·吐温. 哈克贝利·费恩历险记［M］. 成时译. 北京：人民文学出版社，2004.
32. ［德］玛亚蕾娜·棱贝克，苏彼勒·海恩. 童话是童话是童话［M］. 李明明译. 北京：人民文学出版社，2006.
33. ［英］格列佛游记［M］. 杨昊成译. 南京：译林出版社，1995.
34. ［法］圣埃克苏佩里. 小王子［M］. 马振骋译. 北京：人民文学出版社，2000.
35. 汤学智，吴岳添主编. 荒诞小说［M］. 北京：中国和平出版社，1996.
36. ［德］瓦尔特·莫尔斯. 蓝熊船长的 13 条半命［M］. 李士勋译. 北京：人民文学出版社，2002.
37. ［德］瓦尔特·莫尔斯. 来自矮人国的小兄妹［M］. 王泰智，沈惠珠译. 北京：人民文学出版社，2006.
38. ［意］翁贝托·埃科. 玫瑰的名字［M］. 沈萼梅，刘锡荣译. 上海：上海译文出版社，2015.
39. ［加拿大］伊莎贝尔·阿瑟诺，范妮·布里特. 简、狐狸和我［M］. 方尔平译. 武汉：长江文艺出版社，2015.
40. ［希腊］伊索. 伊索寓言［M］. 杨海英译. 北京：商务印书馆，2015.
41. ［英］约翰·班扬. 天路历程［M］. 西海译. 上海：上海译文出版社，2004.
42. 朱赢椿. 设计诗［M］. 桂林：广西师范大学出版社，2011.
43. Jones，Diana Wynne. *Hexwood*［M］. New York：Harper Collins Children's Books，2009.
44. Rubin，Sean. *Bolivar*［M］. Los Angeles：Archaia，2017.
45. Sarraute，Nathalie. *Les Fruits d'or*［M］. Paris：Gallimard，1973.
46. Stretton，Hesba. *Jessica's First Prayer*［M］. Whitefish：Kessinger Publishing，2010.

研究资料类

一、中文部分

（一）著作

1. ［斯洛文尼亚］阿莱斯·艾尔雅维茨. 图像时代［M］. 胡菊兰，张云鹏译. 长春：吉林人民出版社，2003.
2. ［美］爱德华·W·萨义德. 东方学［M］. 王宇根译. 北京：生活·读书·新知三联书店，2010.
3. ［英］巴特勒. 解读后现代主义［M］. 朱刚，秦海花译. 北京：外语教学与研究出版社，2013.
4. ［美］保罗·R. 格罗斯，诺曼·莱维特. 高级迷信：学术左派及其关于科学的争论［M］. 孙雍君，张锦志译. 北京：北京大学出版社，2008.
5. ［英］彼得·亨特主编. 理解儿童文学［M］. 郭建玲，周惠玲，代冬梅译. 上海：少年儿童出版社，2010.
6. 常立，严利颖. 让我们把故事说得更好：图画书叙事话语研究［M］. 桂林：广西师范大学出版社，2017.
7. 陈晖. 图画书的讲读艺术［M］. 南昌：二十一世纪出版社，2010.
8. 陈嘉明. 现代性与后现代性十五讲［M］. 北京：北京大学出版社，2006.

9. 陈赛. 关于人生，我所知道的一切都来自童书［M］. 北京：中信出版社，2017.
10. 春明出版社编审部新名词词典组编. 新名词词典（第5版）［M］. 上海：春明出版社，1954.
11. ［英］大卫·霍克尼，马丁·盖福德. 图画史：从洞穴石壁到电脑屏幕［M］. 万木春，张俊，兰友利译. 杭州：浙江人民美术出版社，2017.
12. ［美］大卫·雷·格里芬编. 后现代精神［M］. 王成兵译. 北京：中央编译出版社，1997.
13. ［英］大卫·帕金翰. 童年之死［M］. 张建中译. 北京：华夏出版社，2005.
14. ［美］道格拉斯·凯尔纳编. 波德里亚：一个批判性读本［M］. 陈维振，陈明达，王峰译. 南京：江苏人民出版社，2008.
15. ［美］道格拉斯·凯尔纳，斯蒂文·贝斯特. 后现代理论：批判性的质疑［M］. 张志斌译. 北京：中央编译出版社，2011.
16. ［美］David Elkind. 还孩子幸福童年：揠苗助长的危机［M］. 陈会昌等译校. 北京：中国轻工业出版社，2009.
17. ［美］丹尼丝·I. 马图卡. 图画书宝典［M］. 王志庚译. 北京：北京联合出版公司，2017.
18. ［英］Deborah Cogan Thacker，Jean Webb. 儿童文学导论：从浪漫主义到后现代主义［M］. 杨雅捷，林盈蕙译. 台北：天卫文化图书有限公司，2005.
19. ［法］蒂费纳·萨莫瓦约. 互文性研究［M］. 邵炜译. 天津：天津人民出版社，2003.
20. ［美］蒂姆·莫里斯. 你只年轻两回——儿童文学与电影［M］. 张浩月译. 上海：少年儿童出版社，2008.
21. 方卫平. 享受图画书：图画书的艺术与鉴赏［M］. 济南：明天出版社，2012.
22. ［法］菲力浦·阿利埃斯. 儿童的世纪：旧制度下的儿童和家庭生活［M］. 沈坚，朱晓罕译. 北京：北京大学出版社，2013.
23. ［美］菲利普·津巴多. 路西法效应：好人是如何变成恶魔的［M］. 孙佩妏，陈雅馨译. 北京：生活·读书·新知三联书店，2010.
24. ［美］弗朗斯·德瓦尔. 猿形毕露：从猩猩看人类的权力、暴力、爱与性［M］. 陈信宏译. 北京：生活·读书·新知三联书店，2015.
25. ［美］格雷戈里·巴沙姆，埃里克·布朗森编. 指环王与哲学［M］. 金旼旼译. 上海：上海三联书店，2005.
26. ［联邦德国］H. R. 姚斯，［美］R. C. 霍拉勃. 接受美学与接受理论［M］. 周宁，金元浦译. 沈阳：辽宁人民出版社，1987.
27. ［德］哈贝马斯. 现代性的哲学话语［M］. 曹卫东译. 南京：译林出版社，2011.
28. 黄云生主编. 儿童文学教程［M］. 杭州：浙江大学出版社，1996.
29. ［英］吉登斯. 现代性与自我认同：现代晚期的自我与社会［M］. 赵旭东，方文译. 北京：生活·读书·新知三联书店，1998.
30. ［英］吉登斯. 现代性的后果［M］. 田禾译. 南京：译林出版社，2011.
31. 景军主编. 喂养中国小皇帝：儿童、食品与社会变迁［M］. 钱霖亮，李胜等译. 上海：华东师范大学出版社，2016.
32. ［美］凯瑟琳·奥兰斯汀. 百变小红帽：一则童话三百年的演变［M］. 杨淑智译. 北京：生活·读书·新知三联书店，2006.
33. ［英］康恩·伊古尔登，哈尔·伊古尔登. 男孩的冒险书［M］. 孙崭译. 南宁：广西科学技术出版社，2013.
34. ［英］劳伦斯·里斯. 奥斯维辛：一部历史［M］. 刘爽译. 桂林：广西师范大学出

版社，2016.
35. [法] 利奥塔. 后现代状况 [M]. 岛子译. 长沙：湖南美术出版社，1996.
36. 李静，李伟楠. 女孩才艺书：培养女孩才情与优雅的魔法书 [M]. 北京：石油工业出版社，2010.
37. [法] 罗兰·巴特. S/Z [M]. 屠友祥译. 上海：上海人民出版社，2000.
38. [加拿大] 琳达·哈琴. 后现代主义诗学：历史·理论·小说 [M]. 李杨，李锋译. 南京：南京大学出版社，2009.
39. [英] 罗斯玛丽·戴维森，萨拉·瓦因. 小女孩的优雅书 [M]. 刘万超译. 南宁：广西科学技术出版社，2013.
40. [德] 马丁·海德格尔. 海德格尔选集 [M]. 孙周兴选编. 上海：上海三联书店，1996.
41. [英] 马丁·萨利斯伯瑞. 剑桥艺术学院童书插画完全教程 [M]. 谢冬梅，谢翌暄译. 南宁：接力出版社，2011.
42. [英] 迈克·费瑟斯通. 消费文化与后现代主义 [M]. 刘精明译. 南京：译林出版社，2000.
43. [法] 米歇尔·福柯. 这不是一只烟斗 [M]. 邢克超译. 桂林：漓江出版社，2012.
44. [法] 米歇尔·勒库，塞莉娅·加莱，克雷芒斯·德·鲁兹，以扫·米勒，乔斯林·米勒. 成为真正的男孩 [M]. 孙嘉钰译. 海口：南海出版公司，2014.
45. [法] 米歇尔·勒库，塞莉娅·加莱，克雷芒斯·德·鲁兹，乔斯林·米勒. 成为真正的女孩 [M]. 牟进达译. 海口：南海出版公司，2014.
46. [美] 尼尔·波兹曼. 娱乐至死·童年的消逝 [M]. 章艳，吴燕莛译. 桂林：广西师范大学出版社，2009.
47. [英] 尼尔·盖曼. 做好艺术——尼尔·盖曼艺术大学演讲辞 [M]. 叶昀译. 新北：缪思出版/远足文化事业股份有限公司，2014.
48. [美] 诺姆·乔姆斯基. 句法结构 [M]. 邢公畹，庞秉均，黄长著，林书武译. 北京：中国社会科学出版社，1979.
49. 彭懿. 西方现代幻想文学论 [M]. 上海：少年儿童出版社，1997.
50. 彭懿. 图画书：阅读与经典 [M]. 南昌：二十一世纪出版社，2006.
51. [加拿大] Perry Nodelman. 阅读儿童文学的乐趣 [M]. 刘凤芯译. 台北：天卫文化图书股份有限公司，2000.
52. [加拿大] 佩里·诺德曼，梅维斯·雷默. 儿童文学的乐趣 [M]. 陈中美译. 上海：少年儿童出版社，2008.
53. [加拿大] 培利·诺德曼. 话图：儿童图画书的叙事艺术 [M]. 杨茂秀，黄孟娇，严淑女，林玲远，郭鍠莉译. 台东：儿童文化艺术基金会，2010.
54. [美] 乔治·瑞泽尔. 后现代社会理论 [M]. 谢中立等译. 北京：华夏出版社，2003.
55. [法] 让·波德里亚. 消费社会 [M]. 刘成富等译. 南京：南京大学出版社，2001.
56. [法] 鲍德里亚. 生产之镜 [M]. 仰海峰译. 北京：中央编译出版社，2005.
57. [日] 上笙一郎. 儿童文学引论 [M]. 郎樱，徐孝民译. 成都：四川少年儿童出版社，1993.
58. 沈云龙主编. 近代中国史料丛刊·第九十一辑 [M]. 台北：文海出版社，1973.
59. [日] 松居直. 我的图画书论 [M]. 季颖译. 长沙：湖南少年儿童出版社，1997.
60. [日] 松居直. 打开绘本之眼 [M]. 林静译. 丁虹译校. 海口：南海出版公司，

2013.
61. ［德］托比阿斯·胡阿特，马克斯·劳讷. 多重宇宙：一个世界太少了？［M］. 车云译. 北京：生活·读书·新知三联书店，2011.
62. 王国元. 玩具教育［M］. 上海：商务印书馆，1933.
63. 汪晖，陈燕谷主编. 文化与公共性［M］. 北京：生活·读书·新知三联书店，1998.
64. 汪民安，陈永国，马海良主编. 后现代性的哲学话语：从福柯到赛义德［M］. 杭州：浙江人民出版社，2000.
65. 王泉根. 现代儿童文学的先驱［M］. 上海：上海文艺出版社，1987.
66. 王岳川. 二十世纪西方哲性诗学［M］. 北京：北京大学出版社，1999.
67. 韦苇. 世界儿童文学史概述［M］. 杭州：浙江少年儿童出版社，1986.
68. 韦苇. 世界童话史［M］. 福州：福建教育出版社，2002.
69. 韦苇. 外国儿童文学发展史［M］. 上海：少年儿童出版社，2007.
70. ［德］沃尔夫冈·伊瑟尔. 阅读活动——审美反应理论［M］. 金元浦，周宁译. 北京：中国社会科学出版社，1991 .
71. 熊磊主编. 绘本中国导读手册［M］. 济南：明天出版社，2007.
72. 徐兰君，［美］安德鲁·琼斯主编. 儿童的发现：现代中国文学及文化中的儿童问题［M］. 北京：北京大学出版社，2011.
73. 严翅君，韩丹，刘钊. 后现代理论家关键词［M］. 南京：江苏人民出版社，2011.
74. 叶咏琍. 西洋儿童文学史［M］. 台北：东大图书股份有限公司，1992.
75. ［美］伊哈布·哈桑. 后现代转向［M］. 刘象愚译. 上海：上海人民出版社，2015.
76. ［以色列］尤瓦尔·赫拉利. 人类简史［M］. 林俊宏译. 北京：中信出版社，2014.
77. ［英］约翰·洛威·汤森. 英语儿童文学史纲［M］. 谢瑶玲译. 台北：天卫文化图书股份有限公司，2003.
78. ［美］詹明信. 晚期资本主义的文化逻辑［M］. 张旭东编. 陈清侨等译. 北京：生活·读书·新知三联书店，1997.
79. ［美］杰姆逊. 后现代主义与文化理论［M］. 唐小兵译. 北京：北京大学出版社，1997.
80. 赵霞. 思想的旅程：当代英语儿童文学理论观察与研究［M］. 南京：江苏凤凰少年儿童出版社，2015.
81. 钟叔河编. 周作人文类编⑤ 上下身：性学·儿童·妇女［M］. 长沙：湖南文艺出版社，1998.
82. 周作人. 风雨谈［M］. 石家庄：河北教育出版社，2002.
83. 周作人. 儿童文学小论［M］. 石家庄：河北教育出版社，2002.
84. 朱自强编. 儿童文学新视野［M］. 青岛：中国海洋大学出版社，2004.
85. 朱自强. 儿童文学概论［M］. 北京：高等教育出版社，2009.
86. 朱自强. 亲近图画书［M］. 济南：明天出版社，2011.
87. 邹贤尧. 广场上的狂欢——当代流行文学艺术研究［M］. 北京：中国社会科学出版社，2008.

（二）期刊和学位论文

1. 曹露丹. 心底的童话——关于绘本的艺术表现研究［D］. 湖南师范大学硕士学位论文，2008.

2. 陈香. 2008：图画书原创中国年［N］. 中华读书报，2008. 2. 27：4.
3. 程诺. 照亮儿童与成人的自由之光——从米切尔·恩德作品中的“时间”元素看一种儿童文学价值观［J］. 文艺争鸣，2012（211）：126—129.
4. 程诺. 从“天真”到“经验”：奇幻儿童文学的自我超越——论菲利普·普尔曼《黑暗物质三部曲》［D］. 复旦大学硕士学位论文，2013.
5. 程诺，陈晖. 欧美后现代主义图画书研究［J］. 文艺争鸣，2017（281）：199—205.
6. 丁诚中. 如何理解绘本的概念及其特性［J］. 家庭与家教（现代幼教），2008（2）：45—47.
7. 方卫平. 后现代文化语境中的儿童与儿童文学［J］. 昆明学院学报，2015（1）：1—6.
8. 封蕊. 5—6岁幼儿的审美趣味研究——基于其对图画书的阅读［D］. 南京师范大学硕士学位论文，2010.
9. 高菁菁. 桑达克儿童绘本中的恐惧情绪探析［D］. 南京艺术学院硕士学位论文，2013.
10. 顾爱华. 小学生阅读图画书的反应［D］. 上海师范大学硕士学位论文，2014.
11. 李锋，史东芳. 管窥儿童图画书的后现代主义特征［J］. 编辑之友，2015（3）：34—37.
12. 廖健宏，林秀穗. 一边《进城》，一边穿越——信谊图画书奖获奖作品《进城》［J］. 少年文艺（上旬版），2012（5）：46.
13. 林秀琴. 元小说［J］. 文艺评论，2003（2）：79—80.
14. 聂笑辰. 生活赐予的礼物——李欧·李奥尼的绘本研究［D］. 北京服装学院硕士学位论文，2013.
15. 钱淑英. 互文性透视下的儿童文学后现代景观——以改编自《三只小猪》的图画书为考察对象［J］. 浙江师范大学学报（社会科学版），2006，31（4）：54—58.
16. 史菊鸿. 从乔恩·钱斯卡的两本图画书看美国儿童文学的后现代性［J］. 宁夏大学学报（人文社会科学版），2009，31（1）：103—108.
17. 谈凤霞. 突围与束缚：中国本土图画书的民族化道路——国际视野中熊亮等的绘本创作论［J］. 南京师大学报（社会科学版），2012（2）：148—153.
18. 王东波. 当代审美文化视域中的绘本［D］. 扬州大学硕士学位论文，2010.
19. 王慧宁. 中日现代绘本艺术比较研究［D］. 苏州大学硕士学位论文，2009.
20. 王黎君. 中国图画书溯源［J］. 绍兴文理学院学报，2013. 7，33（4）：95—103.
21. 王黎君. 论中国图画书的艺术传统［J］. 中国儿童文化，2013（8）：152—159.
22. 王壮，刘晓晔. 我国原创儿童图画书的发展特色与趋势——基于对五大华语图画书奖项的分析［J］. 现代出版，2017（6）：20—24.
23. 吴玉萍. 此处无声胜有声——论图画书的留白艺术［D］. 青岛理工大学硕士学位论文，2013.
24. 徐灿. 奇妙的世界——大卫·威斯纳绘本研究［D］. 南京艺术学院硕士学位论文，2012.
25. 尹岚. 图画书的图像叙述结构与视觉节奏研究［D］. 东华大学硕士学位论文，2008.
26. 尤呈呈. 当代绘本研究概述——从叙事艺术到视觉素养［J］. 昆明学院学报，2015，37（4）：10—14.
27. 袁亚欢. 图画书中后现代现象研究［D］. 南京艺术学院硕士学位论文，2015.
28. 张迅. 试论图画书设计中的“翻页惊喜”［D］. 南京艺术学院硕士学位论文，

2008.
29. 张兆非. 2002—2008年绘本出版调查研究——以视觉文化传播的视角［D］. 河北大学硕士学位论文，2009.
30. 赵萍. 论图画书语言［D］. 北京师范大学博士学位论文，2011.
31. 赵琼. 图画书叙事空间研究［D］. 上海师范大学硕士学位论文，2011.
32. 赵霞，方卫平. 后现代的文本狂欢及其困境——从《扁镇的秘密》系列谈当代童话的艺术创新［J］. 东岳论丛，2011. 6，32（6）：95—100.

二、外文部分

1. Allan, Cherie. Stop all the Clocks: Time in Postmodern Picture Books [J]. *Explorations into Children's Literature*, 2006, 16 (2): 77—81.
2. Allan, Cherie. *Playing with Picturebooks: Postmodernism and the Postmodernesque* [M]. Basingstoke: Palgrave Macmillan, 2012.
3. Anstey, Michèle. "It's not all Black and White": Postmodern Picture Books and New Literacies [J]. *Journal of Adolescent & Adult Literacy*, 2002, 45 (6): 444—457.
4. Archard, David. *Children Rights and Childhood* [M]. London: Routledge, 1993.
5. Arizpe, Evelyn. Farrell, Maureen. and McAdam, Julie eds. *Picturebooks: Beyond the Borders of Art, Narrative and Culture* [M]. New York: Routledge, 2013.
6. Arizpe, Evelyn. Meaning - Making from Wordless (Or Nearly Wordless) Picturebooks: What Educational Research Expects and What Readers Have To Say [J]. *Cambridge Journal of Education*, 2013, 43 (2): 163—176.
7. Atkins, Robert. *ArtSpeak: A Guide to Contemporary Ideas, Movements and Buzzwords* [M]. New York: Abbeville, 1990.
8. Bacchilega, Christina. *Postmodern Fairy Tales: Gender and Narrative Strategies* [M]. Philadelphia: University of Pennsylvania Press, 1997.
9. Bader, Barbara. *American Picturebooks: From "Noah's Ark" to "The Beast Within"* [M]. New York: Macmillan, 1976.
10. Baker, Carolyn. and Freebody, Peter. *Children's First School Books: Introductions to the Culture of Literacy* [M]. Oxford: Basil Blackwell, 1989.
11. Baudrillard, Jean. *Simulations* [M]. trans. Phil Beitchman, Paul Foss, Paul Patton. Los Angeles: Semiotext (e), 1983.
12. Beckett, Sandra L.. ed. *Transcending Boundaries: Writing for a Dual Audience of Children and Adults* [M]. New York: Garland, 1999.
13. Beckett, Sandra L.. *Crossover Picturebooks: A Genre for All Ages* [M]. New York: Routledge, 2012.
14. Berger, Arthur. *The Portable Postmodernist* [M]. New York: Altamira Press, 2003.
15. Bradford, Clare. The Picture Book: Some Postmodern Tensions [J]. *Explorations into Children's Literature*, 1993, 4 (3): 10—14.
16. Clarke, Juanne N.. Childhood Depression and Mass Media Print Magazines in the USA and Canada: 1938—2008 [J]. *Child and Family Social Work*, 2011, 16 (1): 52—60.
17. Colbert, David. *The Magical Worlds of Philip Pullman: a Treasury of*

Fascinating Facts [M]. New York: the Berkley Publishing Group, 2006.
18. Coles, Martin. and Hall, Christine. Breaking the Line: New Literacies, Postmodernism and the Teaching of Printed Texts [J]. *Reading: Literacy and Language*, 2001, 35 (3): 111—114.
19. Colomer, Teresa. Kümmerling-Meibauer, Bettina. and Silva-Díaz, Cecilia. eds. *New Directions in Picturebook Research* [M]. New York: Routledge, 2010.
20. Cope, Bill. and Kalantzis, Mary. eds. *Multiliteracies: Literacy Learning and Design of Social Futures* [M]. London: Routledge, 2000.
21. Cullingford, Cedric. *Children and Society: Children's Attitudes to Politics and Power* [M]. London: Cassell, 1992.
22. Darton, F. J. Harvey. *Children's Books in England: Five Centuries of Social Life* [M]. rev. Brian Alderson. Cambridge: Cambridge University Press, 1982.
23. Debes, John. Some Foundations for Visual Literary [J]. *Audiovisual Instruction*, 1968, 13: 961—964.
24. Doonan, Jane. Into the Dangerous World: *We Are All in the Dumps with Jack and Guy* by Maurice Sendak [J]. *Signal*, 1994, 75: 155—171.
25. Dresang, Eliza. *Radical Change: Books for Youth in a Digital Age* [M]. New York: The H. W. Wilson Company, 1999.
26. Dusinberre, Juliet. *Alice to the Lighthouse: Children's Books and Radical Experiments in Art* [M]. New York: St. Martin's Press, 1987.
27. Eagleton, Terry. *Criticism and Ideology: A Study in Marxist Literary Theory* [M]. London: Humanities Press, 1996.
28. Egoff, Sheila. Stubbs, G. T. and Ashley, L. F. eds. *Only Connect: Readings on Children's Literature* [M]. New York: Oxford University Press, 1980.
29. Eisner, Will. *Comics and Sequential Art* [M]. Tamarac: Poorhouse Press, 1985.
30. Evans, Janet. ed. *What's in the Picture? Responding to Illustrations in Picture Books* [M]. London: Paul Chapman Publishing, 1998.
31. Evans, Janet. ed. *Challenging and Controversial Picturebooks: Creative and Critical Responses to Visual Texts* [M]. New York: Routledge, 2015.
32. Flieger, Jerry. *The Purloined Punch Line: Freud's Comic Theory and the Postmodern Text* [M]. Baltimore: The John Hopkins University Press, 1991.
33. Genette, Gérard. *Paratexts: Thresholds of Interpretation* [M]. trans. Jane E. Lewin. Cambridge: Cambridge University Press, 1997.
34. Geyh, Paula. Assembling Postmodernism: Experience, Meaning, and the Space in Between [J]. *College Literature*, 2003, 30 (2): 1—29.
35. Gibson, Mel. "So What Is This Mango, Anyway": Understanding Manga, Comics and Graphic Novels [J]. *NATE Classroom*, Summer 2008 (5): 8—10.
36. Goldstone, Bette P.. Traveling in New Directions: Teaching Non - Linear Picturebooks [J]. *The Dragon Lode*, 1999, 18 (1): 26—29.
37. Goldstone, Bette P.. The Postmodern Picture Book: A New Subgenre [J]. *Language Arts*, 2004, 81 (3): 196—204.
38. Grenby, Matthew O.. *The Child Reader* 1700—1840 [M]. Cambridge: Cambridge University Press, 2011.
39. Grieve, Ann. Postmodernism in Picture Books [J]. *Explorations into Children's Literature*, 1993, 4 (3): 15—25.

40. Hassan, Ihab. Pluralism in Postmodern Perspective [J]. *Critical Inquiry*, 1986, 12 (3): 503—520.
41. Hassan, Ihab. From Postmodernism to Postmodernity: The Local/Global Context [J]. *Philosophy and Literature*, 2001, 25 (1): 1—13.
42. Hatfield, Charles. and Svonkin, Craig. Why Comics Are and Are Not Picture Books: Introduction [J]. *Children's Literature Association Quarterly*, 2012, 37 (4): 429—435.
43. Hearne, Betsy. Perennial Picture Books Seeded by the Oral Tradition [J]. *Journal of Youth Services*, Fall 1998, 12 (1): 26—33.
44. Heller, Steven. and Arisman, Marshall. eds. *The Education of an Illustrator* [M]. New York: Allworth Press, 2000.
45. Hoesterey, Ingeborg. ed. *Zeitgeist in Babel: The Postmodernist Controversy* [M]. Bloomington: Indiana University Press, 1991.
46. Hopkins, Lee Bennett. ed. *Pauses: Autobiographical Reflections of* 101 *Creators of Children's Books* [M]. New York: HarperCollins, 1995.
47. Hunt, Peter. *Criticism, Theory, and Children's Literature* [M]. London: Blackwell, 1991.
48. Hutcheon, Linda. *A Poetics of Postmodernism: History, Theory, Fiction* [M]. New York: Routledge, 1988.
49. Immel, Andrea. James Pettit Andrew's "Books" (1790): The First Critical Survey of English Children's Literature [J]. *Children's Literature*, 2000, 28 (1): 147—163.
50. Jameson, Fredric. *Postmodernism, or the Logic of Late Capitalism* [M]. New York: Verso, 1991.
51. Kermode, Frank. *The Classic: Literary Images of Permanence and Change* [M]. Cambridge: Harvard University Press, 1983.
52. Knoepflmacher, U. C. Dillard, R. H. W. Professor Butler, Francelia. and Myers, Mitzi. eds. *Children's Literature: Volume* 25, *Special Issue on Cross-Writing Child and Adult* [M]. New Haven: Yale University Press, 1997.
53. Kress, Gunther. and Van Leeuwen, Theo. *Reading Images: The Grammar of Visual Design* [M]. London: Routledge, 1996.
54. Kress, Gunther. *Literacy in the New Media Age* [M]. London: Routledge, 2003.
55. Kümmerling-Meibauer, Bettina. ed. *Picturebooks: Representation and Narration* [M]. New York: Routledge, 2014.
56. Lau, Sing. ed. *Growing Up the Chinese Way* [M]. Hong Kong: Chinese University Press, 1996.
57. Lehr, Susan S.. ed. *Shattering the Looking Glass: Challenge, Risk, and Controversy in Children's Literature* [M]. Norwood: Christopher-Gordon Publishers, 2008.
58. Lesnik-Oberstein, Karín. ed. *Children in Culture: Approaches to Childhood* [M]. Basingstoke: Macmillan, 1998.
59. Lewis, David. The Constructedness of Texts: Picture Books and the Metafictive [J]. *Signal*, 1990. 5 (62): 131—146.
60. Lewis, David. *Reading Contemporary Picturebooks: Picturing Text* [M]. New York: Routledge, 2001.

61. Lyon, David. *Postmodernity* [M]. Buckingham: Open University Press, 1994.
62. Maree, Kobus. and Di Fabio, Annamaria. eds. *Exploring New Horizons in Career Counselling: Turning Challenge into Opportunities* [M]. Boston: Sense Publishers, 2015.
63. McCloud, Scott. *Understanding Comics* [M]. New York: HarperPerennial, 1994.
64. McDowell, Myles. Fiction for Children and Adults: Some Essential Differences [J]. *Children's Literature in Education*, 1973. 3, 4 (1): 50—63.
65. McNeal, James U.. and Wu Shushan. Consumer Choices Are Child's Play in China [J]. *Asian Wall Street Journal Weekly*, 1995, Octomber (23): 14.
66. Meek, Margaret. *How Text Teach What Readers Learn* [M]. Stroud: Thimble Press, 1988.
67. Mitchell, W. J. T.. *Picture Theory: Essays on Verbal and Visual Representation* [M]. Chicago: University of Chicago Press, 1994.
68. Munari, Bruno. Libro letto [J]. *Domus*, 1994 (760): 57—59.
69. Myers, Mitzi. The Erotics of Pedagogy. Historical Intervention, Literary Representation, the "Gift of Education", and the Agency of Children [J]. *Children's Literature*, 1995, 23 (1): 1—30.
70. Nikolajeva, Maria. and Scott, Carole. *How Picturebooks Work* [M]. New York: Routledge, 2006.
71. Nikola-Lisa, W.. Play, Panache, Pastiche: Postmodern Impulses in Contemporary Picture Books [J]. *Children's Literature Association Quarterly*, 1994, 19 (1): 35—40.
72. Nodelman, Perry. *Words about Pictures: The Narrative Art of Children's Picture Books* [M]. Athens: University of Georgia Press, 1988.
73. Nodelman, Perry. The Other, Orientalism, Colonialism, and Children's Literature [J]. *Children's Literature Association Quarterly*, 1992, 17 (1): 29—35.
74. Nodelman, Perry. Picture Book Guy Looks at Comics: Structural Differences in Two Kinds of Visual Narrative [J]. *Children's Literature Association Quarterly*, 2012, 37 (4), pp. 436—444.
75. O'Neil, Kathleen. Once Upon Today: Teaching for Social Justice with Postmodern Picturebooks [J]. *Children's Literature in Education*, 2010, 41 (1): 40—51.
76. Op de Beeck, Nathalie. Playing with Picturebooks: Postmodernism and the Postmodernesque by Cherie Allan (review) [J]. *The Lion and the Unicorn*, 2014, 38 (2): 220—223.
77. Paley, Nicholas. Postmodernist Impulses and the Contemporary Picture Book: Are There Any Stories to These Meanings? [J]. *Journal of Youth Services in Libraries*, 1992, 5 (2): 151—162.
78. Panaou, Petros. and Michaelides, Frixos. Dave McKean's Art: Transcending Limitations of the Graphic Novel Genre [J]. *Bookbird*, 2011, 49 (4): 65—66.
79. Pantaleo, Sylvia. Grade 1 Students Meet David Wiesner's *Three Pigs* [J]. *Journal of Children's Literature*, 2002, 28 (2): 72—84.
80. Ramos, Ana Margarida. and Ramos, Rui . Ecoliteracy through Imagery: A Close Reading of Two Wordless Picture Books [J]. *Children's Literature in Education*, 2011, 42 (4): 325—339.

81. Reynolds, Kimberley. ed. *Modern Children's Literature: An Introduction* [M]. Houndmills: Palgrave Macmillan, 2005.
82. Reynolds, Kimberley. *Radical Children's Literature: Future Visions and Aesthetic Transformations in Juvenile Fiction* [M]. Houndmills: Palgrave Macmillan, 2007.
83. Reynolds, Kimberley. *Children's Literature: A Very Short Introduction* [M]. New York: Oxford University Press, 2011.
84. Richey, Virginia. and Puckett, Katharyn. eds. *Wordless/Almost Wordless Picture Books* [M]. CA: Libraries Unlimited, 1992.
85. Rosen, Judith. Breaking the Age Barrier [J]. *Publishers Weekly*, 1997, 9 (8): 28—31.
86. Rosenblatt, Louise M.. *The Reader, the Text, the Poem: TheTransactional Theory of Literary Work* [M]. Carbondale: Southern Illinois University Press, 1978.
87. Rosenblatt, Louise M.. *Literature as Exploration* [M]. New York: Modern Language Association of America, 1995.
88. Rothenberg, Jerome. and Clay, Steven. eds. *A Book of the Book* [M]. New York: Granary Books, 2000.
89. Schwarcz, Joseph. *Ways of Illustrator: Visual Communication in Children's Literature* [M]. Chicago: American Library Association, 1982.
90. Scott, Carole. A Challenge to Innocence: "Inappropriate Picturebooks for Young Readers [J]." *Bookbird*, 2005, 43 (1): 5—13.
91. Sendak, Maurice. *Caldecott and Co.: Notes on Books and Pictures* [M]. New York: Farrar, Straus and Giroux, 1988.
92. Serafini, Frank. Voices in the Park, Voices in the Classroom: Readers Responding to Postmodern Picture Books [J]. *Reading Research & Instruction*, 2005, 44 (3): 47—64.
93. Shookman, Ellis. ed. *The Faces of Physiognomy: Interdisciplinary Approaches to Johann CasparLavater* [M]. Columbia: Camden House, 1993.
94. Simpson, Paul. *The Rough Guide to Philip Pullman's His Dark Materials* [M]. New York: Rough Guides Ltd, 2007.
95. Sipe, Lawrence. How Picture Books Work: A Semiotically Framed Theory of Text - Picture Relationships [J]. *Children's Literature in Education*, 1998, 29 (2): 97—108.
96. Sipe, Lawrence R.. and Pantaleo, Sylvia. eds. *Postmodern Picturebooks: Play, Parody, and Self-Referentiality* [M]. New York: Routledge, 2008.
97. Smethurst, Paul. *Postmodern Chronotope: Reading Space and Time in Contemporary Fiction* [M]. Atlanta: Rodopi, 2000.
98. Spivak, Gayatri C.. *In Other Worlds: Essays in Cultural Politics* [M]. London: Routledge, 1988.
99. Stanton, Joseph. The Important Books: Appreciating the Children's Picture Book as a Form of Art [J]. *American Art*, 1998, 12 (2): 2—5.
100. Stephens, John. *Language and Ideology in Children's Fiction* [M]. Harlow: Longman, 1992.
101. Stephens, John. and McCallum, Robyn. *Retelling Stories, Framing Culture:*

Traditional Story and Metanarratives in Children's Literature [M]. London: Garland Publishing, 1998.

102. Stevenson, Deborah. "If You Read This Last Sentence, It Won't Tell You Anything": Postmodernism, Self - Referentiality, and *The Stinky Cheese Man* [J]. *Children's LiteratureAssociation Quarterly*, 1994, 19 (1): 32—34.
103. Stierstorfer, Klaus. ed. *Beyond Postmodernism: Reassessments in Literature, Theory, and Culture* [M]. Berlin: Walter de Gruyter, 2003.
104. Styles, Morag. and Bearne, Evelyn. eds. *Art, Narrative and Childhood* [M]. Stoke-on Trent: Trentham Books, 2003.
105. Tan, Shaun. The Accidental Graphic Novelist [J]. *Bookbird*, 2011, 49 (4): 1—9.
106. Tan, Shaun. Lost and Found: Thoughts on Childhood, Identity and Story [J]. *The Looking Glass: New Perspectives on Children's Literature*, 2011, 15 (3): 1—13.
107. Tapscott, Don. *Growing Up Digital: The Rise of the Net Generation* [M]. New York: McGraw-Hill, 1999.
108. Tolkien, J. R. R.. *The Monsters and the Critics and Other Essays* [M]. ed. Christopher Tolkien. London: HarperCollinsPublishers, 2006.
109. Turner, Bryan. *Theories of Modernity and Postmodernity* [M]. London: Sage, 1991.
110. Watson, Ken. The Postmodern Picture Book in the Secondary Classroom [J]. *English in Australia*, 2004, 140: 55—57.
111. Waugh, Patricia. *Metafiction: The Theory and Practice of Self-conscious Fiction* [M]. New York: Methuen & Co. Ltd, 1984.
112. Weinreich, Torben. *Children's Literature: Art or Pedagogy?* [M]. Frederiksberg: Roskilde University Press, 2000.
113. Wiesner, David. Caldecott Acceptance Speech (for *Tuesday*) [J]. *The Horn Book Magazine*, 1992. 8, 68 (4): 416—423.

图书在版编目（CIP）数据

后现代儿童图画书研究/程诺著 .—上海：少年儿童出版社，2020
（新世纪儿童文学新论）
ISBN 978-7-5589-0719-7

Ⅰ.①后… Ⅱ.①程… Ⅲ.①儿童故事—图画故事—文学研究 Ⅳ.①I058

中国版本图书馆 CIP 数据核字（2019）第 256867 号

新世纪儿童文学新论

后现代儿童图画书研究

程 诺 著

许玉安 封面图
赵晓音 装 帧

责任编辑 孙 蔷 美术编辑 赵晓音
责任校对 黄 岚 技术编辑 许 辉

出版发行 少年儿童出版社
地址 200052 上海延安西路 1538 号
易文网 www.ewen.co 少儿网 www.jcph.com
电子邮件 postmaster@jcph.com

印刷 上海盛通时代印刷有限公司
开本 787×1092 1/16 印张 27.75 字数 346 千字 插页 1
2020 年 1 月第 1 版第 1 次印刷
ISBN 978-7-5589-0719-7/I·4504
定价 98.00 元